GWEN BRISTOW

AM UFER DES RUHMES

ROMAN

SCHNEEKLUTH

CIP-Titelaufnahme der Deutschen Bibliothek

Bristow, Gwen
Am Ufer des Ruhmes: Roman / Gwen Bristow
(Aus d. Amerik. übersetzt v. Fritz Helke)
18. Aufl., Jub.-Ausgabe
München: Schneekluth, 1990
ISBN 3-7951-1184-6

Jubiläumsausgabe im Gesamtvertrieb mit dem
Neuen Kaiser Verlag

Aus dem Amerikanischen übersetzt von Fritz Helke
Die Originalausgabe erschien unter dem Titel
THIS SIDE OF GLORY

ISBN 3-7951-1184-6

Alle Rechte der deutschen Ausgabe bei
Franz Schneekluth Verlag, München
Satz: M. Theiss, Wolfsberg, Kärnten
Druck und Bindung: Ueberreuter Buch-Produktion, Korneuburg
Printed in Austria 1990 q

ERSTES KAPITEL

Der Himmel war wie blauer Samt und der Strom glitzerte in der Sonne. Es war Januar 1912.

Eleanor Upjohn, zehn Jahre älter als das Jahrhundert, saß vor ihrer Schreibmaschine im großen Verwaltungszelt des Deichbaulagers und war damit beschäftigt, die Geschäftskorrespondenz ihres Vaters zu erledigen.

Der Deichbauunternehmer Fred Upjohn war mit dem Bau des neuen Uferdammes beauftragt. Er saß an seinem Schreibtisch, las aufmerksam die Briefe durch, die seine Tochter geschrieben hatte, und unterzeichnete sie. Die Nachtischzigarre erlosch darüber; er zerdrückte sie achtlos im Aschenbecher.

Fred und Eleanor Upjohn waren nicht nur Vater und Tochter, sie waren auch sehr gute Freunde und respektierten einander in jeder Weise.

Fred hatte dreißig Jahre seines Lebens damit zugebracht, Deiche zu bauen, um den Strom von den Städten und Plantagen zurückzuhalten, die er begrenzte. Als Eleanor vom College zurückkam und ankündigte, daß sie in ihrer Freizeit Stenographie erlernt habe und nun arbeiten wolle, begrüßte er sie sogleich als seine Sekretärin. Das schien völlig selbstverständlich; was hätte sie denn sonst tun sollen? Für Müßiggang irgendwelcher Art war in seiner Vorstellung kein Raum.

Eleanor, wie sie ihn so vor sich sah, den Brief lesend und nebenbei die Zigarre ausdrückend, mußte daran denken, wie oft sie ihn so gesehen hatte. Sie sah sich selbst als kleines Mädchen in der Ecke hockend, das kühle, ernste Gesicht des Vaters im mattgelben Lichtschein der Petroleumlampe, so wie jetzt; daneben die Mutter, ein Kind auf dem Arm und ein weiteres unter der hohen Wölbung ihres Leibes, wie sie ihn drängte, doch schlafen zu gehen, und ihm doch gleichzeitig Kaffee brachte, um ihn wachzuhalten.

Eleanor war stolz auf den Vater und sie hatte wohl Grund dazu. Als Sandsackzähler hatte er dereinst begonnen, heute war er der erste Deichbauunternehmer am ganzen Mississippi. Oh, es gab nicht viele Männer, die sich eines solchen Weges rühmen durften! Heute besaßen die Upjohns ein Haus in einer der schönsten und vornehmsten Wohnstraßen von New Orleans, lebten in einer Atmosphäre weiter Behaglichkeit und brauchten sich nichts abgehen zu lassen. Und wenn Fred Upjohn den Strom hinauffuhr, zogen Hunderte von Arbeitern die Mützen.

Selbst das Zelt, das sie hier draußen bewohnten, zeugte von Würde und Erfolg. Es bildete Herz und Mittelpunkt des bienenemsigen Lagerbetriebes und war zugleich mit dem gediegenen Komfort einer modernen Wohnung ausgestattet, der sich behaglich leben ließ. Der Fußboden wurde durch drei Fuß lange kunstvoll geschnitzte Dielen gebildet, die abgenommen werden konnten, wenn die Männer das Lager abbrachen, um es an anderer Stelle wiederzuerrichten. Die Zeltwände bestanden aus drei Fuß hohen hölzernen Platten, von denen aus Schirmstäbe in regelmäßigem Abstand bis zur Spitze liefen. Darüber waren imprägnierte Leinwandstreifen gespannt, die bei gutem Wetter aufgerollt und bei Regen und Kälte herabgelassen und am Fußboden festgeschnallt werden konnten.

Das Zelt teilte sich in mehrere Räume. Der Hauptraum war außer den Arbeitspulten mit Eßtisch und Stühlen und einem großen Bücherschrank ausgestattet. Das Rohr des Holzbrandofens wurde mittels einer Metallstütze durch die Leinwandbespannung geführt. Schlafräume und Küche waren einfach, aber zweckmäßig und gediegen eingerichtet.

Eleanor war gern im Deichbaulager; es machte ihr Freude, mit dem Vater zu arbeiten; es wäre ihr nie in den Sinn gekommen, sich ein anderes Leben zu wünschen. Dabei war sie ein frisches, natürliches Mädchen, nicht eben hübsch im landläufigen Sinne, aber von einer kühlen und herben Schönheit, so wie eine Stahlbrücke schön ist, deren edle und zugleich zweckmäßige Linienführung das Auge erfreut. Ihr Körper war von einer biegsamen Schlankheit, hart und federnd zugleich, mit den langen Beinen und den ruhigen, gleichmäßigen Bewegungen, die keine Hast zu kennen schienen. Ihre Züge ließen jede Weichheit vermissen; nein, hübsch konnte man sie wohl nicht nennen, mit der etwas zu langen Nase und dem etwas zu breiten Kinn. Zudem war da ein Zug um den Mund, der von Härte und Willenskraft sprach und nicht eben zum Küssen einlud. Und doch machte gerade die Unregelmäßigkeit der Linien dieses Gesicht in einer merkwürdigen Weise anziehend; Sauberkeit, Ehrlichkeit und Anständigkeit sprachen daraus; kein Zweifel, dies war ein Mädchen, auf das man sich verlassen konnte. Sie hatte sehr schöne Augen von einem tiefdunklen Blau mit schwarzen Wimpern und sauber gezeichneten Brauen. Ihr festgeflochtenes dunkelbraunes Haar glänzte über ihrer Stirn wie eine Adelskrone.

Eleanor hatte sich im Widerspruch zum Zeitstil niemals geschnürt. Nicht, weil sie die Mode verachtete, sondern einfach deshalb, weil sie herausgefunden hatte, daß ein straff sitzendes Korsett das Atmen erschwerte. Aber die viele Bewegung im Freien, an die sie von Kind auf gewöhnt war, hatte ihrem Körper eine natürliche Geschmeidigkeit verliehen; was immer sie trug, es stand ihr prachtvoll. So wie die glatt sitzende Hemdbluse aus blauem Satin, in der sie jetzt hinter ihrer Schreibmaschine saß, mit dem einfachen weißen Kragen, der kühl und ein wenig pedantisch den schlanken Hals umschloß, und dem glatt bis zum Spann herabfallenden bortengesäumten Rock. Immer betonte ihre Kleidung ihren durchaus eigenen, Eleganz und Freiheit verbindenden Stil. Der Kragen war gestärkt und konnte somit auf die üblichen Stäbchen verzichten, der Gürtel wirkte fest, ohne es zu sein; er behinderte sie nicht. Der Rock war unterhalb der Knie mit einer geschickt verborgenen Falte versehen, die ihr das freie Ausschreiten ermöglichte.

Der Glanz des Tages funkelte sogar im Inneren des Zeltes. Eleanor verspürte Neigung, ein wenig ins Freie zu gehen. Sie saß seit sechs Uhr morgens hinter der Schreibmaschine und hatte schon einen leichten Krampf zwischen den Schultern. Aber da waren nun noch drei ungeöffnete Briefe, und es war immerhin möglich, daß etwas dabei war, was sofortige Erledigung verlangte. Sie griff zum Falzmesser und schlitzte sie hintereinander auf. Ein Senator schrieb und wies Fred Upjohn auf die von Präsident Taft für den Herbst einberufene Wasserstraßentagung hin. Upjohn hatte sein Erscheinen bereits zugesagt; der Brief konnte ohne Antwort abgelegt werden. Der nächste Brief war an sie selber gerichtet. Ihre Augen überflogen die Zeilen: »– – die bemerkenswert vielen Frauenpromotionen an amerikanischen Universitäten bestätigen nur die außerordentliche Wichtigkeit, die dem Frauenstimmrecht zukommt.« Ihre Lippen kräuselten sich, und der Brief flog in den Papierkorb. Eleanor hatte niemals besondere Schwierigkeiten gehabt, das zu erreichen, was sie wollte, und es kümmerte sie nicht, ob andere Frauen bekamen, was sie wollten; mochten sie zusehen, es war ihre Sache. Der letzte Brief erforderte eine Antwort; sie spannte einen Bogen in die Schreibmaschine.

Fred Upjohn sah flüchtig herüber: »Bald fertig?«

Sie nickte; ihre Finger glitten bereits über die Tasten: »– – – wenn also keine ernsthafte Behinderung, etwa durch Wetterverschlechterung, eintritt, so sind wir sicher, das neue Deichprojekt fristgemäß zum 1. März zu beenden. Mit verbindlichen Empfehlungen, Ihr sehr ergebener Fred Upjohn, Regierungsbeauftragter für den Uferdammbau.«

Sie schob ihm den Brief zur Unterschrift hin; er legte die eben neu angezündete Zigarre beiseite und griff nach dem Federhalter.

»Das war der letzte heute«, sagte sie, »Gott sei Dank! Ich bin auch halbtot.«

Upjohn streifte sie mit einem flüchtigen Blick. »Du siehst nicht so aus«, sagte er gleichmütig. Er pflegte durchschnittlich vierzehn Stunden am Tag zu arbeiten und hätte nie begriffen, wieso ein anderer nicht dasselbe leisten sollte.

Eleanor schnitt ihm ein Gesicht, während sie den Umschlag in die Maschine spannte und die Adresse schrieb: »Mr. Kester Larne, Ardeith-Plantage, Dalroy, Louisiana.«

»Was hast du denn geschrieben?« fragte Upjohn zerstreut, den Brief ergreifend.

»Mr. Larne fragte an, wann wir damit rechneten, fertig zu werden. Er hofft, daß wir verschwunden sind, wenn er mit dem Pflanzen der Baumwolle beginnt.«

»Die Pflanzer fürchten immer, daß unsere Leute einen schlechten Einfluß auf die Arbeiter ausüben«; Upjohn stieß ein trockenes Lachen aus. »Nun, unsere Männer werden ihnen keine Unannehmlichkeiten machen.« Er unterschrieb den Brief.

Eleanor erhob sich und dehnte die Glieder; sie waren ganz steif vom langen Sitzen. »Gehört das ganze Baumwollgebiet hier herum der Ardeith-Plantage?« fragte sie.

Er nickte flüchtig, schon wieder mit anderen Dingen beschäftigt.

»Ein riesiger Bereich. Müssen an die zweitausend Morgen sein.«

Upjohn ließ ein verächtliches Knurren hören: »Vermutlich in Höhe des ganzen Wertes mit Hypotheken belastet.«

»Wie kommst du darauf?«

Er stand auf, und über sein kühnes, hartes Gesicht glitt der Anflug eines Lächelns. »Das ist eine ganz besondere Rasse, die Larnes«, sagte er. »Eine blaublütige Gesellschaft von Faulenzern und Tagedieben. Diese Leute hatten durch Jahrhunderte nichts anderes im Sinn, als Saufgelage zu veranstalten, Frauen zu verführen und melancholische Betrachtungen über den Bürgerkrieg anzustellen.«

Eleanor lachte. Sie hatte sich, nunmehr in lässiger Haltung und im beglückenden Gefühl der Freiheit, wieder an ihrem Arbeitsplatz niedergelassen. »Immerhin«, sagte sie, »die Regierung hält sie für wichtig genug, ihnen zum Schutz ihrer Ländereien einen neuen Deich zu bauen.«

»Richtig.« Fred Upjohn ging zur Tür. »Und ich täte deshalb wahrscheinlich besser daran, mit meiner Meinung etwas hinter dem Berge zu halten.«

Sie beobachtete ihn, wie er das Zelt verließ. Er ging mit schweren und wuchtigen Schritten, wie ein Mann, der die meiste Zeit seines Lebens über offene Erde gegangen ist, anstatt über den Asphalt der Städte. Hier gehe ich, Fred Upjohn, sagte jeder Schritt aus, geht mir aus dem Wege! Ein Lächeln des Stolzes glitt über ihr Gesicht. Nein, es gab keinen Menschen, den sie so ehrlich und aufrichtig bewunderte wie ihren Vater.

Wenige Minuten später verließ sie gleichfalls den Raum und begab sich in ihr Schlafzimmer, um sich einen Mantel zu holen. Sie warf ihn lässig über den Arm, trat ins Freie und begann den verlassenen Uferdamm hinaufzusteigen. Mit ihren ruhigen, gleichmäßigen Schritten ging sie den Kamm entlang. Ein wundersames Flirren war in der Luft; sie glitzerte fast. Auf der einen Seite des Deiches dehnte sich unabsehbar das Land, die aufgebrochene schwarze Erde, bereit zur Aufnahme der neuen Pflanzen; auf der anderen glänzte in majestätischer Pracht der alte Strom, im Sonnenglast leuchtend wie ein Band von Feuer und Gold.

Als sie bei einer alten, breitästigen Eiche ankam, deren knorrige Wurzeln im alten Uferdamm steckten, blieb sie aufatmend stehen, lehnte sich gegen den mächtigen Stamm und sah beglückt in den trunkenen Glanz des späten Nachmittages.

Hinter ihr glitt der Strom in gemächlicher Ruhe dahin. Auf dem breiten Sandstreifen zwischen Wasser und Deich, der bei dem augenblicklich niedrigen Wasserstand völlig ausgetrocknet war, erstreckte sich die kleine Zeltstadt, in der die Deicharbeiter wohnten. Dreihundert Meter weiter konnte Eleanor die Männer und die von

Maultieren gezogenen Schaufelkarren beobachten, die Tonnen von Erde heraufholten und sie auf der Baustelle abluden. Dort würde sich nun bald der neue Deich erheben und die Aufgabe des alten übernehmen, auf dem sie stand; der war durch die Hochwasser vieler Jahre und besonders durch die schweren Unwetter vom April des letzten Jahres stark angeschlagen und bot der reißenden Gewalt des Stromes keinen Widerstand mehr.

Eleanor liebte diesen Anblick: Auf der einen Seite der Frieden der Baumwollfelder, auf der anderen das geschäftige Treiben des Lagers, wo die Kinder zwischen den Zelten spielten, während ihre Mütter kochten und ihre Väter mit der Kraft ihrer Hände den neuen Schutzwall errichteten. Sie kannte den Strom in all seinen vielfältigen Möglichkeiten: lohfarben im Sonnenglast, purpurn am Abend, wenn die Sonne sank, weißglitzernd im kalten Licht des Mondes, brav und fügsam im Herbst und wild wie der Panther, wenn die Frühlingsstürme das Land durchbrausten. Wer wie sie im Deichbaulager aufgewachsen war, der liebte den Strom und fürchtete ihn zugleich, dem war er ein milder und gnädiger König, von dem man doch weiß, daß er die Macht über Leben und Tod in seinen Händen hält.

Sie hatte ein Weilchen halb träumend gestanden, als sie aus der Ferne das ratternde Geräusch eines Motors vernahm. Taktmäßig und unbeirrbar durchschnitten die hämmernden Stöße in gleichmäßigem Rhythmus den vom Zeltlager herüberkommenden Lärm. Sie drehte sich um, die Ursache des Geräusches zu erforschen. Auf der quer durch die Felder führenden, für die Baumwollkarren bestimmten Straße kam, Rauch ausspeiend und knatternd, eines jener klobigen und ungefügen Automobile heran, die neuerdings in Mode kamen. Es fauchte, hüpfte und wand sich auf der trockenen, von zahllosen Karrenrädern ausgefahrenen Straße, die für solch vornehme Vehikel nicht gedacht war.

Das Auto hatte kein Verdeck; als es näher kam, konnte Eleanor einen Mann am Steuer sehen, der keinen Hut trug und dessen dunkles Haar im Wind flatterte. Nahe einer struppigen Kiefer am Fuße des Deiches hielt es mit einem häßlich kreischenden Geräusch an, ohne daß der Fahrer den Motor gedrosselt hätte. Eleanor sah, daß er groß und breitschultrig war und ein junges, frisches Gesicht hatte. Sein Haar war vom Wind so durcheinandergeweht, daß es wie eine Schaumkrone wirkte. Er lachte dem Mädchen zu, das da allein unter dem Baum stand, und öffnete den Wagenschlag. Einen Augenblick später kam er bereits den Deich herauf.

Er sah aus wie ein junger Mann, der die Welt als einen idealen und herrlichen Aufenthaltsort betrachtet und sich glücklich preist, in ihr geboren zu sein. Eleanor sah, daß er fast einen Kopf größer war als sie selbst, und sie war wahrhaftig nicht klein. Breitbrüstig war er und sonnenverbrannt, als hätte er sein ganzes Leben im Freien zugebracht. Hätte er nicht so tiefdunkle Augen und Haare von der Farbe ungebleichten Zuckerrohrsirups gehabt, er hätte einem der Wikinger auf alten Bildern geglichen. Seine Stirn war breit und gewölbt, die kräftige Nase ein wenig gebogen. In seinem offenen und strahlenden Lächeln waren der Charme und die Selbstsicherheit des geborenen Frauenbetörers, der gewohnheitsmäßig jede nicht eben häßliche Frau anlächelt und von vornherein überzeugt ist, ihre Gunst zu erringen.

Annäherungen dieser Art fand Eleanor im allgemeinen lästig und widerwärtig, und als sie jetzt gar zurücklächelte, begriff sie sich selber nicht; sie fand nur rein instinktiv: irgend etwas war anders als sonst in ähnlichen Fällen.

»Bitte, entschuldigen Sie die Störung«, sagte der Mann mit einer leichten Verbeugung aus der Taille heraus, geradeso, als ob er unangemeldet ihr Zimmer beträte. Seine Stimme war tiefer, als sie erwartet hatte.

»Sie suchen jemand?« fragte sie, von einem sonderbaren Gefühl erfaßt, das sie sich nicht zu erklären wußte.

»Nein, Gnädigste, durchaus nicht«, sagte der Mann; »ich hatte ursprünglich keine andere Absicht, als die, nach den Feldern zu sehen. Aber nun sah ich Sie.«
Jetzt lachte sie laut heraus, ihm gerade ins Gesicht.
»Haben Sie etwas gegen meine Anwesenheit einzuwenden?« Das war so dahingesagt; sicherlich war er überzeugt, daß jedermann über sein Erscheinen beglückt sein müsse.
Wie diese Augen sie ansahen! Sie war doch wahrhaftig nicht leicht in Verlegenheit zu bringen, aber jetzt machte es ihr Mühe, diesem schmeichelnden Blick standzuhalten. »Warum sollte ich?« sagte sie schließlich. »Der Deich ist Eigentum der Regierung und für jedermann frei.« Eigentlich war sie wütend, und weil sie es war, hatte sie Grund, sich über ihre Stimme zu ärgern, die nichts davon spüren ließ, die im Gegenteil warm und beinahe herzlich klang, als spreche sie mit einem längst vertrauten Freunde und nicht mit einem reichlich anmaßenden Fremden.
»Ausgezeichnet!« sagte der Mann, und das Lachen seiner Augen vertiefte sich. So ein Pfau! dachte Eleanor. Wenn er sich jedem Mädchen gegenüber, das er zum erstenmal sieht, so verhält, bleibt ihm keine Zeit, sonst noch etwas zu tun.
Der Mann sagte: »Höchstwahrscheinlich haben wir gemeinsame Bekannte, die in der Lage wären, uns einander ordentlich vorzustellen; einstweilen gestatten Sie, daß ich das meinerseits selbst übernehme: Kester Larne.«
»Larne?« wiederholte Eleanor gedehnt. Oh! dachte sie, das also ist er. Sie lächelte wieder: »Ich habe Ihnen gerade einen Brief geschrieben.«
»Sie – mir?« Jetzt schien es an ihm, verlegen zu sein. Verwirrt und bewundernd zugleich sah er sie an. »Wie komme ich zu dem Glück? Bitte, entschuldigen Sie, aber eines ist sicher: Hätte ich Sie je in meinem Leben gesehen, ich hätte Sie gewiß nicht vergessen.«
»Seien Sie kein Narr!« sagte sie mit einem zornigen Aufblitzen ihrer Augen, das aber gleich wieder verschwand und einem leicht amüsierten Lächeln Platz machte. »Mein Vater ist der Regierungsbeauftragte für den Deichbau hier. Sie fragten bei ihm an, wann er voraussichtlich fertig würden, und da ich meines Vaters Sekretärin bin, schrieb ich die Antwort.«
»Oh!« Seine bewundernden Blicke ließen nicht von ihr; vielleicht sah er nur den Anknüpfungspunkt, der sich da bot; der Fortgang des Deichbaues jedenfalls interessierte ihn im Augenblick sicher nicht.
»Die Antwort, die ich Ihnen schrieb, wird Sie sicher erfreuen«, fuhr Eleanor fort; »wir hoffen, am 1. März unsere Zelte abbrechen zu können.« Sie trat einen Schritt näher und nahm wahr, daß ein Schatten über sein Gesicht glitt. »Sie brauchen nicht zu denken, daß ich es als persönliche Beleidigung auffasse, wenn Sie wünschen, uns baldmöglichst los zu sein«, sagte sie mit leichtem Spott in der Stimme. »Ich weiß zur Genüge, daß Deichbauneger ein zähes Volk sind und im allgemeinen mit Baumwollnegern schlecht auskommen. Aber wenn ich ehrlich sein soll, kann ich sie deswegen nicht einmal tadeln.«
Er strahlte schon wieder; ein jungenhaftes Lachen überflog sein Gesicht. »Was für ein gescheites Mädchen Sie sind!« sagte er. »Sie kommen wirklich nicht miteinander aus, trotz der gleichen Haut, und ich *wäre* tatsächlich froh gewesen, wenn die Deichbauarbeit vor dem Beginn der Baumwollpflanzzeit geendet hätte. Aber jetzt interessiert mich etwas anderes: Bedeutet der Abbruch der Zelte auch, daß Sie uns verlassen?«
»Allerdings!« lachte sie, »was soll ich denn noch hier?«
Da war wieder der Schatten auf seinem Gesicht, aber er konnte sich auch diesmal nicht halten. »Nun, das sind fast noch zwei Monate«, sagte er unbekümmert, »eine Masse Zeit. Wollen Sie mir nicht Ihren Namen sagen?«

»Eleanor Upjohn.«
»Danke.« Kester Larne zog seinen Mantel aus und breitete ihn auf dem Gras der Böschung aus. »Möchten Sie sich nicht hinsetzen?«
Was ist das denn? dachte Eleanor. Ich sollte jetzt gehen. Ich begreife mich nicht. Da war etwas in seiner Stimme, in seinem Gesicht, in seinem ganzen Wesen, dem sie sich nicht zu entziehen vermochte. Sie wies auf ihren eigenen Mantel, den sie über dem Arm trug. »Ich habe selber einen«, sagte sie.
»Oh, aber den müssen Sie anziehen. Nein, wirklich, ich wunderte mich schon, daß Sie ihn über dem Arm hängen hatten. Diese leuchtenden Tage sind trügerisch.« Er nahm ihr, als verstehe sich das ganz von selbst, den Mantel ab und hielt ihn ihr zum Hineinschlüpfen hin.
Und Eleanor, in keiner Weise gewöhnt, so betreut zu werden, fügte sich. Es ist närrisch, dachte sie, das alles ist närrisch, ich weiß durchaus nicht, warum ich mir das alles gefallen lasse; aber es war nun so, es war nichts dagegen zu tun. Sie setzte sich auf den ausgebreiteten Mantel, und Kester ließ sich neben ihr nieder, als sei dies die selbstverständlichste Sache von der Welt.
»Es ist feucht«, warnte Eleanor.
»Ich erkälte mich nie.« Er stützte sich auf die Ellenbogen und sah zu ihr auf. Eleanor fiel ein, was ihr Vater über die Larnes gesagt hatte. Dieser Kester mochte ein Frauenheld sein – wahrscheinlich war er es –, der bleiche Abkömmling einer ausgelaugten Aristokratenfamilie war er jedenfalls nicht. Sie erinnerte sich nicht, jemals einen kräftigeren, gesünderen und körperlich wohlgebildeteren Mann gesehen zu haben.
»Eleanor – das ist ein hübscher Name«, sagte er. »Mögen Sie ihn?«
»Doch – es sei denn, daß man mich Nelli ruft.«
Er lachte. »Wer würde auf den grotesken Einfall kommen, ein Mädchen wie Sie Nelli zu rufen!«
»Oh, mein Vater zum Beispiel. Manchmal wenigstens. Er fing damit an, als ich noch klein war. Früher machte es mir nichts aus. Aber als ich herausbekam, daß jeder Maulesel in jedem Lager Nelli gerufen wurde, war ich es leid und drohte Pa damit, daß ich ihn verlassen würde. Da ließ er es denn, im allgemeinen wenigstens, aber manchmal vergißt er sich noch.«
»Ich verspreche, Sie niemals Nelli zu rufen!« sagte er feierlich.
Sie maß ihn mit einem ihrer kühl spöttischen Blicke. »Sie haben Ihr Auto stehenlassen und den Motor nicht abgestellt«, sagte sie.
Er wandte sich nicht um: »Haben Sie schon einmal versucht, so ein Ding anzukurbeln?«
Er ist träge, dachte sie, extravagant, aber träge. Ein Auto muß sein, aber Arbeit darf es nicht machen. Vater hat wahrscheinlich recht. Laut sagte sie: »Wenn Ihnen das Ankurbeln lästig ist, warum fahren Sie dann nicht einen leichten Einspänner?«
»Weil ich in Automobile vernarrt bin«, versetzte Kester. Und mit einem Aufblitzen seiner dunklen Augen: »Ich stelle fest, daß ich eine energische junge Dame vor mir habe.«
Sie lachte trocken: »Danke. Das hat man mir schon öfter gesagt.«
»Wahrscheinlich hat man Ihnen noch öfter gesagt, daß Sie entzückend aussehen.«
»Nein. Denken Sie an.« Sie ließ ihre Zähne blitzen. »Und das wäre auch verschwendete Mühe gewesen. Ich weiß ziemlich genau, wie ich aussehe. Ich kenne meine Nase und mein viereckiges Kinn. Und ich habe es gar nicht gern, wenn man mir etwas vormacht.«
»Ja«, sagte er, »so sehen Sie aus. Ich glaube, Sie sind viel mit Studenten zusammen gewesen, die im allgemeinen süße und puppenhafte Mädchen lieben. Hat niemals

jemand versucht, Ihnen den Unterschied klarzumachen zwischen« – er hielt inne und sah sie mit einem Blick an, über den sie errötete.
»Nun«, sagte sie, »zwischen – –?«
Er hielt den Blick unverwandt auf sie gerichtet. »Ja – sagen wir zwischen süßen Weintrauben und – Kaviar?«
Sie lachte, unbewußt etwas verärgert. Wie frech er war! Sie dachte an ihre männlichen Bekannten, fast ausnahmslos Studenten oder Ingenieure. Nein, keiner von ihnen hatte jemals einen solchen Vergleich gewagt. Sie gestand sich ein, daß sie von allen respektiert worden war, weil sie mathematische Gleichungen schneller zu lösen verstand als einer von ihnen. Kester Larne war beträchtlich älter als die Studenten – sechs-, siebenundzwanzig, schätzte sie, und ihre Talente und Fähigkeiten interessierten ihn vermutlich nicht im geringsten. Sie legte ihren Gedanken Zügel an; dieser Mann meinte wahrscheinlich kein Wort ehrlich, das er sagte. Die Art, in der er mit ihr umging, ließ auf beträchtliche Erfahrung schließen; sie zupfte, vor sich hinblickend, an einem Grashalm.
Kester maß sie mit einem neckisch prüfenden Blick.
»Sie halten mich für einen Schwindler?« sagte er.
»Ja«, sagte sie kurz, ohne aufzusehen.
»Das macht nichts, das korrigiert sich mit der Zeit von selbst. Lassen Sie uns eine Fahrt machen.«
»Eine Fahrt? Wohin?«
»Lieber Gott! Irgendwohin! Bitte, kommen Sie!« Er war bereits aufgesprungen und hielt ihr mit einer selbstverständlichen Geste die Hände hin, um ihr aufzuhelfen.
Eleanors Gedanken waren schneller als ihre Stimme. Ihr Verstand sagte: Er hat mich in wohlüberlegter Weise gefesselt. Er lädt mich ein und ist völlig sicher, daß ich ja sagen werde. Er vermöchte den Gedanken nicht zu ertragen, daß es irgendwo eine vernünftige, einigermaßen gut aussehende Frau geben könnte, die ihm zu widerstehen vermöchte. Hätte ich meine fünf Sinne noch beieinander, wie ich es vorhin zweifellos noch hatte, dann müßte ich jetzt nein sagen, aber –; da war irgendwo ein unerklärliches Aber.
»Danke«, sagte sie, »warum nicht?«
»Wunderbar!« Er ergriff ihre Hände und zog sie hoch. Sie standen einander gegenüber, und sie hatte ein leichtes Schwindelgefühl. Ich habe niemals soviel Frechheit und soviel Charme in einem Menschen gesehen, dachte sie. Er war bereits im Begriff, den Uferdamm hinabzusteigen, als sie ihn zurückhielt. – »Sie haben Ihren Mantel vergessen.«
»Das kommt, weil ich außer Ihnen nichts mehr sehe«, lachte er, nahm den Mantel auf und zog ihn an. Sie hatte ihn etwas zerdrückt, aber das machte nichts; die ungezwungene, selbstverständliche Eleganz seiner Erscheinung vermochte es nicht zu beeinträchtigen. Sie mühte sich, herauszubekommen, worauf der Zauber beruhte, der von diesem Manne ausging. Er kam wohl weitgehend von seiner Selbstsicherheit, von der Art, wie er sprach und wie er sich bewegte, ganz so, als ob nichts ihn anzuführen vermöchte. Die Ritter und Kreuzfahrer aus alten Geschlechtern, deren Bildnisse ihren Grabmalen eingemeißelt waren, bewahrten noch im steinernen Abbild diesen unwiderstehlichen Hauch von Hoheit und Adel.
Sie kletterten den Deichabhang hinunter; Kester hielt stützend ihre Hand. Er öffnete den engen Schlag des Autos; Eleanor stieg ein, und er setzte sich neben sie an das Steuer.
»Halten Sie sich fest«, sagte er; »als man diese Straße baute, hat man noch nicht an Autos gedacht.«
Lärmend und fauchend setzte der Wagen sich in Bewegung, hoppelte widerwillig

über die verkrusteten Karrenspuren, durchfuhr das Baumwollfeld und bog bald darauf in eine Straße ein. Kester begann nun schnell die Geschwindigkeit zu steigern; Hindernisse schienen für ihn nicht zu existieren, ein Gefühl für Gefahr besaß er offenbar nicht, aber das entsprach wohl der Art seines Lebens Eleanor jedenfalls fand, es gehöre zu ihm. Sie war durch dergleichen Abenteuer nicht verwöhnt, sie fand es erregend und schön, so schnell und sicher durch die vertraute Landschaft dahinzugleiten. Um sie herum wirbelte der Staub; er ballte sich hinter dem ratternden Gefährt zu einer Wolke. Eleanor klammerte sich an ihren Sitz, sie war wie betäubt und kämpfte mit einem leichten Schwindelgefühl

Dann, ruckartig fast, verringerte Kester die Geschwindigkeit Sie sah vor sich einen hohen, schmiedeeisernen Zaun, der ein geräumiges Grundstück einschloß.

»Hier wohne ich«, sagte er. »Ich denke, wir gehen hinein und trinken eine Tasse Kaffee, um den Staub aus den Kehlen zu spülen.«

»Fahren Sie immer so wie eben?« fragte Eleanor.

Er sah sie verdutzt an. »Ja. Wieso? Habe ich Sie erschreckt? Dann bitte ich um Verzeihung. Aber Sie dürfen mir vertrauen. Ich bin, glaube ich, ein recht guter Fahrer.«

»Warten Sie eine Minute.« Eleanor strich sich das Haar aus der Stirn, in ihren Augen stand jetzt ein fast hilfloses Lächeln. »Sie fahren mich einfach hierher – ich weiß von Ihnen so gut wie nichts – sind Sie sicher, daß Sie hier wohnen?«

Sie mußte lachen, als sie sein Gesicht sah; er sah aus wie ein Junge, der über einem harmlosen Streich ertappt wurde. »Wieso?« stammelte er, »ich versichere Ihnen, ich habe hier gelebt – meine Familie hat hier gelebt seit der Revolution und noch länger.« Er zog die Bremsen, ließ den Wagen auslaufen und begann in seinen Taschen herumzufingern. »Ich müßte eigentlich irgend etwas bei mir haben, worauf mein Name steht«, sagte er. »Hier!« Er reichte ihr ein kleines silbernes Taschenmesser. In winzigen Buchstaben war auf einer der Schalen der Name ›Kester Larne‹ graviert. »Mutter hat mir das irgendwann einmal zum Geburtstag geschenkt«, lachte er, »und meinen Namen hat sie hineingravieren lassen, weil ich die Eigenschaft habe, alles zu verlieren.«

»Ist Ihre Frau Mutter zu Hause?« fragte Eleanor.

Er zuckte die Achseln: »Vermutlich nicht. Ich glaube, meine Eltern sind ausgegangen, Besuche zu machen. Aber das tut ja nichts. Die Dienerschaft ist ja da. Bitte, kommen Sie. Hier herein. Es ist dies der einzige Platz weit und breit, wo man eine Tasse genießbaren Kaffees bekommen kann.«

Verrückt! dachte sie wieder, aber sie widersprach nicht. Kester setzte den Wagen wieder in Bewegung und fuhr durch das weit offen stehende Tor eine breite, gepflegte Allee hinunter. Unwillkürlich stieß Eleanor einen Ruf der Bewunderung aus. Sie fuhren unter den schattigen Kronen sehr alter Eichen dahin, die in schnurgerader Richtung auf ein großes weißes Haus zuliefen, dessen schimmernde Fassade durch graue Moosgirlanden schimmerte, die von den Zweigen der Bäume herabhingen. Gleich dem verwunschenen Schloß eines Märchens stand es dann vor ihr, das Haus, umgeben von einer breiten Veranda, deren dorische Säulen das weit überhängende Dach trugen. Die Flügel der großen Mitteltür standen weit offen; schwer und wuchtig war diese Tür und von ungewöhnlicher Höhe und Breite. Die in gleicher Höhe gehaltenen Fenster zur Linken und Rechten reichten bis zum Fußboden hinab; schwere Verhänge hinderten den Blick in das Innere und spendeten den dahinter befindlichen Räumen kühlenden Schatten.

Nachdem sie dem Auto entstiegen war, stand Eleanor einen Augenblick still und ließ die kühle, statuarische Schönheit des von alter Kultur zeugenden Bauwerkes und die abgeschiedene Stille der Parklandschaft auf sich wirken. Das Haus, fand sie, war griechisch und amerikanisch zugleich: ein steinernes Mal jener klassischen Zeit, die die Revolution gebar, die amerikanische wie die französische, jener Zeit, die sich aus dem geistigen Elan ihrer Frühzeit ihren eigenen unvergänglichen Stil schuf, einen Stil, der die Bill of Rights ebenso hervorbrachte wie die Guillotine. Der die griechischen Gewänder des frühen neunzehnten Jahrhunderts erzeugte und schließlich auch seinen Ausdruck in der Architektur fand. Der die Länder, welche der jungen Demokratie huldigten, mit Säulenbauten, Säulenhallen und Säulenkaminen ausstattete, so daß man beim Anblick eines solchen Bauwerkes in Zweifel geriet, ob man eine Kirche oder einen Bankpalast vor sich habe. Hier wie dort war man versucht, an die Akropolis zu denken. Reiche Leute hielten es zukünftig für ihre Pflicht, dafür zu sorgen, daß ihre Kinder in Häusern geboren wurden, die wie griechische Tempel aussahen. Aber irgendwie zeugten alle diese in die Gegenwart herübergeretteten Bauten noch heute für den guten Geschmack ihrer Erbauer.

Eleanor streifte mit einem verwirrten Ausdruck in den Augen Kesters Gesicht. »Ich habe niemals einen schöneren Platz gesehen«, sagte sie leise. »Lassen Sie uns hineingehen.«

Die Haupthalle war weit, geräumig und luftig. Unweit der Eingangstür wand sich eine Wendeltreppe hinauf in den zweiten Stock. An den Wänden hingen große, nachgedunkelte Porträts in kostbaren Rahmen. Eleanor zur Linken sah ein Mann in weißgepuderter Perücke auf sie herab; ihm gegenüber stand eine junge Frau in der hohen Frisur des achtzehnten Jahrhunderts vor blauem Hintergrund. Daneben hing das Bild einer schwarzlockigen Frau in viereckig ausgeschnittenem, dicht unterhalb des Busens gegürtetem Gewand im Stil jener Zeit, da der erste Bonaparte Kaiser von Frankreich war. Eleanor durchschritt langsam den Raum. Am Fuß der Wendeltreppe blieb sie stehen. Dicht über ihr hingen zwei offenbar zusammengehörende Porträts. Das eine zeigte einen jungen Mann in der grauen Uniform der Konföderierten, das andere ein Mädchen in blauem Reifrock. Offenbar hatte dieses Mädchen zu dem Porträt an der gleichen Stelle gestanden, die Eleanor jetzt einnahm, denn dicht hinter ihr zeigten sich die Windungen der Wendeltreppe, und ihre Hand lag auf der Balustrade.

Eleanor wandte sich Kester zu. »Erzählen Sie mir etwas von diesen Menschen«, sagte sie leise; »wer sind sie?«

Kester ließ seinen Blick die Reihe der Porträts entlangschweifen. Seine tiefe Stimme strömte Ruhe und Sicherheit aus, als er dem Mädchen von seinen Vorfahren sprach.

Der Mann in der weißen Perücke war der erste. Philip Larne, der das Land, das jetzt die Ardeith-Plantage trug, von Georg III. von England für seine Verdienste im französisch-indianischen Krieg als Geschenk erhalten hatte. Die Dame vor dem blauen Hintergrund war seine Frau. Sie waren eines Tages beide in Flachbooten den Mississippi heruntergekommen, damals, als Dampf noch nichts anderes als Dunst war, der aus einer Kesseltülle quillt. Die Frau im Empirekleid hatte in die Larne-Familie eingeheiratet, in der Zeit, da Louisiana ein Kauf- und Handelsobjekt war. Das Paar aus der Bürgerkriegszeit waren Kesters Großeltern. Der junge Mann war im Kriege gefallen, aber das Mädchen, seine Frau, war eine sehr alte Dame geworden. Kester konnte sich aus seiner Kinderzeit her noch an sie erinnern.

Ach, da waren noch viele Bilder. Er würde sich glücklich schätzen, wenn er sie ihr nach und nach zeigen und ihr ihre Geschichte erklären könnte. Das ganze Haus würde er ihr gerne zeigen. Oh, es war sehr groß, dieses alte Haus, es hatte viele Räume, die keinen anderen Zweck hatten, als dem Besen Bewegung zu verschaffen. Merkwürdigerweise waren es genau dreißig gewesen außer den Dienerschaftszimmern; einige waren inzwischen zu Toiletten und Badezimmern umgebaut.

Eleanor durchschritt eine Tür auf der einen Seite der Halle und sah sich in einer Bibliothek. In den hohen Buchregalen standen moderne Romane neben gebundenen Bänden von ›Putnam's Magazine‹ und ›Godey's Lady's Book‹, alte Abhandlungen über Baumwollkultur und Romanzen mit erstaunlichen Titeln.

»›Der Fluch von Clifton‹«, las sie laut und schüttelte den Kopf; »›Der Damensalon im Jahre 1841‹.« Sie lachte: »Irgendwann und -wo habe ich von Taschenbüchern dieser Art gehört, aber ich glaube nicht, jemals eins gesehen zu haben.

Und wer ist ›Mrs. E. D. E. N. Southworth‹?«

Kester verzog sein Gesicht zu einem spöttischen Lächeln. »Diese Dame schrieb meines Wissens aufregende Sensationsgeschichten«, versetzte er sarkastisch; »wissen Sie, so'n Zeug, wo Stürme heulen, Schiffe scheitern und unwahrscheinliche Menschen sich mit juwelengeschmückten Dolchen umbringen.« Er hob resigniert die Schultern und ließ sie wieder fallen. »Meine Familie hat zweifellos ausgezeichnete Qualitäten«, sagte er, »aber sie schwelgt nun mal gern in solch idiotischer Literatur.«

Eleanor legte einen Band von ›Godey's Lady's Book‹ vor sich hin und blätterte in den Seiten herum. Sie lächelte amüsiert über die hochtrabenden Phrasen, die ihre Augen auffingen und über die bauschigen, pompösen Gewänder auf den Modeseiten. »Solche Lektüre ist sehr instruktiv«, sagte sie, »wenn man diese Bilder sieht – ich weiß nicht – es macht den Eindruck, als ob sie sehr selbstsicher waren. Ich möchte annehmen, daß das Leben zu jener Zeit einfacher war.«

Kester lachte sein jungenhaftes Lachen. »Lassen Sie sich nicht täuschen, Miß Eleanor«, sagte er, »ich habe oft in diesen Scharteken gelesen. Sicher habe ich aus einem guten Dutzend dieser ein bis zwei Jahrhunderte alten Bänden den Rahm abgeschöpft. Und ich versichere Ihnen, in jedem wird das einfachere Leben der gerade vergangenen Epoche neidvoll bewundert und über die Schwierigkeiten der Gegenwart geklagt.«

»Dann glauben Sie also nicht, daß das Leben im neunzehnten Jahrhundert leichter war als das unsere?«

»Wie sollte das sein? Überlegen Sie einen Augenblick. Die Zeit, die den amerikanischen Bürgerkrieg einschloß, die ostindische Soldatenrebellion und die Belagerung von Paris? Nein, Gnädigste, das glaube ich nicht. Wir meinen, daß die alten Zeiten einfacher waren, weil wir mittlerweile wissen, wie Großvaters Probleme gelöst wurden. Jedes Problem ist einfach, wenn man die Lösung am Schluß eines Buches ablesen kann.«

Sie lachten zusammen. Eleanor stellte den Band *Godey's* an seinen Platz zurück und sah sich weiter in der Bibliothek um. Auf dem Mitteltisch lag eine riesige Bibel, deren Deckel durch Metallschließen verbunden waren. Sie fragte, ob sie sie öffnen dürfe; er nickte lächelnd. Die Bibel fiel von selbst in der Mitte auseinander. Sie enthielt hier eine ganze Anzahl druckfreier Seiten zur Aufnahme von Familienurkunden. In vielen voneinander abweichenden Handschriften standen hier die Geburts-, Heirats- und Todesdaten der Larnes verzeichnet Die Tinte war großenteils von der Zeit gebleicht oder gebräunt. Eleanor überflog, die Seiten langsam umwendend, die verschiedenen Eintragungen.

»Gestorben auf Ardeith-Plantage am 23. September 1810: Philip Larne, geboren in der Kolonie Süd-Karolina – – –«, las sie.

»Geheiratet in Dalroy, Louisiana am 4. April 1833 Sebastian Larne und Frances Durham – – –«;

»Geheiratet auf Silberwald-Plantage, Louisiana am 6. Dezember 1859: Denis Larne und Ann Sheramy – – –«;

»Geheiratet in Dalroy, Louisiana am 21. März 1884: Denis Larne II und Lysiane St. Clair.«

»Das sind Ihre Eltern?« fragte Eleanor.
Kester nickte. Ihr Interesse schien ihn zu freuen; er war weit entfernt davon, seine Heimat und die Geschichte seines Hauses als selbstverständliche Gegebenheit hinzunehmen, und er war naiv genug, sich über die Aufmerksamkeit anderer zu erheitern, die in der Regel nicht frei von heimlicher Bewunderung war.

Eleanor blätterte weiter in den Seiten; sie kam jetzt an die Geburtszeugnisse. Fast am Ende der Spalte las sie:
»Geboren auf Ardeith-Plantage am 18. Februar 1885: Kester Denis Larne, Sohn von Denis Larne II und Lysiane St. Clair.«

Er hatte noch einen jüngeren Bruder und eine Schwester. Ihre Geburtszeugnisse waren die letzten Eintragungen. Eleanor hob mit beinahe scheuem Ausdruck den Blick. »Mir scheint, es ist irgendwie ehrfurchtgebietend, sich als letztes Glied einer solchen Reihe zu sehen.«

Er schüttelte den Kopf: »Warum? Ich sehe das nicht ein.«

»Oh, ich weiß nicht. Schon das Gefühl, Glied einer endlosen Kette zu sein – –«

Kester lachte: »Aber das sind wir schließlich alle.«

Sie schlossen die Bibel und gingen in die Halle zurück. Bei der Wendeltreppe bückte sich Kester und zeigte ihr den deutlich erkennbaren Abdruck eines Hufeisens im Holz einer Stufe. Man sah, daß die Treppe in jüngerer Zeit einer eingehenden Reparatur unterzogen worden war, aber dieser Hufeisenabdruck war völlig erhalten und noch jetzt unverkennbar. Er war entstanden, als gleich nach dem Bürgerkrieg Nordstaatentruppen das Haus besetzt und geplündert hatten. Da war ein Soldat in die Halle geritten und offenbar auf den Einfall gekommen, die Wendeltreppe hinaufreiten zu wollen. Er erzählte ihr die alte Geschichte in allen Einzelheiten.

»Es ist bezaubernd, wie Sie das lebendig werden lassen«, sagte Eleanor. »Ich kannte die Geschichte aus der Schule, aber jetzt ist es mir, als sähe ich vor mir, was damals geschah.«

»Wenn man Sie sprechen hört, sollte man denken, Sie kämen aus zehntausend Meilen Entfernung hierher«, lachte Kester; es war augenscheinlich, daß ihr Interesse ihm Spaß machte.

»Ich bin in einem Deichbaulager in West-Feliciana-Parish geboren«, antwortete sie, »das ist eine andere Welt. Aber ich ermüde Sie, wenn ich Sie fortgesetzt erzählen lasse.«

»Ich räume ein, daß es sich bei einer Tasse Kaffee angenehmer plaudert«, versetzte er.

Eleanor lachte; sie war entwaffnet, es war einmal so. Sie durchquerten gemeinsam die Halle und betraten das der Bibliothek gegenüber liegende Wohnzimmer. Es war dies der eigentliche Aufenthaltsraum des Hauses. Er war mit tiefen, bequem gepolsterten Mahagonisofas ausgestattet. An einer Wand stand ein großes Klavier aus Rosenholz, und die moderne Zeit wurde durch einen Phonographen repräsentiert. Ebenso wie die Bibliothek besaß auch dieses Zimmer einen weißen Marmorkamin, aber gegenwärtig brannte kein Feuer hinter dem Messinggitter. In der Nähe des Kamins hing eine Glockenschnur herunter, in der Art, wie sie in den alten Tagen der Dampfboot-Schiffahrt von den Damen verwandt wurden, wenn sie bei einer Reise auf dem Strom stickend im Kreise saßen und sich eine Limonade heraufbringen ließen.

»Geht die Glocke noch?« fragte Eleanor.

»Ja, gewiß. Warum?« Kester zog an der Schnur. Gleich darauf stand ein schwarzgekleideter Neger in der Tür; er sah aus wie ein Leichenträger. Kester nannte ihn Cameo. Er befahl dem Mann, Kaffee zu bringen. Cameo näherte sich Eleanor mit grotesk-feierlicher Höflichkeit. »Wünschen Sie, Ihren Mantel anzubehalten, Miß?« fragte er.

Eleanor zog mit Hilfe des Negers den Mantel aus und reichte ihm ihn. Als Cameo hinausging, bemerkte sie, daß die Tür eine silberne Klinke hatte und in silbernen Scharnieren hing, die in weichem Glanz schimmerten. Jetzt erinnerte sie sich, die gleichen Klinken und Scharniere bereits in der Bibliothek gesehen zu haben. Einen Augenblick stand sie still. Sie tat heute ihren ersten Blick in die Wunderwelt eines der großen Herrensitze, von denen sie schon soviel vernommen hatte. Sie war sich klar bewußt, etwas sehr Wichtiges und Bedeutsames zu erleben, und doch waren alle ihre Sinne wie in heimlicher Abwehr gespannt. Sie begann zu begreifen, warum die Menschen, die Generationen hindurch in der konservierten Atmosphäre derartiger Häuser gelebt und geatmet hatten, so wurden, wie sie sich ihrer Umwelt zeigten. Ihre natürlichen Triebe waren durch die unverletzlichen Regeln einer kultivierten und aufs äußerste sublimierten Lebenshaltung nach und nach eingedämmt worden, bis schließlich die letzte Unsicherheit schwand; ihre Charaktere waren in dieser abgeschlossenen Welt, in der alles ein für allemal feststand, in der jeder von klein auf genauestens wußte, was er zu tun hatte und was von ihm erwartet wurde, bis zur äußersten Glätte abgeschliffen. Das Haus, die Wendeltreppe mit dem Hufeisenabdruck, die Porträts in der Halle und die uralten Eichen vor dem Haus – alles verriet die gleiche ruhige Selbstsicherheit, die sie schon an Kester beobachtet hatte. Ach, es war ziemlich leicht, das zu verstehen, aber es schien eine Welt ohne Zugang.

Kester hatte inzwischen den Phonographen in Betrieb gesetzt und eine moderne Tanzplatte aufgelegt. Er stellte den Apparat ab, als Cameo wieder erschien und ein Tablett mit einem silbernen Kaffeeservice auf einem niedrigen Tischchen vor dem Kamin abstellte. Kester und Eleanor nahmen das Service vom Tablett und sahen einander an; Eleanor goß Kaffee in die Täßchen.

»Was für ein wundervolles Service«, sagte sie; sie sah, wie der durch die hohen Fenster hereindringende Lichtschein sich in der Kanne spiegelte. »Es sieht aus wie ein Hochzeitsgeschenk.«

»Vermutlich war es eins«, sagte Kester.

»Von Ihrer Mutter?«

»O nein, sehr viel früher. Meine Urgroßmutter dürfte es bekommen haben. Warten Sie, es ist ein Monogramm eingraviert.«

Eleanor drehte die Kanne und fand die Initialen ›F. D. L.‹. »Heißt das Frances Durham?« fragte sie. »Ich las den Namen zufällig vorhin in der Bibel. Aber entschuldigen Sie – –«; sie brach ruckhaft ab.

»Was denn? Was haben Sie?«

Sie lachte etwas gezwungen: »Es geht mich ja schließlich nichts an. Aber ich sehe eben, da ist einer Ihrer Diener recht unachtsam gewesen. Hier gerade über dem Monogramm ist ein Sprung im Metall.«

Kester betrachtete sie entzückt. »Vierzig Jahre lang ist versucht worden, diesen Sprung zu heilen«, sagte er. »Er wurde durch einen Spaten verursacht, der dagegenschlug, als man das Silber nach dem Bürgerkrieg aus der Erde grub.«

Eleanor stellte die Kanne behutsam zurück. Und wieder fühlte sie sich angeweht von der dichten Atmosphäre dieser fremden Welt, in die sie so unversehens eingedrungen war. Sie sah das Licht in dem alten Silber der beschädigten Kanne blitzen und wußte, daß der Sprung da nicht irgendein Sprung war, daß er sich von irgendwelchen Zufallssprüngen ebenso unterschied wie die kleinen Unregelmäßigkeiten in handgearbeiteter Spitze von den Schludrigkeiten maschinell hergestellter Imitationen.

»Ich kann Ihnen gar nicht sagen, wie mir zumute ist«, sagte sie. »Ich blicke in eine ganz neue Welt, und diese Welt ist gänzlich verschieden von allem, was ich bisher kennenlernte. Ich wohne in einem Hause in New Orleans, das vor neun Jahren erbaut wurde, und wir beschweren uns fortgesetzt, weil es uns nicht modern genug ist.«

»Ich habe mir oft gedacht, es müßte sehr bequem sein, in so einem modernen Hause zu wohnen«, entgegnete Kester. »Zweifellos ist es angenehm, zu wissen, daß die Dachrinnen dicht sind und daß man nicht Gefahr läuft, die Bodentreppe auf den Kopf zu bekommen. Darf ich noch ein Täßchen Kaffee haben?«

Sie füllte ihm die Tasse. »Würden Sie meinen Vater kennen, so würden Sie besser wissen, was ich meine«, fuhr sie fort. »Er ist ganz und gar ein Mensch des Heute, ein typischer Amerikaner, ein Selfmademan, wenn Sie so wollen. Vielleicht können Sie das nicht verstehen: Er ist so stolz, seinen Kindern Möglichkeiten bieten zu können, die er selbst nie gehabt hat.«

»Ich glaube, ich hätte mir das auch ohne Ihre Erklärung gedacht«, sagte er nachdenklich, »seien Sie bitte nicht böse, aber ich brauche doch nur Sie anzusehen. Sie gleichen Ihrem Vater, nicht wahr? Ich meine – auch innerlich?«

Sie runzelte ein wenig die Stirn. »Die Leute sagen es. Ich habe lange für ihn gearbeitet, in den Sommerferien, solange ich im College war, und ständig, seit ich meine Studien beendet habe.«

»Wo waren Sie im College?«

»In Barnard. Und Sie?«

»In Tulane. Waren Sie gern im College?«

Sie lachte etwas verlegen. »Ich weiß nicht. Nicht sehr, glaube ich. Ich bin nicht besonders klug. Und die anderen Mädchen waren – nun ja, so jung. Hätten sie wie ich am Strom gelebt und die oft genug verzweifelten Kämpfe kennengelernt, die hier von den Männern bei Tag und bei Nacht durchgefochten werden mußten, um die Flut zurückzuhalten, sie hätten wahrscheinlich auch etwas andere Grundlagen für das Leben mitbekommen und würden ein Haarband oder einen Hut nicht mehr für das wichtigste Ding auf Erden halten. Aber ich langweile Sie wahrscheinlich; verstehen Sie überhaupt?«

Ihre Augen begegneten sich; sein Gesicht war jetzt ganz ernst. »Ja«, sagte er, »ich verstehe Sie. Aber ich habe ein Mädchen wie Sie nie gesehen. Bitte, sprechen Sie doch weiter. Erzählen Sie mir mehr von den Mädchen im College. Ich bin sicher, sie bisher mit ganz falschen Augen gesehen zu haben.«

Sie zog in burschikoser Manier die Knie hoch und umschlang sie mit den Armen. »Es ist merkwürdig«, sagte sie, »da war auch eine Wand. Ich verstand sie meistens nicht. Schon die Art, wie sie miteinander zu flüstern pflegten, schien mir sonderbar. Sie sprachen mit geheimnisvollen Mienen über Dinge und Zusammenhänge, die mir zeit meines Lebens selbstverständlich waren. Geburt und Tod sind natürliche Vorgänge in einem Deichbaulager; da gab es für mich kein Geheimnis. Auch das Zelt am Lagerende, das von Frauen bewohnt war und das ich nicht betreten sollte, war für mich weiter nichts Aufregendes. Nein, ich glaube nicht, daß ich jemals sehr mädchenhaft albern war.«

»Gewiß nicht«, versetzte Kester lächelnd, »Albernheiten wären sicher das letzte, was man einem Mädchen wie Ihnen vorwerfen könnte.« Er saß jetzt wie ein Lausejunge mit gekreuzten Beinen auf dem Fußboden und lauschte hingegeben ihren Worten.

»Fahren Sie fort«, sagte er, »erzählen Sie mir etwas von einem Deichbaulager. Das ist für mich eine fremde Welt, obgleich ich so nahe am Strom wohne.«

Eleanor war merkwürdig zumute. Es war gewiß nicht ihre Art, so viel von sich selber zu reden, aber er war ein Zauberer, er hatte sie behext. Er wollte, daß sie erzählen solle, und sie erzählte. Da war Randa, die Köchin des Deichbaulagers. Sie war eine Negerin und hatte Diamanten in den Zähnen. Eine sonderbare Geschichte. Randas Mann hatte bei der Deichbauarbeit eine Verletzung erlitten und war gestorben. Die Regierung hatte der trauernden Witwe eine Prämie gezahlt. Randa, die Gute, war aber bange vor Glücksjägern, die ihr mit Heiratsabsichten nahen und sie ihres Schatzes berauben könnten. Da sie entschlossen war, sich ihren Reichtum zu erhalten, brachte sie ihn in Gestalt von Diamanten in ihren Zähnen unter. – Eleanor erzählte von Jelli Roll, der auch ein Neger und der Aristokrat des Lagers war. Denn Jelli Roll war so tüchtig, daß er zweieinviertel Dollar am Tage verdiente und es sich leisten konnte, Hemden aus geblümtem Percale zu tragen. Zweifellos war Jelli Roll ein Genie. Seine Arbeit bestand darin, den Deichhang zu planieren. Wenn nun die Männer mit den Schaufelloren heraufgekeucht kamen, sagte er ihnen, wo sie den Sand abladen sollten. Seine Kunst bestand in der Schnelligkeit der Berechnung. Er gab seine Anweisungen so schnell und so exakt, daß er nicht nur das Abladen von drei Loren gleichzeitig dirigierte, sondern auch die Verteilung der Sandmassen im gleichen Arbeitsgang vornahm, und zwar mit solcher Genauigkeit, daß hinterher nichts mehr zu ändern war. Fred Upjohn hatte das dutzende Male überprüft; es stimmte immer, drei zu eins auf der Innenseite, vier zu eins auf der Außenseite.»Ich mag Leute gern, die ihre Arbeit korrekt und ordentlich tun«, sagte Eleanor, »und hier liegt einer der Gründe, warum ich meinen Vater so bewundere. Pa baut die besten Deiche am Strom. Seine Sorgfalt und seine Exaktheit sind, glaube ich, einmalig. Er studiert mit nicht mehr zu überbietender Gründlichkeit die Beschaffenheit der Bodenformation, bevor er einen Spatenstich tun läßt. Form und Gestalt des Deiches stehen bei ihm bis in die kleinste Einzelheit fest, bevor er auch nur einen Löffel Erde bewegt.«

»Wissen Sie«, sagte Kester, »ich habe mein ganzes Leben am Strom zugebracht, aber jetzt, wo ich Sie darüber sprechen höre, ist es mir, als sähe ich das alles mit neuen Augen und finge eben an, die ersten Grundbegriffe zu lernen. Ich habe, glaube ich, zeit meines Lebens nur in Baumwolle gedacht.«

»Aber das mußten Sie doch«, entgegnete sie eifrig. »Das ist ja Ihre Sache. Was geht Sie der Deichbau an? Sind Sie gern Pflanzer geworden?«

»Sie fragen mich Dinge, über die ich niemals nachgedacht habe.« Kester schüttelte langsam den Kopf. »Das alles war immer ganz selbstverständlich, es stand nie in Frage. Mein Bruder Sebastian wollte von Anfang an Kaufmann werden. Also blieb mir die Plantage und Sebastian ging nach New Orleans.«

»Was tut er dort?«

»Er verkauft, was Ardeith erzeugt; er ist Baumwollmakler.« Kester stand auf und reckte sich. »Er versteht sein Geschäft, glaube ich. Ein prachtvoller junger Mann, sage ich ihnen. Und der einzige von uns, der gescheit genug ist, die Baumwolle für sich arbeiten zu lassen, während wir für die Baumwolle arbeiten.«

Er lehnte sich mit dem Ellenbogen gegen die Marmorverkleidung des Kamins und betrachtete das Mädchen mit unverändertem Entzücken. Eleanor, das Kinn auf den über den Knien verschränkten Händen, hob ihre Augen und erwiderte seinen Blick. »Sie haben es nicht nötig, sich mit Späßen zu rechtfertigen«, sagte sie, »ich kann, glaube ich, nachfühlen, was in Ihnen vorgeht. Sie lieben den Platz und die Arbeit, zu der Sie gehören, und schämen sich, zuzugeben, was Ihnen beides bedeutet.«

Er nickte, halb stolz, halb verlegen; in seinen Augen stand ehrliche Bewunderung. »Ja, Miß Eleanor«, sagte er mit einer Stimme, die ernster, verhaltener klang als bisher, »ja, ich liebe Ardeith; warum sollte ich das nicht gestehen. Aber es ist so, daß ich mich als ein Teil dieses Besitzes fühle. Es ist mir völlig unmöglich, mich selbst und Ardeith auseinanderzudenken. Und ich schäme mich gar nicht, Ihnen das zu sagen, obgleich es nicht viele Leute gibt, denen ich so etwas mit dürren Worten sagen würde.«

Eine Pause trat ein. In Eleanor wuchs noch immer das sonderbare Gefühl heimlicher Vertrautheit, das nach ihr gegriffen hatte, als sie Kester Larne zum ersten Mal lachen sah. Die Schatten in den Ecken des großen Raumes begannen sich zu verdichten, aber Kesters Gestalt stand als klarer Umriß vor dem Kamin, als ob das ganze Licht der scheidenden Sonne sich gesammelt hätte, um seine kraftvolle Männlichkeit sichtbar zu machen. Er hat recht, dachte sie, er gehört ebenso zu Ardeith, wie das Haus, in dem er lebt, wie die Eichen, die es umschatten, es ist nicht möglich, sich ihn ohne diesen seinen ureigensten Hintergrund zu denken Obwohl er reglos am Kaminsims lehnte, war sie sich seiner fordernden Gegenwart scharfsinnig bewußt. Sie stellte sich vor, wie er in einen mit vielen Menschen angefüllten Raum treten würde; sogleich mußte alles in diesem Raum unwichtig werden durch die bloße Tatsache seines Erscheinens. Es fiel ihr wieder ein, was ihr Vater über die Larnes gesagt hatte. Er weiß gar nichts über sie, dachte sie, er weist sie einer bestimmten Kategorie zu, aber das ist ganz abstrakt, die Wirklichkeit ist immer ganz anders. Aber was immer es auch mit dem Geschlecht der Larnes auf sich haben mochte, zweifellos war Kester ein gut aussehender junger Mann, der nicht nur selber bezaubernd war, sondern darüber hinaus die viel seltenere Gabe besaß, andere Menschen zu bezaubern. Er gefällt mir, dachte sie, es hat keinen Sinn, es mir ableugnen zu wollen, er gefällt mir wirklich!

Sie erhoben sich beide, als Geräusche von draußen hereindrangen. Eleanor schrak unwillkürlich zusammen, mit einem kleinen Schuldbewußtsein, als hätte man sie über einer ihrer nicht würdigen Haltung ertappt. Kester hatte sich der Tür zugewandt.

»Sie bekommen Besuch?« fragte sie. – Er lächelte, sehr verbindlich plötzlich und sehr wohlerzogen. »Nein«, sagte er, »meine Eltern. Sie kommen von ihrem Ausgang zurück. Ich werde sie holen.«

Er durchquerte den Raum, ging hinaus und kam nach wenigen Augenblicken mit seinen Eltern zurück. Die Vorstellung ging schnell vonstatten.

Das erste, was Eleanor beim Anblick von Mr. und Mrs. Larne einfiel, war: Sie sehen wundervoll aus. Dies war ein Gefühlseindruck; was darüber hinaus sogleich ins Auge fiel, war: Sie sahen sich ähnlich. Sie waren beide groß und schlank und bewegten sich in der gleichen, seltsam anmutigen Weise. Beide sprachen sie mit weichen, melodischen Stimmen, beide wirkten sie sehr gepflegt und sehr distinguiert und beide hinterließen sie den Eindruck sehr charmanter, sehr liebenswürdiger, leider gänzlich unnützer Wesen.

Mr. Larne bestand darauf, daß die junge Dame ein Glas Sherry mit ihnen trinken müsse. Als sie ein wenig unschlüssig zögerte, aus dem unsicheren Gefühl heraus, daß die Larnes vielleicht für sich allein sein möchten und nur einem Gebot anerzogener Höflichkeit folgten, indem sie sie zum Bleiben nötigten, versicherte Mr. Larnes mit unwiderstehlichem Charme, daß Kester leider sehr selten auf den reizenden Einfall käme, so eine entzückende junge Dame mitzubringen, und daß es ihn ungemein schmerzen würde, auf ihre Gesellschaft verzichten zu müssen.

Da gab sie denn nach. Sie setzte sich wieder, verwirrt und ein wenig betäubt und nicht ohne ein heimlich belustigtes Prickeln: Meinen diese Leute eigentlich, was sie sagen? Wahrhaftig, es war nicht festzustellen. Sie beschloß, ein Glas Sherry zu trinken und dann zu gehen. Mrs. Larne gab ihren großen Federhut einem Mädchen; Cameo erschien und brachte eine Karaffe und Gläser.

Denis Larne II und Lysiane St. Clair, erinnerte sich Eleanor. Dies also war Kesters Vater. Ein Gentleman, ohne Zweifel! Ein Mann, bei dem jedes Ding im Leben seinen unverrückbar festen Platz hatte. Sicherlich kannte er die guten Weinjahrgänge und die besten Zigarren. Sicherlich konnte er geistvolle Stellen aus modernen Romanen zitieren, liebte Debussy und hatte eine Vorliebe für moderne Tanzmusik. Zweifellos besaßen er und Lysiane ein klares Urteilsvermögen und verstanden es, eine Atmosphäre von Bildung und Wohlerzogenheit um sich zu verbreiten, aber wie, um alles in der Welt, hatte dieses zerbrechliche Porzellanpaar einen Mann wie Kester hervorbringen können?

»Sie weilen auf Besuch in der Nachbarschaft, Miß Upjohn?« fragte Denis Larne, während er ihr den Sherry kredenzte.

Eleanor rief ihre Gedanken zur Ordnung: »Ja. Ich wohne in New Orleans.«

»In New Orleans. Ich dachte es mir. Ich glaube, Ihre Familie zu kennen, obgleich ich zu meiner Beschämung im Augenblick nicht weiß, wo ich sie unterbringen soll.«

Eleanor lächelte: »Sie werden von meinem Vater gehört haben. Er baut den neuen Deichabschnitt, der die Ardeith-Plantage begrenzt.«

»Oh, sehen Sie an. Ich glaube, etwas der Art hatte ich in Erinnerung.« Und er reichte ihr mit einer zierlichen Verneigung das Glas.

»Wie das schimmert!« Eleanor hielt das Gläschen hoch, daß die vom Fenster hereindringenden rötlichen Strahlen sich in dem Kristall und in der roten Glut des Sherrys brachen.

Lysiane stimmte lächelnd zu. »Ich habe oft gesagt, daß ich mir nichts aus solchen Getränken machen würde, wenn ich sie nicht sehen könnte.« Sie sah zu Kester hinüber, der wieder am Kamin lehnte: »Ist Post eingegangen, mein Lieber?«

»Ja, Madam, ein paar Briefe aus New Orleans. Vermutlich Einladungen zu Karnevalsbällen.«

Bei dem Wort Karneval hellte sich Mr. Larnes Gesicht um eine Nuance auf. »Ach, es wird auch Zeit, daß wir nach New Orleans zurückkehren«, bemerkte er.

Eleanor blickte überrascht auf: »Sie leben nicht hier?«

»Vaters Gesundheit läßt etwas zu wünschen übrig«, erklärte Kester. »Meine Eltern haben deshalb schon vor ein paar Jahren die Bearbeitung der Plantage abgegeben und leben seitdem in New Orleans. Sie kommen nur über Weihnachten nach Ardeith herauf.«

»Oh!« Sie war wohl ein wenig überrascht; ihr Blick streifte Kesters Gesicht: »Ist es da nicht oft sehr einsam für Sie in dem großen Haus?«

»Warum? Nein!« Er lächelte sie an.

»Meine Liebe«, sagte Mrs. Larne, »Sie kennen das nicht. Entweder befindet sich Kester außerhalb des Hauses, oder er hat es voller Leute. Allein ist er schwer zu denken, er muß immer Menschen um sich haben.«

»Mögen Sie keine Menschen um sich herum?« fragte Kester.

»Oh, einige schon, selbstverständlich. Aber beileibe nicht jeden.«

»Denken Sie an, ich wohl«, sagte Kester. »Klug oder dumm, es macht mir nichts aus. Kluge Leute sind unterhaltend, und dumme verschaffen mir ein erfreuliches Überlegenheitsgefühl.«

Lysiane strahlte ihn an; auch sie, die Mutter im Banne seiner Unwiderstehlichkeit.

»Wo seid ihr eigentlich während des ganzen Nachmittages gewesen?« fragte Kester.

Lysiane verzog ein wenig den noch immer reizvollen kleinen Mund. »Oh«, sagte sie, »wir haben einige Besuche gemacht und waren zuletzt bei Sylvia.«

Denis hüstelte; offenbar amüsierte er sich.

»Verzeihen Sie, Miß Eleanor«, sagte Kester, »aber wir haben so viele Vettern und Basen, daß es schwer ist, sie auseinanderzuhalten. Und es sind ein paar nicht eben erfreuliche Typen darunter.«

»Was meinen Sie, Miß Upjohn«, lächelte Denis Larne, »sind Vettern und Basen nicht überall die gleiche Rasse?«

»Ich weiß nicht«, sagte Eleanor, »ich habe keine.«

»Keine Vettern?« rief Kester. Der Zustand schien ihm unfaßlich.

»Nein«, versetzte Eleanor ruhig, »da sowohl mein Vater als auch meine Mutter keine Geschwister haben.«
Kester ließ einen Seufzer hören. »Offenbar ahnen Sie nicht, wie glücklich Sie wegen dieses Mangels zu preisen sind«, sagte er.
Eleanor sah ihn etwas verwundert an. »Warum? Ich denke es mir im Gegenteil sehr nett, eine große Familie zu haben. Selbst hatte ich mich insoweit nie zu beklagen, weil ich fünf eigene Geschwister habe, aber meine Mutter, die ganz allein aufgewachsen ist, beklagt sich noch jetzt oft darüber.«
»Und sie hat zweifellos recht«, sagte Lysiane. »Ich denke es mir entsetzlich, ganz einsam zu sein, ohne einen Menschen, der zu einem gehört. Wo ist Ihre Frau Mutter aufgewachsen? Bei entfernten Verwandten?«
Eleanor erwiderte den freundlich forschenden Blick der alten Dame mit ruhiger Höflichkeit: »Nein, Madam, in einem Waisenhaus in New Orleans.« – In Lysianes Augen trat ein Ausdruck hilflosen Entsetzens. »Nicht möglich!« stammelte sie.
»Oh, es war wohl nicht gar so schlimm«, versetzte Eleanor gleichmütig. »Mutter sagt immer, man sei dort sehr gut zu den Kindern gewesen.«
»Die Zeiten waren so schwierig«, seufzte Mr. Larnes, offensichtlich bemüht, eine Brücke zu finden, »jedermann war damals in Verlegenheiten, die er nicht zu meistern wußte.«
»Oh, ich erinnere mich«, fiel seine Gattin ein, »es war die Zeit der politischen Abenteurer. Ich denke mit Schrecken daran. Als ich ein kleines Mädchen war, war ein neues Kleid ein außerordentliches Ereignis.«
Eleanor dachte an das vergrabene Kaffeeservice. »Es muß eine phantastische Zeit gewesen sein«, sagte sie. »Wir sprachen vorhin noch darüber, daß die ›gute alte Zeit‹ wohl auch ihre besonderen Schwierigkeiten gehabt hat.«
»Zweifellos«, sagte Kester. »Ich für meine Person bin jedenfalls froh, jetzt zu leben. Möchten Sie das von sich selbst nicht auch sagen, Miß Eleanor?«
»Ich habe, offen gestanden, niemals darüber nachgedacht«, erwiderte Eleanor. »Jedenfalls bin ich froh, nicht die Kleider von damals tragen zu müssen. Wenn ich mir vorstelle, ich müßte immer in solchen Reifröcken und Turnüren herumlaufen – es wäre entsetzlich!«
»Ich kann es gar nicht«, erklärte Lysiane. »Allerdings kann ich mir auch nicht vorstellen, wie man in einem so engen Rock laufen kann, daß man fast an den Füßen gefesselt ist.«
Eleanor lachte. »Nun«, sagte sie, »in einem engen Rock kann ich immerhin sitzen, aber ich habe nie begriffen, wie man mit einer Turnüre unter dem Kleid sitzen konnte.« Sie stellte ihr Glas auf das Tablett. »Mrs. Larne« – sie erhob sich –, »es war sehr liebenswürdig von Ihnen, mich zu bewirten, aber nun muß ich gehen.«
Lysiane fragte höflich, ob sie nicht noch zum Abendessen bleiben wolle, aber Eleanor dankte. Sie verabschiedete sich von den alten Herrschaften und Kester brachte sie zum Auto zurück, nachdem Cameo ihr in den Mantel geholfen hatte.
Während sie dem Lager zufuhren, sprachen sie nicht viel. Nur kurz vor dem Ziel sagte Kester:
»Darf ich Sie morgen wiedersehen?«
Sie lächelte: »Das wäre ein wenig schnell.«
»Keineswegs zu schnell«, sagte er. »Ich habe Jahre gewartet, um einem Mädchen wie Ihnen zu begegnen, einem Mädchen, das einen ganzen Nachmittag zubringen kann, ohne an ihrer Frisur oder an ihrer Kleidung herumzuzupfen. Also? Morgen?«
»Gut«; sie lachte überwunden, »um drei. Bis dahin muß ich arbeiten.«
»Ich werde um drei Uhr zur Stelle sein.«
Er ließ das Auto am Uferdamm halten und geleitete sie bis zum Zelt. »Teufel! Was

für ein Mädchen!« sagte er, als er zum Auto zurückging. Und er begann vergnügt den ›Horsehoe Rag‹ vor sich hin zu pfeifen, wie ein junger Mann, der mit sich und der Welt zufrieden ist.

ZWEITES KAPITEL

1

Fortan sahen Kester und Eleanor sich fast jeden Tag. Freilich immer erst am Nachmittag, denn Eleanor war weit entfernt davon, ihre Arbeit zu vernachlässigen; dennoch war etwas sehr entscheidend anders geworden. Zum ersten Mal, seit sie als Sekretärin bei ihrem Vater tätig war, ertappte sie sich dabei, von Zeit zu Zeit auf die Uhr zu sehen. Bisher hatte es für sie nur den Vater und die Arbeit gegeben; sie war nachmittags ins Freie gegangen, um sich zu erholen und sich etwas Bewegung zu verschaffen; plötzlich war ihr der Vormittag zu einer Art melancholischem Vorspiel geworden für die im Fluge dahineilenden Stunden, die sie mit Kester Larne zusammen sein würde, und selbst lange bevor sie ihn erwarten konnte, war ihre Aufmerksamkeit schon zerstreut.

Dabei versuchte sie ernsthaft, ihre Gedanken während der Arbeit von Kester fernzuhalten. Aber mit dem Fortschreiten der Tage wurde ihr das zusehends schwerer. Mitten in einem Bericht an die Mississippi-Deichbau-Kommission kamen ihr ein paar lustige Bemerkungen in den Sinn, die Kester am Vorabend gemacht hatte. Daran hingen sich ihre Gedanken, und zehn Minuten später lagen ihre Finger noch regungslos auf den Tasten der Schreibmaschine. Dann schrak sie zusammen und rief sich selber zur Ordnung. Mit aller Gewalt versuchte sie ihre Gedanken auf den Bericht zu konzentrieren, und dennoch konnte sie nicht verhindern, daß sich ihr Buchstaben, Zahlen und Dollarzeichen zu einem heillosen Chaos verwirrten. Sie schalt sich eine Närrin, hörte Kester lachen und spannte wütend des Bogen aus, um noch einmal von vorn zu beginnen.

Einmal rief sie Randa herein und befahl ihr, eine Tasse Kaffee zu bringen. Die Negerin brachte den Kaffee, blitzte sie mit ihren Diamantenzähnen an und fragte, vertraulich grinsend: »Miß Elna haben Kopfschmerz?«

»Nein«, versetzte Eleanor wütend, »aber ich fürchte, ich bin dabei, den Verstand zu verlieren.«

»Oh, nix verloren«, feixte Randa, »Miß Elna haben ganzen Verstand auf große Plantage getragen.«

»Idiotin!« knurrte Eleanor und verbrannte sich die Lippen an dem heißen Getränk. Randa beobachtete sie kichernd, die Arme in die Hüften gestemmt. »Nix Idiotin«, sagte sie, »Randa wissen: Miß Elna haben große Liebe gefaßt zu großem Massa von Ardeith-Plantage.«

Eleanor schlürfte schweigend ihren Kaffee.

»Sein mächtig große Klasse! Edelsteinmann!« versicherte Randa. »Gibt jedesmal, wenn er kommt, halben Dollar. Massig viel Geld! Aber Miß Elna muß Herz in acht nehmen. Großer Mann hat so eine sprühende Art!«

»Würdest du vielleicht so gut sein, meine getupfte Bluse zu bügeln«, sagte Eleanor. »Ich möchte sie heute nachmittag anziehen.«

Oh, gewiß würde sie. Randa watschelte hinaus, ein wenig beleidigt, daß ihre guten Ratschläge offenbar so wenig Anklang fanden. Sie brummte wie ein Orakel.

Eleanor sah ihr nach. ›Sprühende Art‹ hatte Randa gesagt. Randa war ein kluges

Weib, sie wußte sicherlich, was sie sagte. Eleanor hatte schon oft festgestellt, daß Neger viel mehr vom Wesen der weißen Leute wußten, als die Weißen vom Wesen der Neger. Sie schob die Tasse so heftig von sich, daß die Untertasse klirrte und wandte sich resolut ihrer Arbeit zu. Kester Larne ging Randa nichts an; sie sollte ihre Gedanken für sich behalten.

Fred Upjohn verhielt sich höflich, aber zurückhaltend kühl, als er erstmals mit Kester Larne zusammentraf. Seine Verachtung für das, was er ›verrottete Plantagenaristokratie‹ nannte, war so abgründig, daß er es nicht über sich gewinnen konnte, einem Abkömmling dieser Klasse besondere Liebenswürdigkeit zu zollen. Und Kesters ganze Haltung, seine offen zur Schau getragene Vorstellung, die ganze Welt sei eigens geschaffen, damit er sich darin amüsiere, vermochte erst recht nicht seinen Beifall zu finden.

Natürlich sah Fred Upjohn, was da vorging. Aber außer einigen flüchtig eingestreuten Bemerkungen über ihren rätselhaft unbegreiflichen Geschmack äußerte er sich nicht zu Eleanor. Er war auch viel zu beschäftigt, und seine Gedanken bewegten sich viel zu stark im Kreis seiner Arbeitsprojekte, als daß er anderen Dingen, die um ihn her vorgingen, besondere Aufmerksamkeit geschenkt hätte. Eleanor hingegen machte sich insoweit keine Sorgen; sie hörte die gelegentlichen Bemerkungen des Vaters an, aber sie drangen kaum in ihr Bewußtsein. Das war so gleichgültig, alles war plötzlich gleichgültig, bis auf dieses eine, Unbegreifliche, das da wie von ungefähr in ihr Leben eingebrochen war und es von heut auf morgen verändert hatte.

Sie versuchte nicht, ihr Gefühl zu analysieren. Sie wußte nur, daß Kesters Erscheinen genügte, um die Welt zu verwandeln, und war sie dann bei ihm, dann nahm sie nichts wahr außer seinem Charme, seiner strahlenden Liebenswürdigkeit, seinem jungenhaft unbekümmerten Lachen. Kester konnte über alles lachen. Schlechtes Wetter, verrottete Straßen, menschliche Schwächen und was immer es an unangenehmen Dingen gab – es regte ihn nicht auf, es war alles nicht sehr wichtig, aber es gab nicht selten Anlaß zu heiteren Betrachtungen.

Seine Heiterkeit wirkte bald ansteckend auf Eleanor. Obgleich sie von Natur nüchtern war und zum Eigensinn neigte, begann Kesters Duldsamkeit und Nachsicht gegenüber den Schwächen anderer allmählich auf sie abzufärben. Sie stellte fest, daß sie in den wenigen Wochen, seit sie Kester Larne kannte, mehr gelacht hatte, als in ihrem ganzen bisherigen Leben.

Bei jedem Zusammensein erwies Kester sich als aufmerksamer und besorgter Kavalier. Niemals wurde er zudringlich. Zuweilen ergriff er, von einem spontanen Gefühl fortgerissen, ihre Hand und hielt sie ein wenig länger, als nötig gewesen wäre, aber das war auch die einzige Berührung, die er sich jemals erlaubte. Doch er strahlte vor Freude über das ganze Gesicht, sobald er sie nur von ferne erblickte.

Sie unternahmen lange Fahrten durch den weitgestreckten Plantagenbereich, sie ratterten im offenen Auto über die Landstraßen oder fuhren im Kutschwagen gemächlichen Tempos am Ufer entlang. Sie überquerten den Strom auf einer Fähre und besuchten während der Rohrschneidezeit eine Zuckerplantage. Sie ließen sich von einem Neger das Rohr schälen und saugten den Saft heraus, unbekümmert darum, ob er ihnen über das Kinn tropfte, ihre Kleider beschmutzte und ihnen hinterher Übelkeit verursachte.

Einmal trafen sie einen alten Neger, der dabei war, sein eigenes Rohr zu schneiden und Melasse für seine Familie herzustellen. Sie fanden ihn bei einer alten mit Palmblättern gedeckten Hütte, in der Art, wie die ersten Pflanzer sie erbauten, als der Rohrzucker noch neu war. Wie jedermann, zeigte sich auch der Alte von Kesters Charme bezaubert. Er ließ sie von den Halmen essen, die zwischen großen, von Mauleseln bewegten Holzrädern zermalmt wurden, und sie brachen in Rufe des

Entzückens aus, als der Saft in den Kessel über dem Feuer tropfte. Kester kaufte dem Neger zwei große Eimer Sirup ab, jener dunklen, zähflüssigen Melasse, die das letzte Stadium vor der Zuckerkristallisation darstellt. Einen davon gab er Eleanor und empfahl ihr, den Sirup mit heißem Gebäck zum Abendbrot zu servieren. Dabei warnte er sie vor dem Gebrauch silberner Löffel, die, wenn man sie in der Melasse steckenlasse, unfehlbar verderben würden.

Bei einer anderen Gelegenheit fuhren sie in die Wälder und veranstalteten ein Picknick. Als sie später am Rande eines Zypressensumpfes hielten und eben den Wagen verlassen hatten, setzte heftiger Regen ein. Sie flüchteten wieder in das Auto, ließen das Verdeck herunter und saßen so dicht aneinander gedrängt und blickten durch die Scheiben hinaus in die eigenartig reizvolle Landschaft. Es war eine Szenerie von wild romantischer Schönheit. Von den großen Zypressen hingen graue Moosschleier herab, hinter denen die Blätter fast unsichtbar wurden. Andere Bäume wieder reckten ihre kahlen, weißen Äste in den unablässig rinnenden Regen. Die riesigen Eichen hatten schon viel von ihrem Blattschmuck verloren, und die kümmerlichen Reste warteten darauf, mit den jungen Trieben zu weichen, die im März durchbrechen würden. Die einzige leuchtende Farbe in der Symphonie von Gelb, Braun und Rot war das Grün der Baumfarne, die üppig wucherten. Unter den Eichen war das Riedgras braun, mit einem leicht purpurnen Schimmer darüber, die Flechten auf den Stämmen der Zypressen, deren Wurzeln im Wasser ruhten, waren grau. Grau wie das Moos auf den Zweigen der Bäume, grau und farblos wie der unermüdlich strömende Regen.

Es war Kester, der ihr die wilde, düstere Schönheit dieser Sumpflandschaft offenbarte. Sie entdeckte, daß sie bisher blind durch die Welt gegangen war, und empfand beglückt, daß ihre Sinne sich neuen Eindrücken öffneten. Als sie schließlich durch den noch immer rinnenden Regen zurückfuhren, war es ihr, als käme sie von einer Reise nach einem fernen Land voll fremdartigem Zauber.

Oft gingen sie auch zusammen nach Ardeith. Dann hockte sich Eleanor in der Nähe des Kamins auf dem Teppich nieder und lauschte Kesters Worten. Meistens wußte sie hinterher nicht einmal, worüber sie gesprochen hatten, aber jedesmal, wenn sie ihm so gegenüber saß, fühlte sie sich von einer warmen Welle der Geborgenheit überflutet. Manchmal, wenn sie in Ardeith weilte, waren auch Kesters Eltern zugegen. Die alten Herrschaften waren ihr gegenüber von gleichbleibender Höflichkeit, sprühend von einem liebenswürdigen Charme, der sie bezauberte. Sie ließ sich ihre Freundlichkeiten gefallen und erwiderte sie nach ihrem Vermögen, aber tief in ihr war immer, wenn sie sie sah, ein heimliches Spott-Teufelchen auf der Lauer. Denis und Lysiane erschienen ihr ebenso wie die zahllosen Vettern und Basen, die das Haus zuweilen durchstreiften, wie fremde, reliquienhafte Wesen, die eigentlich hinter Glas und Rahmen gehörten. Zum ersten Male wurde sie von einem Schimmer jener sanften, sublimen Zivilisation gestreift, die auf so weltabgeschiedenen Plätzen wie Ardeith ein vergessenes Dasein führte und noch heute, nach soviel Jahren, von den Schrecken des Bürgerkrieges bestimmt wurde. Sie begriff diese Leute nicht, sie waren ihr fremd und ein wenig unheimlich, aber sie konnte nicht leugnen, daß sie eine Sicherheit ausströmten, die ihr Eindruck machte. Und diese Sicherheit hatte ihre Quelle zweifellos in dem Bewußtsein, daß niemals jemand auf den Gedanken verfallen war, ihren Wert und ihre Bedeutung auch nur von fern anzuzweifeln. Immer wieder nahm sie staunend wahr, mit welch kühler, souveräner Überlegenheit sie auf alle Menschen herabsahen, die gesellschaftlich unter ihnen standen. Alles, was so ein Mensch tat oder sagte, negierten sie völlig, als käme ihm nicht die geringste Bedeutung zu. Sie begriff das nicht und vermochte es sich trotz allen Nachdenkens nicht zu erklären. Merkwürdiger war noch, daß sie ihnen gleichwohl heimlich das Recht zugestehen mußte, sich so zu gebärden, eben weil sie so anders und um so vieles anziehender waren als die Leute, die im Schweiß ihres Angesichtes die Schlachten schlugen, die das Leben in der so veränderten Welt unerläßlich machte.

Im Grunde ihres Herzens fand Eleanor, daß Leute dieser Art reizvoll, aber töricht und nutzlos seien. Und zuweilen konnte sie es sich nicht versagen, zum Ausdruck zu bringen, wie sehr sie sich ihnen überlegen fühlte. Sie versuchte, Kesters Meinung zu erforschen und mußte zu ihrem Befremden feststellen, daß Kester über diese Dinge niemals nachgedacht hatte. Im Grunde überraschte sie das nicht sehr. Kester liebte sein Land. Er liebte es, das Wachstum der Baumwolle zu beobachten, zuzusehen, wie sie weiße Blüten ansetzte, wie die Blüten allmählich rosa wurden und abfielen, wie sich die harten, grünen Knollen entwickelten und schließlich öffneten, bis die reifen Baumwollkapseln das Feld in ein weißes, wogendes Meer verwandelten. Er liebte diese blauen Februartage, den Duft der Erde, wenn der Pflug sie umbrach, und den Ausblick auf den kommenden Sommer, wo aufs neue das wilde Blühen anheben würde, das die Menschen trunken machte und die Baumwollarbeiter zwang, alle Hände zu regen, um das hemmungslose Wachstum der Blüten in Maß und Ordnung zu halten. Er liebte die Jagd und den donnernden Hufschlag der Pferde beim jagenden Ritt über die Felder, er liebte den Tanz in festlich erleuchteten Sälen, das Schwimmen in den kühlen Fluten des Stromes, er liebte es, Freunde um sich zu versammeln und in Musik und Liedern zu schwelgen.

»Ich weiß nur nicht, ob du das Denken liebst«, sagte Eleanor zu ihm, »ich glaube, du liebst es nicht, weil du es nicht kennst und niemals versucht hast, den Dingen nachzuspüren.«

Sie fuhren nach einem Besuch auf Ardeith zum Deichbaulager zurück, auf Eleanors Schoß häuften sich die letzten Poinsettias der Jahreszeit Es war noch nicht spät, aber da sich zwei Heeresingenieure zum Abendessen angesagt hatten, mußte Eleanor rechtzeitig zu Hause sein, um die Tischordnung zu überwachen. Kester streifte sie mit einem leicht belustigten Blick aus den Augenwinkeln. »So«, sagte er, »also ich liebe es nicht zu denken. Und was meinst du nun, worüber ich nachdenken sollte?«

»Interessiert es dich nicht, wie die Leute beschaffen sind, mit denen du umgehst? Ihre Art zu fühlen, zu reagieren, sich zu verhalten?«

Er schüttelte den Kopf. »Nein. Warum sollte ich mich damit befassen?« Er umfuhr in geschickter Wendung ein Fahrzeug, das mitten auf der Straße hielt. »Die Menschen sind, wie sie sind. Was geht das mich an?«

»Aber legst du denn keinen Wert darauf, sie zu verstehen?«

Wieder sah er sie mit heimlichem Prüfen an; es zuckte leicht um seine Augenbrauen. »Eleanor, ich glaube, ich verstehe mehr von den Leuten, als du jemals verstehen wirst.«

»Nein, das tust du gewiß nicht.«

»Doch«, versetzte er leicht erheitert, »das tue ich. Sieh, ich betrachte sie einzeln, als Individuen, eben als Menschen. Ich habe dich im Verdacht, daß du die Menschen betrachtest wie deine mathematischen Gleichungen, die du den Ingenieuren vorrechnetest.«

Eleanor spielte mit einer Poinsettiablüte. Sie zupfte ein Blatt ab und betrachtete es. »Ich glaube, wir beide sind sehr verschieden, Kester«, sagte sie, »findest du das nicht auch?«

Er nickte. »O ja, sehr, glaube ich, sehr verschieden. Du überraschst mich immer wieder.«

»Und wer von uns, glaubst du, hat recht, wenn wir einmal wieder verschiedener Meinung sind?«

Er lachte: »Ach, Eleanor, die Menschen haben nicht recht oder unrecht. Sie sind eben verschieden. Sie denken, empfinden und reagieren verschieden. Und warum nicht, um alles in der Welt? Es gibt schließlich braune und blaue Augen.« Er lenkte den Wagen von der Straße herunter und bog in den Baumwollpfad ein, der zum Deich hinüberführte.

»Liegt da vielleicht der Grund, daß wir soviel Freude aneinander und miteinander haben?« sagte Eleanor nachdenklich. »Darin, daß wir beide so verschieden sind?«

»Ja, Liebe. Wahrscheinlich ist das einer der Gründe.«

»Seltsam – nicht wahr? Du und ich, im selben Staat geboren, der gleichen Rasse angehörend, der gleichen Generation – und doch sind wir so ungleich in vielen Dingen.« Sie brach ab und es sah aus, als sinne sie nach. »Du, ich glaube, ich weiß, wie es kommt«, setzte sie nach einem Weilchen hinzu.

»Ja?« Seine Augen waren auf den Weg gerichtet; ihre Gedanken schienen ihm nicht sehr wichtig zu sein.

»Du bist ein Südstaatler und ich bin eine Amerikanerin«, sagte Eleanor.

Kester grinste. »Du bist ein bezauberndes Mädchen, soviel ist sicher. Und ich denke mir schon, worauf du hinaus willst. Wenn ich einmal sterbe, wird man auf meinen Grabstein schreiben: ›Hier ruht ein Mann der die Last einer großen Tradition auf seinen Schultern trug.‹«

Nun lachten sie beide. Sie hatten den Uferdamm erreicht, und Kester begleitete sie zum Zelt. »Morgen komme ich wieder«, sagte er, als sie an der Tür standen; er lächelte sie mit bewundernden Blicken an. »Du siehst wundervoll aus mit dieser Pracht roter Blumen im Arm«, sagte er leise, »wirklich Aber ich weiß noch etwas, das mehr ist: Du bist auch ein prachtvoller Mensch!«

Sie sah ihn an; ein Zucken lief über ihr Gesicht. »Oh«, sagte sie, »oh Kester! Sag' so etwas nicht.«

Sie folgte ihm mit den Blicken, während er den Deichabhang hinabkletterte, gewandt und geschmeidig wie ein Tänzer. Am Fuß des Dammes wandte er sich noch einmal um und winkte zu ihr herauf. Sie lächelte versonnen, zog eine einzelne leuchtende Blume aus dem Poinsettiastrauß heraus und begann halb unbewußt, die Blütenblätter abzuzupfen.

»Er liebt mich – er ist nur ein Charmeur; er liebt mich – er ist nur ein Charmeur – –« Es blieb, da das letzte Blütenblatt fiel, leider bei dem Charmeur.

Eleanor lachte, ein halb nervöses, halb belustigtes Lachen. Sie warf den Blütenstengel fort und nannte sich selbst eine alberne Gans.

2

Kester sang und pfiff vor sich hin, während er nach Ardeith zurückfuhr. Es war ihm nicht gegeben, sich mit Dingen zu beschäftigen, die über den Augenblick hinausragten. Er wußte nur, daß er niemals ein Mädchen wie Eleanor gekannt hatte, und sein einziger Verdruß war ihre Gewissenhaftigkeit, die sie veranlaßte, ihm so viele Stunden zu stehlen. Wäre sie nicht so besessen von ihrer Arbeit, von dem, was sie ›ihre Pflicht‹ nannte, würde sie viel mehr Zeit für ihn haben, und alles könnte noch viel schöner sein.

Er ließ das Auto vor der Verandatreppe stehen und betrat das Haus. Als er ins Wohnzimmer trat, sah er seine Eltern in eine offenbar ernsthafte Unterhaltung vertieft. Denis Larne stand am Kamin, Lysiane saß nahe dabei in einem Sessel und sah aufmerksam zu ihm auf; in ihren feinen Zügen malte sich Besorgnis. Im

Augenblick, da Kester in die Tür trat, hörte er seinen Vater sagen. »Es geht nicht so weiter. Es muß ein Ende haben.«
Kester warf mit nachlässiger Geste seinen Mantel auf das Sofa und ging auf den Kamin zu. »Hallo, da seid ihr!« sagte er.
»Wo warst du, mein Lieber?« fragte Denis Larne.
»Ich habe Nelli nach Hause gebracht.«
Frau Lysiane unterdrückte einen Seufzer.
»Ich dachte es mir«, flüsterte sie
Kester griff nach einer Feuerzange und begann zwischen den Scheiten zu stochern Mr. Larne zuckte wie in hoffnungsvoller Ergebenheit die Achseln und warf seiner Gattin einen vielsagenden Blick zu. Kester legte die Zange aus der Hand, richtete sich auf und lehnte sich gegen den Kamin. Er betrachtete seine Eltern mit leicht gelangweilten Blicken.
»Ihr mögt Eleanor nicht sehr, wie?« sagte er
»Im Gegenteil: Wir mögen sie eigentlich recht gern«, versetzte Lysiane. »Aber –« sie zögerte.
»Aber sie paßt euch nicht, wie? Ich meine, hier im Hause oder im Zusammenhang mit mir.« Er ließ ein knurrendes Lachen hören. »Ihr wart gleich beim ersten Mal unangenehm berührt, nicht wahr? Als sie die Bemerkung über die Turnüre machte Ihr begreift nicht, wie ihr Vater sie in einem Deichbaulager leben lassen kann, wie? Ihr bringt das Opfer, die Karnevalsbälle zu versäumen, um ein Auge auf sie und mich haben zu können?« Er streifte sie mit spöttischen Blicken. »Damit ihr daran keinen Zweifel habt: Eure Ansicht beeindruckt mich nicht sehr. Eleanor ist das netteste Mädchen, das ich jemals kennenlernte.«
Denis Larne räusperte sich nicht ohne Verlegenheit; er setzte sehr vorsichtig an: »Ich zweifle nicht, Kester, daß Miß Upjohn ein sehr ordentliches und verdienstvolles Mädchen ist, aber –«; er legte eine kleine Pause ein und hob leicht die Hand, »– da ist der Hintergrund, – wie soll ich das ausdrücken? Nun, kurz und gut« – er sah Kester an –, »deine Mutter und ich, und nicht nur wir, sind der Meinung, daß es nicht gut ist –«
Kester unterbrach ihn brüsk. »Bleibt mir vom Leibe mit eurem Hintergrund«, sagte er. Er schlenderte zum Sofa hinüber, setzte sich und streckte die Beine aus.
»Bitte, sei nicht albern«, sagte Lysiane und wandte sich ihm zu. Sie sprudelte die Worte heraus: »Ich bin wahrhaftig nicht das, was man eingebildet nennt, aber wir sind keine Menschen, die ohne innere Verpflichtung zu leben vermögen. Und ein Mädchen wie Eleanor Upjohn gehört nicht zu uns.«
Das jähe Pathos, in das sie unwillkürlich gefallen war, nützte ihr nichts. Kester war nicht leicht zu einem ernsthaften Gespräch zu bewegen. Er entnahm seinem Etui jetzt eine Zigarette und hielt sie der Länge nach zwischen Daumen und Zeigefinger. Er machte keine Anstalten, sie anzuzünden, weil er wußte, daß seine Mutter den Tabakrauch nicht mochte, aber wie er sie betrachtete und zwischen den Fingern bewegte. hatte es den Anschein, als interessiere sie ihn sehr viel mehr als die Bemerkungen Mrs. Larnes. »Oh«, sagte er nur obenhin, »und warum nicht?«
Denis Larne räusperte sich abermals. »Wir haben uns ein wenig umgetan«, sagte er, »und haben auf solche Weise einiges erfahren. Eleanors Mutter stammt Gott weiß woher; sie wuchs jedenfalls in einem Waisenhaus auf. Ihr Vater ist der illegitime Sohn einer Prostituierten und eines politischen Abenteurers.«
»Wie kannst du das wissen?« fragte Kester kurz.
Denis lächelte dünn. »Oh, es war nicht einmal nötig, besondere Nachforschungen anzustellen. Schon als ich Miß Upjohn zum erstenmal sah, wußte ich, daß ich ihren Namen bereits gehört hatte. Über dem Nachsinnen und einigen Umfragen kam mir eine Geschichte in Erinnerung, die mir meine Mutter erzählte.«

Kester sah ihn an, in seinen Augen blitzte ein spöttischer Funke. »Wie kam deine Mutter dazu, sich mit Prostituierten und politischen Abenteurern zu befassen?«

Mr. Larne zuckte unwillkürlich zusammen und runzelte die Brauen. »Ich möchte dich ersuchen, in etwas weniger despektierlicher Weise von meiner Mutter zu sprechen«, sagte er. »Da war kurz vor dem Krieg ein Mädchen auf die Plantage gekommen und hatte um Näharbeiten gebeten. Sie wurde eine Zeitlang regelmäßig von meiner Mutter beschäftigt und verschwand dann eines Tages, ohne sich wieder sehen zu lassen. Während der Rekonstruktion tauchte sie dann plötzlich wieder auf, und zwar als Geliebte eines USA-Steuereinnehmers, eines Abenteurers vom übelsten Typ. Aus dieser Verbindung wurde ein Kind geboren. Ein Sohn.«

»Fred Upjohn?«

»Ja.«

Kester schlug ein Bein über das andere; seine Augen schweiften von Denis zu Lysiane und wieder zurück zu Denis. »Und nun erwartet ihr also von mir, daß ich Eleanor entgelten lasse, was ihre Großmutter möglicherweise gefehlt hat?« sagte er. »Wahrhaftig, ich hatte besser von euch gedacht.«

»Kester, ich bitte dich!« Lysiane erhob sich, kam herüber und setzte sich zu ihm auf das Sofa. »Wir erlauben uns kein kritisches Wort gegen Miß Upjohn«, sagte sie, »aber sieh doch den Untergrund, dem sie entstammt. Ein Mensch kann die Zeichen seiner Herkunft nicht leugnen.«

Kester zuckte uninteressiert die Achseln. Seine Mutter, nicht mehr weit davon entfernt, ihr Gleichmaß zu verlieren, fuhr mit etwas erhobener Stimme fort: »Mein lieber Junge, siehst du denn nicht, daß wir bei alldem nur an dich denken, daß wir uns mühen, dich vor Enttäuschungen zu bewahren? Du und Miß Upjohn – dazwischen ist eine Kluft, die nicht mit Gefühlen zu überbrücken ist. Hier ist keinerlei Basis für ein gemeinsames Leben.«

»Gemeinsames –?« Kester sprang plötzlich auf und warf die Zigarette fort. Er starrte seine Mutter an und seine gewölbte Stirn zog sich in Falten. »Heiliger Rauch!« sagte er, »ihr dachtet – – an Heirat?«

Sie schwiegen; ihre Gesichter waren puppenhaft ausdruckslos.

»Hölle und Hochwasser!« rief Kester, »was bin ich für ein Narr! Das ist ja der Weg!«

Er brach in ein schallendes Gelächter aus. »Oh, was war ich für ein Narr!« wiederholte er. Er nahm seinen Mantel und begann hineinzuschlüpfen.

»Kester«, sagte Lysiane, die wohl nicht wußte, was sie von diesem plötzlichen Ausbruch halten sollte, »wohin willst du?«

»Zum Deich«, sagte Kester, noch immer lachend, »ins Lager. Ich will Eleanor fragen, ob sie mich heiraten will.«

Denis Larne sprang auf; sein feines Gesicht begann sich zu röten. »Kester«, rief er scharf, »sei kein Dummkopf!«

»Oh, wahrhaftig, ich bin keiner mehr, aber ich war einer. Ihr beiden habt mir eben erst ein Licht aufgesteckt.« Er öffnete schon die Tür. Hier verhielt er noch einmal und sah sich um.

Lysiane hatte sich nicht gerührt. Sie saß da, sehr würdig, sehr aufrecht und sehr gepflegt. Ihre zarten weißen Hände lagen gefaltet in ihrem Schoß.

»Du weißt nicht, wie das war – damals«, sagte sie leise, ohne aufzusehen. »Der Stolz auf der einen – die Verwüstung auf der anderen Seite. Zwei Schwestern, die gemeinsam nur ein repräsentables Kleid besaßen, so daß sie nie zur gleichen Zeit im Salon erscheinen konnten. Die täglichen Qualen, die verzweifelten Versuche, den Schein zu wahren, unser Leben, unsere Kultur, unser Wesen zu bewahren. Es vor Leuten zu retten, wie die, von denen wir vorhin sprachen. Weißt du eigentlich, was du mitbekommen hast? Welches Erbe du trägst und welche Verpflichtung? Du weißt es wohl nicht, sonst würdest du ein Gefühl dafür haben und dich nicht anschicken, das alles wie lästigen Plunder von dir zu werfen.«

Kesters Miene hatte sich verfinstert. Er warf jetzt mit einer leichten, für ihn sehr charakteristischen Bewegung den Kopf zurück. »Bitte – Mutter – sei still!« sagte er leise, aber mit unüberhörbarem Nachdruck.

Lysiane sprang auf und ging auf ihn zu. »Mein lieber Junge«, flüsterte sie, »glaube mir doch. Könnte ich hoffen, daß auch nur die leiseste Möglichkeit bestände, daß du mit diesem Mädchen glücklich würdest –«; sie hielt ein und ließ mit hilfloser Bewegung die Arme sinken.

Sie tat ihm leid, wie sie da stand, in ihrer rührenden Hilflosigkeit, aber gleichzeitig kam ihn von innen heraus ein heimliches Lachen an. »Du verwechselst die Zeiten, Mutter«, sagte er leise, »du siehst noch immer die Plantagenaristokratie auf der einen und das ›arm', weiß' Pack‹ der Niggersongs auf der anderen Seite. Wir schreiben jetzt 1912, und ich bin soeben dahintergekommen, was ich zu tun habe, um einem lächerlichen Zustand ein Ende zu machen.«

Er streifte ihre Stirn mit einem flüchtigen Kuß und verließ den Raum. Die letzte Abendsonne war über den Baumwipfeln zu einem goldenen Streifen zusammengeflossen. Kester warf den Wagenschlag hinter sich zu und begann, eine Schlagermelodie vor sich hin zu pfeifen. Als er das Auto wendete, streifte sein Blick die dorischen Säulen des Verandavorbaues. Ein Lächeln überflog sein Gesicht, ihm war, als gliche Eleanor einer dieser Säulen. Ganz wie sie war dieses Mädchen: stark, sauber und von einer strengen und reizvollen Schönheit. Ich liebe sie, dachte er, aber ich habe es nicht gewußt. Ich habe mich von meinem Gefühl treiben lassen, ohne es in Gedanken oder Worte zu fassen. Aber es ist kein Zweifel, daß ich sie liebe.

Er schlug die Richtung zum Deich ein und steigerte schnell die Geschwindigkeit. Als er bald darauf den großen Zeltbau betrat, sah er Randa, die sich am Eßtisch zu schaffen machte. Sie grinste ihn an und bleckte ihre diamantenbesetzten Zähne.

»Guten Abend, Master Kester«, knickste sie.

»Guten Abend, Randa. Kann ich Miß Eleanor sprechen?«

»Yassum! Yassum! Gewiß, Master Kester.« Sie watschelte nach hinten und erhob ihre Stimme: »Miß Elna! Miß Elna, kommen schnell! Master Edelstein will junge Miß sehen.«

Eleanors Stimme kam aus dem Schlafzimmer: »Ich komme gleich.« Kester stand am Pult; seine Hand trommelte auf der Platte; er brannte vor Ungeduld. Einen Augenblick später stand Eleanor im Raum. Sie hatte das Kleid gewechselt und trug eine weiße Bluse und einen schimmernden schwarzen Rock, der ihre schlanke Figur wundervoll zur Geltung brachte. Kester sah es mit bewundernden Blicken.

»Aber Kester«, rief Eleanor aus. »Du kommst nochmal?«

»Ja«, sagte Kester, »ich mußte noch einmal kommen. Mach, daß du fortkommst, Randa.«

»Yassum, Sir!« Randa kicherte unterdrückt und rauschte mit knisternden Röcken davon. Kester trat einen Schritt näher an Eleanor heran.

»Eleanor« sagte er »willst du mich heiraten?«

Sie starrte ihn an. Stand ganz still und starrte ihn an. Dann legte sie mit einer tastenden Bewegung die Hand an die Stirn und strich sich das Haar zurück. In ihren Augen glitzerte es. Nach einer kleinen Pause sagte sie mit fast tonloser Stimme:

»Sag' das bitte noch einmal!«

»Willst du mich heiraten, Eleanor?«

Da stieß sie einen kleinen, schluchzenden Schrei aus; ihre Stimme zitterte: »Ja – ja – du fragst das im Ernst? Ja, natürlich will ich. »Aber – oh, Kester!«

Er ergriff ihre Hände und zog sie nahe an sich heran. »Du«, flüsterte er, »du weißt, was du sagst? Du willst? Willst wirklich?«
Und nun lachte sie. Ein tiefes, glückliches Lachen, das weit hinten in der Kehle saß. »Oh, Kester, du bist verrückt! Ob ich will? Ja gewiß will ich.« Und nun brach die Stimme, wurde leiser; sie senkte den Kopf. »Ich glaube, ich liebe dich schon seit der Stunde, da ich dich zum erstenmal sah.«
»Ich dich auch, Eleanor, ich dich auch!« Da war sein vertrautes, jungenhaftes Lachen. »Aber, denke dir, ich war so ein verdammter Narr, daß ich es bis jetzt nicht gewußt habe. Man hat mich erst darauf stoßen müssen. Verstehst du das? Weißt du eigentlich, daß ich dich noch nie – noch nicht ein einziges Mal geküßt habe?«
Sie strahlte ihn an mit ihren schimmernden Augen. »Nein«, sagte sie, »das hast du nicht. Warum eigentlich nicht?«
Als Kester sie zu sich heranzog und ihre Lippen suchte, flüsterte er: »Mein ganzes Leben lang habe ich auf dich gewartet, Eleanor.«

3

Sie flohen vor den zum Abendessen erwarteten Ingenieuren und verließen im Auto das Lager. Kester war eingefallen, daß seine Eltern zu einem Bridgeabend eingeladen waren, und kannte sie gut genug, um zu wissen, daß kein Ereignis, nicht einmal ein Dienstbotenaufstand, sie abhalten würde, dieser gesellschaftlichen Verpflichtung nachzukommen. Immerhin vergewisserte er sich durch einen Telefonanruf davon, daß Mr. und Mrs. Larne ausgefahren seien. Dann fuhr er mit Eleanor nach Ardeith.
Lange Zeit saßen sie hier nebeneinander am Feuer. Um sie herum war die Stille des Wunders, das zu ungeheuerlich und gleichzeitig zu einfach schien, um Worte zu benötigen. Schließlich stand Kester auf, durchmaß einige Male mit langen Schritten den Raum und kehrte zu Eleanor zurück.
»Begreifst du das eigentlich?« sagte er, »ich habe nicht gewußt, was Liebe ist. Woher hätte ich es schließlich auch wissen sollen? Es hat mir nie ein Mensch zu erklären versucht.«
Sie lächelte still vor sich hin. »Vielleicht kann man das nicht erklären«, sagte sie. »Es geschieht eben. Es ist plötzlich da. So wie jetzt.«
Er zog sie herauf und ging mit ihr durch das Zimmer. Auf dem Sofa zwischen den Fenstern setzten sie sich. Der Raum wurde von den rötlichen Flammen des Kaminfeuers durchzuckt. Kester beugte sich sacht über sie und küßte ihr Haar. Es duldete ihn nicht an einem Fleck. Er erhob sich wieder und ging zum Kamin zurück. Eleanor sah ihm nach; seine kraftvolle Gestalt erschien ihr schöner und männlicher denn je.
Kester warf einige neue Holzscheite ins Feuer und schürte den Brand mit der Greifzange. Die Flammen züngelten hoch und hüllten sein Gesicht in ihren rötlichen Schein. Ohne sich umzuwenden, sagte er:
»Ich denke, du weißt, daß ich nicht gut genug für dich bin.«
Sie legte sich mit einem leisen Auflachen in das Polster zurück. »Ich weiß nicht«, sagte sie, »jedenfalls bist du genau das, was ich haben möchte.«
Er legte die Zange beiseite und wandte sich ihr zu; ihre Augen begegneten sich.
»Es ist natürlich Musik für meine Ohren«, sagte er, »aber es beschämt mich auch.«
»Oh«, lächelte sie, »weißt du, wie du jetzt aussiehst? Wie ein Junge, der heimlich und unbemerkt in die Gebäckschale gegriffen hat. Aber sprich weiter: Soll das die Einleitung einer Beichtszene werden?«

»Das wäre vielleicht ganz gut«, sagte Kester.
Sie schüttelte den Kopf: »Es bedarf dessen nicht.« Sie strich mit der Hand über die Sofalehne, als müsse sie eine leichte Verlegenheit überwinden, dann sah sie ihn wieder an. »Komm her zu mir, Kester.«
Er gehorchte und setzte sich neben sie. Eleanor nahm seine Hand.
»Ich fände es ganz natürlich, wenn andere Frauen dich ebenso sähen, wie ich«, sagte sie leise.
»Ach du!« sagte er, ihre Hand streichelnd.
»Es beunruhigt mich nicht«, fuhr sie fort. »Oder wenigstens – ach, ich weiß nicht. Vielleicht bin ich doch nicht so ruhig. Sag mir also – –«
»Was, Honigmädchen? Frage!«
»War da – irgendwann – ein Mädchen, das – wichtig war?«
Er schüttelte den Kopf.
»Also nur so – – Gelegenheitslieben?«
Er nickte: »Wie das so ist: zuviel Champagner und zuviel Mondlicht! Das heißt – –«
»Ja?«
»Ich will jetzt ganz ehrlich sein. Es fällt mir ziemlich schwer, Eleanor, aber trotzdem – da war einmal ein Mädchen, das eine Zeitlang ziemlich wichtig war. Aber es dauerte nicht lange.«
Eleanor lächelte wieder: »Kenne ich sie?«
»Nein.«
»Wäre es möglich, daß ich sie gelegentlich träfe?«
»Oh, nein. Ich habe sie seit Jahren nicht mehr gesehen.«
»Dann kümmert sie mich nicht, Kester. Du brauchst nichts weiter zu sagen.«
Nun trat eine Pause ein; sie saßen dicht beieinander und sahen sich an, ganz erfüllt von dem Zauber, der über sie gekommen war. Eleanor glitt schließlich vom Sofa herunter, kniete sich hin, umschloß seine Knie mit den Armen und sah zu ihm auf.
»Es wäre sinnlos, wollte ich auf etwas eifersüchtig sein, das geschah, bevor du auch nur wußtest, daß ich lebe. Ich bin Gott und dem Schicksal so dankbar dafür, daß ich dich habe, daß ich nicht über die Wege und Umwege nachgrübeln mag, die dich zu mir führten.« Sie ließ ein leises beglücktes Auflachen hören. »Wer weiß«, sagte sie, »wärest du nicht Frauen und Mädchen gegenüber so – siegesgewiß aufgetreten, wie du es gewiß immer tatest, vielleicht hättest du gar nicht den Mut gefunden, ein fremdes Mädchen anzusprechen, das da von ungefähr über dem Strom stand und dir gefiel.«
»Vielleicht«, lächelte er, »ich habe insoweit nie über mich nachgedacht, sondern immer nur getan, was die Stunde mir eingab. Aber nun ist mir so, als begänne ich eben erst zu leben. Ich denke das Wort Liebe und kann dir nicht sagen, was ich dabei fühle. Wenn ich es früher bei einem Dichter las, war ich geneigt, Menschen, die solche Worte gebrauchten, für überspannt und närrisch zu halten.«
»Denk an, mir ging es fast ebenso«, sagte Eleanor und lehnte den Kopf gegen seine Knie.
Lange Zeit saßen sie so in versunkenem Schweigen. Schließlich stellten sie mit leichtem Entsetzen fest, daß es Mitternacht war. Eleanor bat ihn, sie nach Hause zu bringen. Sie fuhren im Schweigen der Nacht am Ufer entlang. Hoch über ihnen funkelten am schwarzdunklen Himmel die Sterne.

4

Fred Upjohn hatte noch lange gesessen und an seinem Monatsbericht für das Staatliche Deichbauamt gearbeitet. Zuweilen irrten seine Gedanken ab und er fragte sich, wo Eleanor stecken könne. Es lag ihm nicht, sich viel um das Tun oder Lassen seiner Tochter zu sorgen. Sie war ein vernünftiges Mädchen und alt genug, um selber auf sich achtzugeben. Aber nun hatte Randa gesagt, sie sei mit diesem Mister Larne weggegangen. Das gefiel ihm nicht. Er sah sie nicht gern so oft mit diesem Mann zusammen. Gewiß, Eleanor war ein ordentlicher Kerl und würde sich gewiß nichts vergeben, aber andererseits war sie auch, wie viele intelligente Mädchen, von dem, was Fred Upjohn ›Junge-Hunde-Liebe‹ nannte, weitgehend verschont geblieben und wußte demzufolge wahrscheinlich viel weniger von Männern, als die zahllosen kleinen Flirtmädchen, die viel von Männern, aber sonst gar nichts verstanden. Und weil Fred sich niemals im geringsten um Eleanors Verabredungen gekümmert hatte, so war er nun, da ihm ihre häufige Abwesenheit auffiel, um so tiefer beunruhigt, und er beschloß, sie vor diesem ›Ausstellungsstück einer verrotteten und vermotteten Welt‹ zu warnen.

Über den Gedanken geriet er ins Grübeln, was im allgemeinen gar nicht seiner Art entsprach. Vielleicht war ich selbstisch, dachte er; in einem Deichbaulager gibt es nicht eben viele Männer, die imstande wären, ein Mädchen wie Eleanor zu unterhalten. Kommt da nun so ein junger Bursche des Weges, dem man den Frauenverführer auf hundert Schritte ansieht, dann ist es nur zu natürlich, wenn sie auf seine glatte Visage reinfällt. Nun, man würde sehen, der Fehler würde sich reparieren lassen. Eleanor war ein großartiges Mädchen. Er würde sich zukünftig hüten, ihre Bereitschaft, ihm bei der Arbeit zu helfen, über Gebühr auszunützen. Irgendwie würde sich da Rat schaffen lassen, obgleich es zweifellos erhebliche Mühe kosten würde, eine ihr auch nur einigermaßen ebenbürtige Sekretärin zu finden. Zunächst würde er mit ihr über diesen Mr. Larne sprechen. Er lächelte flüchtig bei dem Gedanken. Ich werde nicht versuchen, den Chef herauszukehren, aber ich werde ihr klarmachen, daß dieser Mann nicht wert ist, daß sie ihm ihre Zeit opfert. Zufällig fiel sein Blick auf die Uhr, und er erschrak. Teufel auch! Es war Mitternacht vorbei, und er mußte sich um fünf schon wieder erheben. Gleich darauf hörte er das Geräusch eines Autos auf der anderen Seite des Dammes. Da kamen sie also. Die Leinwand auf der dem Deich zugewandten Zeltseite war heruntergerollt; er erhob sich, um hinauszugehen und sich zu überzeugen, ob er sich nicht geirrt habe. Er blickte, draußen angekommen, eben um die Zeltwand herum, da sah er Kester und Eleanor quer über den Deich auf das Zelt zukommen. Er wollte sich eben zurückziehen – Eleanor sollte nicht etwa denken, er spioniere ihr nach –, da blieben die beiden in einiger Entfernung vor dem Zelt stehen und fielen sich in die Arme.

Fred Upjohn runzelte verärgert die Stirn. Aber gleich darauf lachte er knurrend in sich hinein. Das war nun wohl so; die Mädchen pflegten heutzutage wohl etwas freigebiger mit Küssen umzugehen, als zu der Zeit, da er jung war. Kein Grund zur Beunruhigung. Aber dann, halb abgewandt schon, blieb er dennoch stehen. In des Herrgotts Namen! Sie machten ein bißchen lange mit ihrem Kuß; sie schienen kein Ende zu finden. Das war kein Flirt mehr, das war Hingabe und Leidenschaft.

Fred Upjohn kannte seine Tochter zur Genüge, um zu wissen, daß sie sich nicht leichtfertig in einen Taumel dieser Art reißen ließ. Er hätte schwören mögen, daß Kester Larne der einzige Mann war, der sie jemals so gehalten hatte. Das aber bedeutete, daß Eleanor diesen Mann liebte. Kein Zweifel, sein Mädchen liebte diesen überheblichen, handküssenden Sprößling eines verbrauchten und ausgelaugten Geschlechts.

Die zwei im Dunkel glitten auseinander, und Eleanor lief dem Zelt zu, ganz so, als sei sie vor ihrem eigenen Gefühl auf der Flucht. Er blieb im Schatten und ließ sie in ihr Schlafzimmer gehen. Sie benutzte den direkten Zugang und hatte wohl gar nicht gesehen, daß in seinem Zimmer noch Licht brannte. Wahrscheinlich glaubte sie ihn und das ganze Lager schon schlafend. Kester sah ihr nach. Im Sternenschein wirkte sein kühn geschnittenes Gesicht sauber und klar.

Fred drehte sich um. Sein Gefühl verbot ihm, jetzt gleich zu Eleanor zu gehen. Als er das Zelt betrat, hörte er sie durch die dünnen Wände verhalten seufzen.

Er betrat seinen eigenen Schlafraum, aber seine aufgewühlten Gedanken ließen ihn keine Ruhe finden. Er stand wieder auf und ging bis zum nahenden Morgen grübelnd und rauchend umher. Genau genommen hatte er noch nie darüber nachgedacht, wen Eleanor wohl einmal heiraten könnte. Er war ohnehin überzeugt, daß kein Mann gut genug für sie wäre. Wenn ihn der Gedanke überhaupt einmal von ferne streifte, hatte er gedacht: Nun gut, einmal wird es sein. Ich werde ihr keine Schwierigkeiten machen. Wenn er ihr paßt, warum sollte er mir nicht recht sein? Zweifellos: Er hätte sie gehen lassen, wenn sie es ernsthaft wollte. Aber doch nicht mit dieser verwelkten Rose des alten Südens! Dieser Larne hatte zeit seines Lebens nichts anderes getan, als sich zu amüsieren und ein paar flüchtige Blicke auf seine heruntergewirtschaftete Plantage zu werfen. Fred Upjohn lachte ingrimmig in sich hinein. Nichts hatte dieser Bursche sonst getan, nichts, was irgendwelchen Wert weder für ihn selbst noch für andere hätte! Der Deichbaumeister liebte seinen Beruf und war ihm mit leidenschaftlicher Hingabe zugetan, aber jetzt, in diesen nächtlichen Stunden, verwünschte er den unablässigen Zwang der Arbeit, der ihn gehindert hatte, ein Auge auf die Dinge zu werfen, die sich da vor seinen Augen abspielten. Warum, fragte er sich jetzt bedrückt und einigermaßen ratlos, warum habe ich mir nicht die Zeit genommen, mich wenigstens soviel um meine eigene Tochter zu kümmern, daß ihr diese Erfahrung erspart geblieben wäre?

Am nächsten Morgen erschien Eleanor gegen ihre Gewohnheit erst nach sieben Uhr. Fred hatte sein gleichfalls verspätetes Frühstück bereits eingenommen.

»Ich dachte, du würdest bis jetzt doch auf dem Deich sein«, bemerkte Eleanor, während sie sich am Tisch niederließ.

»Ich hatte ziemlich lange zu tun in der Nacht«, versetzte Fred. »Der Bericht für das Deichbauamt.«

»Bist du fertig geworden? Soll ich ihn abschreiben? Dann fange ich gleich nach dem Frühstück damit an.«

Eleanor hatte offensichtlich nicht viel geschlafen. Sie hatte schwere Augenlider, spielte zerstreut mit ihrem Schinkenbrötchen und trank eine Tasse Kaffee nach der anderen. Fred wußte nicht, wie er beginnen sollte. Was immer er sagen würde, es würde böse klingen und seine Gereiztheit verraten. Ein Mann, der sein ganzes Leben in Deichbaulagern zugebracht hat, hatte keine Zeit, diplomatische Phrasen zu erlernen.

Er schreckte aus seinem Grübeln auf, als Randa hereinkam und Eleanor einen großen Strauß roter Kamelien überreichte.

Eleanor sprang auf, um sie entgegenzunehmen. Während sie die Karte las, die dem Strauß angeheftet war, überflog ein träumerisches Lächeln ihr Gesicht. Sie sah auf. »Wartet der Bote, Randa?«

»Yassum, Miß Elna. Wartet!« Randa grinste verständnisinnig.

»Laß ihm in der Küche Kaffee geben, während ich die Antwort schreibe.«

Randa verließ den Raum, und Eleanor setzte sich an ihren Platz. Fred Upjohn erhob sich.
»Von wem sind die Blumen?« fragte er gänzlich überflüssigerweise.
»Von Kester.« Sie schrieb bereits.
»Warte ein wenig, bevor du antwortest«, sagte Fred.
Eleanor ließ den Federhalter ruhen; sie sah ihn an, als erblicke sie sein Gesicht zum ersten Male: »Warum, Pa? Was ist?«
Er durchquerte mit großen Schritten das Zelt und blieb vor ihr stehen. »Eleanor«, sagte er sie fest ansehend, »du liebst diesen Mann?«
Er sah, daß sie leicht errötete. Sie nickte wie im Traum und lächelte versonnen vor sich hin; er vermochte ihren Blick nicht zu halten. »Woher weißt du es?« fragte sie nach einem kleinen Weilchen.
»Ich war noch auf, als du in der Nacht nach Hause kamst«, sagte er. »Ich sah, wie du ihn küßtest.«
Im ersten Augenblick war er auf eine empörte Entgegnung gefaßt. Aber dann wurde ihm bewußt, daß er sie unterschätzte. Eleanor hatte niemals ein Geheimnis vor ihm gehabt, und sie schien auch jetzt nicht gewillt, etwas vor ihm zu verbergen. Sie sagte leise, den Blick auf die Kamelien geheftet: »Du erfährst es als erster. Ich werde ihn heiraten.«
»Nein, das wirst du nicht«, sagte Fred Upjohn und wunderte sich über den harten und kühlen Ton seiner Stimme.
Dann sah er ihre groß aufgerissenen Augen. Sie starrte ihn an. Fast tonlos, wie aus einem großen Staunen heraus, sagte sie: »Was heißt das? Gewiß werde ich ihn heiraten.«
Fred Upjohn stand da wie ein Block, die Hände in den Taschen seiner Hose. Jäh wurde ihm bewußt, daß er in eine fremde, ihm in keiner Weise zugängliche Welt hineinredete. Lieber Gott, er wollte ihr doch nicht weh tun. Wie sollte er es nur sagen? Er ärgerte sich über seine Unbeholfenheit und suchte verzweifelt nach den passenden Vokabeln.
»Ich verstehe wahrscheinlich nicht viel von solchen Dingen, Nelli«, sagte er. »Wenn ich könnte, würde ich besser zum Ausdruck bringen, was ich meine. Ich muß es kurz machen: Dieser Bursche taugt nichts. Er ist nicht gut genug für ein Mädchen wie dich.«
»Oh, er ist es. Er ist es gewiß, Vater.« Sie lächelte geduldig, nachsichtig fast, als wäre sie die Mutter und Fred das Kind; sie legte ihm die Hände auf die Schultern und sah ihn an. »Ich weiß, was du von der Larne-Familie hältst«, sagte sie, »und ich glaube, ich sehe sie nicht viel anders als du. Aber die Familie ist nicht Kester.«
Fred seufzte; wahrhaftig, das Mädchen machte es einem schwer. »Hör zu, Kind«, bgann er, »sieh, Nelli, du weißt nicht —«
Ihr Lächeln war entwaffnend; es war nichts dagegen zu tun. »Hör' auf, mich Nelli zu nennen«, sagte sie. »Ich laufe dir sonst davon.« Sie ging wieder zu ihrem Platz und nahm den Halter zur Hand, ganz so, als sei die Angelegenheit endgültig abgeschlossen.
»Du wirst nicht davonlaufen. Du wirst mir jetzt zuhören«, sagte Fred, weich, aber mit der Festigkeit in der Stimme, die sie kannte. »Es ist ein Elend, Eleanor, ich glaube, ich muß jetzt das Schwerste aussprechen, was ich jemals zu sagen versuchte. Ich glaube dir vorbehalten, daß du ihn liebst und daß du im Augenblick überzeugt bist, glücklich zu sein. Aber ich sage dir, wenn du Kester Larne heiratest, wird dein Glück nur von kurzer Dauer sein.«
Sie saß über ihrer Antwortkarte und schien kaum hinzuhören. »Warum?« fragte sie obenhin.

»Weil er nichts taugt!« sagte Fred, den ihre Haltung allmählich zu erbittern begann.

Eleanor richtete sich auf, ergriff ein zufällig vor ihr liegendes Streichholz und begann, es in winzige Teilchen zu zerbrechen. »Ich weiß nicht, was du meinst«, sagte sie. »Ich bin überzeugt, er hat nicht eben wie ein Engel gelebt; er hat mir das selbst zugegeben. Aber glaube mir —«

Fred unterbrach sie: »Ich rede nicht von dem, was er vielleicht hier oder da irgendwann einmal getan hat, sondern davon, was er ist.«

Eleanors Antlitz begann sich mit einer feinen Röte zu überziehen. »Du solltest dir die Mühe sparen, Vater«, sagte sie. »Oder glaubst du im Ernst, ich würde nach dem, was mir widerfahren ist, wie bisher durch die Welt laufen, mit einem braven Lächeln im Gesicht und einem zerbrochenen Herzen? Wahrhaftig, das werde ich nicht!«

»Ich möchte, daß du mehr aus deinem Leben machst«, sagte Fred Upjohn. »Dann brauchst du nicht mit einem zerbrochenen Herzen herumzulaufen.« Er wiederholte, mit noch stärkerem Nachdruck: »Der Bursche taugt nichts!«

Eleanors Augen hatten sich gefährlich verengt, aber zwischen den Lidern funkelte es wie blaues Feuer. »Es wäre gut, wenn du in deinen Äußerungen etwas vorsichtiger wärest, Vater«, sagte sie leise.

»Warum sollte ich vorsichtig sein?« Fred Upjohn fühlte, wie der Zorn in ihm wuchs. »Ich sage, was wahr ist, und was ich weiß und was ich verantworten kann! Und du wirst dich jetzt zu mir setzen und mir zuhören.« Er erschrak gleich darauf selbst über die Härte seines Tones und fing seine Stimme wieder ab. »Hör zu, Honigkind«, sagte er. »Dieser Kester Larne weiß sicherlich nicht einmal, was es heißt und bedeutet, ein erwachsener Mann zu sein. Er ist ein Kind in einem Männerkörper. Du aber verdienst einen ganzen, einen wirklichen Mann, er mag sein, was er will.«

Er sah sie mit seinen großen, ruhigen Augen an. Eleanor stand auf und steckte die Hände in die Seitentaschen ihres Rockes. Fred sah, wie sie sie darin zu Fäusten ballte. Es war die Bewegung, die er selbst zu machen pflegte, wenn er einen unwiderruflichen Entschluß gefaßt hatte.

»Ich danke dir, Pa«, sagte Eleanor. »Ich habe dich nun angehört und ich weiß, daß du es gut meinst. Aber ich habe auf alles, was immer du sagen magst, nur eine Antwort, die alles andere einschließt: Ich liebe Kester.«

Fred Upjohn dachte nicht ohne heimliche Beschämung: Sie verhält sich genau so, wie ich es erwartet habe. Sie kann wohl nicht anders, aber ich muß ihr helfen. Ich bin dafür verantwortlich. Ich würde alles hingeben, wenn es mir gelänge, den Panzer der Verblendung zu lösen, der sie umklammert hält. Er beschloß, es noch einmal zu versuchen.

»Du bist heute überzeugt, daß dein Gefühl ausreicht, dich glücklich zu machen. Das ist natürlich. Aber ich sage dir, es reicht nicht aus. Es ist nicht genug.«

Eleanor sah an ihm vorbei, als wäre er nicht mehr vorhanden. »Ich weiß ja nicht, was alles dir im Leben begegnet ist«, sagte sie langsam, »vielleicht ist dir niemals dergleichen geschehen, vielleicht hast du es auch nur vergessen. Ich habe viele Leute über die Liebe reden hören. Aber niemand schien zu meinen, was ich heute fühle.«

»Ach Eleanor!« Ein gequältes Lächeln überschattete sein Gesicht. »Das sieht sich von ferne so an. Solange man unbeteiligt ist. Im Grunde meint jeder, was du meinst.«

Aber er war müde. Er sah, daß es keinen Zweck hatte. Gleichwohl redete er noch weiter, was seine Besorgnis ihm eingab. Er sei sicher, daß Kester Larne niemals die Verantwortung für sein eigenes Leben übernehmen könne, sagte er; wie solle er imstande sein, auch noch die Verantwortung für das Leben einer Frau zu tragen? Er redete und redete, er fand immer neue Beweisgründe für die gänzliche Unzuverläs-

sigkeit Kester Larnes, aber Eleanor reichte es nun, sie wollte das nicht länger anhören. Sie blitzte ihn an, wie sie es nie bisher getan hatte, sie stammelte wirre, zusammenhanglose Worte, um ihre Liebe zu verteidigen, dann brach ihre Stimme um und sie bat um Verständnis für ihr Gefühl und das, was sie ihr Leben nannte, und dann schrie wieder die Verzweiflung aus ihr: »Es hat keinen Zweck, Papa. Ich liebe ihn. Warum willst du mich nicht verstehen? Du hast mich doch immer verstanden.«
Sie zerknüllte die Karte in ihrer Hand und begann zu schluchzen. Es war das erste Mal, daß Fred Upjohn seine Tochter in Tränen ausbrechen sah, seit der Zeit, da sie ein ganz kleines Mädchen gewesen. Mein Gott! dachte er, sie weint! Ich war doch zeitlebens ihr bester Freund. Weiß sie das denn nicht? Eleanor war sein erstes Kind, sie stand ihm näher als irgendeins seiner anderen Kinder. Sie war schon als kleines Mädchen zu ihm gelaufen gekommen und hatte sich von ihm trösten lassen, wenn ihre Puppe zerbrochen war. Später war sie mit ihren kleinen Trägheitssünden zu ihm gekommen. Sie hatte bei allen irgendwie wichtigen Fragen stets seinen Rat eingeholt, und er hatte mit ihr über seine eigenen Gedanken und Probleme gesprochen. Und bei alledem war niemals eine gereizte Stimmung oder auch nur der Anflug einer Mißstimmung aufgekommen.

Er trat hinter sie und strich ihr mit einem Anflug plumper Zärtlichkeit über die Schulter. Sie war jetzt enttäuscht von ihm, zum ersten Male in ihrem Leben war sie von ihrem Vater enttäuscht. Was sollte er tun? Er redete weiter auf sie ein, mit einer sachten, behutsamen Stimme nun, aber nicht weniger eindringlich. Und hatte bald darauf das Gefühl, daß weiteres Verharren auf seinem Standpunkt ihm nichts als ihren Haß und ihre Abneigung eintragen würden. Aber gerade weil er sie so sehr liebte, war er entschlossen, sich nicht irre machen zu lassen. Heimlich wünschte er sich die Zeiten zurück, da ein Vater die Macht hatte, seine Tochter hinter Schloß und Riegel zu sperren, bis sie seinem Willen gehorchte.

5

Eleanor erwähnte Kester gegenüber nichts von dem heftigen Widerstand, auf den ihre Liebe bei ihrem Vater gestoßen war. Sie erledigte an den Vormittagen mit peinlicher Korrektheit ihre Arbeit und war jeden Nachmittag mit dem Geliebten zusammen. Meistens fuhren sie in seinem Auto fort, weil die alten Larnes noch auf Ardeith weilten und Kester keinen Wert darauf legte, sie zu Zeugen seines Glückes zu machen. Eleanor nahm an, daß er seinen Eltern Mitteilung von ihrer Verlobung gemacht habe, aber sie fragte ihn nicht. Es war schon genug, daß ihres Vaters hartnäckige Erbitterung den Zauberkreis trübte, in dem sie sich versetzt sah, sobald sie mit Kester zusammen war.

Es war nun auch so, daß der neue Deichbauabschnitt in weniger als zwei Wochen fertiggestellt sein würde. Sie fürchtete sich heimlich vor der Rückkehr nach New Orleans. Solange sie Kester jeden Tag sah, ließ sich alles ertragen. War sie erst einmal aus seiner unmittelbaren Nähe verbannt, würde der ständige Kampf mit dem Vater, der sie jetzt schon ermüdete, zu einer nicht mehr abreißenden Qual werden. Von ihrer Mutter waren ernsthafte Schwierigkeiten nicht zu befürchten. Mrs. Upjohn war eine Frau, die das Leben hinnahm, wie es sich gab. Sie hieß mit ihrem Mädchennamen Molly Thompson und hatte ihre Eltern bereits im Säuglingsalter verloren. In einem Methodisten-Waisenhaus war sie erzogen worden und hatte die Anstalt verlassen, um hinter den Verkaufstisch eines Provinzwarenhauses zu treten. In dieser Stellung hatte Fred Upjohn sie getroffen, der damals noch ein kleiner

Vorarbeiter in einem Deichbaubetrieb war. Gleich nach ihrer Verheiratung kam sie in das Lager und kochte dort für Fred und fünf andere Männer. Sie verzichtete bis einen Monat vor Eleanors Geburt auf die Hilfe einer Negerin und gab auch dann nur nach, weil Fred unerbittlich darauf bestand. Molly war der Ansicht, daß es eine Schande sei, Lohn für eine Arbeit zu bezahlen, die sie selbst verrichten könne, wo Fred doch jeden Penny brauchte, um die Bücher für sein Studium zu bezahlen.

Molly Upjohn hatte in elf Jahren sechs Kinder geboren. Sie war dabei prächtig gediehen, mittlerweile füllig und rundlich geworden und auch ein bißchen bequem, aber Fred fand, es sei leichter mit ihr zu leben als jemals zuvor. Sie hatte nach und nach herausbekommen, daß der Lauf der Welt sich nicht immer nach ihren Wünschen und Hoffnungen zu richten pflegte; so überließ sie dem Herrgott die Führung, sicher, daß er mehr wisse als sie, und tat im übrigen, was in ihrer Macht und Möglichkeit gegeben war.

Als jetzt Mann und Tochter aus dem Lager zurückkamen und zum erstenmal Kesters Name fiel, bemerkte sie weise, daß der Herr ihr leider völlig unbekannt und sie daher nicht imstande sei, sich eine Meinung über ihn zu bilden. Damit hatte sie schließlich recht, zumal Fred und Eleanor in so völlig gegensätzlicher Weise über ihn sprachen, daß eine Meinungsbildung für einen Dritten schlechterdings ausgeschlossen war. Nachdem sie Kester dann einige Male bei einem Zusammensein mit Eleanor gesehen hatte, fand sie, daß es sich bei Mr. Larne um einen sicherlich sehr liebenswerten jungen Herrn handele. Freilich, setzte sie hinzu, eine Heirat mit ihm würde sie sich trotzdem sehr überlegt haben, denn mit einem Pflanzer, der seine Baumwolle ausgerechnet zur Pflanzzeit so oft sich selbst überließe, nur um ein Mädchen zu sehen, das ihm ohnehin jeden Tag schreibe, könne nicht sehr viel los sein. Aber das blieb auch die einzige Bemerkung dieser Art. Nachdem Mrs. Upjohn sich einmal klar darüber war, daß ihre Tochter sich innerlich bereits entschieden hatte, schwieg sie hinfort über den Gegenstand.

Eleanor segnete die ruhige Gelassenheit ihrer Mutter, war aber eifrig bemüht, den unruhig forschenden Augen des Vaters aus dem Wege zu gehen. Sie entschied sich deshalb auch ohne Bedenken für die Trauung auf dem Standesamt. Kester hatte nach der Sitte des Landes angenommen, daß die Verlobung in der ›New Orleans Picayune‹ angezeigt und die Trauung durch einen Geistlichen im Hause des Brautvaters vorgenommen werden würde. Eleanor sah schließlich keine Möglichkeit mehr, ihm die voraussichtliche Unmöglichkeit einer solchen Regelung länger zu verschweigen. Als sie eines Abends im Restaurant Antoines zusammensaßen, sprach sie ihm zum ersten Male von dem hartnäckigen Widerstand ihres Vaters, der vermutlich niemals einwilligen werde, die Hochzeit in seinem Hause vollziehen zu lassen.

Kester war zunächst verwirrt und befremdet, aber schließlich brach er in ein herzhaftes Gelächter aus. Natürlich begriff sie das nicht; sie fand die Situation in keiner Weise lächerlich. Als sie am Ende darauf bestand, den Grund seiner Heiterkeit zu erfahren, erzählte er ihr, daß seine Eltern gleicherweise davon überzeugt seien, daß diese Heirat zu einem Unglück führe, nur eben aus einem völlig anderen, sozusagen entgegengesetzten Grunde.

Eleanor flammte auf: diese lächerlichen Requisiten einer versunkenen Welt! Er legte ihr begütigend die Hand auf den Arm. »Ich will hier nicht den Friedensrichter machen«, sagte er. »Ich wollte dich haben und ich habe nie im Leben etwas so sehr und so ernst begehrt, wie dich. Aber ich will dich heiraten, als ein Mann, der stolz ist auf das, was er tut.«

Er lachte schon wieder, aber ihr Gesicht blieb ernst. »Auch ich habe nie etwas so stark und so aus ganzer Seele gewollt«, sagte sie. »Eben deshalb ist es schlimm – –«

»Nein, Liebste, es ist nicht schlimm!« Er schüttelte, noch immer lächelnd, den

Kopf. »Überlege doch; im Grunde ist es erheiternd Dein Vater ist überzeugt, die Larnes müßten dem Himmel danken, wenn durch eine Heirat mit seiner Tochter etwas frisches Blut in ihre müden Adern käme. Mein Vater windet sich unter der Vorstellung, die Upjohns möchten sich an der Aussicht weiden, meinen kostbaren Namen in ihrer Familienchronik verzeichnen zu dürfen. Nun und wir? Du und ich? Denken wir etwas anderes, als daß wir uns lieben? Wünschen wir etwas anderes als daß sie uns allein lassen möchten?«

Nun lachte Eleanor auch. Plötzlich erschienen auch ihr die gegensätzlichen Blickpunkte ihrer Familien närrisch und unsinnig. »Ich begreife nicht einmal, was sie meinen«, sagte sie, »die einen wie die anderen. Zwei wie wir sollten ganz ohne Anhang geboren sein.«

»Ich habe mich damit abgefunden, daß alle anderen närrisch sind«, lachte er, »alle außer uns beiden.« Er schob das Ananaskompott beiseite, rief den Kellner und verlangte die Rechnung. »Komm«, sagte er, »jetzt werde ich deinen Vater besuchen.«

Kester Larne ging zu Fred Upjohn mit einer Miene liebenswürdiger Höflichkeit, so daß Eleanor fand, es bedürfe wohl in der Tat einer Folge von sechs Generationen, um zu einer solchen Haltung zu gelangen. Sie suchten Fred in seinem Büro auf, und Kester erklärte ihm hier über den Schreibtisch hinweg in ruhiger und selbstsicherer Gelassenheit, daß er im Begriff sei, seine Tochter zu heiraten.

»Ich bedaure herzlich, daß Sie mich nicht leiden mögen«, setzte er hinzu, »selbstverständlich werde ich Eleanor trotzdem heiraten. Wir sind beide alt genug, um selbständige Entscheidungen treffen zu können und bedürfen Gott sei Dank keiner Erlaubnis. Aber ich bin nun einmal ein Mann, der die Tradition achtet und liebt, in der er groß wurde. Ich möchte deshalb, daß Eleanor mir in ihres Vaters Haus angetraut wird. Ich möchte meine Frau nach alter Sitte durch Vermittlung des Geistlichen aus der Hand ihres Vaters entgegennehmen.«

Fred Upjohn kreuzte seine Hände auf der Schreibtischplatte und sah dem Sprechenden in das klare und männliche Gesicht. »Sie sind nicht wenig selbstbewußt, junger Mann«, sagte er mit gepreßter Stimme.

Kester hielt seinen durchdringenden Blicken stand. »Sie mögen recht haben, Mr. Upjohn«, sagte er, »ja, ich bin es wohl.«

»Nun, ich bin es nicht weniger, Mister Larne«, versetzte Fred, »und ich habe keineswegs die Absicht, mit meiner Ansicht zurückzuhalten. Es gefällt mir nicht, daß meine Tochter Sie heiratet, und ich sehe nicht ein, warum ich in der Öffentlichkeit das Gegenteil erklären sollte.«

Kester lächelte kühl. »Sie sind ein hartnäckiger Mann, Mr. Upjohn. Man sieht Ihnen an, daß Sie gewohnt sind, Ihrer Umgebung zu befehlen und Ihren Befehlen Respekt zu verschaffen. Nun, in diesem Fall dürfte Ihnen der Befehl nichts helfen, und Sie wissen ja auch längst, daß Sie insoweit verloren haben.« Er hob leicht die Schultern und lächelte dünn. »Schließlich ist das Ihre eigene Schuld.«

»Meine Schuld?« fragte Fred erstaunt.

»Zweifellos, Mr. Upjohn. Mindestens haben Sie selber den Grund dazu gelegt. Vielleicht war Ihnen bei Eleanors Geburt nicht bewußt, daß sie einmal so hartnäckig werden könnte wie Sie. Aber was wollen Sie? Im Augenblick, da Sie sie zeugten, rüsteten Sie sie mit Ihren eigenen Waffen aus; warum wundern Sie sich nun, daß sie davon Gebrauch macht? Was immer Sie sagen mögen, Mr. Upjohn, Sie werden nachgeben müssen. Das ist die Rache der Chromosomen.«

Es trat eine Pause ein. Fred Upjohn wandte den Blick ab und sah düster an beiden vorbei. Kester und Eleanor warteten schweigend. Schließlich nickte Fred. »Ich weiß, wann ich geschlagen bin.« Er blickte auf Eleanor. »Kurz und bündig also: Du willst ihn heiraten? Ja oder nein?«

»Ja, Vater, ich will.«
»Es ist gut. Die Sache ist abgeschlossen.« Sein Blick wanderte zu dem Mann hinüber, der aufgerichtet in guter Haltung neben seiner Tochter stand. »Sie haben vermutlich recht mit dem, was Sie sagten, Kester Larne. Ich habe niemals soweit nachgedacht.«
»Ich ebenfalls nicht«, sagte Kester. »Bis zu dem Augenblick, da ich hier hereinkam und Ihr Gesicht neben dem Eleanors sah. Ich danke Ihnen, Mr. Upjohn.«
Da die Entscheidung nun einmal gefallen war, widersetzte sich Fred Upjohn nicht länger. Er zog mit kühler Gelassenheit sein Scheckbuch aus der Schublade und schrieb Eleanor einen Scheck, um ihre Wäscheausstattung einzukaufen. Aber Enttäuschung und Niedergeschlagenheit vermochte er nicht ganz zu verbergen. Eleanor war froh, als es soweit war, daß sie gehen konnten.
Die Tage und Wochen flossen dann schnell dahin, Eleanor kam nicht viel zum Denken; sie hatte alle Hände voll mit den Vorbereitungen für die Hochzeit zu tun, und wäre ihre Schwester Florence nicht in den Osterferien nach Hause gekommen und hätte ihr geholfen, sie hätte nicht gewußt, wie sie die Arbeit bewältigen sollte. Die offizielle Verlobungsanzeige erschien bald darauf in der ›New Orleans Picayune‹, und zwar mit einem Bild von ihr, das der Redakteur des Gesellschaftsanzeigers mit einem Eifer erbeten hatte, der ihr bewußt machte, was es bedeutete, in die Larne-Familie aufgenommen zu werden. Atemlos beschäftigt, wie sie war, kümmerte sie sich kaum darum.
Lysiane rief am nächsten Tag an, und wenn man ihre Stimme am Telefon hörte, hätte man meinen sollen, daß es sich bei dieser Heirat um die Verwirklichung ihrer ureigensten Träume handelte. Sie sprach mit Molly.
»Ich kann Ihnen nicht sagen, Mrs. Upjohn, wie entzückt wir sind, Ihre reizende Tochter nun bald auch die unsere nennen zu dürfen.« Bald danach meldete sich Kesters Bruder Sebastian am Fernsprecher und gratulierte; seine verheiratete Schwester Alice lud sie zum Dinner ein, Alices zahlreiche Freundinnen ließen gleicherweise nicht lange auf sich warten, und dann begannen Tag für Tag die Hochzeitsgeschenke einzutreffen, und zwar in einem solchen Ausmaß, daß ihr nicht länger zweifelhaft bleiben konnte, in welch festgefügten Turmbau sie durch die Heirat mit einem Mann namens Larne eintrat.
Eleanors Freundin, Lena Tonelli, deren Familie eine große Südfruchthandlung besaß und durch Bananen reich geworden war, übernahm es, eine Liste der Leute aufzustellen, an die Eleanor nach ihrer Hochzeit zu schreiben haben würde. Sie hockte Tag für Tag zwischen den Geschenken, sammelte die Glückwunschkarten und schrieb die Namen heraus. »Gott im Himmel, Eleanor«, rief sie einmal hingerissen aus, »das sind wahrhaftig samt und sonders Namen aus den Geschichtsbüchern. Ich dachte immer, die lebten alle längst schon nicht mehr. In was für Höhen gerätst du da! Mir wird schwindlig!«
Eleanor stieß einen komischen Seufzer aus. »Ich habe Kester einmal gesagt, er sei ein Südstaatler und ich sei eine Amerikanerin«, lachte sie. »Aber ich komme jetzt erst dahin, diesen Unterschied zu begreifen.«
»Meine Liebe, du bist im Begriff, den halben Louisianabesitz und die ganze konföderierte Armee zu heiraten«, sagte Lena Tonelli. Sie winkte zum Abschied mit der Hand. »Ich würde mich nicht mit diesem historischen Ausstellungsstück behängen —«
»Ach, Lena, was mich das alles angeht! Du ahnst nicht — —«
Lena nickte nüchtern. »Doch, ich ahne es wahrscheinlich. Ich habe Kester Larne nur einmal getroffen. Ich war hier bei dir und er kam zufällig herein. Nun, ich bin überzeugt, er ist ein bezaubernder Mann, aber sag mal, ist er das Gefühl, das du an ihn verschwendest, wirklich wert?«
»Ja, er ist es.«
»Nun, vielleicht hast du recht«, sagte Lena.

Eleanor lächelte vor sich hin. Die Menschen aus Kester Larnes Lebenskreis waren nicht so leicht zu durchschauen, wie sich das von außen her ansah. Da gab es manches, was Lena nicht wußte und auch nicht wissen konnte; sie begann es ja selbst erst nach und nach zu entdecken. Ihre Haltung zum Beispiel, ihre unerschütterliche Art, sich zu geben, ihr Gefühl für Würde. Die Larnes waren mit dieser Heirat innerlich ganz gewiß nicht einverstanden. Aber nachdem sie nun einmal beschlossen war, hatten sie die Tatsache mit gelassener Höflichkeit akzeptiert, weit mehr als Fred Upjohn etwa. Kein Außenstehender hätte auf die Vermutung kommen können, daß hier nicht alles so war, wie sie es sich wünschten. Sie verstanden es auf unnachahmliche Weise, die Tür zu ihrem Privatleben zu schließen und verschlossen zu halten. Diese unerschütterliche Haltung hatte sie durch die schwersten Zeiten, durch Not und Krieg und Elend sicher getragen; ihre gewachsene natürliche Anmut war schlechterdings unbesiegbar.

Immerhin, auch Fred Upjohn hatte sich mit den Tatsachen abgefunden; er gab sich in seiner etwas rauhen und barschen Art freundlich und liebenswürdig. Am Abend vor der Hochzeit sandte er nach Eleanor. Sie folgte der Aufforderung mit einigem Widerstreben, denn Freds Mißfallen an ihrem Heiratsplan äußerte sich noch so deutlich, daß sie ihm auswich, wo es irgend anging. Aber Fred begann die Unterhaltung in völlig nüchterner und geschäftsmäßiger Weise. Er wollte nichts als ihre Unterschrift. Er hatte ihr einen Anteil der Tonelli-Frucht-Dampferlinie, an der er beteiligt war, überschreiben lassen, um ihr durch die Zinsen ein eigenes Monatseinkommen von etwas über hundert Dollar zu sichern.

Eleanor zeigte sich sehr überrascht und wollte zunächst von der Überschreibung nichts wissen. Aber Fred Upjohn bestand darauf. Es machte gar keine Schwierigkeit, sagte er, er könne es aufbringen. Dabei suchte er seine Verlegenheit durch unwirsche Bewegungen zu überdecken.

Der Tonelli-Linie gehörten außerordentlich große Ländereien in Mittelamerika, und sie war immer noch im Wachsen begriffen. Fred Upjohn hatte mit den in seinem Besitz befindlichen Aktien dieser Gesellschaft und seinem Einkommen aus der Deichbauarbeit im letzten Jahr an die zwanzigtausend Dollar verdient. Er wünschte nicht, daß seine Tochter ihren Mann jedesmal um Erlaubnis fragen müßte, wenn sie sich ein neues Kleid kaufen wollte. Er hatte ihr den Anteil überschrieben, aber das Kapital selbst gesperrt, so daß sie nur über die Zinsen verfügen konnte. So besaß sie, unabhängig von ihrem zukünftigen Mann, eine solide Sicherheit für die Zukunft, denn die Tonelli-Aktien behielten ihren Wert.

Nachdem Eleanor seine geheime Absicht begriffen hatte, küßte sie ihren Vater impulsiv. Sie saßen in dem kleinen Arbeitszimmer neben Freds Schlafraum, in welchem er auch des Nachts oft über seinen Plänen zu sitzen pflegte. Eleanor saß auf seinem Schreibtisch und ließ die Beine baumeln.

»Pa, du bist ein großartiger Mann«, sagte sie, ihn mit offenem Blick ansehend. Wahrhaftig, es kam ihr aus dem Herzen. »Sieh, ich weiß ja, daß du diese Heirat nicht gerne siehst. Um so mehr weiß ich deine heutige Haltung zu schätzen.« Ach, es war schwer, darüber zu sprechen. Sie hatten das Thema seit jener ersten Unterredung zwischen Fred und Kester nicht mehr berührt.

Fred verschränkte die Hände über der Schreibtischplatte und sah sie lächelnd an. »Ich tue es für dich, Eleanor«, sagte er, »und du darfst mir glauben, daß ich es gern tue.« Er legte seine Hand mit sanftem Nachdruck auf die ihre »Honigmädchen«, sagte er, »ich glaube, wir haben uns beide neulich nicht sehr gut benommen. Ich habe eingesehen, daß ich kein Recht habe, in dein Leben einzugreifen Ich möchte, daß wir immer gute Freunde bleiben.«

»Oh, Vater, das möchte ich auch. Du ahnst nicht, wie ich dich vermißt habe in all der Zeit.« Ihre Stimme stockte ein wenig.

Er streichelte leicht ihre Hand; ein Weilchen herrschte Schweigen zwischen ihnen. Es war alles ganz so wie in den alten Zeiten.

»Daß Miß Loring mit den Bürogeschichten nicht so gut fertig wird wie du, ist ja klar«, sagte Fred schließlich.

Eleanor lachte ihn an: »Oh, sie wird es lernen. Als ich anfing, verstand ich auch noch nicht viel.«

»Sie hat nicht deine Erziehung und Ausbildung gehabt. Ich werde mich doch wohl nach einer Dame umsehen müssen, die das College besucht hat.«

Ach, er war rührend, der Vater. Eleanor mußte lächeln. Seine heimliche Hochachtung vor dem College kam bei jeder Gelegenheit zum Ausdruck. Sie sagte: »Wenn du einmal in einer schwierigen Lage sein solltest, Pa, laß es mich wissen. Ich spring dann gerne ein und bin sicher, daß Kester mich für ein paar Tage gehen läßt.«

Er schüttelte den Kopf. »Das wird nicht nötig sein. Ich werde es schon irgendwie schaffen. Ich bin ja auch früher fertig geworden. Es ist nur so, daß nicht viele Mädchen mit deinem Verstand herumlaufen.«

Er verzog das Gesicht zu einem kleinen Lächeln, wurde aber gleich wieder ernst. »Was sagte Kester damals zu mir? ›Die Rache der Chromosomen‹? Es hat mich ein Weilchen beschäftigt; ich wußte nicht gleich, was ich damit anfangen sollte, ich war mir über die Bedeutung des Wortes Chromosomen nicht ganz klar und mußte mich erst unterrichten. Wahrhaftig, ich mußte das Wort sogar erst buchstabieren lernen. Aber dann gemahnte es mich an etwas, was ich dir sagen sollte.« Er zögerte, und sein etwas verdunkelter Blick ging an ihr vorbei.

»Ja, Vater?« Sie preßte seine Hand, die die ihre noch hielt. »Sprich ruhig. Sage, was du mir sagen willst. Ich höre gern zu.«

»Es ist eine etwas komplizierte Sache, Mädchen. Aber sieh, du bist mir in vielen Dingen nachgeartet. Du bist verantwortlich für dein Tun und ich weiß, daß du dir dieser Verantwortung bewußt bist, wenn du jetzt diese Ehe schließt. Und ich muß sagen: ich möchte dich nicht einmal anders. Und doch möchte ich jetzt eine Warnung aussprechen. Glaube nicht, daß du alles erzwingen und alles erreichen kannst, was du willst. Das wäre ein gefährlicher Irrtum.«

»Du machst mich bange, Pa«, sagte sie leise; »ich fürchte, ich verstehe noch nicht ganz, worauf du hinauswillst.«

»Ich meine ganz einfach, was ich sage, du brauchst nichts hineinzudeuten.« Fred suchte nach den Worten und sprach sie mit langsamem Nachdruck vor sich hin. »Nichts ist im Grunde so großartig und unverletzlich, wie es dir erscheint. Es kommen immer wieder Zeiten, wo Dinge in Scherben gehen, die wir für unzerstörbar hielten. Wir müssen immer auf Zusammenbrüche vorbereitet sein, und wir haben die Kraft mitbekommen, mit solchen Erlebnissen fertig zu werden.«

Er sah ihr mit wacher Aufmerksamkeit in die weit geöffneten Augen. »Ich weiß das heute, Eleanor«, fuhr er fort, »aber ich habe es nicht immer gewußt. Zum ersten Mal wurde es mir klar, als ein Deich brach und zusammenstürzte, weil der Strom mächtiger war; es hätte mich bald das Leben gekostet. Ich hatte den Damm selber projektiert und gebaut und ich wußte, daß alles in Ordnung und nichts versehen war. Und doch brach er und ich mußte erkennen, daß es Kräfte gibt, die wir nur schwer oder gar nicht einschätzen können. Du kannst nicht mehr tun, als das, was du aus bestem Gewissen für das Rechte hältst. Glaubst du mir das?«

»Warum? – Ja, natürlich!« sagte Eleanor, aber sie sagte es mit einer so glücklich unbekümmerten Stimme, die ihm wie ihr selber sagte, daß sie nicht überzeugt war.

Fred Upjohn schüttelte langsam den Kopf. »Ich weiß, du glaubst das noch nicht. Du bist überzeugt, es aus dir heraus meistern zu können. Versuche es trotzdem, mit dem Unvorhersehbaren zu rechnen. Es macht die Dinge leichter ertragbar. Eleanor, ich kümmere mich nicht um das, was da auf dich zukommt und Besitz von deinem Leben ergreift. Ich warne dich nur: verliere dich nicht in einer Welt, die jenseits alles dessen steht, was du bist. Bleibe du selbst und verlaß dich auf nichts als die eigene Kraft. Die wirklichen Entscheidungen fallen diesseits des Ruhmes! Daran erinnere dich, wenn es aus jener Welt heraus nach dir greift. Nicht um meinet-, um deinetwillen!«

»Ja, Vater.« Sie beugte sich etwas vor und sah zu ihm auf. »Ich sage es noch einmal, Pa, du bist ein großartiger Mann und ich liebe dich sehr. Aber ich bitte dich herzlich, im Zusammenhang mit mir keinen traurigen Vorahnungen Raum zu geben. Ich bin sicher, daß alles gut werden wird. Ich weiß, daß ich mit Kester ein glückliches Leben führen werde —«

Fred unterbrach: »Ich hoffe und wünsche es von ganzem Herzen, Kind.

Gott schütze dich, Eleanor.«

Am nächsten Tag waren Eleanor und Kester verheiratet. Es war jetzt die letzte Woche im Mai. Sie fuhren zur Golfküste hinunter und waren so glücklich, daß sie nichts wußten und dachten, als daß sie vereinigt und zusammen waren.

DRITTES KAPITEL

1

Der Golf glich einem weitgespannten Bogen aus purpurschimmerndem Glas. Hinter dem Strand winkten die Fächer und Federn der Palmen, die die großen Hotelbauten umstanden, deren weiße Fassaden im Sonnenlicht glänzten. Die Tage folgten einander in nicht abreißender Fülle. Eleanor und Kester schwammen und wanderten, oder sie lagen zusammen am Strand in der unendlichen Weite von Sand, Sonne und Wasser, sahen einander an und redeten wenig; manchmal vergingen Stunden, ohne daß sie ein Wort sprachen. Das Wunder ihres Beisammenseins erfüllte sie ganz. Manchmal fragte sich Eleanor, ob sie wohl jedes Jahr Zeit haben würden, um sich solche sorglose Ferien zu leisten.

Es war ja zum ersten Mal in ihrem Leben, daß sie Ruhe und Untätigkeit kennenlernte. Sie war immer, solange sie denken konnte, irgendwie beschäftigt gewesen; immer war irgendwo ein Ziel gewesen, das es zu erreichen galt, und sie hatte niemals Ruhe gegeben, bis sie durchgesetzt hatte, was sie wollte. Langeweile kannte sie nicht, Nichtstun ertrug sie nicht, immer hatte ihre vorwärtsdrängende Tatkraft Ausschau nach neuen Aufgaben gehalten, die anzupacken und zu bewältigen sich lohnte. Hier nun war sie zu Ruhe und Nichtstun verurteilt. Sie gedachte der schier unerträglichen Spannung zu Hause, die sie in den letzten Monaten in Atem gehalten hatte, und sie wußte nicht recht, ob das Nachlassen dieser Spannung nun auf die schließliche Nachgiebigkeit ihres Vaters oder auf ihre plötzliche Befreiung aus dem Arbeits- und Pflichtenzwang zurückzuführen war. Sie mußte zuweilen lächeln, wenn ihr klar wurde, wie wenig sie eigentlich vom Leben gewußt hatte, obgleich sie sich doch immer eingebildet hatte, sie sei klug und weise und gegen Überraschungen gesichert. Kester war ein wundervoller Liebhaber und ein idealer Gatte. Und sie erlebten das Glück so unmittelbar, daß sie sich nicht viele Gedanken über seine Grundlagen machten.

Da waren diese leuchtenden Morgen, wenn die sanften Wogen des Schlafes sie entließen und ihr nachschauernd bewußt wurde, wie Kester sie geküßt hatte. Sie kehrte aus dem Traumland zurück, schlug die Augen auf und sah ihn über sich gebeugt. Da waren die endlosen, warmen Tage, die unerschöpflich schienen mit der Fülle der Geschenke, die sie über sie ausschütteten. Sie gingen nebeneinander, sie schwammen Seite an Seite, sie lagen am Strand und er brachte ihr Fruchtpunsch, während ihr Haar in der Sonne trocknete und der weite Rock ihres Badekostüms sich im leichten Wind blähte. Er sah sie an, ihren schlanken Körper, ihre langen Beine in den schwarzen glänzenden Strümpfen, und er sagte ihr zum tausendsten Male, daß sie schön sei, die schönste Frau, die er jemals gesehen. Dann kam ihr ein Lachen tief unten aus der Kehle, und sie saßen nebeneinander und schlürften ihre Getränke, bevor das Eis in der Sonne schmolz. Da waren die wundervollen Abende, die der Nacht vorangingen. Sie tanzten in der Hotelhalle, und Eleanor fand, daß Kester nicht nur ein ausgezeichneter, sondern auch ein unermüdlicher Tänzer war, dem auch die wildesten Drehungen des Türkentrotts nicht zu ermüden vermochten.

Im Laufe dieses Sommers wurde Eleanor nach und nach mit Kesters strahlenden Tugenden, allerdings auch mit seinen zwar liebenswerten aber zuweilen erschreckenden Fehlern bekannt. Kester schien jedermann zu kennen und jedermann zugetan, und dies schien durchaus wechselseitig. Kellner und Hotelpagen sprangen, wenn sie ihn sahen; er brauchte kaum den Mund aufzutun. Schon nach wenigen Tagen grüßten ihn die anderen Gäste, als seien sie schon seit Jahren mit ihm befreundet. Eleanor verwirrte das. Sie selber hätte von New Orleans nach Schanghai fahren können, ohne mit einem einzigen Menschen ein Wort zu wechseln. Aber nun sah sie sich einbegriffen in diesen Strom liebenswürdiger Zuneigung, der Kester mühelos zufloß. Offenbar nahm jedermann an, daß sie ebenso sein müsse wie Kester; aber das war sie nicht, keineswegs, sie begriff nicht einmal, was da vorging. Trotzdem freute es sie, wenn man sie ansprach und ihr versicherte, sie und Kester hätten allen Hotelgästen zu den angenehmsten und erfreulichsten Ferien ihres Lebens verholfen. Gleichzeitig beunruhigten sie diese Komplimente. Sie hatte das dunkle Gefühl, Tribute einzuheimsen, die nicht ihr, sondern ausschließlich Kester zustanden. Gleichzeitig barst sie vor Stolz, einen so liebenswürdigen, allgemein beliebten Gatten zu besitzen. Er war aber nicht nur ein Genie in der Art, Menschen zu nehmen und zu behandeln, er war auch ein Muster von Selbsterziehung. Niemals war sie bei einem Menschen einer mit solch selbstverständlicher Gelassenheit zur Schau getragenen Eleganz und Sicherheit der Haltung begegnet. Sie war stolz, mit ihm gesehen zu werden; sie sonnte sich an den bewundernden Blicken, die Frauen ihm zuwarfen, sobald er ein Restaurant betrat. Eleanor litt nicht eben an Selbstunterschätzung, aber es gab Zeiten, da sie sich verwundert fragte, wie es nur käme, daß ein so fesselnder, von allen geliebter und bewunderter Mann ausgerechnet sie ausgewählt habe. Nun, er hatte es und es war kein Zweifel, daß er sie liebte; das Wissen machte sie glücklich.

Indessen machte die Leichtigkeit, mit der Kester Menschen und Dinge zuflossen, ihn auch gleichgültig und bedenkenlos in all den kleinen Fragen des täglichen Lebens. Ordnung und Selbstdisziplin, Dinge, mit denen Eleanor groß geworden war, kannte er nicht. Er vergaß, seine Uhr aufzuziehen, er wußte niemals, wo er einen Gegenstand hingelegt hatte. Wenn er seine Kleidung wechselte, warf er alle Sachen wild durcheinander, wo er gerade stand, und Eleanor rief manchmal mit komischem Entsetzen aus, sie müsse die meiste Zeit ihrer Flitterwochen damit zubringen, ihres Mannes Sachen aufzuräumen.

»Du liebst die Unordnung«, seufzte sie dann wohl. »Es interessiert dich weniger, ob Taft oder Wilson oder Roosevelt gewählt werden; es kommt dir nur darauf an, die verschiedenen Ansichten zu diesem Thema um dich herum aufzustapeln.«

Kester lachte über ihre Versuche, äußere Ordnung in sein Leben bringen zu wollen, pfiff einen Schlager und ging unbekümmert wie immer aus dem Zimmer.

Sie kam dahinter, daß er Schecks ausschrieb, ohne sich auch nur die Zahlen zu notieren. Diese Leichtfertigkeit in Gelddingen war ihr unbegreiflich, sie entsetzte sie geradezu. Als sie ihm einmal davon sprach, sah er sie nur verwundert an. »Wieso?« sagte er, »ich bekomme doch die Bankauszüge, das ist ja ihr Sinn.« Sie sah sein Gesicht und war entwaffnet. »Du meinst vermutlich, auch die Engel seien dazu da, auf dich aufzupassen«, lachte sie. Kester fand den Gedanken witzig. »Warum nicht?« sagte er, »bisher haben sie es jedenfalls getan. Aber nun haben sie ja dich zu mir geschickt, damit du ihnen die Aufgabe abnimmst.«

Er lachte sein fröhliches Lachen und ging in die Bar, um sich einen Manhattan-Cocktail servieren zu lassen, obgleich es erst Nachmittag war und das Thermometer über neunzig Grad Fahrenheit anzeigte. Eleanor begriff nicht, wieso Alkohol so früh am Tage und bei solcher Hitze ihn nicht elend machte, aber offenbar gab es nichts, was in der Lage gewesen wäre, seiner Gesundheit zu schaden.

Nach Beendigung der Ferien fuhren sie nach Ardeith. Pächter und Dienerschaft waren vor dem Herrenhaus versammelt, um sie zu begrüßen. Kesters Mutter stand, umgeben von etwa zwanzig Basen und Freundinnen, auf der Veranda, um Eleanor zu bewillkommnen. Das junge Paar schritt die Treppe hinauf und betrat das große Zimmer, in dem Kester selbst und sein Vater geboren wurden. Auf dem großen Marmorkamin blühten Tulpen; das riesige, auf vier Pfosten ruhende Bett unter dem Baldachin aus hochroter Seide wirkte wie eine Burg; man sah ihm seine Bestimmung an, den Erben einer alten und großen Tradition zum Leben zu verhelfen. Durch eine Tapetentür betrat man ein kleines Boudoir, ausgestattet mit damastbezogenen Möbeln aus Rosenholz; ein entzückender Rahmen für eines dieser empfindsamen und zerbrechlichen Luxusgeschöpfe, die in solcher Atmosphäre zu gedeihen pflegten.

Eleanor blickte verwirrt und ein wenig befangen auf diesen verschwiegenen Luxus, sie trat in das Schlafzimmer zurück, ging zum Fenster und sah draußen die mächtigen Kronen der alten Eichen, die sich im Winde wiegten und leise flüsterten, wie sie zu vielen Generationen geflüstert hatten. Sie fühlte, wie etwas auf sie zukam und nach ihr griff, wie sie langsam eingelullt und eingefangen wurde von diesem fremden, ganz in sich selbst ruhenden Welt, wie sie schon jetzt nicht mehr ein selbständiges Individuum, sondern bereits Teil einer Einheit war wie ein Stein in der Schloßmauer.

»Es ist alles so sonderbar«, flüsterte sie Kester zu, »so – dicht, so unangreifbar und – so wesentlich!«

Später, während das Badewasser in die Wanne lief, stand sie vor der alten Mahagonikommode, sah in den Spiegel und dachte der vielen anderen Frauen vor ihr, deren Bild das Glas hier zurückgeworfen hatte. Die Kommodenschublade klemmte ein wenig, als sie sie aufzog, um ihre Schmucksachen hineinzulegen. Sie dachte an ihr Zimmer in New Orleans, wo alle Möbelstücke neu, glänzend und sehr praktisch waren. In der Upjohn-Familie hatte kein Mensch Zeit, sich mit Schubladen abzuquälen, die sich nicht reibungslos öffnen ließen, und auch eitle Gedanken vor dem Spiegel kamen dort niemand. Wahrhaftig, ihr war zumute, als habe sie plötzlich eine verzauberte Welt betreten, in der nichts mehr wirklich war, aber alles den unwahrscheinlichen Zauber phantastischer Träume hatte.

2

»Meine Zeit ist in unwahrscheinlicher Weise bis zum Rande mit Nichtstun erfüllt«, schrieb Eleanor ihrem Vater. »Versuche es, dir bildhaft vorzustellen, wie ich morgens in diesem riesigen, von vier Säulen getragenen Prunkbett erwache. Ich richte mich auf und ziehe an einer altertümlichen gestickten Glockenschnur. (Das Glockensystem hier im Hause ist eine Sache für sich. Die Einrichtung dürfte etwa aus dem Jahre 1840 stammen. Wenn ich, in meinem Bett sitzend, die Schnur ziehe, klingelt es irgendwo unten im Hause, in Bereichen, in die ich so gut wie niemals eindringe.) Ich lasse mich dann zurückgleiten und betrachte den Baldachin über meinem Kopf. Nicht lange danach erscheint eine Negerin. Sie trägt einen prächtigen Überwurf und hat goldene Ringe in den Ohren. Sie serviert mir auf einem silbernen Tablett den Kaffee. Es ist nicht immer dieselbe Frau, die den Kaffee bringt; ich unterscheide sie noch nicht genau, denn du mußt wissen, es läuft soviel Dienerschaft bei uns herum, daß wir das ganze ›weiße Haus‹ damit versorgen könnten. Kester sagt, daß die meisten von ihnen auf der Plantage geboren seien und daß er ohnehin für sie sorgen müsse. –

Nachdem wir angekleidet sind, gehen wir hinunter und betreten ein Frühstückszimmer, das mit Mahagonimöbeln ausgestattet und Morgen für Morgen mit Blumen übersät ist. Wir vertilgen dann mit gutem Appetit eine große Portion Maisgrütze, Schinken und heiße Waffeln. Inzwischen hat einer der überall herumlaufenden Schwarzen die Pferde gesattelt und bereitgestellt, und gleich nach dem Frühstück reiten Kester und ich zu den Baumwollfeldern. –

Ich fange an, mich mir Art und Wesen der Baumwollpflanzung vertraut zu machen. Kester wollte erst nicht, daß ich im Herrensattel ritte, als ich ihm aber sagte, daß das heutzutage bei den vornehmsten Damen üblich sei und daß ich nicht mehr umlernen könne, gab er sich zufrieden. –

Komme ich dann von dem Ausritt zurück – Kester bleibt in der Regel noch auf den Feldern –, dann ist, kaum daß ich zur Tür herein bin, bereits irgendein farbiges Mädchen zur Stelle, um mir beim Ablegen der Reitkleidung behilflich zu sein. Sie hüllt mich dann in einen durchsichtigen, mit Straußenfedern besetzten Morgenrock und ich darf mich in mein Boudoir zurückziehen, eine Limonade schlürfen und Dankbriefe an die zahllosen Spender meiner Hochzeitsgeschenke schreiben. –

Weil die Hausfrauenpflichten in diesem Hause anscheinend so schwierig zu bewältigen sind, ist Kesters Mutter für einen Monat hier, um mir einen Teil meiner neuen Bürde tragen zu helfen. Während ich ausreite oder Briefe schreibe, führt sie das Haus, und das übertreibt sie so sehr, daß ich mir noch immer wie ein zufälliger Gast vorkomme, der um Gottes willen davor bewahrt werden muß, seinen Kopf mit profanen Dingen zu belasten. Um zwei Uhr werde ich zum Dinner angekleidet, das wir in einem Speisezimmer einzunehmen pflegen, das die Dimensionen eines Staatsbankettsaales besitzt. Das Essen selbst ist köstlich. Wir speisen hier jeden Tag wie früher gelegentlich festlicher Anlässe bei Antoines. Über dem Eßtisch ist ein großer Fächer angebracht (sie nennen ihn hier einen Besen), und dieser Fächer wird während der ganzen Mahlzeit von einem kleinen Negerjungen hin und her geschwungen, um die Fliegen zu verjagen. Die Mühe ist gegenwärtig völlig sinnlos, da die Fenster während des Tages zugezogen sind, aber sie wird gleichwohl geübt, und ich fange an, mich an die kleinen entzückenden Unsinnigkeiten dieses Daseins zu gewöhnen. –

Nach dem Essen werde ich abermals umgekleidet, nunmehr sehr sorgfältig, denn nun werde ich ausgestellt. Ich gehe in den Empfangssalon hinunter und sitze hier brav und sittsam neben Mrs. Larne, um Besuche zu empfangen. Meine Schwiegermutter strapaziert ihre Hände damit, eine Altardecke für die protestantische bischöfliche St.-Margarethen-Kirche zu sticken. Ich selbst pflege meine Hände bei solchen Gelegenheiten ruhen zu lassen, denn würde ich irgend etwas damit stichteln, würde jedermann meinen, ich sei schon dabei, Babykleidung anzufertigen. Jedermann würde von einem zu erwartenden freudigen Ereignis tuscheln, und dergleichen ist hierorts nicht erwünscht. Es wäre unfein. –

Die Besucher lassen nie lange auf sich warten. Anscheinend ist jede Dame der Stadt von der unerläßlichen Notwendigkeit überzeugt, während dieser ersten Wochen unserer Anwesenheit auf Ardeith ihre eigenen Angelegenheiten zurückzustellen, um mein Dasein durch ihre Gegenwart zu bereichern. Die meisten Besuche dauern genau eine halbe Stunde. Mrs. Larne versieht dabei die Rolle meiner Anstandsdame. Sie meint wohl, eine junge Frau sei viel zu unerfahren, um ohne Führung und Anleitung ihre zukünftigen Freundinnen auswählen zu können. Sie ist unablässig bemüht, mir kleine Bemerkungen zuzuflüstern, um mich über Herkunft, Bedeutung und Lebensweise der jeweiligen Besucherinnen zu unterrichten. Mrs. Dingsda entstammt einer der vornehmsten Familien Louisianas und muß besonders zuvorkommend behandelt werden; über Mrs. Soundso wurde vor ihrer Heirat viel gesprochen, ohne Zweifel unberechtigt, aber es ist angezeigt, ein wenig Vorsicht zu üben. ›Neue Leute‹ nennt man alle diejenigen, die nach dem Bürgerkrieg zuzogen. Wenn sie ›nach dem Kriege‹ sagen, dann hört es sich an, als sei dieser Krieg am letzten Dienstag zu Ende gegangen. –

Einige der Damen sind reizend, einige sind unangenehm und einige sind dumm. Gestern meldete unser Butler Cameo die Durham-Mädchen an. Drei alte Damen kamen hintereinander hereinmarschiert, alle schwarz gekleidet; es war unheimlich, wie sie sich nebeneinander in einer Reihe niederließen. Sie betrachteten mich mit offensichtlicher Feindseligkeit, und ich dankte dem Himmel für die Anwesenheit von Mrs. Larne, die mit ihnen über die Sonntagsschule sprach. Am Abend fragte ich Kester, warum um alles in der Welt die drei alten Damen ›Mädchen‹ genannt würden. Es glimmte in seinen Augen und er erzählte mir in seiner sarkastischen Art ihre Geschichte:

Das Haus der Durhams fing eines Nachts Feuer. Da waren die drei Töchter alte Jungfern rund um die Fünfzig. Als ihr noch lebender Vater am folgenden Tag von dem aufregenden Ereignis erzählte, sagte er: ›Meine Frau und ich waren vollkommen ruhig, aber die Kinder waren ein wenig aufgeregt.‹ Die Kinder waren die drei Fünfzigjährigen. –

Beim Schein der Lampe pflegen wir zu Abend zu essen. Danach zieht sich Kesters Mutter taktvoll zurück. Entweder geht sie in ihr Zimmer und liest ›Barbaras Sieg‹, oder sie besucht eine ihrer zahllosen Freundinnen, um eine Partie Bridge zu spielen. Kester und ich haben dann jedenfalls Gelegenheit, uns über die Leute zu amüsieren, mit denen ich tagsüber zusammengetroffen bin. –

Lieber Pa, ich sehe dich vor mir, wie du die Nase rümpfst, und ich höre förmlich deinen Stoßseufzer: ›Das ist nun meine Tochter, die Logarithmen im Kopf behalten kann!‹ Aber laß es gut sein, Pa. Die bisherige Zeit meiner Ehe ist eine solche Kette nicht abreißender Wunder, daß ich dir nichts darüber sagen kann, ausgenommen, daß ich glücklich bin und daß ich richtig gehandelt habe. Ich glaube nicht, daß ein Mensch glücklicher sein kann, als ich es gegenwärtig bin.«

Eleanor war in der Tat überrascht über die nicht abreißende Kette von Besucherinnen. Anscheinend hatten sich die zahllosen Freundinnen Lysianes vor der Hochzeit die Köpfe über Kesters unbekannte Braut zerbrochen; nun mußte man doch wenigstens sehen, wer da in die Larne-Familie aufgenommen worden war. Eleanor fand die feierliche Förmlichkeit, in der diese Besuche sich abzuwickeln pflegten, ein wenig lächerlich, aber da es nun ihr Schicksal geworden war, ihr Leben auf Ardeith zu verbringen, ging sie allmählich daran, sich ihre Besucherinnen ein wenig aufmerksamer anzusehen und im stillen eine geheime Auswahl zu treffen. Das war durchaus nicht einfach, denn die meisten dieser Damen glichen einander auf eine sonderbare Weise, wenn sie ihr da gegenüber saßen mir ihren strahlenden Augen und ihrem puppenhaften Lächeln. Immerhin verstand sie es auf geschickte Weise, einige von ihnen auszuzeichnen. So die junge Mrs. Neal Sheramy von der Silberwald-Plantage, die hübsch und ein bißchen zerbrechlich war und empfindlich hustete – wahrscheinlich hatte sie die Schwindsucht –; oder Kesters Cousine Sylvia St. Clair, eine etwas vierzigjährige Dame mit einem fleckigen Hals und einem Gesicht wie Essigwasser. Sylvia war nicht sehr angenehm, aber sie verstand so amüsant zu schwätzen, machte geheimnisvolle Andeutungen über ihre eigene unglücklich verlaufene Ehe, klatschte über jedermann und versuchte immer wieder, Eleanor vertrauliche Fragen zu stellen, die diese zwar nicht ungeschickt abzuwehren verstand, die sie aber immer wieder insgeheim amüsierten.

Dann war da noch Violet Purcell, ein dunkles, lebhaftes Mädchen in einem lavendelfarbenen Kleid und einer schwarzen Federboa. Sie pflegte ihre Sätze mit Epigrammen zu spicken, von einer bittersüßen Heiterkeit, die nachdenklich stimmte.

Grundsätzlich kümmerte sich Eleanor nicht weiter um die Angelegenheiten ihrer Besucherinnen, aber sie lieferten ihr und Kester amüsante Gesprächsstoffe für den Abend. Kester hatte viel Sinn für Humor und ein fast untrügliches Gefühl für Menschen; er verstand sehr viel treffender und scharfsinniger zu urteilen als seine Mutter.

Nachdem Lysiane endlich nach New Orleans zurückgekehrt war, sah sich Eleanor mit ihren kleinen Repräsentationspflichten allein. Aber sie hatte sich nun schon recht gut in den Stil von Ardeith hineingefühlt. Sie gaben kleinere und größere Gesellschaften und besuchten ähnliche Veranstaltungen bei Verwandten und Freunden, und lange Abende verbrachten sie allein zu zweit, ohne jemals in Verlegenheit zu geraten, worüber sie sich unterhalten sollten. Gleich nach der Baumwollernte richtete Kester den Arbeitern ein Fest im Freien aus, bei dem ganze Tiere auf dem Rost gebraten wurden. Er und Eleanor traten dann gemeinsam mit ein paar Freunden als Gastgeber und Ehrengäste auf, thronten hoheitsvoll mitten unter den Schwarzen auf großen Baumwollballen und ließen sich mit Bier und Sandwiches bedienen. Anschließend wurden sie dann in einem Wagen zum Herrenhaus zurückgefahren, um hier mit ihren eigenen Gästen die Nacht zu durchtanzen.

An dem Tag, da Woodrow Wilson zum Präsidenten gewählt wurde, erschien Kester unerwartet mit einem ganzen Schwarm von Gästen, um das Wahlergebnis zu feiern. Eleanor, an solche Stegreifpartys nicht gewöhnt, nahm ihn beiseite und fragte ihn ratlos, wie, um alles in der Welt, sie so viele Menschen unvorbereiteter Weise denn verpflegen solle. Kester begriff offenbar gar nicht, was sie meinte, jedenfalls ging er nicht auf ihre Frage ein; er lachte sie an und rief, gänzlich von dem Tagesereignis in Anspruch genommen: »Vermont, Utah und Eleanor waren sämtlich für Taft, aber es hat nicht geholfen.« Damit verschwand er in der Küche.

Eleanor folgte ihm, heftig protestierend. Sie habe keineswegs für Taft gestimmt, versicherte sie, sie sei durchaus für Wilson, aber darum ginge es jetzt nicht; vielmehr handele es sich darum, wie sie aus heiterem Himmel ein Abendessen für mehr als zehn Personen herbeizaubern solle. Aber dies schien nun hier in der Tat kein Problem; Kester schwatzte bereits mit Mammy, der Köchin. Mammy war immer schon, solange er denken konnte, in Ardeith gewesen, sie verstand sich auf solche Dinge. »Geh zu unseren Gästen, Eleanor«, sagte er, »und kümmere dich bitte nicht mehr um diese Dinge; ich versichere dir, daß sie geregelt werden.«

Drinnen fand sie die Gäste bereits um das Klavier versammelt. Sie sangen mit fröhlichen Stimmen, Violet Purcell begleitend, die die Tasten bearbeitete. Kester kam mit einem Tablett voller Getränke herein und warf Eleanor einen neckenden Blick zu. Sie flüsterte ihm zu: »Wird Mammy wirklich damit fertig?«

»Aber selbstverständlich«, antwortete er und wandte sich den Gästen zu »Wünscht jemand einen Drink?«

Sie wünschten. Sie tranken, lärmten und lachten und verlegten sich schließlich aufs

Tanzen. Neal Sheramy flüsterte ihr zu: »Es ist wie immer reizend in Ardeith, Eleanor.« Kein Zweifel, sie waren es gewöhnt, auf diese Weise hier einzufallen; offenbar war das schon immer so gewesen. Sie erinnerte sich, daß Lysiane ihr schon im Anfang gesagt hatte, Kester habe immer das Haus voller Gäste.

Violet spielte mit Hingabe und Temperament den ›Mississippi-Dippi-Dip‹, und Eleanor tanzte mit Neal Sheramy, bis sie beide außer Atem waren, dann setzte sie sich zu Neals kleiner Frau, die zu zerbrechlich schien, um sich so anstrengende Tänze leisten zu können. Eleanor dankte dem Himmel für ihre derbe Gesundheit und freute sich herzlich, in der Lage zu sein, Geselligkeiten dieser Art zu veranstalten.

Als schließlich die Glocke zum Abendessen rief, gingen sie alle in das Speisezimmer. Sie fanden einen reichgedeckten Tisch. Es gab Omeletten, ein Käsesouffle, eine Platte Schinken, heißes Bisquit und eingemachtes Obst. Staunend sah Eleanor, wie mühelos sich solche Herrlichkeiten in so kurzer Zeit auf Ardeith beschaffen ließen, und ebenso verblüfft nahm sie wahr, daß jeder der Gäste das offenbar gewöhnt war. Da ließ sie denn alle Sorgen und Bedenken fallen und gab sich der ausgelassenen Fröhlichkeit der Stunde hin. Kester sagte ihr hinterher, er könne zu jeder beliebigen Zeit beliebig viele Gäste einladen; Schwierigkeiten irgendwelcher Art gäbe es da nicht.

Dann und wann war Eleanor gezwungen, ein sehr offizielles und sehr förmliches Mittagessen zu geben. Dann thronte sie sehr hoheitsvoll hinter dem glänzenden Damast und dem spiegelnden Silber, hatte das Haar modisch aufgetürmt und den Hals mit antiken Juwelen geschmückt, die Kester eigens zu diesem Zweck aus den Tresoren des Kellergewölbes heraufgeholt hatte. Aber meist handelte es sich bei den Gesellschaften auf Ardeith um vergnügliche und ungezwungene Zusammenkünfte, wie die zuvor beschriebenen, wo nach Phonographenplatten getanzt wurde, oder Violet Purcell auf dem Klavier moderne Schlager spielte. Kesters Freunde bildeten durchweg eine vergnügte, sorglose und unbekümmerte Bande. Die meisten hatten sehr schöne Stimmen und alle verfügten sie über ausgezeichnete Manieren. Sie waren meistens von Kind auf mit Kester befreundet und taten allesamt ihr Bestes, seine Frau in ihren Kreis hineinfinden zu lassen. Eleanor wußte oft mit ihren harmlosen Neckereien nichts Rechtes anzufangen, aber sie gab sich alle Mühe, ihnen gefällig zu sein, fühlte sie doch, wie sehr sie samt und sonders Kester ergeben waren. Sie fand, daß die meisten Denis und Lysiane ähnelten, in ihrem Wesen und ihrer Art, sich zu geben. Ausnahmslos waren es sehr gepflegte und sehr distinguierte Damen und Herren, völlig nutzlos, wie ihr schien, aber nichtsdestoweniger sehr angenehm zu leiden. Allmählich ging ihr auf, daß auch andere Eigenschaften als diejenigen, die ihren Vater auszeichneten, gefällig und reizend sein konnten. Vor allen anderen begann sie mit der Zeit Violet Purcell auszuzeichnen, deren kühle Knappheit erfrischend und herzgewinnend wirkte.

So fand sie sich allmählich in das neue Leben hinein, erfreute sich an den schönen Tagen, die es ihr brachte, und begann allmählich zu vergessen, daß sie vorher immer nur für andere dagewesen war. Als sie einen Brief ihres Vaters erhielt, in welchem er ihr von der Wasserstraßenkonferenz berichtete, die der Präsident in Washington abgehalten hatte, stellte sie fest, daß sie mit all der hier zutage tretenden Sachlichkeit und Nüchternheit nichts mehr anzufangen wußte, und begriff plötzlich nicht mehr, wie interessiert sie noch vor einem Jahr an all diesen Dingen gewesen war. Jetzt füllten Kester und Ardeith alle ihre Gedanken aus; nichts anderes schien daneben mehr wesentlich. Kester sagte ihr ein dutzendmal und öfter in der Woche, daß er nie in seinem Leben so glücklich gewesen sei. Es gab zwischen ihnen nur eine einzige Streitfrage. Eleanor wollte, daß er ihr die ordentliche Führung des Haushaltes übertrage. Seine immer wiederkehrende Antwort war charakteristisch für ihn. Sie lautete: »Kaufe ein, was du brauchst, und laß die Rechnungen an mich schicken.« Aber Eleanor war hartnäckig, sie war mit solchen Bemerkungen nicht abzuspeisen. Sie verwandte zwei Stunden darauf, ihm klarzumachen, daß sie unmöglich disponieren könne, ohne zu wissen, wieviel sie ausgeben dürfte. »Gut«, sagte Kester schließlich, »wieviel willst du also haben?« Eleanor seufzte. Was sollte sie auf eine so unmögliche Frage antworten? Sie wollte soviel haben, wie sie zur ordentlichen Führung des Haushaltes brauchte, aber wie um alles in der Welt sollte sie wissen, wieviel das war? Sie war entsetzt, als Kester ihr sagte, Cameo und Mammy hätten das immer in Ordnung gebracht; er habe sich nicht weiter darum gekümmert, sondern nur die Rechnungen bezahlt, die man ihm schickte, und zwar ohne die geringste Unterlage über die tatsächlichen Ausgaben.

Auf ihr hartnäckiges Fragen bekam sie schließlich heraus, daß Ardeith im letzten Jahr achthundert Ballen Baumwolle hervorgebracht habe, und daß man von einem guten Ergebnis sprechen konnte, wenn man zehn Cents für ein Pfund Baumwolle erzielte. Das bedeutete, daß die Plantage ein Gesamteinkommen von vierzigtausend Dollar hatte. Wieviel davon als Reingewinn betrachtet werden konnte, ahnte sie nicht; aus Kester war darüber nichts herauszubekommen. Um zu irgendeinem vagen Anhaltspunkt zu kommen, halbierte sie also die Summe. Zwanzigtausend Dollar schienen ihr durchaus kein sehr bedeutendes Einkommen für einen Betrieb wie Ardeith, aber immerhin war es sehr viel Geld. Das Haus war so verschwenderisch ausgestattet, daß es ohne große Ausgaben in Gang gehalten werden konnte. Nach einigem Nachdenken fragte sie Kester, ob er ihr monatlich sechshundert Dollar für die Haushaltsführung bewilligen könne. »Selbstverständlich!« bejahte er. Da sie indessen überzeugt war, er würde die ganze Unterredung nach einer Stunde vergessen haben, fuhr sie am nächsten Morgen mit ihm zur Bank, wo er die Auszahlung für sie veranlassen sollte. Sie war ziemlich mißgelaunt, er aber kam wieder heraus, strahlend und heiter wie immer, und überreichte ihr ein Buch, durch welches ihr ein Kredit von achttausend Dollar eröffnet wurde. Sie unterdrückte mit Mühe einen Aufschrei, aber er sagte nur lachend: »Nun wirst du mich hoffentlich ein Jahr lang nicht mehr belästigen.«

»Bist du böse?« fragte sie, seine Hand nehmend.

»Aber nein, Liebling, wie kommst du darauf? Nur, es ist so, daß ich noch nie eine monatliche Abrechnung vorgenommen habe. Ich habe keine Lust, meine Zeit an solche Dinge zu verschwenden; dazu sind sie nicht wichtig genug. Du mußt mich schon nehmen, wie ich bin. Weißt du, ich bekomme manchmal ein bißchen Angst: du bist so aufgeregt tüchtig!«

Eleanor begann nun mit der ihr gewohnten Genauigkeit hauszuhalten. Sie rechnete wöchentlich ihre Haushaltsbücher ab und gab sich redliche Mühe, Mammy zu verhindern, ihren Mann und ihre Kinder aus den Beständen der Herrenhausküche zu ernähren. Das war ein ziemlich hoffnungsloses Unterfangen, denn Mammy war nur eine von Zahllosen und außerdem stellte sie eine nicht zu unterschätzende Macht dar. Es befanden sich insgesamt elf Bedienstete im Hause. Eleanor fand, daß mindestens fünf von ihnen überflüssig seien, aber ihr Vorschlag, sie zu verabschieden, fand bei Kester taube Ohren. Außer den elf liefen noch mehrere Negerjungen im Hause herum. Sie kamen dann und wann von der Plantage herübergeschlendert und erkundigten sich, ob die junge Miß keine Beschäftigung für sie habe; tatsächlich ging es ihnen nur darum, aus Mammys großmütiger Hand ein paar kalte Bisquits oder ähnliche Leckereien zu erhalten. Eleanor richtete in ihrem Haushaltsbuch für diese und ähnliche Dinge eine Spalte »Sinnlose, leider unvermeidliche Ausgaben« ein, und ließ die Sachen weiterlaufen. Kester lachte zu ihren Bemühungen, er fand sie wie vieles an ihr töricht, aber reizvoll und war stets geneigt, ihr in Kleinigkeiten nachzugeben.

»Du bist ein erstaunliches Mädchen«, sagte Violet Purcell einmal zu ihr. »Mach nicht so ein unschuldiges Gesicht, geradeso, als wüßtest du gar nicht, daß du mit dem unwiderstehlichsten Herzensbrecher der Vereinigten Staaten verheiratet bist. Erinnerst du dich daran, was Washington Irving einmal geschrieben hat?« – Eleanor schüttelte den Kopf.

Violet zitierte aus dem Gedächtnis: »›Einer, der tausend einfache Herzen gewinnt, mag sich billig rühmen, wem es aber gelingt, den unbestrittenen Sieg über das Herz einer Koketten zu erringen, der ist ein Held.‹ Das Zitat spricht von einem Mann«, sagte sie, »aber du brauchst es nur umzukehren und es gilt für dich. Eleanor, wie machst du das bloß?«

Eleanor lachte und antwortete, sie wisse es nicht, aber insgeheim war sie entzückt. Daß sie Kester liebte, schien ihr keiner Erklärung zu bedürfen; wie hätte eine Frau ihn nicht lieben sollen? Aber daß Kester sie liebte, das erschien ihr wie ein unfaßbares Wunder. Und sie war dankbar für jeden Beweis seiner Liebe.

Kester unternahm ziemlich häufig Fahrten nach New Orleans, manchmal mir ihr zusammen, zuweilen auch ohne sie. In letzteren Fällen brachte er stets irgendwelche kostbaren, aber ziemlich sinnlosen Geschenke für sie mit: Einsteckkämme mit Bergkristallschmuck, gekreppte Seidenhemden, taftseidene Unterröcke, die beim Schreiten knisterten. Zu Weihnachten schenkte er ihr eine Uhr, die an einer langen Kette um den Hals getragen und in den Gürtel gesteckt wurde. Er hatte ein Kärtchen an die Kette geheftet und darauf in neun Sprachen geschrieben: »Ich liebe dich!« Er hatte einen ganzen Vormittag in der Bibliothek von Tulane zugebracht, um diese Leistung fertigzubringen.

Nach Neujahr entdeckte Eleanor, daß sie ein Kind erwartete. Es verursachte ihr einen gelinden Schrecken, denn obgleich sie selbstverständlich mit Kindern gerechnet hatte, wäre es ihr doch ganz recht gewesen, wenn sie ein bis zwei Jahre sorgloses Eheglück gehabt hätten, um sich darauf vorzubereiten. Zudem war sie durchaus nicht klar darüber, wie Kester die Neuigkeit aufnehmen würde. Er hatte zwar oft geäußert, daß er Kinder liebe, aber sie hatte ihn heimlich im Verdacht, daß er nicht ganz klare Vorstellungen vom Wesen und Bedeutung der Vaterschaft habe. Sie selbst hatte als ältestes von sechs Geschwistern zu oft das Kindermädchen spielen müssen, um sich engelhaften Vorstellungen und übertriebenen Illusionen hinzugeben.

Als sie es Kester mitteilte, zeigte er sich vor Freude ganz aufgeregt. Sogleich erzählte er die Neuigkeit allen seinen Bekannten, mit der naiven Freude eines kleinen Jungen, dem man ein Fahrrad versprochen hat. Er stieg in die Dachkammer hinauf und brachte eine aus Rosenholz geschnitzte Wiege herunter, in der zahllose Larne-Kinder gestrampelt hatten und stellte sie sechs Monate vor dem erwarteten Ereignis in dem alten Kinderzimmer auf. Und nun strömte es wieder von allen Seiten herbei; die Freunde und Bekannten des Hauses stellten sich ein, um im voraus ihre Glückwünsche und allerlei kleine Geschenke anzubringen. Da gab es silberne Fingerhüte, Musseline und andere Gewebe, die Eleanor in eine Schublade legte, da sie nicht nähen konnte und somit keinerlei Verwendung dafür hatte, zumal die benötigte Babyausstattung komplett in New Orleans bestellt wurde. Im übrigen sah sie sich von Stund an, ihren verärgerten Protesten zum Trotz, auf den ängstlich behüteten Platz einer braven Frau und werdenden Mutter verbannt, von der jegliche Aufregung ferngehalten werden mußte. Und zu ihrem Erstaunen fand sie, daß dies nicht einmal ein unangenehmer Platz sei. Es war so angenehm, von allen Seiten verehrt und bedient zu werden und Kesters liebenswürdige Huldigungen entgegenzunehmen. Er brachte ihr alles, was er sah und was ihm gefiel, ohne Rücksicht darauf, ob sie Verwendung dafür haben würde oder nicht. Als er fand, daß sie in ihrem gegenwärtigen Zustande viel zu zerbrechlich und gefährdet sei, um sich über Gebühr zu bewegen, ließ er ihr einen besonderen Telefonanschluß an das Bett legen. Damit nicht genug, erkundigte er sich jeden Tag mehrmals, ob sie irgend etwas wünsche oder benötige, und dies so eifrig, daß sie schließlich den Mut fand, eine Bitte auszusprechen, mit der sie sich herumtrug, seit sie von der Hochzeitsreise zurückgekehrt waren.

Sie ärgerte sich fortgesetzt über Kesters Unordentlichkeit und hatte andererseits oft beobachtet, daß Kester sich über ihre Bemühungen, die Ordnung wiederherzustellen, gleicherweise ärgerte. Und da dieser Zustand unabänderlich schien, sah sie voraus, daß bei weiterer Benutzung eines gemeinsamen Schlafzimmers das beiderseitige Ärgernis eines Tages in einen Sturm ausarten würde. »Ich will mich mit dir nicht über Belanglosigkeiten streiten«, sagte sie, »aber es ist nun einmal so, daß ich nicht an einem Ort leben kann, der immer aussieht, als wäre die chinesische Armee durchgezogen. Gibt es für diesen Zustand keine Abhilfe, dann will ich mich in Geduld fassen, aber ich vermag nicht recht einzusehen, warum ich in einem Haus mit soviel unbenützten Räumen nicht ein eigenes Schlafzimmer haben kann. Würdest du sehr viel dagegen haben, wenn ich ein eigenes Schlafzimmer benützte?«

Sie waren eben dabei, sich anzukleiden. Kesters Hemd hing baumelnd am Kronleuchter und der Fußboden war mit seiner am Vorabend ausgezogenen Unterwäsche bedeckt. Eleanor stand in der Mitte des Zimmers und sah mit verzweifelten Blicken in das Chaos.

Kester lachte. Warum sollte sie nicht ihren eigenen Schlafraum haben? »Aber ja«, sagte er, »selbstverständlich. Ich werde froh sein, deinen Ordnungsanwandlungen nicht mehr ausgeliefert zu sein.« Aber nicht sie müsse umziehen, fuhr er fort, vielmehr würde er sich das Zimmer der Halle gegenüber einrichten lassen. Es sei zwar nicht sonderlich groß, biete aber jede Bequemlichkeit.

Eleanor dankte erfreut; ihr heimlicher Verdruß schwand dahin.

Während der heißen Sommertage lebte sie in ruhiger Trägheit dahin. Der junge Dr. Purcell, der Bruder Violets und der Sohn des alten Doktors, der schon Kester und dessen Vater zur Welt geholfen hatte, kam ein bis zweimal in der Woche vorbei, aber seine Besuche waren mehr gesellschaftlicher als beruflicher Art. Er saß mit Kester bei einem eisgekühlten Drink zusammen und plauderte über die Baumwollernte, über verschiedene Whiskyarten und über die großen und kleinen Ereignisse in der Nachbarschaft. Eleanor mochte Dr Purcell gern; er war klug und humorvoll und verstand es, seine ärztlichen Besuche amüsant abzuwickeln.

Nur einmal wurde sie aus ihrem Gleichmut gerissen. Das war, als ihr Vater nach Ardeith kam, um sie zu besuchen. Seine Arbeit hatte ihn für ein paar Tage den Strom heraufgeführt. Er saß Eleanor aufmerksam an, die, in einen weißen Satinmorgenrock gehüllt, ihm gegenüber im Sofa lehnte. Er wurde bestürzt über das, was er sah, umarmte Eleanor und fragte, warum sie es ihn nicht habe wissen lassen, wenn es ihr nicht gutginge. Kester hatte ihm irgendwelchen Unsinn erzählt, den er nicht begriffen hatte, und nun saß er also da und wollte wissen, was daran sei.

Eleanor sah sein Gesicht und mußte unwillkürlich lachen. »Lieber Pa«, sagte sie, »starr mich doch nicht so an. Ich bin eine Blume des alten Südens und im Begriff, der Ardeith-Plantage einen Erben zu schenken.«

»Fühlst du dich wirklich wohl?« fragte Fred mit zitternder Besorgnis in der Stimme.

»Aber ja, Papa, sei nicht so aufgeregt. Ich fühle mich vollkommen wohl.«

»Sei nur ja vorsichtig«, sagte Fred. »Wenn du beispielsweise auf die Idee kämest, mit dem Zug nach New Orleans zu fahren, würde ich mir Sorgen machen.«

»Mit dem Zug?« Eleanor sah ihn mit gespieltem Entsetzen an. »Aber lieber Mr. Upjohn, du denkst doch nicht etwa, daß sich eine Dame in meiner Verfassung außerhalb des eigenen Gartentores zeigen würde?«

»Du meinst, sie würden dich nicht ausgehen lassen? Aber was machst du für Übungen?«

»Übungen? Oh, ich pflücke zum Beispiel Blumen im Garten«, erklärte sie mit schalkhaftem Lächeln. »Selbstverständlich in Begleitung eines unserer Mädchen, die mir wie ein Schatten folgt und dafür sorgt, daß mich nicht etwa ein Grashüpfer erschreckt.«

Fred Upjohn ließ sich auf einem der zierlichen Stühle nieder, die eigentlich nicht für Figuren wie ihn gedacht waren. Seine Augen schweiften über sie hinweg. »Ich muß daran denken«, sagte er, »als deine Mutter mit dir im gleichen Zustand war, mußte sie täglich drei Mahlzeiten für sechs Männer kochen.«

»Meine Mutter«, sagte Eleanor lächelnd, »war auch nicht mit Kester Larne verheiratet.« Sie beugte sich zu ihm vor. »Pa«, sagte sie, »zieh doch nicht so ein Gesicht. Mir fehlt nichts. Ich ersticke fast in Magnolien, aber ich kann nicht sagen, daß es mir mißfällt.«

Fred hockte reichlich ungeschickt auf dem kleinen Stuhl, offenbar fürchtete er selbst, das zierliche Möbel möchte unter ihm zerbrechen. »Ich habe den Eindruck, daß das alles nicht im geringsten zu dir paßt«, sagte er langsam.

Eleanor biß auf ihren Finger und lachte ihn an.

»Aber du bist das eleganteste Mädchen geworden, das ich jemals gesehen habe«, fügte Fred hinzu.

Was sind wir für Menschen, daß uns unsere tiefsten Freuden zum Lachen reizen! dachte Eleanor. Sie vermochte dem Vater Tiefe und Weite ihres Glückes nicht zu erklären. Sie konnte ihm nicht sagen, was sie fühlte, wenn Kester ins Zimmer trat und ein flüchtiges Lächeln mit ihr tauschte. Kester und sie neckten sie oft, lachten über ihre gegenseitigen Fehler und waren dabei stets in geheimem Einverständnis. Sie konnte Fred nicht bewußt machen, was sie empfand, wenn sie in Kesters Armen lag. Aber eigentlich sollte Fred das alles auch so begreifen. Daß er es anscheinend nicht begriff, verwirrte und verletzte sie. Ich bin der erste Mensch, der es unternommen hat, seinen Zorn zu reizen, dachte sie, da darf ich mich nicht über sein Mißvergnügen wundern. So schlimm es war, im Grunde war sie erleichtert, als er ging. Daß es so war, bedrückte sie tief; es machte sie schuldig vor ihrem Gefühl.

3

Das Kind wurde im Oktober geboren. Kester benahm sich so, wie jeder, der ihn kannte, es hätte voraussagen können: er lief aufgeregt durch das Haus, durchquerte mit langen Schritten die Halle, weigerte sich zu essen, wurde krank vom Geruch des Chloroforms, betrat in den ungeeignetsten Augenblicken das Entbindungszimmer, um sich zu vergewissern, daß Eleanor nicht im Sterben liege und gab sich redliche Mühe, allen anderen lästig zu fallen. Als die Schwester gegen sechs Uhr nachmittags erschien, um ihm mitzuteilen, daß ihm eine Tochter geboren worden sei, stöhnte er: »Gott sei Dank! Sie wenigstens wird so etwas nie durchmachen müssen!« Damit stürzte er in das Schlafzimmer, und mußte von Dr. Purcell gewaltsam zurückgehalten werden, daß er Eleanor nicht durch Küsse ersticke.

Als Eleanor leise murmelte: »Bitte, laß mich jetzt etwas allein, ich möchte ein wenig ruhen«, war er überzeugt, daß sie ihn nicht mehr liebe, verließ, von seelischen

Qualen völlig zerrüttet, den Raum, ohne seine eben geborene Tochter auch nur eines Blickes zu würdigen, rief seinen Vetter und guten Freund Neal Sheramy an und ging mit ihm fort, um sein Leid im Alkohol zu ertränken. Bei Sonnenaufgang mußte er von Cameo in leicht zerrüttetem Zustand zu Bett gebracht werden.

Eleanor lag in dem großen Prunkbett unter dem rotseidenen Baldachin und nahm erfreut und beglückt die ihr dargebrachten Huldigungen entgegen. Sie freute sich herzlich, ihre Eltern zu sehen; sie machten einen so kraftvollen Eindruck und gaben sich so offen, lachten über die verschwenderische Eleganz ihrer Umgebung und erinnerten sie daran, daß sie in einem Zelt geboren war. Hier, in der abgeschiedenen Ruhe von Ardeith, erschienen sie Eleanor so erfrischend wie ein herzhafter Sommerwind; zugleich wurde ihr glückhaft bewußt, welch unbesiegbare Erbschaft sie ihrem eben geborenen Kind übergeben konnte. Die Upjohns nahmen den Nachtzug zurück nach der Stadt. Obgleich Eleanor müde war, bat sie die Schwester, Kester zu rufen.

Die Schwester brachte ihn und ließ sie mit ihm allein. Er setzte sich zu ihr an das Bett und sie sagte ihm, daß sie nun wisse, wie sie das Kind nennen wolle.

»Ich würde ihr gern den Namen einer tapferen und mutigen Frau geben«, sagte sie, »es sei denn, du hättest etwas dagegen einzuwenden. Ich denke an die Mutter meines Vaters.«

Kester legte seinen Kopf neben den ihren auf das Kissen. »Warum, Liebste, glaubst du, daß ich etwas dagegen haben könnte?« sagte er.

»Papa war ein uneheliches Kind; hast du das vergessen? Du bist doch so konservativ in solchen Dingen.«

»Nun, vergessen hatte ich die Geschichte nicht«, versetzte er. »Es handelt sich wohl um einen politischen Abenteurer aus der Rekonstruktion.«

»Ich habe bisher kaum darüber nachgedacht«, fuhr Eleanor fort. »Sie war sicherlich ein armes Wesen, die niemals ein hübsches Kleid und selten eine ordentliche Mahlzeit gehabt hatte, bis sie die einzige Chance wahrnahm, die sich ihr darbot. Der Mann verließ sie, bevor Papa geboren wurde. Als Vater ein Kind war, verdiente sie den Lebensunterhalt für beide in der Regel durch Waschen für andere Leute. Dabei brachte sie es fertig, Papa zur Schule zu schicken. Sie konnte nicht lesen, sie wußte wenig oder nichts von alledem, was wir wissen, aber ich bin sicher: Sie war eine großartige Frau. Sie starb, als ich ein kleines Mädchen war, triumphierend wie ein Soldat in einer gewonnenen Schlacht. Denn sie wußte, daß Papa ein großer Mann geworden war, und ihre Zähigkeit und Ausdauer hatten ihn dazu gemacht.«

Kester lächelte. »Ich bin überzeugt, daß sie deine Zuneigung verdient. Wie heißt sie denn?«

»Corrie May Upjohn.«

Er tat einen langen Atemzug. »Ich weiß nicht, Eleanor, sei mir nicht böse, aber ich finde das scheußlich.«

»Meinst du? Nun vielleicht ist der Name wirklich nicht schön. Aber es wäre mir so sinnvoll erschienen.«

»Wie ist es«, sagte Kester, »ist Corrie nicht eine Abkürzung von Cornelia? Wie wäre es, wenn wir unser Baby Cornelia nennten?«

»Cornelia – das klingt gut. O ja, Kester, laß sie uns denn Cornelia nennen.«

»Aber gern, meine Liebe. Ich bin einverstanden.«

Eleanor lehnte ihre Wange gegen Kesters Hand, und sie fuhren fort, über das Kind zu sprechen. Kester unternahm es, Cornelias Zukunft auszumalen. Am Anfang dieser Zukunft stand ein Schaukelpferd, das sofort beschafft werden mußte, eines mit einer Mähne aus richtigem Haar. Eleanor sah ihre Tochter bereits in bräutlichem Weiß die Wendeltreppe herabkommen.

»Wer weiß«, sagte Kester, »vielleicht unternimmt sie ihre Hochzeitsreise in einer Flugmaschine.«

Eleanor schauderte bei dem Gedanken. »Du erschreckst mich zu Tode«, flüsterte sie. »Glaubst du, daß bis dahin Flugmaschinen im praktischen Gebrauch sein werden?«

»Warum nicht?« versetzte Kester. »Automobile waren vor zwanzig Jahren auch noch nicht im praktischen Gebrauch. Was willst du, Eleanor? Unsere Tochter soll etwas erleben, etwas sehen; sogar die Spitzen der Berge, die bis zum Mond hinaufreichen.«

Ach, er war großartig mit seiner Tochter. Eleanor mußte herzhaft lachen über seine romantischen Pläne und Vorstellungen.

»Doch«, bestätigte er ernsthaft, »sie soll. Die Welt ist ein ganz erstaunlicher Ort, sage ich dir. Hast du die Liste der neuen Erfindungen gesehen, die gelegentlich des Regierungsjubiläums des deutschen Kaisers Aufsehen erregten?«

Eleanor zuckte die Achseln: »Ich wüßte nicht.«

»Das muß eine pompöse Veranstaltung gewesen sein. Großartiges Händeschütteln und ewige Freundschaftsversicherungen aller Könige, Königinnen, Dichter und Wissenschaftler aus ganz Europa. Der Kaiser verband die Feier mit der Vermählung seiner Tochter, und die Brautjungfern waren englische, rumänische, russische und italienische Prinzessinnen. Auf diese Weise wollte man wohl die Einheit Europas symbolisieren. Die versammelten Majestäten hielten feierliche Reden und nannten den Kaiser den ersten Friedensfürsten Europas. Ich sage dir das nur, weil du über die zum Mond reichenden Berge gelacht hast. Du hattest keinen Grund dazu, wirklich nicht. Der Kaiser verlieh nämlich bei dieser Gelegenheit einen merkwürdigen Titel. Er nannte den Grafen von Zeppelin den ›Größten Deutschen des zwanzigsten Jahrhunderts‹.«

»Zeppelin? Wer ist das?«

»Das ist der Mann, der den ersten lenkbaren Luftballon erfand. Einen Ballon also, mit dem man überall hin fliegen kann.«

»Aber gewiß nicht zum Mond, du Dummer. Wann war das übrigens?«

»Im letzten Sommer, Liebling. Ich sage dir, halte ein mit deinen nüchternen und prosaischen Einwänden. Hast du den Gedanken nicht gern, daß deine Tocher in eine Welt hineinwächst, die eine Art modernes Wunderland zu werden verspricht?«

»Ich weiß nicht, Kester. Ich finde die Aussicht, offen gestanden, einigermaßen erschreckend. Aber ich könnte mir denken, daß ich selber gerne einmal in einem Ballon aufstiege.«

»Siehst du wohl. Ich, nebenbei, auch«, sagte Kester.

In der alten Wiege neben dem großen Baldachinbett begann Cornelia zu strampeln. Eleanor küßte Kesters Hand, die ihre Wange gestreichelt hatte. Sie war müde und schläfrig geworden über dem Gespräch, aber sie war sehr, sehr glücklich.

VIERTES KAPITEL

1

Eleanor liebte ihr kleines Mädchen von Herzen, aber sie gehörte nicht zu den Frauen, die ganz und ausschließlich in der Mutterschaft aufgehen. Mit etwas belustigtem Erstaunen sah sie zu, wie Kester seine Tochter vergötterte. Er gab Unsummen für Spielsachen und Kinderkleidung aus, belauschte jede noch so winzige Lebensäußerung des kleinen Wesens mit angespannter Aufmerksamkeit und war geneigt, jeden Laut, den es von sich gab, als einen Beweis einer außergewöhnlichen Klugheit zu deuten. Er war von Anfang an überzeugt, daß es sich bei Cornelia um das bemerkenswerteste Kind der Welt handele; dieser Überzeugung gab er bei jeder Gelegenheit und allen Leuten gegenüber Ausdruck, so daß Eleanor sich schließlich gezwungen sah, lachend zu protestieren.

»Es ist schon komisch, wie du von deiner Tochter sprichst«, sagte sie eines Abends, als sie nach einer Einladung von den Purcells zurückkamen. »Cornelia war keineswegs rosig und weiß, wie sie geboren wurde, und hatte auch keine Grübchen, sie war rot wie ein Maurernacken. Und das ist auch ganz natürlich, alle Babys sehen so aus.«

»Cornelia nicht«, beharrte Kester. Er lag auf den Knien und mühte sich, das Feuer im Wohnzimmerkamin wieder in Gang zu bekommen.

»Alle neugeborenen Kinder sind zunächst einmal häßlich«, Eleanor war in ihrer Sachlichkeit nicht zu erschüttern, »und alle Eltern behaupten, daß ihr Kind insoweit die einzige Ausnahme darstelle. Ich habe schon immer darüber gelacht und mir geschworen, derartige Albernheiten nicht nachzumachen, wenn ich einmal selbst ein Kind haben sollte.«

»Du bist mit einem schrecklichen Tatsachensinn ausgestattet«, seufzte Kester. Er erhob sich und reinigte seine Hände. Das Feuer knisterte im Kamin.

Kester setzte sich auf einen Stuhl Eleanor gerade gegenüber, lehnte sich träge zurück und verschränkte die Hände im Nacken. Er ist nun einmal so, dachte Eleanor, er sieht alles rosig an. Niemand wird ihn je zu der Überzeugung bringen können, daß die Erde ein Ort der Qualen und des Kampfes sei, wovon doch die meisten Menschen überzeugt sind. Aber Kester hatte ihr Leben so reich gemacht. Es war jetzt Januar; fast zwei Jahre waren seit dem Tage vergangen, da sie sich zum ersten Male gesehen hatten. Alles, was vor jener Zeit lag, erschien ihr heute unwichtig und bedeutungslos, ausgenommen die ersten Schritte, die sie ihm entgegentat. Ihr Blick schweifte umher und sie sah, daß seine Tagespost noch immer ungeöffnet auf einem Tischchen lag. Sie schüttelte den Kopf.

»Pflegst du meine Briefe auch so interesselos zu behandeln?« fragte sie, auf das Briefpäckchen deutend.

»Es wird nichts Wichtiges mehr dabeisein«, entgegnete Kester. »Ich sehe den Posteinlauf morgens durch, bevor ich ausreite.« Er ergriff das Päckchen und blätterte es durch. »Meine Schwester Alice schreibt«, sagte er. »Sie hat zwar kein literarisches Talent, aber sie sieht es als eine Art Familienpflicht an, mir jeden Monat einmal einen Brief zu schreiben. – Da ist ja schon ein Brief geöffnet; was ist das?«

»Er ist von Mrs. Neal Sheramy und war an uns beide adressiert«, entgegnete Eleanor. »Sie erinnert uns daran, daß wir morgen zum Essen nach Silberwald kommen sollen.«

»Ach ja. Ich will nach dem Essen mit Neal in die Stadt fahren und ihm beim Kauf eines Autos behilflich sein. Alles andere sind Rechnungen und ein Brief von der Bank in New Orleans. Sieh zu, was Alice uns zu erzählen hat, während ich das Zeug durchgehe.«

Er reichte den Brief seiner Schwester Eleanor, die ihn zu lesen begann. Alices Neuigkeiten waren nie sonderlich aufregend. Es ging ihr und ihrem Manne gut, es war eine regnerische Woche gewesen in New Orleans, und Mutter hatte eine große Gesellschaft gegeben. Also, folgerte Eleanor, geht es Kesters Eltern ebenfalls gut. Sie war eben dabei, den Brief wieder in den Umschlag zu stecken, als Kester aufsprang und einen unterdrückten Schrei ausstieß.

Sie sah auf, sah sein Gesicht, und der Brief glitt ihr aus der Hand.
Kester hielt das Schreiben seiner Bank in Händen. Er sah sehr blaß aus und seine Augen schienen aus den Höhlen quellen zu wollen. »Kester«, flüsterte sie, von einem bösen Gefühl gepackt, »was hast du? Was gibt es?«

Er antwortete nicht gleich; er sah sie an oder vielmehr durch sie hindurch, mit einem Ausdruck, den sie bisher nicht an ihm kannte. Dann sagte er mit einer fremden, sonderbar brüchigen Stimme: »Die Bank droht damit, mir Ardeith zu nehmen.«

Eleanor hörte sich selbst einen Schrei ausstoßen, einen unartikulierten Laut, der tief aus der Kehle kam; sie fühlte, wie ein Schwindel sie befiel. Es war ihr, als hätte ein plötzlicher Windstoß ihr die Sinne verwirrt. Was denn? dachte sie, was denn? Was hat er da gesagt? Sie starrte ihn an, wollte etwas sagen und konnte es nicht, und hatte auch gleichzeitig das Gefühl, jetzt besser nicht zu sprechen; da war etwas nicht in Ordnung, sie würde es mit Worten nur weiter verwirren, gleich – gleich mußte ja alles wieder auf seinem Platz sein; dann würde sie froh sein, nichts Unbedachtes gesagt zu haben. Im Geist sah sie Ardeith vor sich, wie es war, wie es sich erschlossen hatte: die Eichen und Palmen rund um das Haus, die endlosen Baumwollfelder, die niedrigen Hütten und die Scharen geschäftiger Neger. Sie sah Kester und ihr Kind, wie sie die Wendeltreppe herabgeschritten kamen, sie sah das Mädchen im Brautschleier, so wie damals in jener ersten Vision. Und seltsamerweise sah sie den Abdruck des Pferdehufes auf der Treppenstufe und den Sprung in der silbernen Kaffeekanne, und Kesters kleines Taschenmesser mit dem eingravierten Namenszug auf der Schale, den seine Mutter hatte anbringen lassen, weil er stets alle seine Sachen verlor.

Nach einer Weile – sie wußte nicht, wie lange sie so dagesessen und ihn angesehen hatte – beugte sich Kester herab und küßte sie sacht auf die Stirn. Sie hörte ihn sagen:

»Es tut mir leid, Liebling. Ich wollte dich nicht betrüben. Ich werde nach New Orleans fahren und die Sache in Ordnung bringen. Sie werden mir Aufschub gewähren.«

Eleanor strich sich mit der Hand über die Stirn; sie hatte einen Augenblick ein unangenehmes Empfinden, fast so, als habe sie ein Fremder zu küssen gewagt. Die Dinge kamen nicht wieder auf ihren Platz. Sie sagte mit einer Stimme, von der sie das Gefühl hatte, sie gehöre ihr nicht: »Aufschub? Und wenn man ihn nicht gewährt?«

Er zuckte die Achseln.

Sie sah die Bewegung; sie stellte ihre ganze Aufmerksamkeit auf ihn ein; kein Zweifel, er sah wieder wie immer aus, völlig normal, als sei nichts Aufregendes geschehen. Er war wieder der sorglose, reizende junge Mann, für den es kein Mißgeschick gab, dem alles zuflog, was er begehrte, der durch kein Ereignis aus dem seelischen Gleichmaß zu bringen war.

»Ich erreiche immer, was ich will, Liebes«, sagte er jetzt, »du brauchst dir keinerlei Sorgen zu machen. Das hier ist ein förmlicher Brief und er hat auch nicht mehr als formale Bedeutung. Ich hätte dich nicht so erschrecken sollen.« Er sah ihren Blick und ein leichter Schatten überflog sein Gesicht. »Sieh mich nicht so an, Liebes«, fuhr er fort, »wirklich, es tut mir leid, daß ich dich erschreckt habe. Wußtest du nicht, daß ich immer hoffnungslos in Schulden stecke? Ich bin sozusagen das böse Kind, das von der Südost-Wechselbank verwöhnt und verhätschelt wird. Mein vorzüglichstes Talent ist jedenfalls das, jederzeit von jedermann Geld borgen zu können.« Warum sagte sie denn nichts? Warum regte sie sich immer noch nicht? Wie sie ihn ansah! Es verletzte ihn fast. »Kanntest du mich denn nicht, Liebling, als du mich heiratetest?« fragte er.

Mit einer so spröden, kalten und harten Stimme, daß ihre Worte wie Eisbrocken auf seine Selbstsicherheit fielen, sagte Eleanor:

»Nein. Ich kannte dich nicht.«

Kester antwortete nicht; er trat einen Schritt zurück. Eleanor war es plötzlich, als werde in eben diesem Augenblick ihr Leben von unbekannter Hand mit einem Rasiermesser mitten durchgeschnitten. Als teile dieser Schnitt unwiderruflich alles, was vor ihr lag, von dem, was hinter ihr lag. Sie sah während dieses unheilvollen Augenblickes auf Kester, sah ihn und erkannte ihn mit der plötzlichen Klarheit, mit der man zuweilen den Schmerz erkennt. Sie sah ihn, als sähe sie ihn zum ersten Mal: Kester Larne, den Unwiderstehlichen, dem stets alles geschenkt worden war und der niemals einer Not und einem Zwang gegenübergestanden hatte. Mit einem großen, angesehenen Namen gesegnet, einem großen Erbe, ausgestattet mit gewinnenden menschlichen Gaben, hatte er nie daran gedacht, das zu bewahren, was ihm gleichsam spielend zufloß. Geld war eine Sache – eine wichtige und bedeutsame Sache zweifellos –, die einzige Sache in seinem Leben jedenfalls, die seinem Zauber nicht erlag. Weil er das unbewußt fühlte, hatte er es bisher abgelehnt, sich mit dieser Sache zu befassen. Also zog er es vor, den Anschein zu erwecken, er habe es nicht nötig, sich mit so profanen Dingen abzugeben. Für ein Wesen wie Eleanor war das, zufolge ihrer ganzen Erziehung, ein unmöglicher und unverzeihlicher Standpunkt.

Sie dachte an das Zelt im Deichbaulager und sie hörte im Geiste die kühle und nüchterne Stimme ihres Vaters: »Ich rede nicht davon, was er vielleicht hier oder da irgendwann einmal getan hat, sondern davon, was er ist!«

Sie stand langsam auf; ihre Glieder waren so steif, als ob sie stundenlang gesessen hätte. Kester verfolgte ihre Bewegungen mit gerunzelten Brauen; er hatte noch immer den Ausdruck verletzter Eigenliebe im Gesicht.

»Ich verstehe das alles noch nicht«, sagte Eleanor, »haben wir denn so übermäßig viel verbraucht?«

Er zuckte die Achseln: »Ich wundere mich selbst.«

»Wieviel Geld besitzt du denn überhaupt?«

»Gegenwärtig nicht einen Penny«, sagte Kester.

Jetzt stieg ihr die Röte ins Gesicht. »Bitte, laß diesen Ton«, sagte sie nicht ohne Schärfe; »ich bin schließlich kein Kind! Wovon leben wir denn, wenn du nichts besitzt?«

Seine Hand vollführte eine weite, umfassende Geste; seine Stimme klang abwesend. »Ardeith!« sagte er langsam. »Seltsam, wie das alles zusammengekommen ist. Da hat sich etwas zusammengebraut und ich habe es nicht einmal wahrgenommen.«

»Das heißt, du hast den Besitz Stück um Stück mit Hypotheken belastet?«

»Nun ja.« Es war offensichtlich, daß es ihm schwerfiel, über diese Dinge zu sprechen. »Das ist so zusammengekommen. Es standen bereits Hypotheken darauf, als ich Ardeith übernahm. Meine Großmutter hatte die Besitzung noch schuldenfrei gehalten, aber schon mein Vater konnte das nicht mehr. Er hatte nicht mehr Sinn für Geld als ich. Er hat sich dann zurückgezogen und lebt nun von dem Zuckerland jenseits des Stromes; es ist verpachtet und sichert ihm ein ausreichendes Einkommen.«

»Und du? Wie hast du Ardeith gehalten? Was hast du getan?«

»Ja, du lieber Gott, getan! Wie machen es denn die anderen?« sagte er. »Ich habe alldem nicht viel Aufmerksamkeit gewidmet. Du nimmst ein Darlehen auf die Baumwolle auf, sobald sie gepflanzt wird. Du denkst, die Ernte wird es dir wieder einbringen, dann zahlst du zurück. Aber dann kommt es eben so, daß du das Geld für andere Dinge brauchst, und du verpfändest der Bank als Sicherheit ein Stück Land. Das läuft dann so weiter; es ist eine Kette, die nicht abreißt; eines Tages stellst du fest, daß dir wahrscheinlich kein Teelöffel im Hause mehr gehört –« Er unterbrach sich. »Eleanor«, rief er aus, »sieh mich nicht so an, als ob ich jemand umgebracht hätte! Ich sage dir doch: die Dinge kommen in Ordnung. Es ist da noch ein Stück Kiefernland über der Straße. Ziemlich wertlos vermutlich, aber es ist eine Kleinigkeit, Mr. Robichaux glauben zu machen, daß es wertvoll sei.«

Sie maß ihn von oben bis unten mit einem gleichsam abschätzenden Blick. Sie zitterte heimlich vor Ingrimm, und der Zorn saß ihr wie ein kalter Stein in der Brust. Ihre Stimme war ganz kalt. »Ich möchte jetzt wissen, was dir von dieser Plantage noch gehört«, sagte sie.

Er hob mit einer Geste hilfloser Verzweiflung die Schultern und ließ sie wieder fallen:

»Ich sagte es dir schon: Ich weiß es nicht!«

Er stand gegen den Kamin gelehnt, die Ellenbogen rückwärts auf die Einfassung gestützt. Sie trat einen Schritt näher an ihn heran. »Kester«, fragte sie leise, »warst du bereits verschuldet, als wir heirateten?«

Er sah sie verwundert an. »Aber ja, Eleanor. Ich bin verschuldet, solange ich denken kann. Es ist das durchaus mein Normalzustand.«

Die Antwort versetzte sie in Wut. »So«, schrie sie, tatsächlich, sie schrie plötzlich; es war das erste Mal, daß sie ihn anschrie: »Du hattest Schulden, als du bei unserer Hochzeitsreise die teuersten Hotelzimmer mietetest? Als du dem Hotelpagen einen Dollar Trinkgeld gabst, wenn er dir eine Zeitung brachte? Als du deinen Gästen sechzehn Jahre alten französischen Cognac serviertest? Als du handgearbeitete Kleidchen für Cornelia angeschleppt brachtest und eingeführte – –«

»Hör' auf!« sagte Kester ruhig, sie aus flirrenden Augen ansehend, »bitte höre sofort auf zu schreien!«

»Ich beabsichtige nicht, zu schreien, aber wenn ich es tat, so kann ich es nicht ändern.« Sie zitterte noch immer vor Erregung und ihre Stimme war noch immer sehr laut. »Hattest du beabsichtigt, diese Dinge als dein persönliches Geheimnis vor mir zu bewahren? Wolltest du auf die Dauer vor mir verschweigen, daß wir von Geldern gelebt haben, die uns nicht gehörten? Daß wir von deinem charmanten Lächeln gelebt haben, mit dem du dein unehrliches Tun zu tarnen liebst? – Sonderbar«, fügte sie mit umbrechender, beinahe nachdenklicher Stimme hinzu: »Mein Vater hat mir das alles vorhergesagt, damals, als er mich warnte, dich zu heiraten.«

»Und warum hörtest du nicht auf ihn?« fragte Kester. Er schlenderte zur Hausbar hinüber und begann sich einen Drink einzuschenken. Seine Hand war ruhig; auch während er die letzte Frage stellte, hatte sich seine Stimme nicht verändert.

»Ich habe nicht auf meinen Vater gehört, weil ich dich liebte«, sagte Eleanor. »Ich liebte dich so sehr, daß mir daneben nichts anderes wesentlich war. Aber mein Vater kannte mich wohl besser, als ich mich selber kannte. Er wußte genau, daß ich lieber Fußböden scheuern würde, als von Geldern zu leben, die mir nicht gehören.«

Kester antwortete nicht. Er stand an der Hausbar und schlürfte seinen Whisky. Sie warf einen schrägen Blick hinüber und fragte sich erbittert, ob der Whisky wohl schon bezahlt sei. Sie preßte ihre Hände, daß die Gelenke knackten; ihr war ganz elend unter der Last grenzenloser Enttäuschung, die da plötzlich über sie hereingebrochen war. »Eines Tages wirst du erkennen, was diese Stunde für mich bedeutet und was du mir angetan hast«, sagte sie leise.

Er schickte ihr über das Glas hinweg einen gespannten Blick; um seine Mundwinkel spielte ein kleines, bitteres Lächeln. »Oh, Eleanor«, sagte er, »ich hatte mir eingebildet, daß du der einzige Mensch seiest, der mich niemals fallen lassen würde.«

Sie sah dieses Lächeln, sie sah, wie es an ihm zerrte und zog, aber ihr Zorn war noch zu groß. »Was willst du denn?« sagte sie kalt. »Ich habe nichts anderes getan, als dir gezeigt, wie du bist. Du selber weißt es ja offenbar nicht.«

Sein Gesicht wurde eine Nuance blasser. »Bitte, würdest du die Freundlichkeit haben, jetzt auf dein Zimmer zu gehen«, sagte er.

Seine Stimme war von einer unangreifbaren eisigen Höflichkeit, aber sie schloß Widerspruch aus. Eleanor drehte sich brüsk herum und verließ wortlos den Raum. Sie stieg die Wendeltreppe hinauf und betrat ihr Schlafzimmer. Sie trat an die Fenster und sah draußen die grauen Moosgirlanden, die, vom Winde bewegt, zwischen den Zweigen schwangen; sie sah die feinen silbrigen Nebelschwaden zwischen dem Buschwerk im Mondlicht wogen. Mit einem Seufzer wandte sich ab, trat in das Zimmer zurück und setzte sich an den Kamin. Sie wünschte sich, weinen zu können, um den Druck loszuwerden, der ihr Herz in der Klammer hielt. Sie sehnte sich danach, Meile um Meile hinauswandern zu können, irgendwohin; es war ihr, als vermöchte sie in dem Raum mit dem großen Prunkbett der Larnes, das irgendeiner Bank gehörte, nicht länger zu atmen. Nach einer langen Weile hörte sie Kester die Treppe heraufkommen und sein Zimmer betreten. Das Geräusch der einschnappenden Tür verstärkte das Gefühl bodenloser Verlassenheit, in das sie sich so jäh gestürzt sah. Nie zuvor hatte es eine Nacht gegeben, da sie im Zorn auseinandergingen. Sie vermochte es auch zunächst nicht zu glauben, daß er wirklich zu Bett gehen würde, ohne noch einmal zu ihr zu kommen. Aber er kam nicht und sie hörte nichts mehr. Jetzt wünschte sie, niemals nach einem eigenen Schlafzimmer verlangt zu haben. Wäre er gezwungen gewesen, sich hier niederzulegen, so hätten sie noch miteinander gesprochen; sie wären beide zur Ruhe gekommen und hätten sich gesagt, daß die zornige Aufwallung ihnen leid sei.

Sie erhob sich, halb schon entschlossen, zu ihm hinüberzugehen und ihn um Verzeihung zu bitten. Aber sie konnte es nicht; nein, sie konnte es nicht. Sie trug keine Schuld daran, daß die Plantage überbelastet und verpfändet war, daß sie im Luxus gelebt hatte, ohne zu ahnen, daß sie von geliehenem Geld lebte. Sie überwand das aufwallende Gefühl, entkleidete sich, öffnete die Fenster und legte sich nieder.

Freilich, einschlafen konnte sie nicht. Sie wälzte sich unruhig umher; ihre Glieder waren kalt und gefühllos, sie vermochte nicht warm zu werden. Dann wieder gelang es ihr zwar, eine bequeme Ruhelage zu finden, und während sie sich umherwarf und Ruhe und Entspannung herbeisehnte, gingen ihre Gedanken immer auf den gleichen Wegen. Die kleine Uhr auf dem Nachttischchen neben ihr tickte emsig und rastlos. Die Uhr mußte da stehen, denn sie sagte ihr, wann es an der Zeit sei, zu der kleinen Cornelia zu gehen, aber das emsige Ticken des Werkes störte sie und quälte ihre aufgewühlten Nerven. Im ständigen Kreislauf des Denkens kam sie schließlich zu einer Art Selbstanalyse. Sie gestand sich nicht ohne Beschämung, daß sie Kester gekränkt habe, ohne irgendeinen positiven Vorschlag zur Lösung der gegenwärtigen Krise zu machen. Und sie erkannte, gequält von der Schlaflosigkeit, daß sie es nicht ertrug, ihn gekränkt und in seinem Selbstbewußtsein verletzt in seinem Zimmer zu wissen, weil sie ihn immer noch, dennoch und trotzdem mit unverminderter Leidenschaft liebte. Sie wollte ihn nicht verlieren, nie, nie, sie wollte ihn bis an das Ende ihres Lebens behalten. Welchen Preis sie immer auch für ein gemeinsames Leben mit ihm bezahlen mußte, sie wollte ihn bezahlen, sie wollte keine Chance auslassen, ihn wiederzugewinnen. – Weiterspinnend, überlegte sie bereits, was ihrerseits zu tun sei. Der nächste Schritt war einfach: Sie würde nach New Orleans fahren und die Bankiers veranlassen, ihr genau mitzuteilen, in welcher Höhe Ardeith verpfändet sei. Und wenn es noch irgendeinen Weg gab, die Besitzung zu retten, dann würde sie ihn gehen; sie würde diesen Leuten Ardeith entreißen und an diese Aufgabe die letzte Kraft ihres Lebens setzen. Sie sah Kesters Fehler nun mit völliger Klarheit und ohne jede Beschönigung; nun, so würde es ihre Aufgabe sein, ihn vor den Folgen dieser Fehler zu bewahren.

Ein leiser, verhaltener Schrei drang zu ihr herüber; er kam aus dem Kinderzimmer. Sie richtete sich auf; es mußte nach vier Uhr morgens sein. Sie pflegte sonst den Wecker für diese Stunde zu stellen; in der Aufregung hatte sie das heute vergessen. Sie warf einen Morgenrock über und eilte hinunter zum Kinderzimmer, wo Cornelia in ihrer Wiege lag und gegen die Vernachlässigung durch die Welt brüllend protestierte. Eleanor nahm sie auf. Als sie fühlte, wie das Kind sich ihr warm und vertrauensvoll anschmiegte, ward ihr beglückend bewußt, welchen Schatz sie da hielt. Ihre Liebe zu dem Kinde pflegte sich nicht so demonstrativ wie bei Kester zu äußern, dafür war sie wärmer und tiefer verankert. Sie gedachte der tapferen Großmutter, nach der Cornelia genannt worden war, und lächelte still vor sich hin. Hinter Kester standen Generationen begnadeter und vom Glück begünstigter Männer und Frauen; in ihr lebte dafür etwas anderes: die harte und nüchterne Willensstärke einer Rasse, die sich ihren Weg soeben erst aus den Gossen der Armut heraus erkämpft hatte. Dies denkend, wünschte sie sehr, die kleine Cornelia möchte etwas von dieser zähen, verhaltenen Kraft mit der Muttermilch einsaugen.

Sie legte das Kind in seine Wiege zurück und deckte es sorgsam zu. Wieder in der Halle, zögerte sie einen Augenblick, ging dann zu Kesters Zimmer hinüber und öffnete leise die unverschlossene Tür. Seine Kleider lagen wie gewöhnlich in wirrem Durcheinander auf allen Stühlen und teilweise auf dem Fußboden umher; er selber aber schlief ruhig und fest und nichts in seinem Gesicht zeugte von außergewöhnlicher Erregung. Sie fragte sich, halb grollend, halb belustigt, ob es wohl irgendeine Krise geben möchte, die imstande wäre, seinen Lebensrhythmus zu beeinträchtigen. Dennoch neigte sie sich leicht über den Schlafenden und küßte ihn. Er bewegte sich leicht, erwachte aber nicht. Sie verließ ihn auf den Zehenspitzen und ging in ihr Zimmer zurück.

Aber sie legte sich nicht wieder hin. Sie wußte, daß der Zwang, etwas Entscheidendes zu tun, sie doch nicht schlafen lassen würde. So nahm sie einen Mantel aus dem Schrank, hängte ihn sich über und kletterte die Wendeltreppe wieder hinab. Unten betrat sie das kleine Kabinett, das Kester sein Arbeitszimmer zu nennen pflegte. Auf dem großen Rollpult türmten sich die verschiedenen Haupt- und Kontobücher. Die Schubladen des Pultes waren sozusagen bis zum Rande mit Papieren vollgestopft und ließen sich nur widerstrebend öffnen. Eleanor zog sie eine nach der anderen auf und machte sich daran, den Inhalt durchzusehen.

Da lagen in wildem Durcheinander Rundschreiben, Menükarten, alte Briefe, obszöne Drucke, Merkzettel, Theaterprogramme und – Rechnungen, Rechnungen, Rechnungen, Rechnungen! Mit Händen, die steif vor Kälte waren, begann Eleanor den Wust zu sortieren.

Ihre Erbitterung wuchs schon wieder. Offensichtlich hatte Kester nie etwas bezahlt, was er nicht unbedingt bezahlen mußte. Die Geschenke, die er ihr gebracht hatte, die Kleidchen, die sie für Cornelia gekauft hatten, alles war unbezahlt. Und dann schrie sie unwillkürlich auf. Sie hielt die Liquidation Dr. Purcells in der Hand, für die ärztliche Hilfe, die er vor drei Monaten bei ihrer Entbindung geleistet hatte. Wahrhaftig, auch sie war noch unbezahlt. Sie steckte die Rechnung mit zitternder Hand in ihre Manteltasche. Gott sei Dank! besaß sie ja etwas Geld: die Zinsen der ihr vom Vater überschriebenen Tonelli-Aktien. Neunhundert Dollar lagen bereits auf der Bank. Sie hatte das Geld stehen lassen, weil sie beabsichtigt hatte, sich ein Auto zu kaufen, aber das kam unter den veränderten Umständen natürlich nicht mehr in Frage. Sie würde die Liquidation Bob Purcells gleich morgen selber bezahlen – nein, heute noch; der Morgen dämmerte ja schon.

Der Gedanke, daß Kester eine solche Verpflichtung vernachlässigt hatte, machte sie beinahe krank vor Scham. Aber sie gab sich selbst das Versprechen, daß zukünftig in Ardeith nichts mehr vernachlässigt werden sollte. Was immer sie tun konnte, würde sie tun. Sie hatte einen ausgebildeten Zahlensinn; nicht umsonst hatte sie in Barnard in der Hauptsache Mathematik studiert.

Mit finsterer Entschlossenheit begann sie den Inhalt einer anderen Schublade zu sichten. Sie zitterte, als sie die erste Rechnung fand. Sie fand ihrer noch viele, und allmählich begann ihr Zorn sich in Furcht zu verwandeln. All diese Rechnungen – das war ja zweifellos nur ein Bruchteil; dazu kamen die angehäuften Hypothekenschulden, die sonstigen Verpflichtungen, die zweifellos bestanden und von denen sie noch nichts ahnte; – das Ausmaß von Kesters Verschuldung begann in ihren Gedanken schreckliche Formen anzunehmen. In der äußersten Ecke dieser Schublade stieß sie auf einen weißen Karton. Sie hob den Deckel ab und sah einen Haufen Briefumschläge mit Kesters Adresse in ihrer eigenen Handschrift. Es waren die Briefe, die sie ihm vor der Hochzeit geschrieben hatte. Sie waren zusammen mit einem Taschentuch von ihr und einem seidenen Beutelchen, das sie irgendwann verloren haben mußte und verschiedenen anderen kleinen Dingen, an denen niemand außer einem zärtlichen Liebhaber Interesse haben konnte, sorgfältig zusammengepackt, ganz offensichtlich die einzigen Gegenstände im Pult, auf deren Aufbewahrung Kester Wert gelegt hatte. Ein warmes Gefühl stieg in ihr auf, da sie sich das klarmachte; es erstickte den in ihr kochenden Ärger. Sie ließ den Kopf sinken und strich sich mit den starren Fingern durch das Haar. Ach, sie liebte ihn, sie konnte sich nicht helfen, es war einmal so. Und es war ja auch so leicht zu verstehen; jedermann, der ihn kannte, liebte ihn ja. Er war die liebenswerteste Person, die ihr jemals begegnet war, obgleich er, mit dem Maßstab der Rechtschaffenheit gemessen, zweifellos keinen Penny wert war.

Eleanor stellte das Kästchen auf seinen Platz zurück. Sie nahm die unbezahlten Rechnungen mit nach oben und ordnete sie in einem Schubfach ihres eigenen Schreibsekretärs. Obwohl ihre Finger so steif waren, daß sie kaum den Halter zu führen vermochte, schrieb sie sogleich einen Scheck für Bob Purcell aus, tat ihn mit der Quittung in einen Umschlag, schrieb die Adresse und versah den Brief mit einer Marke. Als sie schließlich aufstand und ihre Tischlampe abdrehte, war es sechs Uhr morgens. Sie zitterte vor Übermüdung.

Sie legte sich zu Bett und schlief sofort ein. Sie erwachte, als Dilcy, die Säuglingsschwester, ihr Cornelia brachte; als das Kind wieder weggebracht wurde, schlief sie sogleich wieder ein. Es war fast Mittag, als sie sich erhob und Kesters Stimme in der Halle hörte. Er sprach mit Dilcy.

»Prachtvolles Wetter, Dilcy«, sagte er, »zwar ein wenig kalt, aber das macht nichts; die Sonne wird ihr guttun. Geh ruhig mit ihr hinaus. Schläft Miß Eleanor noch?«

Eleanor hörte, wie Dilcy protestierte. Wie die meisten Ammen und Kinderschwestern war sie überzeugt, daß kalte Luft ihrem Liebling schaden würde. Indessen bestand Kester auf seinem Willen. Sie richtete sich auf und rief nach ihm.

Er steckte den Kopf durch die Tür: »Hallo, bist du endlich wach? Du hast aber lange geschlafen.«

Kester sah gut aus wie immer und er lachte sie an, als hätte ihr Streitgespräch vom vergangenen Abend niemals stattgefunden. Eleanor zog an der Glocke, um Kaffee bringen zu lassen und legte sich wieder zurück. Sie schämte sich ein wenig, weil sie zerzaust war vom Schlaf, während er frisch und elegant vor ihr stand. Er setzte sich neben sie auf den Bettrand. »Bist du spät schlafen gegangen?« fragte er.

Sie nickte. – »Und – bist du mir böse?«

Sie nickte abermals, aber es war nicht viel Nachdruck in der Bewegung.

»Ich war auch böse auf dich«, sagte er. »Aber ich bin es nicht mehr.« Er ergriff ihre Hand. »Jedenfalls nicht, wenn es dir leid tut, mich angeschrien zu haben.«

»Oh, es tut mir leid«, flüsterte sie, wandte ihm den Kopf zu und küßte die Hand, die die ihre hielt. Sie lächelte schwach. »Ich fürchte, ich kann dir nicht lange böse sein. Du bist ein schlimmer Mensch, aber ich liebe dich. Es ist nicht zu ändern.«
»Ich liebe dich auch, Eleanor«, sagte er ernst.
Sie schwiegen, bis Bessy hereinkam und Eleanors Kaffee brachte. Dann richtete Eleanor sich auf und schlürfte mit großem Genuß das heiße, duftende Getränk. Nachdem sie eine Tasse geleert hatte, fühlte sie sich schon sehr viel wohler.
»Kester«, sagte sie, »ich bin jetzt ganz ruhig, mein Zorn ist verraucht und ich werde nicht schreien. Aber wir müssen miteinander über die Schulden reden.«
Er zuckte die Achseln. »Gut, wenn du meinst, daß es sein muß. Ich weiß ziemlich genau, was mit mir los ist. Ich bin ein ziemlich wertloser, unbedeutender und nichtsnutziger Kerl. Wenn du also damit anfangen willst – –«
Ach, er war ein kleiner Junge, der seine kleinen Nichtsnutzigkeiten mit so reizender Unbefangenheit bekannte, daß die Mutter keine Möglichkeit sah, ihn zu bestrafen. Aber sie durfte sich jetzt dadurch nicht einfangen lassen. »Wir müssen sofort nach New Orleans fahren«, fuhr sie fort. »Wie heißt der Bankdirektor, mit dem wir sprechen müssen?«
»Mr. Robichaux.«
»Gut. Wir müssen mit ihm reden und zunächst einmal herausbekommen, was wir noch besitzen und wie die Bedingungen der Bank lauten. Dann müssen wir versuchen, eine Zahlungsfrist zu erlangen und uns überlegen, wie wir es anfangen, die Schuld zu tilgen.«
»Es ist erstaunlich, wie du das übersiehst«, sagte Kester. »Du hast sicher recht. Es wird da mancherlei Schwierigkeiten zu überwinden geben. Aber ich denke nicht, daß die Situation hoffnungslos ist. Nur hat es nicht viel Sinn, darüber zu reden, bis wir Genaueres wissen. Ich werde nach New Orleans fahren.«
»Ich komme mit.«
»Das ist reizend von dir, aber es nicht notwendig.«
»Ich bin überzeugt davon, daß es besser ist, und ich möchte es jedenfalls. Ich werde dir behilflich sein. Vor allem möchte ich aus erster Hand erfahren, wie und wo wir stehen.«
»Also gut, du fährst mit«, sagte Kester.
Eleanor goß sich eine neue Tasse Kaffee ein, und sie begannen friedlich miteinander über die Lage zu sprechen. Darüber wuchs ein neues Gefühl der Vertrautheit und Zusammengehörigkeit zwischen ihnen. Kester war ja kein Narr. Jetzt, nachdem seine Aufmerksamkeit einmal geweckt war, da er sah, daß seine Sorglosigkeit dabei war, ihn um Heimat und Erbe zu bringen, wuchsen seine Widerstandskräfte und zugleich seine Entschlossenheit, den Kampf aufzunehmen.
Eleanor schob das Bettzeug zurück und erhob sich. »Ich werde nicht warten, bis man hier Feuer gemacht hat«, sagte sie. »Ich werde mich anziehen und ein paar Koffer zusammenpacken. Um drei Uhr geht ein Zug nach New Orleans.«
Kester sah sie erstaunt an. »Heute können wir doch gar nicht fahren«, sagte er.
»Wieso?« sagte sie. »Natürlich müssen wir fahren.«
Sie habe offenbar vergessen, daß sie eine Einladung zum Dinner angenommen hätten, versetzte er. Sie wisse doch: In der Stadt sei heute eine Automobilausstellung. Sie hatten Neal Sheramy versprochen, auf Silberwald zu essen und anschließend ein paar Autos auszuprobieren. Eleanor protestierte heftig. Selbstverständlich hatte sie nicht mehr an Silberwald und an die Ausstellung gedacht. Das kam ja, wie die Dinge lagen, jetzt auch gar nicht mehr in Betracht. Aber Kester war nicht zu erschüttern. Sie hatten zugesagt, zu kommen, Klara Sheramy erwartete sie um zwei Uhr zum Essen und hatte versprochen, Krebse zu servieren. Kester mochte Krebse

sehr gern und hatte sich darauf gefreut, und außerdem wollte er mit Neal, wie gesagt, Autos ausprobieren. Neal wollte Klara einen Wagen kaufen, weil er hoffte, daß das Fahren in frischer Luft ihrer zarten Gesundheit guttun würde. »Neal verläßt sich auf mich«, sagte Kester, »er versteht selbst nicht viel von Automobilen, während ich insoweit wohl als Fachmann gelten kann. Es ist ausgeschlossen, daß ich ihn im Stich lasse. Es liegt auch gar kein Grund dafür vor. Die Bank läuft uns nicht weg; was wir wissen wollen, erfahren wir morgen auch noch.«

In Eleanor gärte schon wieder der Zorn; man sah es an ihrem Gesicht. »Rufe Neal Sheramy an und sage ihm, daß wir leider nicht kommen könnten«, sagte sie. »Bitte, Kester, es geht nicht anders. Es ist zu wichtig.«

»Aber ich begreife dich nicht.« Er sah sie kopfschüttelnd an. »Es ist wirklich vollkommen gleich, ob wir heute oder morgen zur Bank fahren.«

»Nein, das ist nicht gleich«, beharrte Eleanor. »Warum, um alles in der Welt, kann sich Neal Sheramy nicht allein ein Auto kaufen? Er ist doch kein Idiot!«

»Ich begreife deine Eile nicht«, stöhnte Kester. »Und ich kann dir auch nicht nachgeben. Ich habe zugesagt, in Silberwald zu essen, und ich werde gehen.«

»Ich werde nicht gehen«, sagte Eleanor.

Kester begriff das nicht, und er war offenbar auch noch nicht davon überzeugt, daß sie es ernsthaft meinte. Eine Einladung zum Dinner war nach seiner Auffassung heilig; es war unmöglich, sie ohne zwingenden Grund abzusagen. Und im Gegensatz zu Eleanor vermochte er einen wirklich zwingenden Grund dafür nicht zu sehen. Er ging aus dem Zimmer und ließ Eleanor allein.

Und wieder stand sie allein, fassungslos vor einem Verhalten, das sie nicht begriff. Sie stand auf, kleidete sich an und begann ihre und Cornelias Sachen einzupacken. Während sie auf den Knien lag und die Koffer schloß, kam Kester zurück.

»Du willst also wirklich nach New Orleans fahren?« fragte er.

»Ja, gewiß will ich das.«

»Und was, willst du, soll ich den Sheramys sagen?«

»Sag ihnen, daß ich geschäftlich abgerufen wurde.«

»Möchtest du, daß man dich auf Silberwald für einen Hottentotten hält?«

»Ich wüßte wahrhaftig nicht, warum sie das tun sollten.«

»Aber das ist doch klar. Wenn es sich bei diesem geschäftlichen Abruf um eine Angelegenheit deines Vaters handelte, so könnte er sie selbst erledigen; handelt es sich aber um eine Plantagenangelegenheit, so ist das meine Sache.«

»Was hilft das denn? Wenn du es nicht tust, muß ich doch fahren.«

»Aber ich will ja. Ich sagte dir doch, daß ich morgen fahren würde.«

»Ich will nicht warten. Nicht einen Tag.«

»Du willst Cornelia mitnehmen?«

»Gewiß; ich muß ja. Ich kann sie nicht in fünf Minuten entwöhnen.«

Die Hände in den Jackett-Taschen vergraben, lehnte Kester am Türpfosten und sah zu, wie sie die letzten Riemenschnallen schloß. »Weißt du, was mich interessiert?« sagte er mit einem bösen Unterton in der Stimme, »ich wüßte gern, ob nie jemand auf die Idee gekommen ist, dich durchzuprügeln und in einer dunklen Kammer einzusperren, bis du begriffen hast, daß du mit deinem Dickkopf nicht die Welt stürmen kannst.«

»Sei nicht albern«, sagte Eleanor und erhob sich von den Koffern. »Ich tue es ja für dich«, sagte sie. »Um deine Heimat und dein Erbe geht es.«

»Eben«, versetzte er. »Und deshalb war ich der Meinung, daß es sich da um meine Geschäfte handelt.«

Da kam es denn wieder hoch in ihr, diese Gleichgültigkeit machte sie wild. Sie schrie: »Du siehst ja, wohin du es mit der Wahrnehmung deiner Geschäfte gebracht hast!« Sogleich bezwang sie sich wieder und biß sich auf die Lippen. »Es tut mir leid«, murmelte sie.

»Wo, in des Himmels Namen, hast du nur diese Stimme her!« Kester schüttelte den Kopf. Er selber sprach mit der gleichen unheimlichen Ruhe, die er während des Nachtgespräches an den Tag gelegt hatte.

Eleanor schluchzte fast. »Ich wollte ja nicht schreien. Aber ich muß heute nach New Orleans fahren. Sieh es doch ein. Ich muß es gewiß!«

Kester zog die Brauen hoch und streifte sie mit einem vorwurfsvollen Blick. »Zuviel Charakterstärke läuft auf einen unangenehmen Charakter hinaus«, sagte er.

Sie lächelte bitter: »Du machst dir keine Sorgen.«

»Nein«, sagte er, »das tue ich nicht. Wahrhaftig, das tue ich nicht. Und ich empfehle dir, es auch nicht zu tun.« Er wandte sich um, um zu gehen, verhielt aber noch einmal den Schritt. »Steige im St.-Charles-Hotel ab«, sagte er, »es liegt an der Straße, die wir immer gegangen sind.«

Er schloß die Tür hinter sich. Eleanor stand regungslos im Raum und fühlte, wie sie anfing, sich selber zu hassen. Immer kam es in ihr hoch und sie konnte die Worte dann nicht zurückhalten. Sie stürzten ihr heraus wie die Kröten aus dem Munde des ungezogenen Mädchens im Märchen. Aber wie böse das Mädchen im Märchen auch immer gewesen sein mochte, ob ihr die Kröten wohl auch im Angesicht des geliebtesten Menschen aus dem Munde geschlüpft wären? Warum nur mußte sie Kester immer wieder so böse Worte sagen? Nahm sie ihm übel, daß sein Wesen es ihr unmöglich machte, ihm ernsthaft zu zürnen? Sie wußte es nicht, aber sie wollte den jüngsten Fehler sogleich wiedergutmachen. Sie wollte ihm nachgeben und ihn um Verzeihung für ihre Unbeherrschtheit bitten. Ja, sie würde ihm sogar nachgeben und mit nach Silberwald fahren, nur um zu beweisen, wie leid es ihr tat, ihn neuerlich gekränkt zu haben.

Als sie sein Zimmer betrat, war es leer, und als sie eben die Treppe hinunterging, um nach ihm zu schauen, hörte sie, wie unten die Haustür zufiel. Sie eilte zum Fenster, von wo aus sie die ganze Rasenfläche zu übersehen vermochte, und sah Kester bereits die Allee hinunterfahren. Er fuhr noch schneller als sonst, so schnell, daß sie für seine Sicherheit zu fürchten begann und ins Zittern geriet vor heimlicher Angst und vor Schmerz darüber, daß sie keine Möglichkeit mehr gefunden hatte, seine Verzeihung zu erbitten.

Sie zog die Uhr aus dem Gürtel, die Kester ihr Weihnachten geschenkt hatte; es war eben halb eins, also noch viel zu früh, um nach Silberwald zu fahren, da sie erst für zwei Uhr geladen waren und man die Plantage mit dem Auto in zwanzig Minuten erreichte.

Eleanor ließ den Kopf hängen, fühlte sich besiegt und geschlagen und kehrte mit trägen Bewegungen in ihr Zimmer zurück, um sich für die Reise fertig zu machen. Es war sicher gut, daß sie jetzt gleich nach New Orleans fuhr, aber vielleicht wäre es ebenso gut gewesen, wenn sie nachgegeben hätte. Sie begriff ihr eigenes Verhalten nicht. Wie kam es, daß sie Kester alles zuliebe tun konnte, ohne indessen den Takt aufzubringen, ihn richtig zu behandeln? Sie wußte es nicht.

Viertel vor zwei schloß sie die Tür ihres Zimmers hinter sich und rief Silberwald von dem Apparat auf ihrem Nachttisch aus an.

Am anderen Ende der Leitung meldete sich Klara Sheramy.

Eleanor entschuldigte sich, daß es ihr leider nicht möglich sei, zum Dinner zu kommen, aber sie müsse leider sogleich nach New Orleans fahren; es ginge um sehr wichtige Dinge. Der Zug ginge um drei Uhr.

Klara bedauerte das herzlich. Ihre Stimme klang ebenso zart, wie ihre Erscheinung zerbrechlich wirkte. Ich kann auch so sprechen, dachte Eleanor, während sie Klaras

Stimme lauschte. Wenn ich nicht verrückt und aus dem Häuschen bin, kann ich auch so sprechen. Oh, lieber Gott, hilf mir, daß ich nicht bei jeder Gelegenheit die Beherrschung verliere! »Könnte ich Kester vielleicht einen Augenblick sprechen?« sagte sie.

»Aber ja, natürlich«, entgegnete Klara, »ich rufe ihn sofort. Er sitzt im Wohnzimmer und trinkt einen Cocktail mit Neal.«

Einen Augenblick später kam Kesters Stimme durch den Draht.

»Kester«, sagte Eleanor, »es tut mir leid. Wahrhaftig, ich weiß nicht, was mich wieder getrieben hat, so heftig zu werden. Ich will es nicht wieder tun.«

Kesters Stimme war völlig ohne Groll. Entweder hatte die inzwischen vergangene Zeit oder der Cocktail ihn besänftigt.

»Es wäre wunderbar, Eleanor«, sagte er, »es paßt nicht zu dir.«

»Ich wollte es wirklich nicht, Lieber. Aber ich habe in der Nacht kaum geschlafen. Ich bin ein wenig überreizt.«

»Dann bemühe dich, ruhig zu werden, Liebling. Es ist alles in Ordnung.« Er schien wirklich zu meinen, was er sagte; seine Stimme klang ruhig wie immer.

»Kester«, sagte sie, »kann dich jemand sprechen hören?«

»Nein.«

»Ich liebe dich wie am ersten Tag, Herz. Hörst du das denn nicht?«

»Doch«, sagte sie, »doch, Lieber, ich höre es.« Und nun übersprudelten sich ihre Worte. Sie habe ihm das alles noch persönlich sagen wollen, bevor er ging. »Aber dann warst du schon fort«, sagte sie, »und ich war allein. Da habe ich mich denn für die Fahrt nach New Orleans fertig gemacht.«

»Fahr hin, Liebe«, sagte er trocken. »Du hast einen zweifelhaften Sieg errungen. Jedesmal, wenn ich anfange, meine Gefühle zu zergliedern, halte ich rechtzeitig ein und amüsiere mich über den Unsinn.«

Sie nahm den Nachmittagszug nach New Orleans. Dilcy saß ihr mit Cornelia im Abteil gegenüber. Dilcy machte ein grimmiges Gesicht; sie befand sich im Zustand höchster Mißbilligung. Sie hatte lange Jahre für die Damen auf Ardeith gearbeitet, und es war ihr in all der Zeit niemals begegnet, daß eine Dame ihren Gatten verlassen hätte, um allein und unbeschützt in einem Hotel zu übernachten.

2

Eleanor ließ sich im St.-Charles-Hotel eintragen. Unter keinen Umständen wollte sie die Gastfreundschaft von Kesters oder ihrer eigenen Familie in Anspruch nehmen. Sie telefonierte mit Mr. Robichaux und verabredete mit ihm eine Unterredung für den nächsten Nachmittag im Bankgebäude.

Sie schlief ruhig in dieser Nacht und der Schlaf tat ihr gut, stärkte und erfrischte sie. Am Morgen suchte sie ihren Vater in seinem Büro auf. Ihr Bruder Vance, der ein Jahr jünger als sie und bereits ein vielversprechender junger Ingenieur war, sprang auf, als sie hereinkam, und fragte, was sie in der Stadt zu tun habe. Sie sagte, daß sie den Vater gern kurz gesprochen hätte. Papa sei in seinem Privatbüro und diktiere, sagte Vance. Er bat sie, sich zu setzen und ihm einen Augenblick Gesellschaft zu leisten. Er erzählte ihr dann die Tagesneuigkeiten. Lena Tonelli hatte sich verlobt und wollte demnächst heiraten; Florence hatte sich zu einem hübschen Mädchen entwickelt und hielt das Haus mit ihren zahlreichen Verehrern ständig in Bewegung; der Atchafalayafluß führte Hochwasser und stand höher als jemals zuvor in diesem

Jahre. – Obgleich Eleanor im Innersten niedergeschlagen war, hörte sie dem Plaudern des Bruders doch aufmerksam zu. Vance trug seinen Namen nach dem Manne, dem Fred Upjohn seine erste Arbeit beim Deichbau verdankte; er hatte von klein auf großes Interesse für das Wasserstraßensystem Louisianas gezeigt und seine Schwester stets gern von seinen Kenntnissen profitieren lassen. Während er jetzt sprach, erinnerte sich Eleanor daran, wie sie mit Vance und Florence in den verschiedenen Deichbaulagern herumgetollt und gespielt hatte. Sie hatten nach eigenen Entwürfen kleine Deiche gebaut und alte Blechdosen als Schaufeln benützt. Als Vance neun und sie zehn Jahre alt war, konnten sie bereits richtige kleine Uferdämme bauen, sorgfältig ausgewogen, mit Schächten, Böschungsabhängen und Schlaghölzern versehen. Die Abhänge pflegten sie mit Hilfe eines Maßbandes, das aus ihrer Mutter Nähkorb stammte, sorgfältig abzustufen und überhaupt jede Einzelheit korrekt vom Großen ins Kleine zu übertragen. Die erst siebenjährige Florence mußte Botengänge erledigen. Wenn sie sich weigerte, drohten sie ihr damit, ihr ihre »Schweineschwänzchen« abzuschneiden. Jetzt war Vance bereits Ingenieur und Florence eine erwachsene junge Dame, und sie selber hatte bereits die Erkenntnis hinter sich, daß nichts auf der Welt vollkommen war. Sie sprachen eine ganze Weile, aber schließlich bat Eleanor den Bruder, den Vater von ihrer Anwesenheit zu verständigen. Vance öffnete die Tür zu Freds Privatkontor und steckte den Kopf durch den Spalt. »Papa«, sagte er, »Eleanor ist hier.«

Fred Upjohn saß hinter seinem Schreibtisch und sah mit gerunzelten Brauen auf die rot-blaue Zeichnung eines Dampfplanierers. Er sprang auf, als sie das Zimmer betrat.

»Eleanor«, sagte er, »warum kommst du in die Stadt?«

Sie warf einen flüchtigen Blick auf seine Sekretärin. »Ich hätte dich gern einen Augenblick allein gesprochen«, sagte sie.

Fred gab dem Mädchen einen Wink, das seine Sachen zusammenpackte und das Kontor verließ. »Setz dich, meine Liebe«, sagte Fred, nachdem sie allein waren.

»Ich habe nicht sehr viel Zeit, Papa«, sagte Eleanor unvermittelt. »Ich habe nur eine Frage. Würdest du mir das Kapital meiner Tonelli-Anteile freigeben?«

»Oh!« Fred setzte sich wieder und faltete seine Hände über der rot-blauen Zeichnung. Er sah sie eine Weile schweigend von oben bis unten an; schließlich begegneten sich ihre Augen.

»Nein, Eleanor, das werde ich nicht tun«, sagte Fred Upjohn.

Es gab ihr einen Stich; sie fühlte ihn fast wie einen physischen Schmerz. Sie verstand ihn natürlich; sie brauchten gar nicht darüber zu sprechen. Er hatte ihr die Anteile überschrieben, weil er Kester nicht traute. Aus dem gleichen Grunde hatte er sie gesperrt und überließ ihr nur die Zinsen zum Verbrauch. Die beliefen sich auf zwölf- bis fünfzehnhundert Dollar im Jahr, immerhin genug, um sie und ihr Kind vor Armut zu schützen.

»Gut«, sagte Eleanor, »wenn du nicht willst, willst du nicht und wir brauchen nicht weiter darüber zu reden. Aber dann entschuldige bitte, ich muß dann sogleich wieder gehen.«

»Bitte, noch nicht«, sagte Fred. Er streckte die Hand über den Tisch und griff nach der ihren, wobei er ihr einen ruhig prüfenden Blick zuwarf. »Honigkind«, sagte er, »wenn du Geldsorgen hast, warum hast du mir nie davon erzählt?«

»Oh, das ist nicht üblich«, versetzte Eleanor. »Danke, bemühe dich nicht. Ich richte es anders ein.«

»Wie? Wie willst du es einrichten?«

»Es ist ja nicht deine Sache, Papa«, sagte sie kurz.

Er hatte ein dünnes Lächeln im Gesicht: »Südost-Wechselbank?«

Sie sah ihn an und schwieg.
»Charles Robichaux?«
»Wie kannst du das wissen?« fragte sie, nun doch einigermaßen verblüfft.
Er ließ ein kurzes, trockenes Lachen hören: »Ich bin nicht ganz dumm, mein Kind. Es ist das besondere Geschäft dieser Bank, die heruntergewirtschafteten Plantagen längs des Stromes an sich zu bringen. Rund die Hälfte dürfte ihr schon gehören.« Er stand auf und kam um den Schreibtisch herum. »Warum hast du mir nie etwas davon erzählt, Eleanor?« fragte er.
Sie schüttelte den Kopf.
Er zuckte die Achseln. »Wie du willst, mein Kind. Ich denke, du bist eine erwachsene Person.« Er ging einige Male hin und her und blieb dann wieder vor ihr stehen. »Möchtest du, daß ich meinen Namen unter ein Dokument setze? Als Bürge gewissermaßen? Würde dir das eine Hilfe bedeuten?«
Eleanor fühlte, wie ein Zittern sie überkam. Sie wußte: Ihr Vater war kein reicher Mann, aber er hatte nie über einen Penny verfügt, der ihm nicht gehört hätte. Seine Integrität war außerhalb jeder Frage. Wenn er seinen untadeligen Namen unter einen Schuldschein setzte, war das eine Sicherheit, die jeder Bank reichte. Sie hatte bisher niemals darüber nachgedacht, wie sauer es einem Manne sein mußte, einen solchen Ruf zu erlangen, und wie kostbar es war, ihn zu bewahren. Aber in diesem Augenblick wußte sie es.
Sie antwortete mit einer rauhen und harten Stimme, die ihre innere Bewegung verbergen sollte: »Das würde ich niemals zulassen, Papa, hörst du? Nie! Nicht für eine Million Dollar! Ich hoffe, du verstehst mich. Andernfalls bleibt mir nichts mehr zu sagen.«
»Ich glaube, ich verstehe dich sehr gut, Eleanor«, sagte Fred.
»Ja, Vater!« Sie atmete schwer. »Ich bin deine Tochter, Vater!« Und einer plötzlichen Schwäche nachgebend, ließ sie sich in den Stuhl fallen, den er ihr hingestellt hatte, und barg den Kopf auf den über der Schreibtischplatte verschränkten Armen. Sie weinte nicht, aber es schüttelte sie. Sie hatte diese Unterredung an den Anfang ihrer Mission gestellt, weil sie wußte, daß sie das Schwierigste war. Wahrhaftig, das war sie. Sie fühlte sich nackt und beschämt vor den Augen ihres Vaters. Fred legte ihr sacht einen Arm um die Schultern, als wolle er ihr auf solche Weise ein Gefühl der Sicherheit geben. Eleanor dachte, wieviel leichter ihr diese Stunde geworden wäre, wenn er sie hart angefahren und ihr gesagt hätte, sie solle gehen und ihre Strafe auf sich nehmen, nachdem sie schon nicht auf seine warnenden Worte gehört habe. Sie bedauerte es jetzt schon, überhaupt hierhergekommen zu sein. Sie hätte es ja wissen können, daß er ihre Bitte ablehnen würde. Aber es war ihre einzige Chance gewesen, sofort veräußerliche Werte und damit flüssiges Kapital in die Hände zu bekommen; in ihrer Verzweiflung hatte sie geglaubt, diese Chance nicht auslassen zu dürfen.

Als sie nach einem Weilchen den Kopf hob, sagte Fred nur: »Deine Mutter und deine Geschwister würden sehr traurig sein, wenn sie keine Gelegenheit hätten, dich zu sehen, nachdem du einmal hier bist. Ich will Mutter eben anrufen und ihr sagen, daß du heute abend bei uns essen wirst.«

Eleanor hatte nicht die geringste Neigung, jemand von ihren Angehörigen zu sehen, aber sie sah keine Möglichkeit, die Einladung abzulehnen. Sie nickte deshalb schweigend. Als er den Telefonhörer abnahm, fuhr sie auf: »Bitte kein Wort zu Hause, warum ich in der Stadt bin.«

»Oh, sei ruhig, ich sage gewiß nichts«, versetzte Fred. »Du bist alt genug, um eigene Geschäfte zu haben. Möchtest du mit mir irgendwo eine Tasse Kaffee trinken?«

Sie lehnte ab. »Danke«, sagte sie, »ich muß jetzt zum Kind zurück, und dann zu Mr. Robichaux.«

»Gut, dann sehen wir uns also am Abend. Bis dahin, meine Liebe.«

Eleanor verabschiedete sich und ging zum Hotel zurück. Sie wartete hier geduldig, bis es Zeit war, zur Bank zu gehen.

Sie wurde sogleich vorgelassen. Mr. Robichaux war ein Mann mit eisengrauem Haar und einem nicht unangenehmen Gesicht, das sich allerdings in düstere Falten zog, als sie auf die Ardeith-Hypotheken zu sprechen kam. Sie bat ihn, ihr die der Bank geschuldete Gesamtsumme und der Verfallsdaten zu nennen. Mr. Robichaux räusperte sich vernehmlich. Er sagte, leider sei er gezwungen gewesen, Kester einen mehr oder weniger eindeutigen Brief zu schreiben. Kesters Vater habe oft Geld auf die nächste Baumwollernte entliehen, aber er sei im Ganzen vorsichtiger gewesen und habe die Rückzahlungstermine eingehalten, obwohl natürlich –; er räusperte sich wieder und sprang auf die Gegenwart über. »Tja«, sagte er, »da ist mit der Zeit – äh – eine gewisse Vernachlässigung der Zinszahlungen eingetreten. Mr. Larne hat die Dinge vielleicht – hm – etwas gleichgültig behandelt, wahrscheinlich nicht die Zeit gefunden, sich darum zu kümmern. Nun und die Plantage ist – alles in allem – ein bißchen heruntergewirtschaftet, sie stellt nicht mehr die – tja – die einwandfreie Sicherheit dar, die sie einmal war. Wir mußten also zusehen –«

»Ich verstehe«, sagte Eleanor. »Nun sagen Sie mir bitte, was wir der Bank schulden und wann die Beträge fällig werden.«

Mr. Robichaux ließ einen Angestellten kommen und erhielt nach kurzer Rückfrage einen Haufen Papiere vorgelegt.

Nachdem sie die Unterlagen eine Stunde lang durchgegangen waren, wußte Eleanor, daß sie und Kester nur zufolge besonders milder und entgegenkommender Auslegung der Bankvorschriften noch auf Ardeith saßen. Kester hatte offenbar völlig bedenkenlos in alles eingewilligt, was ihn im jeweiligen Augenblick zu entlasten vermochte, weil er sich niemals die Mühe gemacht hatte, über Wesen und Bedeutung des Geldes nachzudenken. Sie erbat sich von Mr. Robichaux einen Bogen Papier und begann sich die wesentlichsten Zahlen herauszuschreiben. Im Geiste rechnete sie diese Zahlen noch die Beträge der Rechnungen zu, die sie in Kesters Schreibtisch gefunden hatte. Kesters Schuldscheine auf der Bank beliefen sich, wie sie feststellte, zuzüglich seiner persönlichen Schulden, auf nahezu einhunderttausend Dollar.

Dazu kam – Mr. Robichaux erinnerte sie daran – daß Kester die Hälfte des Plantagenlandes an Pächter abgegeben hatte, die das Land durch ihre Ein-Maulesel-Bearbeitung zugrunde richteten.

»Ich danke Ihnen sehr, Mr. Robichaux, daß Sie mir so viel Ihrer Zeit geopfert haben«, sagte Eleanor.

Sie verließ ihn und ging hinunter auf die Straße. Kalte, flimmernde Januarsonne, die keine Wärme zu spenden vermochte, lag über der Stadt. Sie nahm ihre Uhr heraus, um nach der Zeit zu sehen, und fragte sich dabei mit spöttischer Erbitterung, wann sie wohl bezahlt werden würde und was etwa sie dafür erhalten könnte, wenn sie versuchte, sie zu verkaufen. Sie hatte noch etwas Zeit und war dankbar dafür.

Sie durchschritt das Geschäftsviertel der Stadt und entlang den Fabriken, wo es nach gebranntem Kaffee und nach Melasse roch; sie kannte diese Gerüche von Kindheit an. Als sie die Uferstraße erreicht hatte, stand sie lange am Kai und ließ ihre Augen über den goldleuchtenden, träge dahinziehenden Strom schweifen, der Ardeith und die Stadt, in der sie jetzt weilte, hervorgebracht hatte. Mittelamerikanische Boote lagen am Kai und löschten Kaffee. Auf den Eisenbahnschienen standen große Kühlwagen bereit, eine Schiffsladung Bananen in Empfang zu nehmen. Weit draußen auf dem Strom arbeitete ein Baggerschiff, um den Kanal offen zu halten. Sie hörte das Schnaufen der Dampfmaschinen über den Stimmen der Männer, die am Kai arbeiteten. Ihr Auge fiel auf die großen Buchstaben: ›TONELLI-FRUITS-LINES‹.

Lena Tonellis Großvater war aus Italien eingewandert. Er war als Zwischendeckpassagier gekommen und hatte begonnen, die auf dem Kai weggeworfenen Bananen aufzuheben. Er hatte sie in eine Schubkarre geladen und für zwei Cents pro Dutzend verkauft. Heute war die Tonelli-Frucht-Linie ein Riesenunternehmen. Aber immerhin: Großvater Tonelli hatte keine Schulden gehabt, als er anfing.

Eleanor drehte den Fruchtschiffen den Rücken und schlenderte die Kanalstraße hinunter. Sie konnte das Gebäude der West-Bank sehen; die Fassade schimmerte undeutlich zwischen einigen Baumreihen. Fährboote gingen herüber und hinüber. Ein frischer Wind wehte hier am Wasser. Eleanor dachte daran, daß es hübsch wäre, den Strom mit dem Fährboot zu überqueren, aber sie verbot sich den Gedanken sogleich; sie konnte es sich jetzt nicht mehr leisten, einen Nickel unnötig auszugeben.

Sie fing sich schließlich wieder. Sie gab sich nicht oft wehmütig rückschauenden Gedanken hin, die für alles gut sein mochten, aber nicht für die Gegenwart. Sie drehte sich um und ging schnellen Schrittes in ihr Hotel zurück, wo sie ihr Kleid wechselte und Dilcy mitteilte, sie müsse bei Cornelia bleiben, während sie zur Stadt hinaufginge, um ihre Mutter zu besuchen.

Das Abendessen zu Hause verlief heiter und geräuschvoll. Nach dem Essen kamen die jungen Tonellis mit Guy Rickert, Lenas Verlobten, und nun sprachen alle auf einmal. Lena fragte Eleanor, ob sie inzwischen gelernt habe, ein Auto zu führen. Nein, versetzte Eleanor, aber Kester habe schon damit begonnen, es ihr beizubringen. Sie könne es bereits, sagte Lena; es sei eine ganz einfache Sache. Sie hätten ein Überlandcoupé mit einem elektrischen Anlasser, der noch niemals versagt habe. Dabei wies sie lachend auf ihren seitwärts geschlitzten Rock. »Diese Röcke mögen vielleicht nicht sehr moralisch sein«, sagte sie, »aber sie sind unerläßlich, wenn man im Auto sitzt und Kupplung und Bremse bedienen will.« Fred Upjohn erzählte von einem aufregenden Film, den er unlängst gesehen habe. Da habe Ford Sterling Mabel Normand gefesselt an eine Planke gestellt und begonnen, sie vermittels einer singenden Säge in zwei Hälften zu zerschneiden. Er habe vergessen, wie das Mädchen schließlich gerettet worden sei; die Sache sei aber sehr aufregend gewesen und habe ihm alle seine Sorgen aus dem Kopf geblasen, vor allem die Sorgen, die ihm der Atchafalayafluß mache. Florence sagte, daß es in New Orleans jetzt schon mehr als dreißig Kinematographentheater gäbe; wußte Eleanor das schon? Molly Upjohn erinnerte Florence daran, daß Eleanor mit ihrem drei Monate alten Baby wahrscheinlich keine Zeit habe, sich über solche Sachen auf dem laufenden zu halten. Florence begann auf dem Klavier zu spielen, und Guy Rickert bat Eleanor um einen Tanz. Es war also so, als ob sie niemals fortgewesen wäre.

Eleanor hatte durchaus Sinn für glückliches Familienleben. Das hier waren ihre Leute, solide, charakterfest und in jeder Weise vertrauenswürdig. Ihnen war es selbstverständlich, daß jeder Mensch auf sich selber aufzupassen habe. Guy und Lena fuhren sie schließlich in ihr Hotel zurück. Eleanor stand noch einen Augenblick still, bevor sie hineinging, und sah ihnen nach. Es war ihr, als schwände mit ihnen zugleich das starke und sichere Selbstvertrauen dahin, das ihr einmal anerzogen worden war und das ihr entschwunden war, ohne daß etwas Neues an seine Stelle getreten wäre.

Als sie ihr Zimmer betrat, sah sie Kester. Er saß da und las eine Nachmittagszeitung; er sprang auf und warf die Zeitung weg.

»Da bist du endlich. Denkst du überhaupt noch an mich?« fragte er.

Sie ging auf ihn zu und er schloß sie in seine Arme. Sie ließ ihren Kopf an seine Schulter sinken und stellte mit heimlicher Verwunderung fest, wie das alte Gefühl der Sicherheit und Geborgenheit sie selbst in diesem Augenblick überkam. Lächelnd zu ihm aufsehend, fragte sie: »Bist du böse, daß ich jetzt erst komme?«

»Möchtest du etwa, daß ich böse wäre?« fragte er scherzend. »Wie ist Cornelia die Reise bekommen?«

»Oh, es geht ihr gut.«

»Den Eindruck hatte ich auch. Ich habe mit ihr im anderen Zimmer gespielt, bis sie schlafen ging.« Er half ihr aus dem Mantel. Ihren Hut konnte sie gerade noch davor bewahren, achtlos auf das Bett geworfen zu werden. Es war ein Samthut mit einer großen weißen Reiherfeder, und sie erwartete nicht, sich in absehbarer Zeit einen neuen Hut gleicher Qualität kaufen zu können.

»Nun«, sagte Kester, während sie den Hut in der Hutschachtel unterbrachte, »was hast du getan, Miß Ordnung-Schafferin?« Er maß sie mit einem spöttisch-amüsierten Blick, dem gleichen Blick, mit dem er sie auch bedacht haben würde, wenn es ihr eingefallen wäre, sich besorgt in ein Pokerspiel einzumischen.

Aber Eleanor war zu Neckereien nicht aufgelegt. Sie hatte noch die Atmosphäre ihres Vaterhauses um sich; ihre Antwort kam klar, kurz und bündig:

»Ich habe deine Schulden ermittelt. Sie belaufen sich, alles in allem, auf rund einhunderttausend Dollar.«

»Einhundert – – –? Eleanor, bist du wahnsinnig?«

»Ich bin keineswegs wahnsinnig. Du hast mir gesagt, du wüßtest nicht, wie hoch du verschuldet seist. Nun, da habe ich es festgestellt.«

Kester ließ einen langen Pfiff hören. Er sank in einen Sessel und betrachtete den Kronleuchter. Eleanor berichtete ihm von dem Gespräch, das sie mit Mr. Robichaux geführt hatte.

»Warte einen Augenblick«, sagte Kester plötzlich. »Ich gehe hinunter und rufe ihn an.«

»Jetzt? Es ist fast Mitternacht.«

»Es ist noch nicht zwölf. Ich werde ihn in der Wohnung anrufen.«

Seine ruhige Gelassenheit und die unerschütterliche Sicherheit, die aus jeder seiner Bewegungen sprach, färbten auf Eleanor ab. Sie ging in das Nebenzimmer, um nach Cornelia zu sehen. Cornelia war bereits eingeschlafen. Ihr Fäustchen hielt eine Klapper. Eleanor nahm ihr das Ding ab, damit sie sich während der Nacht nicht daran verletze. Als sie wieder in ihrem Zimmer war, stellte sie fest, daß es sich um eine neue Klapper handelte, die Kester offenbar mitgebracht hatte, als er am Abend kam. Sie warf das Spielzeug in hohem Bogen fort. Was war Kester doch für ein Narr! Aus jeder Ecke grinsten ihn seine Schulden an; wie kam er eigentlich dazu, einen Vierteldollar zu verschwenden, um eine Klapper für ein Kind zu kaufen, das schon bis zum Überfluß mit unbezahltem Spielzeug versehen war?

Kester kam wieder und war offensichtlich glänzender Laune. Er werde morgen nachmittag um drei Mr. Robichaux sehen, sagte er. Er küßte sie herzhaft und versicherte, er werde sehr wachsam sein und alles werde wieder in die Reihe kommen. Eleanor, die Hand an der Wange, lächelte ihn verwundert an:

»Bedrückt es dich denn nicht, daß du so verschuldet bist?« sagte sie. »Hast du denn keine Angst?«

»Liebling«, versetzte er, »vielleicht sollte es mich bedrücken und vielleicht sollte ich Angst haben, aber beides ist nicht der Fall. Es ist ein Zustand, an den ich gewöhnt bin.« Er setzte sich und zog sie auf seinen Schoß.

»Hast du denn wirklich immer Schulden gehabt?« fragte Eleanor.

»Immer«, versicherte er ungerührt. »Ich werde dir eine kleine Geschichte erzählen. Als ich acht Jahre war, gab mir mein Vater einen Vierteldollar und sagte, daß ich zukünftig jede Woche einen weiteren Vierteldollar als Taschengeld bekommen solle.

Ich wurde angehalten, jeden Penny, den ich für Süßigkeiten oder andere Kleinigkeiten ausgäbe, in ein Notizbuch einzutragen. Offenbar wollte er mich auf solche Weise darauf vorbereiten, wie ich dereinst als erwachsener Geschäftsmann zu verfahren hätte.«

»Das ist die gleiche Art, wie man auch mich belehrt und zur Sparsamkeit angehalten hat«, sagte Eleanor.

»Gut«, sagte Kester. »Aber ich hatte kein Notizbuch, siehst du. Also ging ich in einen Laden und kaufte mir eins. Es war ein hübscher kleiner Laden, der von einem Mann namens Mr. Parfax geführt wurde. Das Notizbuch kostete dreißig Cents, ich aber besaß nur einen Vierteldollar. Also erschien meine erste Eintragung auf der Minusseite mit einer Schuld von fünf Cents an Mr. Parfax.« Er seufzte. »Mir scheint, es ist mir seither nicht gelungen, diese Schuld einzuholen.«

Eleanor konnte nicht anders, sie mußte ihn anlachen. Kesters Gesicht war genau so unschuldig wie das seiner kleinen Tochter. »Mußt du deinen Vater unterstützen?« fragte sie nach einer kleinen Pause.

»Nein, Liebling. Er hat das Pachtgeld von der Zuckerplantage über dem Strom.«

»Und was wirst du morgen Mr. Robichaux sagen? Er kann die Hypotheken als verfallen erklären, wenn es ihm so gefällt.«

»Oh, Herz, ich weiß es nicht.« Er hob die Schultern und sah sie aus treuherzigen Augen an. »Ich werde ihm irgend etwas sagen. Ich habe mich mit dieser Frage schon eine Nacht lang herumgequält, und der ganze Erfolg war, daß ich hinterher Kopfschmerzen hatte. Ich habe aber nicht die Absicht, mir wegen dieser Sache meinen eigenen Kopf in Stücke zu sprengen. Es ist spät und ich bin müde. Und du, mein Herz, wirst Runzeln bekommen, wenn du nicht damit aufhörst, so ein ernstes Gesicht zu machen, und das, bevor du noch dreißig bist.«

3

Am nächsten Nachmittag gingen sie zur Südost-Wechselbank, um mit Mr. Robichaux zu sprechen.

Mr. Robichaux begrüßte Kester sehr herzlich und liebenswürdig. Eleanor hatte den Verdacht, daß diese Liebenswürdigkeit die bittere Pille verzuckern sollte, die er ihm zu verabreichen gedachte. Sie spürte eine heftige Beklemmung, als sie sich niederließ. Kester eröffnete sogleich das Gespräch und begann damit, über allgemeine Geschäfte zu sprechen. Eleanor hörte ihm mit steigender Verwunderung zu. Sie selbst pflegte bei wichtigen Gesprächen jederzeit gleich auf ihr Ziel loszugehen. Davon war Kester weit entfernt. Er plauderte über die Negerfrage, erkundigte sich höflich nach Mr. Robichaux' Enkelkindern (deren Namen er erstaunlicherweise auswendig kannte), gratulierte dem Bankier zu seinem Siege in einem unlängst ausgetragenen Schachturnier (wie, um alles in der Welt, konnte er überhaupt etwas von diesem Schachturnier wissen? fragte sich Eleanor verwundert) und brillierte mit Weisheiten, von denen sie sich nichts träumen ließ. Es war schon so: Kester wußte alles und kannte jedermann. Zweifellos hielt er Mr. Robichaux' Schachleidenschaft für wesentlich genug, um sich damit zu befassen. Mr. Robichaux jedenfalls gab sich von Minute zu Minute jovialer. Er erzählte Kester umständlich von einem äußerst verwickelten Hazardspiel, an dem er teilgenommen habe. Bald darauf wandte sich das Gespräch der Politik zu. Mr. Robichaux vertrat die Meinung, die Amerikaner, die in Streitigkeiten mit mexikanischen Banditen verwickelt worden seien, sollten sich nach Hause scheren und jedenfalls nicht erwarten, daß die Regierung ihnen

Soldaten schicken werde, um sie zu schützen. Dergleichen Zwischenfälle könnten sehr leicht zum Kriege führen, und wer wollte schließlich Krieg mit Mexiko? »In der Tat, wer?« stimmte Kester zu. Man hatte von der alten Geschichte von Anno 1858 noch genug. Die USA bezogen wesentliche Dinge aus Mexiko. – »Aber natürlich«, sagte Mr. Robichaux, »seitdem wir einen Universitätsprofessor im Weißen Haus sitzen haben, – wer will sagen, was da alles noch geschehen kann!« Kester nickte. Die Wahl von Mr. Wilson stelle eben einen Versuch mit einem Philosophenkönig dar; man müsse das Ergebnis abwarten. Meinte Mr. Robichaux das nicht auch?

Lieber Gott! dachte Eleanor, was haben alle diese Geschichten nur mit den Ardeith-Hypotheken zu tun?

Von Mexiko sprang das Gespräch auf Mr. Robichaux' Reise nach Kalifornien im vergangenen Sommer. Bemerkenswertes Land, da drüben; leider soviel Wüste dazwischen; es war fast, als ob man nach einem anderen Kontinent reiste. Dachte Mr. Larne etwa daran, im nächsten Jahr zur Ausstellung nach San Franzisko zu fahren? Man redete davon, daß der Panamakanal eröffnet und für Reisezwecke bereit sein werde. Es war geplant, direkte Linien von New Orleans nach San Franzisko einzurichten.

Kester lächelte und zuckte die Achseln. Mr. Robichaux müsse sich selber ausrechnen können, daß er es sich vermutlich nicht werde leisten können, zu einer Ausstellung zu reisen, sagte er. Er müsse jetzt alle Kraft aufwenden und sich um seine Plantage kümmern. Ja, und das sei ja nun eigentlich der Grund, warum er hier sitze. Man müsse einmal über die Hypotheken sprechen. Mr. Robichaux' Bank war so freundlich, sie bisher weiter auf Ardeith stehen zu lassen.

»Ja, hm ja, allerdings«, sagte Mr. Robichaux. Sie hatten gesellig und liebenswürdig miteinander geplaudert, und nun hatten sie eben das Thema gewechselt; an der Form der Unterhaltung änderte das nichts. Mr. Robichaux blieb liebenswürdig wie bisher, er sprach über die Hypotheken wie über irgendeine belanglose Angelegenheit zwischen Freunden, völlig anders, als er gestern mit Eleanor diskutiert hatte. Kester erklärte, er habe zahllose Änderungen in der Führung von Ardeith geplant. Er habe diese Dinge wegen seiner Heirat und der Geburt des Kindes nur etwas zurückstellen müssen. Er beugte sich etwas zu seinem Zuhörer hinüber und begann flüssig und mit erstaunlicher Präzision seine Idee zu entwickeln.

Zu Eleanors grenzenlosem Erstaunen begann er Pläne zu umreißen, von denen sie nie auch nur andeutungsweise gehört hatte. Das ganze Arbeitssystem auf Ardeith würde einer grundsätzlichen Wandlung unterzogen werden. Er beschrieb kühl und sachlich die Bodenverfassung und die Möglichkeiten, die sie für eine intensive Kultivierung bot. Es ging da um wissenschaftliche Verbesserungen, wie sie seitens des Landwirtschaftsministeriums vorgeschlagen worden waren, um zu besseren Erträgen in der Baumwollpflanzung zu gelangen. Weiter um wesentlich verbesserte Besprengungsmethoden, um der Kapselwurmplage Herr zu werden. Er warf mit Ausdrücken um sich, die Eleanor einer fremden Sprache entnommen schienen, und Mr. Robichaux höchstwahrscheinlich auch, aber es war kein Zweifel, daß der Bankier Kesters Ausführungen mit steigender Aufmerksamkeit lauschte und sichtlich beeindruckt schien. Er stellte zuweilen Fragen, nickte besonnen vor sich hin und hörte weiter aufmerksam zu.

Kesters tiefe, einschmeichelnde Stimme fuhr fort, Mr. Robichaux eine einschneidende Neuerung nach der anderen klarzumachen. Beispielsweise würde man in der Winterszeit auf dem Baumwolland Kohl pflanzen. Das Kiefernland, das bisher als mehr oder weniger wertlos gegolten habe, werde mit Stechpalmen bepflanzt werden. Stechpalmen erreichen zur Weihnachtszeit guten Absatz und gute Preise. Man pflanzte für je zehn weibliche Bäume einen männlichen Baum; außerdem konnte man jedem männlichen Baum die Zweige weiblicher Bäume aufpfropfen, um die höchstmöglichen Produktionsergebnisse zu erreichen. Freilich, Stechpalmen, Kohl und andere geringwertige Erzeugnisse würden nur zögernd und allmählich zur Steigerung der Gesamtkapazität führen; Ardeith war in erster Linie eben eine Baumwollplantage. Bei der letzten Ernte wurden insgesamt achthundert Ballen Baumwolle erreicht, aber es war nicht einzusehen, warum es nicht möglich sein sollte, auch tausend und mehr Ballen pro Ernte herauszuholen. Die Regierungssachverständigen hatten ja schon vor längerer Zeit darauf hingewiesen, daß es möglich sein müßte, die Baumwollerzeugung um das Doppelte zu steigern, wenn das Land öfter umgegraben würde. Ardeith hatte vorzüglichen Baumwollboden; es mußte ohne weiteres möglich sein, hier die bestmöglichen Ernten zu erreichen. Aber mit der Pächterwirtschaft ging das natürlich nicht; die Pächter taten nichts für den Boden, sie ließen die Dinge laufen. Er habe sich deshalb entschlossen, alle Pachtverträge zu kündigen und das Land wieder selbst in Bewirtschaftung zu nehmen. Er werde die Gesamtplantage unter eigener Leitung durch bezahlte Arbeitskräfte bearbeiten lassen.

»Geben Sie mir zwei Jahre, Mr. Robichaux«, sagte Kester. »Im kommenden Herbst werde ich sämtliche Zinszahlungen abdecken, und im Herbst 1915 kann ich damit beginnen, das Kapital selbst abzutragen.«

Mr. Robichaux ordnete gedankenverloren die Stifte und Federhalter auf seinem Schreibzeug.

»Was wollen Sie mit einer heruntergewirtschafteten Plantage beginnen?« sagte Kester, »sie würde der Bank gar nichts nützen, da sie jedem Generalpächter nur Verlust brächte. Denn welcher Pächter gäbe sich wohl die Mühe, grundsätzliche Verbesserungen durchzuführen? Und wollte man gar den Besitz aufteilen und in kleinen Parzellen verkaufen, was käme schon dabei heraus? In jedem Fall schnitte die Bank mit Verlust ab. Lassen Sie mich den verfahrenen Karren herausholen, in der Weise, wie ich es Ihnen eben skizzierte, und Sie werden keinen Penny verlieren.«

Mr. Robichaux sah ihn an. »Ich wollte, Sie hätten mir Ihre Reorganisationspläne früher unterbreitet«, sagte er. »Ich ahnte ja schließlich nichts von Ihren Verbesserungsabsichten.«

»Nun ja, aber dergleichen wächst einem ja nicht von heute auf morgen zu; man braucht seine Erfahrungen; die Dinge wollen in Einzelheiten geprüft, überlegt und ausprobiert werden. Ich wollte nicht mit halbfertigen Plänen zu Ihnen kommen, deren Realisationsmöglichkeiten mir noch zweifelhaft waren.«

»Das begreife ich, das ist klar«, sagte Mr. Robichaux. Das Ganze leuchte ihm ein, erklärte er weiter, und die Vorschläge seien zweifellos vernünftig. Natürlich könne er allein keine Entscheidung treffen. Er müsse zunächst mit den übrigen Herren der Bank sprechen. Er sei selber überzeugt und werde der Gesamtdirektion den Vorschlag machen, die Schuldscheine zu erneuern und den Verfallstermin auf Herbst 1915 festzusetzen. Kester möge am nächsten Morgen wiederkommen und seine Pläne zur Reorganisation der Plantagenbewirtschaftung dem Gesamtdirektorium noch einmal unterbreiten. Er sei überzeugt, daß die anderen Herren dem Vorschlag zustimmen würden.

Kester verbeugte sich leicht mit weltmännischer Gelassenheit. »Ich danke Ihnen sehr, Mr. Robichaux«, sagte er. »Nachdem ich mich so saumselig und fahrlässig verhalten habe, weiß ich das zu schätzen, Sir. Und ich werde Ihr Vertrauen nicht enttäuschen.«

»Ich bin davon überzeugt, lieber Freund!« Mr. Robichaux streckte ihm die Hand hin. »Bankiers sind keine Menschenfresser«, sagte er. »Das Geldverleihen ist unser Geschäft. Nur, wir müssen natürlich Sicherheiten haben. Und deshalb müssen wir uns ein bißchen mit Ihren neuen Plänen befassen, sehen Sie.«

Sie schüttelten sich die Hände in herzlichstem Einvernehmen. Eleanor hätte gleichzeitig schreien und lachen mögen. Wahrhaftig, das Ganze war so gewesen, daß Kester die Unterhaltung geführt und Mr. Robichaux sich am Ende noch entschuldigt hatte. Mr. Robichaux schüttelte auch ihr die Hand und sagte, wenn sie nächstens wieder einmal nach New Orleans komme, dann möge sie es doch vorher Mrs. Robichaux wissen lassen; es werde sich dann ohne Frage ein gemeinsames Essen einrichten lassen.

Kester und Eleanor verließen die Bank. Als sie auf der Straße waren, ergriff Eleanor den Arm ihres Mannes.

»Kester – –«, begann sie.

»Sei still! Komm schnell«, flüsterte Kester; er erstickte fast vor unterdrückter Heiterkeit.

Es gab fast eine Art Wettlauf zwischen ihnen auf dem kurzen Wege zwischen Bank und Hotel. Als sich die Tür ihres Zimmers hinter ihnen geschlossen hatte, fiel Kester in einen Sessel und begann zu lachen; er wußte sich kaum zu fassen; es schüttelte ihn förmlich. Eleanor sah ihn nur an; sie wußte noch immer nicht, was sie sagen sollte.

»Nun, was war deine Eile wert?« sagte Kester schließlich. »Ich habe meine Tischeinladung wahrgenommen, habe Neal bei der Auswahl eines Autos beraten, habe zu Abend gegessen und bin am nächsten Tag nach New Orleans gefahren. Und ich habe die Angelegenheit hier in Ordnung gebracht.« Er maß sie mit einem amüsiert-spöttischen Blick. »Und du wolltest gleich im ersten Augenblick explodieren.«

»Aber Kester«, rief Eleanor, noch immer verwirrt, »ich fasse das alles ja nicht. Wenn du so großartige Ideen zur Reorganisation von Ardeith mit dir herumtrugst, warum hast du bisher nichts davon in Angriff genommen? Und warum hast du mir nichts von diesen Plänen gesagt, wo du doch sahst, daß ich fast verrückt vor Sorgen wurde?«

Er sah sie mit einem leeren Blick an. »Aber liebes Herz«, versetzte er, »du denkst doch wohl nicht, daß ich über diese Dinge bis heute nachmittag schon einmal nachgedacht hätte?«

Sie starrte ihn an wie einen Verrückten. »Ich – begreife das nicht«, stammelte sie.

Kester zog sie auf seine Knie. »Mein Liebling! Mein Engel! Licht meiner Augen!« flüsterte er, sich noch immer vor innerer Heiterkeit schüttelnd, »ich habe es wahrhaftig nicht; es ist mir so nach und nach eingefallen, während wir zur Bank gingen.«

»Aber – da sind doch so viele Einzelheiten«, sagte sie, es immer noch nicht fassend, »du warfst mit Begriffen herum, mit bestimmten Voraussetzungen; das alles kannst du dir doch nicht im letzten Augenblick ausgedacht haben?«

»Oh, ich verstehe eine ganze Menge von der Baumwollkultur, Liebling«, sagte er. »Was mit der Plantage los ist und was eigentlich gemacht werden müßte, um den Betrieb wieder flottzumachen, habe ich seit fünfzehn Jahren gewußt. Und wenn es Menschen geben sollte, die, wie man so sagt, mit einem silbernen Löffel im Mund geboren wurden, nun, dann bin ich wahrscheinlich mit einer Baumwollkapsel im Mund geboren worden.«

Sie saß einen Augenblick still auf seinen Knien, während Kester noch immer über den Triumph lachte, den er so leicht und mühelos erzielt hatte. »Du bist so diplomatisch im Umgang mit Leuten« sagte nach einem Weilchen gedankenverloren, »ich kann das nicht.«

»Nein«, sagte er, »ich weiß. Du kannst das nicht.«

Eleanor fuhr in ihrer Betrachtung fort. »Man kann es vielleicht auch taktvoll nennen«, sagte sie; »Takt ist, finde ich, eine Art Betrug. Ja, das ist es gewiß. Man ist taktvoll und höflich, um zu erreichen, was man erreichen will. Man kann seine

Absichten durch Takt oder – durch Gewalt durchzusetzen versuchen. Geht man nüchtern und sachlich oder gar gewaltsam vor, wird man von seinem Partner gehaßt, wenn man ihn verläßt. Du gehst immer den anderen Weg. Du verstehst es, deinen Gegner durch taktvolles und höfliches Benehmen in den Glauben zu versetzen, er sei sowieso von vornherein deiner Meinung gewesen.«

Kester lachte: »Du bist ein kluges Mädchen, Eleanor.« Er zog ihren Kopf herab und küßte sie. »Du hast so süße, weiche Locken an der Schläfe«, flüsterte er. »Komm; nachdem wir die Südost-Wechselbank da haben, wo wir sie haben wollten, laß uns irgendwohin gehen und ein bißchen feiern.«

Sie wollte gar nicht, aber er hatte sich so als Meister der Situation gezeigt und soviel mehr erreicht, als ihr jemals möglich gewesen wäre, daß sie einwilligte. Lächelnd sah sie zu, wie er seine Siegesfeier damit einleitete, daß er sich einen Whisky-Soda mischte.

Aber je mehr der Abend dann vorrückte, je mehr begannen sich bei Eleanor Kesters Pläne zu festen Vorstellungen zu verdichten. Ohne Zweifel hatte er heute großartig operiert, aber nun benahm er sich so, als ob er die Schlacht um Ardeith, die doch noch vor ihnen lag, bereits gewonnen hätte. Er strahlte vor Freude und trank erheblich mehr französischen Cognac, als ihm vernünftigerweise guttun konnte. Dabei steigerte er sich fortgesetzt in eine siegható Stimmung hinein und begann immer großartigere Pläne für die vollkommene Erneuerung des Plantagenbetriebes zu entwickeln. Während er auf solche Weise den Sieg schon im voraus feierte, begann Eleanor sich Aufzeichnungen über die Einzelheiten der von ihm herausgesprudelten Pläne zu machen. Da sie entschlossen war, sich selbst mit ihrer ganzen Kraft für die Durchführung dieser Planungen einzusetzen, mußte sie schließlich wissen, worauf es ankam, und sie fand, daß die gegenwärtige Freudenstunde sich genau so gut wie jede andere Zeit dafür eignete, sich die erforderlichen Kenntnisse zu verschaffen.

Als sie Kester am nächsten Morgen weckte, stöhnte er verzweifelt und behauptete, sein Kopf sei ein aufgeblasener Ballon, in seinem Magen quirlten Korkstücke herum und sein Hirn sei völlig gelähmt. Und es sei kein Zweifel daran, daß er den Großvater aller Kater der Welt im Nacken sitzen habe.

Eleanor zitterte vor Erbitterung und Ingrimm. Sie stand neben seinem Bett und schrie auf ihn ein. Sie sagte ihm alles, was sie von ihm hielt, ins Gesicht, und, wahrhaftig, im Augenblick hielt sie nicht viel von ihm. Als die Uhr schließlich Viertel vor zehn zeigte, raffte sie ihre Notizzettel zusammen, dankte dem Himmel, daß sie während der Nacht die notwendigsten Vorkenntnisse gesammelt hatte, und ging kurz entschlossen allein zur Bank.

Sie sagte Mr. Robichaux, Kester habe am Abend unglücklicherweise eine verdorbene Auster gegessen und liege mit bösen Verdauungsstörungen im Bett. Mr. Robichaux, der für dergleichen Verstimmungen offenbar Verständnis hatte, führte sie, höflich sein Bedauern ausdrückend, in ein Konferenzzimmer, wo sie von einer Gruppe bereits wartender Herren empfangen wurde.

Die Herren machten einen ernüchternd geschäftsmäßigen Eindruck. Eleanors Mut sank und ihre Verwirrung wuchs. Wenn ich jetzt den Verstand einer Fledermaus hätte, würde ich aufgeben und ihn seine Plantage verlieren lassen, dachte sie erbittert. Warum, um alles in der Welt, tue ich das überhaupt? Ist es meine Sache, mich um die Zukunft von Ardeith zu kümmern? Aber, dachte sie seufzend, während sie sich auf dem ihr angebotenen Sessel niederließ, der Himmel mag mir vergeben, ich kümmere mich um Kester!

Obwohl sie nun ihr Bestes tat, um den versammelten Herren zu erklären, was Kester gestern Mr. Robichaux erklärt hatte, so fehlte ihr nicht nur dessen Charme, sondern auch sein sachverständiges Wissen. Und wie sollte es anders sein? Sie hatte ja schließlich nicht jeden Tag über Baumwollkultur sprechen hören; sie mußte sich ganz auf ihren Instinkt verlassen. Und die Bankdirektoren erwiesen sich denn auch als durchaus nicht so von ihren Ausführungen beeindruckt, wie Mr. Robichaux am Vortage gewesen war. Aber Mr. Robichaux stand glücklicherweise noch unter dem Eindruck von Kesters nachwirkendem Zauber; er griff ihr deshalb sehr nachdrücklich unter die Arme und gab seiner Überzeugung Ausdruck, daß die Erzeugungsmöglichkeiten der Plantage alle wünschenswerten Sicherheiten für die darauf ruhenden Hypotheken böten. Die Herren hörten seinen Ausführungen mit ziemlich zweifelhaften Gesichtern zu, und einer von ihnen fragte schließlich geradezu: »Wer bürgt uns für die tatsächliche Durchführung der hier entwickelten Pläne?« Eleanor sah ihm kühl und ruhig ins Gesicht. »Ich«, sagte sie.

Und siehe da, die Herren schienen von ihrer kühlen und nüchternen Sachlichkeit nicht weniger beeindruckt, als es Mr. Robichaux durch Kesters liebenswürdigen Eifer gewesen war. Der Mann, der die Frage an sie gerichtet hatte, lächelte zurückhaltend.

»Sie scheinen eine gute Geschäftsfrau zu sein, Mrs. Larne«, sagte er.

Eleanor blieb unverrückbar ernst. »Ich weiß nicht«, entgegnete sie, »ich hatte bisher nicht sehr viel Gelegenheit, das zu erproben. Aber«, fuhr sie mit etwas erhobener Stimme fort, »ich habe die Gewohnheit, zu beenden, was ich einmal begonnen habe.«

Der zweifelnde Direktor nickte langsam. »Haben wir uns früher schon einmal irgendwo getroffen, Madam?« fragte er. »Sie erinnern mich an irgend jemand, den ich kenne.«

»Sie werden meinen Vater kennen«, versetzte Eleanor, »Fred Upjohn.«

»Upjohn? Der Deichbau-Unternehmer? – Aber ja!« Der kühle Ausdruck im Gesicht des Direktors verschwand und machte einem gewinnenden Lächeln Platz. Er trommelte mit den Fingern auf der Schreibtischplatte. Einige der anderen Herren flüsterten miteinander, und Eleanor hatte den Eindruck, daß der Name Fred Upjohn bestimmte und keine negativen Vorstellungen in ihnen erweckte. Freilich, Upjohn hatte, wie sie wußte, mit der Südost-Wechselbank seit zwanzig Jahren geschäftlich zu tun gehabt. Der Herr, der zuerst mit ihr gesprochen hatte, räusperte sich. »Würde es möglich sein, daß Mr. Upjohn die Bürgschaft für die Ardeith-Hypotheken übernimmt?« fragte er.

»Nein«, sagte Eleanor fest, ohne einen Augenblick zu überlegen.

Stille trat ein. Eleanor und der Bankdirektor sahen sich an. Die etwas verkniffenen Augen des Mannes lagen unter schweren grauen Brauen; sein Gesicht war schmal und von harten, eckigen Linien. Eleanor brachte es nicht über sich, hier die innersten Beweggründe, die sie zu diesem ›Nein‹ geführt hatten, preiszugeben. Sie konnte ihnen nicht sagen, daß die Ardeith-Hypotheken eine Sache ihres persönlichen Stolzes waren, weil ihr Vater sie vor Kester gewarnt hatte und weil sich diese Warnung nun als gerechtfertigt erwiesen hatte. Daß sie lieber sterben würde, als zuzugeben, daß ihr Vater den Preis für die Durchsetzung ihres Willens bezahlte. Selber war sie bereit, alles zu geben, was man billigerweise von ihr fordern konnte. Und jäh stand vor ihrem sich klärenden Bewußtsein das Wissen, daß es hier auch um sie selbst, um ihre Selbstrechtfertigung ging und nicht nur um Kester und seine tiefinnere Verwurzelung mit Ardeith. Daß sie – das Opfer seiner Leichtfertigkeit – zu ihm stehen mußte, wenn sie sich nicht selbst aufgeben wollte. Mit heimlicher Verwunderung fragte sie sich, ob es wohl nur ihre eigene Bestimmung oder schlechthin Menschenlos sei, dort am meisten kämpfen zu müssen, wo man am tiefsten und innigsten liebe.

Laut sagte sie in die wohl nur wenige Sekunden dauernde Stille hinein: »Mein

Vater würde die Hypothekenschuld ohne Zweifel garantieren, wenn ich ihn darum bäte. Sollte ich sterben oder aus irgendeinem anderen Grunde in die Lage versetzt werden, meine hier übernommene persönliche Verpflichtung nicht einlösen zu können, würde mein Vater zweifellos, ohne einen Gedanken daran zu verschwenden, für diese Verpflichtung einstehen – und sei es mit Gefahr seines eigenen finanziellen Zusammenbruches.«

Der Direktor ließ kein Auge von ihr, und auch die anderen sahen sie an, als erwarteten sie, daß sie fortfahren möge. Sie sagte: »Ich glaube, daß meine Eltern, die mir alles mitgegeben haben, was sie konnten: eine glückliche Kindheit und eine gute Erziehung, ein Recht haben, von mir wenigstens einen anständigen Charakter zu erwarten. Die bloße Tatsache, daß mein Vater bereit ist, mir noch mehr zu geben und mir auch in dieser Situation durch Bereitstellung seines guten Namens zu helfen, macht es mir unmöglich, davon Gebrauch zu machen.« Und klar und nüchtern stellte sie, in die Augen des Direktors hinein, die Frage: »Bekomme ich den Zahlungsaufschub?«

Er sagte, ebenso ruhig und sachlich: »Sie bekommen ihn, Mrs. Larne.«

Man legte ihr mehrere Dokumente zur Unterschrift vor und erklärte ihr, daß nach dem in Louisiana geltenden Bürgerrecht zukünftig Kesters Unterschrift bei jedem Geschäftsvorgang mit der ihren gekoppelt sein müßte.

Es war Januar 1914; die fälligen Zinsen waren in voller Höhe im November zahlbar. Eleanor faltete die Durchschläge der Verpflichtungserklärungen zusammen, steckte sie in einen Umschlag und nahm sie mit ins Hotel. Während sie ging, mußte sie unwillkürlich an die Männer denken, die in den Tagen der amerikanischen Kolonisation die Arbeit eines halben Lebens durch ihre Unterschrift verpfändeten, für die fragwürdige Chance, irgendwann einmal auf amerikanischem Boden als freie Männer die eigene Scholle bebauen zu können. Sie hatte sich soeben auf ähnliche Weise gebunden.

FÜNFTES KAPITEL

1

Nachdem sie wieder in Ardeith waren, hatten Kester und Eleanor die längste und offenste Aussprache miteinander, die sie bisher gehabt hatten. Er fühlte sich stark beschämt, versicherte er ihr. Seit jenem Morgen, da er sie allein zur Bank gehen und den Kampf mit den Direktoren aufnehmen ließ, habe er mehr nachgedacht, als sie ahnen könne. Er sei bereit, seine bisherige Lebensführung aufzugeben, auf die bisher geübte Geselligkeit weitgehend zu verzichten und mit Nachdruck an die Arbeit zu gehen. Wollte er seine der Bank gegenüber eingegangene Verpflichtung einhalten, dann müsse er schwerer arbeiten, als er sich das jemals habe träumen lassen. Aber das ginge nun nicht anders; es müsse und werde getan werden.

»Ich werde meinerseits auch nicht ruhen«, sagte Eleanor. »Ich sehe nicht ein, warum ich nicht lernen sollte, wie man Baumwolle pflanzt und behandelt. Freilich, der Hauptanteil an der Arbeit wird auf deinen Schultern liegen, du wirst festlegen und einteilen müssen, was zu tun ist, wirst auch mich einweisen und unterrichten müssen, aber ich werde dir gewiß manche Arbeit abnehmen können.«

Er stand in seiner gewohnheitsmäßigen Haltung am Kamin und zeigte ihr sein Gesicht, in dem ein kleines, skeptisches Lächeln stand. »Einverstanden, meine Liebe«, sagte er, »wenn –«; er machte eine eindrucksvolle Pause – »du bereit bist, dein Temperament ein wenig zu zügeln.«

»Ich verspreche es dir, Lieber«, sagte Eleanor, »ich werde nicht wieder mit dir schreien.«

»Ich erinnere nicht an deinen Fehler, um meine eigenen Fehler zu entschuldigen«, fuhr er fort, »aber nimm es mir nicht übel: ich habe nie zuvor eine sich selbst achtende Dame so schreien hören, wie du es zu tun pflegst, wenn dich etwas erregt. Was du zu sagen hast, ist meistens schon schlimm genug, aber der Ton, in dem du es sagst —«; er zögerte.

»Ja, ich weiß«, sagte sie leise, »ich weiß es selber ganz gut.«

»Ich liebe dich mehr, als ich auszudrücken vermag«, fuhr er fort, »aber manchmal, wenn du zu schreien beginnst, könnte ich dich umbringen.«

Es entstand eine Pause. Eleanor stützte ihr Kinn mit der Hand und sah in das Feuer. »Ich war so damit beschäftigt, dir deine Unzulänglichkeiten vorzuhalten«, sagte sie, »daß ich glaube, es wird nun langsam Zeit, mich um meine eigenen zu kümmern.« Sie sah lächelnd zu ihm auf. »Ich glaube, es wird gut sein, wenn jeder von uns versucht, seine eigenen Fehler abzustellen.«

Er erwiderte ihr Lächeln: »Du denkst daran, was du schon einmal sagtest: Du bist eine Amerikanerin und ich bin ein Südstaatler.«

»Ja«, sagte sie, »es ist einmal so. Meine Tugenden wirken unangenehm, und deine Fehler wirken anziehend und liebenswürdig.« Sie nahm seine Hand und hielt sie fest. »Wir wollen das ruhig zu Ende durchsprechen«, sagte sie, »es ist für uns beide notwendig, daß wir uns sehen, wie wir sind.«

»Ich habe nichts dagegen, mein Herz.« Er stellte sich wieder an den Kamin und wartete, daß sie fortfahren möchte. Eleanor sah ihn gedankenvoll an. Es kam ihr in den Sinn, daß sie schon früher Kesters angeborene selbstverständliche Eleganz mit der gußeisernen Energie ihres Vaters verglichen hatte. »Ich möchte gerne etwas wissen, Kester«, sagte sie; »antworte bitte ganz ehrlich: wenn du früher zu uns kamst, vor unserer Heirat, was dachtest du eigentlich über meine Eltern? Fandest du sie nicht rauh und – ungeschliffen?«

Sein Lächeln zeigte, daß ihm die Frage mißfiel. »Muß ich antworten?«

»Du hast geantwortet«, sagte Eleanor.

»Aber mein liebes Mädchen«, rief er, und hatte schon wieder das strahlende Jungengesicht, »das macht doch nichts! Das macht doch wirklich nichts!«

»Ich will dir etwas sagen«, versetzte Eleanor. »Als ich hierherkam und zum ersten Male deine Eltern sah, dachte ich, daß es sich bei ihnen um gänzlich nutzlose Wesen handele. Ich fühlte mich ihnen unsäglich überlegen, weil irgendwo tief in mir die harte Entschlossenheit steckte, die meinen Vater befähigte, aus dem Elend herauszukommen, in dem er geboren wurde.« – Kesters Stirn faltete sich leicht zwischen und über den Augenbrauen. Er machte das Gesicht eines Schülers, der zum ersten Mal mit der Philosophie in Berührung kommt.

»Nun«, fuhr Eleanor fort, »auch deine Leute müssen einmal etwas von dieser Härte gehabt haben. Als sie zum ersten Male nach Louisiana kamen, war hier nichts als wegloser Dschungel. Die amerikanischen Kulturpioniere haben sich den Weg durch den Kontinent nicht mit romantischen Spielereien und schönen Redensarten geschlagen. Sie waren ohne Zweifel die unbeugsamsten Realisten, die die Welt jemals gesehen hat.« Sie sah, daß er aufmerksam zuhörte und fuhr fort: »Du aber möchtest nun mit all den lächerlichen Nichtigkeiten leben, die erst wichtig wurden, nachdem deine Väter es aufgegeben hatten, den Kampf um die Existenz fortzusetzen. Aber das kannst du nicht!« sagte sie hart, »du siehst es ja wohl. Es hat dich fast Ardeith gekostet. Wenn du Ardeith erhalten und bewahren willst, dann mußt du den Weg beschreiten, den Philip Larne ging, als er Ardeith aus der Wildnis herausstampfte!«

Nach einer Pause, in der sie beide schwiegen, sagte Kester, tastend, als sei er von einem philosophischen Lichtschein gestreift worden, der indessen noch nicht stark genug sei, seinen Weg zu erleuchten:

»Du willst sagen, ich müßte die Härte, die einmal in meinem Geschlecht war, erst wieder lernen, und zwar von Leuten deiner Art?«

»Ja«, sagte Eleanor. »Denn wir sind gerade noch dabei, uns unseren Pfad aus dem Dschungel herauszuschneiden.«

Und wieder trat eine Pause ein, ausgefüllt nur von dem Knistern des Feuers im Kamin. »Aber was haben die Upjohns in all der Zeit getan, da die Larnes sich durch die Wildnis bissen?« fragte er schließlich.

»Ich weiß es nicht«, antwortete sie, »vermutlich haben sie kämpfen müssen, um sich überhaupt am Leben zu erhalten. Vielleicht reichte ihre Kraft nicht zu einem wirklichen Beginn. Vielleicht blieben überhaupt nur die wenigen am Leben, die genügend Kraft besaßen.«

Kester griff nach der Feuerzange und verrückte einen der Kloben im Kaminfeuer. Dann nahm er sich eine Zigarette aus dem Kästchen auf dem Tisch, entzündete sie und betrachtete nachdenklich das Mundstück, wie einer, dem es leichter wird, seine Gedanken zu konzentrieren, wenn er sich mit irgendeinem gleichgültigen Gegenstand befaßt. »Du hältst also das, was du ›lächerliche Nichtigkeiten‹ nennst, für gänzlich unwichtig?« fragte er nach einer Weile.

»Im Gegenteil«, antwortete Eleanor. »Alle diese kleinen Nichtigkeiten können wunderbar sein. – Und insoweit möchte ich manches von dir lernen«, fügte sie einen Grad leiser hinzu. »Höflichkeit, Liebenswürdigkeit, Takt und all diese Dinge«, sagte sie. »Die Kunst, die Menschen dazu zu bringen, daß sie mich lieben – ich möchte das auch können. Die Zivilisation, die deine Leute geschaffen haben, ist das Schönste, was ich jemals gekannt habe. Ach, da ist so viel, was mich fasziniert: Die Tapferkeit, die Haltung, die hohe Bildung, die Fülle der Gedanken; der Mond über den Baumwollfeldern und die banjospielenden Schwarzen an den Ufern des Stromes – es gehört alles zusammen. Es ist der Süden mit seiner Dichtung und seiner Legende – das alles ist schön!« Sie stand auf und sah ihn an. »Das alles haben deine Leute mitgebracht oder geschaffen, Kester«, sagte sie. »Die Meinen haben nichts davon. Und du weißt es ja auch, du bist nur zu höflich und zu gut erzogen, um es auszusprechen. Vor einer Generation noch wurden die Meinen ›arm' weiß' Pack‹ genannt und die Neger sahen verächtlich auf sie herab. Aber meine Leute pflegen den Tatsachen des Lebens nüchtern ins Auge zu sehen; sie sind gewissenhafter als die deinen. Und wenn ihr euch zurückzieht, wenn ihr es heute versucht, allein mit Tapferkeit und Schönheit zu leben – dann kommen wir! Wir kommen aus schlecht gelüfteten Mietswohnungen und aus den Zwischendecks der großen Dampfer. Wir sind hart und spröde und ungewandt. Wir werden immer wieder eure Empfindungen und eure Gefühle verletzen. Aber wir sind Amerika – mehr, als du es bist, denn wir verkörpern die Eigenschaften, die der amerikanischen Nation ihr Bestehen ermöglichen und ihr ihren Rang in der Welt verschafften. Wir sind die zweite Pioniergeneration!«

Kester ergriff ihre rechte Hand und drückte sie. »Alles, was ich antworten könnte, liefe auf einen Gemeinplatz hinaus«, sagte er. »Aber wenn ich dich recht verstanden habe, meinst du: das, was du von deinen Leuten hast, und das, was ich von meinen Leuten habe, müßte zusammengenommen mehr erreichen, als wenn jeder von uns allein auf sich gestellt wäre? Ich glaube, daß du recht hast. Laß uns also gemeinsam anpacken!«

Sie nickte: »Ja, laß uns anpacken!« Der Handschlag, mit dem sie die Übereinkunft besiegelten, bestärkte sie mehr in ihrem Zusammengehörigkeitsgefühl als irgendein Ereignis seit ihrer Hochzeit.

2

Unter der gemeinsamen Anstrengung und unter dem Zusammenwirken von Kesters Verstand und Eleanors Energie erwachte die Plantage sprunghaft zu neuem Leben.

Ardeith war tief gelegen; es hatte reiche, tiefschwarze Erde, die gierig die Baumwollsaat schluckte und schnell die jungen Pflanzen heraustrieb, die unter der brütenden Sonne üppig gediehen. Durch eine letzte Anleihe auf das Kiefernland hatten sie genügend Bargeld in die Hand bekommen, um die diesjährige Ernte zu sichern. Sie arbeiteten verbissen und unermüdlich. Morgens um sechs Uhr erhoben sie sich und verbrachten den ganzen Vormittag auf den Pferderücken, um die Arbeit auf den Feldern zu beaufsichtigen, zu dirigieren und vorwärtszutreiben. Erst gegen drei Uhr kamen sie zum Essen zurück. Am Nachmittag widmete Eleanor sich der Buchführungsarbeit, während Kester entweder auf die Felder zurückkehrte oder Geschäftsbriefe schrieb. Dann erholten sie sich gemeinsam und lasen aufmerksam die Zeitungen, wozu sie früher nur sehr selten Zeit gefunden hatten, oder spielten mit dem Kind.

Nach dem Abendessen arbeiteten sie immer noch ein paar Stunden, aber gegen neun Uhr spätestens pflegte die Müdigkeit sie zu überfallen, so daß sie nicht mehr zu denken vermochten.

Es war eine anstrengende Plackerei. Im Februar und März ging es noch, als aber der Frühling sich dem Juni zuneigte und Dampf und Hitze zu speien begann, meinte Eleanor manchmal, es nicht mehr ertragen zu können. Bisher hatte sie den Sommer nie als unangenehm empfunden, aber sie hatte auch nie zuvor die heißesten Tagesstunden ohne Schatten verbringen müssen. Aber sie gab nicht nach. Kester mußte schwer arbeiten, die Sonne brannte auf seinem Kopf nicht weniger als auf dem ihren, aber sie wußte sehr wohl, daß ihre eigene eiserne Entschlossenheit das Rückgrat auch seiner Arbeitsbereitschaft darstellte. Es fiel Kester nicht schwer, eine Sache entschlossen zu beginnen, aber er brauchte ständig Ermunterung, um auf dem einmal eingeschlagenen Wege zu beharren, wenn sein Interesse an der Sache nicht bald zurückgehen und schließlich einschlafen sollte. Vorerst waren sie beide glücklich in dem Gefühl der Zusammengehörigkeit. Ihre Körper wurden härter und sie waren beide so braun wie Indianer. Aber die Baumwollfelder versprachen schon jetzt für den Herbst eine Ernte von tausend Ballen; die Erkenntnis steigerte ihr Leistungsbewußtsein und damit ihre innere Zufriedenheit.

Eleanor war zunächst überrascht, Kester so fleißig und unermüdlich am Werk zu sehen. Aber da der Frühling fortschritt und sie immer häufiger den Blick gewahrte, mit dem er über die Felder sah, und darin den gleichen Blick erkannte, den er ihr während ihrer zärtlichsten Stunden geschenkt hatte, wurde sie froh und begann ihn tiefer zu verstehen. Schon als kleiner Junge, unfähig noch, seine treibenden Gedanken in Worte zu fassen, hatte Kester auf seiner Erde gestanden und hatte gewußt: das alles gehört mir! Schon als Kind hatte er das Land lieben gelernt: die endlosen Baumwollreihen, die dem Horizont entgegenliefen wie die Sprossen einer mächtigen Leiter; die Palmen, die ihre Fächer über seinem Kopf im Winde wiegten, die wilden Schwertlilien in den Wäldern und die Hyazinthen, welche die sumpfigen Bäche umsäumten. Bevor er noch den Namen seines Landes aussprechen konnte oder den Namen des Stromes buchstabieren, wußte er, über seine Baumwollfelder blickend, ob sie Sonne oder Regen benötigten. Seither war seine Liebe zu Ardeith gewachsen mit jedem Jahr, und nun war es längst so, daß er sich als ein Teil der Plantage betrachtete, nicht anders als die Baumwolle oder die Palmen, und daß er eher sterben würde, als sich von Ardeith trennen zu lassen.

Ohne selbst so empfinden zu können, verstand sie es doch, und sie versprach ihm und sich selbst, alles zu tun, um Ardeith für Kester zu retten. Sie teilten sich die Arbeit redlich. Kester war vielleicht nicht besonders tüchtig, aber er steckte voller schöpferischer Ideen, und seine Eingebungen waren in der Regel so vernünftig und gesund, daß es Eleanor nicht schwer wurde, ihre Durchführung in die Wege zu leiten. Es war Kester, der den Gedanken hatte, Stechpalmen auf dem Kiefernland anzupflanzen, aber es war Eleanor, die die Voraussetzungen schuf. Sie stellte fest, daß die meisten Stechpalmen, die zu Weihnachten in New Orleans verkauft wurden, aus Maryland kamen. Danach konnten in Louisiana gewachsene Stechpalmen billiger verkauft werden, weil die hohen Transportkosten wegfielen. Kester wußte genau, warum bezahlte Lohnarbeiter wirtschaftlicher arbeiteten als Pächter, aber Eleanor unternahm es, den Bewirtschaftungsplan der Plantage insoweit zu reorganisieren. Bis zum März hatte sie die Hälfte des Pachtlandes in die Gesamtbearbeitung der Plantage zurückgeführt. Den restlichen Pächtern war angekündigt worden, daß sie entweder Ardeith verlassen oder in Lohndienst treten müßten, nachdem sie die diesjährige Ernte eingebracht hätten.

Eleanor sorgte zwar dafür, daß die Arbeiter ihre Pflicht taten, aber sie mußte dafür in Kauf nehmen, ungern gesehen zu werden. Sie begriff niemals, warum die Schwarzen sie nicht mochten; sie tat ihnen ja nichts Böses. Wenn Kester bis ans Ende einer Reihe geritten war und zehn Minuten mit einem Schwarzen geschwätzt hatte, irgendwelchen Unsinn über sein Baby und über des Negers Baby, über das Wetter oder über die Beschaffenheit des Stromes in diesem Frühjahr, dann konnte er sich mit der sicheren Überzeugung abwenden, daß das Feld bei Sonnenuntergang gepflügt sein würde; er täuschte sich niemals darin.

Eleanor war die Gerechtigkeit in Person, sie enttäuschte insoweit nie, ob sie nun besonders gute Löhne anbot oder ob sie bezahlte Überstundenarbeit verlangte. Kester war alles andere als gerecht. Er war der Meinung, daß es dumm sei, eine besondere Arbeit auch besonders zu bezahlen. Wenn er fand, daß es notwendig sei, ein Stück Land nach einem plötzlichen Juniregen zusätzlich zu hacken, dann ging er wie von ungefähr auf das Feld, nahm eine Hacke zur Hand und schwätzte irgendeinen Unsinn über irgendeine belanglose und lange zurückliegende Sache, und das Feld wurde gehackt. Und keiner der Schwarzen kam auch nur von ungefähr auf den Gedanken, Extrabezahlung dafür zu verlangen. Eleanor begriff das nicht.

»Wie machst du das nur?« fragte sie eines Abends, »was stellst du nur an, daß jedermann dich mag und tut, was du willst«

»Ich mag sie eben auch und das wissen sie«, sagte Kester. »Liebe selbst und du wirst Liebe bekommen.«

Eleanor seufzte; sie hatte die Ellenbogen auf den Kontobüchern und das Kinn in die Hand gestützt. »Die Leute werden für ihre Arbeit ja bezahlt«, sagte sie.

Kester streckte sich der Länge nach auf dem Sofa aus und las die ›Times Picayune‹ aus New Orleans. »Meine Liebe«, sagte er, »wenn du die Welt regieren würdest, so wäre jeder Bürgersteig gescheuert, jeder Zug führe pünktlich zur festgesetzten Minute und jeder Mensch würde bis zum neunzigsten Jahre leben. Aber niemand würde auch nur die geringste Freude empfinden. Und nun mach du deine langweiligen Rechenarbeiten und laß mich diese sonderbare Mordgeschichte lesen.«

»Streiche es für mich an, wenn es interessant ist«, sagte Eleanor.

Kester, bereits von der Zeitung in Anspruch genommen, antwortete nicht, und Eleanor machte sich wieder über ihre Kontobücher her. Kester war nicht imstande,

Bücher zu führen. Alles, was er nicht mit seinen zehn Fingern ausrechnen konnte, war nichts für ihn. Eleanor führte die Haushaltsbücher und die Plantagenkonten getrennt, aber beide mit der gleichen peinlichen Genauigkeit. Sie hatte sich mit Fiebereifer in die Wirtschaft gestürzt, hatte den Almosenbetrieb in der Küche abgestoppt und wußte genau, wieviel Mehl, wieviel Zahnpasta und wieviel Seife im Monat verbraucht wurden; entsprechend kaufte sie ein. Sie wußte auch, wieviel Dünger jedes Feld der Plantage benötigte, was für Lohngelder verbraucht wurde und welchen Gewinn sie vernünftigerweise erwarten konnten, wenn die Baumwolle im Herbst geerntet sein würde. Kester fand das alles großartig. Er war unfähig, die Einzelheiten seiner weitreichenden Pläne im Auge zu behalten; ihr entging nicht die geringste Notwendigkeit. Und so machte die gegenseitige Achtung vor den besonderen Fähigkeiten des anderen beide zu vollkommenen Partnern.

Baumwolle stand in diesem Jahr hoch im Kurs. Zwischen zwölf und dreizehn Cent pro Pfund wurden notiert. Dieser Preis war ungewöhnlich; er hatte seinen Grund in den Verwüstungen, die der Kapselwurm unlängst angerichtet hatte. Da die Abwehrmaßnahmen auch auf Ardeith wesentlich verbessert worden waren, war außerdem mit einer Steigerung des voraussichtlichen Ertrages zu rechnen; aber Eleanor fand, es sei gefährlich, mit außergewöhnlichen Umständen zu rechnen, und legte deshalb ihren Kalkulationen nur einen Durchschnittspreis von zehn Cents zugrunde. Selbst bei zehn Cents und der zu erwartenden Jahresernte konnten die Neueinrichtungen auf der Plantage bezahlt werden (es handelte sich da nur um wenige, absolut unerläßliche Anschaffungen; bares Geld wurde noch nötiger als Pflüge gebraucht); die Bank konnte die Zinsen erhalten, und für die Kapitalabzahlung im nächsten Jahr konnte ebenfalls schon eine Summe beiseitegelegt werden. Sollte schon der Preis wirklich höher als zehn Cents pro Pfund liegen, dann konnten Traktoren und einige der neuen Vier-Reihen-Pflüge angeschafft werden, wodurch zahlreiche Handarbeiter eingespart werden könnten. Aber das waren, so fand sie, zunächst Hirngespinste, auf die sie sich in keiner Weise verlassen würde.

»Eine tolle Geschichte!« sagte Kester.

Sie sah auf und kam aus ihrem Sinnen in die Gegenwart zurück. »Was, die Mordsache in der Zeitung? Lies es mir vor. Ich kann das hier auch nach dem Abendessen beenden. Ist es etwas aus New Orleans?«

»Nein. Viel interessanter. Es handelt sich um den Thronfolger von Österreich-Ungarn.«

»Großer Gott! Hat man ihn ermordet? Wo? In Wien?«

»Nein, – in – –«; Kester buchstabierte das Wort langsam, »in S-a-r-a-j-e-w-o.«

»Wo ist das?«

»Ich weiß es nicht. Irgendwo auf dem Balkan. Der Mörder heißt G-a-v-r-i-l-o P-r-i-n-c-i-p. Sie haben ihn gefaßt.«

Über seine Schulter hinwegsehend, stieß ihr Auge auf eine dreispaltige Überschrift:

»ÖSTERREICHISCHER THRONERBE
OPFER EINES MORDANSCHLAGES!«

Kester begann laut zu lesen:

»»Erzherzog Franz Ferdinand, der Erbe des österreichisch-ungarischen Thrones, und seine morganatische Gemahlin, die Herzogin von Hohenberg, wurden heute auf der Fahrt durch die Straßen von Sara – ich kann das nicht aussprechen – der Hauptstadt Bosniens, erschossen. Die tödlichen Schüsse wurden durch einen serbischen Studenten abgefeuert. Der langen Liste von Tragödien, welche die Regierung

Kaiser Franz Josephs verdunkeln, ist mit diesem Attentat ein neuer Posten hinzugefügt worden.‹«

»Armer alter Mann«, murmelte Eleanor. »Er hat ein schweres Leben hinter sich.«
Kester fuhr fort:

»›Auf der Rückfahrt von der Stadthalle fuhren der Erzherzog und seine Gemahlin nach dem Krankenhaus. An einer Straßenecke sprang Gavrilo – ich weiß nicht, wie der Kerl heißt – wie ein Pfeil auf das Auto zu und feuerte eine Salve auf die Insassen des Wagens ab. Die Schüsse fanden ihr Ziel: der Erzherzog und die Herzogin wurden tödlich verwundet.‹« Er brach ab. »Lies den Rest selbst«, sagte er, »das ist zu schwere Kost für eine amerikanische Zunge.«

Er gab ihr die Zeitung; sein Daumen zeigte auf den nächsten Absatz. Eleanor las.

»›Der Mörder, ein Mann mit fanatischen Grundsätzen und ein anderer Verschwörer, ein Schriftsetzer aus Trebinje namens Gabrilowicz, entgingen nur mit Mühe dem Schicksal, von der wütenden Volksmenge gelyncht zu werden. Beide waren Einwohner der annektierten Provinz Herzegowina.‹«

Sie sah auf. »Die Drucker und Korrektoren der Zeitung wünschen wahrscheinlich, daß der Balkan auf den Meeresgrund versunken wäre«, sagte sie. »Schau, Kester, hier unter dem Bild des Erzherzogs ist ein interessanter Artikel«, fuhr sie fort. »Es heißt da, daß Mais auf frisch urbar gemachter Erde besonders gut gedeihe. Das gleiche gelte für Sellerie. Verstehst du etwas von Sellerie?«

»Ich denke, wir bleiben der Baumwolle noch eine Weile treu«, antwortete er. »Gerade jetzt, wo es bei uns zu blühen beginnt, denke ich nicht gern an einen Wechsel. Ich habe irgendwo niemals bessere Baumwolle gesehen.«

»Ist denn der Gemüseanbau grundsätzlich überhaupt lohnend?«

»Er kann es sein. Unbedingt. Du pflanzt zuerst Mais, und wenn du neben dem Mais –«

»Neben dem Mais?«

»Wenn du ihn zum letzten Mal hackst, geh' mit der Drillmaschine darüber und pflanze Erbsen. Wenn der Mais dann geschnitten wird, pflanze gleich noch einmal Mais. Die zweite Maisernte wird in der Regel nur als Pferdefutter verwandt. Dann pflanzt du Kartoffeln und zwischen die Kartoffeln Schalotten. Wenn du dann im späten Winter umgepflügt hast, kannst du abermals Mais pflanzen. Mit fünf Ernten im Jahr: zwei Maisernten, Kartoffeln, Erbsen und Zwiebeln kannst du einen ganz hübschen Gewinn erzielen, wenn du das Land gut in Ordnung hältst.«

»Nun, das tust du ja wirklich«, rief Eleanor aus.

»Gib mir die Zeitung zurück; ich will den Artikel durchsehen, von dem du gesprochen hast«, sagte Kester. Gleich darauf leuchtete sein Gesicht auf, als die Tür sich öffnete. »Hallo!« rief er, »wer hat dich denn hereingelassen?«

Eleanor legte die Zeitung aus der Hand und lächelte. Cornelia kam quer über den Teppich auf sie zugekrabbelt. Dilcy stand in der Tür. Sie habe gedacht, daß Master Kester und Miß Eleanor es gern sehen würden, wenn die kleine Miß ihnen gute Nacht sage, erklärte sie.

Cornelia kroch vom Tagesanbruch bis zur Dunkelheit im Hause umher, ohne jemals müde zu werden. Eleanor hatte Dilcy veranlaßt, ihr kleine Overalls aus grobem blauem Drillich zu machen, um ihre Beinchen zu schützen, und Cornelia hatte vom vielen Rutschen weiße Flecke auf den Knien. Sie änderte jetzt ihren Kurs und kam direkt auf ihren Vater zugerutscht.

Eleanor sah es nicht ohne ein leises Neidgefühl. Kester besaß selbst schon für ein Baby eine unwiderstehliche Anziehungskraft. Sie tat alles, was für Cornelia getan werden mußte, und sie tat alles mit großem Ernst und liebevoller Hingabe, aber Cornelia betrachtete sie nicht anders als die Möbelstücke in ihrem Zimmer. Kester pflegte ihr kleine Wünsche zu erfüllen und allerlei Allotria mit ihr zu treiben, dafür schenkte das Kind ihm die ganze Liebe ihres kleinen Herzens. Eleanor sah das und war nicht selten beschämt, während Kester keinen Gedanken daran verschwendete. Er war nur entzückt, daß Baby gelernt hatte, ihn zu erkennen. Er nahm jetzt das Kind auf, schwang es hoch über seinen Kopf und setzte es wieder auf seine Knie. Cornelia krähte vor Glück.

»Genug, Master Kester, genug!« rief Dilcy nach einer Weile. »Sie dürfen das Kind nicht so aufregen. Sie wird sonst nicht schlafen. Komm her, kleine Miß!«

»Gib sie mir«, sagte Eleanor; sie nahm das Baby und küßte es. »Ist es nicht süß?« rief sie über Cornelias Köpfchen weg, Kester zu.

Cornelia zappelte und streckte ihre Ärmchen dem Vater entgegen. Kester schüttelte ernsten Gesichtes den Kopf. »Meine gnädige Miß«, sagte er, »du gehst jetzt zu Bett.« Cornelia wurde Dilcy zurückgegeben und protestierend aus dem Zimmer getragen.

Kester sah ihr mit stolzen Blicken nach. »Sie weiß jetzt ganz genau, daß sie ins Bett soll und mag das gar nicht«, lachte er. »Sie ist ein ungewöhnlich kluges Kind.«

Eleanor tat, als sei sie mit ihrem Hauptbuch beschäftigt. »Ja«, versetzte sie, »ich glaube, sie wird sehr klug werden.«

»Und hübsch dazu mit den großen, dunklen Augen, die sie hat. Ich glaube, sie ähnelt mir ziemlich, findest du nicht auch?«

»Doch, zweifellos«, gestand Eleanor zu, »nur wird sie, fürchte ich, mein Kinn bekommen.«

»Ich hoffe, sie wird deine Figur bekommen«, sagte Kester.

Eleanor mußte lächeln. Er hatte eine so liebenswürdige Art, ihr Gefühl zu schonen oder sie zu besänftigen, selbst wenn ihm gar nicht bewußt war, sie verletzt zu haben. Hoffentlich half ihr der Himmel, daß nie der Verdacht in ihm aufkam, sie könne ihm die Liebe des Kindes übelnehmen. Wenn ich keinen anständigen Charakter habe, dachte sie, als sie zum Essen ins Speisezimmer hinübergingen, dann muß ich mich wenigstens so benehmen, als hätte ich einen.

Danach versuchte sie, ihre Gedanken auf die Baumwolle zu konzentrieren. Die Baumwolle stand wundervoll; sie hatte eben zu blühen begonnen, und die Felder machten den Eindruck eines riesigen wohlgepflegten Blumengartens. Sie las Zeitungen, freute sich über den hohen Stand der Baumwollnotierungen und stimmte Kester darin zu, daß der neue Erbe des österreichisch-ungarischen Thrones, Erzherzog Franz Karl, einen sehr viel angenehmeren Eindruck mache als der ermordete Franz Ferdinand mit seinem grimmig hochgezwirbelten Schnurrbart.

Ermutigt durch die hohen Marktnotierungen für Baumwolle, wagte sie einkaufen zu gehen. Sie kaufte einige unbedingt notwendige Sachen für Cornelia und gab nach einigem Zögern der Versuchung nach, ein schwarzes Taftkleid mit einem bis zum Knie geschlitzten Rock und einem Wasserfall von weißem Georgette sowie einen schwarzen Hut mit drei weißen Federn zu erwerben. Als Kester sie mit der neuen Pracht sah, schenkte er ihr einen langen bewundernden Blick. »Großartig!« rief er aus, und dann, mit einem Wink der Hand nach den blühenden Baumwollfeldern, »aber ich denke, du kannst die Pracht für einen Trauerfall aufsparen. Wenn die Baumwolle in diesem Jahr wirklich mehr als zehn Cents bringt, möchte ich, daß du ein eigenes Auto bekommst und einen Mantel mit großem Fuchskragen.«

Sie lächelten sich an im Bewußtsein eines gemeinsam vollbrachten Werkes.

Mitte Juli nahmen die Baumwollblüten eine sanftrosa Farbe an. Das Wetter war fürchterlich heiß, für Menschen kaum zu ertragen, aber großartig für die Baumwolle. Und auf ganz Ardeith war kein einziger Kapselwurm zu finden. Auf den am weitesten fortgeschrittenen Feldern begannen die Blütenblätter bereits zu fallen und ließen kleine grüne Kapseln an den Stengeln zurück. Eleanor wurde durch den Anblick der aufbrechenden Kapseln angefeuert und begriff nicht, warum Kester in seinen Anstrengungen nachzulassen begann. »Was hast du?« rief sie aus, als sie ihn eines Tages lang ausgestreckt mit einer Zeitung in der Hand und einem Glase neben sich auf dem Sofa liegend fand; es war ein Uhr mittags. »Bist du vor der Sonne bange?«

Kester lachte sie an. »Du würdest auch noch die Baumwolle zu Tode arbeiten, Eleanor«, sagte er, »setz dich hin.« Sie gehorchte unwillig; er ließ die Zeitung sinken.

»Wenn du jetzt den Boden aufwühlen würdest, mein Herz, so könnten die Pflanzen nicht wachsen«, erklärte er. »Zwischen Blüte- und Pflückzeit darf man den Boden nur nach einem Regen lockern. Laß ihn also in Ruhe.«

Es schien ihr gar nicht recht. »Aber ich kann jetzt nicht stillsitzen«, sagte sie, »ich bin viel zu ungeduldig.«

»Du würdest sicher eine ausgezeichnete Hilfe für einen Pilgervater abgeben«, lachte Kester, »aber Pilgerväter können leider keine Baumwolle anbauen.«

Sie gab es auf. Das Zimmer war kühl; die Vorhänge flatterten in einem höchst willkommenen Wind. Der Wind brachte einen Hauch von Pfefferminze in den Raum. »Kester —«, begann sie:

»Ich habe dir versprochen, mich nicht mehr zu betrinken«, sagte Kester. »Aber ich versprach dir nicht, keinen Julap mehr zu trinken, wenn ich sonst nichts zu tun habe. Beherrsche dich also bitte.«

Sie begann zu lachen. »Ich bin ein Idiot«, sagte sie; »schmeckt dir der Julap?«
»Zieh die Glocke. Es stehen noch drei Gläser im Eisschrank.«

Sie ließ sich ein Glas kommen und fand, nachdem sie gekostet, daß sie den Julap auch ganz gern tränke. »Was steht da für eine dicke Überschrift am Kopf der Seite?« fragte sie.

»Eisenbahnraub in der Nähe von New Orleans.«

Er hatte die Zeitung so gefaltet, daß sie den Kopf der Hauptseite umgekehrt vor sich hatte. Sie begann müßig die Überschrift eines anderen Artikels zu buchstabieren: »›U-l-t-i-m — — Ultimatum an Serbien — —‹«

»Hör' auf zu murmeln«, sagte Kester. »Ich lese gerade die Sache mit dem Eisenbahnraub.«

»›— läßt den Serben knapp Zeit —‹«, las Eleanor. »Was ist das denn mit Serbien?« fragte sie.

»Ich weiß nicht«, sagte Kester abwesend, »steht da irgend was Interessantes?«

Eleanor lehnte sich zurück und erfreute sich an dem frischen, kühlen Luftzug, der vom Fenster herüberkam. Wenn es nicht nötig war, der Baumwolle in nächster Zeit größere Aufmerksamkeit zu schenken, dann gab es sonst noch allerlei zu tun, fand sie. Cornelia war aus aller Kleidung herausgewachsen. Es tat Eleanor leid, dem Kind nicht eine Anzahl Jungenspielanzüge gemacht zu haben, denn die Kleine begann nun allmählich herumzuwatscheln, und ihre kleinen Beinchen würden in den Puffhöschen aus gestärktem Baumwollstoff sicher entzückend aussehen.

Cornelia bildete weiterhin das Hauptentzücken in Kesters Leben, obgleich es ihn zu Tode betrübte, daß sie sich weigerte, sprechen zu lernen. Eleanor versuchte ihm zu erklären, daß noch verschiedene Monate vergehen müßten, bis man dergleichen billigerweise erwarten könnte; Kester war davon nicht zu überzeugen. Er versuchte, dem Kind das Wort Vater beizubringen. Kester konnte Kosenamen nicht leiden; er meinte, ein Baby könne gerade so gut Vater wie Vati oder Papa oder irgendein ähnliches Schmeichelwort lernen. Das Baby und die Baumwolle blieben gleicherweise wichtig, für andere Dinge interessierten sie sich nicht. Selbst als die Zeitung die dick ins Auge springende Überschrift ›EUROPA ZITTERT VOR DEM AUS-

BRUCH DES KRIEGES‹ brachte, nahmen sie sich nicht mehr als eine halbe Stunde Zeit, um darüber zu sprechen, dann waren sie wieder bei der Baumwolle angelangt. Als sie am nächsten Tag lasen: ›ÖSTERREICHISCHE TRUPPEN IM ANMARSCH AUF SERBIEN‹, begann Kester zu lachen. »Ich denke, die Amerikaner hätten ein verdammtes Recht, Österreich Beistand zu leisten, wenn du bedenkst, welchen Druck wir vor gar nicht so langer Zeit auf Spanien ausgeübt haben.«

»Ja, das war spaßig«, sagte Eleanor und lächelte. »Ich war eben acht Jahre alt und trug einen Knopf am Schulkleid, auf dem ›Denkt an Maine‹ stand.«

»So einen Knopf trug ich auch«, sagte Kester. »Ich war mächtig gespannt und wütend, daß ich noch zu jung war, um in die Armee einzutreten. San Juan's Berg und Hobson's Auslese: erinnerst du dich? Und: ›Schreit nicht Hurra, Jungens, die armen Teufel können sterben!‹«

Sie nickte und sah wieder in die Zeitung. »Die Österreicher haben sich ziemlich viel Zeit gelassen«, sagte sie, »der Erzherzog ist schon vor einem Monat ermordet worden.«

»Ja, jeder hat nicht dein Tempo«, bemerkte Kester trocken.

Am folgenden Nachmittag kamen sie früh von den Feldern zurück, denn die Baumwolle blühte prächtig und es gab wenig zu tun; man mußte sie nur im Auge behalten. Die Sonne brannte, und Kester erklärte, daß er gedächte, eine Stunde in einem kalten Bad zu verbringen. Als Eleanor bald darauf aus ihrem Badezimmer kam, glühend vom kalten Wasser, rief sie über die Halle hinweg nach ihm:

»Steckst du noch in der Wanne?«

»Ja, und ich gedenke auch bis zum Sonnenuntergang hierzubleiben«, rief er zurück.

»Willst du das Neueste über den Trara in Europa lesen?«

»Ja, bringt mir die Zeitung. Ich lese sie hier.«

Sie brachte sie ihm und ging ins Kinderzimmer, um Cornelia aufzunehmen, die aus ihrem Mittagsschläfchen erwacht war und brüllte. Nachdem sie das Baby in seine eigene kleine Badewanne gelegt hatte, hörte sie Kester nach ihr rufen. Sie rief zurück, daß sie beschäftigt sei.

Sie hatte Cornelia im Schoß und bestreute sie mit Talcumpuder. Lächelnd sah sie zu, wie das Kind sich mit seinen eigenen kleinen Zehen beschäftigte. Da erschien Kester in der Tür. Er hatte einen Bademantel angezogen und hielt die Zeitung in der Hand. »Eleanor, hast du das gesehen?« fragte er.

»Was gesehen?«

Kester machte einen langen Schritt auf sie zu und rannte dabei fast Dilcy um, die eben Cornelias frische Sachen heranbrachte. Er hielt die Zeitung Eleanor dicht vor die Augen. Sie sah auf und las:

›DUNKLE KRIEGSWOLKEN ÜBERSCHATTEN EUROPA!‹

»›Österreich ruft seine Armee gegen Serbien auf. Der Deutsche Kaiser steht fest hinter seinem alten Verbündeten!‹ – Guter Gott, Kester!« Eleanor nahm Cornelia auf einen Arm, sprang auf und entriß ihm die Zeitung, denn zwischen einem Bilde des Kronprinzen Alexander von Serbien und einem anderen der Französin Madame Caillaux sah sie einige weitere auffallende Textüberschriften:

›WELTMARKT DEMORALISIERT – – EUROPÄISCHE BÖRSEN – WALLSTREET . . . BAUMWOLLTERMINE SCHWER GEFALLEN!‹

Dilcy kam angerannt: »Mein Gott, Miß Elna, ist jemand tot?«

»Nimm das Kind, Dilcy«, sagte Eleanor mechanisch, ohne aufzusehen. Sie begann den Artikel unter den Überschriften zu lesen. Der einzige Satz, den sie klar herauszulesen vermochte, lautete: ›SCHARFE ABWEICHUNGEN WURDEN

BEI DEN BAUMWOLLNOTIERUNGEN IN NEW YORK UND NEW ORLEANS VERZEICHNET.‹

Sie ließ die Zeitung sinken. Kester stand noch neben ihr, die Hände in den Taschen des Bademantels, als erwartete er, sie vermöchte ihm zu erklären, was sie ebensowenig begriff wie er selbst.

»Komm in mein Zimmer, Kester«, sagte Eleanor.

Sie gingen hinein und schlossen die Tür hinter sich. Eleanor setzte sich und drehte nervös die Schnur ihres Bademantels zwischen den Fingern.

»Was denkst du?« fragte Kester.

»Ich weiß nicht, was ich denken soll. Was hat diese Erzherzogsaffäre mit dem Preis der Baumwolle zu tun?«

Er zuckte die Achseln: »Alles, was ich weiß, zeigte ich dir in der Zeitung.«

Eleanor drehte einen Knoten in die Schnur; Kester begann unruhig auf und ab zu gehen und redete mit unsicherer Stimme vor sich hin. Dies möchte eine zeitweilige Wirtschaftskrise sein, sagte er nach einer Weile. Internationale Komplikationen pflegten den Markt stets zu beeinflussen und unsicher zu machen. – Sie sprachen darüber und der Nebel vor ihren Hirnen begann sich allmählich zu klären; sie wurden wieder optimistischer. »Jedenfalls«, sagte Eleanor, »ist jetzt erst Juli. Vor dem Septembermarkt werden wir ohnehin nicht fertig. Bis dahin wird sich das wieder normalisiert haben.«

»Ich werde Sebastian anrufen«, sagte Kester, »er ist ja Baumwollmakler und wird also am besten wissen, was heute los war. Dies ist die gestrige Ausgabe der ›*Times Picayune*‹.«

Sie stimmte eifrig zu. »Ja, ruf' ihn gleich an. Hast du etwas dagegen, wenn ich von diesem Apparat aus mithöre?«

»Aber nein, natürlich nicht.« Kester rannte die Treppe hinunter. Sie nahm den Hörer des Nachttelefons auf und wartete, während Kester von unten aus Sebastians Büro in New Orleans anläutete.

Sebastians Stimme hatte einen müden Klang, aber er sprach so schnell, als stände er unter einem hetzenden Druck. Die Baumwolle sei seit gestern im Fallen, sagte er. Sie falle immer noch. An den drei Baumwollbörsen der Welt – in New Orleans, New York und Liverpool – sei die Lage ernst. Verschiedene Makler, Millionäre selbstverständlich, hätten bereits große Summen investiert, um die Preise zu stützen. – Eleanor stand unter dem merkwürdigen Eindruck, Sebastians Stimme habe einen ihr wohlbekannten Ton, so, als ob sie sie viele Male gehört hätte; was unmöglich war, denn sie kannte ihn kaum.

»Aber wo, um alles in der Welt, liegt der Grund?« fragte Kester.

»Kurz Folgendes«, sagte Sebastian, »wenn in Europa ein allgemeiner Krieg ausbräche und der Absatzmarkt demzufolge geschlossen würde, so würde Amerika die ganze Baumwollernte aufnehmen müssen. Das können wir natürlich nicht. Normalerweise gehen zwei Drittel der Gesamternte nach Europa. Ist das alles, was du wissen wolltest? Dann gestatte, daß ich auflege; wir arbeiten wie die Verrückten.«

Eleanor hörte zu, wie versteinert. Stimmen dieser Art kannte sie doch. In einer Art erschreckender Gedankenassoziation dachte sie an das Deichbaulager. Kesters Stimme zerschnitt ihre verlorenen Betrachtungen:

»Aber, was denkst du – –«

»Wir hoffen, daß es eine vorübergehende Krise ist«, unterbrach Sebastians Stimme. »Sie werden da drüben schließlich Wäsche und Kleider brauchen, ob sie nun Krieg haben oder nicht. Aber entschuldige, Kester, ich muß abbrechen.«

Die Hörer fielen in die Gabeln zurück. Einen Augenblick blieb Eleanor noch auf ihrem Bett sitzen. Sie konnte ihr Herz klopfen hören. Das alles mochte nicht so wichtig sein, wie es im Augenblick schien, aber sie zitterte. Und plötzlich wußte sie auch, wo sie die Stimme, die wie Sebastians Stimme klang, gehört hatte: Sie glich den Stimmen der Männer auf dem Strom, wenn sie sich mit unterdrückter Angst zuriefen: ›Ich denke, er wird halten, was?‹ – dann nämlich, wenn der Strom langsam stieg, einen schrecklichen Meter nach dem anderen; wenn ihre Augen zu brennen begannen und sie der entsetzlichen Anstrengung gedachten, den Deich gegen alle Gewalt zu halten, und ihn nun beinahe brechen sahen.

»O Gott, o mein Gott, hilf!«

Eleanor sprang unwillkürlich auf und begann sich anzukleiden, in der gleichen verzweifelten Eile, mit der in solchen Situationen die Männer die schweren Sandsäcke auf die Höhe des Deiches geschleppt hatten.

Während sie die Wendeltreppe hinunterstürzte, rief sie Kester zu, daß sie bis zum Abendessen nicht mehr gestört werden möchte. Sie legte ihre Hauptbücher heraus. Obgleich sie nicht gewollt hatte, gab sie sich heimlich zu, daß sie doch schon mehr oder weniger mit einem Baumwollpreis von zehn Cents gerechnet habe. Jetzt fragte sie sich verzweifelt, wieviel sie bei dieser Situation überhaupt noch erwarten könne. Sie hatten sich auf alles vorbereitet; sie hatten das Geld beiseite gelegt zum Egrenieren der Baumwolle, zur Bezahlung der Pflückerlöhne und der Lagerraummiete, um die Baumwollballen bis zur Verschiffung sachgemäß zu stapeln. Im Gegensatz zu einigen leichtsinnigen Pflanzern (zu denen im vorigen Jahr auch Kester gehört hatte), hatten sie nicht bis zur letzten Minute gewartet, alle diese Einzelheiten vorzubereiten. Alles, was menschlicher Geist und menschliche Arbeitskraft auszurichten vermochten, war auf Ardeith geschehen, und das von einem gnädigen Himmel gesandte Wetter sorgte zum Überfluß noch dafür, daß die einzige außerhalb ihrer Kontrolle liegende Voraussetzung erfüllt wurde.

Sie arbeitete, bis sie zum Abendessen gerufen wurde. Danach ging sie zu ihren Büchern zurück und befahl Cameo, ihr ein Kännchen Kaffee zu bringen.

Um elf Uhr blickte sie auf und sah Kester an, der vorgab, die Zeitung zu lesen. Schultern und Rücken schmerzten ihr vor Anstrengung und Müdigkeit; ihre Stimme hatte einen blechernen Ton.

»Im äußersten Falle können wir mit siebeneinviertel Cents pro Pfund durch den Herbst kommen, Kester«, sagte sie.

Er sprang auf und runzelte die Stirn. »Siebeneinviertel Cents?« rief er aus. »Was redest du denn da? Das hieße die Baumwolle verschenken.«

»Ja«, sagte sie, »ich weiß. Aber wir werden damit rechen müssen. Und das würde bedeuten, daß wir an nichts als die Zinsen und die ausstehenden Rechnungen denken können. Wir können dann keinen Cent in die Plantage stecken und schwerlich ein Paar Schuhe für den Winter kaufen. Und selbstverständlich können wir keinen Penny für die Kapitalabzahlung auf die Seite legen.«

»Siebeneinviertel Cents«, wiederholte Kester, als handele es sich um Worte, die man in anständiger Gesellschaft nicht aussprechen könne, »es ist unausdenkbar.«

»Ja, denken magst du, was du willst«, sagte sie ungerührt. »Ich muß mir überlegen, womit wir zu rechnen haben.«

»Dann wäre es bald besser, die Ernte unterzupflügen«, rief Kester erbittert.

»Ja, guter Gott, Kester!« schrie sie, »glaubst du etwa, daß es mir Freude macht? Aber ist dir nicht klar, daß man in verzweifelter Situation alles nehmen muß, was man bekommen kann?«

»Liebe, vergib mir!« Er kam heran, trat hinter die Lehne ihres Stuhles und küßte sie auf die Stirn. »Du hast einen Tatsachensinn, der mich immer wieder verblüfft«, sagte er. »Ich vermöchte bei so einem Preis nicht einmal auszurechnen, was für die Zinsen verbleibt.«

Sie lehnte sich gegen ihn; alle Glieder schmerzten sie vor Enttäuschung und auch vor Erschöpfung. »Ich bin schon dabei, Hungerlöhne für die Pflücker auszurechnen«, sagte sie. »Vierzig Cents für hundert Pfund; wahrhaftig, ich tue das nicht gern, aber wenn die Baumwolle so weit heruntergehen sollte, werden sich auch die Pflücker einschränken müssen. Oh!« – sie fuhr sich mit der Hand über die Augen. »Und ich hatte schon geplant, Traktoren, maschinelle Pflüge und einige hübsche Sachen für Cornelia anzuschaffen. Sie läuft diesen Sommer herum wie das Kind eines Almosenempfängers.«

Kester hatte seinen Arm um sie geschlungen. »Was soll ich dir sagen, Liebes?« flüsterte er mit einer fast tonlosen Stimme; »ich weiß nur, daß du großartig bist. Und ich fühle mich elender als du.«

Sie hielt seine Hand. Sie wagte ihm nicht zu widersprechen, denn sie fühlte, daß sie beim ersten Wort zusammenbrechen und schluchzen würde. Und sie wollte nicht weinen. Das hätte ihr das Gefühl gegeben, sich wie eine Närrin zu benehmen.

Als sie am nächsten Morgen über die Felder ritten, stand die Baumwolle noch immer in so verschwenderischer Pracht, als hätte die Beschießung Belgrads nie begonnen. Mit stolzer Genugtuung versicherte ihr Kester, dies sei die ausgezeichnetste Baumwolle, die jemals irgendwo auf der Welt gewachsen wäre. »Und was hilft uns das?« rief sie erbittert, »wenn die Preise so niedrig liegen?«

»Wer will wissen, ob sie so niedrig bleiben«, sagte er. »Wir werden die Baumwolle nicht vor sechs, sieben Wochen verkaufen.«

Sie streichelte die Mähne ihres Pferdes. »Ich weiß«, sagte sie, »ich schäme mich meiner Unbeherrschtheit. Aber es hat mich zu tief getroffen.«

»Ach, hör' auf!« sagte Kester, wandte sein Pferd und begann nach der Plantage zurückzureiten. Eleanor folgte und fand ihn am Telefon. »Ich rufe New Orleans wieder an«, sagte er, »der Markt kann sich inzwischen geändert haben. Gehe hinauf und höre zu, wenn du willst.«

Eleanor sprang die Treppe hinauf und setzte sich, den Hörer in der Hand, auf ihr Bett. Sie mußte längere Zeit warten, denn Kester hatte Schwierigkeiten, Sebastian ans Telefon zu bekommen. Als er sich schließlich meldete, war Stimmengewirr hinter ihm im Raum. In ihrer fieberhaften Unruhe dünkten die Geräusche ihr ein Höllenlärm zu sein. Dann hörte sie Kester sprechen:

»Sebastian, wie steht's mit der Baumwolle?«

Sie hörte Sebastian schwer atmen. »Weiter fallend«, sagte er.

»Aber was geht vor?«

»Kannst du nicht lesen? Rußland hat mobilisiert. Gott weiß, wer heute nacht sonst noch dazukommt.«

Kester stellte weitere Fragen. Sebastian antwortete kurz, als ob er nicht in der Stimmung sei, mit irgend jemand zu diskutieren. Mit einem offensichtlichen Versuch, sich optimistisch zu geben, sagte er schließlich: »Die Baumwolle steht vorerst ja noch in der Blüte. Vielleicht geht der Krieg in ein paar Monaten zu Ende.«

»Das sagten sie damals vom Bürgerkrieg auch, als er anfing«, versetzte Kester, »und dann dauerte er – –«

Sebastian unterbrach ihn; seine eigene Bestürzung kam jetzt zum Ausdruck: »Ja, um Gottes willen, Kester, meinst du, du seiest der einzige Mensch, der heut von der Panik ergriffen wurde? Die Baumwollbörse ist eine Irrenanstalt. So etwas ist noch nicht dagewesen. Wenn es dich zu trösten vermag, will ich dir sagen, was ich selber in dieser Woche verlor. Einige von uns – –«

Eleanor legte ihren eigenen Hörer auf. Sie vermochte es nicht zu ertragen, noch länger zuzuhören. Sie ließ die Stirn in die Hände gleiten. Trotz der brütenden Hitze waren die Hände eiskalt.

Hinter ihren Fenstern tanzten die Blütenblätter der Baumwolle in der Sonne; der Überfluß, der sich darin kundtat, spottete ihrer Verzweiflung. Sie erinnerte sich der Hunderte von Stunden, die sie auf den Feldern verbracht hatte, während die Sonne auf ihren Kopf brannte und der Rücken sie schmerzte, bis sie kaum noch auf dem Pferd sitzen konnte. Sie gedachte der Nächte, die sie wachend über den Hauptbüchern saß, obwohl ihr der Kopf schwer vor Müdigkeit war. Sie gedachte der lockenden Schaufensterauslagen, vor denen sie gestanden hatte, um die weichen, duftenden Kleidchen zu betrachten, die Babymädchen so nötig brauchte. Sie hatte alles, was an Kraft in ihr war, hergegeben, bis tausend Ballen vollkommenster Baumwolle auf den Feldern blühten. Und nun war da irgendwo auf dem Balkan ein Prinz, von dem kaum jemand etwas wußte, erschossen worden, in einer Stadt, deren Namen noch nie jemand gehört hatte, von einem Wahnsinnigen, dessen Namen niemand aussprechen konnte, und die Folge war, daß sie die Plantage ebensogut hätte mit Gras besäen lassen können.

Zu aufgeregt, um zu arbeiten und zu ruhelos, um stillsitzen zu können, gingen Kester und sie auf der Veranda auf und ab und gaben sich verzweifelte Mühe, einander zu ermutigen. Vielleicht würde Deutschland doch nicht in den Krieg eintreten. Und welche Beziehungen konnten Frankreich und das Britische Empire möglicherweise zu dem ermordeten österreichischen Erzherzog haben? Sie suchten verzweifelt nach irgendeinem vernünftigen Sinn in dem Geschehen. Irgendein Mitglied der kaiserlichköniglichen Familie in Wien war ermordet worden; es schien dies die Bestimmung dieses Geschlechts zu sein. Niemand hatte einen Krieg Kronprinz Rudolfs wegen oder der Kaiserin Elisabeth wegen angefangen. Die anderen Monarchen hatten ihr Bedauern ausgesprochen und waren weiter ihren eigenen Geschäften nachgegangen. Aber die Tatsache, daß das Geschehen offensichtlich ohne Sinn war, änderte nichts an der anderen Tatsache, daß die Baumwolle von Ardeith nur noch ungefähr halb so viel wert war wie vor noch nicht zwei Tagen.

»Laß uns eine kleine Party veranstalten«, sagte Kester plötzlich.

Eleanor blieb stehen. »Eine Party? Hast du den Verstand verloren?«

»Nein, aber ich möchte, daß wir die Krise durchhalten. Laß uns alle Bekannten anrufen. Sage Mammy, sie soll uns ein paar Sandwiches herrichten. Ich werde hinuntergehen und den besten Likör und Whisky, den wir im Hause haben, heraufholen. Sei lieb, Eleanor, laß uns eine Party geben.«

Er hatte ihre Hand ergriffen und sie ins Haus gezogen. Während er noch das letzte Wort sprach, drehte er bereits die Kurbel des Telefons und rief eine Nummer in die Muschel. Eleanor lauschte entsetzt.

»Violet? Hier ist Kester Larne. Ihr müßt heute um sieben Uhr zu uns kommen. Wir fühlen uns zum Tanzen aufgelegt. – Gut, danke! Wir erwarten euch.« Er drehte schon wieder die Kurbel. »Eleanor, sag Mammy wegen der Sandwiches Bescheid. – Cameo!« rief er über die Schulter. »Hallo! Neal? Hier ist Kester. Wir haben heut abend eine kleine Party. Du und Klara – ja, ich weiß: die Baumwolle, Teufel ja! Gut, wir erwarten euch!«

Cameo war aus dem Hintergrund erschienen, und Kester begann, ihm Befehle zu erteilen: »Cameo, mixe ein paar anständige Cocktails zurecht; wir haben heut abend ein paar Leute zu Besuch. Eleanor geh, sprich mit Mammy!«

Eleanor begann etwas hysterisch zu kichern; sie küßte ihn leicht aufs Ohr. »Du bist wundervoll!« flüsterte sie und huschte hinaus in die Küche.

Gegen acht Uhr war das Wohnzimmer voller Gäste. Der Phonograph kreischte: »Ich möcht' ein Mädchen – gerade so ein Mädchen – wie der liebe, alte Papa sich geheiratet hat!« Eleanor tanzte mit Bob Purcell, und Kester war eifrig beschäftigt, Getränke zu mixen. Sie sprachen ein bißchen von dem Fallen der Baumwolle, besonders diejenigen, die, wie Neal Sheramy, unmittelbar davon betroffen waren, aber Niggerjazz und Cocktails überzeugten die meisten von ihnen, daß die Dinge sehr bald wieder in die Reihe kommen würden. Niemand von den Gästen kannte das gefährliche Stadium der Situation von Ardeith, demzufolge war auch von keinem besonderes Mitgefühl zu erwarten, und je mehr der Abend fortschritt, je froher wurde Eleanor darüber. Sie fand kaum Gelegenheit, sich eine Stunde hinzusetzen. Obwohl sie bereits seit sechs Uhr früh auf war, hielt sie mit zäher Willenskraft durch; sie vergaß fast, ob sie müde war oder nicht; sie trank vor dem Abendessen Sazeracs und Highballs, mehr als sie je zuvor an einem Abend getrunken hatte. Und das erste Mal in ihrem Leben rauchte sie eine Zigarette. Das verschaffte ihr ein seltsam leichtes Gefühl im Kopf.

Es war drei Uhr morgens, als die Gäste gingen. Sie riefen begeistert, daß sie einen wunderbaren Abend verlebt hätten, und Kester übe nun einmal einen bösen Einfluß auf sie aus, da er sich ausgerechnet an einem Donnerstagabend Leute einlade und so reizend traktiere, wo doch morgen ein Arbeitstag sei. Aber eben die unerwarteten Partys auf Ardeith hätten es in sich; das sei schon immer so gewesen.

Als sich die Tür hinter dem letzten Gast schloß, blieb Eleanor einen Augenblick still in der Halle stehen. Denn plötzlich begannen die letzten Kräfte sie zu verlassen; sie sank an der Treppe zusammen. Ihr wurde noch bewußt, daß jedes einzelne Glied ihres Körpers seinen besonderen Schmerz ausstrahle und daß ein fürchterliches Dröhnen ihren Kopf zu sprengen drohe.

Kester sprang zu und half ihr auf. »Fühlst du dich besser?« fragte er.

Sie nickte. Er legte den Arm um ihre Taille und führte sie die Treppe hinauf. Kester war leicht betrunken, aber sie sagte ihm kein böses Wort; es schien so unwichtig.

Obgleich sie so entsetzlich müde war, ging sie doch nicht gleich schlafen. Als sie dann schließlich doch im Bett lag, immer noch zu aufgeregt, um einschlafen zu können, wurde sie von den Gedanken gequält. Sie konnte sich nicht helfen: Wenn Kester sich in normalen Zeiten richtig um seine Plantage gekümmert hätte, wäre das Fallen der Preise nicht ein so entsetzliches Unglück.

Es war nahezu elf Uhr vormittag, als sie durch Cornelias Krabbeln vor der Tür geweckt wurde. Das Zimmer war stickig heiß und dunkel. Sie erinnerte sich, daß jemand in der Frühe auf Zehenspitzen im Raum gewesen war und die Vorhänge zugezogen hatte, damit sie nicht durch die Sonne gestört würde. Sie schlüpfte aus dem Bett, zog ihre Hausschuhe an und ging zur Tür. Dilcy kam eben aus dem Kinderzimmer, um Cornelia zu holen. An der Außenseite ihrer Tür fand sie einen Zettel, auf den Kester mit Bleistift geschrieben hatte: »Miß Eleanor nicht wecken!«

Sie lächelte. Der Gute! Er nahm Rücksicht auf sie, ganz so, als ob er nicht selbst ebenso lange aufgewesen wäre. Die Tür seines Zimmers stand offen und sein Bett war leer. Sie fragte Dilcy nach ihm.

»Master war unten ganze Zeit«, sagte Dilcy. »Wünschen Miß Eleanor ihren Kaffee?«

»Ja«, sagte Eleanor, »bring ihn nur.« Sie ging in ihr Zimmer zurück und begann sich anzukleiden. Dann trank sie den Kaffee; essen mochte sie nichts; es war ihr zu heiß. Alter Gewohnheit folgend, zog sie das Reitkleid an, obwohl es eigentlich schon viel zu spät war, um noch auf die Felder zu reiten.

Kester saß unten, las in der Zeitung und trank eisgekühlten Tee. Er sprang auf, als sie hereinkam. »Hallo, Liebling«, rief er, »wie fühlst du dich?«

»Gut. Und du bist schon auf? Wie lange hast du denn geschlafen?«

»Komisch!« sagte er, »ich wachte wie gewöhnlich um sechs Uhr auf.«
»Es war nett, daß du die Vorhänge zuzogst«, sagte sie, »ich danke dir.« Sie küßte ihn und zauste ihn im Haar. »Steht irgend etwas Wichtiges in der Zeitung?«
Er zuckte die Achseln. »Der Panamakanal ist ab 15. August für den Welthandel geöffnet. Als ob das irgendeinen Menschen noch interessiert; jetzt, wo ohnehin kein Handelsverkehr mehr durchgehen wird.«
»Ich hatte den Kanal völlig vergessen. Erinnerst du dich, wie wichtig er noch vor vier Wochen war?«
»Da du nun einmal dafür angekleidet bist – wollen wir einen Blick auf die Baumwolle werfen?« fragte er.
Sie sah ihn verwundert an. »Ich habe gut geschlafen, Kester, und fühle mich sehr wohl. Aber wenn du schon seit sechs Uhr auf bist –«
»Oh, mir geht es ausgezeichnet«, versicherte er.
Sie ließen die Pferde bringen und ritten hinaus. Der Himmel schien weißglühend vor Hitze, aber Kester meinte, es liege Regen in der Luft. Der Spektakel der letzten Nacht hatte viel von ihrer Verzagtheit weggeschwemmt und der Anblick der Baumwolle ließ sie denken, daß die Börsennotierungen genauso schnell steigen wie fallen konnten. Was immer die Europäer auch für kannibalische Gelüste hegen mochten, schließlich liefen sie bekleidet herum und würden diese Gewohnheit voraussichtlich auch nicht aufgeben. Es sei denn, die Briten fielen in die Sitten ihrer Vorfahren zurück und begännen sich selber blau anzumalen. Den Unsinn belächelnd, den Kester daherschwätzte, fühlte Eleanor, wie ihre Stimmung sich zu heben begann.
Die Baumwolle benötigte gegenwärtig wenig Aufmerksamkeit. Sie ritten an den Hütten vorbei, vor denen die Neger müßig in der Sonne saßen und warteten, daß die Kapseln sich öffnen möchten. Einige Schwarze waren damit beschäftigt, Wassermelonen zu schneiden, und eine Anzahl Negerkinder veranstaltete ein Wettrennen, um dem Herrn und der Herrin einige Scheiben zu bringen. Sie ritten nach Hause und wischten sich die Safttropfen vom Kinn.
Cameo trat ihnen in der Halle mit einem Telegramm entgegen.
»Von Sebastian?« rief Eleanor.
»Höchstwahrscheinlich«, antwortete Kester, das Formular aufreißend. »Er wollte drahten, wenn irgend etwas geschieht.«
Eleanor las über seine Schulter mit. Sie sah die Worte und ihr war, als würde ihrem Körper plötzlich alles Blut entzogen. Ihre Beine wurden schwer und ihr Körper gefühllos. Das Telegramm lautete:

›NEW ORLEANS BAUMWOLLBÖRSE GESCHLOSSEN – ERSTMALIG IN DER GESCHICHTE ZEHN UHR SECHSUNDZWANZIG HEUTE MORGEN – NEW YORK UND LIVERPOOL BÖRSEN GLEICHFALLS GESCHLOSSEN – DAS HEISST BAUMWOLLE NIRGENDS IN DER WELT ZU IRGENDEINEM PREIS VERKÄUFLICH – SEBASTIAN.‹

SECHSTES KAPITEL

1

Sehr bald machten sie die Erfahrung, daß sie in einem gelähmten Lande lebten. Von Virginia bis Texas hatte der Süden von der Baumwolle gelebt. Es gab daneben noch andere Pflanzungen und andere Industrien, gewiß, aber die Baumwolle war das

Fundament des Lebens. Die meisten Menschen hier hatten sich auf die Baumwolle ebenso wie auf die Sonne verlassen, und der Gedanke, eines dieser Lichter möchte plötzlich nicht mehr leuchten, wäre ihnen nie in den Sinn gekommen. Es war hier ein Sprichwort im Schwange: Der Süden bekleidet die Welt! Und dieses Sprichwort traf beinahe die Wirklichkeit: Seide und Leinen sind Luxusgewebe, alles andere aber, von den kostbarsten Wollstoffen abgesehen, wurde mit einem Zusatz von Baumwolle gewebt. Baumwolle war der Hauptexportartikel der Vereinigten Staaten.

Ausländische Fabrikanten hatten schon vor Monaten Verträge geschlossen und Anzahlungen auf die Baumwolle geleistet; jetzt lagen die beladenen Schiffe blockiert in amerikanischen Häfen, ganze Schiffsstädte von Fahrzeugen aller im Kriege befindlichen Nationen. Sie lagen so dicht nebeneinander, daß die Mannschaften sich von Deck zu Deck Grüße zurufen konnten. Sie taten das auch, mit einer freundschaftlichen Unbefangenheit, die ihren kriegführenden Herrschern jenseits des Ozeans vermutlich unbegreiflich gewesen wäre, hätten sie sie hören können. In Europa waren die Baumwollpreise derartig in die Höhe geklettert, daß sie nur mehr für die ganz Reichen erschwinglich waren; in den Vereinigten Staaten wurde Baumwolle für sechs Cents pro Meter verkauft, weil diejenigen, die an der Baisse zu verdienen gedachten, veranlaßt hatten, daß Baumwolle nicht ins Ausland geliefert werden durfte.

Eleanor erwachte jeden Morgen mit einem lähmenden Gefühl der Schwere, sah sich mit wirren Blicken um und dachte automatisch: Baumwolle! Sie fürchtete sich vor dem Aufstehen. Sie haßte die Tage, die sich träge und sinnlos dahinschleppten. Sie hatte Angst davor, Kester zu sehen.

Kester selbst sprach wenig über die Lage. Anscheinend beschäftigte er sich mit allem anderen lieber als mit der Frage, ob die Bank die Hypotheken für verfallen erklären würde, wenn es nicht möglich war, im November die längst überfälligen Zinsen zu bezahlen. Aber zuweilen, wenn er mit Cornelia spielte, fing sie einen Blick auf, mit dem er das Kind streifte, und dieser Blick brachte ihr zum Bewußtsein, daß Cornelia die siebente Generation der Larnes auf Ardeith repräsentierte. Und schaudernd bedachte sie, daß das Kind, müßten sie jetzt Ardeith verlassen, nicht einmal eine Erinnerung an die Heimat seines Geschlechtes bewahren würde.

Der Gedanke, sie könne ihre ganze Kraft einsetzen und alles hingeben, was sie besaß und die Schlacht um Ardeith dennoch verlieren, war ihr noch nie gekommen; der Mut und die Ausdauer, die ihr geholfen hatten, die schwere Arbeit der letzten Monate zu bewältigen, hatten ja weitgehend auf ihrem fröhlichen Selbstvertrauen basiert. Sie hatte immer geglaubt, es könne einem Menschen nichts Ernsthaftes geschehen, so er nur wach sei und unverdrossen seine Pflicht erfülle. Leute, die im Lebenskampf unterlagen, waren entweder zu träge oder zu dumm, um ihren Weg zu machen. Und nun war es plötzlich so, als ob all ihr Können und all ihre Einsatzbereitschaft nichts bedeuteten. Sie ging in ihrem Schlafzimmer auf und ab und grübelte über einen Weg nach, der aus der verzweifelten Situation herausführen möchte. Der Verlust von Ardeith würde einen furchtbaren Schlag für ihr Selbstvertrauen bedeuten, freilich wurde sie auch über all dem Nachdenken immer wieder daran erinnert, daß ja nicht sie, sondern Kesters Leichtfertigkeit das Unglück verschuldet habe. Alle Baumwollpflanzer litten unter dem Schock, den der europäische Krieg verursacht hatte, aber diejenigen, die bisher gut gewirtschaftet hatten, sahen sich wenigstens nicht dem völligen Ruin gegenüber. Obwohl sie sich entschlossen hatte, Geduld mit Kesters Fehlern zu haben, spürte sie unter der Zerreißprobe, der ihre Nerven ausgesetzt waren, jetzt von Tag zu Tag mehr, wie wenig Talent sie für eine derartige Eigenschaft hatte.

Fred Upjohn schrieb ihr und fragte an, ob der jähe Zusammenbruch des Baumwollmarktes die Plantage etwa in eine schwierige Situation gebracht habe, und wenn ja, ob es irgend etwas gäbe, womit er ihr helfen könne. Sie gab Kester den Brief. Er las ihn aufmerksam und setzte sich an seinen Schreibtisch. Im Laufe des Tages brachte er ihr die Antwort. Sie lautete: »Dein lieber Brief an Eleanor zeigte mir wieder einmal, klarer als je zuvor, was für einen prachtvollen Vater sie hat. Ich hoffe, Deine Sorge ist noch etwas verfrüht. Einstweilen haben wir ja noch keine Baumwolle zu verkaufen. Wir hoffen, daß die Verhältnisse sich wieder normalisieren und daß die Börsen zum Herbst wieder öffnen werden.« Den weiteren Inhalt des Briefes bildeten private Mitteilungen über Eleanor und das Kind. »Soll ich den Brief so abschicken?«

»Ja«, sagte Eleanor, »schick ihn ab.«

Sie lasen aufmerksam die Zeitungen, weniger um das Kriegsgeschehen zu verfolgen, als um nach Anzeichen zu forschen, ob die Handelssperre für Baumwolle aufgehoben würde. Die Deutschen waren auf dem Wege nach Paris, und die Russen stießen durch Ostpreußen auf Berlin vor. Eleanor hegte den verzweifelten Wunsch, die eine oder andere Armee möchte ihr Ziel erreichen. Es war ihr gleichgültig, welche, sie hoffte nur, daß damit der Krieg zu Ende ginge und die Meere wieder frei würden. Während des ganzen September arbeiteten Kester und sie verbissen, um die Baumwolle hereinzubekommen. Sie schafften die versandfertigen Ballen in das Lagerhaus, das sie vor drei Monaten so frohlockend gemietet hatten. Es waren insgesamt neunhundertzweiunddreißig Ballen geworden, mit einem Gesamtwert von nahezu fünfzigtausend Dollar nach dem Stand vom letzten Juli, gegenwärtig allerdings nicht einen Cent wert.

Sie fuhren nach New Orleans und sprachen mit Mr. Robichaux. Der Bankier bedauerte die Situation sehr, sah aber keine Möglichkeit, an den getroffenen Vereinbarungen etwas zu ändern. Die Banken waren einfach nicht in der Lage, den Baumwollpflanzern über die Krise hinwegzuhelfen. Eleanor war zunächst über die Empfindungslosigkeit des Mannes empört, aber im weiteren Verlauf der Unterredung wurde ihr klar, daß Robichaux unter der Last, die ihm auferlegt war, fast zusammenbrach. Seine Stimme war mehrere Male, während er mit ihnen sprach, nahe daran, umzubrechen. »Überschätzen Sie unsere Möglichkeiten nicht«, sagte er. »Danken Sie Gott, daß Sie sich die Geschichten nicht anhören müssen, die mir im Laufe der letzten Woche hier erzählt wurden. Ich habe hier gesessen, habe zugehört und bin mir wie ein gefühlloser Mensch vorgekommen, weil ich beim besten Willen keine Hilfe anbieten konnte. Ich habe einigen Leuten schließlich aus meiner eigenen Brieftasche geholfen, nicht so großen Pflanzern wie Ihnen selbstverständlich; kleinen Farmern, die ihre Ernten mit einem Maulesel einzubringen pflegen, ehrenwerten, ordentlichen Männern, die nicht mehr weiter wußten. Ich habe sie hier sitzen und vor innerer Erregung beinahe schluchzen sehen. Da mußte ich helfen, soweit meine bescheidene Kraft eben reichte. Und nun kommen Sie und erzählen mir, daß Sie verzweifelt sind.«

»Ich bin tatsächlich verzweifelt«, sagte Kester ruhig.

»Gewiß, Mister Larne. Armut ist ein relativer Begriff. Aber ich kann Ihnen nicht mehr sagen, als ich schon sagte. Wir sind verzweifelt.«

Kester stieß seinen Stuhl zurück und erhob sich. »Danke, Mr. Robichaux«, sagte er, »entschuldigen Sie die Störung.«

Sie fuhren mit dem Zuge nach Ardeith zurück. Eleanor saß wie eine Wachsfigur an Kesters Seite, die Hände im Schoß gefaltet. Zum ersten Mal im Leben sah sie sich einer vollendeten Niederlage gegenüber.

»Mach nicht so ein versteinertes Gesicht«, sagte Kester nach einer Weile unter dem Geratter des dahineilenden Zuges, »selbst, wenn das Schlimmste eintreten sollte, wirst du nicht waschen gehen müssen.«

»Oh, ich kann waschen gehen«, versetzte Eleanor. »Aber ich kann das Gefühl nicht ertragen, geschlagen zu sein.«

»Aber Eleanor, um Gottes willen, es ist schließlich nicht unsere Schuld, daß wir die Baumwolle nicht verkaufen können.«

»Es ist nicht meine Schuld, daß wir keinen Kredit mehr haben«, entgegnete sie kalt.

Kester erwiderte nichts. Er blickte durch die Fenster auf die grauen Zypressenwälder, an denen der Zug vorüberglitt. Nach einer Weile ergriff Eleanor seine Hand und legte die ihre darüber.

»Es tut mir leid, Kester«, flüsterte sie.

Er drehte ihre Hand herum und sah die gestopfte Spitze an einem ihrer Handschuhfinger. »Ich fürchte, du wirst es nicht lassen können, ab und zu derartige Bemerkungen zu machen«, sagte er. »Offenbar denkst du fortgesetzt über meine Fehler nach.«

»Ich will es ja nicht«, murmelte sie, »wirklich, ich will es nicht. Kester, auch wenn es manchmal nicht so aussehen sollte: ich liebe dich, mehr, als ich dir sagen kann.«

Ihre Hände verbanden sich miteinander. Eleanor hielt den Blick gesenkt; sie schämte sich ihrer Unbeherrschtheit und begriff selber nicht, warum sie in solchen Augenblicken nicht schweigen konnte.

Als sie die Treppe zur Veranda hinaufgingen, kam ihnen Cornelia entgegengekrabbelt. Kester ergriff sie und hob sie hoch. Er lächelte zum ersten Mal an diesem Tage.

Eleanor ging nach oben und warf ihren Hut auf den Tisch. Der Hut war zwei Jahre alt. Während des letzten Sommers, da sie Cornelia erwartete, hatte sie keine Hüte gebraucht, und abgesehen von dem kostbaren Hut mit den drei weißen Federn, der sich für eine Eisenbahnfahrt nicht eignete, hatte sie es nicht gewagt, sich in diesem Jahr einen neuen zu kaufen. Den eben beiseite geworfenen Hut besaß sie seit den zauberhaften Tagen ihrer Hochzeitsreise an die Golfküste. Tausend Jahre schien das zurückzuliegen. Damals war sie jung und voller Selbstvertrauen. Und wenn sie neben Kester gelegen hatte, von seinen Armen umschlungen, war sie sicher gewesen, in dieser Welt niemals ein ernsthaftes Problem lösen zu müssen. Sie nahm den Hut auf und glättete das etwas verschossene Band. Sie haßte es, schlecht angezogen zu sein; sie hatte niemals extravaganten Moden gehuldigt, aber sie hatte immer großen Wert auf gute, gediegene Kleidung gelegt. Ja, dachte sie immer, bis ich dann Kester Larne geheiratet habe, die erste Handlung meines Lebens, bei der ich nicht meinem Verstand, sondern meinem Gefühl folgte.

Es klopfte leise an ihrer Tür. Auf ihr Rufen erschien Kester und brachte ihren Koffer. Der gute Kester! Er war so feinfühlig, daß er niemals ihr Schlafzimmer betrat, ohne anzuklopfen. Er kam herein, stellte den Koffer ab, legte die Arme um sie und hielt sie eine Weile fest umschlungen. Eleanor klammerte sich an ihn an, als bedürfe sie eines Haltes. Immer wenn er sie so hielt, konnte sie nichts anderes denken, als daß sie ihn liebte.

Nach einer langen Weile sagte Kester: »Es ist bald Zeit zum Abendessen. Zieh dich um und komm herunter.«

»Ja«, sagte sie leise, »gleich.«

»Es ist fürchterlich heiß«, sagte er, »ich werde dir einen Krug Eiswasser heraufschicken. – Sie küßte ihn in überquellender Zärtlichkeit.

Nach dem Abendessen verschanzte sich Kester hinter einem Magazin, während Eleanor dasaß und allerlei Figuren an den Rand einer Seite ihres Hauptbuches kritzelte. Dabei starrte sie auf die Wand, als suche sie eine Spalte, um entfliehen zu können. Sie verbrauchten gar nicht sehr viel Geld. Wenn Kester nicht versäumt hätte, die Zinsen für seine Schuldscheine zu bezahlen, lange bevor sie im letzten Januar zur Bank gefahren waren, wäre alles nicht halb so schlimm.

Sie fuhr fort, Kringel und Figuren zu zeichnen. Die erste Abzahlung auf das Kapital würde nicht vor dem nächsten Herbst fällig werden. Achttausend Dollar würden ausreichen, um die in diesem Jahr fälligen Zinsen zu bezahlen, obgleich dann nicht ein Penny für die Bezahlung der gekauften Düngemittel verbleiben würde, und ebenso wenig für die angeschafften Geräte und die länger zurückliegenden Rechnungen. Achttausend Dollar – das war keine überwältigend große Summe, und doch bedeutete sie die Brücke zwischen Existenz und Zusammenbruch. Sie wurde daran erinnert, was Benjamin Franklin einmal gesagt hatte: »Willst du den Wert des Geldes kennenlernen, geh und versuche dir welches zu borgen!«

Kesters Schwager, der Mann Alices und sein Bruder Sebastian hatten bei dem Börsensturz selber so hohe Verluste erlitten, daß sie nicht helfen konnten, auch wenn sie es gewollt hätten. Kesters Vater, der von den Pachterträgnissen des Zuckerlandes lebte, hatte gewohnheitsmäßig den letzten Penny verbraucht. Ihr eigener Vater – sie vermochte den Gedanken nicht zu Ende zu denken; die Vorstellung, hier Hilfe zu erbitten, ließ sie sich krümmen. Zudem würde es auch für Fred Upjohn eine beträchtliche Härte bedeuten, achttausend Dollar in bar mit nur einer Woche Kündigungsfrist flüssig zu machen.

Ihr eigenes kleines Einkommen ging längst für laufende Haushaltsausgaben drauf, es ging so schnell weg, wie sie es erhielt. Um ein Haus wie Ardeith in Ordnung zu halten, brauchte man selbst bei sparsamster Wirtschaftsführung eine Menge Geld. Sie mußte unwillkürlich lächeln über die Ironie, die darin lag, daß sie hilflos inmitten einer prunkvollen Umgebung saß.

Die Vorstellung ließ einen Gedankenblitz in ihr aufzucken. Sie stieß mit dem Federhalter so hart auf das Papier, daß die Feder zerbrach. Impulsiv sprang sie auf »Wohin willst du?« fragte Kester.

»Meine Schlüssel holen. Ich werde es dir dann zeigen.« Dabei war sie bereits an der Tür. Sie stürmte die Treppe hinauf, holte ihr Schlüsselbund und eine Taschenlampe aus ihrem Schlafzimmer und stürmte wieder hinunter und noch eine Treppe tiefer, hinab in die unter dem Haus errichteten Kellergewölbe, in denen die Wertsachen von Ardeith in sicheren Tresoren ruhten. Sie ließ die Taschenlampe aufblitzen und sah sich um.

Kester hatte gesagt, daß jeder Teelöffel im Hause verpfändet sei; das war natürlich übertrieben. Da gab es noch einige Dinge, an die niemand gedacht hatte: einige Flaschen uralten französischen Kognaks, die einen erheblichen Wert verkörperten; sie lagen hier seit Generationen und zeugten davon, daß die Larnes schon immer Sinn für erlesenes Raffinement in der Lebensführung hatten; Juwelen und Kleinodien, die von den Damen längst vergangener Jahrzehnte bei festlichen Gelegenheiten getragen worden waren – mit einigen dieser Stücke hatte sie sich selbst dann und wann schon geschmückt. – Eleanor nahm die Flaschen aus dem Bord und wischte die Spinnweben ab, um die Etiketten lesen zu können. Sie verstand nicht viel von französischen Kognaks, aber sie sagte sich, daß ein Ding, das nicht mehr ersetzt werden konnte, seinen Wert haben mußte. Sie kniete sich auf den Boden des Gewölbes, ohne Rücksicht darauf, daß der Staub ihren Rock beschmutzte, und begann den Safe aufzuschließen, der mit Hilfe mehrerer Schlüssel geöffnet werden mußte; es handelte sich um ein schon vor langer Zeit konstruiertes Schloß. Sie tappte im Halbdunkel herum und fand eine silberne Tasse, die einem Larne-Baby einer vergangenen Generation geschenkt worden war. Cornelia wetzte ihre Zähnchen auch an einem Silbertäßchen, das einmal ihrem Urgroßvater gehört hatte. Eleanor las im Schein ihrer Taschenlampe: »Cynthia, 6. Juni 1849.« Ohne weiter darüber nachzudenken, wer diese Cynthia gewesen sein mochte, setzte sie die Tasse auf den Boden und begann weiter zu suchen. Sie fand Bündel von Dokumenten: Heiratsurkunden, Testamente, Verträge über Land- und Sklavenkäufe; das alles hatte im Augenblick keinen realisierbaren Wert, sie beachtete es deshalb kaum Sie fand große und schwere Ohrringe, verschiedene Broschen, einen juwelengeschmückten Schmetterling, der vermutlich angefertigt war, um die Locken einer Dame zu schmücken, und ein Medaillon, in dem sich eine Haarlocke befand, die von einem Kinde stammen mochte; der für ein Bild vorgesehene Platz war leer, aber gleich einem Rahmen mit zahllosen kleinen Brillanten besetzt.

Eleanor raffte diese und andere Schätze zusammen und tat sie in einen Beutel. Dann verschloß sie den Safe, raffte ihren Rock zusammen und verließ das Gewölbe. Sie ließ die Juwelen vorerst in ihrem Zimmer und begab sich, ohne auch nur erst ihre schmutzigen Hände zu reinigen, auf den Boden des Hauses. Der war angefüllt mit altertümlichen Möbeln aus Mahagoni und Rosenholz, die hier nutzlos herumstanden, aber hinter den Schaufenstern der Royalstreet in New Orleans als kostbare Antiquitäten bestaunt werden würden.

Als sie nach einer Weile wieder herunterkam, trat ihr Kester schon in der oberen Halle entgegen.

»Eleanor, wo hast du gesteckt? Was hast du gemacht?« fragte er. Er sah sie von oben bis unten an und brach plötzlich in lautes Gelächter aus. »Dein Haar ist voller Spinnweben«, rief er aus, »und dein Kleid sieht aus, als hättest du dich im Straßenstaub herumgewälzt.«

»Komm herein« antwortete Eleanor und öffnete die Tür ihres Schlafzimmers.

»Kester weißt du daß wir genug alten Kram im Haus haben, um uns Geld zu verschaffen«, sagte sie. »Da stehen und liegen Dinge herum, die einen Antiquitätenhändler verrückt machen würden. Ich werde einen aus New Orleans herauskommen lassen.«

Kester sah sie verblüfft an. Sie merkte schon nach wenigen Minuten, daß er unangenehm berührt war. Offenbar war es ihm noch nie vorgekommen, daß jemand auf den Gedanken verfiel, die alten Möbel und Kleinodien von Ardeith trennen zu wollen. Sie schienen ihm ebenso untrennbar mit dem Hause verbunden wie die Säulen, die das Dach trugen. Seine Augen ruhten unverwandt auf den Juwelen und den Silbergeräten, während er Eleanor zuhörte, die Überlegungen darüber anstellte, was von all diesen Dingen sich am leichtesten und vorteilhaftesten verkaufen ließ. Dann und wann schüttelte er, wie in hilflosem Protest, den Kopf.

»Den Kognak meinetwegen«, sagte er nach einer Weile, »und wenn es sein muß, auch die Möbel vom Boden; wir werden sie selber ja vermutlich nicht mehr benötigen. Aber dies hier —«, er wies auf die Juwelen – »Eleanor, sollen wir uns von diesen Stücken wirklich trennen? Sie gehören zu Ardeith, jedes einzelne Stück hat seine besondere Bedeutung, ich könnte dir seine Geschichte erzählen —«

»Leider sind wir nicht in der Lage, uns Sentimentalitäten leisten zu können«, entgegnete Eleanor.

Er hatte das brillantengeschmückte Medaillon aufgenommen. »Meine Großmutter – das Mädchen mit dem blauen Reifrock unten in der Halle – versuchte, das Stück hier während der Rekonstruktion zu verkaufen«, sagte er. »Eines ihrer Kinder war schwer erkrankt. Es war Hochsommer und sie konnte kein Eis bekommen. Nicht einmal für das Medaillon hier. Das Kind starb.«

»Kester, mein Lieber, das war sicher sehr traurig«, sagte Eleanor. »Aber es darf uns heut nicht mehr kümmern. Wir müssen an uns und unser Kind denken.«

Er legte das Medaillon behutsam zurück auf den Tisch neben die anderen Juwelen. »Das Schlimme mit dir ist, daß du immer so verdammt recht hast«, sagte er nicht ohne Bitterkeit.

Sie fuhren am nächsten Tag mit den Juwelen nach New Orleans und ließen sie schätzen. Hinterher erklärte Eleanor, es sei ja nicht unbedingt notwendig, die Sachen zu verkaufen; die Bank würde sie vielleicht als Sicherheit auf die fälligen Hypothekenzinsen in Verwahr nehmen. Kester atmete unwillkürlich auf, und da er das Schlimmste auf diese Weise abgewendet sah, stellte er ihr anheim, einen Antiquitätenhändler auszuwählen, der die alten Möbel auf Ardeith besichtigen möchte.

Der Händler zeigte sich sehr interessiert. Sein Gesicht glänzte wie Schweineschmalz. Sein Haar war schmierig, und selbst seine Stimme hatte einen öligen Ton. An seinem Rockaufschlag trug er einen Knopf mit der sonderbaren Inschrift: »Ich liebe meine Frau, aber du bist so süß!« Es gab eine ganze Anzahl seriöser Händler auf der Royalstreet aber Eleanor hatte gerade diesen Mann mit kühlem Bedacht ausgewählt; sie wollte mit jemandem verhandeln, der das, was sie zu verkaufen hatte, als Ware betrachten und nüchtern abschätzen würde, ohne sentimentale Betrachtungen an den Vorgang zu knüpfen. Cameo, der sie am Bahnhof mit dem Gespann erwartete, warf dem ein wenig fragwürdigen Individuum einen abschätzigen Blick zu, ließ aber im übrigen nichts von der respektvollen Haltung vermissen, die er allen Gästen auf Ardeith entgegenbrachte. Während der Wagen die Allee hinunterfuhr, pfiff der Händler ungeniert vor sich hin und machte seiner Bewunderung durch ein paar schmalzige Redensarten Luft. Als sie dann das Haus betraten, sah er sich um wie ein Auktionator, der im geheimen die Taxwerte errechnete.

»Verdammt feine Ausstellung, die Sie da haben«, sagte er. »Und wo ist nun das Zeug, das ich mir ansehen soll?«

Eleanor hatte die gesamte Dienerschaft in den Hinterräumen des Erdgeschosses versammelt. Sie sah, wie Dilcy und Bessy den unbekannten Gast mit den gleichen Blicken maßen, die ihm Cameo schon am Bahnhof zugeworfen hatte. »Wünscht der Herr vielleicht eine Tasse Kaffee?« erkundigte sich Bessy mit einem Lächeln, dem man sehr die Höflichkeit die Geringschätzung anmerkte.

»Keine Zeit für Kaffee«, sagte der Mann. »Wo befinden sich – –«

»Hier in diesem Zimmer«, sagte Kester und öffnete eine Tür. Aber der Händler folgte der Einladung noch nicht; er stand vor den zwei zusammengehörenden Porträts am Fuße der Treppe. »Mhm!« knurrte er mit beifälligem Grinsen; »Romantik! Ganz hübsch! Was sollen die Bilderchen kosten?«

»Sie sind nicht verkäuflich«, antwortete Kester kurz. »Würden Sie bitte hier hereinkommen?«

»Schön! Sie brauchen nicht gleich so ein zugeknöpftes Gesicht zu machen. Wozu haben Sie mich denn hier herausgeholt, wenn Sie nicht notwendig Geld brauchen?«

Kester wandte sich angewidert ab; diese Art, Geschäfte zu tätigen, war offensichtlich wenig nach seinem Geschmack. Eleanor schaltete sich ein. »Alles, was verkauft werden soll, befindet sich hier drinnen«, sagte sie und führte den Mann in das Hinterzimmer. »Der Klapptisch hier ist aus solidem Rosenholz gefertigt; dieser Satz Tische besteht aus sechs Teilen, die zusammengehören.«

»Ich sehe, ich sehe.« Der Händler beugte sich herab, tastete das Holz ab und betrachtete kritisch die Wurmlöcher. Eleanor nickte zufrieden vor sich hin. Sie hatte recht gehabt. Dieser Bursche würde keine Zeit aufs Schwätzen verschwenden; er kannte sein Geschäft.

Kester sah mit gerunzelten Brauen zu; er sprach nur, wenn er eine direkte Frage zu beantworten hatte. Eleanor zeigte sich dagegen sehr lebendig und beinahe heiter. Sie war froh, überhaupt etwas tun zu können. Die Möglichkeit, ihren Geist bei einer geschäftlichen Verhandlung am Geist eines anderen messen zu können, verschaffte ihr ein heimliches Triumphgefühl. Sie feilschten und stritten miteinander, und wenn sie schließlich bei der Feststellung eines Preises Übereinstimmung erzielten, notierte sie den festgesetzten Betrag in einem Notizbuch. Offenbar hatte der Händler das Geschäft in der falschen Voraussicht begonnen, zu einer Dame gerufen zu sein, die er leicht und ohne Schwierigkeiten betrügen könne. Aber er begriff sehr bald, daß er sich geirrt hatte, und begann, Eleanor respektvolle Blicke zuzuwerfen. »Sie scheinen genau zu wissen, was Sie tun, Mrs. Larne«, sagte er einmal anerkennend.

»Darauf können Sie sich verlassen«, antwortete Eleanor trocken.

»Sie sollten sich geschäftlich betätigen.«

»Sagen Sie mir lieber, was Sie für diesen Sessel bezahlen wollen«, entgegnete sie ungerührt.

Er setzte die Prüfung des Sessels fort, ohne im geringsten beleidigt zu sein. »Ich hätte Ihnen das wahrhaftig nicht zugetraut«, sagte er. »Die meisten Leute, die alten Hausrat dieser Art zu verkaufen haben, können einen Dollar nicht von einem Zwieback unterscheiden.«

Sie lachte: »Nun, seien Sie überzeugt, ich kann es.«

»Das sehe ich. Was haben Sie nun zusammengerechnet für den ganzen Kram?«

»Zweitausendeinhundertzweiundvierzig Dollar.«

»Also sagen wir rund zweitausend. Das ist ein klares Geschäft.«

»Ich sagte Ihnen doch: zweitausendeinhundertzwei —«

»Verdammt!« unterbrach er und begann ebenfalls zu lachen. »Sie sind wahrhaftig nicht die Spur ladylike!«

»Wenn es mich gutes Geld kostet, kann ich es mir nicht leisten, ladylike zu sein«, sagte Eleanor.

»Gut, gut, Mrs. Larne. Ich gebe mich geschlagen. Wenn Sie wieder einmal etwas zu verkaufen haben, lassen Sie es mich wissen. Ich verhandle gern mit Leuten Ihrer Art.« Er ging in die Halle zurück und wandte sich wieder den Porträts zu. »Wollen Sie sich das nicht doch überlegen?« sagte er, »ich würde Ihnen die Bildchen da gerne abkaufen.«

»Ich sagte Ihnen doch bereits, daß sie nicht verkäuflich sind«, versetzte Kester böse.

»Ihre Vorfahren?«

»Ja.«

Der Händler betrachtete die Porträts unverwandt. »Kein Zweifel«, sagte er, »ich schätze Sie richtig ein. Sie hätten die Bilder nicht hier hängen, wenn sie nicht echt wären. Ihr gesamtes Zeug hier ist echt.«

»Die Bilder hier haben für niemand Wert außer für uns«, sagte Kester, der offensichtlich nur den einen Wunsch hatte, der Mann möchte so schnell wie möglich verschwinden. »Sie stammen von keinem großen Künstler.«

Der Händler pfiff durch die Zähne. »Das sind Dinge, von denen Sie nichts verstehen, mein Herr«, sagte er. »Die meisten der fetten Millionäre, die nach New Orleans kamen, haben dergleichen nicht aufzuweisen. Deren Vorfahren kamen per Zwischendeck über den Ozean, während Ihre Leute sich hier malen ließen. Da sie nun aber auch gerne auf Vorfahren hinweisen möchten, kaufen sie sich ein paar solcher Bilder und hängen sie sich in den Salon. Verstehen Sie? ›Das ist unsere Tante Minni; sie war eine sehr distinguierte Frau!‹«

Kester zuckte die Achseln und wandte sich ab, aber Eleanor lachte aus vollem Halse.

»Ich wette, die kleine Dame hier würde die Bilder verkaufen«, sagte der Händler. Er wies mit dem Daumen auf Eleanor.

Das gab ihr die Haltung zurück. »Sie hörten ja, was mein Mann Ihnen darüber sagte«, versetzte sie. »Hier ist das Verzeichnis der verkauften Gegenstände. Und hier haben Sie eine Feder.«

»Gut, Madam, wie Sie wünschen.« Er setzte sich nieder und zog ein Scheckbuch aus der Tasche. »Wie war der Vorname?« fragte er.

»Kester«, antwortete Eleanor.

»Oh, ich soll den Scheck auf den Herrn Gemahl ausstellen? Gut, wie Sie befehlen. Morgen kommen dann ein paar Jungens mit dem Lastwagen herunter und holen das Zeug ab. Aber kommen Sie nicht auf den Gedanken, ein paar Stück in die Bodenkammer zurückzutragen.«

»Mein Herr!« rief Kester, der mittlerweile vor Wut zitterte.

»Oh, meinen Sie, das sei noch nicht vorgekommen? Das haben schon Leute mit großen Namen gemacht. Erregen Sie sich nur nicht. Ich habe durchaus nicht die Absicht, Ihre Ehrenhaftigkeit anzuzweifeln, aber ohne Vorsicht ist in unserem Geschäft nicht auszukommen.« Er grinste Eleanor an. »Und wenn Sie Ihre Meinung über ›Tante Minni‹ ändern sollten, sagen Sie es mir.«

Als der Mann endlich gegangen war, zitterte Kester am ganzen Leibe. Er ließ sich in einen Sessel fallen und befahl Cameo, ihm einen Highball zu bringen. Eleanor brachte ihm frohlockend den Scheck. »Giriere ihn schnell, damit ich ihn zur Bank geben kann«, sagte sie. »Freust du dich denn nicht?«

»Doch«, sagte er, »ich freue mich unsagbar, daß der Kerl weg ist.« Und er schrieb seinen Namen auf die Rückseite des Schecks.

Eleanor nahm ihm das Papier ab. Einen Augenblick blieb sie vor ihm stehen und sah ihn an. Dann ging sie zum Schreibtisch zurück, steckte den Scheck in einen Umschlag und machte ihn fertig zur Absendung. Nachdem sie den Brief mit einer Marke versehen hatte, wandte sie sich um. Kester saß am Fenster und schlürfte seinen Highball.

»Bist du denn gar nicht froh, daß ich etwas Geld für die Zinsen flüssig machen konnte?« fragte sie.

»Doch, gewiß«, sagte er, ohne sich umzuwenden.

»Was hast du dann aber?«

»Soll ich mich vielleicht noch darüber freuen, daß du wie ein Pfandleiher feilschst?« sagte er bitter.

Sie begriff das nicht: »Aber einer von uns mußte ja wohl feilschen«, sagte sie, »und es war ja offensichtlich, daß du es nicht tun würdest.«

Er lachte kurz auf: »Du eignest dich ausgezeichnet dafür. Der Satz Tische, für den du achtzig Dollar erzieltest, ist beispielsweise keine fünfzig wert.«

Sie kam quer durch das Zimmer auf ihn zu.

»Und warum hast du das nicht gesagt?« rief sie aus. »Alles, was du an diesem Nachmittag getan hast, war herumzustehen und verächtlich die Lippen zu kräuseln. Man sollte denken, daß du Wert darauf legtest, deine Schulden zu bezahlen. Da kann man es wohl einmal in Kauf nehmen, etwas zu tun, was unter der Würde eines Gentleman liegt.«

Sie atmete einmal tief, ging zu ihm hin und legte ihm die Hand auf die Schulter. Sie bebte vor Erbitterung, bezwang sich aber und sprach mit unterdrückter Stimme: »Kester, ich bitte dich, mach mich nicht verrückt! Meine Nerven befinden sich in einem ähnlichen Zustand wie die europäische Kultur, und wenn ich erst einmal die Nerven verliere —«

Er drehte sich impulsiv herum, umschlang sie mit einem Arm und zog sie herunter auf die Sessellehne. »Ich weiß es, Liebste«, sagte er düster, »es geht mir ja nicht anders.« Er machte eine kleine, traurige Bewegung mit dem Kopf. »Was hilft es!« sagte er. »Wir sind gegenwärtig ebenso schlimm dran, wie die Europäer. Diese Leute

stürzen sich in einen Krieg und geben vor, für die Zivilisation zu kämpfen, aber sie benehmen sich dabei, als ob sie niemals etwas von Zivilisation verspürt hätten.«
Sie schwiegen dann einige Minuten. Eleanor, ruhelos, stand schließlich auf. »Ich glaube, es würde mir guttun, vor dem Abendbrot noch eine kleine Fahrt über die Uferstraße zu machen«, sagte sie.
Er streichelte sie sacht. »Ich glaube, ich habe mich auch schlecht benommen, mein Herz«, sagte er, »es tut mir leid.«
»Oh, mir tut es auch leid«, flüsterte Eleanor und streifte sein Haar mit einem Kuß.
Eleanor lenkte das Auto durch die Parkallee und dann durch den Torweg. Die Uferszenerie bot in diesem Herbst kein sonderlich erfreuliches Bild. Die Kronen der großen Eichen auf der einen Seite hatten sich ineinander verfilzt; die Straße war mit Sonnenflecken besät. Dahinter in den Feldern verrottete die ungepflückte Baumwolle. Viele Pflanzer hatten es nicht für der Mühe wert gehalten, sie zu ernten, war es doch offensichtlich sinnlos und kostete unnütz Zeit und Geld. Um die Egreniermaschinen herum türmten sich Baumwollballen, für die kein Lagerraum mehr beschafft worden war; jetzt war in keinem der Lagerhäuser mehr ein Plätzchen zu mieten. Eleanor war ins Freie gefahren, um sich zu entspannen, sie wollte jetzt nicht an die Baumwolle denken und nicht davon sprechen, aber sie konnte ihren Gedanken nicht befehlen. Freilich, die schlimmste Gefahr war beseitigt. Mit dem Bargeld, das sie heute beschafft hatte und den Juwelen als Sicherheit für den Rest würde die Bank sich zufriedengeben und die Hypotheken für ein weiteres Jahr stehenlassen. Aber wie sollte die Plantage aufrechterhalten werden?
Die Zukunft lag vor ihr wie eine Wüste. Sie hatten kein Geld, um die Arbeiter zu bezahlen, die unbedingt notwendig waren, um die unerläßliche Winterarbeit zu tun. Sie konnten keine Düngemittel einkaufen, ohne zuvor die Lieferungen des vergangenen Jahres zu bezahlen. Daneben waren noch zahllose andere Notwendigkeiten: Viehfutter und anfallende Reparaturen und die Abonnements der landwirtschaftlichen Zeitschriften, an die Bedürfnisse des täglichen Lebens noch gar nicht zu denken. Und ihr Kredit war schon so stark in Anspruch genommen, daß Eleanor schon jetzt vor dem Betreten eines Geschäftes zurückschreckte. Und wenn sie schließlich dennoch auf irgendeine Weise durch den Winter kämen, – was, in Gottes Namen! sollten sie im Frühjahr pflanzen? Das Land barg zehn Millionen Ballen Baumwolle in seinen Lagerhäusern. Unter diesen Umständen wäre es geradezu närrisch gewesen, neue Baumwolle anpflanzen zu wollen. Aber auf Ardeith war seit dem Bürgerkrieg, von dem Gemüse für den eigenen Tisch abgesehen, niemals etwas anderes als Baumwolle gepflanzt worden. Man konnte eine solche Plantage nicht von heut auf morgen vollkommen umstellen, genau so wenig wie eine Fabrik. Baumwolle, Baumwolle, Baumwolle! Das Wort drehte sich mit der Geschwindigkeit eines Kreisels in ihrem Kopf. Benötigten denn diese Wahnsinnigen in Europa keine Wäsche und keine Kleidung? Die Meere waren leergefegt, als hätte niemals ein Bedarf nach Baumwolle bestanden.
Es war spät geworden. Eleanor drehte den Wagen und fuhr nach Ardeith zurück. Als sie vor dem Hause ankamen, legte sie wie in plötzlicher Erschöpfung die Arme auf das Steuerrad und den Kopf auf die Arme. »Lieber Gott!« flüsterte sie, »wenn du es schon nicht zulassen kannst, daß die Baumwolle wieder steigt, dann laß irgend etwas geschehen, daß ich wenigstens nicht mehr daran denken muß!«

2

Es geschah etwas, das Eleanor an die Ermahnung gewisser Geistlicher denken ließ, die ihre Gemeinden zu warnen pflegten, sich ihre Gebete sorgfältig zu überlegen, auf daß sie nicht in unerwarteter Weise Erhörung fänden.

Sie hinterlegten die Juwelen auf der Bank als Sicherheit für den Zinsenrest. Das Geld, das Eleanor für den alten französischen Kognak erzielte, legten sie beiseite, um die notwendigsten Ausgaben für den Haushalt davon zu bestreiten. Es war unmöglich, vorauszusagen, wieweit dieses Geld reichen würde, denn zufolge des Mangels an Importwaren stiegen die Preise für Inlandserzeugnisse. Außerdem wurde neuerdings eine Kriegssteuer erhoben zum Ausgleich für die ausfallenden Zolleingänge. Die allgemeinen Lebenshaltungskosten stiegen auf diese Weise beträchtlich. Obwohl sie im Augenblick eine kleine Atempause hatten, fühlte sich Eleanor wie ein Patient, der nur noch mit Anstrengung atmete. Noch immer war keine Antwort auf die Frage gefunden, was im nächsten Frühjahr angepflanzt werden sollte, um die zwanzigtausend Dollar zahlen zu können, die im nächsten Herbst bei der Bank fällig waren.

Diese Unsicherheit belastete sie bei aller inneren Entschlossenheit zum Durchstehen zuweilen in nur noch schwer erträglicher Weise. Ihre oder vielmehr Kesters Freunde suchten sie immer wieder aufzuheitern; sie meinten, man könne schließlich nicht immer unter einem Bahrtuch leben. Es war wahr: ihre Heiterkeit, soweit überhaupt davon gesprochen werden konnte, hatte einen hysterischen Zug bekommen; sie glich insoweit einer der belagerten Städte in Übersee. Kester meinte, Tanzen sei weniger nervenzerrüttend als das ständige ruhelose Auf- und Abschreiten, das sie sich angewöhnt hatten. Und Eleanor gab schließlich nach. Sie aßen bei den Sheramys zu Abend und gingen mit Violet Purcell zu einem Picknick. Sie besuchten eines Sonntagsabends auch die drei Durham-Mädchen und nahmen hier ein ziemlich trauriges Mahl ein. Die alten Damen hatten gewohnheitsmäßig ein Gedeck mehr für ihre Schwester Kate aufgelegt, die vor vierzig Jahren durchgebrannt war, ihren ehrbaren Eltern und aller Schicklichkeit zum Trotz. Dieses traurige Geschehen hatte die Schwestern so betrübt, daß sie ihrer Lebtage nicht damit fertig wurden. Einer sonderbaren Gefühlsregung folgend, taten sie nun seit Jahren so, als sei das Ereignis gar nicht wirklich.

Kesters Cousine Sylvia kam, um ihnen Eintrittskarten für eine Ballveranstaltung zu verkaufen, die der Jagdklub in der Stadt inszenierte, und zwar zum Nutzen der jüngst ins Leben gerufenen Bewegung *Kauf einen Ballen*. Dieser Gründung lag der Gedanke zugrunde, den gespannten Baumwollmarkt dadurch zu entlasten, daß jeder, der etwas Geld übrig hatte, veranlaßt werden sollte, einen Ballen Baumwolle zum Standardpreis von 50 Dollar zu erwerben. »Das ist eine höchst ehrenwerte Sache«, erklärte Sylvia, »und niemand wird dabei einen Penny verlieren, denn die Makler meinen, daß der Baumwollpreis gleich nach dem Krieg auf zwölf Cents ansteigen wird. Jeder, der seinen Ballen behält, wird also am Ende zehn Dollar daran verdienen.«

»Oh«, sagte Eleanor, »wirklich?«

»Ja, ganz gewiß!« Cousine Sylvia flatterte durch das Wohnzimmer. »Habt ihr schon euren Ballen gekauft?« fragte sie.

Eleanor knirschte; sie wußte nicht, was sie sagen sollte.

»Ich glaube, wir haben schon Baumwolle genug liegen, Sylvia«, sagte Kester, ein böses Lachen verbeißend.

»Aber liebster Kester, es geht doch um das Prinzip der Sache!« beharrte die Cousine.

»Leider können wir uns keine Prinzipien leisten«, sagte Eleanor.

»Aber Eleanor, so etwas darfst du nicht sagen!« Syvia war nicht zu erschüttern. »Präsident Wilson hat einen Ballen gekauft, obgleich er ihn sicherlich nicht braucht. Alle möglichen Leute haben Ballen gekauft; sie legen sie auf ihre Hinterveranden.«
»Es ist unglaublich«, knurrte Kester. »Da erbetteln diese Leute ihre Almosen ausgerechnet bei den Leuten, die die eigentlichen Opfer dieser Zustände sind!«
»Und viele der führenden Kaufleute von New Orleans und anderswo haben Ballen gekauft«, fuhr Sylvia unerschüttert fort; »sie legen sie vor ihre Häuser auf den Bürgersteig, mit einem Schild versehen, auf dem steht: ›Erworben von der Gesellschaft Soundso. Haben Sie schon Ihren Ballen gekauft?‹«
»Wenn ich nur wüßte, worauf das Ganze eigentlich hinaus soll?« sagte Eleanor. »Das ist doch einfach idiotisch. Die Baumwolle bleibt ja auf diese Weise immer noch in Amerika und verkommt völlig sinnlos, ohne daß der Markt davon im geringsten berührt wird.«
»Oh, Eleanor, du verstehst das nicht.« Sylvia öffnete ihre Handtasche und holte eine Handvoll Knöpfe heraus. »Wir geben für jeden gekauften Ballen einen solchen Knopf«, sagte sie. »Sie werden an den Kleidern der Damen und an den Rockaufschlägen der Herren getragen. Sieh her, es steht darauf eingeprägt: ›Ich habe einen Ballen Baumwolle gekauft. Haben Sie auch schon einen?‹«
Zitternd vor unterdrückter Heiterkeit ergriff Kester einen Knopf. »Ich sehe«, rief er aus, »in der Tat, ausgezeichnet! Hör zu, Sylvia, ich verspreche dir, einen Ballen von irgend jemand zu kaufen, wenn du einen von mir kaufst.«
Sylvia ließ ein kleines glucksendes Lachen hören. »Ach Kester«, sagte sie, »du weißt doch, ich habe kaum genug, um zu leben. – Mein armer Konrad«, fuhr sie, zu Eleanor gewandt, fort, »war trotz all seiner vornehmen Charaktereigenschaften kein guter Geschäftsmann. Darum widme ich alles, was ich habe, meine Kraft und meine Zeit, dieser Sache. Es ist alles, was ich zu geben habe.« Es sei ihr immer schon klar gewesen, sagte sie, daß es nicht gut sei, seine ganze Zuversicht auf ein bestimmtes Warenerzeugnis zu setzen; das müsse ganz zwangsläufig zu bösen Enttäuschungen führen. – Da niemand die Gute je zuvor so oder ähnlich reden gehört hatte, zeigte sich Kester fortgesetzt innerlich erheitert und Eleanor verwirrt.
Cousine Sylvia sagte, nachdem sie einige Male vergeblich in ihre Handtasche gegriffen hatte, sie habe beim Aussteigen aus dem Kutschwagen offenbar ihr Taschentuch verloren; ob der liebe Kester nicht freundlicherweise nachschauen wolle. Der liebe Kester ging, und als er fort war, beschwor Cousine Sylvia Eleanor mit vertraulich gedämpfter Stimme, sich doch ja in diesen schrecklichen Tagen sehr, sehr heiter zu zeigen. »Und mach nicht immer so pessimistische Bemerkungen, mein liebes Mädchen«, fuhr sie fort; »jeder Mann will bei seiner Frau Trost, Frohsinn und Erholung finden. Glaube mir, Kind, ich weiß in diesen Dingen Bescheid.«
Eleanor war versucht, das Geschöpf zu schlagen, sie barst fast vor Zorn, und wurde nur durch Kesters Wiedererscheinen daran verhindert, ihrer Wut die Zügel schießen zu lassen. Kester hatte kein Taschentuch gefunden, und der bedauerliche Irrtum klärte sich auch gleich darauf auf: Sylvia fand das Tüchlein in ihrem Beutel. Wie dumm von ihr, zu denken, sie hätte es fallen lassen! Nun, wenn Kester und Eleanor heute durchaus keinen Ballen kaufen wollten, so würden sie doch wenigstens Eintrittskarten für den Baumwollball nehmen? Kester seufzte und kaufte die Billetts.
»Mußtest du das tun?« fragte Eleanor, als Cousine Sylvia gegangen war.
Kester sank in einen Sessel und begann zu lachen. »Nein«, versetzte er, »gewiß nicht. Ich kaufte sie, weil ich es wollte. Ist sie nicht ein großartiges Geschöpf? Als ich sie zum ersten Mal in meinem Leben sah, wurde ich die Treppe hinaufgeschickt, weil ich laut über sie gelacht hatte.«
»Sie ist eine Närrin!« rief Eleanor. Aber sie schien selber ein wenig amüsiert. »Sie

hat dich hinausgeschickt, um mir einige Ratschläge zu geben, wie man sich als glücklich verheiratete Ehefrau zu benehmen hat.«

»Sieh an. Etwas Ähnliches hab' ich mir doch gedacht. Sylvia war zwölf Jahre mit Vetter Konrad verheiratet. Er war ein großartiger Junge und ertrug das Wesen Sylvias, indem er sich mit einer soliden Mischung von christlicher Standhaftigkeit und gutem Whisky wappnete. Schließlich kam es dann leider doch dahin, daß er sich völlig dem Trunk ergab.«

»Und nun erzählt sie also allen Leuten – –«

Kester kicherte. »Das kennst du ja. Schließlich hat der Gute dann doch das Zeitliche gesegnet. Sie betrauert ihn aufopfernd. Sie hat ihn verbrennen lassen und bewahrt seine Asche in ihrem Schlafzimmer auf, um ihn nach wie vor bei Tag und Nacht verehren zu können.«

»Empörend!« schnaufte Eleanor.

»Sieh dich immerhin vor«, grinste Kester, »falls du sie einmal besuchen solltest. Sie nimmt dich unfehlbar mit hinauf, damit du dich vor ihrem Ankleidespiegel zurechtmachen kannst. Die Asche befindet sich in einem Krug dicht bei dem Spiegel, und es möchte geschehen, daß du die Behältnisse verwechselst und dein Gesicht mit Konrad puderst.«

Ach, ihr war gar nicht so zumute, aber sie mußte lachen. Sie ärgerte sich, daß er die Ballbilletts gekauft hatte, denn sie fand, daß es töricht und nicht zu verantworten sei, in ihrer Situation auf solche Weise Geld hinauszuwerfen. Aber andererseits tanzte sie gern, und sie gab Kester schließlich recht, wenn er meinte, daß sie wieder einmal eine Abwechslung brauchen könne. Als dann der Abend herankam und sie sich umkleiden mußte, war sie ganz zufrieden. Sie fuhren gemeinsam zum Jagdklub, und hier war es, wo sie Isabel Valcour trafen.

Schon seit einer Woche war überall in ihrem Bekanntenkreis unausgesetzt über Isabel Valcour gesprochen worden, und Eleanor war deshalb ein wenig neugierig, ihre Bekanntschaft zu machen. Isabel war in Dalroy aufgewachsen, aber sie hatte vor sieben Jahren einen Deutschen geheiratet, einen sehr reichen Deutschen, wie man allgemein sagte, und hatte seitdem im Ausland gelebt. Wahrscheinlich hatte sie gar nicht mehr an Amerika gedacht, bis sie vor dem Krieg fliehen mußte.

Am Nachmittag vor dem Ballabend erschien Violet Purcell auf Ardeith, um eine Tasse Kaffee mit Eleanor zu trinken. Sie erzählte, daß sie gerade von Isabel komme, die in dem alten Haus ihres verstorbenen Vaters auf der Hauptstraße am Strom eingezogen sei. »Äußerst aufregend, meine Liebe!« sagte Violet. »Kosmopolitisch sozusagen, tadellos aussehend, besser als jemals zuvor, gekleidet nach einer Mode, die möglicherweise im kommenden Jahr hier aufkommen mag. Auf welche Weise sie gedenkt, ihre Zeit zuzubringen, bis der Krieg einmal zu Ende ist – ich weiß es nicht!«

»Wo ist denn ihr Mann?« fragte Eleanor. »Bei der Armee?«

»O nein. Im Himmel. Sie ist anscheinend schon seit drei Jahren Witwe und hat seitdem die jeweilige Saison von Norwegen bis Schottland, von Monte Carlo bis Paris und wer weiß wo noch mitgemacht. Ich hätte nie gedacht, jemals in die Verlegenheit zu kommen, die Odyssee dieser internationalen Millionäre beschreiben zu müssen. Und nun also sitzt sie in Dalroy, Louisiana. Stell dir das vor!«

Eleanor meinte, diese Isabel müsse danach mindestens eine sehr interessante Person sein, und fragte, ob sie auch den *Kauf-einen-Ballen*-Ball besuchen werde. Violet wußte es nicht. Sie hatte Isabel verlassen, weil Klara Sheramy zu Besuch gekommen war, und obwohl Klara zweifellos ein »süßes kleines Ding« war, so zwang ihre Dummheit doch zur Einhaltung gewisser Grenzen.

Eleanors Neugier war geweckt. Sie fragte Kester, während sie zum Jagdklub

fuhren, ob er sich noch an Isabel erinnere. »O ja«, antwortete Kester, »ich habe sie ja von Kind auf gekannt.«
»Ist sie wirklich so hübsch, wie die Leute sagen?« fragte Eleanor.
»Das könnte ich mir denken. Aber ich kann noch nichts dazu sagen, denn ich habe sie nach ihrer Rückkehr noch nicht gesehen.«
»Wird sie heute abend da sein?«
Kester hatte sich nicht erkundigt, nahm aber an, daß sie kommen würde. Da zweifellos jedermann hinginge, wäre es eine gute Chance für Isabel, all ihre alten Bekannten zu treffen.

Kalte Herbstnebel hingen in der Luft; um so angenehmer war es im Klubhaus. Alle Räume waren dicht besetzt. Als Kester und Eleanor anlangten, wurde gerade ein Foxtrott getanzt. Bob Purcell kam auf sie zu und sagte, daß er auf Eleanor gewartet habe, damit sie mit ihm tanze. Auf Eleanors Protest, sie habe noch niemals einen Foxtrott versucht, meinte er, da sei gar keine Schwierigkeit; nach all den atemraubenden Umarmungen und Hüpfereien der vergangenen Saison bilde der Foxtrott einen durchaus annehmbaren Zeitvertreib. Eleanor lachte, winkte Kester temperamentvoll zu und ließ sich von Bob auf die Tanzfläche ziehen. Bob tanzte ausgezeichnet und es ging sehr viel leichter, als sie gefürchtet hatte. Sie dachte nicht mehr an Isabel, bis sie sie sah.

Es war dies in einer längeren Tanzpause. Bob Purcell geleitete sie zu einer Gruppe, die rund um den Punschtisch versammelt war. Hier glitzerte ein kleiner Champagnersee in der Höhle eines Berges von Ananaseis. Eleanor gewahrte, als sie näher kam, im Mittelpunkt der Gruppe eine schlanke, blonde Frau in einem seegrünen Kleid, die, ein Glas in der Hand, dastand und Fragen beantwortete. Violet, die auch in der Nähe stand, ergriff Eleanors Hand und zog sie heran. Die Fremde unterbrach ihr Geplauder und sah Eleanor aus großen haselnußbraunen Augen an. Eleanor dachte sogleich, dies müsse Isabel Valcour sein. Wenn sie mich doch nicht so anstarren wollte! dachte sie.

Isabel schien nicht nur die schönste Frau hier im Saal, sondern die schönste Frau im ganzen Staat Louisiana. Unzweifelhaft entstammte sie einem guten, vermögenden Haus, aber das war es nicht, es ging etwas Besonderes, Einmaliges und Unwiederholbares von ihr aus; körperlich erschien sie als das Urbild der Sinnlichkeit; gleichzeitig wirkte sie wie die späte Blüte einer hochentwickelten Zivilisation. Sie schien geschaffen, unter reichen Leuten zu leben und erweckte doch gleichzeitig den Eindruck, als bewege sie sich ausschließlich im Inneren eines von ihr selbst gezogenen Kreises. Sie war nicht sehr groß, aber ihre Figur schien eigens zu dem höchst irdischen Zweck geschaffen, elegante Kleider vorteilhaft zu tragen. Ihr bis auf einen »Wasserfall« in der Hüftgegend eng anliegendes seegrünes Kleid bildete eine wundervolle Umrahmung für ihre blendendweißen Schultern und die vollkommene Linie ihres Halses. Ihr Haar schimmerte in einem seltenen Goldton; es umrahmte in gefälligen Wellen das klassische Oval ihres Kopfes. Zu dem feingeschnittenen, ebenmäßigen Gesicht stand das fast herausfordernde Lächeln, das um ihre Lippen spielte, in einem sonderbaren Mißverhältnis.

Man hätte Eleanor nicht sagen müssen, daß diese Frau aus fremden, fernen Bereichen in diese Stadt am Mississippiufer verschlagen worden sei; sie hätte es sogleich gesehen. Sie erschien ganz und gar als Ausländerin, verloren in ihrer gegenwärtigen Situation und doch schon so weit Herrin der Lage, um sie mit gelassener Heiterkeit zu betrachten. Sie tat Eleanor plötzlich leid; schien der europäische Krieg doch augenscheinlich das erste Ereignis, das diese Frau unvorbereitet gefunden hatte. Gleichzeitig sah sie sich dankbar daran gemahnt, daß auch das Leben anderer Menschen durch den plötzlichen Bruch der bisherigen Weltordnung empfindlich in Mitleidenschaft gezogen und aus der Bahn geworfen wurde.

Sie mußte Isabel nur für einen kurzen Augenblick angesehen haben, denn sie hörte jetzt Violet sagen:

»Wir haben eben einiges über die Schrecken des Krieges aus erster Hand gehört. Entschuldigt bitte, ihr kennt euch wohl noch nicht: Mrs. Larne – Mrs. Isabel – wie war doch Ihr Name?«

»Schimmelpfeng«, sagte Isabel mit einem undurchsichtigen Lächeln.

»Also«, sagte Violet, zu Eleanor gewandt, »du hast es gehört.«

Eleanor lachte: »Ja, aber – vergeben Sie mir –, ich kann es nicht aussprechen.«

»Oh!« Isabels Stimme war süß wie ihr Gesicht, »beunruhigen Sie sich deswegen nicht. Ich habe auch über einen Monat gebraucht, um meinen eigenen Namen richtig aussprechen zu können. Sie sind Mrs. Kester Larne?« – »Ja.«

»Ich erinnere mich gut an Kester. Ist er hier heute abend?«

»Ja, er ist irgendwo. Aber lassen Sie sich nicht unterbrechen. Sie sprachen über den Krieg?«

Isabel zuckte die Achseln, als hätte sie gar nichts dagegen, das Gespräch über diesen Gegenstand abzubrechen. Aber Klara Sheramy zwitscherte:

»Sie hat uns von den Abenteuern erzählt, die sie bestehen mußte, um aus Europa herauszukommen. Es war schrecklich spannend. Bitte, fahre fort, Isabel.«

Isabel gab nach. »Ja, es war wirklich entsetzlich«, sagte sie. »Ganz Europa scheint mit galvanischem Strom geladen, das ist die einzige Bezeichnung, die mir einigermaßen passend erscheint. Du erwachst eines Morgens und stellst fest, daß jedes Dorf sich in ein Mobilisationszentrum verwandelt hat. Überall kleben leuchtend rosa Plakate, auf denen der Krieg und die ersten Kriegsverordnungen proklamiert werden.«

Eleanor nahm ein Glas Punsch, das Bob Purcell ihr reichte. »Sprich weiter, Isabel«, sagte Bob, »wo warst du? In Deutschland?«

»Nein, in Italien, Gott sei Dank! Wäre ich in Deutschland gewesen, dann wäre ich vermutlich immer noch dort. Italien war praktisch neutral und trotzdem ist es fast ebenso schlimm dort wie in anderen Ländern. Die Straßen waren voller Fremden, die zur Armee einberufen worden waren. Sie sagten sich lachend ›Auf Wiedersehen!‹ und versprachen, wieder zusammenzukommen, sobald der Krieg vorüber wäre.«

»Wie gut, daß du selber neutral warst«, rief Klara aus.

Isabel lachte: »Aber ich war doch gar nicht neutral, liebes Kind. Legal bin ich ja Deutsche.«

»Ach! Bist du das wirklich?« fragte Klara verblüfft.

»Natürlich ist sie es«, versicherte Violet.

Isabel hielt ihr Glas hin: »Würde jemand so freundlich sein? Ich habe keinen Champagnerpunsch mehr getrunken, seit ich das letzte Mal auf einem Ball in Vicksburg war.«

Bei der Vorstellung, Isabel auf einem Ball in Vicksburg zu sehen, hätte Eleanor beinahe gekichert. Aber sie erinnerte sich rechtzeitig, daß die Isabel jener Tage ja doch nicht die Isabel von heute war. Drei Herren sprangen gleichzeitig herbei, um das Glas wieder zu füllen. Isabel lächelte sie dankbar an.

»Ich fuhr nach Rom«, fuhr sie in ihrer Erzählung fort, »und begann ebenso wie alle anderen das amerikanische Konsulat zu stürmen. Da waren plötzlich Hunderte von Amerikanern, die ihre Sehnsucht nach Apfelpasteten oder nach dem Mount Vernon entdeckten und die bereit waren, alles, was sie besaßen, für eine Koje in irgendeinem nach dem Westen fahrenden Schiff herzugeben. Ihr wißt, wie amerikanische Reisende in diesen Ländern sonst geschätzt werden, die Leute machen tiefe Verbeugungen und halten die ausgestreckte Hand hin. So waren wir es gewöhnt, und plötzlich sahen wir uns so tief gesunken, daß wir uns bald wie ein öffentliches Ärgernis vorkamen.«

Sie spricht gut, dachte Eleanor. Ich will wetten, daß sie mit diesem Haar und dieser Figur keine großen Sorgen auszustehen hatte.

Isabels nächste Äußerung erschien wie eine Antwort auf diesen Gedankengang:

»Gerade als ich dachte, ich müßte entweder in Rom bleiben oder nach Deutschland zurückfahren, um für die Dauer des Krieges dort zu bleiben, traf ich auf dem Konsulat einen reizenden Herrn, der gleich mir in Louisiana geboren war, in Baton Rouge. Wahrhaftig, niemand konnte mir gelegener kommen. Ich hatte fast vergessen, wie Louisiana aussah, aber ich erinnerte mich dann sofort: an die Krebsvorspeisen, die Flußboote, an Baumwolle und Zuckerrohr, an Uferdämme und Maisbrot, und ich konnte plötzlich darüber sprechen, als ob ich mich niemals eine Meile vom Strom entfernt hätte.«

Eleanor mußte, als sie die Geschichte dieser erstaunlichen Verwandlung hörte, unwillkürlich lachen. Isabels Augen trafen die ihren; sie schien zunächst etwas überrascht, aber dann lachte sie auch. »Lachen Sie nur«, sagte sie, »ich habe selber gelacht.« Und dann fuhr sie fort, zu erzählen:

»Wir wurden recht gute Freunde. Er hatte schon ein Schiffsbillett, mußte aber noch in Rom bleiben, weil seine Firma ihm gekabelt hatte, er möchte noch abwarten. So kam ich heraus und konnte mein Gepäck mitnehmen.«

»Und wo hast du deine restlichen Sachen?« fragte Klara.

»In Berlin, Liebling. Möchtest du versuchen, sie zu holen?«

Hinter Isabel rief eine Stimme: »Hallo, da seid ihr ja alle!«

Es war Kester, der sich mit seinem alten jungenhaften Lachen der Gesellschaft näherte. Eleanor fragte sich, da sie ihn erblickte, wie es wohl käme, daß Kester immer und jederzeit aussähe wie die glückliche Jugend, ganz gleichgültig, was ihn bedrückte oder welche Umstände ihm zu schaffen machten. Und obgleich sie es nicht begriff, war sie doch stolz auf ihn.

»Kann ein Mann hier einen Drink haben?« fragte Kester. »Bob, du hast eine Abhandlung über Lepra bei mir zu Hause liegenlassen. Ja, um Himmels willen – Isabel Valcour!«

Sie bildeten eine Gasse für ihn. Isabel drehte den Stiel ihres Glases in der Hand und sah zu ihm auf: »Hallo, Kester!«

»Großartig, dich zu sehen!« Er maß sie mit einem bewundernden Blick. »Aber das ist nicht Berlin. Das ist Paris. Oder irre ich mich?«

»Nein. Natürlich Paris.« Sie betrachtete ihn lächelnd. »Nun sage nicht auch, ich hätte mich nicht verändert.«

»Natürlich hast du dich verändert«, sagte Kester.

»Die sieben Jahre, die ich fort war?«

»Nein. Die Welt!«

»Du hast dich nicht verändert«, sagte Isabel.

Kester nahm dem Kellner seinen Drink ab. Anstatt auf ihre letzte Feststellung einzugehen, fragte er: »Wie bist du herausgekommen?«

»Isabel hat es uns eben erzählt«, zwitscherte Klara. »Sie wußte erst nicht, wie sie es anfangen sollte und war schon ganz verzweifelt. Aber dann war da ein Mann, der sie wundervoll fand.«

»Aber Isabel«, lachte Kester, »wie ist es möglich, daß du dich an einem Ort aufhieltest, wo nur ein Mann war?«

»Benimm dich deinem Alter entsprechend!« sagte Isabel.

Das Orchester begann wieder zu spielen. Nachdem sie zahllosen Männern einen Tanz versprochen hatte, schritt Isabel mit Neal Sheramy davon. Eleanor sah sie nicht mehr, bis zum Essen gebeten wurde. Da erblickte sie sie, schon wieder von einer Gruppe umgeben, ihren Teller auf den Knien und Fragen beantwortend. Aber sie sah aus, als langweile es sie mittlerweile, so im Mittelpunkt des Interesses zu stehen. Eleanor begriff das, denn die Fragen, die da gestellt wurden, waren durchweg dumm und töricht.

»Isabel, warum sind die Deutschen durch Belgien marschiert?«
»Um nach Frankreich zu kommen.«
»Aber warum mußten sie durch Belgien gehen?«
»Weil es auf dem Wege liegt. Schau auf die Landkarte.«
»Aber die Franzosen haben doch nicht versucht, durchzugehen.«
»Nein. Die Deutschen waren schneller.«
»Warum haben sie Louvain verbrannt?«
»Ich weiß es nicht.«
»Aber findest du nicht auch, daß das schrecklich war?«
»Doch, das wird es gewesen sein.«
»Hast du den Kaiser schon mal gesehen?«
»O ja, ich habe ihn gesehen.«
»Wo?«
»Bei der Parade.«
»Hat er wirklich einen verkrüppelten Arm?«
»Ich habe es nicht bemerkt.«
»Ist es wahr, daß Belgien heimlich mit England alliiert ist?«
»Ich weiß es nicht.«
»Aber die Zeitungen schreiben, Graf Bernstorff forderte —«
»Mag sein, daß es so ist.«
»Was denkst du über die Greuelgeschichten, die man erzählt?«
»Unsinn!«
»Du meinst, die Deutschen würden so etwas nicht tun?«
»Nein, solche Dinge, das weiß ich, würden sie nicht tun.«
»Aber die Zeitungen schreiben es doch – warum glaubst du es nicht?«
»Ich verstehe nichts von der Kriegführung, aber ich kann mir nicht vorstellen, daß Soldaten, die sich auf dem Vormarsch befinden, Zeit haben, sich zu betrinken und nackte Frauen durch die Straßen zu schleifen.«
»Mhm! Mag sein. Aber das alles klingt so entsetzlich. Du bist für Deutschland, nicht wahr?«

Eleanor unterbrach: »Warum sollte sie nicht für Deutschland sein? Wir sind hier in einem neutralen Land.«

Isabel sandte ihr einen erstaunten Blick. »Danke, Mrs. Larne«, sagte sie nach einem Augenblick. »Dieses Land ist so neutral«, fügte sie gleich darauf hinzu, »daß die Speisekarten in sämtlichen Restaurants nur in Englisch geschrieben sind, offenbar weil niemand Gerichte mit französischen, deutschen oder russischen Bezeichnungen bestellen will.«

Es wurde gelacht. Kester, in der offensichtlichen Absicht, Isabel von der sinnlosen Ausfragerei zu erlösen, fragte: »Hast du schon bemerkt, daß England eine neue Steuer auf Tee gelegt hat?«

Aber Cousine Sylvias Neugier war noch nicht befriedigt. Sie schaltete sich wieder ein: »Was meinst du, Isabel. War England berechtigt, in den Krieg einzutreten?«

Isabel holte kurz Luft. »Nun hört alle mal zu«, sagte sie, »ich habe seit dem letzten Sommer keine deutsche Zeitung mehr gesehen; seit einer Woche habe ich überhaupt keine Zeitung mehr in der Hand gehabt; ich weiß gar nichts über den Krieg. Ich bin froh, daß ich den explodierenden Kontinent noch eben verlassen konnte, und ich werde Christoph Columbus in meinem Hausgarten ein Denkmal setzen.«

Sie schien plötzlich innerlich hochgradig erbittert. Vor einer Stunde noch schien sie über ihre Heimkehr nach Louisiana erfreut, jetzt benahm sie sich wie ein verzogenes Kind, dem nicht alles nach Wunsch geht. Eleanor fragte sich verwundert, ob nur die sinnlosen Belästigungen diese Wandlung herbeigeführt haben mochten oder ob unterdessen sonst etwas geschehen sei, was Isabel verwirrte. Kester schaltete sich in seiner charmanten Art ein. »Laßt uns ein paar Schlager singen«, rief er. »Violet, würdest du nach dem Essen etwas spielen?«

Violet stimmte bereitwillig zu, offenbar war sie froh, Isabel auf solche Weise Gelegenheit geben zu können, sich etwas zu erholen. Die ganze Gesellschaft folgte Violet bald darauf zum Klavier, und im Augenblick war der Raum von fröhlichem Lärm erfüllt. Violet wirbelte auf den Tasten, Kellner liefen mit Speisen und Getränken umher; Gruppen von Herren, die keine Lust hatten, sich am Gesang und an John Bunny's komödiantischem Talent zu ergötzen, diskutierten die Baumwollkatastrophe; eine andere Gruppe stritt sich über die wichtige Frage, ob der Pfefferminz-Julap mit oder ohne Rum besser schmecke, und über all dem Geschwätz und Gelächter trillerte das Klavier die Begleitung zu dem Song:

»Die Neutralen vor mir rufen: ›Es lebe der Kaiser!‹
Die Neutralen hinter mir rufen:›Vive la France!‹«

Eleanor lehnte sich gegen das Klavier und lächelte Kester an. Kester ist die Seele des Festes, dachte sie; ein Fest ohne Kester wäre gar nicht denkbar! Sie hörte durch Musik, Gesang und Gelächter Sylvias Stimme:

». . . aber ich fühle, daß es meine Pflicht ist, dich zu warnen, Isabel: die meisten Menschen in diesem Land sind nach der belgischen Affäre sehr empört über die Deutschen —«

»Oh, hör' auf, Sylvia! Um Himmels willen, hör' auf!«

»Isabel!« rief Sylvia erbittert. Sie wandte ihr beleidigt den Rücken und rauschte davon. Isabel sah ihr erleichtert nach. Eleanor fing ihren Blick auf und lächelte:

»Nehmen Sie es ihr nicht übel«, sagte sie, »sie ist eine Gans!«

Isabel lächelte, aber man merkte diesem Lächeln noch immer ihre Erbitterung an. »Deshalb bin ich nun in ›Gottes eigenes Land‹ zurückgekommen«, seufzte sie. Sie machte eine Bewegung, als wolle sie alles wegwischen, was sie belästigte. »Wie lange sind Sie mit Kester verheiratet?« fragte sie.

»Im letzten Mai zwei Jahre.«

»Oh! Und haben Sie Kinder?«

»Ja, ein kleines Mädchen. Sie hatte letzte Woche ihren ersten Geburtstag.«

»Wie reizend«, sagte Isabel.

»Besuchen Sie uns und sehen Sie sich Cornelia an«, sagte Eleanor. »Ich verspreche Ihnen, daß wir Sie nicht über die belgischen Greueltaten ausfragen werden.«

»O gewiß, danke sehr«, sagte Isabel.

Violet zog sie auf den Klavierstuhl herunter. »Isabel, spiel für uns«, rief sie. »Du hast immer viel besser gespielt als ich.«

»Habt ihr in Europa neue Kriegslieder, die wir hier drüben noch nicht gehört haben?« fragte Klara.

Isabel maß sie mit einem bösen Blick, aber Kester schaltete sich ein und vermittelte mit einer so gelassenen Selbstverständlichkeit, als ob er hier der Hausherr und für die gute Stimmung der Gesellschaft verantwortlich wäre. »Spiel ein Kriegslied, Isabel!«

Isabel zuckte die Achseln, lächelte aber nach einem Augenblick des Zögerns gehorsam, ganz so, als ob sie soeben ihr Temperament wiederentdeckt hätte. Sie sang ein britisches Rekrutenlied, das begann:

»*Where will you look, sonny, where will you look*
  When your children yet to be
Clamor to learn of the part you took
  In the war that kept men free?«

Von dem Song ging sie dann zu Schlagermelodien über, erzählte, daß sie den Schloßtanz in Paris gesehen habe, und unterhielt die ganze Gesellschaft plaudernd und spielend mit dem Klavier, bis alle schließlich in den Ballsaal zurückkehrten. Eleanor sah sie nicht mehr, aber auf dem Rückweg äußerte sie zu Kester, daß sie Isabel gut leiden möchte. »Sie hatte ziemlich viel auszustehen heute abend«, sagte sie.

»Das hatte sie gewiß«, antwortete Kester. »Ich habe mich über deine Bemerkung gefreut, es sei ganz natürlich, daß sie für Deutschland sei. Ob sie nun in Wirklichkeit dafür ist oder nicht, es war jedenfalls eine vernünftige Feststellung.«

»Ich denke, sie ist dafür. Schließlich ist ihr Mann ja ein Deutscher.«

Kester ließ ein vergnügtes Lachen hören. »Wo deine Schätze sind, mein liebes Mädchen, da wird dein Herz auch sein!« trällerte er.

»War ihr Mann wirklich so ungeheuer reich?«

»Kolossal!« bemerkte Kester trocken.

»Sylvia war heute noch eine größere Plage als sonst«, seufzte Eleanor.

»Ja«, grinste Kester erheitert, »sie hat eine ganze Sammlung fleckenloser Ahnen, aber nichtsdestoweniger ist sie genau das, was ich ›arm' weiß' Pack‹ nennen würde.«

Eleanor lachte. »Ich bin nie ganz sicher, was diese Redensart eigentlich bedeutet«, sagte sie.

»Ja, wie soll man das formulieren?« Er sann einen Augenblick nach. »Ich würde sagen, es sind Menschen, die kein Feingefühl, keinen Takt haben, die nicht wissen, daß manche Dinge Cäsars und manche Dinge Gottes sind.«

Eleanor blickte schweigend auf die Schatten der Bäume, an denen sie vorüberglitten. Sie dachte an Sylvias aufdringliches Geschwätz, an Isabels Verlegenheit und dann an ihre eigene. Ein Krieg, an dem sie keinen Anteil hatten und der sie nichts anging, brachte gleichwohl eine Menge Unannehmlichkeiten mit sich, auch für Leute, die nicht direkt von ihm berührt wurden. Er richtete noch dort, wo er nicht unmittelbar wirkte, Verwüstungen an. Ob das Getanze einiger weniger Patrioten und das Kaufen von Baumwollballen ein Weg war, solcher Verwüstung entgegenzuwirken?

Sie ging schlafen und dachte: Baumwolle. Und sie erwachte und dachte dasselbe. Sie trank Kaffee und schwor sich, während des ganzen Tages nicht über Baumwolle zu sprechen. Kester dagegen schien kein anderes Problem zu kennen, als wie er Cornelia das Wort »Vater« beibringen könnte. Sie freute sich darüber, denn es lenkte sie ab. Kester hatte es sich in den Kopf gesetzt, daß die Kleine das Wort zu ihrem Geburtstag sprechen können sollte, aber nun lag der Geburtstag schon eine Woche zurück und Cornelia gab noch immer nur unartikulierte Laute von sich. Kester, keineswegs nachgebend, verdoppelte seine Anstrengungen, aber Cornelia schien zu denken, daß alle diese Versuche nur ausgedacht seien, um ihr Spaß zu bereiten; sie krähte und strampelte und beschmierte ihre Bäckchen mit dem Haferbreilöffel.

»Vater«, wiederholte Kester.

»Dschaggel«, lallte Cornelia.

»Vater«, sagte Eleanor.

»Blab«, gluckste Cornelia selig.

»Was meinst du«, sagte Kester, »ob sie vielleicht doch nicht sehr klug ist?«

Eleanor sah auf ihre Uhr. »Ich weiß es nicht. Jedenfalls ist sie aus den Windeln heraus. Übrigens ist die Seife und auch sonst noch alles Mögliche für Baby ausgegangen, ich muß deshalb zur Stadt, um einzukaufen. Unterrichte sie derweil ruhig weiter.«

Sie ging trotz des ziemlich trübseligen Wetters guter Laune hinaus. Ein Baby war jedenfalls etwas sehr Schönes. Kester wünschte sich ein zweites, aber Eleanor weigerte sich, an weitere Kinder zu denken, solange sie nicht die Gewißheit hatte, ein Dach über dem Kopf zu haben. Während sie zur Stadt fuhr, wirbelte der Begriff Baumwolle schon wieder in ihrem Kopf herum und folterte sie. Als sie den Drugstore erreichte, regnete es. Klara und Violet saßen an der Sodaquelle vor einem Getränk und klagten über das Wetter.

»Du kannst nicht einmal einwenden: es ist gut für die Ernte«, sagte Violet, »die Ernte ist herein.«

»Ich bin es so leid, über Baumwolle reden zu hören«, jammerte Klara, »mit Neal ist schon gar nichts mehr anzufangen.«

Silberwald ist wenigstens nicht bis zum Zusammenbruch in Hypothekenschulden verstrickt, dachte Eleanor, während sie grüßend herankam.

»Ich habe gerade beschlossen, mich nicht mehr darüber zu ärgern«, trotzte Klara und hob das Kinn mit einem Selbstbewußtsein, als hätte sie durch diesen Beschluß die Wiedereröffnung der Börse erzwungen.

Eleanor lehnte die Einladung, einen Soda mitzutrinken, ab. Sie vermochte Klaras niedliches Geschwätz im Augenblick nicht zu ertragen; es zerrte an ihren Nerven. Aber als sie dann zurückfuhr, beneidete sie die junge Frau fast. Es mußte wundervoll sein, einfach bei sich beschließen zu können, sich nicht mehr zu ärgern und auch andere zu der gleichen harmlosen Betrachtungsweise bringen zu können.

Sie stellte den Wagen ab, rannte durch den rieselnden Regen zur Hintertür, riß sie auf und schloß sie so hastig hinter sich, daß ihr Rock dazwischengeriet und entzweiriß. Sie schrie verwirrt und ärgerlich auf und eilte die Treppe hinauf. Ihr Zimmer war kalt. Sie mußte veranlassen, daß zum Abend geheizt wurde. Sie untersuchte den Rock und stellte fest, daß er böse zerrissen war. Die gestopfte Stelle würde sich nicht verbergen lassen. »Ich beginne nun langsam wie ein Almosenempfänger auszusehen«, sagte sie erbittert zu sich selbst, »o mein Gott – Ardeith! Sogar der Verkäufer im Drugstore sah mich an, als wüßte er, daß unsere Rechnung monatelang überfällig ist. Baumwolle – der Krieg – verdammt sei das alles!«

Das Telefon läutete.

Sie hatte gar keine Lust, mit jemand zu sprechen. Die Dienerschaft war unten bei der Arbeit; irgend jemand würde den Hörer schon abnehmen. Aber das Telefon läutete abermals. Sie besah sich den Riß in ihrem Rock und achtete nicht darauf. Es klingelte zum dritten Male. Sie stand unwillig auf und setzte sich auf die Bettkante. So ein Instrument ist hartnäckig; man kann es nicht ignorieren. Sie nahm den Hörer ab und hörte im gleichen Augenblick Kester am unteren Apparat antworten.

»Mr. Larne?« sagte eine weibliche Stimme am anderen Drahtende.

»Ja«, sagte Kester.

»Kester, hier ist Isabel.«

»Oh«, sagte Kester, »ich dachte es fast.«

Eleanor wunderte sich, was Isabel wohl von Kester wollen möchte.

Sie schickte sich eben an, den Hörer wieder aufzulegen, als Isabels nun folgende Worte sie zögern ließen:

»Ist deine Frau – wie heißt sie doch noch?«

»Eleanor.«

»Ach ja. Ist Eleanor in der Nähe?«

»Nein. Sie ist in die Stadt gefahren.«

»Gut. Kester, ich möchte mit dir sprechen.«

»Ja? Also sprich.«

»Nein, verzeih! Ich meine, ich möchte dich sehen. Könntest du herkommen?«

Es entstand eine Pause. »Ja, ich weiß nicht«, sagte Kester dann, »ich möchte lieber nicht.«

Eleanor lauschte. Sie saß auf der Bettkante und hielt den Hörer ans Ohr gepreßt. Sie spürte, wie ihr Herz klopfte.

»O Kester«, rief Isabel über den Draht, »benimm dich nicht wie ein provinzlerischer Puritaner.«

Er lachte. »Ich bin in meinem Leben schon mit allen möglichen Namen belegt worden, aber das Prädikat ist neu. Aber mein liebes, sehr ehrenwertes Mädchen, ich sehe den Grund zu einem solchen Besuch noch nicht ein.«

»Deine Stimme erinnert mich an Louisiana, – wie es damals war. Aber ernsthaft, Lieber, ich möchte dich sehen. Soll ich es dir erklären?«

»Bitte, bitte, wenn es sein muß. Sprich ruhig. Es ist niemand hier.«

Er sprach obenhin, offensichtlich uninteressiert. Vielleicht tut er das absichtlich, dachte Eleanor.

»Höre zu, Kester«, sagte Isabel, »ich bin nicht deinetwegen nach Hause gekommen« – sie lachte nervös –, »aber seit ich nun hier bin – sage mir, Kester, weiß Eleanor etwas über – nun, über uns?«

»Nein«, sagte Kester.

»Danke. Ich zweifelte schon ein wenig. Ihre Haltung in der letzten Nacht –; aber ich bin froh; Frauen neigen manchmal dazu, solche Dinge zu übertreiben.«

»Übertreibst du nicht auch?«

»Vielleicht«, sagte Isabel, »kennst du mich nicht?«

»Ich kenne dich in- und auswendig«, sagte Kester.

»Und du lachst über mich?«

»Im Gegenteil: du tust mir leid. Obwohl die Vorstellung spaßig ist, dich in Tränen ausbrechend vor der Freiheitsstatue zu sehen.«

»Wer sagt dir denn, daß ich vor der Freiheitsstatue in Tränen ausgebrochen bin?«

»Niemand. Aber ich kenne deine Neigung zur Selbstdramatisierung. Du bist ja schon wieder dabei.«

»Wieso?«

»Du spiegelst dich schon wieder und sonnst dich in der Beachtung, die du hier findest.«

»Oh, du tust mir unrecht«, rief Isabel aus. »Glaube mir nur: du warst ganz in den Hintergrund getreten und ganz und gar unwichtig geworden. Es ist mir nicht einmal eingefallen, mich zu erkundigen, ob du auf dem Ball in der letzten Nacht sein würdest oder nicht. Ich hatte gehört, daß du verheiratet seist. Die Mädchen hier haben mir erzählt, was vorgegangen ist. Sie besuchten mich alle, angeblich, um mich willkommen zu heißen, in Wirklichkeit natürlich, um sich zu überzeugen, wie ich aussehe. Aber als ich dich dann plötzlich sah, war ich so selbstbewußt wie ein Schulmädchen.«

Kester lachte amüsiert: »Das habe ich bemerkt.«

»Du hast mich ja kaum angesehen.«

»Sieben Jahre sind eine lange Zeit«, sagte Kester.

»Als ich dann nach Hause ging, mußte ich über etwas nachdenken, was ich bis dahin kaum überlegt habe. Ich habe die Absicht, den ganzen Winter über hier zu bleiben. Vielleicht sogar, bis der Krieg zu Ende ist. Alles, was ich besitze, liegt in Deutschland fest, und hier in Dalroy habe ich wenigstens das alte Haus. Wenn wir beide nun klug wären, würden wir uns wahrscheinlich meiden. Aber ich glaube, wir können das nicht. Wir könnten es nicht einmal, wenn wir es wollten. Es wird immer wieder vorkommen, daß wir zu den gleichen Leuten eingeladen werden, also werden wir uns immer wieder sehen, es sei denn, daß einer von uns beiden zum Einsiedler wird. Und jetzt möchte ich gern einmal mit dir in Ruhe sprechen, ganz allein, bevor wir uns wieder in irgendeinem fremden Raum vor fremden Menschen begegnen.«

»Hältst du das wirklich für nötig? Ich sagte dir schon: ich würde es lieber lassen.«

»Du möchtest der Erinnerung lieber aus dem Wege gehen, wie? Ach, ich kenne dich auch, Kester. Aber ich bitte dich: Komm! Es war einmal eine Zeit, da habe ich mich dir gegenüber wie eine Idiotin benommen.«

»Hast du das?«

»Kester, bringst du es wirklich fertig, eine Tür in deiner Erinnerung einfach zuzuschlagen?«

Kester antwortete mit einer leisen, fast gehauchten Stimme; es hörte sich an, als spräche er zwischen zusammengepreßten Lippen unmittelbar in die Muschel hinein; vielleicht war irgend jemand in der Halle, der nicht verstehen sollte, was er sagte: »Isabel, du hast niemals jemand geliebt außer dem Mädchen, das dich aus dem Spiegel heraus ansah. Versuche nicht, mir etwas anderes einreden zu wollen.«

»Du kannst sehr grausam sein, Kester.«

»Bin ich der einzige Mensch, der dir jemals die Wahrheit sagte?«

»Ja. Vielleicht habe ich dich deswegen geliebt. Aber – die ganze Wahrheit ist das nicht. Doch egal! Laß uns zur Gegenwart zurückkehren. Ich glaube beispielsweise –«

»Ja?«

»Ich glaube – Eleanor – ich mag sie recht gern. Was für eine Art Frau ist sie?«

»Sie ist ohne Zweifel eine großartige Frau. Du würdest sie nicht verstehen.«

»Wer ist sie überhaupt?«

»Sie wohnte in New Orleans. Ihr Name ist Upjohn.«

»Spaßig. Ich habe niemals in New Orleans von Leuten gehört, die Upjohn hießen.«

»Lieber Gott, in einer Stadt solcher Größe müssen auch ein paar Leute wohnen, von denen du nichts gehört hast. Isabel, was willst du von mir?«

»Ich hätte gern deinen Rat in verschiedenen Dingen gehabt. Beispielsweise bei einer so komplizierten Frage wie Eleanors Einladung. Sie fragte mich letzte Nacht, ob ich sie nicht einmal in Ardeith besuchen wollte. Soll ich die Einladung nun annehmen, oder soll ich eine höfliche Entschuldigung vorbringen? Und würde sie sich im letzteren Falle nicht unnötig wundern? Eleanor muß sich ja schließlich sagen, daß wir uns früher gekannt haben. Und also wäre es eigentlich ein völlig natürlicher Vorgang, wenn sie mit mir Freundschaft schlösse, wie mit Klara und Violet.«

»Ja, was soll ich dazu sagen? Ich habe noch nicht darüber nachgedacht.«

»Kester, eine deiner wundervollsten Eigenschaften ist die, daß du nicht denkst. Das wird dich ewig jung erhalten. Aber ich zweifle nicht, daß sich ein paar Leute finden werden, die gelegentlich erzählen, daß wir früher häufige Tanzpartner waren. Ich meine, wir würden in diesem Winter alle erheblich glücklicher sein, wenn Eleanor bei ihrer Unbefangenheit bliebe und nicht auf den Gedanken käme, es könnte zwischen uns mehr gewesen sein als etwa ein Kuß. Findest du nicht, es wäre vernünftig, wir würden über alle diese Fragen einmal in Ruhe wie ein paar zivilisierte und erwachsene Leute reden?«

»Vielleicht«, sagte Kester, »vielleicht hast du recht. Nur«, fügte er mit etwas erhobener Stimme hinzu, »erinnere dich dann auch daran, daß wir beide – zivilisiert und erwachsen sind.«

»Du wirst also kommen?«

»Wann denn? Etwa jetzt gleich?«

»Ja, Kester, ich bitte dich darum. Sieh, das ist natürlich nicht alles, was ich dir sagen wollte. Ich brauche auch in anderen Fragen deinen Rat. Es sind da eine Menge Unannehmlichkeiten, in denen ich stecke. Vielleicht kannst du nicht nachempfinden, wie es ist, wenn ein Leben plötzlich in zwei Hälften zerschnitten wird. Ich mußte fliehen wie ein gesuchter Verbrecher.«

»Fliehen? Wieso?«

Ihre Stimme klang hilflos: »Sei jetzt nicht so grausam, Kester. Ich brauche dich

wirklich. Ich bin so verloren und müde. Ich komme mir vor wie in einem fremden Land. Niemand außer dir würde das verstehen.«
»Ich glaube zu verstehen.«
»Natürlich tust du das. In ganz Dalroy bist du der einzige wirkliche Freund, den ich habe, der einzige Mensch, mit dem ich vernünftig reden kann. Könntest du dich nicht entschließen, mir wenigstens einen einzigen Nachmittag zu widmen? Kester, bitte! Ich brauche dich!«
»Du armes Mädchen!« rief Kester mit etwas gewaltsamer Heiterkeit, »ist es wirklich so schlimm?«
»Ja, das ist es. Wirst du herüberkommen?«
»Ja. Ich werde kommen. Aber warte – häng noch nicht ein –, es muß wirklich bei diesem einen Mal bleiben.«
»Gut, gut, wenn du nur kommst. Ich danke dir, Kester, ich danke dir.«
Eleanor hörte noch das Klicken der beiden Hörer, bevor sie ihren eigenen abhängte. Als sie die Hand zurücknahm, fühlte sie, daß ihre Finger steif waren.
»Und ich war noch liebenswürdig zu dieser Person!« sagte sie laut vor sich hin.
Sie zitterte vor Erregung am ganzen Körper. Das Aufregende war nicht, zufällig auf eine Jugendsünde von Kester gestoßen zu sein. Unglaublich war es, daß diese Isabel schamlos genug war, in den Frieden ihrer Ehe einzubrechen und daß es Kester sich offenbar gar nicht bewußt war, was er im Begriff war, zu tun. »Könntest du dich nicht entschließen, mir wenigstens einen einzigen Nachmittag zu widmen? Kester, ich brauche dich!« Schamloser ging es doch wahrhaftig nicht mehr. Jeder, der nicht völlig mit Blindheit geschlagen war, konnte diese Worte ohne weiteres übersetzen in das, was eigentlich gemeint war: »Jetzt, wo ich dich wiedergesehen habe, will ich dich auch wiederhaben!«
Sie hörte das Hufgeklapper eines Pferdes in der Allee, ging zum Fenster und sah Kester auf das Parktor zureiten. Es hatte aufgehört, zu regnen. Offensichtlich dachte er, sie wäre noch nicht aus der Stadt zurück und hatte gar nicht nach dem Auto gesehen. Da ritt er also hin. Überzeugt von seiner Fähigkeit, den Kuchen zu essen und ihn gleichwohl noch zu haben. Nun würde er sich anhören, was für Sorgen die arme Isabel drückten. Sie würde sie ihm schon drastisch genug illustrieren. – Eleanor drehte nervös an der Vorhangschnur herum. Sie gedachte des Abends, da sie Kesters Frage, ob sie ihn heiraten wolle, bejaht hatte. Damals hatte sie ihn gefragt: »War eines dieser Mädchen – wichtig für dich?« Und er hatte geantwortet: »Da war ein Mädchen, das zeitweilig ziemlich wichtig war. Aber es währte nicht lange. Ich habe sie seit Jahren nicht mehr gesehen.« Sie hatte bisher nie wieder an diese Unterredung gedacht. Kester hatte ihr nie einen Grund gegeben, daran zu zweifeln, daß er sie liebte.

Ich habe auch jetzt keinen Grund, redete sie sich selber zu. Was immer zwischen ihm und Isabel gewesen sein mochte – es war vorüber, wenigstens soweit es Kester betraf. Sie rief sich in die Erinnerung zurück, was er am Telefon gesagt hatte. Er war sehr zurückhaltend gewesen. Im Grunde hatte er nichts gesagt, wogegen sie etwas hätte einwenden können. Nur daß er eben Isabels Zudringlichkeit am Ende nachgegeben hatte und zu ihr geritten war. Aber Isabel –; Eleanor ballte die Fäuste.

Wir sind sehr verschieden, Isabel und ich, dachte sie. Ganz unmöglich könnte ich zu jemand so sprechen, wie Isabel eben mit Kester geredet hat. Ich kann gehen, wohin ich mag, aber ich kann mich nicht heimlich an jemand anschleichen. Ich bin geradezu und vielleicht manchmal etwas zu schnell mit der Zunge, aber sie ist schlau. Ich glaube, alle Frauen aus Kesters früherer Welt waren ähnlich: Klug, sanft, katzenhaft; nie genau heraussagend, was sie wollten, immer hinten herum vortastend, eben schlau, daß die Männer denken mußten, sie handelten aus eigenem

Antrieb. Da denke ich nun über diese mir fremde Isabel nach, die den Anschein erweckt, als sei sie Europäerin oder Kosmopolitin geworden. In Wirklichkeit ist sie eine dieser Magnolien, die hierzulande in der alten Südstaatenluft zu gedeihen pflegen und die ihre zähen Stengel unter zarten, weißen Blütenblättern verbergen. Sie ist in dieser Luft aufgewachsen; sieben Jahre Europa haben daran nichts geändert.

Gut, Isabel! Sei so rührend und so hilflos, wie du magst! Aber ich bin Kesters Frau und nicht eine seiner zufälligen Eroberungen! Du würdest gut daran tun, den Kampf mit mir nicht aufzunehmen!

Dann, ganz plötzlich, schämte sie sich der Gewalt ihrer Reaktion. Sie ging quer durch das Zimmer und besah sich im Spiegel. Nimm dich zusammen, Eleanor! befahl sie sich selbst, du gehörst nicht zu diesen schwächlichen, empfindsamen Geschöpfen, die innerlich so unsicher sind, daß sie bei dem geringsten Anlaß vor Eifersucht zittern und nicht ertragen, daß ihr Mann eine hübsche Frau ansieht. Du vermagst auf dich selber achtzugeben. Kester hat bisher nicht von Isabel gesprochen, weil er es nicht für wichtig hielt. Jetzt, wo sie versucht, eine Wichtigkeit daraus zu machen, wird er es dir sagen. Nur, wenn er einen Nachmittag mit dieser exquisiten Person zugebracht hat und dich dann sieht mit diesem Haar, das aussieht wie ein Rabennest und mit diesem zerrissenen Rock, dann wird er nicht sehr erfreut sein. Und wird vielleicht nichts sagen.

Eleanor nahm ein Bad und kleidete sich um. Sie flocht sehr sorgfältig ihr Haar; Kester sah sie am liebsten mit einer geflochtenen Krone rund um den Kopf – sie zog ein Kleid aus marineblauem Serge mit einem gestärkten weißen Medicikragen an, der ihren Hals schmeichlerisch umrahmte. Es war dies eines von Kesters Lieblingskleidern, erst im letzten Jahr gekauft, kurz bevor sie entdeckten, daß sie sich dergleichen nicht mehr leisten konnten, und sie trug es in diesem Herbst zum ersten Mal. Sie prüfte ihr Bild im Spiegel und lächelte befriedigt. Das Kleid stand ihr zweifellos ausgezeichnet; es brachte ihre Figur gut zur Geltung.

Das erste Feuer dieses Jahres knisterte im Kamin des Wohnzimmers. Nachdem Eleanor sich mit einem Magazin in der Hand niedergelassen hatte, erschien Dilcy und brachte das Kind; es sah reizend aus in den rosa Spielhöschen, mit den dunkelbraunen Locken, die das Köpfchen umspielten. Cornelia spielte hingegeben mit zwei Stoffpuppen. Eleanor sah ihr lächelnd zu.

Dann betrachtete sie eine kartographische Darstellung der Kriegsschauplätze in dem Magazin und war eben dabei, Pforzheim und Przemysl zu suchen, als sie das Hufgetrappel des herankommenden Pferdes vernahm. Einen Augenblick später kam Kester, der niemals ging, wenn er rennen konnte, die Treppe des Haupteinganges heraufgestürmt. Sie hörte, wie er einem Jungen zurief, er möge das Pferd in den Stall bringen; gleich darauf stand er im Zimmer. Eleanor sah von der Karte auf.

»Hallo, Liebling, da bist du!« sagte sie.

Kester lachte sie an und sah dann auf das Kind, das mit seinen Puppen am Fußboden spielte. Cornelia sah auf sagte, Kester erblickend, klar und deutlich: »Vader!«

Eleanor sprang auf, aber Kester war schneller; er nahm das Kind mit beiden Armen hoch. Fast gleichzeitig riefen sie:

»Hast du gehört? Sie kann sprechen!«

Kester warf Cornelia in die Höhe, fast bis an die Decke, fing sie wieder und lachte schallend vor Freude, während Cornelia kreischte und krähte, ihren Triumph immer wieder durch den Ausruf »Vader! Vader! Vader!« wiederholend. Offenbar kannte sie die Reaktionen ihrer Eltern schon gut genug, um zu begreifen, daß die soeben von ihr vollbrachte Leistung als das hervorragendste Ereignis ihres kleinen Lebens gewertet wurde. Kester lief, das Kind auf dem Arm, zur Tür, öffnete sie und rief hinaus:

»Dilcy, komm her! Hör' die kleine Miß! Sie kann sprechen!«

Dilcy kam angerannt, und hinter ihr erschienen Cameo und Mammy und Bessy und schließlich auch noch die übrigen Neger der Hausbedienung, und Cornelia, stolz und von ihrer Wichtigkeit durchdrungen, wiederholte immer wieder ihr glücklich erlerntes Wort. Während sie ihr Abendbrot bekam, standen alle um sie herum und lauschten, ob sie nicht vielleicht noch irgendeine andere Äußerung von sich geben möchte.

Während ihres eigenen Abendessens sprachen Kester und Eleanor von nichts anderem als von den sichtbaren Fortschritten, die das Kind machte. Er habe keine Ahnung gehabt, daß es solchen Spaß mache, Vater zu sein, rief Kester aus, er möchte am liebsten noch fünf weitere Kinder haben. »Gut«, sagte Eleanor, »aber du wirst dich etwas in Geduld fassen müssen.«

Als Kester ihr später »Gute Nacht« sagte und sie vor dem Spiegel stand, um ihr Haar zu bürsten, fiel ihr ein, daß er den Besuch bei Isabel mit keinem Wort erwähnt hatte. Aber schließlich – wie konnte er? Vielleicht hatte er gewollt, aber als dann Cornelia aufsah und »Vader« sagte, hatte dieses eine Zauberwort alle anderen Dinge aus seinem Kopf gefegt. Ach, es war von vornherein klar, daß Cornelias erstes Wort Vater sein würde; auf keinen Fall wäre es »Mutter« gewesen.

Auch am nächsten Tage verlor Kester kein Wort über Isabel. Er verbrachte den größten Teil des Vormittags damit, Artikel über die Situation auf dem Baumwollmarkt zu lesen, und erzählte Eleanor, daß die Gouverneure der Südstaaten auf einer Konferenz in Washington beschlossen hätten, die Pflanzer zu veranlassen, wenigstens die Hälfte ihrer Baumwolläcker im nächsten Frühjahr ersatzweise mit Mais und Gemüse zu bepflanzen, um dem Land eine Chance zu geben, zunächst einmal die ungeheuren Baumwollvorräte zu verbrauchen. Im Laufe des Nachmittags rief Neal Sheramy an, und sie verabredeten sich zu einem Kinobesuch. Es war Gelegenheit, die Schauspielerin Pearl White in der Rolle des Mädchens Pauline zu bewundern, welches die Klippen hinabgestürzt wurde, ohne sich dabei den Hals oder sonst etwas zu brechen. Als sie später allein war, saß Eleanor an ihrem Schreibtisch, trommelte mit den Fingern auf ihrem Hauptbuch herum und sann über Kesters unbegreifliches Verhalten nach. War es möglich, daß sich hinter seiner unbekümmerten Laune kein Gedanke daran verbarg, daß er ihr, seiner Frau, etwas sehr Wesentliches vorenthielt?

Auch während der folgenden zwei Wochen erwähnte Kester Isabel Valcour mit keinem Wort. Und auch Eleanor sagte nichts. Es war das erste Mal in ihrem Leben, daß sie zu einer Angelegenheit schwieg, die sie so nahe anging. Aber ihre Verwirrung begann allmählich alle anderen Gedanken zu überschatten. Sie wußte nicht, ob Kester Isabel noch ein zweites Mal besucht hatte, aber immer, wenn er jetzt allein das Haus verließ, fragte sie sich: ob er wohl zu ihr geht? Kester bemerkte ihr zerstreutes Wesen, schrieb es aber der Baumwollkrise zu, und war froh, als Bob und Violet Purcell sie zu einer kleinen Party einluden. Sie brauche unbedingt Ablenkung, sagte er; wie wolle sie sonst ihren Geist elastisch erhalten?

Eleanor ging zu der Party, aber sie empfand wenig Freude dabei. Isabel war gleichfalls zugegen; sie trug ein schwarzes Kleid von apartem Schnitt, das Eleanor mehr als jemals zuvor bewußt machte, wie schlimm es um ihre eigene Garderobe bestellt war. Die Unterhaltung drehte sich um die alten Zeiten; man sprach von Geburtstagsgesellschaften, von der Sonntagsschule und ähnlichen Dingen. »Erinnert ihr euch noch, wie Fräulein Agatha Durham uns die alten Namen aus den Büchern der Bibel aufsagen ließ?« fragte Violet.

»Kester gewann den Preis«, sagte Bob.

»Ja, ich erinnere mich«, lachte Kester. »Es war ein seidenes Buchzeichen mit einem eingestickten Spruch darauf.«

»Ich erinnere mich jetzt auch«, sagte Isabel. »Du standest in einem weißen Leinenanzug da, hattest das Haar sehr ordentlich gekämmt und sagtest mit frommem Augenaufschlag die kleinen Propheten auf« – sie faltete die Hände und verdrehte die zur Decke erhobenen Augen: »Hosea, Joel, Amos, Obadjah, Jona, Micha, Nahum, Habakuk, Zephanja, Haggai, Sacharja, Meleachi.«

»Wie um alles in der Welt, kannst du dich daran noch erinnern?« fragte Kester entgeistert.

»Ja«, antwortete sie, »Fräulein Agathas pädagogische Fähigkeit! Oder«, – sie lachte – »vielleicht, weil du so süß aussahst.«

Sie lachten alle, und irgend jemand erwähnte die Spiele, die sie auf dem Uferdamm hinter den Baumwollfeldern zu spielen pflegten. Über den einzelnen Bildern, die hervorgekramt wurden, schwebte die zärtliche Heiterkeit, die Erwachsenengesprächen eignet, wenn selige Jugenderinnerungen hervorgeholt werden. Selbst wenn Isabel nicht zugegen gewesen wäre, würde sich Eleanor aus dem Kreis dieser Erinnerungen ausgeschlossen gefühlt haben, weil sie ihre Jugend woanders verbracht hatte. Isabel saß am Klavier. Sie klimperte ein wenig auf den Tasten herum und begann dann eine Melodie zu intonieren. »Erinnert ihr euch? ›Chickama, chickama, craney crow –‹«

Auch dieser Abend ging zu Ende. Als sie sich von den anderen verabschiedet hatten, war Kester strahlender Laune. »War das nicht eine wundervolle Party?« fragte er, während sie nach Hause fuhren.

»Ich habe nichts, worüber ich mit all diesen Leuten sprechen könnte«, sagte Eleanor. – »Du bist dumm, Mädchen. Sie mögen dich alle gern.«

Eleanor sah auf die Bäume, an denen sie vorüberfuhren, und fragte sich, ob Kesters Freunde sie akzeptiert hatten, weil sie sie mochten oder weil sie Kester mochten. Sie gebot sich selber, nicht zu sehr auf sie zu achten. Als sie nach einiger Zeit Ardeith erreichten, kam sie zu dem Schluß, daß stillschweigendes Vertrauen für jede andere Frau aus Kesters Kreis passen mochte; für sie selber und ihre eigene Natur war es nicht möglich, länger zu schweigen. »Bist du müde?« fragte sie, während sie die Treppen hinaufstiegen.

»Nein. Warum?«

»Komm herein«, sagte Eleanor und öffnete die Tür zu ihrem Zimmer. »Ich möchte dich etwas fragen.«

Kester folgte ihr ins Zimmer und setzte sich. »Du machst ja ein mächtig feierliches Gesicht, Honigkind«, sagte er, während er sich eine Zigarette entzündete, »was hast du für Kummer?«

Honigkind! dachte sie; das hat er lange nicht mehr gesagt. Sie setzte sich auf die Kante des Bettes und sah zu ihm auf.

»Kester, es wäre vielleicht gut, wenn du mir etwas über – Isabel Valcour erzählen würdest«, sagte sie.

Er runzelte, offensichtlich verwirrt, die Stirn. Nach kurzem Schweigen sagte er mit gepreßter Stimme:

»Was für einen Unsinn hat man dir da erzählt?«

»Niemand hat mir etwas erzählt«, sagte sie. »Bitte, glaube nicht, daß ich meine privatesten Angelegenheiten mit allen möglichen Leuten bespreche.«

»Nein«, versetzte er, »das könnte ich mir von dir auch nicht vorstellen. Was willst du also, das ich dir sagen soll?«

Eleanor sah auf ihre Hände herab. Sie waren wie alle ihre Glieder mager, hart, voller Muskeln und griffig. Sie hob ihre Augen wieder auf zu ihm.

»Ich bin ziemlich beschämt«, sagte sie offen; »ich hätte dich früher danach fragen sollen. Aber ich dachte, du würdest es mir von selbst sagen. Und ich bin auch für dich ziemlich beschämt, weil du es nicht tatest. Ihr hattet eine Affäre miteinander; du und Isabel, bevor sie verheiratet war, nicht wahr? Und an dem Tage, nachdem wir sie abends im Jagdklub trafen, rief sie dich an, erinnerte dich an die Vergangenheit und bat dich, sie zu besuchen. Und du rittest hin.«

Kester warf seine Zigarette in den Kamin und ließ sein Kinn in die aufgestützte Hand sinken. Er betrachtete sie mit einem Ausdruck befremdeter Überraschung, aber er machte durchaus keinen schuldbewußten Eindruck.

»So«, sagte er, »das wäre also der Grund für dein Verhalten in letzter Zeit.«

»Ja. Allerdings. Meinst du nicht, du hättest es mir sagen müssen?«

»Vielleicht. Aber jetzt hätte ich erst gern einmal gewußt, welche Art Detektivarbeit du da geleistet hast«, bemerkte er kühl.

»Ich habe euch sprechen hören am Telefon. Hier an diesem Apparat. Das ist alles.«

Er stieß einen bösen Pfiff aus. »So!« sagte er. »Und von dir habe ich geglaubt, du seiest die ehrenhafteste Person, die ich jemals gekannt habe.«

Sie sah ihn entsetzt an. »Guter Gott, Kester, ich habe nicht beabsichtigt, zu lauschen. Ich kam zufällig an den Apparat. Und ich wollte einhängen, als ich deine Stimme hörte. Aber als sie dann sagte: ›Ist deine Frau da?‹ – was, im Namen der menschlichen Natur, konnte ich denn da tun?«

»Verzeih!« sagte er, »ich verstehe. Nein, im Augenblick konntest du da wohl nicht anders handeln. Aber ich wünschte, du hättest mich gleich gefragt, anstatt dir allerlei schreckliche Dinge vorzustellen.«

»Ich dachte, du würdest es mir sagen. Nachdem du es nun bisher nicht tatest – erzähle es mir jetzt. Wie oft hast du sie gesehen, ich meine: allein, und worüber habt ihr gesprochen?«

Er erwiderte ohne zu zögern: »Ich habe genau drei persönliche Unterredungen mit Isabel gehabt, seitdem sie wieder hier ist. Ich habe dagesessen und zugesehen, wie sie im Zimmer umherlief, und habe zugehört, wie sie sagte: Daß sie es nicht aushielte hier, daß sie sich wie in einem Gefängnis vorkäme und daß sie nicht wisse, was sie anfangen solle. Und ich lieh ihr meine Schulter, um sich daran auszuweinen.«

»Aber was, um des Himmels willen, ist denn mit ihr los?«

Kester antwortete so, als müsse er einem dummen Zuhörer eine einfache Tatsache auseinandersetzen: »Eleanor, Isabel befindet sich in der Situation eines ausländischen Reisenden, in dem Haus, in dem sie geboren wurde. Sie möchte ihr amerikanisches Bürgerrecht zurückhaben. Sie muß jetzt lernen, mit Geldern auszukommen, die vor einem Jahr nicht ausgereicht hätten, ihre Hausschuhe zu bezahlen. Rund um sie her ist ihr alles fremd geworden; sie versucht verzweifelt, sich in ein geordnetes Leben hineinzufinden, und weiß nicht, wie sie es anfangen soll. Deshalb ist sie entmutigt und unglücklich.«

»Ja, denkt sie etwa, sie sei der einzige Mensch, dessen Lebensgewohnheiten durch den Krieg über den Haufen geworfen wurden?« fragte Eleanor verächtlich.

Er lächelte etwas dünn: »Ja, Eleanor, das denkt sie. Das denkt sie wirklich. Du kennst Isabel nicht.«

»Nun, du scheinst sie offensichtlich um so besser zu kennen. Wie magst du nur Zeit daran verschwenden, solch einer Närrin die Flausen aus dem Kopf zu treiben?«

»Ich habe versucht, mich ihr gegenüber wie ein Freund zu verhalten, das ist alles. Anscheinend tat es ihr gut, sich mir gegenüber aussprechen zu können.«

»Das bezweifle ich nicht im geringsten. Wenn die Person Rat braucht, warum nimmt sie sich keinen Rechtsanwalt?«

»Ich habe ihr geraten, sich einen zu nehmen. Sie wird es tun.«
»Ich staune!« sagte Eleanor.
Er sah sah sie ruhig an: »Was willst du damit sagen?«
Sie antwortete mit einer Gegenfrage: »Kester, hast du sie während der drei Besuche, die du ihr machtest, geküßt?«
»Gewiß habe ich sie geküßt«, antwortete er. »An dem ersten Nachmittag, als sie vor meinen Augen weinend zusammenbrach, habe ich sie geküßt, wie ein Onkel sie geküßt haben würde.«
»Ein Onkel!« sagte Eleanor. »Das denkst du! Und sie möchte, daß du es denkst. Du hast ein paar angenehme und vergnügliche Stunden gehabt, während sie dir weinend erzählte, daß sie ohne deinen Rat nicht zu leben vermöchte. Weiter wird sie dir vorerst nichts sagen. Aber sei sicher, sie wird dich wieder da haben wollen, wo sie dich schon einmal hatte.«
Kester nahm sich eine neue Zigarette. »Eleanor, Isabel ist keine Närrin. Sie weiß, daß ich dich liebe.«
»Oh, aber sie ist schlau«, beharrte Eleanor. »Kester, sage mir, wie lange hat sie dir einmal gehört?«
Er zuckte die Achseln: »Ungefähr drei Monate war ich von ihr betört. Das war vor sieben Jahren. Ich habe keinerlei Illusionen über sie. Aber sie war damals das lieblichste Geschöpf das ich jemals gesehen hatte «.
»Ich vermute, sie ist es noch«, sagte Eleanor.
Er widersprach nicht; er schwieg.
»Aber siehst du denn nicht, daß sie versucht, dich zurückzugewinnen?« sagte Eleanor. »Du bist ein Mann, der auf Frauen wirkt, heute wahrscheinlich mehr noch als damals, da sie dich zuletzt sah. Oh, Kester, wenn eine Frau einen Mann gehen läßt, tut sie es in der Regel in dem Gefühl, ihn jederzeit wiedergewinnen zu können, wenn sie nur will. Solange diese Frau in Europa herumfuhr und alles bekam, was sie wollte, solange ihr überall die Männer zu Füßen lagen, hat sie nicht an dich gedacht. Aber nun, wo sie hier strandete und dich wiedersah, tat es ihr sicher leid, nicht an dir festgehalten zu haben. Nein, sie wird nicht versuchen, dich von mir zu trennen, um dich rechtmäßig gewinnen zu können, dafür ist sie zu schlau, aber ganz gewiß spielt sie mit dem Gedanken, dich überhaupt zurückzugewinnen. Siehst du das denn nicht?«
Bei ihren letzten Worten begann Kester zu lachen. »Liebling«, sagte er, »du hast mehr Phantasie, als ich jemals geahnt habe.«
»Sie bat dich, nur ein einziges Mal zu ihr zu kommen«, sagte Eleanor hartnäckig, »du bist dreimal bei ihr gewesen.«
Offenbar wurde es Kester zuviel. »Oh, Eleanor, wenn du wüßtest, wie unwichtig das alles ist!« rief er aus. »Hör zu! Wenn du wirklich ernsthaft besorgt bist – du hast keinen Grund, es zu sein; ich hätte dir das alles gesagt, wenn ich geahnt hätte, daß du dich darüber grämst – also wenn du trotzdem besorgt bist, werde ich Isabel nicht wiedersehen. Ist es das, was du willst?«
Sie nickte.
»Also gut«, sagte er. Er kam herüber und küßte sie. »Ich werde Isabel nicht wiedersehen, es sei denn, wir begegneten uns in anderen Häusern, wie letzte Nacht.«
»Ich danke dir.« Eleanor nahm seine Hand. »Das ist alles, was ich will.« Sie zog ihn zu sich auf die Bettkante. »Kester, weiß irgend jemand von eurer alten Beziehung vor langer Zeit?«
»Nein.«
»Gott sei Dank! Es macht die Dinge einfacher. Willst du mir nicht erzählen, was damals zwischen euch geschehen ist?«

»Ich kann es kaum, Eleanor, ohne gegen sehr natürliche Kavalierspflichten zu verstoßen.«
»Ach, geh!« sagte Eleanor.
In ihr war ein solches Gefühl der Erleichterung, daß sie sich wieder frohgemut fühlte. Kester gab sich völlig unbekümmert; er dachte nie über den Augenblick hinaus, aber er liebte sie und er würde alles tun, um sie glücklich zu machen. Nicht ohne Beschämung fragte sich Eleanor, warum sie die Dinge nicht früher zu offener Aussprache gebracht habe, anstatt sich die traurigsten vierzehn Tage seit ihrer Heirat zu bereiten.

SIEBENTES KAPITEL

Die Valcours waren Franzosen aus Louisiana, Nachkommen einer Ehe, die im Jahre 1794 zwischen der Witwe Gervaise Purcell, geborenen Durand aus New Orleans, und Louis Valcour, einem unverheirateten jungen Mann aus derselben Stadt, geschlossen worden war. Nahezu hundert Jahre später wurde einer ihrer Nachkommen, Mr. Pierre Valcour, in schon ziemlich vorgeschrittenen Jahren durch eine goldblonde Schönheit aus Memphis gefesselt, die ihre Hochzeit gerade lange genug überlebte, um ihrem Gatten ein kleines Vermögen zu vererben, das den neuen Glanzzeiten der Baumwolle nach dem Bürgerkrieg entstammte, und dazu eine Tochter, in der die lateinische und die angelsächsische Rasse sich zu einem Wesen von bezauberndem Charme vereinigt hatte. Mr. Valcour war sich nicht im Zweifel darüber, wie er seine beiden Vermächtnisse behandeln sollte. Er machte sich für das Geld ein fröhliches Leben und schickte seine schöne Tochter in ein vornehmes College, damit sie sich auf zukünftige Erfolge vorbereite und sich allgemach in eine wohlerzogene junge Dame verwandele. Im Alter von achtzehn Jahren bestand Isabel das Abschlußexamen. Sie war schlank und wundervoll gebaut, hatte ein rassig geschnittenes Gesicht, goldenes Haar von einem Meter Länge, große unschuldige Augen und eine süße, einschmeichelnde Stimme.

Aber unter den welligen Massen goldblonden Haares und den samtenen Stirnbändern wohnten bereits allerlei kluge und ehrgeizige Gedanken. Isabel war sich schon sehr früh darüber klar, daß das Leben eines Mädchens entscheidend durch ihre Heirat bestimmt würde. Deshalb hatte sie sehr bewußt alle ihre Talente darauf ausgerichtet, eines Tages eine vorteilhafte Ehe zu schließen. Ihre Erziehung war ihren angeborenen Wünschen und Trieben durchaus entgegengekommen. Sie konnte wundervoll tanzen, verstand aufmerksam zuzuhören, hübsche Melodien auf dem Klavier zu spielen und sich mit so modischer Extravaganz zu kleiden, daß jeder Mann von ihrem Anblick hingerissen und entzückt war. Ihre Lehrer hatten ihr Englisch und Französisch beigebracht; sie hatte beide Sprachen mit gleicher Leichtigkeit aufgenommen. Besser wäre es gewesen, sie hätten sie davon überzeugt, daß es wünschenswert wäre, wenigstens eine von beiden Sprachen richtig zu beherrschen. Aber das war weniger der Fehler der Lehrer als Isabels eigener. Isabel verachtete ihre Lehrer heimlich, zumal sie keine Ahnung davon hatten, mit welchen Plänen und Träumen sie sich trug; anderenfalls hätten sie sich wohl nicht darauf kapriziert, ihr alles mögliche Zeug einzutrichtern, als beabsichtigte sie, eines Tages mit ihren Kenntnissen ihren Lebensunterhalt zu verdienen. Sie waren ganz offensichtlich dümmer als sie, ausgemachte Einfaltspinsel, gemessen an dem, was sie aus sich zu machen gedachte.

Isabel machte ihr Examen in einem duftigen weißen Kleid mit einer blauen Schärpe; sie bekam hundertmal zu hören, sie sähe aus wie ein Engel. Die Feststellung bereitete ihr einiges Vergnügen, sollten doch nach der Behauptung der Bibel Engel keinerlei Heiratschancen besitzen. Doch ging sie gehorsam mit ihrem grauhaarigen Vater nach Hause, bestand ihr Debüt in der Gesellschaft, besuchte alle sich bietenden Geselligkeiten und widmete sich mit Hingabe dem besonderen Studium ihrer besonderen Berufung. Sie hatte keineswegs die Absicht, ihr Leben damit zu zuzubringen, in einer kleinen Stadt am Strom Tees zu geben und Babys zu liebkosen; die jungen Männer von Dalroy, denen sie immer wieder begegnete, schienen ihr deshalb keine geeigneten Objekte für ernsthafte Bemühungen. Immerhin waren sie aber ziemlich typische Vertreter der Männlichkeit, und was sich im Umgang mit ihnen lernen ließ, war sicherlich eines Tages vorteilhaft anwendbar, wenn sich der Horizont ihrer Möglichkeiten erst etwas weitete.

Sie war sich klar darüber, daß ihr Gesicht und ihre Figur unschätzbare Werte darstellten, aber sie wußte auch, daß das Aussehen allein nicht genügte; eines Tages würde es auch auf den Geist ankommen. Sie erinnerte sich, irgendwann einmal in einem ihrer Schulbücher gelesen zu haben, daß den Männern die Sprache gegeben sei, um die Gedanken zu verdecken. Sie wandelte die Replik dahin ab, daß der Frau die Klugheit gegeben sei, um ihren Verstand zu verbergen. Also, wenn ein Mädchen darauf ausging, einen Mann zu erobern, würde sie gut daran tun, ihn davon zu überzeugen, daß sie keinen Verstand besäße. Männer gaben sich nun einmal nicht gern mit zu klugen Frauen ab. Sie machte auch einige Male erfolgreich die Probe. Und da es ihr tatsächlich gelang, den Eindruck zu erwecken, sie sei geistig weit weniger begabt als einige der anderen jungen Schönheiten, mit denen sie konkurrieren mußte, so bewies sie allein dadurch einen ziemlich hohen Grad von Intelligenz. So flatterte und tanzte sie denn durch die ersten Wochen der gesellschaftlichen Saison wie ein entzückender, reizvoller und ein wenig hilfloser Schmetterling. Und alle Herzen flogen ihr zu.

Allmählich, mit der Zunahme ihrer Erkenntnisse, wandelte sie auch ihre Methoden. Sie entdeckte den Wert der Klugheit. Die glänzenderen und bedeutenderen Erscheinungen innerhalb der für sie entflammten Männerwelt nämlich schienen keineswegs nur an geistloser Schönheit interessiert. Und gerade die klügsten unter ihnen schienen auch kluge Frauen zu bevorzugen, mit der kleinen Einschränkung, daß ihr eigener Geist den der Frau um eine Kleinigkeit überragte; die Frau sollte noch eben zu ihnen aufsehen müssen. Erwies eine Frau sich nun als geistreich und klug und sah gleichwohl zu dem Auserkorenen auf, so mußte der sich durch ihre Bewunderung geschmeichelt fühlen. Und da Isabel bisher noch keinen Mann gefunden hatte, von dem sie ernsthaft überzeugt gewesen wäre, er sei klüger als sie, so hegte keiner ihrer Bewunderer bösen Verdacht.

Vor Weihnachten konnte Isabel den Triumph verbuchen, das beliebteste Mädchen der ganzen Stadt zu sein. Ihren Ruf hielt sie mit großem Bedacht makellos. Ausgeschlossen, daß sie auf die abwegige Idee verfallen wäre, einen Kuß zu gewähren, sich beim Walzer zu eng umarmen zu lassen, oder am Abend ohne Anstandsdame auszubleiben. Von alledem geschah nichts. Sie war sich völlig klar darüber, daß ein hohes Ziel einen hohen Preis verlangte, eben weil es schwer zu erringen war.

Eisern, wenn auch nicht immer leichten Herzens hatte sie sich zu dem Entschluß durchgerungen, keinen der zahllosen Bewerber aus ihrer bisherigen Umgebung zu erhören. Ihre Ziele waren höher gesteckt. Mehrere Verwandte ihrer Mutter wohnten in New York und hatten Isabel eingeladen, den nächsten Winter bei ihnen zu verbringen. Es handelte sich um sehr wohlhabende Leute, und Isabel war gewillt, die

Einladungen anzunehmen, hoffte sie doch, dort auf eine ergiebigere Auswahl begehrenswerter Männlichkeit zu stoßen. Sie war nicht eben ungeduldig. Sie war noch jung und hatte mittlerweile genug gelernt, um überzeugt zu sein, daß sie noch sehr viel mehr zu lernen habe.

Und dann kam Kester Larne, der gerade in Tulane promoviert hatte, nach Hause zurück.

Im Zusammenhang mit ihren Zukunftsplänen hatte Kester Larne ihr nicht fünf Minuten lang Kopfzerbrechen gemacht. Sie, Kester sowie dessen Bruder und Schwester hatten als Kinder zusammen gespielt; das College hatte ihre Wege dann getrennt und sie hatten sich einige Jahre lang nicht gesehen. Ardeith war eine heruntergewirtschaftete Plantage, von Schulden und Pächtern zugrunde gerichtet. Kesters Vater war ein extravaganter Narr und Kester selbst ein gedankenloser junger Mann, der seiner losen Streiche wegen gerade noch daran vorbeikam, vom Studium ausgeschlossen zu werden. Ein Mann dieser Art hatte auf der Bestimmungskarte ihres Lebens von vornherein nichts verloren.

Aber da war Kester nun selbst. Er fehlte bei keiner Geselligkeit; man traf ihn überall; er ließ sich zu Kotillontänzen einschreiben, und sie sah sich nicht immer imstande, nein zu sagen, denn Kester war ein hübscher, eleganter junger Mann aus guter Familie, von dem ein höchst gefährlicher und wirkungsvoller Zauber ausstrahlte. Er mochte nicht mehr als ein müßiger Jüngling sein, aber dann war er ganz gewiß der faszinierendste Müßiggänger, den sie jemals gesehen hatte nicht nur ein höchst erfreulicher Anblick, sondern auch ein vorzüglicher Tänzer. Und überdies war er der einzige Mann, der ihr den Eindruck vermittelte, er wisse mehr von Frauen als sie von Männern wußte.

Als sie eines Abends einen Walzer begannen – Isabel in einer Wolke von blaßblauem Tüll –, fragte Kester abrupt: »Du bist wohl noch zu jung, um Schwarz zu tragen, wie?«

»Warum?« fragte Isabel.

»Du bist wundervoll, wie du bist, Isabel«, antwortete er, »aber in schwarzer Seide müßte dein Körper zu schlechthin unwiderstehlicher Wirkung kommen.«

Isabel nickte und fühlte wütend, daß sie unsicher wurde. War er absichtlich so unverschämt, oder war er zu naiv, um zu wissen, was er sagte? Er hatte ein geringschätziges Lächeln um den Mund, ein Lächeln, das gleichzeitig vertraulich wirkte und nicht ohne Zärtlichkeit war. Aber seine Augen sahen sie so offen an, daß sie ein Gefühl hatte wie bei einem arithmetischen Problem, dessen Lösung keine Schwierigkeiten bot. »Ich weiß nicht, worüber du sprichst«, sagte sie.

»O ja, das weißt du sehr wohl«, entgegnete Kester. »Gib dir weiter keine Mühe; ich bin schon fasziniert genug; du kannst dir weitere Anstrengungen sparen.«

Sie unterbrach den Tanz. »Ich wäre dir dankbar, wenn du mich zu meinem Tisch zurückführen würdest«, sagte sie.

Als ob er die Aufforderung gar nicht gehört hätte, rief Kester plötzlich frohlockend aus: »Ich habe es: Schwarz würde jetzt noch nicht zu dir passen, aber hast du jemals versucht, ein etwas gewaltsames Blau zu tragen? Es gibt nicht viele Blonde, die ich in leuchtenden Farben sehen möchte, aber du würdest darin aussehen wie ein heidnisches Idol.«

Isabel war an diesen Ratschlägen so interessiert, daß sie darüber völlig vergaß, daß sie ja empört war; sie ließ sich von Kester an die Seite des Tanzsaales führen und gestattete ihm, sich neben ihr niederzulassen, während die anderen Paare weitertanzten. Er sprach unverdrossen auf sie ein:

»Die blassen Farben, die du in der Regel trägst, lassen dich zu unbedeutend erscheinen. Du siehst aus wie Elaine, aber du solltest wie Franziska aussehen.«

»Wer war Franziska?« fragte Isabel.

»Eine Dame, die für ihre Liebe zur Hölle fuhr«, sagte Kester. »Du würdest das zweifellos niemals tun, nicht wahr? Aber, wie gesagt, du solltest so aussehen, als wärest du dazu bereit.«

»Wirklich?« rief sie aus und begann sich unbehaglich zu fühlen.

»Ja, wirklich. Du hast deinen Typ mißverstanden, Miß Isabel.«

Isabel lachte und ließ sich zum Tanzplatz zurückführen. Sooft ihre sonstigen Engagements es erlaubten, war sie im Laufe des Abends mit Kester zusammen. Als er schließlich bei ihrer Tante Agnes ablieferte, um sie nach Hause bringen zu lassen, sagte er mit leiser Stimme: »Ich danke dir für die reizenden Stunden. Und willst du versuchen, ein tiefblaues Kleid zu probieren?«

»Ja«, lachte Isabel. »Ich will es versuchen, aber ich weiß wirklich nicht, wer Franziska war.«

»Ich werde dir morgen früh ein Buch herüberschicken, worin du es nachlesen kannst«, versprach Kester. Er bog seinen Kopf näher zu ihr heran, damit Tante Agnes nicht hören könne, was er sagte. »Nebenbei«, raunte er, »du bist die großartigste aller schönen Frauen, die ich jemals gesehen habe.«

Am nächsten Tage kam an Stelle der faden süßlichen Rosen, die er eigentlich hätte schicken müssen, ein prachtvoller Band von Dantes »Inferno«, umwunden von einem langen königsblauen Seidenband, dessen eingelegter Zipfel die Stelle anzeigte, die sie nachlesen sollte, jene Stelle, die von der nie erlöschenden, alle Nebel der Hölle überwindenden Glut der Liebe spricht Dem Buch lag ein Kärtchen von Kester bei, mit dem er ihr ankündigte daß er sie am Nachmittag zu einer Spazierfahrt abholen würde. Er fragte nicht erst an, ob es ihr recht wäre, er setzte das offenbar voraus. Isabel, die dieses ausgeprägte Selbstbewußtsein schlechterdings unerträglich fand, spielte mit dem Gedanken, ihm, wenn er käme, durch einen Diener ausrichten zu lassen, sie sei ausgegangen, aber als er tatsächlich kam, da wartete sie schon auf ihn.

Keiner ihrer sonstigen Verehrer würde gewagt haben, ihr eine Geschichte zu schicken, in der von einer Dame die Rede war, die in ungeweihter Liebe schwelgte; zu Kester schienen dergleichen Unmöglichkeiten irgendwie zu passen. Und auch in den nun folgenden Wochen dachte Kester gar nicht daran, sie nach dem in ihren Kreisen üblichen Formenritus zu behandeln, der erfolgreich verhinderte, daß ein junger Herr und eine junge Dame etwas Wissenswertes übereinander erfuhren. Er ging mit ihr frisch und geradezu um, wie mit einem x-beliebigen Einzelwesen. Für Isabel bedeutete das eine neue, höchst interessante Erfahrung. Sie begegneten sich fortan immer häufiger, und nicht sehr lange währte es, da sahen sie einander jeden Tag.

Dabei wußte Isabel genau, daß sie unbesonnen handelte. Kester besaß nichts von dem, was sie von ihrem künftigen Ehemann erwartete, aber er war so charmant, wußte so fesselnd zu erzählen, und es war so angenehm, an seiner Seite zu gehen, daß Isabel schließlich vor sich selbst bange wurde und nachts zu beten begann: »O lieber Gott, bitte, laß mich nicht Kester Larne lieben!«

Und doch fühlte sie von Tag zu Tag mehr, wie es auf sie zukam. Sie fühlte, wie Kester ohne jegliche Anstrengung seinerseits ihre Traumschlösser zu zerschlagen begann. Noch lange so fort, und sie würde nicht mehr imstande sein, ihn zu verlassen und weiter den Zielen nachzujagen, die sie ihrem Ehrgeiz gesetzt hatte. Immer wieder, wenn er sie besuchte, dachte sie: es muß das letzte Mal gewesen sein, und immer wieder zerplatzte ihr Entschluß wie Seifenschaum, wenn sie seinen Schritt in der Vorhalle hörte. Als sie es dann schließlich eines Abends in ihrem eigenen Wohnzimmer geschehen ließ, daß er sie küßte, flammte es zuerst wild in ihr auf, gleich darauf stürzte die Erkenntnis dessen, was geschehen war, sie in jähes und weitsichtiges Erschrecken. Sie ließ ihn allein und stürzte in ihr Schlafzimmer hinunter. Hier stand sie, bebend am ganzen Leibe und dachte: Da ist es! Das ist es also! All die närrischen Frauen, über die ich immer gelacht habe, weil sie ihr ganzes Leben für etwas dahingeben, was sie Glück oder Liebe oder Leidenschaft nannten, das also ist es, was sie verzauberte! Das ist die Liebe! O lieber Gott im Himmel, laß mich nicht schwach werden! Laß mich nicht mein ganzes Leben auf einer alten Plantage zubringen!

Ihre Furcht vor sich selbst war so groß, daß eine unerwartete Einladung ihrer New Yorker Verwandten, ein paar Wochen in ihrem Sommerlandhaus in Westchester zu verbringen, ihr wie eine Antwort des Himmels auf ihr inbrünstiges Gebet erschien. Sie floh vor Kester und ahnte nur dunkel, daß sie sich selbst zu entfliehen gedachte. Kester schrieb ihr einen harmlosheiteren Brief, er hoffe, sie werde schöne Ferientage haben; er vermisse sie sehr, er sei sehr einsam ohne sie. Aber nicht eine Zeile des Briefes verriet eine glühende Empfindung. An dieser scheinbaren Gleichgültigkeit rankte sich Isabels Entschluß empor, die gefährliche Beziehung nunmehr endgültig zu lösen. Ungeachtet dessen kreisten ihre Gedanken nach wie vor um Kester, und mit leiser Erbitterung gestand sie sich ein, daß er ihr offensichtlich weniger gleichgültig war als sie ihm. Den Brief beantwortete sie nicht.

Onkel und Tante aus New York waren entzückt von Isabel. Sie hatten sie seit ihrer Kleinmädchenzeit nicht mehr gesehen und hatten vielleicht nicht erwartet, eine so auffallend schöne junge Dame zu erblicken. In ihrem Hause in Westchester traf Isabel mit zahlreichen jungen Männern zusammen, und wie immer feierte sie sehr bald rauschende Triumphe. Da Kester nicht da war und sein unmittelbarer Einfluß sie nicht verwirren konnte, ließ sie bald ihre Blicke in gewohnter Weise umherschweifen, um nach geeigneten Opfern für ihre ehrgeizigen Heiratspläne Ausschau zu halten. Unter den Gästen befand sich ein junger Deutscher namens Schimmelpfeng, der augenblicklich Amerika bereiste und von ihrem Onkel in sein Landhaus eingeladen worden war. Der Vater Schimmelpfengs war Inhaber einer bedeutenden Textilgesellschaft, mit der die Baumwoll-Exportfirma des Onkels in Geschäftsbeziehungen stand.

Es war kein Zweifel, daß Herr Schimmelpfeng Isabel Valcour bewunderte. Er überschüttete sie mit Aufmerksamkeiten aller Art und erwies sich in seinen Bemühungen um ihre Gunst als so hartnäckig, daß sie schließlich aufmerksam wurde und Erkundigungen anzustellen begann. »Wie«, fragte der Onkel, »kennst du die Schimmelpfengs nicht?« Nein, sie kannte sie nicht. »Aber mein liebes Kind«, sagte der Onkel, »das ist eine Weltfirma: Schimmelpfeng Färbereien, Schimmelpfeng Textilien, Schimmelpfeng Kurzwaren; das sind Bezeichnungen für ebensoviel Millionen!«

»Das wußte ich nicht«, sagte Isabel.

Millionen? Eine gute alte Familie, eine angesehene Weltfirma, eine wichtige Geschäftsverbindung ihres Onkels? Was wollte man eigentlich weiter? Ich werde noch netter zu ihm sein, dachte Isabel; wie gut, daß ich ihn immer höflich und freundlich behandelt habe! Onkel und Tante zeigten sich entzückt.

An diesem Abend war Tanz im Landhaus, und obwohl Schimmelpfeng etwas schwerfüßig war, ließ sich Isabel, die bessere Tänzer gewöhnt war, nicht beirren. Sie quittierte Herrn Schimmelpfengs schmachtende Blicke mit einem glühenden Aufblitzen ihrer märchenhaft schönen Augen und bewies ihm soviel Entgegenkommen, wie eine junge Dame der guten Gesellschaft einem europäischen Millionär gegenüber sich eben noch erlauben konnte. Gegen Mitternacht war an der völligen Verzauberung des Herrn Schimmelpfeng schlechterdings nicht mehr zu zweifeln. In seinem ein wenig harten Englisch sprach er Isabel sein Bedauern darüber aus, daß sie so bald schon wieder nach dem Süden zurückzukehren gedenke. Und er zeigte sich entzückt, als er vernahm, daß sie schon im November zurückkommen und dann den Winter bei ihrer Tante verbringen wolle. Oh, wirklich? Sie würde wiederkommen? Herr Schimmelpfeng beabsichtigte eigentlich, im Herbst eine Reise nach dem Westen anzutreten, um das zauberhafte Kalifornien kennenzulernen, aber wenn Miß Valcour im November nach New York käme – –

Miß Valcour schlug verschämt ihre süßen, haselnußbraunen Augen nieder.

Als sie hinterher in ihrem Zimmer war, setzte sie sich nieder und begann die Situation zu überdenken. Herr Schimmelpfeng war nicht mehr besonders jung. Er war hoch in den Dreißigern, wirkte aber älter; ein ernster, seriöser Geschäftsmann, von dem man sicher sein konnte, daß sich sein beträchtliches Vermögen bei seinem Tode verdoppelt haben würde. Kein Vergleich mit Kester Larne, bei dem kein Zweifel daran bestand, daß er den kümmerlichen Rest seines zusammengeschmolzenen Besitzes auf elegante Manier durchbringen und bedenkenlos so viele Schulden machen würde, wie er mit seiner Überredungskunst Kredit zu erlangen vermochte. Oh, er war ganz anders als Kester, dieser Herr Schimmelpfeng aus Deutschland, ganz anders. Kester verstand eine riesige Gesellschaft sprühend zu unterhalten, Kester steckte immer voll gutem Humor, seine Laune schien durch nichts zu erschüttern; Kester hatte einen muskulösen, sonnenverbrannten Körper, Kester war umstrahlt von dem unzerstörbaren Hauch ewiger Jugend. Von alledem war bei Herrn Schimmelpfeng wenig die Rede.

Und wie sie so dasaß und an Kester dachte, da fühlte sie sich wieder von seinen Armen umschlungen und fühlte nachempfindend seinen Kuß. Ihr wurde schwindlig und sie vermochte an Schlaf nicht zu denken. Erst als der erwachende Morgen den Himmel rötete, ließ sie sich fallen, und noch im Traum verfolgte sie der sinnverwirrende Gegensatz zwischen Kester Larnes bezauberndem Charme und Herrn Schimmelpfengs lockenden Millionen.

Bald nach dieser Nacht wurde es Zeit für sie, nach Hause zu fahren. Sie sagte Herrn Schimmelpfeng »Auf Wiedersehen!« und machte ihn noch einmal durch ein verheißungsvolles Aufblitzen ihrer Augen glücklich. Herr Schimmelpfeng hatte ihr eine Woche lang jeden Morgen eine Gardenie geschickt. Die letzte Gardenie, die sie während der Fahrt tragen sollte, gab er ihr selbst. Aber als dann der Zug in Dalroy einlief, da war Kester Larne mit der Kutsche am Bahnhof. Sein Lächeln strahlte in dem Halbdunkel der kleinen Bahnhofshalle wie ein Licht. Ganz offensichtlich war Kester beglückt, Isabel wiederzuhaben. Er fuhr sie nach Hause und saß dann noch ein Weilchen bei ihr. Die Stadt sei dumpf, trist und langweilig ohne sie gewesen, versicherte Kester; Tag für Tag sei er ihrem Vater lästig gefallen, um zu erfahren, wann sie zurückkäme. »Nun erzähle von Westchester«, sagte er, »vermutlich hast du wieder zahllose Eroberungen gemacht.«

»Eroberungen?« sagte sie unschuldig. Und mit einem kleinen listigen Lächeln: »Bist du eifersüchtig?«

Kester wehrte ab. Eifersüchtig? Nein! »Im Gegenteil«, sagte er, »ich freue mich, wenn mein liebes Mädel Erfolge einheimst. Etwas, das niemand begehrt, vermöchte mich nicht zu reizen.«

Isabel plapperte und erzählte sehr anregend. Sie berichtete getreulich, was sie erlebt hatte, nur von Herrn Schimmelpfeng sprach sie nicht. Sie saßen im Wohnzimmer der Valcours, tranken Kaffee und knabberten Biskuits. Draußen wurde das Geräusch eines heranrumpelnden Mauleselgespanns hörbar. Gleich darauf erschien ein Junge an der Tür und fragte nach Miß Valcour. Er überreichte Isabel ein Telegramm von Herrn Schimmelpfeng, und hinter ihm, vor der offenen Haustür hielt ein zum Überlaufen mit Gardenien angefülltes Gefährt.

Herr Schimmelpfeng kannte das Land zu wenig und hatte sich ein wenig verkalkuliert. Bekanntlich pflegte er Isabel in Westchester jeden Morgen eine Gardenie zu schicken. Damit sie nun bei ihrer Rückkehr ins Vaterhaus einen Willkommengruß vorfinde und sogleich an ihn erinnert werde, hatte er einem Blumenhändler in Dalroy zwanzig Dollar überwiesen, auf daß er Miß Valcour einen schönen Gardenienstrauß übersende. Der Blumenhändler besah sich den Auftrag und die zwanzig Dollar und war überzeugt, es mit einem Spaßvogel zu tun zu haben, dem es um einen gelungenen Scherz zu tun sei. Denn es war Mittsommer und ganz Louisiana war vom Duft der wild wachsenden Gardenien geschwängert. Für zwanzig Dollar konnte man eine Wagenladung Gardenien liefern. Der Blumenhändler war ein ehrlicher Mann, er hatte keineswegs die Absicht, einen Besteller, und noch dazu einen Ausländer, zu übervorteilen. Also schickte er einen Haufen Negerjungen hinaus in die Wiesen und ließ sie Gardenien schneiden. Er lud die duftende Last auf einen Mauleselkarren und gab Befehl, sie auf schnellstem Wege zu Miß Isabel Valcour zu befördern und dort abzuliefern. Kester und Isabel hatten sich inzwischen hinaus in den Hausflur begeben und stießen hier zu ihrer ratlosen Verblüffung auf ganze Gardenienberge, die sich bereits auf dem Fußboden häuften. Zwei vor Heiterkeit grinsende Negerjungen waren eifrig beschäftigt, weitere Berge von Blumen hereinzuschleppen. Die Folgen waren entsetzlich. Der Duft einer Gardenie ist köstlich und angenehm, der Duft einer Wagenladung Gardenien, im Inneren eines Hauses verteilt, ist schlechterdings unerträglich, er reicht aus, einen Menschen zu betäuben.

Kester starrte, vielleicht zum ersten Male in seinem Leben, verblüfft und nichts begreifend auf die Blumen schleppenden Negerjungen und auf die duftenden Gardenienberge. Dann sah er auf Isabel. Die stand wie vom Donner gerührt, aber mit einem bis unter die Haarwurzeln geröteten Kopf neben ihm.

»Darf ich einmal sehen?« fragte Kester und nahm ihr, ohne die Erlaubnis abzuwarten, das Telegramm aus der Hand. »Ein kleiner, bescheidener Gruß, um eine sehr große Bewunderung zum Ausdruck zu bringen«, las er, »Hermann Schimmelpfeng.«

Kester gab Isabel das Telegramm zurück, sah ihr hochrotes Gesicht und von ihrem Gesicht auf die Gardenienberge, und stieß ein Lachen heraus, das sich wie der Kriegsruf eines blutrünstigen Indianerstammes anhörte. Er lachte und lachte, er brüllte vor Vergnügen und war vor innerer Heiterkeit nahe daran, sich in den Gardenien zu wälzen. Isabel, allmählich zu sich kommend, befahl den Jungen, unverzüglich die Blumen aus dem Hause zu schaffen. Kester lehnte an der Wand und sah sich mit irren Blicken um; es schüttelte ihn immer noch, aber er konnte nicht mehr lachen.

Der alte Mister Valcour erschien auf der Treppe und fragte entsetzt, was da vorgehe. Es sei plötzlich ein geradezu unerträglicher Geruch im Hause; er sei bis in sein Zimmer gedrungen und habe binnen weniger Minuten die Luft verpestet. Er sah die Blumenberge und schrie unwillkürlich auf. »Um des Himmels willen!« rief er aus, »was bedeutet das?« Isabel, in der Absicht, eine Erklärung abzugeben, begann zu stammeln; sie bekam kein zusammenhängendes Wort heraus. Mr. Valcour wandte sich an Kester. »Zum Teufel auch, Sir«, rief er, »sind Sie für diesen Wahnsinn verantwortlich? Erklären Sie sich doch!«

Unter fortgesetzten Heiterkeitsausbrüchen berichtete Kester, worum es sich handelte. »Eine kleine Aufmerksamkeit von einem Verehrer Isabels aus dem Norden. Dort wachsen keine Gardenien auf den Wiesen und in den Straßengräben.«

Mr. Valcour gab einem der Negerjungen ein Fünf-Dollar-Stück mit dem Befehl, augenblicklich für die Entfernung der Gardenien zu sorgen. Er befahl weiter, den Hausflur mit scharfer Seifenlauge auszuschrubben, um den Geruch herauszubringen, und zog sich, noch immer schimpfend und grollend, in sein Zimmer zurück. Kester ging mit Isabel in das Wohnzimmer zurück; der Duft der Gardenien folgte ihnen, er hing in den Wänden und haftete daran wie Mottenpulver. »Nun sage mir um alles in der Welt, wer ist Hermann Schimmelpfeng?« lachte Kester.

»Ein Deutscher«, sagte Isabel. Sie sah sein lachendes Gesicht und wußte nicht, wohin sie vor Verlegenheit blicken sollte. »Oh, Kester, du bist schrecklich!« seufzte sie.

Kester, in einen Sessel zurückgelehnt, sprach mit dem abwesenden Blumenspender. »Oh, Herr Schimmelpfeng«, redete er ihn an, »noch nach vielen Tagen wird der Duft Ihres Willkommengrußes in den Vorhängen des Hauses Valcour hängen! Sie haben sich mit unauslöschlichen Buchstaben in die Gedenktafeln dieses Hauses eingegraben; – Isabel«, wandte er sich gleich darauf dem Mädchen zu; »oh, geliebte Isabel, reicht es dir nicht aus, jedem Amerikaner, der dir unter die Augen kommt, das Herz zu versengen, mußt du jetzt auch noch mit Deutschen anfangen? Sage mir also: Wer ist der Mann?«

»Er ist ein sehr netter Herr«, versetzte Isabel, die ihrem Ärger irgendwie Luft machen mußte, »und er verfügt über Millionen von Dollars.«

Sie kam sich wie eine Närrin vor und hätte sich am liebsten selber geohrfeigt. Kester gab keinerlei Zeichen von Eifersucht zu erkennen. Er fand bei sich nur, Herr Schimmelpfeng sei lächerlich. Und ganz gegen ihren Willen empfand Isabel innerlich ähnlich. »Wie ist es«, sagte Kester schließlich nach einer Weile, »wollen wir morgen nachmittag Tennis spielen?« Isabel machte sich nicht viel aus sportlichen Übungen dieser Art, sagte aber zu, froh, die Unterhaltung von Herrn Schimmelpfeng und seinen Gardenien auf andere Gegenstände lenken zu können.

Während der weiteren Sommermonate empfand Isabel den tiefen Kontrast zwischen Kester Larne und Hermann Schimmelpfeng von Tag zu Tag eindringlicher. Kester war immer heiter, charmant und bezaubernd, er war schlechthin unwiderstehlich. Und immer tiefer und zwingender fühlte Isabel, daß sie nicht nur verliebt war, daß sie jenseits jeglicher Überlegung liebte. Immer wenn diese Erkenntnis sie überkam, schalt sie sich heimlich eine Gans und schwor sich, dem gefährlichen Spiel ein Ende zu machen, aber niemals brachte sie die Kraft auf, nein zu sagen, wenn Kester sie um eine Zusammenkunft bat.

Sie war entsetzt. Ihr Leben drohte in Stücke zu brechen; sie hatte sich nicht mehr in der Hand. Der September war in diesem Jahr schwül. Der Arzt empfahl Mr. Valcour, bis zum Eintritt kühleren Wetters nach Virginia Springs zu fahren. Isabel, deren töchterliche Liebe sich niemals besonders hervorgetan hatte, wurde plötzlich eine vorbildliche, zärtlich besorgte Tochter. Konnte sie ihren Vater allein in einen Kurort fahren lassen? Gewiß nicht. Nein, sie würde ihn selbstverständlich begleiten. Sie würde ihm vorlesen, ihm Getränke bringen und für seine Bequemlichkeit sorgen. Mr. Valcour war im Grunde seines Herzens eine lustige Seele, und er war durchaus imstande, allein auf sich aufzupassen. Es habe keinen Sinn, gab er zu verstehen, er brauche sie nicht, ja er fürchte, daß sie mit ihrem Temperament seine Ferienruhe gefährden werde; es half alles nichts. Isabel stellte sich seinen Vorstellungen gegenüber taub, sie begleitete ihn. Mr. Valcour wäre nie auf die Idee gekommen, Isabel könnte sich freiwillig in einen abgelegenen Kurort begeben, wo sie so gut wie keine Möglichkeit zu einer ihrem Wesen entsprechenden Geselligkeit erwarten konnte. Er war verwirrt und etwas verärgert über das ihm gänzlich ungewohnte Ausmaß töchterlicher Besorgnis. Aber Isabel war nicht zu erschüttern. Sie ließ sich mit dem Vater in dem Hotel zwischen Invaliden und ältlichen Feriengästen nieder und dankte dem Himmel, daß fünf Staaten zwischen ihr und Kester Larne lagen.

Sie vergaß, daß Eisenbahnzüge öffentliche Beförderungsmittel sind. Sie weilte noch keine acht Tage mit dem Vater in dem Kurort, als Kester Larne erschien. Er glaube, eine Brunnenkur werde ihm auch guttun, bemerkte er. Mr. Valcour freute sich offensichtlich. Er fände es reizend, daß Isabel nunmehr ihre angemessene Gesellschaft habe, sagte er und ging zu Bett, um sein Mittagsschläfchen zu halten.

Isabel wußte nicht, ob sie sich freuen oder ärgern sollte. Einesteils schmeichelte es ihr nicht wenig, daß der schönste und eleganteste Mann ihrer Bekanntschaft ihr auf eine solche Entfernung hin folgte, andererseits zitterte sie bei dem Gedanken an eine mögliche Gefährdung ihrer Zukunft. Aber was immer sie dachte und fühlte: Kester war da und er war unwiderstehlich wie immer. Seine Nähe war aufregend und betörend. Kester fragte Isabel, ob sie ihn heiraten wolle.

Isabel preßte die Hände ineinander und flüsterte, Ohne ihn anzusehen: »Ich weiß es nicht. Bitte laß mir Zeit«, Stammelte sie, »ich muß es bedenken, Kester.« Anstatt sie nun zu beschwören, ihr zu sagen, wie hinreißend sie aussähe und daß er nicht ohne sie zu leben vermöchte, stand Kester auf, sah sie einen Augenblick an und bemerkte dann kühl:»Amererikanerinnen pfelgen keine Fremden ihres Geldes wegen zu heiraten, Isabel. Das geschieht höchstens andersherum.«

Sie sprang wütend auf: »Was fällt dir ein – –«

Er maß sie mit einem ruhigen Blick, in dem leichter Spott funkelte: »Es schickt sich nicht, meine Liebe«, sagte er, »und außerdem möchte es internationale Verwicklungen geben.«

Und dann plötzlich, bevor sie noch begriff, was ihr da geschah, hatte Kester schon die Arme um sie geschlungen und seinen Mund auf ihre Lippen gepreßt. Da war dann die Schlacht verloren und an Widerstand nicht mehr zu denken. Nach unendlich langer Zeit hörte sie Kester flüstern; »Nun, Isabel, für wie viele Millionen ist dir das feil?«

Nachdem er schließlich gegangen war, blieb sie in einem Aufruhr der Gefühle zurück. Sie schlief kaum in dieser Nacht. Ihr Verstand revoltierte nach wie vor gegen die Entscheidung ihres Herzens. Aber am nächsten Tag war Kester wieder da, und die Seligkeit des Augenblicks war wieder stärker als die Gedanken an morgen und übermorgen.

Mehrere Wochen lang waren Kester und Isabel wunschlos glücklich. Dann begannen sie sich zu streiten.

Kester war ein vollendeter Kavalier, höflich und zärtlich zugleich und von einer poetischen Galanterie, dennoch glaubte Isabel zu fühlen, daß er insgeheim nicht eben hoch von ihr denke. Mit welchen Fehlern er übrigens immer behaftet sein mochte, eines war sicher: er war nicht käuflich. Er nahm das Leben hin als eine herrliche Gottesgabe und freute sich vorbehaltlos an allem, was es ihm bot, aber er hätte niemals um irgendeines Vorteiles willen seine persönliche Integrität verkauft. Er wußte, daß Isabel ihn liebte, und wenn sie in seinen Armen zitterte, so betrachtete er das als einen so natürlichen wie wunderbaren Vorgang. Aber wenn dieses gleiche Mädchen, seinem natürlichen Gefühl zum Trotz, einen Millionär heiraten wollte, aus keinem anderen Grunde, als weil er Millionär war, dann sah er darin nichts anderes als ganz gewöhnliche Prostitution. Oft wenn Isabel ihn heimlich betrachtete, hatte sie ihn im Verdacht, daß er mit einer Art schadenfrohen Triumphes an Herrn Schimmelpfeng denke; sie nahm ihm das nicht sonderlich übel, kicherte sie doch selbst zuweilen bei dem Gedanken, daß der millionenschwere Deutsche eines Tages nicht mehr alles bekäme, wofür er bezahlte.

Solange also Kesters innere Heiterkeit sich nur auf Herrn Schimmelpfeng bezog, machte ihr das nicht viel aus. Aber allmählich kam sie dahinter, daß er sich heimlich auch über sie belustige, und das ertrug sie nicht. Hunderte von jungen Männern hatten ihr zu Füßen gelegen und ehrfürchtig ihrer Schönheit gehuldigt, und da war nun einer, der über sie zu lachen wagte? Der Gedanke brachte sie zur Weißglut, der innere Grimm färbte auf ihre Stimmung ab und begann schließlich selbst die zärtlichsten Stunden zu verbittern. Sie begannen sich immer häufiger zu zanken; irgendeine Nichtigkeit konnte zu langen erbitterten Streitgesprächen führen, und außerhalb der Liebesseligkeit, die sie immer wieder zusammenriß, gab es schließlich kaum noch einen Punkt der Übereinstimmung zwischen ihnen. Kester war es, der der unerträglichen und ständig wachsenden Spannung dann eines Tages ein Ende machte, indem er nach einem heftigen Zank kurz entschlossen seine Koffer packte und abreiste.

Isabel kam eine Woche später nach Hause zurück. Sie blieb gerade so lange in Dalroy, um ihre Sachen in Ordnung zu bringen, bevor sie nach New York fuhr. Kester sah sie nur ein einziges Mal. Er ritt durch die Stadt, und als er sie plötzlich aus einem Laden heraustreten sah, stieg er vom Pferde und ging hinüber, um sie zu begrüßen. »Ich wußte gar nicht, daß du zu Hause bist«, sagte er. »Ich wollte dir gerade schreiben, daß es mir leid tue, neulich die Beherrschung verloren zu haben, als du meinen Tennisschlag kritisiertest.«

Es war dies der äußere Anlaß ihres letzten entscheidenden Streitgespräches gewesen; sie hatte diesen Anlaß längst vergessen. Sie versuchte seinem Gesicht abzulesen, ob nur Höflichkeit und Galanterie ihn so sprechen ließen, und sagte ein wenig stockend: »Ich habe mich, glaube ich, auch ziemlich schlecht betragen. Es tut mir auch leid.«

Er lächelte: »Wann fährst du nach New York?« – »Morgen.«

Sein Lächeln veränderte sich nicht. Er sagte: »Ich hoffe, du wirst eine gute Fahrt haben.«

»Danke!« sagte Isabel.

Er verabschiedete sich höflich und stieg wieder zu Pferde. Isabel sah ihm nach. Er blickte zurück und sie glaubte einen Ausdruck der Trauer auf seinem Gesicht wahrzunehmen. Ich glaube, er sieht nicht gern, daß ich fahre, dachte sie. Wenn ich ihm jetzt sagte, ich wolle Schimmelpfeng aufgeben, würde er glücklich sein und mich mit Freuden heiraten.

Aber das war nur ein flüchtiger Gedanke; sie verwarf ihn sogleich. Am nächsten Tag fuhr sie nach New York. Das nächste, was ihre Freunde zu Hause von ihr hörten und sahen, war ein Bild von ihr im Gesellschaftsanzeiger der ›New Orleans Picayune‹ mit der Unterschrift: »Miß Isabel Valcour, Tochter von Mr. Pierre Valcour in Dalroy, deren Verlobung mit Hermann Schimmelpfeng aus Berlin, Deutschland, heute von ihrem Vater bekanntgegeben wurde. Das junge Paar gedenkt in den ersten Tagen des kommenden Frühlings zu heiraten.«

Bald darauf kam Isabel nach Hause, um alle Vorbereitungen für die Hochzeit zu treffen. Ganz Dalroy war in Aufregung über die glänzende Partie, die Miß Valcour machen würde. Ihre alten Freundinnen bestürmten sie, um Einzelheiten zu erfahren. »Wir dachten immer, du würdest Kester Larne heiraten«, wurde ihr dann und wann gesagt. Dann lachte sie und antwortete: »Wie kommt ihr nur darauf? Ich habe nie an eine solche Möglichkeit gedacht, und ich bin überzeugt, Kester auch nicht.« Sie erhielt Brautgeschenke von den Mädchen, Partys wurden ihr zu Ehren veranstaltet; in ihrer Wohnung sammelten sich Salatschüsseln, Eßbestecke und ähnliche Gegenstände, deren Transportkosten nach Berlin ihren Wert beträchtlich übersteigen würden. Und alle Mädchen samt ihren Müttern platzten vor Neid und begriffen nicht, warum der Himmel einige Geschöpfe mit Engelsgesichtern und goldenen Haaren ausstattete und ihnen zum Überfluß dann auch noch internationale Millionäre bescherte.

Kesters Schwester Alice bestand darauf, Isabel einen Boudoirtee zu geben. Isabel konnte der Einladung nicht ausweichen und war nun also gezwungen, den Ehrengast auf Ardeith zu spielen. Sie fand hier alle Stühle und Sessel des Zimmers mit Damenwäsche belegt, die die Mädchen für ihre Aussteuer gestickt hatten. Die jungen Herren waren erst für den Abend gebeten, würden also keine Gelegenheit haben, sich beim Anblick der zarten und intimen Gebilde zu erheitern. Natürlich war auch Kester zugegen.

Als Bruder der Gastgeberin konnte Kester es nicht gut vermeiden, den Ehrengast um einen Tanz zu bitten, und Isabel als Ehrengast konnte die Bitte kaum ablehnen. Sie tanzten gemeinsam einen Walzer. Kester war unerschütterlich höflich. Aber Isabel, da sie seinen Arm fühlte, war in Gefahr, schwach zu werden. Sie grollte heimlich dem Schicksal, das so grausam war, ihr zwei Zukunftschancen zu geben und die Umstände gleichzeitig so zu arrangieren, daß sie, gleichgültig, welche Möglichkeit sie auch wählte, immer wünschen mußte, die andere gewählt zu haben. Sie hatten eine Zeitlang ruhig miteinander getanzt, als Kester sagte:

»Das Seidenband in deinem Haar hat gerade die richtige Farbe. Erinnerst du dich daran, wie ich dir sagte, du solltest ein kräftiges Blau tragen?«

»Ja«, sagte Isabel.

Sie biß sich auf die Lippen, sie fürchtete jeden Augenblick, aufzuschluchzen und zu sagen: »O Kester, laß mich nicht gehen!« Dann dachte sie an alles, was ihre deutsche Heirat ihr bringen würde: ein prächtiges Haus in Berlin, Ferien an der Riviera, Reichtum, Luxus und Vergnügungen aller Art. Sie kannte Schimmelpfeng; sie wußte, daß sie alles von ihm haben konnte, weil er ihren Besitz als ein unfaßbares Wunder betrachtete. Sie sah Kester an, senkte wieder den Kopf und sagte schließlich leise, allen Widerständen ihres Verstandes zum Trotz:

»Kester – soll ich meine Verlobung lösen? Würdest du, wenn ich es täte, mich noch einmal fragen, ob ich dich heiraten wolle?«

Er schenkte ihr einen ruhigen Blick: »Ehrlich gesagt, Isabel, ich weiß es nicht. Ich glaube, du läßt es besser nicht darauf ankommen.«

Sie lachte ihm spöttisch ins Gesicht. »Mach dir keine Sorgen«, sagte sie, »ich hätte es ohnehin nicht getan.«

Sie sprachen kein Wort mehr, bis der Tanz zu Ende war und die Paare auseinandergingen. Als sie in Hörweite der anderen waren, sagte Kester mit seiner üblichen Stimme: »Ich danke dir für den wunderbaren Walzer, Miß Isabel. Darf ich gleichzeitig die Gelegenheit wahrnehmen, dir Glück zu wünschen?«

»Ich danke dir«, sagte Isabel.

Und dies waren die letzten Worte, die sie miteinander tauschten, bis zu jenem Abend nach langen Jahren, da Kester Larne Isabel Valcour wiedersah, die der ausbrechende Weltkrieg aus Europa vertrieben hatte.

ACHTES KAPITEL

1

Eleanor hatte eine wenig gute Meinung von Isabel und sie machte Kester gegenüber daraus auch kein Hehl. »Du hast sie also einmal gefragt, ob sie dich heiraten wolle«, sagte sie. »Nun gut. Jetzt, nachdem du versprochen hast, sie nicht mehr allein zu sehen, will ich das alles vergessen und das Thema nicht mehr erwähnen.«

»Gut«, sagte Kester, »ich danke dir. Wir brauchen nicht mehr darüber zu sprechen.«

»Nein«, versetzte Eleanor, »wir brauchen es nicht.«

Tatsächlich drängte Eleanor Isabel Valcour in den äußersten Winkel ihres Gedächtnisses zurück. Aber obgleich sie das tat und obgleich sie sich immer wieder sagte, daß sie keinen Grund zur Unruhe habe, fand sie doch keinen Frieden. Zumal es auch ohne Isabel Sorgen genug gab. Denn da war die Baumwolle. Die Börsen wurden am 16. November wieder geöffnet. Der Preis stand auf fünf Cents für das Pfund.

Dieser Preis deckte nicht einmal die Erzeugungskosten, geschweige, daß Kester und Eleanor eine Möglichkeit gesehen hätten, die neue Aussaat zu finanzieren. Also hielten sie die Baumwolle zurück. Die Tageszeitungen gaben sich redliche Mühe, den Pflanzern Mut zu machen. Sie schrieben, daß Europa ohne Baumwolle gar nicht auskommen könne, es benötigte sie für Zeltplanen und Uniformen. Ferner würden die steigenden Lebenshaltungskosten in den Vereinigten Staaten die Leute zwingen, in stärkerem Maße Baumwollsachen zu kaufen, an Stelle von Wolle und Seide. In jedem Falle werde die Baumwolle wieder ihre Käufer finden. Gleichwohl warnten sie davor, im kommenden Frühjahr zu viel Baumwolle anzupflanzen. Der Landwirtschaftsminister in Washington forderte Bankiers und Kaufleute öffentlich auf, nur solchen Pflanzern Kredite zu geben, die sich vorher verpflichteten, ihre Plantagenbetriebe weitgehend von Baumwolle auf andere Erzeugnisse umzustellen.

Kester und Eleanor verbrachten den Winter damit, die Voraussetzungen einer solchen Betriebsumstellung zu prüfen. Vor dem Bürgerkrieg waren große Flächen der Ardeith-Plantage mit Zuckerrohr bestellt worden, weitere Flächen mit Orangen. Gegenwärtig wuchs Zuckerrohr hauptsächlich westlich des Stromes, und in dem Golf näheren Bereichen wurden Orangen gezüchtet; sie hatten dort den besseren Boden. »Wie ist es mit Reis?« fragte Eleanor. Kester zuckte die Achseln: Das würde erhebliche Umstellungen bedingen. Es müßten Anlagen geschaffen werden, um das Wasser über den Deich zu bringen, da das Land dann ständig berieselt werden müßte. Außerdem müsse man Arbeiter haben, die etwas vom Reisbau verstünden »Hier herum weiß niemand etwas vom Reis«, sagte er. »Reis wächst in Südwestlouisiana. Wir könnten es mit Mais versuchen, aber wir hatten gute Maisernten im vergangenen Jahr, und die Hälfte aller Baumwollpflanzer plant ohnehin schon, sich auf Maisbau umzustellen.«

Eines Tages im Januar erschien Sylvia und wollte, daß man einen Betrag für den belgischen Hilfsfond zeichnen solle. Sie sei froh, in diesem Winter ihr eigenes Kind eben noch ernähren zu können, versetzte Eleanor kühl; die Belgier sollten für sich selber sorgen. »Wenn du schon nichts für die armen Belgier tun willst«, sagte Sylvia, »dann tue wenigstens folgendes: Wenn du Gelatine zu Nachspeisen verwendest, dann verwende Hoopers Gelatine. Schau, sie ist in solchen Kartons verpackt, mit einem gelben Etikett an der Seite.« Sie zeigte ihr eine Musterpackung. »Das Etikett mußt du jeweils abschneiden und an die Hausfrauenliga einsenden«, erklärte sie weiter. Die Firma löst die Etiketts für einen Cent pro Stück bei der Liga ein. Der Betrag wird dem Roten Kreuz zur Verfügung gestellt.

»Warum gibt man dem Roten Kreuz nicht einfach das Porto, das all dieser Aufwand verschlingt?« fragte Eleanor.

»Nun, Eleanor, du verstehst das nicht«, bemerkte Sylvia spitz.

»O doch, ich verstehe durchaus«, sagte Eleanor ungerührt. »Die Gelatinegesellschaft möchte die öffentlichen Sympathien ausnützen, um mehr Gelatine zu verkaufen.«

»Eleanor«, sagte Sylvia, »ich bin enttäuscht von dir. Viele von uns müssen heutzutage so schwer arbeiten.«

Als sie endlich ging, um ihre Werbebesuche fortzusetzen, ging Eleanor hinunter. Sie fand Kester damit beschäftigt, einen Brief von Sebastian zu lesen. Sebastian schrieb, daß die Baumwolle gegenwärtig sechs Cents koste; ob sie zu verkaufen wünschten?«

»Die Baumwolle ist alles, was wir gegenwärtig besitzen«, sagte Eleanor, »verschleudern wir sie zu diesem Preis, der nicht einmal die Gestehungskosten deckt, bedeutet das den Bankrott.«

Er stimmte ihr zu. Sie setzte sich zu ihm und nahm seine Hände in die ihren. »Laß uns noch etwas warten, Kester«, sagte sie. »Viele Leute meinen, daß der Krieg noch in diesem Jahr zu Ende ginge.«

»Es gibt auch viele Leute, die sagen, er würde noch lange dauern.«

»Sollte ich unrecht haben und die Lage sich weiter verschlechtern –, ich halte es aus«, sagte sie. »Ich habe inzwischen eine Menge gelernt.«

»Du bist ein großartiges Mädchen, Eleanor.«

Sie lächelte: »Ich kann allerhand aushalten, Kester, ausgenommen Sylvia, wenn sie gackert, wie ein Huhn, das ein Ei gelegt hat.«

Er lachte: »Sie war ja hier. Was wollte sie denn?«

Eleanor erzählte ihm die Gelatinegeschichte und Sylvias rührende Bemühungen um das Wohl der Belgier. Er lachte abermals:

»Du hättest ihr sagen können, daß ich dem Belgischen Hilfsfonds gestern fünf Dollar gespendet habe.«

»Kester!« fuhr sie auf, »wie konntest du nur! Wo wir jeden Cent dringend brauchen.«

»Ich konnte es nicht abschlagen«, sagte er. »Sie kamen mit belgischen Kindern und ihrer Not. Ich mußte an Cornelia denken.«

»Wenn du an Cornelia gedacht hättest, würdest du dir klargemacht haben, daß ich für fünf Dollar zwei Paar Schuhe hätte kaufen können«, sagte sie scharf. »Sie hat sie wahrhaftig nötig.«

»Bitte, sei ruhig«, entgegnete Kester. Sie biß sich auf die Lippen. Er war offensichtlich verstimmt und bald danach froh, als Neal Sheramy anrief und ihn zu einer Kinoveranstaltung einlud. Er sagte zu.

Eleanor gab sich alle Mühe, heiter zu erscheinen. Sie nahm kleine gesellschaftliche Einladungen an und bat dann und wann ein paar Freunde zum Abendessen. Wenn sie Isabel irgendwo traf, begrüßte sie sie kurz und schenkte ihr im übrigen so wenig wie möglich Aufmerksamkeit. Wie alle ihre Bekannten sangen auch sie und Kester »Tipperary« und versuchten Worte wie Ypern und Prysansyz auszusprechen. Sie lachten ironisch über die Zeitungsmeldung, daß Gavrilo Princip, der Mann, der mit dem Massenmorden angefangen hatte, zu zwanzig Jahren Kerker verurteilt worden sei; sie erörterten die zahllosen polemischen Artikel, die den Unterschied zwischen Kultur und *Kultur* klarzumachen suchten; sie beschäftigten sich mit dem neuen Kriegsspiel, das auf einer Landkarte Europas gespielt wurde, mit Armeen und Marineeinheiten Deutschlands, Österreichs, Frankreichs, Belgiens, Großbritanniens und Rußlands, und benahmen sich alles in allem nicht viel anders als alle anderen Leute in diesen Tagen auch. Unterdessen wurden ihre Gläubiger so dringlich mit ihren Forderungen, daß sie sich scheuten, durch die Stadt zu fahren. Jeder Einkauf in der Apotheke oder beim Kaufmann wurde zu einer schwierigen und peinlichen Angelegenheit. Sie konnten keine Nägel kaufen, um ein loses Brett an der Galerie zu befestigen. Das Auto befand sich in einer Verfassung, daß eine gründliche Reparatur unerläßlich wurde, weil man nicht mehr sicher damit fahren konnte. Schon seit Monaten putzten sie die Zähne mit Salz, weil sie sich Zahnpasta nicht leisten konnten.

Im Februar stieg der Baumwollpreis auf acht Cents für das Pfund. Am 1. März schrieb Sebastian in dringender Form, sie möchten verkaufen. Baumwolle werde inzwischen in geringen Mengen nach Übersee verschifft, aber die Tätigkeit der deutschen U-Boote beeinträchtige den Handel der Alliierten so stark, daß er allgemach ein schweres Risiko einschließe, so daß niemand zu sagen vermöchte, wann die Einstellung der Verschiffung zu einem neuen Preissturz führen würde.

Sie saßen mehrere Abende nebeneinander und sprachen darüber. Verkauften sie ihre Baumwollbestände zu acht Cents für das Pfund, würde der Ertrag gerade ausreichen, die dringendsten Rechnungen zu begleichen, aber es würde kein Penny verbleiben, um an die Abtragung der zwanzigtausend Dollar zu denken, die die Bank zu beanspruchen hatte, und die aufgebracht werden mußten, wenn sie länger als bis zum 1. Dezember auf Ardeith bleiben wollten. Es konnte keine Rede davon sein, daß die Plantage bei einer Umstellung auf Gemüsebau im ersten Jahr zwanzigtausend Dollar abwerfen würde. In der äußersten Verzweiflung erwogen sie schließlich den Gedanken, Fred Upjohns Hilfe in Anspruch zu nehmen. Aber Eleanor kannte den Betrieb ihres Vaters genug, um zu wissen, daß es ihm unmöglich sein würde, zwanzigtausend Dollar in bar aufzubringen. Bei der allgemeinen Krisenlage der Banken würde Fred eine derartige Summe nur flüssig machen können, wenn er seine Deichbaumaschinen und sein Haus verpfändete, was ihn praktisch in die gleiche Situation brächte, in der sich Kester und Eleanor gegenwärtig befanden. Eleanor kannte den langen und hartnäckigen Kampf, den ihr Vater durchgefochten hatte, um seine heutige Stellung zu erringen; sie war deshalb eher gewillt, eine persönliche Niederlage einzustecken, als ihrem Vater einen solchen Schritt zuzumuten.

»Ich zweifle, daß Vater uns entscheidend helfen könnte«, sagte sie. »Die jüngeren Kinder gehen noch zur Schule. Er hat kein Recht, ihre Zukunft um meinetwillen aufs Spiel zu setzen.«

»Du meinst: um meinetwillen!« berichtigte Kester. »Natürlich hat er das nicht. Er kann nicht riskieren, alles zu verlieren, was er sich erarbeitete, nur weil du dir in den Kopf setztest, mich zu heiraten.«

»Wieviel Geld hast du noch?« fragte Eleanor nach einer Weile.

»Ich habe« – Kester zog seine Geldbörse heraus und zählte – »elf Dollar, vierunddreißig Cents.«

»Und ich besitze noch ungefähr sechs Dollar im Portemonnaie und zweiunddreißig Dollar auf meinem Bankkonto«, versetzte Eleanor.

»Und das ist alles«, sagte Kester.

Er setzte sich und legte ein Bein über das andere. Sie sah die Sohle seines Schuhes; sie bedurfte dringend der Reparatur. Sie hatten ihre Baumwolle zurückgehalten, weil es ihr letzter verkäuflicher Besitz war, mit dem sich alle ihre Hoffnungen verbanden. Aber die Situation, die sich jetzt gegenübersahen, übertraf alle früheren Befürchtungen. Es ging nicht mehr um die Möglichkeit, Ardeith zu retten, es ging um die Sicherung der einfachsten, nacktesten Lebensnotwendigkeiten. Die offenen Rechnungen bei den örtlichen Kaufleuten würden Eleanors persönliches kleines Einkommen auf Monate hinaus verschlingen. Ihre Augen trafen sich in verzweifelter Frage.

»Wir müssen die Baumwolle verkaufen«, sagte Kester.

»Ja«, sagte Eleanor.

Sie saßen sich in traurigem Schweigen gegenüber und sahen sich an.

Am Morgen setzte sich Eleanor an die Schreibmaschine und schrieb Sebastian einen Brief, worin sie ihm mitteilte, daß sie ihre Baumwollbestände verkaufen wollten. Kester, der selbst nicht mit der Maschine schreiben konnte, saß daneben und sah ihr zu. Eleanor begann den Brief viermal von neuem. Es war ein ganz einfacher Brief, nur wenige Zeilen lang, aber sie war so nervös, daß ihr ständig Fehler unterliefen; ihre Hände weigerten sich, die Befehle auszuführen, die ihr Hirn ihnen erteilte. Sie riß den vierten falsch begonnenen Bogen aus der Maschine, zerknüllte ihn zu einem Ball und warf ihn in den Papierkorb. Kester trat dicht hinter sie und umarmte sie wortlos. Sie hielt still und mehrere Minuten lang verharrten sie so schweigend. Schließlich sagte Eleanor:

»Und was sollen wir nach dem 1. Dezember beginnen?«

»Ich denke, daß wir imstande sein werden, fünfzig oder hundert Morgen zu halten«, sagte Kester. »Ich werde als Ein-Maulesel-Farmer neu beginnen.«

»Und wenn wir nicht einmal das halten können?«

Er zuckte die Achseln: »Ich weiß es nicht.«

Eleanor legte ihre Hände in die seinen. Kester drückte sie und ließ sie dann plötzlich los. Er ging zum Fenster und starrte hinaus auf die schwingenden Moosketten an den Eichen und auf die Azaleen mit ihren leuchtenden, zerbrechlichen Blüten.

»Ardeith!« sagte er. »Philip Larne hat hier eine Blockhütte gebaut. Er pflanzte Indigo an.«

»Kester! Bitte, hör auf!«

Sie wandte sich brüsk der Schreibmaschine zu und begann die fünfte Fassung des Briefes. Diesmal flossen ihr die glatten Sätze ohne Schwierigkeit aus den Tasten; weder Niedergeschlagenheit noch Todessehnsucht sprachen daraus: ». . . Sie erhalten damit die Vollmacht, die Baumwolle zu verkaufen, die durch die beiliegenden Lagerquittungen ausgewiesen wird . . .«

»Hier«, sagte sie, den Bogen aus der Maschine nehmend.

Er kam heran, beugte sich über den Schreibtisch, las den Brief und setzte seinen Namen darunter. »Ich werde ihn mit zur Stadt nehmen und dort postfertig machen«, sagte er. »Wir wollen keine Zeit mehr versäumen; der Preis kann jeden Augenblick wieder fallen.«

Bessy erschien, um zu Tisch zu bitten. Sie gingen ins Eßzimmer und stocherten in den Speisen herum, die vor ihnen standen. Wir leben schon wie die Pächter, dachte Eleanor, aber sie sprach es nicht aus. Während des Essens fiel kaum ein Wort, nur Kester machte einmal die Bemerkung, daß der Pfirsichgarten zu blühen beginne und einen prächtigen Anblick biete.

Gleich nach der Mahlzeit ließ Kester sein Pferd satteln und ritt zur Stadt, um den Brief fortzuschaffen. Eleanor machte sich im Hause zu schaffen. Ihr war zumute, als müsse sie sich jetzt schon von all den Dingen verabschieden, die ihr liebgeworden waren. Sie hielt es schließlich nicht mehr aus, setzte sich in das reparaturbedürftige Auto und fuhr etwas hinaus, um sich Ablenkung zu verschaffen. Sie zögerte zunächst einen Augenblick, ob sie das Recht hatte, Benzin zu verschwenden, sagte sich aber schließlich, daß selbst das Sparen mittlerweile sinnlos geworden sei. Sie fuhr die Uferstraße entlang und grübelte darüber nach, was sie wohl aus den Trümmern zu retten vermochte, wenn sie wirklich Ardeith verlassen müßten.

Die Felder waren voller Düfte und Farben, der Pfirsichgarten glühte in bunter Pracht. Ich habe früher nie gewußt, wie schön das alles ist, dachte sie; jetzt, da ich im Begriff bin, es zu verlieren, fühle ich es. Plötzlich setzte sie den Fuß so hart auf die Bremse, daß der Wagen ruckte und stieß. Im Pfirsichgarten saßen Kester und Isabel im Grase unter einem Baum. Sie waren so in ihre Unterhaltung vertieft, daß sie gar nicht bemerkten, wie Eleanor vorüberfuhr.

Eleanor gab Gas, und das Auto sprang vorwärts. Als sie um die Kurve fuhr, sah sie Kesters Pferd an einem Baum angebunden und nahe dabei den eleganten kleinen Sportzweisitzer, den Isabel fuhr, seit sie wieder hier war. Denn obgleich ihr Einkommen gering sein mochte, gemessen an dem, was sie bisher besaß, reichte es doch hin, sie mit allem Nötigen zu versorgen.

Eleanor wendete und fuhr abermals an dem Obstgarten vorbei. Sie saßen noch immer da. Isabel hielt ihren Hut im Schoß; die Sonne spielte mit ihrem leuchtenden

Haar. Sie hatte die Beine über Kreuz gelegt und sah zu Kester mit Blicken auf, als bedeute jedes Wort von ihm eine Offenbarung für sie. Man sah ihrer Haltung, jeder ihrer Bewegungen und ihrem ganzen Benehmen an, daß sie gewohnt war, mit Männern umzugehen und Männern zu gefallen. Eben als Eleanor im Wagen draußen vorbeifuhr, sagte Kester etwas, was Isabel Veranlassung gab, den Kopf zurückzuwerfen und zu lachen.

Eleanor wurde von Wut und Ingrimm geschüttelt. Im ersten Impuls wäre sie am liebsten dazwischengetreten; sie unterdrückte die Regung, weil sie Isabel nicht den Triumph gönnte, sich ihr gegenüber als Siegerin fühlen zu können. Sie verließ das Auto auf der Parkallee, ging ins Haus und begann im Wohnzimmer auf und ab zu gehen. Dilcy kam mit Cornelia herein, während sie noch immer Schritt für Schritt das Zimmer durchmaß.

»Bring sie hinaus«, sagte Eleanor kurz.

»Vader?« fragte Cornelia. Ihre Augen suchten das Zimmer ab. »Vader?«

»Miß Elna«, sagte Dilcy vorwurfsvoll, »es ist zu kalt draußen für kleine Miß.«

»Ich habe dir gesagt, du sollst sie hinausbringen.«

»Ja, Miß.« Dilcy zog sich grollend zurück.

Und wieder ging Eleanor auf und ab. »Er hat es versprochen«, flüsterte sie vor sich hin, »er hat es mir versprochen. Aber diesmal werde ich es nicht schweigend einstecken.«

Sie hatte den Namen Isabel ihm gegenüber nie wieder erwähnt, seit er ihr im November versprochen hatte, sich nicht mehr allein mit ihr zu treffen. Jetzt war man in der ersten Märzwoche. Kester hatte das Versprechen aus eigenem Antrieb gegeben, und sie hatte nie gedacht, daß sie daran zweifeln müßte. Sie erinnerte sich, wie bereitwillig er es gegeben hatte, genau so bereitwillig, wie sie einem Kind ein Stück Kandis gegeben hätte, um es ruhig zu halten. Das Gefühl, betrogen zu sein, zu wissen, daß man insgeheim über sie lache, bereitete ihr fast physische Übelkeit. Der bloße Gedanke an eine solche Möglichkeit brachte sie zur Weißglut. Heute hatte sie eingewilligt, die Baumwolle abzustoßen; wenn nicht ein Wunder geschah, würden sie Ardeith verlieren, und sie hatte Kester, der letzten Endes die Schuld an dieser Entwicklung trug, kein Wort des Tadels oder auch nur der Kritik gesagt: Und dies also war nun seine Dankbarkeit! Nein, es war zuviel! Die Sonne war schon untergegangen, als er zurückkam. Sie hörte die Hufschläge des Pferdes auf der Allee, gleich darauf kam er die Verandatreppe heraufgestürmt.

»Hallo!« rief er, als er das Wohnzimmer betrat. »Sag mal, Eleanor, findest du nicht, daß es draußen zu kalt für Cornelia ist? Dilcy sagte, du hättest sie hinausgeschickt.«

Eleanor wandte sich ihm zu. »Du hattest mir versprochen, Isabel Valcours Haus nicht mehr zu betreten«, sagte sie, »ich konnte nicht annehmen, daß du dich statt dessen mit ihr im Pfirsichgarten treffen würdest.«

Kester war ruckhaft stehengeblieben, als sie zu sprechen begann. Er warf jetzt die Tür hinter sich ins Schloß. »Du bist der größte Dummkopf, den ich je in meinem Leben gesehen habe«, sagte er.

Eleanors Brust wogte auf und ab vor Erregung. »So«, sagte sie, »ich bin also ein Dummkopf, wenn ich wissen möchte, warum du mir ein Versprechen gabst, das du nicht zu halten beabsichtigtest?«

»Großer Gott, Eleanor, kann ich dafür, wenn ich jemand auf einer öffentlichen Straße begegne?«

»Leider bist du ihr nicht nur auf einer öffentlichen Straße begegnet«, sagte Eleanor.

Kester stand mit dem Rücken der Tür zugewandt und sah sie an. Seine Antwort

135

hatte die kühle Klarheit, die Ärger stets in seiner Sprache auszustrahlen pflegte: »Isabel fuhr die Straße entlang. Sie hielt an, rief mich an und fragte, ob sie ein paar Pfirsichblüten haben könne. Ich ging mit hinein, um ihr zu helfen, welche abzuschneiden.«

»Du warst nicht dabei, Blüten zu schneiden, als ich dich sah.«

»Ist es ein Verbrechen, sich auf eine ganz allgemeine harmlose Unterhaltung einzulassen?« fragte er.

»Harmlose Unterhaltung!« Sie lachte böse auf. »Ich frage mich, worüber du dich schon mit ihr unterhalten konntest.«

»Das ist einfach, wir sprachen von Sylvia. Sie erzählte mir, daß Sylvia neuerdings herumrenne und jedermann frage, ob er helfen wolle, Puppen für belgische Kinder auszustatten. Ich hatte ihr einmal erzählt, daß sie für eine Gelatinefabrik Propaganda gemacht habe.«

»Gelatine?« fragte Eleanor. »Die Sache mit Sylvias Gelatinereklame war nach Weihnachten. Hast du denn Isabel während des Winters getroffen?«

Nun wurde Kester wütend. Wut äußerte sich bei ihm nicht wie bei Eleanor, die eine Flut unüberlegter Worte heraussprudelte; er sprach dann im Gegenteil leise, mit einer schneidenden Stimme, die überzeugender als jeder Temperamentsausbruch wirkte. Gewiß, sagte er, er habe Isabel mehrere Male während des Winters gesehen. Isabels Haus liege an der Uferstraße unweit der südlichen Grenze von Ardeith. Sie könnten nichts dafür, wenn sie einander gelegentlich begegneten. Sie habe seinen Rechtsanwalt zu Rate gezogen, und es sei die natürlichste Sache von der Welt, daß sie ihm davon erzählt habe. Isabel brauche einen Berater. Ihr Vater sei während ihres Aufenthaltes in Deutschland gestorben und sie habe niemand, mit dem sie sprechen könne. Es sei da, nebenbei, um seine eigenen Angelegenheiten gegangen. Er habe das Eleanor gegenüber nicht erwähnt, weil er Eifersuchtsszenen dieser Art hasse und sie habe vermeiden wollen. Es sei ihm klar gewesen, daß sie bei dem lächerlichsten und geringfügigsten Anlaß über ihn herfallen werde.

Eleanors Zorn war über seinen Worten noch gestiegen. Ihre Stimme zitterte, als sie sagte: »Wirst du fortfahren, mit ihr zusammenzutreffen?«

»Ich werde tun, was ich will«, sagte Kester, »ich bin nicht auf dem Sklavenmarkt gekauft.«

Eleanor hatte ein Gefühl, als müsse ihr Kopf jeden Augenblick zerspringen. Ihre monatelange Arbeit, ihre verzweifelte Sorge um Ardeith, ihre Angst, als sie sich endlich entschließen mußten, die Baumwolle zu verkaufen, alle die unendlichen Strapazen und Enttäuschungen, die sie hinter sich hatte, das alles kam jetzt zusammen und fiel über sie her. Sie begann zu sprechen, aber sie wußte kaum, was sie sprach, die Worte wurden nicht mehr von einem zentralen Willen gelenkt; alles, was sich in ihr angehäuft hatte an Schmerz, Qual und Bitterkeit, brach jetzt heraus und fiel über Kester und Isabel her. Alles was sie sagte, kreiste um die Enttäuschung, daß Kester sein Wort nicht gehalten habe, aber alle die anderen Bitterkeiten und Enttäuschungen schwangen darin mit.

Kester war verwirrt und halb betäubt. Aus all ihrem Geschimpf hörte er nur heraus, daß sie ihm Dinge vorwarf, die er nicht begangen hatte und auch nicht zu begehen beabsichtigte. Einige Male versuchte er, sie zum Schweigen zu bringen, aber er hätte geradesogut den Versuch unternehmen können, das hereinströmende Wasser bei einem Deichbruch mit der Hand aufhalten zu wollen. Zuletzt rief er mit erhobener Stimme:

»Wirst du, in Gottes Namen, jetzt endlich aufhören?«

»Warum sollt ich? Wirst du zukünftig diese Frau in Ruhe lassen?«

»Warum sollte ich?« nahm er ihre Redewendung auf, »für das Glück, dich ansehen zu dürfen, so, wie du jetzt aussiehst?«
»Oh! Sie ist wohl reizend, wie?«
»Du siehst jedenfalls aus wie eine Hexe und du schreist auch wie eine Hexe!«
»Ich kann nicht vierzehn Stunden am Tage arbeiten und dann wie eine Sirene aussehen. Wenn du eine Frau haben wolltest, die zart und süß und anbetungswürdig aussieht, warum hast du nicht eine solche geheiratet?«
»Ich wollte, ich hätte es«, sagte Kester. Er sprach langsam und abgehackt, immer noch mit diesem schneidenden Ton in der Stimme; seine Hand hielt hinter seinem Rücken den Türknopf umklammert.
»Eine, die dir jeden Tag von neuem erzählt, was du für ein wundervoller Mann seiest, gleichgültig, was du tust oder wie du dich benimmst?«
»Ja«, antwortete Kester und öffnete die Tür.
Eleanor lachte böse. »Es ist schrecklich, daß meine Manieren nicht durch eine jahrhundertealte Tradition geläutert und verfeinert wurden«, höhnte sie.
»Du hast nur zu recht«, versetzte Kester, »sie lassen leider viel zu wünschen übrig.« Die Wohnzimmertür dröhnte, gleich darauf dröhnte die Haustür, und einen Augenblick später hörte sie das Auto die Parkallee hinunterrattern. Eleanor fiel in einen Sessel; sie legte die Hände an ihre pochenden Schläfen. Einen Augenblick verwirrten sich ihre Gedanken; die zitternde Wut hatte all ihre Kräfte erschöpft; sie saß mit leerem Kopf im Sessel und starrte vor sich hin.

Sie wußte nicht, wie lange sie so gesessen hatte, leeren Blicks auf die wachsenden Schatten starrend; ganz allmählich erst begann ihr Bewußtsein wieder zu erwachen. Sie spürte, daß sie zitterte, nicht vor Kälte, denn obgleich das Feuer im Kamin heruntergebrannt war, war die Wärme doch noch im Raum, sondern vor innerer Erregung. Als sie ihre Hände von den Schläfen nahm und sich gerade aufrichtete, wußte sie, woher die Lähmung kam, von der sie sich befallen sah. Sie hatte Angst vor einer Situation, der sie bisher in ihrer Ehe noch nicht gegenübergestanden hatte, und sie war bange, weniger, weil diese Situation nun bestand, als weil sie sie selber herbeigeführt hatte. Sie wußte nicht mehr, was alles sie Kester in diesen schrecklichen Minuten an den Kopf geworfen hatte, aber was immer sie auch gesagt haben mochte, sie hatte niemals wirklich geglaubt, daß er ihr untreu gewesen sei. Sie hatte immer nur gefürchtet, daß Isabel die alte Macht, die sie schon einmal über ihn gehabt hatte, wiederbeleben und ihn zur Untreue verführen könnte.

Eleanor stand auf. Sie ging zum Kamin hinüber, in dem die Aschehäufchen noch glühten; das Zimmer war inzwischen völlig dunkel. Mechanisch ergriff sie ein Stück Holz und ließ es auf die Glut fallen. Dann setzte sie sich auf den Teppich und beobachtete, wie das Holz allmählich Feuer fing. Schaudernd wurde ihr klar, daß sie Kester durch ihr heutiges Verhalten geradezu auf Isabel gestoßen habe; stärker als irgend etwas anderes ihn je hätte stoßen können. Wahrhaftig, die sinnlose Wut hatte ihr den Verstand getrübt, sonst hätte das nicht geschehen können.

Schließlich erhob sie sich und ging nach oben. Kesters Rückkehr abwartend, stand sie am Fenster und sah hinaus in die Dunkelheit. Über den Bäumen stand der Mond und sah aus wie eine vertrocknete Zwiebel. Die Stunden liefen dahin; sie beobachtete, wie der Morgen heraufkam. Als es zwischen den Eichen heller und heller wurde, fühlte sie sich völlig verbraucht. Aber sie hatte gelernt, daß nichts, was ihr von außen angetan werden konnte, schrecklicher war als das, was sie sich selber antat.

Es klopfte an der Tür. Eleanor sprang auf, von einer jähen Hoffnung geschüttelt. Sie stolperte in der Hast über einen Stuhl und wäre beinahe gefallen. Als sie die Tür aufriß, stand Bessy draußen; es war ihr wie ein Schlag ins Gesicht.

»Was ist, Miß?« fragte Bessy verwundert. »Miß schon aufgestanden und angekleidet?«

Eleanor hatte vegessen, daß sie sich während der Nacht gar nicht ausgezogen hatte. Sie hoffte, Bessy würde nicht sehen, daß ihr Bett noch unbenutzt war.

»Ja«, sagte sie, »was gibt es?

Bessy gab ihr einen soeben eingetroffenen, persönlich zugestellten Brief aus New Orleans. Die Adresse war mit der Maschine geschrieben. Eleanor setzte sich hin und drehte den Brief in den Händen. Sie fühlte sich so leer, enttäuscht und geschlagen, daß sie zögerte, ihn zu erbrechen, obgleich er wichtig sein mußte, da er mit einer besonderen Zustellungsmarke versehen war. Schließlich riß sie den Umschlag auf. Ein beschriebener Bogen und zwei gedruckte Zettel fielen in ihren Schoß. Der Brief war von ihrem Vater. Er enthielt nur ein paar Zeilen: Sie werde vermutlich an den beiliegenden Notizen interessiert sein. Im übrigen viele liebe Grüße.

Eleanor war an gar nichts interessiert. Nichtsdestoweniger hob sie den kleineren Zettel auf und begann zu lesen. Fred hatte mit Bleistift an den Rand geschrieben: ›NEW YORK TIMES 2. März.‹

Auf dem Abschnitt stand ein kurzer Artikel, der ohne Kommentar feststellte, daß das britische Großkampfschiff ›QUEEN ELIZABETH‹, das sich gegenwärtig in den Dardanellen aufhalte, jedesmal, wenn es einen Schuß aus seinen fünfzehnzölligen Geschützen abfeuere, einen Ballen Baumwolle verbrauche.

2

Eleanors Augen waren umwölkt vor Müdigkeit, während sie versuchte, den zweiten Zettel zu lesen. Es war dies kein Zeitungsausschnitt, sondern eine herausgeschnittene Seite aus einer Enzyklopädie. Sie enthielt einen mit der Überschrift »Explosionsstoffe« versehenen Teil eines Artikels. Die meisten in dem Artikel verwandten Ausdrücke waren Eleanor nicht bekannt. »Schießbaumwolle«, las sie, »Nitrozellulose, rauchschwarzes Schießpulver.«

Eleanor stand auf. Sie dehnte sich in Armen und Schultern, um die Steifheit aus den Gliedern zu bekommen. Der innere Aufruhr ihres Gemüts über Kester, Isabel und ihr eigenes Verhalten begann sich allmählich zu legen; ein neuer Gedanke arbeitete in ihrem Kopf. Sie ging ins Badezimmer und ließ kaltes Wasser über ihr Augen laufen. In ihr Zimmer zurückkehrend, nahm sie den Hörer ihres Telefons ab. Sebastian würde zu so früher Stunde noch nicht in seinem Büro sein; sie rief deshalb seine Wohnung an. Als seine Stimme sich am anderen Drahtende meldete, nahm sie den ganzen Rest ihrer Kraft zusammen.

»Sebastian«, sagte sie, »du wirst heute einen Verkaufsantrag von Kester bekommen. Ich rufe dich an, um dir zu sagen, daß Kester seinen Entschluß geändert hat. Er will noch nicht verkaufen.«

»Warum, Eleanor, was ist geschehen?« fragte Sebastian.

»Kester wird es dir später sagen«, antwortete sie. »Aber – verstehst du mich auch klar? Nicht verkaufen!«

»Eleanor, ich weiß zwar nicht, was ihr wollt, aber ich kann dir nicht nachdrücklich genug raten, jetzt zu verkaufen. Deutschland und England – –«

»Hast du schon einmal etwas von Schießbaumwolle gehört, Sebastian? Nitrozellulose und so weiter?«

»Was heißt das?«

»Es ist gleichgültig. Nicht verkaufen, Sebastian!«

Sie verabschiedete sich kurz und hängte den Hörer ein. Die Anstrengung, den in hellwacher Einsicht gefaßten Entschluß sofort durchzuführen, hatte sie den letzten Zipfel ihrer Kraft gekostet. Während der Hörer klickend in die Haltegabel zurückfiel, sank sie auf das Bett, und ohne die Schuhe auszuziehen oder den Gürtel zu öffnen, fiel sie in Schlaf.

Als sie erwachte, stand die Sonne hoch am Himmel. Einen Augenblick war sie erschrocken, so lange geschlafen zu haben und sich, gekleidet wie am Vortage, auf dem Bett zu finden. Dann erinnerte sie sich an alles, was geschehen war, und sprang auf. Kester war nicht nach Hause gekommen. Die Bediensteten schlichen mit merkwürdigen Blicken durchs Haus, als machten sie sich über diesen Umstand ihre eigenen Gedanken, aber Eleanor tat, als sei gar nichts geschehen. Sie gab ihre Anordnungen für den Haushalt, ruhig und sachlich wie immer, sie überzeugte sich, daß für Cornelia gesorgt wurde, und zwang sich selbst, etwas Obst zu essen und ein paar Tassen Kaffee zu trinken. Nachdem sie sich umgekleidet hatte, ließ sie sich auf den Stufen der Verandatreppe nieder, lehnte sich gegen eine der Säulen und wartete auf Kester.

Es war nahezu vier Uhr, als das Auto durch das Parktor gefahren kam. Als Kester aus dem Wagen stieg, lief sie auf ihn zu. Sie reichten einander die Hände und sagten fast gleichzeitig: »Kannst du mir verzeihen?«

Danach redeten sie ein wenig durcheinander und wußten offenbar beide nicht genau, was sie sagten. Eleanor versuchte, alles auf einmal herauszusprudeln, und auch Kester sprach in wirren und abgehackten Sätzen auf sie ein. Sie gingen ins Wohnzimmer zum Kaminfeuer. Eleanor ließ sich auf dem Sofa nieder und Kester legte ihr, vor ihr kniend, den Kopf in den Schoß.

Sie versuchte ihm klarzumachen, daß sie ihm lange schon vergeben habe, lange, bevor er nach Hause gekommen sei. Alles, was sie wissen wolle, sei, ob sie auch seine Vergebung habe. Ach, Vergebung; erst mußte er doch einmal erzählen, was geschehen und wie das alles gekommen sei. Er hatte nicht die Absicht gehabt, Isabel Valcour aufzusuchen, gewiß nicht. Oh, er war ärgerlich gewesen, als er fortfuhr, gewiß, und es war schwer, jetzt zu sagen, was in seinem Kopfe vorging. Jedenfalls war er schon früh am Abend völlig betrunken. Oder wenigstens hatte er gemeint, es zu sein, obwohl er sich an alles erinnern konnte, was geschehen war. »Ich sehe den Buffetier an Joe's Platz noch vor mir«, sagte er. »Er meinte, ich solle in dem Zustand nicht fahren, aber ich habe gesagt, ich könne jedes Auto zu jeder Zeit und an jedem Ort fahren. Als ich dann draußen an der Luft war, wurde es besser, weiß du, glaube ich, sehr vorsichtig gefahren, jedenfalls weiß ich noch, daß ich das Auto mit großer Behutsamkeit um das Colston-Warenhaus, dessen Gebäude so weit in die Straße hinausragt, gesteuert habe. Aber wie mir der Kopf langsam klarer wurde, da kam auch die Erinnerung zurück an alles, was du gesagt hattest, und die Wut kam wieder in mir hoch. Ach, Eleanor, es war mir alles egal, ich dachte, es wäre mir ganz gleich, ob ich sie noch einmal wiedersähe oder nicht, und es käme jetzt nicht mehr darauf an, was weiter geschähe. Ich bin dann, nicht absichtlich, die Uferstraße entlanggefahren, ohne bestimmten Grund, nur so kraft der Gewohnheit; obwohl – ich will nicht lügen, und es ist sehr schwer, nachträglich zu sagen, was mir im Kopfe herumging, denn ich war ja doch sehr betrunken. Und ich merkte dann auch bald, daß das Auto mir nicht mehr gehorchte, ich war bald auf der linken und bald auf der rechten Straßenseite und bald in der Mitte, und ich war auch wieder nicht so betrunken, daß ich die Gefahr nicht erkannt hätte, und ich wollte durchaus weder mich noch sonst jemand ums Leben bringen.«

Er machte eine Pause und starrte vor sich hin. »Und dann war ich vor Isabels Haus«, fuhr er nach einem Weilchen fort. »Es war alles dunkel, nur aus einem

Fenster der oberen Etage fiel Licht.« Er stöhnte und fuhr sich durch das verwirrte Haar. »Oh, Eleanor«, sagte er,»kannst du dir ausdenken, wie dir zumute wäre, wenn du des Morgens erwachtest und sähest dich von Ratten und Kröten und allerlei Gewürm umgeben? Wenn du dir das vorstellen kannst, dann weißt du ungefähr, wie mir heute morgen zumute war.« Er seufzte wieder und starrte vor sich hin. Er habe den größten Teil des Tages damit verbracht, daß er durch die Wälder gefahren sei, sagte er, er habe am versumpften Seeufer gestanden und Stecken in das Wasser geworfen und versucht, mit sich ins reine zu kommen, um nach Hause fahren und ihr gegenübertreten zu können.

Sie könne ihm alles das genau nachfühlen, sagte Eleanor. Sie hatte eine schlaflose Nacht hinter sich und hatte viel nachgedacht. Sie meinte, die Puritaner und überhaupt alle Leute, die die Sitten- und Moralgesetze aufstellten, hätten nicht die Hälfte von dem begriffen, was sie predigten, wenn sie die Behauptung aufstellten, es gäbe nur eine Sünde, durch welche eine Ehe gebrochen würde. Sie habe die Ehe gebrochen so gut wie er. Sie seien beide treulos gewesen, und alles, was sie tun könnten, sei, sich zu schwören, daß sie hinfort nie mehr treulos sein wollten.

Danach war zwischen ihnen eine lange Stille. Kester hielt ihren Leib mit den Armen umschlungen und seinen Kopf in ihrem Schoß gebettet. Ihre Hände streichelten sein zerzaustes Haar. Mit heimlicher Verwunderung stellte sie fest, daß dieses Geschehen sie fester an Kester gebunden hatte als alles andere vorher, und daß sie stärker als je nach ihm verlangte, gleichgültig, was immer er getan haben mochte.

Kester hob schließlich den Kopf. »Ich brauche jetzt notwendig etwas Selbstbewußtsein«, sagte er.

Eleanor beugte sich über ihn und küßte ihn. »Was du jetzt brauchst, Lieber, ist ein Bad und ein sauberes Hemd«, sagte sie. »Kein Mensch kann auch nur eine Spur Selbstbewußtsein haben, wenn er so aussieht, wie du augenblicklich.« – »Was für eine Frau!« sagte Kester und lächelte in einer Art schmerzlichen Glücksgefühls.

Mitten in der Nacht erwachte Eleanor. Sie wälzte und drehte sich und vermochte nicht in den Schlaf zurückzufinden. Sie wollte doch nicht mehr daran denken, sie wollte doch nicht. Aber es war immer dasselbe, sie entging dem Kreislauf der Gedanken nicht. Und sie konnte das dumpfe Gefühl nicht loswerden, daß ihre Ehe einem reparierten Kleide gliche, bei dem nur ein scharfes Auge die Flickstelle sehen konnte, das aber doch eine schwache Stelle behalten würde, wo es jederzeit von neuem zerreißen könnte.

NEUNTES KAPITEL

1

Am Morgen lagen die Zeitungausschnitte noch auf Eleanors Schreibtisch. Sie nahm sie auf und begann Kester zu erzählen. Sie sprach lebhaft und mühte sich, ihre ganze Aufmerksamkeit auf die Baumwolle und ihre Möglichkeiten zu konzentrieren, um die bohrenden Gedanken von jener Sache abzulenken. Sie hatte im Laufe dieser Nacht alles über Isabel Valcour erfahren, und über die Nacht, die Kester bei ihr verbracht hatte; sie mußte die Erinnerung daran verwischen, sie fühlte, daß sie es in Zukunft nicht mehr ertragen würde, und sei es auch nur in Verbindung mit Kesters reumütigen Versicherungen.

Kester hörte ihr mit einiger Verblüffung zu. Er gab zunächst nur hin und wieder einen leichten Überraschungsruf von sich. Schließlich begann er zu begreifen, worauf sie hinaus wollte, und geriet in Entzücken. »Schießbaumwolle – Nitron!« rief er, »Eleanor, es ist nicht auszudenken! Wenn der Krieg noch bis zum Herbst dauert, wird der Preis bei der nächsten Ernte so hoch sein, daß wir alle unsere Schulden bezahlen können.«

Eleanor dämpfte sein Hochgefühl etwas und erinnerte ihn daran, daß sie gegenwärtig nicht einmal Geld besäßen, um an neue Aussaat zu denken. Während sie sprach, wurde ihr bewußt, daß sie während der ganzen Nacht über das Problem nachgedacht haben mußte, denn ein fertiger Plan begann sich in ihrem Kopf zu fixieren. Gleich darauf strömten die Worte bereits über ihre Lippen.

»Ich werde nach New Orleans fahren und mit Mr. Tonelli sprechen«, sagte sie, »du weißt, Papas Freund, dem die Tonelli-Frucht-Linien gehören. Wir werden ihm unsere gesamten Baumwollvorräte zum Pfand anbieten.«

»Glaubst du, ihn davon überzeugen zu können, daß der Krieg noch zwei Jahre dauern wird?« fragte Kester.

»Ich werde es jedenfalls versuchen. Wenn Mr. Tonelli eine Chance wittert, nimmt er sie wahr. Er hat seine Millionen gemacht, indem er Chancen dieser Art rechtzeitig wahrnahm.«

»Wart' einen Augenblick.« Kester war etwas eingefallen. »Wir haben Sebastian angewiesen, unsere Baumwolle zu verkaufen«, sagte er.

Eleanor blickte zu Boden und rollte die Ecke eines Zeitungausschnittes zwischen Daumen und Zeigefinger. »Ich habe mit ihm telefoniert und ihn angewiesen, nicht zu verkaufen«, sagte sie.

Er sah sie überrascht an. »Du hast ihn angewiesen – –? Wann?«

»Gestern morgen in aller Frühe«, sagte Eleanor mit schwacher Stimme.

Sie sah immer noch zu Boden.

Kester sagte nichts. Er kam herüber und barg ihren Kopf an seiner Schulter. Ein Weilchen fiel kein Wort; als Eleanor wieder sprach, hatte ihre Stimme einen forciert lebhaften Ton. Sie fühlte noch immer geheime Unsicherheit, sobald sie an andere Dinge als an Baumwolle dachte.

»Ich werde heut nachmittag nach New Orleans fahren«, sagte sie. »Es ist besser, du kümmerst dich um die Beaufsichtigung der Plantage, während ich die finanziellen Angelegenheiten in Angriff nehme; wir sind auf diese Weise ja immer ganz gut gefahren.«

Kester lachte sie an. »Wie gut, daß ich eine Frau heiratete, die Mathematik im Hauptfach studierte«, sagte er.

Er drückte sie fest an sich; sie machte sich lachend los und ging auf ihr Zimmer, um ihre Koffer zu packen. Ein paar Stunden später holte sie die letzten Dollar von ihrem Bankkonto und fuhr nach New Orleans.

Hier verbrachte sie zunächst zwei Tage in der Bibliothek und las alles, was es dort über Explosivstoffe zu lesen gab. Daneben studierte sie die internationale Gesetzgebung über die Verschiffung Neutraler an kriegführende Staaten. Ausgrüstet mit so viel Informationsmaterial, daß sie sich anheischig machte, stundenlang darüber zu referieren, suchte sie alsdann Mr. Tonelli auf. Sie ging ohne weiteres auf ihr Ziel los. Wie wäre es, fragte sie geradezu, würde er ihr gegen Verpfändung der Ardeith'schen Baumwollbestände Geld leihen? Der Krieg würde vermutlich noch lange dauern, Baumwolle würde unvermeidlich im Preise steigen, es handle sich somit um eine einmalige Chance.

Mr. Tonelli tippte mit dem Bleistift auf seinen Daumen und betrachtete ihn angelegentlich. Er war ein kleiner, dicklicher Mann mit schlauen schwarzen Augen und Falten in den Mundwinkeln. Sein Vater hatte auf den Kais in New Orleans die weggeworfenen Bananen aufgelesen und war damit hausieren gegangen. Er selber hatte einmal eine mittelamerikanische Revolution finanziert, und zwar weil er helfen wollte, eine Regierung in den Sattel zu heben, die seinem Bananenhandel großzügigere Bedingungen verschaffen sollte. Mr. Tonelli fuhr einen Zwölftausend-Dollar-Wagen und pflegte reichhaltig für allerlei Wohltätigkeitszwecke zu spenden, aber er hatte niemals einen Vierteldollar wissentlich verschwendet.

»Also dann erzählen Sie mal, was Sie alles über Munitionsherstellung herausgefunden haben, Miß Eleanor«, sagte Tonelli.

Eleanor, ausgezeichnet vorbereitet, begann zu sprechen. »Die Einzelheiten des Herstellungsprozesses sind natürlich Fabrikationsgeheimnisse«, sagte sie, »aber das Hauptprinzip ist folgendes: Die Rohbaumwolle wird mit Äther und Alkohol behandelt, um die Faser aufzubrechen. Äther und Alkohol verdampfen und lassen einen galleartigen Rückstand hinter sich, der mit Nitraten behandelt wird Das Ergebnis dieser Behandlung ist hochexplosiv; wird es mit Feuer in Berührung gebracht, werden ausdehnungsfähige Gase entwickelt, die explodieren ohne einen Rückstand zu hinterlassen.«

Tonelli nickte beifällig, und Eleanor fuhr fort:

»Nitrate gibt es in Europa genug, aber keine Baumwolle außer der importierten. Bei Ausbruch des Krieges bestanden erhebliche Munitionsreserven, die sind sozusagen verbraucht und überall wird mit Hochdruck gearbeitet, um neue Munition herzustellen. Im breiten Publikum ist darüber bisher wohl wenig bekannt. Aber jetzt wo diese Fragen in der Presse behandelt werden, wird man bald dahinterkommen. Aber dann wird es zu spät sein, neue Baumwolle anzupflanzen. Wir werden 1915 eine sehr geringfügige Ernte haben, also werden die Preise erheblich anziehen. Und die amerikanischen Munitionsfabriken werden Tag und Nacht arbeiten, um Munition herzustellen, die nach Europa verschifft wird.«

»Wer sagt Ihnen, daß die Entwicklung so laufen wird?« fragte Tonelli.

»Sie läuft bereits so«, entgegnete Eleanor. »Haben Sie noch nicht in den Zeitungen gelesen, daß die Frage erörtert wird, ob man ein Gesetz erlassen soll, das amerikanischen Rüstungsfabriken den Verkauf von Munition an kriegführende Staaten verbietet?«

»Mhm!« sagte Mr. Tonelli, »ich glaube darüber gelesen zu haben. Vermutlich ist mit dem Erlaß eines Gesetzes zu rechnen, wie?«

Eleanor sah ihn an. »Mr. Tonelli«, sagte sie, »Sie sind weder weichherzig noch schwachsinnig genug, um einen Augenblick zu glauben, der Kongreß vermöchte amerikanische Bürger daran zu hindern, lukrative Geschäfte zu machen.«

Er begann zu lachen. »Sie sind es jedenfalls auch nicht, Madam«, sagte er, »das ist offensichtlich.«

Eleanor lachte nicht. Sie fuhr nüchtern und sachlich fort, ihm weitere Tatsachen zu unterbreiten. »Die einzige Frage ist, wie lange der Krieg noch dauern wird«, schloß sie ihre Ausführungen. »Er hat jetzt sieben Monate gedauert, und ernsthafte Schätzer rechnen noch mit einer dreijährigen Fortdauer.«

Das Kinn in die Hand stützend, trommelte Mr. Tonelli mit den Fingern gegen seine feiste Wange. »Wieviel Baumwolle haben Sie liegen, Miß Eleanor?« fragte er.

»Neunhundertzweiunddreißig Ballen.«

»Unbelastet?«

»Ja, ausgenommen dreihundert Dollar, die wir noch für Lagermiete schulden.«

»Wieviel möchten Sie entleihen?«

»Dreisigtausend Dollar.«

Mr. Tonelli pfiff durch die Zähne. »Sie haben Nerven junge Frau!« sagte er.

»Wenn die Baumwolle im Oktober nicht sechzigtausend wert ist, dürfen Sie meinen Kopf aufessen«, sagte Eleanor.

»Ich will Ihren Kopf nicht aufessen«, sagte Mr. Tonelli. »Ich möchte meine dreißigtausend Dollar zurück haben plus acht Prozent Zinsen.«
»Acht Prozent? Mir scheint, Sie haben auch Nerven, Mr. Tonelli!« sagte Eleanor.
»Ohne Zweifel«, versetzte Mr. Tonelli. »Die habe ich. Die Deutschen sind in letzter Zeit ziemlich nahe an Paris herangekommen. Wer will da sagen, ob der Krieg wirklich noch lange dauert? Also acht Prozent. Wollen Sie oder wollen Sie nicht?«
»Doch«, sagte Eleanor, »ich will.«
Er versprach ihr, die Papiere in den nächsten Tagen fertigmachen zu lassen. Eleanor verließ das Büro sehr gesetzten Schrittes, aber als sie auf der Straße war, begann sie zu rennen. Alles in ihr jauchzte: Ich habe es geschafft! Da war eine Herausforderung und ein Kampf und eine Chance des Sieges. Sie drahtete Kester, er möge nach New Orleans kommen, um die Pfandbriefe für Mr. Tonelli zu Unterschreiben. Kester kam am nächsten Tag, er gewann das unbeugsame Herz Mr. Tonellis durch seine strahlende Laune, dankte er Fred Upjohn dafür, daß er die Notiz über den Schießbaumwolleverbrauch des britischen Kriegsschiffes gelesen und Eleanor zugesandt habe, und unterschrieb – sehr bezeichnend für ihn – die Pfandbriefe, ohne sie auch nur zu lesen. Es bedurfte dessen freilich auch nicht, da Eleanor jede Zeile sorgfältig geprüft hatte.

Anschließend gingen Kester und Eleanor nach Ardeith zurück, gewillt und entschlossen, weiterzuarbeiten, wie sie im letzten Sommer gearbeitet hatten, nur wenn möglich, mit noch größerer Härte und Zähigkeit.

2

Im April notierte Baumwolle mit zehn Cents für das Pfund, und die Frühjahrsexporte überschritten das Ausfuhrergebnis jeder entsprechenden Periode der vergangenen Jahre. Eleanor stellte fest, daß sie ein zweites Kind haben würde.

Sie freute sich darüber, obgleich es bedeutete, daß sie die doppelte Last zu tragen haben würde. War dieses werdende Kind doch eine lebendige Erinnerung an die Stunden, da ihre Ehe dicht daran war, zu zerbrechen, und nun hatten eben diese Stunden zu einer neuen Einheit zwischen ihr und Kester geführt. Kester zeigte sich, als sie ihm die Eröffnung machte, hoch beglückt. Der Gedanke, es könne durch das bevorstehende Ereignis etwas von der Energie, die sie der Plantage widmen wollten, verlorengehen, kam ihm nicht einmal von fern.

Aber Eleanor war ja auch eine gesunde Frau, und niemand hätte sie je in ihrem Leben mit einem Schimmer von Berechtigung träge nennen können. Während der ersten Schwangerschaftsmonate arbeitete sie eher noch eifriger als sonst, um soviel wie möglich im voraus zu schaffen, für die Zeit, wo sie nicht mehr imstande sein würde, ihre volle Kraft zu entfalten. Sie waren jetzt beide wieder fröhlich und hoffnungsvoll und sehr glücklich miteinander. Ohne daß sie ein Wort des Einverständnisses darüber verloren hätten, erwähnten sie beide Isabel Valcour in keinem Wort. Isabel war auch nicht mehr am Ort. Nach Klara Sheramys Erzählung war sie nach Washington gefahren, wo sie versuchen wollte, ihre Staatsbürgerschaft zurückzuerlangen und etwas von ihrem in Deutschland festliegenden Vermögen herüberzubekommen. Eleanor schwor sich selbst immer wieder, daß sie keinen Gedanken an Isabel verschwenden wolle, und doch dachte sie zuweilen, wie gut es wäre, wenn Isabel einen Diplomaten bezaubern und sich wieder verheiraten würde.

Aber sie hatte ohnehin nicht genug Spannkraft, um Gedanken an Isabel zu verschwenden. Neben ihrer Arbeit – sie besorgte die Buchhaltung und den ganzen

Schriftverkehr – gab sie jetzt wieder häufiger kleine Partys, denn Kester vermochte nicht lange angespannt zu arbeiten, ohne sich zwischendurch hin und wieder zu vergnügen. Die Baumwolle stieg indessen langsam und zäh. Sie wurde in der Mitte des Sommers mit elf Cents notiert.

Der Krieg machte keine Anstalten, sich dem Ende zuzuneigen. Experten erklärten, daß die Russen sich weit zurückgezogen hätten und daß die britisch-französische Offensive in Frankreich aus Munitionsmangel fehlgeschlagen sei. Die Armeen erwarteten dringend Munitionsnachschub für den Winterfeldzug. Die Deutschen und Österreicher schienen noch reichlich mit Munition versorgt. Die Alliierten gaben sich verzweifelte Mühe, Baumwolltransporte nach Deutschland zu unterbinden, aber sogar der britischen Diplomatie fiel es nicht immer leicht, amerikanische Verschiffungen an neutrale Länder zu verhindern. Die nordeuropäischen Länder hatten plötzlich festgestellt, daß sie erstaunliche Mengen Baumwolle benötigten. Während der letzten Monate hatte beispielsweise Schweden fünfundzwanzigmal so viel Baumwolle eingeführt als in der entsprechenden Periode des letzten Vorkriegsjahres, und Holland vierzehnmal so viel. Eleanor lachte, als sie das las und fragte sich, welchen Preis sie wohl erzielen würden, wenn sie die Baumwolle direkt an Deutschland verkauften.

Sie wendete die Seiten der Zeitung um, während Cornelia auf den Stufen mit ihren Puppen spielte und Dilcy darunter saß und ihre Spielhöschen ausbesserte. Kester befand sich im Hause und bereitete Pfefferminzjulap, da sie zum Abend Gäste erwarteten. Ardeith würde in diesem Jahre, bei Kesters ständigem Hin und Her zwischen Arbeit und Lustbarkeit, keine tausend Ballen Baumwolle hervorbringen, nichtsdestoweniger würde es eine gute Ernte geben, und im nächsten Jahr, wenn sie erst wieder voll arbeitsfähig war, würde sie tausend und mehr Ballen aus der Plantage herausziehen, schwor sich Eleanor. Die Zeitung verfolgend, fand sie, der König von England oder der Zar von Rußland sollten sich den Bart abnehmen lassen, denn die abgedruckten Bilder der beiden Monarchen erschienen zum Verwechseln ähnlich. Sie vertiefte sich in die ausführliche Beschreibung eines neuen österreichischen Geschützes, das »Skoda zweiundvierzig« genannt wurde, und nahm mit Verblüffung zur Kenntnis, daß die zu dieser Kanone gehörende Granate ein Gewicht von zweitausenddachthundert Pfund habe. Die Granate drang zwanzig Fuß tief in weichen Boden ein, bevor sie explodierte. Sie tötete jedes lebende Wesen in einem Umkreis von hundertfünfzig Metern; der Gasdruck der Explosion war geeignet, Dächer zum Einsturz zu bringen. In den menschlichen Körper eindringende Gase zerfetzten den Körper derart, daß auf diese Weise getötete Soldaten als vermißt gemeldet wurden, weil es unmöglich war, ihre Leichen zu identifizieren.

Eleanor schauderte unwillkürlich; sie brach die Lektüre des Artikels in der Mitte ab und begann die anschließende Spalte der Zeitung zu überfliegen. Da stand ein Bericht, der jeden Baumwollpflanzer interessieren mußte. Maßgebliche Autoritäten hätten geschätzt, daß die deutschen und österreichischen Armeen allein im Zeitraum eines Tages tausend Tonnen Baumwolle verschössen, stand da zu lesen. Dazu käme der ungeheure Verbrauch der alliierten Armeen. Jedes Maschinengewehr werde einschließlich der Reservemunition mit Patronen ausgerüstet, zu deren Herstellung durchschnittlich ein halber Ballen Baumwolle benötigt werde. – Eleanor ließ die Zeitung von ihren Knien gleiten und blickte über Cornelias Kopf hinweg auf die Gardenien und Hibiskusbüsche und die Baumwollfelder dahinter. Es war schwer, sich in dieser traumschönen Landschaft klarzumachen, daß jeder Baumwollstengel auf den Feldern da hinten aufwuchs, um millionenfachen Tod zu ermöglichen. Der Gedanke war so neu und erschreckend, daß er sie zutiefst aufwühlte.

Sie stand auf und ging in das Haus. Kester kam eben die Treppe herunter und hielt einen Julap in der Hand.

»Eleanor, da bist du«, sagte er, »ich suchte dich eben. Versuche das. Ich glaube, ich habe die ersten zu süß gemacht.«

Sie kostete und gab das Glas zurück. »Es scheint so«, versetzte sie, »aber verlaß dich bitte nicht allzusehr auf mein Urteil dabei. Ich verstehe nicht sehr viel davon.«

»Was hast du, Liebling?« fragte er, »du siehst so ernst aus.«

Eleanor ließ sich auf dem Sofa zwischen den Fenstern nieder. »Ich las gerade die genaue Beschreibung eines dieser modernen Geschütze«, sagte sie. »Das ist eine schreckliche Sache. Hast du schon einmal darüber nachgedacht, was wir hier machen? Daß wir diese Geschütze füttern?«

Kester hatte ein unbestimmtes Lächeln im Gesicht; er malte mit dem Fingernagel allerlei Schnörkel auf das beschlagene Julapglas. »Warum?« sagte er, »natürlich habe ich dann und wann darüber nachgedacht.«

»Du hast noch nie ein Wort darüber verloren.«

»Ja, was erwartest du?« sagte er, »vielleicht bin ich noch ein wenig altmodisch, aber du kannst kaum verlangen, daß ich über solche Dinge mit einer Frau rede, die ein Kind erwartet.«

»Mich hat die Lektüre für ein paar Minuten ganz krank gemacht«, sagte Eleanor. »Es ist schrecklich, an der Herstellung so entsetzlicher Mordinstrumente beteiligt zu sein.

Kester zuckte die Achseln: »Wir sind nicht verantwortlich für den Krieg. Was erwarten diejenigen, die ihn anfingen? Leute, die nicht gerne Spinnen in ihrem Tee haben, sollten keine Picknicks im Freien veranstalten.«

»Oh, ich weiß, daß wir nichts tun können«, stimmte sie zu, »aber würdest du dich nicht weniger verantwortlich fühlen, wenn wir etwas harmlosere Dinge erzeugten? Nahrungsmittel zum Beispiel?«

Er schüttelte den Kopf. »Wieso?«

Er durchquerte den Raum, um eine Gardine zurechtzuzupfen, die die Sonnenstrahlen hereindringen ließ. Sich herumdrehend, stützte er sich mit den Armen auf die Lehne eines Stuhles, und es sah aus, als suche er nach Worten, um seinen Überlegungen treffenden Ausdruck zu verleihen. Sie fand das ein wenig überraschend, denn in der Regel formten sich ihm die Gedanken mühelos zu Worten.

»Sieh die nüchternen Tatsachen, Eleanor«, sagte er schließlich. »Wir müssen etwas pflanzen, das ist unser Beruf. Alles, was wir in diesem Jahr angebaut haben, wird gebraucht werden, um den Krieg fortzusetzen. Nahrungsmittel, Kleidungsstücke, Munition – da ist kein Unterschied. Die Armeen brauchen das alles, wenn sie kämpfen wollen.«

Sie nickte.

»Wir verkaufen an beide Seiten«, fuhr Kester fort. »Und warum auch nicht? Die ›rechte Seite‹ und die ›schlechte Seite‹ – das ist ganz egal. Ich habe die beiderseitigen Argumente gelesen, bis ich krank davon wurde. Sie sagen beide, sie kämpften für die Zivilisation, für die Kultur, für Heimat und Vaterland und für die Ehre der Fahne. Sie reden beide von der ›geistigen Natur des Krieges‹, aber sie sprechen nicht davon, was sie eigentlich erreichen wollen, abgesehen von der Freude, ihren Feinden den Hosenboden vollgehauen zu haben.«

Eleanor lachte kurz. »Ja«, sagte sie, »das habe ich auch bemerkt.«

»Und was die Munition betrifft«, fuhr Kester fort, »da gab es viele Kriege, lange bevor das Schießpulver erfunden wurde. Es gibt überhaupt keine anständige Methode des Mordens. Wenn du einen Menschen töten willst, macht es keinen Unterschied, ob du ihn erschießt, ob du ihn mit einem Knüppel niederschlägst, oder ob du ihn einschließt und zu Tode hungern läßt. Wir entsetzen uns darüber, daß die Deutschen Bomben über unverteidigten Städten abwerfen, aber die Briten töteten mindestens ebenso viele Kinder durch ihre Blockade wie die Deutschen mit ihren Bomben.« Er hob die Schultern und ließ sie wieder fallen.

Eleanor sah finsteren Blickes und gedankenverloren in die Ecke des Zimmers. »Und wenn wir keine Baumwolle pflanzen, verlieren wir Ardeith«, sagte sie.

»Gewiß. Wir würden Ardeith verlieren, wenn wir so idealistisch wären, keine Baumwolle zu pflanzen. Ich bin nicht aus dem Zeug, aus dem man Märtyrer macht, Eleanor, und du bist es auch nicht. Ich denke, wir sollten versuchen, so viel Baumwolle zu erzeugen, wie der Boden von Ardeith eben hergeben will, und wir sollten dankbar sein, wenn die Preise steigen.«

In ihrem Antlitz stand ein kleines ironisches Lächeln.

»Dankbar?« fragte sie, »wem gegenüber?«

»Honigkind«, sagte Kester, »jedermann in diesem Kriege ist überzeugt, Gott auf seiner Seite zu haben. Warum sollten wir nicht gleicherweise davon überzeugt sein?«

3

Die Plantage erzeugte in diesem Herbst achthundertvierundsechzig Ballen Baumwolle. Der Preis stand im Oktober auf zwölf Cents für das Pfund. Mit dem Ergebnis zweier Ernten im Lagerhaus verfügten Kester und Eleanor über mehr als hunderttausend Dollar an Baumwollwerten, und nachdem sie lange über ihren Büchern gebrütet hatten, erklärte Eleanor, daß sie einen Teil der Ware zurückhalten könnten.

»Wir können Mr. Tonelli bezahlen und auch der Bank ihre zwanzigtausend Dollar geben«, sagte sie, »und wenn wir sehr vorsichtig wirtschaften, können wir etwas Baumwolle liegenlassen und auf die Preise von 1916 warten. Laß uns das tun, Kester. Der Krieg geht vorläufig noch nicht zu Ende.«

Er war damit einverstanden. Gleich darauf sagte er: »Jetzt werde ich erst einmal zu meinem Schneider gehen.«

»Tue das«, versetzte Eleanor. »Sobald ich meine alte Figur wiederhabe, werde ich auch einiges für mich beschaffen: Ein hübsch gesticktes Kleid mit einem passenden Sonnenschirm und Lacklederschuhe mit Spitzen aus weißem Ziegenleder; ein graues Kostüm und einen Hut mit einer Paradiesfeder – unterbrich mich, Kester, ich werde sonst verrückt.«

»Fahre fort und werde verrückt. Wie lange ist es her, daß du kein neues Kleid mehr bekamst?«

»Erinnerst du dich nicht? Das schwarze mit dem geschlitzten Rock. Das war damals, als der Erzherzog getötet worden war.«

Kester zog sie in impulsiver Bewegung an sich und küßte sie.

Der Sohn wurde im Januar geboren. Kester bestand in einem Anflug romantischer Stimmung darauf, ihn Philip Larne zu nennen, zur Erinnerung an den Begründer von Ardeith, dessen Porträt mit der Perücke in der Halle hing. Er holte Cornelia herein, damit sie sich den kleinen Bruder besehe, und Cornelia betrachtete das Baby mit ernsthaftem Interesse. »Eine lichtige Puppe!« sagte sie, da sie noch Schwierigkeiten hatte, das R auszusprechen.

Kester lächelte und wickelte eins ihrer Löckchen um seinen Finger. Eleanor betrachtete ihn vom Bett aus und sagte lächelnd: »Ich stelle fest, daß Philip keine verbogene Nase hat.«

Er lachte und sagte, das wolle er hoffen. Als er gegangen war, von der hinterhertrippelnden Cornelia gefolgt, drehte Eleanor den Kopf auf dem Kissen nach der Wiege, wo sie gerade ein kleines Händchen des Babys auf der Bettdecke erblicken

146

konnte. Es war ein winziges rosiges Händchen; der Anblick bereitete ihr ein Gefühl tiefinnerer Freude.

Sie schlief bald darauf ein und erwachte später dadurch, daß Kester den Kopf zur Tür hereinsteckte, um ihr zu erzählen, daß der Preis für Baumwolle auf zwölfeinhalb Cents gestiegen sei, und dies, obgleich die ständigen Angriffe von Unterseebooten auf Handelsschiffe den Markt unsicher machten.

Eleanor öffnete die Augen. »Sind die Alliierten durch die Dardanellen gekommen?« fragte sie.

»Nein.«

»Baumwolle wird im Herbst fünfzehn Cents kosten«, sagte Eleanor.

4

Zur Zeit, da die Ernte des Jahres 1916 in der Blüte stand, wurde Baumwolle mit vierzehn Cents pro Pfund notiert. Ardeith würde in diesem Jahr eintausendzweiunddreißig Ballen erzeugen. Im Oktober, zur Zeit, da Ardeith seine Baumwolle in der Regel zu verkaufen pflegte, betrug der Preis sechzehn Cents.

Sie verkauften, was notwendig war, um die Bank zu bezahlen. Wegen des Restes zögerte Eleanor mit dem Gefühl, den Atem anhalten zu müssen. »Laß uns den Rest bis nach der Präsidentschaftswahl zurückhalten«, sagte sie.

Die Wahrheit war: Eleanor brauchte einen Aufschub. Kester arbeitete nicht mit der verbissenen Beständigkeit, die notwendig war, um das Äußerste aus der Plantage herauszuholen. Sie kannte ihn und seine Schwächen so gut, daß sie früher an die Arbeit zurückgekehrt war, als es eigentlich nach der Geburt zu verantworten war. Sie hatte den kleinen Philip sechs Monate lang gestillt, getrieben von dem gleichen Pflichtgefühl, das ihr nie erlaubt haben würde, in ihren Anstrengungen zu erlahmen, den Ertrag der Plantage nach ihren Kräften zu steigern. Ihre Erfahrung in Krankheiten war nicht groß; sie hatte mit dreizehn Jahren die Masern gehabt; davon abgesehen war sie nie länger als zwei Tage krank gewesen, und so hatte sie nie sonderlich auf ihren Körper geachtet und seine Leistungsfähigkeit als unbegrenzt angesehen. Sie hätte sich geradezu geschämt, einzugestehen, daß sie sich nicht wohl fühle.

Kester war anders veranlagt. Wenn er sich müde fühlte, ging er schlafen. Wurde ihm die Arbeit zuviel, rief er ein paar Leute an und veranstaltete eine kleine Party, um sich zu entspannen. Die harte Tatsache, daß Ardeith nach wie vor unter seiner Schuldenlast stöhnte und daß der Kriegswahnsinn in Europa eine vorübergehende Hochkonjunktur geschaffen hatte, die ausgenutzt werden mußte, focht ihn nicht weiter an. Er erfreute sich seines gegenwärtigen Wohlergehens, kaufte ein neues Auto und ergänzte seine Alkoholvorräte und ließ, wie gewöhnlich, die Zukunft für sich selber sorgen. Nach den Anstrengungen bei der Baumwollernte wurde Eleanor in den kargen Mußestunden immer klarer, was sie sich während des Sommers nicht hatte zugeben wollen: daß Kesters innere Ruhelosigkeit ständig zunahm. Kein Zweifel, er war es leid, das harte, arbeitsreiche Leben eines Pflanzers zu führen. Er wollte, daß irgend etwas Neues das Einerlei seines Tagesablaufs unterbräche. Schon während der Sommermonate, da sie tagein, tagaus vom dämmernden Morgen bis zum Einbruch der Dunkelheit auf den Feldern waren, hatte er dann und wann von der Möglichkeit gesprochen, in eines der Vorbereitungslager zu gehen, die überall eingerichtet worden waren, um Soldaten und Offiziere für den Fall einer etwaigen Mobilisation auszubilden. Als sie erschrocken einwandte, er könne sie doch unmöglich mit der Plantage und einem neugeborenen Kind allein lassen, hatte er den Gedanken fallenlassen, aber sie hatte wohl die interessierten und sehnsüchtigen Blicke gesehen, mit denen er Abbildungen von solchen Lagern in den Zeitungen verfolgte. Es waren die Blicke eines kleinen Jungen, dem man den Aufenthalt in einem Ferienlager abgeschlagen hat.

Eleanor seufzte, als sie sich das in Erinnerung zurückrief. Sie hatte Kesters innerste Natur kennengelernt und wußte, daß man ihn nicht zu ändern vermochte. Er war gewandt und liebenswürdig, bezaubernd und großmütig, aber er erinnerte sie immer an den reichen jungen Herrscher, von dem der Herr gesagt hatte: »Ein Ding wird dir mangeln!« Er hatte kein Talent, sich zu placken.

Aber sie hatte dieses Talent, und da Kester so war, wie er war, mußte sie eben für beide arbeiten. Wenn sie die Männer anderer Frauen mit Kester verglich, fühlte sie sich trotzdem gesegnet. Was für Fehler Kester auch immer haben mochte, er hatte zwei Tugenden, die sie höher als alles andere stellte: er war niemals mißmutig und er hatte ihr niemals Gelegenheit gegeben, daran zu zweifeln, daß er sie liebte. Er sagte es ihr oft, und er hatte es ihr selten so innig gesagt, wie an jenem Tage, da sie Isabel Valcour nach ihrer Rückkehr aus Washington zufällig begegneten. Sie waren in Kesters neuem Auto ausgefahren und sahen Isabel mit Violet Purcell im Schatten einer mit Plakaten beklebten Bretterwand auf der Straße stehen. Eines der Plakate zeigte ein überlebensgroßes Bild des Präsidenten Wilson mit der Unterschrift: »Er hielt uns aus dem Kriege heraus.«

»Ich wußte nicht, daß sie wieder da ist«, sagte Eleanor.

»Sie ist schon ein paar Wochen hier«, antwortete Kester, »aber ich sehe sie auch zum ersten Male.«

Violet winkte, als sie vorüberfuhren, aber Isabel nahm keine Notiz von ihnen. Eleanor sah nicht hoch. »Kester –?« sagte sie leise.

»Ja, Liebling?«

»Hast du sie seit – damals gar nicht mehr gesprochen?«

»Doch. Einmal.« – »Wann?«

»Nicht lange danach. Ich sagte ihr, daß ich mich schäme und daß sich dergleichen nicht wiederholen dürfe. Das ist alles. Es war eine ganz kurze Unterredung. Du warst doch ihretwegen nicht etwa beunruhigt?«

Sie schüttelte den Kopf: »Nein. Natürlich nicht.«

»Das darfst das auch nicht sein. Denn sieh, Eleanor, ich liebe dich mehr, als ich jemals ausdrücken kann. Du kannst mich nicht loswerden, es sei denn, du würfest mich hinaus und schlössest mir die Tür.«

Sie legte ihr Hand auf die seine, die auf dem Steuerrad lag, und drückte sie leicht.

»Du darfst keine gestopften Handschuhe mehr tragen«, sagte Kester.

Die Börse zögerte, bis Präsident Wilson wiedergewählt war; dann sprangen die Baumwollnotierungen auf achtzehn Cents pro Pfund. Das war ein außerordentlicher Preis. Und obgleich Ardeith auch die Arbeiterlöhne erhöht hatte war der Gewinn höher, als Eleanor je zu hoffen gewagt hätte. Kester schlug vor, ein großes Essen zu geben, und Eleanor stimmte zu. Sie kaufte sich das schönste Samtkleid, das sie jemals besessen hatte. Sie schmückte zu Weihnachten einen prächtigen Christbaum für die Kinder. Goldhaarige Puppen mit richtigen Augenwimpern kamen nicht mehr aus Deutschland herein, aber Cornelia vermißte sie nicht, und der kleine Philip zeigte sich so entzückt von dem strahlenden Baum, daß er vor Vergnügen krähte und strampelte und seinen Spielsachen keinerlei Aufmerksamkeit schenkte.

Nach Weihnachten begann sich das Leben auf sonderbare Weise ohne sichtbaren Anlaß zu wandeln. Irgend etwas, ein Gefühl der Erwartung lag in der Luft. Es kam nicht plötzlich; es war nach und nach gewachsen; wie man mit einem Male auf einen schon lange rieselnden Regen aufmerksam wird, dessen Geräusch man gehört hatte, ohne es bisher richtig zu deuten und einzuordnen. Die Vereinigten Staaten von Amerika traten in den europäischen Krieg ein. Niemand wußte genau zu sagen, wann diese Entwicklung begonnen hatte; Kriegswille und Kriegsbereitschaft waren auf einmal da. Die Entstehung der Kriegspsychose war schwer zu analysieren: sie war nicht dadurch verursacht, daß die ›LUSITANIA‹ versenkt worden war; mit Vorfällen dieser Art hatte man gerechnet; man pflegte achselzuckend zu sagen, daß Amerikaner, die nicht bombardiert werden wollten, zu Hause bleiben sollten; es waren auch nicht die Greuelgeschichten; auch an die hatte man sich längst gewöhnt, so sehr, daß der Durchschnittsleser Berichte dieser Art gelangweilt zu überlesen pflegte; es waren nicht einmal die außerordentlich hohen Anleihen, die Amerika den Alliierten gegeben hatte; es war mehr ein unbestimmtes grollendes Gefühl: Etwas Ungeheures geschah in der Welt, und Amerika war nicht beteiligt! Eleanor bemerkte, daß jedermann, den sie kannte, von dem gleichen Gefühl der Ruhelosigkeit befallen war, unter dem Kester litt. Die Vorbereitungslager, die Bestimmungen über die Landesverteidigung; Äußerungen, die hier und da laut wurden, die ganze allgemeine Stimmung, das alles waren nur zu deutliche Anzeichen für eine entscheidende Wendung.

Als Eleanor eines Nachmittags die Kinder zum Spielen in den Garten brachte, sah sie Kester mit einem halben Dutzend seiner Freunde um eine soeben aufgestellte Schießscheibe versammelt. Sie erschrak, als sie das sah. Cornelia klatschte in die Hände und rief: »Vater ist ein Soldat! Bist du ein Soldat, Vater?« – »Noch nicht, Cornelia«, antwortete Kester vergnügt, »aber paß auf! Halt' sie fest, Eleanor.«

Eleanor hielt die Kinder zurück, während Kester schoß und genau ins Zentrum der Scheibe traf. Philip, durch den Knall alarmiert, begann zu brüllen. Das gab Eleanor einen Grund, sich zu entschuldigen und die Kinder ins Haus zu bringen. Aber als Kester später hereinkam, fragte sie ihn geradezu: »Kester, wenn wir nun wirklich in diese Verwicklung hineingezogen werden sollten – –«

»Es sieht so aus, als seien wir schon dabei, hineinzugeraten«, sagte Kester.

»Du sagst das so gelassen. Du hast offenbar keine Vorstellung davon, was das für uns bedeutet?«

»Wieso?«

»Wenn du schon keine Angst hast, getötet zu werden – und ich glaube nicht, daß du sie hast –, weißt du nicht, daß du hier eine Aufgabe zu erfüllen hast? Wer sollte die Baumwolle pflanzen, wenn du weg bist?«

»Ich bin ja vorläufig noch nicht weg«, versetzte Kester leichthin. »Und wenn Mr. Wilson noch lange so weiter trödelt, wird alles vorbei sein, bevor irgendein Amerikaner nach Europa geht.«

Aber sein ganzes Wesen war in diesem Frühjahr sprunghafter als jemals zuvor, und wenn die Felder bestellt werden sollten, mußte Eleanor ständig auf dem Posten sein. Sie war nicht überrascht, als die Vereinigten Staaten dann tatsächlich in den Krieg eintraten. Nur Kesters Verhalten beunruhigte sie in steigendem Maße. Er schien der Meinung zu sein, jetzt, da die Baumwolle zwanzig Cents pro Pfund kostete, könne die Plantage von allein weiterlaufen; er jedenfalls beschäftigte sich in der Hauptsache damit, Paraden zuzusehen, Berichte über den Krieg zu lesen und Unterhaltungen über den gleichen Gegenstand zu führen.

»Hör zu, Eleanor«, sagte er, »was immer sie über Wilson sagen, sie können nicht leugnen, daß er ein phantastischer Redner ist.« Er zitierte: »Wir sind glücklich, für den ewigen Frieden der Welt und für die Freiheit der Menschen kämpfen zu dürfen . . . Die Welt muß durch die Demokratie gegen Katastrophen dieser Art gesichert werden . . .«

»Kester, hast du die Düngemittel für den Südabschnitt bestellt?« sagte Eleanor ungerührt.

»Nein, ich habe es vergessen. Ich werde morgen früh telefonieren. Das ist wirklich gut, Eleanor, hast du das gelesen? ›Für eine Aufgabe dieser Art dürfen wir frohgemut unser Leben und unser Schicksal aufs Spiel setzen. Alles, was wir sind und was wir haben, wollen wir einsetzen, mit dem hohen Stolz derjenigen, die wissen, daß der Tag gekommen ist, wo Amerika das Glück hat, sein Blut und seine Macht zum Schutz der Prinzipien in die Waagschale zu werfen, denen es seine Existenz und sein Glück verdankt und den Frieden, den wir über alles schätzen!‹«

»Du wolltest die Düngemittel schon gestern bestellen«, sagte Eleanor. »Wie soll die Baumwolle wachsen, wenn du dich nicht im geringsten um die Pflege der Felder kümmerst?«

»Oh, Eleanor, sei ruhig! Ich habe dir gesagt, ich telefoniere morgen früh. Soll ich weiter vorlesen?«

»Gott im Himmel, nein!« rief sie aus. »Ich habe keine Zeit für Demokratie! Sag mir die Telefonnummer. Ich rufe gleich selbst an.«

Sie ging zum Telefon und bestellte die Düngemittel. Als sie zurückkam war Kester noch immer in die Botschaft des Präsidenten an den Kongreß vertieft. Offensichtlich hatte er völlig vergessen, was für zynische Bemerkungen er früher über den Krieg von sich gegeben hatte. Eleanor fühlte, wie eine tödliche Angst in ihr aufkam. Die Plantage hielt einen Mann in Atem, sie verlangte gebieterisch den unaufhörlichen Arbeitseinsatz, niemand wußte das besser als Eleanor. Der Krieg aber war eine neue und aufregende Sache. Einen Mann von Kesters Temperament lockten tausend reizvolle Möglichkeiten. Eleanor dachte an die Arbeit, die noch vor ihnen lag, wenn sie Ardeith endgültig retten wollten, und sie schauderte vor der Möglichkeit, einen Kampf dieser Art allein bestehen zu müssen.

Sie konnte sehen, wie es herankam. Sie versuchte, die Augen davor zu verschließen. Immer wieder sagte sie sich, daß Kester ja gar nicht fortgehen und ihr die Sorge um Ardeith überlassen könne. Und er brauchte ja auch nicht zu gehen; er war zweiunddreißig Jahre alt, und nur die Männer von achtzehn bis dreißig Jahren fielen unter die Militärdienstpflicht. Aber sie wußte insgeheim, er würde gehen, und wenn es einmal dahin käme, würde sie auch mit diesem Schlag fertig werden, wie sie schon mit so vielem fertig geworden war.

Eines Tages kam Kester laut singend und offenbar strahlender Laune von draußen herein und betrat das Zimmer, in dem sie über ihren Büchern saß, gleichzeitig ein Auge auf Cornelia und Philip werfend, die am Fußboden spielten. Er nahm Cornelia auf, warf sie in die Luft, fing sie wieder auf und sagte, während er sie wieder niedersetzte, zu Eleanor gewandt:

»Was meinst du, werde ich dir in Uniform gefallen?«

Sie ließ den Federhalter sinken und machte vor Schreck einen Klecks. »Kester«, sagte sie, »du hast doch nicht etwa – –«

Er lachte sie ungefangen an: »Ja, ich habe.«

»Du hast dich gemeldet?« fragte sie mit einer Stimme, die tief aus ihrer Kehle kam und vor deren hohlen Klang sie erschrak.

»Ich habe es versprochen. Endgültig werde ich mich heute nachmittag einschreiben lassen.«

Eleanor stand auf. Sie ging zu der Wand, wo die Klingelschnur hing, und zog daran. Als Dilcy erschien, befahl sie ihr, die Kinder herauszunehmen. Nachdem sich die Tür hinter ihnen geschlossen hatte, wandte sie sich Kester zu, der sie, wie es schien, in ratlosem Erstaunen betrachtete.

»Eleanor«, sagte er, »was hast du? Möchtest du denn nicht, daß ich gehe?«

Sie umklammerte die Lehne eines Stuhles mit den Händen. »Kester«, sagte sie, »du weißt offenbar nicht, was du tust. Du kannst mir das nicht antun. Wenn du bisher nur irgend jemand versprochen hast, dich eintragen zu lassen, dann nimm wenigstens jetzt noch Vernunft an. Du kannst Ardeith jetzt nicht verlassen.«

»Mein liebes Herz«, versetzte Kester, »fange bitte nicht an, dich wie eine dieser Frauen zu benehmen – –«

»Ich bin nicht ›eine dieser Frauen‹!« rief Eleanor. »Ich rede jetzt überhaupt nicht als deine Frau zu dir, sondern als dein Geschäftspartner. Was soll aus Ardeith werden, wenn du weg bist, frage ich?«

Kesters Gesicht bekam einen leeren Ausdruck. »Aber wieso?« sagte er, offenbar verwirrt, »du weißt doch alles – kennst doch alles –«

»Ich weiß alles!« rief sie erbost. »Wissen ist eine Sache und Tun ist eine andere. Die Plantage verlangt unseren restlosen Einsatz; denk doch nur nach! Das Haus ist in Ordnung zu halten, die Kinder sind zu besorgen. Und die Plantage selbst? Du hast hier Pflichten zu erfüllen.«

Er trat einen Schritt auf sie zu: »Aber es ist Krieg! Begreifst du das denn nicht?«

»Oh, und ob ich das begreife!« versetzte sie bitter. »Ich kenne alle die Sprüche: ›Die bösen Hunnen! Hängt den Kaiser! Berlin oder Untergang!‹ O ja, ich verstehe. Ich verstehe, daß du davonlaufen willst.«

»Davonlaufen?« Röte stieg in sein Gesicht.

»Ja, davonlaufen!« sagte Eleanor.

In Kester flammte patriotischer Zorn. Begriff sie denn nicht, daß das Land Männer brauchte? Daß jede Litfaßsäule, jeder Maueranschlag, jeder Zeitungsaufruf an die Frauen appellierte, das Herdfeuer brennend zu erhalten, während ihre Männer hinauszögen, die bedrohte Demokratie zu retten? Wollte sie nicht, daß die Kinder eines Tages stolz auf ihn wären?

»Die Kinder würden dir dankbarer sein, wenn du deine Pflicht tätest, um ihnen die Heimat zu erhalten«, sagte Eleanor. »Die Schulden von Ardeith sind erst zur Hälfte bezahlt.«

»Aber du wirst doch für Ardeith sorgen«, rief Kester verzweifelt.

Eleanor fühlte plötzlich, wie es ganz ruhig und kalt in ihr wurde. »Ja«, sagte sie, »Ja Kester, ich werde für Ardeith sorgen. Aber sage mir nicht, ich wüßte nicht, warum ich es tue. Du siehst jetzt nur Fahnen und Ruhm und suchst nach einer Entschuldigung dafür, daß du die Pflicht deines Lebens anderen Schultern aufbürdest. Wäre ich eine hilflose, dumme Person, würdest du dich wohl oder übel um Ardeith kümmern müssen, anstatt dich darauf zu kaprizieren, die Demokratie in der Welt zu retten. Aber du weißt gut genug; wenn ich eine Arbeit angefangen habe, verlasse ich sie nicht, bis sie beendet ist. Nur weil du das weißt, hast du die Möglichkeit, einem neuen Abenteuer nachzulaufen.« Sie endete mit einem verächtlichen Achselzucken.

»Mit meiner Geduld ist es unterschiedlich bestellt«, sagte Kester leise, »aber ich hoffe zu Gott, daß du nun aufhören wirst.«

»Ja, ich werde aufhören«, antwortete Eleanor, »geh nur und hole dir deine Lorbeeren!«

Kester maß sie mit einem kleinen bitteren Lächeln. »Du hast ein erstaunliches Talent, allen Dingen, die mich locken und an denen ich mich freue, den Glanz und die Farbe zu nehmen«, sagte er. »Das muß eine besondere Gabe sein.« Er ging zur Tür und stieß sie auf. »Sonne dich nur in deiner eigenen Vortrefflichkeit, ich wünsche dir viel Vergnügen dabei. Ich gehe derweilen zur Stadt, um mich eintragen zu lassen.«

Er ging grußlos hinaus. Eleanor setzte sich und ließ den Kopf in ihren aufgestützten Händen ruhen. Ihr war zumute, als läge die Last der kommenden Zeit schon auf ihren Schultern.

Aber schon nach wenigen Minuten begann sie zu bedauern, daß sie ihn erzürnt hatte. Es hatte keinen Sinn, mit ihm zu streiten. Kester war nun einmal nicht fähig, das ermüdende Einerlei täglicher Arbeit zu ertragen. Schalt man ihn deswegen aus, dann weckte man nur seinen Zorn, ohne ihn im geringsten zu ändern. Eleanor drehte seufzend die bekleckste Seite ihres Kontobuches um und nahm die unterbrochene Arbeit wieder auf. Ach, ich will ja, dachte sie, ich will ja gern die mir vom Schicksal zugedachte Rolle übernehmen und nüchtern und sachlich zu Ende führen, was er einmal unüberlegt und leichtfertig begann. Wenn Kester erst bei der Armee war, würde sie klug sein und ihren Mund in acht nehmen müssen, wie sich das für die Frau eines Helden gehörte.

Als er später zurückkam, sagte sie ihm, daß ihr Ausbruch von vorhin ihr leid tue. Kester, glücklich über seinen Entschluß, hatte den Auftritt längst vergessen. Es mache gar nichts, sagte er, jeder Mann müsse heute darauf gefaßt sein, daß seine Frau ihm eine Szene mache, wenn er beabsichtige, in die Armee einzutreten. Darauf setzte er sich und begann ihr zahllose Instruktionen über die Bewirtschaftung der Plantage während seiner Abwesenheit zu geben; er sprach dabei, als habe er es mit einem lieben und noblen, aber nicht sonderlich begabten Menschen zu tun.

Aber er war und blieb auch in so heiterer, gelöster Stimmung, daß sie während der letzten kurzen Tage bis zu seiner Abreise schöne und glückliche Stunden miteinander verbrachten. Als Eleanor ihn dann an den Zug begleitete, der ihn zum Ausbildungslager bringen sollte, gab sie sich selber zärtlich und stolz und hielt ihr Herz fest in der Hand.

Als er sie dann zum Abschied küßte, fühlte sie, wie es in ihr hochkam. Sie vermochte die Tränen nicht länger zurückzuhalten und klammerte sich an ihn, als wolle sie ihn um keinen Preis hergeben. Tatsächlich war es ihr bis zu diesem Augenblick nicht bewußt geworden, daß Kester in einen Krieg zog, in dem täglich zahllose Männer getötet wurden. Sie sah im Geiste die Zeitungsüberschriften vor sich: »Zwanzigtausend Tote pro Tag«, und ihr Herz krampfte sich in jähem Entsetzen zusammen. Als er sich dann endgültig aus ihren Armen riß, als andere Männer um sie herum waren, die sich gleicherweise von ihren weinenden Frauen losrissen, stand sie ganz still, befallen von einem Gefühl grenzenloser Verlassenheit, und heftig bemüht, die Tränen zu verbergen, die ihr über die Wangen tropften.

Der Zug ratterte aus der Halle, und Eleanor stolperte zum Auto zurück. Sie setzte sich hinter das Steuer, ließ den Kopf sinken und weinte still vor sich hin, nicht anders als jede Frau, die ihren Mann liebt und ihn nicht aus dem Kriege herauszuhalten vermochte. Es dauerte lange, bis sie sich so weit beruhigt hatte, daß sie imstande war, das Auto nach Hause zu fahren.

Sie schloß sich in ihrem Zimmer ein und setzte sich mit zitternden Gliedern auf das Bett. Allerlei Begriffe schwirrten ihr durch den Kopf: »Schießbaumwolle – Nitrozellulose – Cordite«; die Worte wiederholten sich in endloser Folge, ähnlich wie an jenem Morgen, da sie sie zuerst gelesen hatte. Damals freilich hatten sie Hoffnung und Triumph bedeutet, heute ließen sie sie vor Angst und Schrecken erstarren. »Schießbaumwolle – Nitrozellulose – Cordite – zwanzig Cents für das Pfund Baumwolle – zwanzigtausend Tote pro Tag!«

Eleanor starrte leer auf die Wand.

»Baumwolle – zwanzig Cents!« sagte sie laut vor sich hin. »Sonderbar: in dieser einen Minute müssen zwanzig Millionen Frauen überall in der Welt ebenso fühlen wie ich.«

ZEHNTES KAPITEL

1

Sie hatte sich nie vorgestellt, wie groß und wie leer das Haus ohne Kester sein würde.

Während der fünf Jahre ihrer Ehe waren sie und Kester niemals länger als für wenige Tage getrennt gewesen. Und immer war da die Gewißheit, daß sie morgen oder übermorgen wieder vereinigt sein würden. So hatte sie ihn nie vermißt; aber jetzt, da sie wußte, daß er für Monate oder gar für Jahre nicht zurückkehren würde, befiel sie in den leeren Zimmern das Gefühl grenzenloser Verlassenheit. Kester weilt in einem Offiziersausbildungslager in Tennessee. Um ganz sicher zu sein, hatte er vier Jahre seines Lebens unterschlagen; eine patriotische Flunkerei, für die eine Bestätigung leicht zu erhalten war. Er schrieb sehr häufig, aber diese Beschäftigung reichte bei weitem nicht aus, seine Freizeit auszufüllen. Eleanor hatte in all der vergangenen Zeit unermüdlich gearbeitet, und nun, da sie allein war, wunderte sie sich, wieviel freie Zeit ihr verblieb. Da waren plötzlich alle die Stunden unausgefüllt, die sie mit Kester verplaudert hatte, und jede einzelne dieser leeren Stunden erinnerte sie an die Vergangenheit.

Sie hängte eine Fahne heraus, machte Schnappschüsse von den Kindern und legte die Bilder einem Brief an Kester bei. Während sie den Umschlag auf der Maschine tippte, dröhnte das Klappern der Typen lauter denn je durch das öde, verlassene Haus.

Ich muß das ändern, dachte Eleanor; ich kann nicht den ganzen Krieg damit zubringen, mich wie ein Kind zu benehmen, das man in einem dunklen Zimmer eingesperrt hat. Sie stand auf und zog an der Glockenleine. »Bring mir Kaffee«, sagte sie, als Bessy sich meldete, »und die ›Times-Picayune‹.«

Die Titelseite der Zeitung war voller Schlachtenberichte. Sie erinnerte sich, die Börsennotierungen in letzter Zeit nicht mehr regelmäßig verfolgt zu haben, und wendete die Zeitung, um zu sehen, wie die Kriegslage sich auf dem Baumwollmarkt ausgewirkt habe. Sie las und starrte und hätte beinahe ihren Kaffee verschüttet. Der Preis für Baumwolle war seit Kesters Weggang weiter gestiegen und inzwischen bei fünfundzwanzig Cents für das Pfund angekommen.

Eleanor fühlte, wie sich ihr Rückgrat zu steifen begann. Bei einem Preis von fünfundzwanzig Cents würden tausend Ballen Baumwolle hundertfünfundzwanzigtausend Dollar einbringen. Auch wenn man eine Verteuerung der Erzeugungskosten einkalkulierte, war danach für das laufende Jahr mit enormen Gewinnen zu rechnen.

Sie erhob sich langsam von ihrem Platz. Ihr Zorn über Kesters Weggang und ihre heimliche Furcht hatte sie eine einfache Wahrheit vergessen lassen: Wenn sie schon nicht in der Lage war, den Krieg aufzuhalten, so konnte sie doch jedenfalls Nutzen aus seiner Fortdauer ziehen. Sie würde jetzt in der Lage sein, die Maschinen anzuschaffen, von denen sie schon vor drei Jahren geträumt hatte. Sie würde die Produktion der Plantage so weit steigern können, daß Kesters diesbezügliche Pläne weit im Hintergrund blieben. Je mehr Baumwolle sie produzierte, um die Kanonen zu füttern, um so eher würden die Kanonen in der Lage sein, einen Weg frei zu schießen, der Kester zurückbringen würde, dachte sie. Und wenn er dann eines Tages zurückkam – den Gedanken an eine andere Möglichkeit wagte sie nicht weiter zu verfolgen, weil sie befürchtet hätte, darüber verrückt zu werden –, wenn er erst wieder da war, dann würde sie ihm das Ardeith seiner Vorfahren übergeben, nicht nur frei von Schulden, sondern als einen Musterbetrieb mit enorm gesteigerter Leistungsfähigkeit! Welch ein Willkommensgruß wäre das!

Sie ging an die Arbeit mit dem Gefühl, für die Zeit einer Belagerung vorsorgen zu müssen. Zunächst ging es darum, einen Mann zu engagieren, der die ständige Aufsicht über die Arbeit übernehmen und sie in Einzelheiten entlasten konnte. So ein Mann war nicht leicht zu finden. Sie wußte genau, was sie wollte, aber sie hatte im Laufe der Jahre herausgefunden, daß das Wachstum der Baumwolle geheimnisvollen, nicht ohne weiters kontrollierbaren Grenzen unterlag, worüber die Beteiligten sich in höchst unbestimmter Weise zu äußern pflegten: die Aristokraten der alten Pflanzergeschlechter in allerlei wirren Reden, angekränkelt von Mondschein und Pfefferminzjulap, die Landarbeiter in fatalistischer Abhängigkeit von der Laune des Wetters. Männer, die wirklich etwas vom Baumwollpflanzen verstanden, waren meist auf ihren eigenen Feldern beschäftigt und hatten es nicht nötig, sich um die Felder anderer Leute zu kümmern. Indessen schrieb Eleanor an die Staatsuniversität und an das Landwirtschaftsministerium und gab Anzeigen in landwirtschaftlichen Fachblättern auf. In der Folge meldeten sich zwei Dutzend Bewerber bei ihr, von denen sie schließlich einen Mann namens Wyatt auswählte, einen mageren, hartgesichtigen Burschen, der offenbar etwas von Baumwolle verstand und energisch genug schien, um die Aufsicht über einen großen Plantagenbetrieb zu übernehmen. Wyatt hatte bisher die amtliche Baumwollversuchsanstalt der Regierung geleitet. Einige Meilen oberhalb des Stromes wurden hier Versuche mit Düngemitteln, verschiedenen Aussaat- und Schädlingsbekämpfungsmethoden angestellt. Wyatt beanspruchte ein Gehalt von vierhundert Dollar pro Monat, zuzüglich Wohnung, Wasser und Licht sowie ein Auto.

Eleanor stimmte der Forderung zu und schloß den Vertrag mit ihm ab.

»Ich wünsche, daß Sie das Äußerste herausholen, das die Plantage hergeben kann, ohne den Boden zu gefährden«, sagte sie. »Ich bin nicht geizig und ich möchte durchaus nicht, daß Sie sich als Leuteschinder betätigen. Ich werde die besten Löhne zahlen, die in der hiesigen Gegend gezahlt werden, aber ich möchte nicht, daß irgendwelche Banjospielereien und Schnitzeljagden mit Wassermelonen oder dergleichen Lustbarkeiten veranstaltet werden, solange noch Arbeit zu tun ist.«

Wyatt verzog keine Miene. Er werde dafür sorgen, sagte er ruhig.

»Sehen Sie sich die Plantage an und sagen Sie mir dann, was Sie benötigen«, befahl Eleanor.

»Traktoren«, sagte Wyatt.

»Ja. Ich bin im Begriff, welche zu kaufen. Wenn wir die erforderlichen Maschinen haben, sollte Ardeith zwölfhundert Ballen im Jahr erzeugen können. Nebenbei: wie alt sind Sie?«

»Zweiundvierzig«, sagte Wyatt.

»Bevor Sie die Arbeit aufnehmen, wollen wir das noch in Ordnung bringen«, sagte Eleanor. »Ich bin siebenundzwanzig. Ich bin nicht so schwachsinnig, mir einzubilden, ich wüßte alles. Geben Sie mir jede Anregung, die Ihnen kommt, weiter. Sie werden ein Telefon haben und mich jederzeit erreichen können. Aber es handelt sich hier um meine Plantage und ich werde sie bewirtschaften. Sie verstehen?«

»Ja, Madam«, antwortete Wyatt. Es zuckte ein wenig um seinen etwas schwermütig geschnittenen Mund. »Sie brauchten mir das übrigens nicht zu sagen.«

»Gut«, sagte Eleanor und reichte Wyatt die Hand.

Mit großem Elan ging sie nun daran, ihren Traum von der Wiedergeburt der alten Ardeith-Plantage zu verwirklichen. Sie beschaffte Traktoren, Bodenbearbeitungsmaschinen, Sprengwagen und Motortrecker; sie bezahlte den Negern gute Löhne, sorgte dafür, daß ihre Hütten instand gehalten wurden, und vermied es peinlich, irgend jemand zu begünstigen. Als sie mit großer Befriedigung sah, wie die Arbeit auf den Feldern Auftrieb bekam, wandte sie ihre Aufmerksamkeit dem Hause zu, wo, von den allernotwendigsten Neuerungen, wie Wasserleitung und elektrischem Licht abgesehen, noch alles so weiterlief wie vor dem Bürgerkrieg. Jetzt ließ sie die alten Badezimmereinrichtungen herausreißen und neue anlegen. Sie beschaffte elektrische Öfen, Staubsauger und eine elektrische Waschmaschine und ließ eine Haustelefonanlage einrichten. Die Dienstboten, die von all diesen Dingen nie etwas gehört hatten, protestierten, aber natürlich half ihnen das nichts. Einige zogen es unter den veränderten Umständen vor, zu gehen, aber da man sie bei dem vereinfachten Betrieb ohnehin entbehren konnte, machte das nichts. Auch auf den Feldern wurden jetzt weniger Arbeiter benötigt; die neuen Maschinen hatten den Einsatz menschlicher Arbeitskraft auf ein Minimum reduziert, und diese Umstellung erwies sich gerade in diesem Jahre, wo die Einziehungen zur Armee und der Arbeitermangel in den Fabriken zu einer Verknappung der Arbeitskräfte führten, als unbezahlbar.

Rund um sie herum schrie und tobte das Land im Kriegsfieber. Flugzeuge ratterten in der Luft, Soldaten marschierten, die Litfaßsäulen schrien von Riesenplakaten ihre grellen Forderungen hinaus. Eleanor hörte fast nichts von dem allgemeinen Aufruhr. Wenn sie selbst, wie es vorkam, aufgefordert wurde, Kriegsarbeit zu leisten, antwortete sie: »Mein Mann ist in der Armee. Ich habe seinen Platz eingenommen. Mehr kann ich nicht leisten.« Und selbst die in der Schlachtordnung aufgestellten Damen des Roten Kreuzes mußten einsehen, daß sie es nicht konnte. Sie war in einem Mahlstrom der Arbeit untergetaucht, der sie Nacht für Nacht trunken vor Müdigkeit ins Bett fallen ließ. Das Wetter war sehr heiß. Die Preise stiegen derartig in die Höhe, daß ihre Buchführung von Woche zu Woche schwieriger wurde. Sie begann an Körpergewicht zu verlieren; ihr Kopf, ihr Rücken und ihre Beine schmerzten vor Überanstrengung so sehr, daß sie fast nicht mehr wußte, wie einem zumute ist, wenn man richtig geruht hat. Noch in ihren Träumen drehten sich Zahlenkolonnen; manchmal erwachte sie darüber und hatte dann das Gefühl, überhaupt noch nicht geschlafen zu haben. Aber wenn sie auf die strotzenden Felder blickte, fühlte sie sich für alle Mühe belohnt. Zug um Zug und mit eiserner Beharrlichkeit wandelte sie Ardeith um. Aus der romantischen Verschwendungssucht alter Baumwolltradition führte sie Kesters Erbe heraus und formte es um zu einem nüchtern und unpersönlich geführten, aber leistungsfähigen modernen Großbetrieb. Wyatt nahm ihre Anordnungen mit einer Höflichkeit zur Kenntnis, die nicht frei von Bewunderung war, und führte sie durch, die Neger gewöhnten sich daran, pünktlich und regelmäßig zur Arbeit zu erscheinen, und selbst Mammy und Dilcy begannen sich an die neuen modernen Hauseinrichtungen zu gewöhnen, ersparten sie ihnen doch viele Rückenschmerzen. Wenn Eleanor die Traktoren bei der Arbeit beobachtete, fühlte sie eine Welle der Kraft in sich aufsteigen, und es war ihr, als dröhnten die Motoren einer heimlichen Frage ihres Herzens die berauschende Antwort zu.

Die Baumwolle wuchs und blühte, sie ließ die Blütenblätter fallen und öffnete ihre Kapseln den wärmenden Strahlen der Sonne. In Wyatts Begleitung fuhr Eleanor durch das Land, um Auschau nach Pflückern zu halten. Denn das Pflücken der Baumwolle war der einzige Arbeitsprozeß, bei dem die Traktoren nicht helfen konnten, der an menschliche Arbeitskraft gebunden war. Mechanische Baumwollpflücker gab es noch nicht. Eleanor bot zunächst einen Dollar und schließlich zwei Dollar. Sie hielt jeden körperlich rüstigen Mann und jede Frau an, die sie traf, und forderte sie auf, bei ihr zu arbeiten. Dann schickte sie die Trecker meilenweit aus, um die einzelnen Arbeiter zusammenzuholen. Es ging trotzdem etwas Baumwolle verloren, weil nicht Hände genug zum Pflücken da waren, aber als die Arbeit schließlich getan war, hatte sie eine Ernte von elfhundertsechzehn Ballen eingebracht und war zufrieden. Sie verkaufte die Baumwolle für siebenundzwanzig Cents pro Pfund. Trotz der beispiellos hohen Erzeugungskosten verzeichnete sie in diesem Jahr einen Gewinn von über siebzigtausend Dollar.

2

Im Winter versuchte sie ein wenig auszuspannen. Sie ging dann und wann aus und veranstaltete sogar selbst eine kleine Party; aber das war auch alles, es war immer noch zu viel zu tun.

Der Krieg komplizierte die einfachsten Dinge des täglichen Lebens. Eleanor erfreute sich daran, Sachen für sich und die Kinder einzukaufen, denn sie fühlte sich nun wohlhabend genug, um auch die enorm hohen Kriegspreise bezahlen zu können, aber vieles, was sie benötigte, konnte sie gar nicht kaufen. Zucker war nahezu unerschwinglich; Fleisch ging fast restlos zur Armee; Kohle wurde für die Truppentransporte benötigt; die Zivilisten waren genötigt, sie eimerweise zu kaufen. Da Fett in den Sprengstoffabriken gebraucht wurde, kostete die Butter achtzig Cents pro Pfund. Weißes Mehl war selten und kostspielig, so daß Brot aus Ersatzmehl gebakken wurde und aussah, als hätte man den Fußboden damit aufgewischt. Eleanor hatte die Neger damit beauftragt, Holz zu schlagen, aber die Arbeit war so kostspielig, daß sie nicht genug schlagen lassen konnte, um den Bedarf zu decken. Zwar das Kinderzimmer wurde immer geheizt, aber sie selbst begnügte sich oft ohne Feuer. Sie zog Hühner auf, pflanzte Wintergemüse, ließ ihre eigene Butter auf der Plantage herstellen und dankte dem Himmel für Mammys Geschicklichkeit in der Herstellung von Maispfannkuchen und Löffelbrot. Mit Einsatz all ihrer Findigkeit brachte sie es fertig, die Kriegseinschränkungen von den Kindern fernzuhalten, aber sie selbst kam kaum noch zur Ruhe.

Kester schrieb überschwengliche Briefe. Das Vorbereitungslager hatte er als erster Leutnant verlassen. Er war dann nach Camp Jackson in Columbia, Süd-Karolina, geschickt worden, wo er Rekruten drillen, marschieren und auf Strohpuppen schießen mußte, die deutsche Soldaten vorstellen sollten. Der Dienst machte ihm Freude. Manchmal, wenn sie seine Briefe las, konnte sie sich eines leicht spöttischen Gefühls nicht erwehren: Kester hatte es wieder einmal ferigebracht, sich an einen Ort zu retten, wo die Unbequemlichkeiten des kalten Winters ihm nichts anhaben konnten.

»Das ist das erstaunlichste Abenteuer meines Lebens!« schrieb er einmal. »Die Stadt sieht aus wie San Franzisko in den neunundvierziger Jahren, sie ist vollgestopft mit Menschen und jedermann hier scheint in Fieberphantasien zu reden. –

Aber das ist kein Wunder. Vor dem Kriege war Columbia eine nette kleine Stadt von dreißigtausend Einwohnern. Es hatte zwei Wolkenkratzer: das Palmetto Building (sechzehn Stockwerke) und das National Loan and Exchange Building (Darlehens- und Wechselbank) mit zwölf Stockwerken, eine neue Oberschule, schattige Straßen mit weißen Häusern und ein vornehmes Staatskongreßgebäude, an dessen Fassade man noch einige Rauchflecke feststellen konnte, die aus dem Jahre 1865 stammten, als General Sherman die Stadt in Brand schießen ließ. Seit den Zeiten Shermans hatte Columbia eine friedliche Blütezeit, die anhielt, bis die Vereinigten Staaten in den Krieg mit Deutschland eintraten.

Nun hat die Regierung am Stadtrand das Camp Jackson errichtet. Hier steigen fortgesetzt Flugzeuge auf, und auf den Straßen marschieren endlose Kolonnen von

Infanterie, Kavallerie und allerlei Kriegsmaschinenattrappen mit rosa und purpurnen Streifen. Fast im wörtlichen Sinn über Nacht ist die Bevölkerung der Stadt um hundertfünfzigtausend Soldaten und einen Schwarm von Frauen, Kindern, Krankenschwestern und allerlei freundlichen Mädchen angeschwollen. Logis sind so kostbar geworden, daß jeder, der ein freies Schlafzimmer hat, es für dreißig Dollar in der Woche vermieten kann. Viele der Offiziersfrauen sind reich. Und um sie mit allen möglichen Gütern beliefern zu können, sind zahllose kleine Läden entstanden, untergebracht in ganz primitiven, ungestrichenen Hütten. Hier werden Pelzmäntel und handgearbeitete Schuhe und Kleider aus den ersten Ateliers der Staaten ausgestellt. Nur an Nahrungsmitteln fehlt es sehr; vor den Kaufläden stehen Schlangen von Menschen. Wenn sie schließlich an der Reihe sind, bedient zu werden, müssen sie drinnen ihren Namen eintragen, um nur ein Pfund Zucker für neunzig Cents erwerben zu können. –

Mit Geld wird umhergeworfen, als gelte es nichts. Laufjungen, die gewöhnt waren, drei Dollar in der Woche zu verdienen, bekommen jetzt zwanzig; Fahrstühle und Autogaragen werden von Mädchen bedient, die die Höhere Schule besucht haben und die heute mehr verdienen, als ihre Väter vor dem Kriege verdienten. Kohle kostet einen Dollar pro Eimer, und Negerfrauen verkaufen kleine Holzbündel auf der Straße, denn die Natur hat den allgemeinen Wirrwarr noch dadurch gesteigert, daß sie uns den kältesten Winter bescherte, den Süd-Karolina seit mehr als fünfzig Jahren erlebt hat. Eine Woche lang hat es ununterbrochen geschneit. Die Soldaten aus dem Norden fangen an, sich über den ›sonnigen Süden‹ lustig zu machen, und ich kann sie nicht tadeln, denn die Eiszapfen an den Dächern und Bäumen sind drei Fuß lang. Aber wir haben kein Recht, uns zu beschweren, denn trotz des Kohlenmangels haben wir ein schönes warmes Quartier. Wir haben Kohle genug, nur Zivilisten können keine bekommen. Kirchen und Schulen sind geschlossen worden, um die Kohle für uns zu sparen, und deshalb strömen die vor Kälte zitternden Bürger schon am Morgen aus den Häusern und bleiben bis zum Schlafengehen unterwegs, weil es in den Straßen wenigstens genug Aufregung gibt, die sie die Kälte vergessen läßt. –

Seit keine Schule mehr abgehalten wird, sind die Kinder den ganzen Tag draußen. Sie gehen ins Kino. Die Theater sind nicht geheizt, aber die Bilder sind grell genug, um von der Kälte abzulenken. Die Filme haben fürchterliche Titel: ›Der Kaiser, das Raubtier von Berlin‹ – ›Die Auktion der Seelen‹ – ›Zur Hölle mit dem Kaiser!‹ und der Atem der Menschen in den Stuhlreihen erzeugt weiße Dampfwolken zwischen Zuschauern und Leinwand. Wir von der Khaki-Brigade sitzen Seite an Seite mit den Jungen und Mädchen, die sich von der Algebra befreit fühlen, und betrachten uns Türken, die armenische Mädchen kreuzigen, Babys, die erstochen werden, und deutsche Soldaten, die in Frauenklöstern wüten. Die Kinder glauben alles, was man ihnen zeigt und begeistern sich daran; ich, offen gestanden, weiß nicht, was ich von all dem Zeug glauben soll; vielleicht die Hälfte, wenn es hoch kommt. Wie dem aber auch sei – Europa sitzt in der Patsche, und ich bin froh, daß wir demnächst hinübergehen werden, um die Welt wieder in Ordnung zu bringen, bevor Cornelia und Philip erwachsen sind. –

Eleanor, warum kommst du nicht einmal her, mich zu besuchen? Du kannst wirklich gar nichts vom Kriege wissen, wenn du nicht wenigstens einmal einen Blick in eine Garnisonsstadt geworfen hast. Ich werde für dich irgendwo ein Zimmer beschaffen, und ich glaube sicher, daß ich ein paar Tage Urlaub bekommen kann. Ich vermisse dich *schrecklich!*«

Eleanor ließ den Brief sinken und lächelte, während sie auf den ungeheizten Kamin blickte. Es war in der Mitte des Winters, und das Zimmer glich einer Eishöhle. Aber jetzt, nachdem sie Kesters Brief gelesen hatte, war ihr, als sei es von

Wärme erfüllt. Jäh und scharf fühlte sie den Schmerz ihrer Verlassenheit, wie damals, in den ersten Tagen, nachdem Kester gegangen war. Sie drahtete ihm, er möge sie wissen lassen, wann er Urlaub bekommen könne.

Es gelang Kester, zwei Tage Urlaub zu bekommen. Eleanor kletterte in einen gedrängt vollen Zug, dessen Abteile schmutzig, verraucht und verwahrlost waren. Sie verbrachte die Nacht eingekeilt zwischen Menschen, mit dem Kopf auf einem Kissen, das gegen die rote Plüschlehne der Bank gelehnt war; ihre Füße berührten die Knie eines bärtigen Mannes, der aussah wie ein Bolschewik. In Columbia führte Kester sie in das Hinterzimmer eines baufälligen Hotels in einer Nebenstraße, für das er fünfzehn Dollar pro Tag bezahlen mußte. Das Zimmer hatte keine Heizung. Es enthielt ein Bett mit einem zu kurzen Laken und völlig ungenügenden Zudecken, so daß sie ihre Mäntel zu Hilfe nehmen mußten. Es stand weiter eine Kommode darin mit einem graufleckigen Spiegel darüber, in dem sie wie die Opfer einer fremden gefährlichen Krankheit erschienen. Der Teppich wies Löcher auf, in denen sie mit den Absätzen hängenblieben, sobald sie das Zimmer durchquerten. Zwei wackelige Stühle und ein Wasserständer mit einem Krug und einer Waschschüssel, wofür sie das Wasser selber vom Ende des Ganges herbeischleppen mußten, vervollständigten die Einrichtung.

Aber sie beklagten sich nicht, es machte ihnen alles nichts aus. Sie waren für achtundvierzig Stunden beieinander. Eleanor dachte zuweilen, sie wolle gerne den Rest ihres Lebens in einem solchen Zimmer zubringen, wenn nur Kester ihr schwören würde, sie nie wieder allein zu lassen.

Obgleich ihr Louisiana leuchtend und heiter vorkam, gegenüber dem Schnee Karolinas, fand sie, wieder zu Hause angekommen, Ardeith doch grimmig und kalt ohne Kester, und das trotz der blühenden Kamelien auf den Wiesen. Sie war froh, daß es Zeit war, sich für die Frühjahrsarbeit bereit zu machen. Kester war gar nicht aufgefallen, wie dünn sie geworden war, und sie hatte keine Zeit gefunden, ihm zu erzählen, wie sie gearbeitet hatte. Aber was sollte das auch? Sie war sicher, daß sie durchhalten würde, denn jeder Blick auf den Börsenteil der Zeitung gab ihrem Mut neuen Auftrieb. Die Baumwolle war mittlerweile bis auf dreißig Cents für das Pfund geklettert.

3

Im April hörten Kesters Briefe plötzlich auf; eine unerklärliche Stille trat ein. Eleanor wußte, daß sie sich im Augenblick noch keine Sorge zu machen brauchte, dennoch wurde sie von fiebernder Unruhe erfaßt. Den Soldaten wurde nie mitgeteilt, wann sie nach Übersee verschifft wurden. Sie erfuhren das immer erst ganz kurz vor der Abfahrt, und auch dann war ihnen nicht erlaubt, ihre Familien zu benachrichtigen, denn die Auslaufzeiten der Transportschiffe wurden streng geheimgehalten. Eleanor wartete und wartete und suchte ihre Nerven zu beruhigen, indem sie sich in die Arbeit stürzte, um über der Anspannung das Denken zu vergessen. Sie fragte sich oft, ob die Spionagegefahr wirklich so bedeutend sei, um die Grausamkeit zu rechtfertigen, die Frauen über das Schicksal ihrer Männer im ungewissen zu lassen.

In der Zeit, da die Ungewißheit noch andauerte, sah sich Eleanor schließlich genötigt, Bob Purcell aufzusuchen, um seinen ärztlichen Rat in Anspruch zu nehmen. Bob legte zwei Finger an ihren Puls und schüttelte mit vorwurfsvollem Lächeln den Kopf. Er machte ein Gesicht wie ein Schulmeister.

»Wenn die geringste Chance bestände, daß du auf mich hören würdest«, sagte er,

»dann würde ich dir in dringendster Form raten, dich für einen Monat ins Bett zu legen.«
»Rede keinen Unsinn«, sagte Eleanor, »ich kann meine Plantage nicht im Stich lassen.«
Er zog ihr unteres Augenlid herunter und sah nach öden Blutäderchen. »Hast du jemals etwas von dem Iren gehört«, sagte er, »der erklärt hatte, er wolle lieber für fünfzehn Minuten ein Feigling sein als tot für den Rest seines Lebens?«
»Ich glaube nicht, daß ich in der Gefahr schwebe, zu sterben«, versetzte Eleanor.
»Ich weiß nur, daß du hochgradig anämisch bist«, sagte Bob. Er gab ihr ein Eisenpräparat und genaue Verhaltensmaßregeln. Eleanor nahm das Eisen, fand aber bald, daß die Verhaltensmaßregeln aus lauter Unmöglichkeiten bestanden: neun Stunden Nachtschlaf, mindestens zwei Stunden Mittagsschlaf und ähnliches. Sie zuckte die Achseln und ignorierte die Verordnung. Als sie bald darauf wieder einen Brief von Kester erhielt, fühlte sie sich sogleich um so vieles besser, daß sie überzeugt war, sie habe keine Anämie, nur ihre Nerven hätten ein wenig versagt.

Kester war in Frankreich; den Ort konnte er ihr nicht nennen, aber nach seinen Beschreibungen befand er sich in einer lieblichen Gegend, vom Geschützfeuer zerzaust, aber von Frühlingsdüften erfüllt.
»Ich fahre ein Auto«, schrieb er, »ich fahre Oberste und Stabsoffiziere, befördere Nachrichten und Proviantnachschub. Im allgemeinen genügt es der Armeeführung, wenn ein Bursche zwanzig Jahre lang Barmixer war, um ihn zum Koch zu ernennen; immerhin haben einige Leute meine besonderen Talente schätzen gelernt. Hier zu fahren ist ein sonderbares Geschäft. Vorne und hinten kein Licht, schlechte Straßen voller Löcher und Granattrichter, so daß man sich manchmal wie ein Selbstmordkandidat vorkommt. Und wo keine Granatlöcher sind, da ist fürchterlicher Schlamm. Lieber Gott, der Schlamm von Frankreich! Ich hatte bisher immer die Vorstellung, Louisiana habe schlammigen Boden. Wahrhaftig, ich will das nie wieder behaupten. Der einzige Fleck in Louisiana, der an französischen Schlamm erinnert, ist die Molasse in New Orleans. Gott sei Dank weiß ich, wie man ein Auto auseinanderzunehmen und wieder zusammenzusetzen hat. Deshalb komme ich überall durch. Aber das Ganze macht mir ziemlich viel Spaß. Vor allem, weil es keine Scheinwerfer an meinem Auto gibt, keine Verkehrslichter, die mich aufhalten können, keine Geschwindigkeitsgrenzen, keine weißen Linien, die nicht überquert werden dürfen, und vor allem keine eleganten Damen, die sagen können: ›Kester fährt dich nach Hause? Hast du auch schon dein Testament gemacht?‹ –
Ich möchte dir gerne mehr schreiben, aber es ist nicht erlaubt. Schicke mir bitte ein neues Bild von dir und eines von Cornelia und Philip. Die, die ich immer in der Tasche trage, sind nun fast schon zerrissen. Wie groß ist Cornelia jetzt? Erinnert sie sich an mich? Gute Nacht, mein Liebling, mach dir meinetwegen keine Sorgen. Ich verlebe hier eine großartige Zeit.«
Eleanor küßte seine Unterschrift und zitterte vor Dankbarkeit, ihn wenigstens etwas sicherer zu wissen, als wenn er zwischen den Stacheldrahtbarrikaden der Schützengräben gesteckt hätte. Sie hatte auch das Gefühl, sich nicht sorgen zu müssen. Kester steckte so voller zauberhaftem Leben; er war wahrscheinlich bestimmt, seine Urenkel zu überleben. Die Kinder lärmten auf der Galerie. Eleanor ging zur Tür und beobachtete sie. Sie hatte ein Bild Kesters in der Hand, das im Camp Jackson aufgenommen worden war. Die Kinder spielten Soldat. Sie trugen dreieckig aus Zeitungspapier gefaltete Helme und hatten Küchenbesen über der Schulter; so marschierten sie unter Dilcys Aufsicht auf und ab und sangen nach einer wilden Melodie einen verrückten Text:

»Wir sind keine dummen Teufel!
Wir sind keine dummen Teufel!
Da drüben bei den anderen, den schönen,
mag's Tölpel und Dummköpfe geben,
aber wir sind keine dummen Teufel!«

Eleanor lachte über den Unfug und hielt ihnen Kesters Photographie hin. »Cornelia«, sagte sie.
Cornelia sah sich, anscheinend in leichter Verärgerung, um. »Ja, Madam?«
»Komm her, Cornelia.«
»Kompanie halt!« befahl Cornelia. Philip stand und hielt krampfhaft seinen Besen hoch, der größer war als er selbst, und Cornelia kam auf die Mutter zu. »Ich bin der Hauptmann«, sagte sie, »was willst du?«
Eleanor zeigte ihr das Bild. Es war eine gute Aufnahme. Anstatt wie die meisten Männer beim Photographieren mit Siegerblick in die Kamera zu starren, zeigte Kesters Gesicht ein freundliches Lächeln. Auch Cornelia lächelte, als sie das Bild sah, und in ihren Augen glänzte es auf. Sie hatte wunderschöne dunkle Augen.
»Das ist Vater!« rief sie aus. Sie strahlte das Bild an. »Hübsch sieht er aus.«
Wie immer, wenn Cornelia ein Bild ihres Vaters betrachtete, wurde Eleanor von leisen Neidgefühlen erfaßt. Cornelia konnte noch nicht wissen, daß das Haus, in welchem sie lebte, und der Luxus, der sie umgab, nicht ihres Vaters Charme, sondern der zähen Kraft ihrer Mutter zu verdanken war. Sie schien es offenbar für selbstverständlich zu halten, daß ihre Mutter immer müde und abgespannt aussah und viel zu beschäftigt war, um mit ihr spielen zu können, und lebte deshalb in der Erinnerung an ihren Vater. Sie sah jetzt auf Eleanor und fragte:
»Wann kommt Vater nach Hause?«
»Wenn der Krieg zu Ende ist, mein Herz.«
»Papa schießt Deutsche!« sagte Cornelia.
Eleanor rief auch Philip herbei, um ihm das Bild zu zeigen. Philip betrachtete es sehr ernst und sagte: »Soldat.« Er war zwei Jahre alt und konnte sich nicht mehr an Kester erinnern. »Vater, Philip!« korrigierte Cornelia heftig.
»Ich bin ein Soldat«, sagte Philip.
»Ja, Philip«, sagte Eleanor, »du bist ein Soldat und dein Vater ist auch ein Soldat.«
Sie begannen wieder zu singen und zu marschieren. Eleanor, die einiges in der Stadt zu erledigen hatte, ging die Treppe hinauf, um sich umzuziehen. Sie ging in Kesters Zimmer und blieb einen Augenblick vor seiner Kommode stehen. Ach, sie sehnte sich nach ihm. Seine Sachen lagen säuberlich aufgeschichtet in den Schubladen, viel zu ordentlich, um auf seine Anwesenheit schließen zu lassen. Zwischen seinen Taschentüchern lag das kleine Silbermesser mit seinem Namenszug auf der Schale. Eleanor nahm es auf und küßte es; sie erinnerte sich, daß das kleine Messer der erste Gegenstand aus seinem Besitz war, den sie in der Hand hatte.
Vom Fenster aus vermochte sie über die Felder zu sehen. Sie versprachen auch in diesem Jahr wieder einen Gewinn abzuwerfen, der sie in heimlichen Triumphgefühl erschauern ließ. Oh, sie hatte wohl etwas geleistet, seit Kester Ardeith verließ.
Während sie sich in ihrem eigenen Zimmer umkleidete, wurde sie durch den einfachen Vorgang des Kleiderwechselns daran erinnert, wie gut sie daran getan hatte, die Inneneinrichtung des Hauses zu modernisieren. Sie liebte das seidige Gefühl des lauwarmen Wassers in ihrer schönen Badewanne, die Bequemlichkeit ringsum, die die Pflege des Körpers zu einer Freude machten; sie stand vor dem Spiegel und freute sich an der indirekten Seitenbeleuchtung. Sie war keine hinreißende Schönheit, nein, aber sie war eine gut aussehende junge Frau, groß und

schlank, mit einer gut proportionierten Figur, und sie wußte sich sehr geschickt und vorteilhaft zu kleiden. Es war gut, sich wieder hübsch und ansprechend kleiden zu können, ein Kleid aus braunem Taft mit einem dazupassenden Hut zu tragen, dazu Schuhe und Handschuhe aus champagnerfarbenem Ziegenleder, die immer aussahen, als ob sie sie noch niemals angehabt hätte. Es war gut, in einem kleinen eleganten Wagen in die Stadt fahren zu können, erfolgreich zu sein und zu wissen, daß man gut aussah.

Alle Geschäftsleute beeilten sich heute, sie zu bedienen, sie zeigten sich höflich und ehrerbietig. Sie erinnerte sich daran, daß die gleichen Kaufleute vor drei Jahren ihren Kredit gesperrt hatten, weil sie ihre Schulden nicht zu bezahlen vermochte. Die Stadt machte einen blühenden Eindruck. Die Geschäfte waren voll von Kunden und die Straßen voller Autos. Im Park tummelten sich Kinder; Mädchen spazierten unter Sonnenschirmen, die zu den Kleidern paßten, und lachten und scherzten unter der strahlenden Sonne. Jedermann schien guter Laune zu sein. Die Palmen raschelten mit den Blättern und schienen zu flüstern: »Baumwolle – dreißig Cents!« – zweiunddreißig Cents! korrigierte Eleanor bei sich, während sie vor einem Drugstore parkte und nach der Bedienung hupte. Zweiunddreißig Cents, und die Tendenz ist weiterhin steigend. Wahrhaftig, niemand hierzulande hatte bisher so eine gute Zeit.

Der Verkäufer erschien, und sie beauftragte ihn, ihr eine Packung Gesichtspuder und ein Glas Limonade zu bringen. Das Wetter war bereits sommerlich warm; die Limonade in dem beschlagenen Glas war kühl und erfrischend. Als sie den Strohhalm in den Mund nahm, sah sie Isabel Valcour mit einem blauen Leinensonnenschirm über der Schulter die Straße entlang kommen. Eleanor hatte Isabel seit langer Zeit nicht mehr gesehen. Wahrscheinlich wird sie von der Langeweile geplagt, dachte sie, während sie Isabel beobachtete, die auf den Drugstore zuging. Isabel warf mit Blicken um sich, als schaue sie nach Müßiggängern aus, die Lust hätten, einen Nachmittag mit ihr zu verbringen.

Zwei schmutzige kleine Knirpse kamen von der anderen Seite her den Bürgersteig heraufgeschlendert. Sie sahen Eleanor, die in ihrem Auto saß und die Limonade schlürfte. Sahen den eleganten, glänzenden Wagen, die neben Eleanor aufgetürmten Pakete und grinsten ihr frech ins Gesicht. Der Größere der beiden steckte, als sie vorbei waren, die Hände in die Hosentaschen und begann lärmend zu singen:

»Seht des Armeelieferanten einzige Tochter,
sie verschwendet ihr Geld,
sie verschwendet ihr Geld . . .«

Isabel sah auf, stockte und brach in schallendes Gelächter aus. Gleich darauf drehte sie sich um und senkte den Sonnenschirm, um ihr lachendes Gesicht zu verbergen, aber ihre Schultern zuckten wie bei einer Sängerin. Offenbar einen verwandten Geist ahnend, näherten sich ihr die Burschen, und der eine von ihnen sprach sie vertraulich grinsend an.

»Lady«, sagte er, »geben Sie mir einen Nickel. Ich möchte eine Vorstellung besuchen.«

»Einen Nickel wollt ihr?« lachte Isabel, »ihr sollt ihn haben.« Eleanor hörte ihrer Stimme an, daß sie sich amüsierte. Isabel öffnete ihre Handtasche und gab jedem der Bengel einen Nickel. Die Knirpse zogen ab und Isabel verschwand in dem Drugstore. Eleanor drückte auf das Horn.

Sie war beschämt über ihre augenblickliche Verwirrung. Es war idiotisch, sich durch die Albernheiten eines Straßenjungen und das Gelächter der Dame Isabel belästigt zu fühlen. »Vielen Dank, Mrs. Lane, geben Sie uns bald wieder die Ehre!«

sagte der Sodaverkäufer, als sie ihm das Glas zurückgab, und Eleanor brachte es fertig, ihn anzulächeln.

Aber als sie dann zur Plantage zurückfuhr, überkam sie doch wieder der Zorn und sie schrie mehrmals laut Isabels Namen heraus, während sie durch die Stadt und die eichengesäumte Uferstraße fuhr, auf beiden Seiten von ihren Baumwollfeldern begrenzt. Der Anblick der Baumwollpflanzen beruhigte sie. Sie verglich ihre eigene Leistung mit Isabels trägem und nutzlosem Leben und lächelte, als sie ins Haus ging.

Wyatt wartete auf sie. Eleanor war ein wenig überrascht, ihn zu sehen, denn er kam selten ins Haus.

Das Lächeln, mit dem er sie begrüßte, war noch düsterer als gewöhnlich.

»Mrs. Larne«, sagte er, »ich möchte Sie nicht erschrecken, aber ich glaube, es wäre gut, wenn wir uns bald darum kümmerten, die Pflücker zusammenzubekommen. Einige von den Leuten sind erkrankt.«

»Erkrankt? Was haben sie?«

Er blickte auf seine staubigen Stiefel. »Ja, Madam«, sagte er zögernd, »ich weiß nicht recht, was es ist. Sie reden von der ›spanischen Grippe‹.«

»Spanische Grippe? Davon habe ich nie etwas gehört. Aber ich danke Ihnen, daß Sie es mir sagten. Ich werde den Arzt kommen lassen. Im übrigen brauchen Sie sich, glaube ich, nicht zu sorgen. Wir haben noch reichlich Zeit bis zur Ernte.«

»Ich weiß doch nicht, Madam«, sagte Wyatt. »Es scheint, daß eine Menge Menschen hier herum erkrankt sind. Und ich dachte, es wäre besser, wenn Sie es wüßten.«

Sie dankte ihm abermals, und Wyatt ging. Eleanor nahm den Telefonhörer ab und rief Bob Purcell an.

»Kannst du morgen zu uns herunterkommen, Bob?« fragte sie.

»Natürlich komme ich. Was ist los?«

»Nichts Persönliches Aber einige meiner Schwarzen haben so eine neumodische Krankheit.«

»Doch nicht Grippe?« fragte Bob.

»Was?«

»Spanische Grippe, meine ich.«

»Ja, Wyatt nannte es so. Warum fragst du?«

»Weil diese Seuche augenblicklich ziemlich grassiert.«

»Ist das etwas Ernstes? Was ist es überhaupt?«

»Ja, ich weiß nicht. Ich kann dir beide Fragen nicht beantworten«, sagte Bob offen, »aber ich komme morgen natürlich.«

Am nächsten Morgen besuchte Dr. Purcell die Arbeiterquartiere und kam anschließend ins Haus. Er trug eine Gazemaske über dem Mund und machte ein sehr ernstes Gesicht.

Die Sache sei schlimm, sagte er, und Eleanor müsse unbedingt auch eine Maske tragen, wenn sie mit den Negern in Berührung komme, und die Kinder müsse sie innerhalb der Grenzen des Parkes lassen. Niemand wisse, wie gefährlich die Krankheit sei, aber in keinem Fall dürfe man sorglos sein. Eleanor versprach aufzupassen und befahl, daß die Schüssel und Teller der Kinder mit antiseptischer Seife abgewaschen werden sollten, bevor sie ihre Mahlzeit einnähmen.

Am nächsten Tage rief Neal Sheramy an, um eine Einladung für den folgenden Sonntag rückgängig zu machen. Klara hatte ein Abendessen geplant, aber nun war Klara plötzlich erkrankt – »die sonderbare Krankheit, die augenblicklich jeder zu kriegen scheint«, sagte Neal, »die Grippe.«

Eleanor war nicht sehr betroffen von der Mitteilung, denn Klara verbrachte die Hälfte ihres Lebens damit, etwas aufzufangen und andere anzustecken. Manchmal schien ihr das sogar Spaß zu machen. Aber als Eleanor einen Brief ihres Vaters erhielt, der ihr mitteilte, daß ihre Schwester Florence schwer von der Krankheit betroffen sei, begann sie sich ernsthaft Sorgen zu machen, denn wie alle anderen Upjohns war Florence sozusagen niemals krank gewesen. Eleanor schrieb nach Hause, daß sie gern kommen würde, um die Kranke zu besuchen, aber ihre Mutter antwortete ihr mit einem zugestellten Brief und bat sie, den Besuch zu unterlassen. »Du kannst das Risiko nicht auf Dich nehmen, die Spanische Grippe nach Ardeith zu schleppen zu Deinen Kleinen«, schrieb sie. »In New Orleans ist kaum ein Haus verschont; es ist eine sehr böse Sache.«

Eleanor telefonierte mit Wyatt. Der Verwalter sagte, er tue sein Möglichstes, aber wenn das so weitergehe, wisse er nicht, woher sie die Hände nehmen sollten, um die Baumwolle zu pflücken.

Eleanor ließ sich das Pferd satteln und ritt durch die Felder. Die Baumwollpflanzen trugen kleine grüne Kapseln. Bald würden sie aufspringen und dann war es soweit. Baumwolle konnte nicht warten, wenn sie nicht verderben sollte. Aber wer, um alles in der Welt, sollte sie pflücken? Schon im letzten Jahr war es schwer gewesen, Pflücker zu bekommen, und da herrschte allgemein der normale Gesundheitszustand. Es riß und zerrte an ihren Nerven, sie hätte am liebsten ihre Verzweiflung hinausgeschrien. Ihre Arbeiter waren gut genährt und bewohnten gute, wohnliche Hütten, sie taten die gesündeste Arbeit im Freien, aber Wyatt sagte, sie seien anfällig wie alte Männer. Und diejenigen, die bisher von der Krankheit verschont geblieben waren, standen mit düsteren Begräbnismienen umher, flüsterten miteinander und zeigten gar keine Neigung zu arbeiten.

In den folgenden Wochen mußte Eleanor Bob Purcell häufig bitten, die Plantage zu besuchen. Er konnte längst nicht so oft kommen, wie sie wollte, denn er arbeitete vom Morgengrauen bis in die Nacht hinein. Sein Gesicht war schmal und hager geworden; er hatte dunkle Ringe unter den Augen. »Wann hat die Krankheit eigentlich begonnen?« fragte sie ihn eines Morgens.

»Ich weiß es nicht«, sagte Bob.

»Hast du etwas gehört? Es gibt Leute, die sagen, deutsche Spione befänden sich im Land oder seien wenigstens hier gewesen.«

Er zuckte die Achseln: »Das möchte glaubwürdig sein, wenn die Spanische Grippe nicht gleichzeitig in China, Schweden, auf den Fidschi-Inseln und auch in Deutschland ausgebrochen wäre.«

»Was können wir tun, um uns davor zu schützen?«

Bob atmete schwer. »Eleanor, ich weiß noch nicht, was es eigentlich ist, und demzufolge auch nicht, wie man sich davor schützen und was man zur Heilung tun kann. Niemand weiß es. Wenn du davon befallen werden solltest, lege dich zu Bett und bleibe darin, bis es dir wieder bessergeht.«

Ihre Hände verklammerten sich. »Und es ist fast Zeit, mit dem Pflücken der Baumwolle zu beginnen«, sagte sie, »was soll ich nur tun?«

»Mein Gott, Eleanor«, sagte Bob, »es handelt sich hier nicht um Baumwolle, die gepflückt oder nicht gepflückt wird, es handelt sich um Leben oder Tod! In einigen Städten können schon keine Särge mehr geliefert werden.«

Er verließ sie. Eleanor ging die ganze Nacht in ihrem Zimmer auf und ab, zu ruhelos, um schlafen zu können. Sie hatte einiges über Seuchen gelesen: der Schwarze Tod in Europa, das schreckliche Gelbe Fieber, das sich über amerikanische Häfen ergoß, bevor irgend jemand wußte, daß Moskitos nicht nur harmlose Insekten waren; aber nie war sie auf den Gedanken gekommen, sie könnte selbst einmal gegen eine Seuche zu kämpfen haben. Ihr ganzes Leben lang hatte sie es als selbstverständlich hingenommen, daß sie in einer Welt lebte, in der weißgekleidete Männer und

Frauen in gut ausgerüsteten Laboratorien für die Gesundheit der Bevölkerung sorgten; so stand sie diesem unvermittelten und heimtückischen Angriff völlig betäubt gegenüber. Seuchen! dachte sie. Das waren bisher Dinge, die in eine Zeit gehörten, wo die Menschen an Geister glaubten, anstatt sich impfen zu lassen. Wahrhaftig, man hätte es nie für möglich gehalten, in der zivilisiertesten Nation des zwanzigsten Jahrhunderts Vorgänge sehen und erleben zu müssen wie bei einer Pestilenz vergangener Jahrhunderte. Man sollte es nicht für möglich halten, daß der modernst eingerichtete, mit den neuesten technischen und wissenschaftlichen Hilfsmitteln arbeitende Pflanzer im ganzen Stromgebiet nicht wußte, wie er seine Baumwolle einbringen sollte.

Am nächsten Tage erkrankte Dilcy an der Grippe. Die Kinder vermißten sie, und Eleanor fand, daß sie bisher keine Ahnung davon hatte, was Dilcy im Laufe eines Tages alles zu verrichten pflegte. Während sie selbst auf den Feldern weilte, ließ sie Bessy bei den Kindern, aber Bessy wußte nicht viel von Kinderpflege, und Eleanor fürchtete sehr, daß die Kinder sich anstecken könnten. Nach ein oder zwei Tagen stellte sie, vom Felde heimkommend, fest, daß auch Mammy erkrankt war. Sie ging in die Küche und kochte das Abendessen für die Kinder selbst, ziemlich ungeschickt, denn sie wußte nicht viel vom Kochen, und außerdem zitterte sie vor Übermüdung. Die Kinder waren quengelig, und sie selber war so nervös, daß es ihr schwerfiel, sanft mit ihnen umzugehen.

Die Baumwollkapseln öffneten sich auf nahezu leeren Feldern. Eleanor stand auf der Landstraße und fing die Leute ab, um sie zur Arbeit zu jagen, sie inserierte in den Zeitungen und bot zwei Dollar Pflücklohn für hundert Pfund, aber sie erzielte bei all diesen Bemühungen nur sehr dürftige Ergebnisse. Die Plakate an den Litfaßsäulen und patriotische Redner auf allen Plätzen proklamierten, daß Amerika Europa ernähren, Europa mit Kleidung versehen und Europas Kanonen mit Munition füttern müsse. Aber Tausende von Arbeitern dienten in der Armee, Tausende bei den verschiedensten Kriegsdienststellen; dazu befand sich nahezu die Hälfte der Zivilbevölkerung in den Krankenhäusern; wo sollten da die Menschen herkommen, um Baumwolle zu pflücken?

Eleanor fühlte sich selber elend und krank, als sie die mageren, knochigen Gestalten der wenigen Pflücker betrachtete. Baumwolle kostete jetzt siebenunddreißig Cents pro Pfund. Zufolge der Arbeiterknappheit verminderte sich der Ertrag, und es war abzusehen, daß der Preis noch weiterhin steigen würde. Hätte sie diese Ernte im Lagerhaus, dann könnte sie Ardeith unbelastet an Kester zurückgeben, die bestausgestattete Plantage in Louisiana, nicht nur frei von Schulden, sondern auf dem besten Wege, ihm reich zu machen. Aber wie die Dinge jetzt lagen, mußte schon ein Wunder geschehen, wenn nicht die Hälfte der Baumwolle das Lagerhaus nie erreichen sollte.

Sie schickte nach Wyatt. »Sie hatten Anweisung, etwas zu unternehmen«, schrie sie ihn an, als er kam, nicht, weil sie meinte, er hätte etwas versäumt, sondern weil der Ausbruch ihr etwas von der unerträglichen Spannung nahm.

Er schüttelte düster den Kopf und beobachtete sie, wie sie erregt den Fußboden abschritt. »Ich tue mein Bestes, Mrs. Larne«, sagte er.

»Ihr Bestes? Vermutlich soll es in die geöffneten Kapseln hineinregnen und sie sollen durchweichen, wie? Wir müssen die Baumwolle hereinbekommen.«

Wyatt seufzte. »Ich bin wahrhaftig kein Drückeberger, Mrs. Larne«, sagte er, »aber ich kann keine Arbeiter aus dem Boden sprießen lassen.«

Eleanor setzte sich, verkrampfte die Hände ineinander und stand wieder auf. »Wechseln Sie die Zahlen in unseren Angeboten aus, Wyatt«, sagte sie, »schreiben Sie zwei Dollar fünfzig Pflücklohn pro hundert Pfund.«

»Zwei Dollar fünfzig pro hundert Pfund«, sagte Wyatt. »Mein Gott, diese Pflücker werden Nigger-Reiche und werden zukünftig nur noch rosa Seidenhemden und gelbe Schuhe tragen.«

»Wenn sie die Baumwolle einbringen, kümmert es mich nicht, wie reich die Neger werden«, versetzte Eleanor. »Gehen Sie und tun Sie, was ich Ihnen gesagt habe.« Er seufzte und zog sich zurück. Eleanor ging in die Halle hinaus und zermarterte sich den Kopf darüber, wie sie an Baumwollpflücker kommen könne. Auf der Galerie quengelten die Kinder. Sie besänftigte sie, ermüdet, wie sie war, und ging in die Küche, um Fleischbrühe zum Abendbrot zu machen. Der Haushalt befand sich in einem ähnlichen Zustand wie ihre Nerven; Dilcy und Mammy waren noch nicht imstande, wieder zu arbeiten, dazu waren noch zwei weitere Mädchen an der Grippe erkrankt und nach Hause geschickt worden. Die gesund gebliebene Dienerschaft konnte die Arbeit einfach nicht bewältigen; alle Möbel waren mit dicken Staubschichten bedeckt und die Spielsachen der Kinder lagen auf dem Fußboden verstreut, weil niemand Zeit hatte, sie aufzuheben. Eleanor hatte Unordnung um sich herum nie ertragen können; jetzt, mit den Staubschichten überall, mit den unruhigen und ungebärdigen Kindern und mit den Sorgen um die Plantage, fühlte sie sich bis zur Unerträglichkeit gereizt.

Sie gab den Kindern ihr Abendbrot; die waren durch Mammy grenzenlos verwöhnt, Mammy pflegte ihnen immer besonders leckere Sachen zu kochen, jetzt nörgelten sie herum und wollten nicht essen. Eleanor zitterte und mußte sich gewaltsam beherrschen, um nicht aufzuschreien. Nachdem sie die Kinder endlich zu Bett gebracht hatte, ging sie in die Küche zurück, um selber einen Bissen zu essen. Sie stand noch am Tisch und aß eine Maisspeise gleich aus der Schale heraus, als Bob Purcell erschien, um nach den kranken Hausnegern zu sehen. Violet befand sich in seiner Begleitung; sie pflegte neuerdings sein Auto zu fahren, damit er sich wenigstens während der Fahrten ausruhen konnte.

Während Bob bei den Erkrankten war, saßen Eleanor und Violet einander in dem unaufgeräumten Wohnzimmer gegenüber. Beide waren zu müde, um viel zu reden. Violet hatte ihren Bruder seit dem frühen Morgen ununterbrochen von Haus zu Haus gefahren.

»Ich versuche manchmal, mir den Himmel vorzustellen«, seufzte sie, »und ich sehe ihn dann als einen Ort, wo man weißes Brot essen, eine ganze Tonne Kohlen auf einmal kaufen und morgens in der Zeitung lesen kann, daß der Krieg vorbei ist.«

Eleanor antwortete nur mit einem bösen Lachen.

Bob kam zurück und gab Eleanor eine Anzahl neuer Grippemasken. Sie möge ja täglich ihr Eisenpräparat einnehmen, sagte er.

Sie antwortete mit einem gequälten Lächeln: »Ich habe schon so viel Eisen eingenommen, daß man eine Lokomotive davon bauen könnte.«

»Leider sieht man es dir nicht an«, versetzte Bob.

Eleanor brachte beide zur Tür. Violet legte ihr tröstend die Hand auf die Schulter. »Laß dich nicht zu sehr quälen«, sagte sie. »Du wirst das schon durchstehen. Du gehörst Gott sei Dank zu den Menschen, die überall durchkommen.«

Eleanor antwortete nicht. Sie schloß die Tür hinter den Geschwistern und ging in ihr Zimmer hinauf, wo sie sich quer über das Bett legte, die Hände auf die pochenden Schläfen gedrückt. Die überall durchkommen! dachte sie. Kein Mensch denkt daran, daß unsereiner einmal einen Punkt erreichen könnte, wo er nicht mehr weiter weiß, wo er sich fallen lassen und an der Brust eines Stärkeren ausruhen möchte.

Als sie am nächsten Morgen ihr hageres Gesicht im Spiegel erblickte, erschrak sie. Es hielt sie nicht im Haus; sie mußte einen Platz finden, um ruhig nachdenken zu können. Sie befahl Bessy, bei den Kindern zu bleiben, holte das Auto aus der Garage und fuhr langsam der Stadt zu. Das Autofahren tat ihren Nerven gut; es zwang sie, alle Aufmerksamkeit auf die Straße zu richten, und zwang ihre jagenden Gedanken zur Ordnung. Von allen Litfaßsäulen schrien ihr grell Aufrufe und Proklamationen entgegen. Gemalte Soldaten grinsten sie an, von gemalten Müttern mit stolzen Blicken betrachtet. Sonderbar, dachte sie, alle diese Burschen sind achtzehn, neunzehn Jahre alt und alle ihre Mütter sehen aus, als wären sie achtzig. Es war nur ein flüchtiger Gedanke im Vorüberfahren; die Baumwolle und die Pflückernot schoben sich gleich wieder in den Vordergrund. Da waren Plakate, auf denen klassisch schöne Frauen in griechischen Gewändern mit Fahnen winkten; sie forderten mit dem Pathos ihrer Schönheit zur Zeichnung von Freiheitsobligationen auf. Andere verlangten, daß jede Frau in das Rote Keuz einzutreten habe. Präsident Wilson und Herbert Hoover sahen ernst auf sie herab und verkündeten:

»Brot und Fleisch werden den Krieg gewinnen! Jeder Junge und jedes Mädchen, die auf einem Gemüsefeld arbeiten, sind Soldaten der Freiheit!«

Eleanor trat auf den Bremshebel; ihr kam eine Idee.

Sie wandte das Auto der Bordschwelle zu und verhielt hier, zu einem Plakat aufblickend, auf dem ein Junge in einem Overall mit einem Rechen über der Schulter dargestellt war. Sie besah sich das Bild eine Weile mit gerunzelten Brauen. Ob ich wohl imstande bin, eine Rede zu halten? dachte sie; eigentlich kann es nicht schwer sein, ein paar wohltönende Phrasen aneinanderzureihen. Sie schüttelte gleich darauf, wie in Verwunderung über sich selbst, den Kopf. Widerstreitende Gedanken durchschossen sie: Ich tue es nicht! Ich muß aber etwas tun, ich halte es nicht mehr aus! Es wäre eine Möglichkeit und ich muß es versuchen! Sie ließ den Motor an und fuhr zur Höheren Schule.

Der Direktor empfing sie in seinem Büro. Sie wolle ihm einen Plan unterbreiten, sagte sie. Die Jungen und Mädchen möchten doch sicherlich gerne mithelfen, den Krieg zu gewinnen, und sie quäle sich, daß sie nur so wenig tun könnten. Sie kauften Sparmarken, aber bei den meisten reiche das Taschengeld ja nicht dazu. »Wie ist es«, sagte sie, »haben Sie hier Ihr Sparkontingent erfüllen können?«

Nein, sagte der Direktor, das habe er nicht.

»Ich würde zwei und einen halben Dollar Pflücklohn für hundert Pfund Baumwolle bezahlen«, sagte Eleanor. »Hier haben Sie ein Schlachtfeld, auf dem Ihre Jungen und Mädchen kämpfen können. Sie werden die Armee hinter der Front darstellen. Wenn Sie dann dazu auffordern, Sparmarken für den Pflücklohn zu kaufen, wird die Schule von Dalroy mit ihrem Sparkontingent an die Spitze aller Schulen im Staat rücken, bevor noch ein Monat vergangen ist.«

Der Direktor hörte ihr interessiert zu. Er fand, das sei wirklich eine ausgezeichnete Idee. Ob sie am nächsten Morgen vor dem versammelten Auditorium eine Rede halten wolle?

Eleanor wollte. »Ich werde sprechen«, sagte sie. »Wie erreiche ich den Leiter der Schulkapelle?«

Der Direktor sagte es ihr, und sie suchte den Kapellmeister auf, um ihre Absichten mit ihm zu besprechen.

Als sie am nächsten Morgen sprach, saß die Schulkapelle hinter ihr auf dem Podium. Die Schüler und Schülerinnen waren restlos in der Aula vor ihr versammelt.

»Um einen Schuß aus einem fünfzehnzölligen Geschütz abzufeuern, wird ein Ballen Baumwolle benötigt«, begann sie ihre Ausführungen. »Der Sieg der amerikanischen Waffen hängt von der Leistung des Südens ab, denn der amerikanische Süden ist der Baumwollmarkt der Welt. Unsere Armeen, die für Frieden und Freiheit in den Kampf gezogen sind, sind auf uns angewiesen und rechnen mit uns. Kommt alle nach Ardeith und arbeitet dort auf den Feldern für die Rettung der Weltdemokratie!«

Die Schüler klatschten und trampelten.

»Ich danke euch!« schrie Eleanor. »Ihr Jungen, die ihr noch zu jung seid, um nach Frankreich zu ziehen, ihr Mädchen, die ihr euch grämt, weil ihr nicht kämpfen dürft, mobilisiert eure Kräfte, damit wir in der Lage sind, unseren Soldaten die Mittel zum Kämpfen zu verschaffen! Jeder Ballen Baumwolle, den wir in diesem Jahre einbringen, bringt uns dem Universalfrieden näher. Seid Soldaten der Erntearmee und helft uns, den Krieg zu gewinnen!«

Die vorher instruierte Kapelle intonierte: ›THE STARSPANGLED BANNER‹. Alle sprangen auf, sangen und jubelten Eleanor zu.

»Ich danke euch!« rief Eleanor in den tosenden Lärm hinein. »Um drei Uhr werden Trecker vor der Schule stehen, um euch abzuholen.«

Am Nachmittag waren die Trecker zur Stelle, rundum mit Flaggen drapiert. Im ersten Wagen saß die Kapelle und spielte patriotische Lieder, während die freiwilligen Pflücker und Pflückerinnen zur Plantage gefahren wurden. Überall in den Feldern von Ardeith waren Plakate aufgestellt:

»*DIESE BAUMWOLLE IST FÜR AMERIKANISCHE GESCHÜTZE BESTIMMT!*«
»*BAUMWOLLPFLÜCKER WERDEN DEN KRIEG GEWINNEN!*«

Sogar am Wiegehaus hatte Eleanor plakatieren lassen. Da stand zu lesen:
»*BRINGT DIE BAUMWOLLE EIN FÜR AMERIKA UND KAUFT SPARMARKEN VON EUREN LÖHNEN!*«

In den ersten Tagen der folgenden Woche klebten Plakate an allen Litfaßsäulen der Stadt:
»*BAUMWOLLE WIRD DEN KRIEG GEWINNEN!*
EIN SCHÜLER IM PLANTAGENFELD KÄMPFT
EBENSO GEGEN DEN KAISER WIE EIN SOLDAT
IN DEN SCHÜTZENGRÄBEN VON FRANKREICH!«
»*KÄMPFT MIT UNS IN ARDEITH!*«

An fünf Nachmittagen der Woche und an den Sonnabenden während des ganzen Tages schickte Eleanor die Schüler und Schülerinnen auf die Baumwollfelder zum Pflücken. Jeder Sonnabendmorgen wurde mit einer Feierstunde eingeleitet. Die Kapelle spielte und die Jungen und Mädchen marschierten zu einem im Freien aufgestellten Podium, vor dem eine Fahnenstange aufgerichtet war. Die Fahne wurde gehißt, und Eleanor verpflichtete die jungen Pflücker und Pflückerinnen feierlich für die Arbeit im Dienst der Nation. Dann spielte die Kapelle ›*DIXIE*‹ oder ›*THE STARS AND STRIPES FOR EVER*‹ und die Jungen und Mädel marschierten in Zweierreihen auf die Felder, um die Baumwolle für die Demokratie zu pflücken.

Jeder Pflücker erhielt eine in Quadrate eingeteilte Karte; jedes Karo galt als Bon für zwanzig Pfund gepflückter Baumwolle; auf diese Weise wurde Mr. Wyatt Kontrolle und Auszahlung erleichtert. »Bezahlen Sie mit einzelnen Dollarnoten, Wyatt«, sagte Eleanor, »die Kinder freuen sich, wenn sie möglichst viele neue Noten in die Hand bekommen. Und beschaffen Sie möglichst schöne neue Banknoten.«

Er streifte sie mit einem bewundernden Blick. »Bei meiner Seele, Mrs. Larne«, seufzte er, »ich habe niemals eine Dame wie Sie gesehen.«

Eleanor lachte: »Was habe ich Ihnen gesagt? Wir müssen die Baumwolle hereinbringen.«

Sie sorgte schließlich auch dafür, daß die Aktion öffentlich bekannt wurde. Sie ließ in den Zeitungen von New Orleans verbreiten, daß sie eine Erntearmee einberufen habe, um die Baumwolle einzubringen, damit die Soldaten in Übersee Munition bekämen, und ließ Photographen nach Ardeith kommen. Die Bilder der Jungen und Mädchen auf den Baumwollfeldern erschienen wenige Tage später. Eleanor aber stellte inmitten des von ihr entfachten patriotischen Lärms nüchtern fest, daß sie in diesem Jahre einer der ganz wenigen Arbeitgeber im Staat war, die arbeiten konnten und Arbeiter beschäftigten. – Einige der Kinder bekamen die Grippe, andere machten schlapp und fielen aus und noch andere brachen in ihrer Ungeschicklichkeit die Baumwollpflanzen ab, aber die Mehrzahl arbeitete erfolgreich. Eleanor bekam die Baumwolle herein.

Das Ernteergebnis betrug insgesamt zwölfhundert Ballen. Die Baumwolle erbrachte achtunddreißig Cents pro Pfund. Der Bruttowert der Ernte von 1918 betrug etwas über zweihunderttausend Dollar.

4

Nun war nur noch eine kleine Aufgabe zu erledigen, dann würde alles getan sein. Sie mußte die letzten Schecks ausschreiben, mit denen sie die Schulden von Ardeith endgültig tilgen würde. Danach würde kein Mensch in der Welt auch nur einen Penny mehr von ihr zu fordern haben.

Sie war krank vor Ermüdung, aber gleichzeitig durchdrungen von dem Gefühl, die Schlacht hinter sich und den Sieg in der Tasche zu haben.

Es war zehn Uhr in der Nacht; sie saß vor ihrem Schreibtisch und hatte das Scheckbuch und die Kontobücher vor sich. Am Nachmittag hatte die Bank bereits die deponierten Schmucksachen zurückgesandt. Sie hatte die einzelnen Stücke in den Händen gedreht, zu müde, um zu erfassen, daß das Ziel, für das sie so leidenschaftlich gekämpft hatte, in Reichweite vor ihr lag. Wie hoch der Reingewinn des letzten Jahres sein würde, wußte sie noch nicht; um das zu ermitteln, mußten erst die Bücher abgeschlossen werden, aber ihre unruhigen Gedanken tänzelten beglückt zwischen den möglichen und wahrscheinlichen Zahlen hin und her. Sie war so müde, daß sie kaum noch die Zahlen unterschied, die sie hinschrieb, aber das machte ja nichts, nun machte das ja nichts mehr; sie würde schlafen in der Nacht, der Schlaf würde sie stärken, und am Morgen würde sie ausgeruht an ihren Schreibtisch zurückkehren. Jetzt ging es einfach nicht mehr.

Aber obwohl sie gelöst und glücklich befreit war, schlief sie nicht gut in der Nacht. Sie hatte rasende Kopfschmerzen, und das Ticken der Uhr auf dem Nachttisch drohte sie wahnsinnig zu machen. Sie stand schließlich auf und trug die Uhr in das Badezimmer. Als sie endlich in Schlaf fiel, wurde sie von wirren Träumen heimgesucht. Sie sah sich arbeitend zwischen den Baumwollreihen auf den Feldern, oder vor endlosen Zahlenkolonnen, die sich in die Ewigkeit auszudehnen schienen. Sie erwachte und fühlte heftige Schmerzen in jedem Glied ihres Körpers, und die kleine Arbeit des Scheckausschreibens, die vor ihr lag, erschien ihr wie eine nicht zu bewältigende Aufgabe.

Angeekelt von ihrer eigenen Schwäche, schleppte sie sich die Treppen hinunter und kochte sich ein Ei. Der Gedanke, es essen zu sollen, widerte sie an, aber sie zwang sich dazu, und sie trank auch ein paar Tassen Kaffee, in der Hoffnung, das starke Getränk möchte ihren hämmernden Kopfnerven Beruhigung bringen. Aber es wurde eher schlimmer. Sie gab Befehl, sie nicht zu stören, und ging in ihr Arbeitszimmer.

Ihre Finger schmerzten so sehr, daß es ihr schwer wurde, die Schreibtischschublade aufzuziehen. Sie spielte mit dem Federhalter herum und fand, daß es eine unsägliche Anstrengung erfordere, die Verschlußkappe abzuschrauben. Schließlich schlug sie das Scheckbuch auf. Zehn Minuten! dachte sie, in zehn Minuten ist es getan.

Vor ihren Augen drehten sich allerlei Bilder in einer Wolke wogender Nebel. Sie meinte, alle Bilder zu gleicher Zeit zu erblicken: die verschuldete Ardeith-Plantage, den Zusammenbruch der Baumwollbörse, den Zeitungsausschnitt, der sie über das Wesen der Schießbaumwolle unterrichtete, die unablässige, ruhelose Arbeit auf den Feldern. Zehn Minuten, dachte sie, es ist alles klar, ich muß nur die paar Zahlen hinschreiben; es dauert bestimmt nicht länger. Ich habe gesiegt! dachte sie, und fühlte gleichzeitig, daß der Gedanke ohne jeden Eindruck blieb; sie war viel zu elend, um Sinn und Wesen eines Wortes zu erfassen. Sie begann, den ersten Scheck auszuschreiben.

Daß Schreiben so schwer sein kann! Die Finger bewegten sich langsam und widerwillig; vor ihren Augen war ein Schleier, dahinter waren Zahlen, die nicht zu erkennen waren. Und der Schmerz kroch und bohrte in ihr herum wie ein Wurm. Ganz plötzlich durchfuhr sie ein lähmender Schrecken: Ich bin krank! Sie stieß den Gedanken wie einen Verbrecher aus ihrem Hirn. Sie war nicht krank; es war lächerlich; sie war niemals krank gewesen, sie hatte keine Zeit für derartigen Unsinn. Sie mußte jetzt diese Schecks hier ausschreiben und dann noch die Begleitbriefe abfassen. Was ging sie die Grippe an! Die Grippe hatte keine Macht über sie.

Aber der widerwärtige Wurm in ihr kroch weiter und weiter; die Schmerzen waren überall, es war längst nicht mehr festzustellen, was ihr weh tat; die Glieder gehörten ihr ohnehin nicht mehr; sie waren selbständige Wesen und taten, was sie wollten; ihre Füße bewegten sich unter dem Tisch, aber sie wußte nichts davon, da waren zehn Zehen und jede einzelne war ein besonderes Wesen und wurde von ganz besonderen Schmerzen geplagt; in ihren Schultern riß und zerrte es so, daß es unmöglich wurde, den Arm zu heben und die Hand zu bewegen, etwa um das Haar aus der Stirn zurückzustreichen, hinter der ein stählerner Hammer unentwegt pochte. Aber der Kopf gehörte ihr ja auch nicht, er gehorchte ihr nicht, er wollte nicht länger aufrecht stehen, und sie hatte keine Macht, ihm zu befehlen; er sank ihr auf die Brust. Dann war es ganz leer hinter der Stirn, als sei da gar nichts mehr, und die Haut brannte wie Feuer, als müsse sie jeden Augenblick aufflammen, und drinnen im Körper war eine Kälte, als hätte ihr jemand einen riesigen Eiszapfen gegen das Rückgrat geschleudert.

Eleanor saß vor dem Schreibtisch; sie sah, daß das Zimmer sonderbar geformt war, daß Wände und Möbel sich im Kreise drehten. Dann, für einen Augenblick, hob sich der Schleier vor ihren Augen. Ihre Hand tastete wie ein Tier über die Platte, um den Füllhalter zu ergreifen, sie ergriff ihn auch, das Scheckbuch war da, es war aufgeschlagen, die Finger bewegten sich, die Feder glitt über das Papier, träge, sehr, sehr träge, aber sie formte ihren Namenszug, ein bißchen anders als sonst, ein bißchen schwerfällig, nicht viel anders wie bei einem Kind, das eben erst schreiben gelernt hatte. Der Halter entfiel ihrer Hand und glitt in ihren Schoß hinunter; er hinterließ einen Fleck auf ihrem Kleid und rollte auf den Fußboden. Eleanor sah ihm blinzelnd nach. Der Federhalter rollte über den Teppich. Er benahm sich wie alle anderen Gegenstände im Zimmer auch; alles bewegte sich, tänzelnd wie die Schatten des Kaminfeuers. Sie lächelte etwas töricht; es war ihr keineswegs klar, was da geschah. Es war auch ganz gleichgültig; sie hatte ihre Arbeit getan. Dieses Wissen war alles, was übriggeblieben war von ihrem Denken, ein kleiner kreisrunder Fleck im Gehirn, der frei geblieben war von der sonderbaren Verwirrung.

Sie fühlte noch, daß sie vom Stuhl und auf den Fußboden glitt; sie fing sich im Gleiten und suchte sich an dem Stuhl wieder aufzurichten. Sie war nicht bewußtlos. Sie wußte sehr genau, daß sie auf dem Fußboden lag, daß ihr Kopf auf dem Stuhlsitz ruhte und daß ihre Hände ihn hielten. Hundert wirre Gedanken jagten sich in ihrem Kopf. Irgendwer mußte den Kindern zu essen geben; Bob Purcell hatte gesagt, sie werde zusammenbrechen, wenn sie sich nicht zusammennehme; sie konnte es nicht ändern; es machte jetzt auch nichts mehr aus; sie hatte ihre Arbeit getan. Irgendwer würde die ausgeschriebenen Schecks zur Post befördern lassen. Ardeith war gerettet und sie hatte Geld genug, um lange Zeit davon zu leben, auch wenn sie gar keine Baumwolle mehr pflanzen würde. – Als Cameo sie eine Stunde später fand, lag sie noch immer am Boden und murmelte vor sich hin, sie sei fertig, sie habe es geschafft.

Cameo rief einen Jungen; sie trugen sie die Treppe hinauf und legten sie in ihr Bett. Zu dieser Zeit wand sie sich in heftigen Fieberdelirien.

5

Eleanor wußte ganz klar, daß sie Fieber hatte und daß heftige Schmerzen ihren ganzen Körper durchzuckten. Sie hätte nie für möglich gehalten, daß es so viele Stellen an einem Körper geben könnte, die zu gleicher Zeit weh täten. Es war Nacht um sie herum; ab und zu durchbrachen Lichtflecke die Dunkelheit und taten ihren Augen weh. In ihrem Kopf schwirrten allerlei Zahlen; sie sprach sie laut vor sich hin, »Siebzehn Cents – zwanzig Cents – siebenundzwanzig Cents – achtunddreißig Cents.« Sie wiederholte die Zahlen fortgesetzt.

Nach einer langen Zeit wurde ihr bewußt, daß sie im Bett liege und daß es dunkel sei, vielleicht weil ihre Augen geschlossen wären. Jemand zog ihr die Bettdecke über die Arme herauf. Sie öffnete die Augen. Sie sah, daß sie in ihrem eigenen Bett lag, unter dem roten Baldachin, und daß eine fremde, weißgekleidete Frau über sie gebeugt war; die Frau trug eine Maske über dem unteren Teil des Gesichtes. Eleanor sagte: »Achtunddreißig Cents«, aber die Frau schien das nicht zu interessieren, sie achtete nicht darauf und trat vom Bett zurück. Eleanor sah am Fuß des Bettes einen ihr merkwürdig bekannten Mann sitzen, dessen Mund und Nase eine Gazemaske verdeckte. Sie sah den Mann an und traf auf seinen Blick. Er war groß und breitschulterig und hatte blaue Augen. Und was von seinem Gesicht zu sehen war, kam ihr vertraut vor in seinem rötlichen Schimmer. Eleanor bewegte sich, um ihre Lage zu verändern. Der Mann reichte mit seiner großen Hand herüber, um sie zu streicheln. Als sie die Hand mit den großen eckigen Nägeln sah, erkannte sie den Mann. Sie hörte auf, Zahlen vor sich hinzusagen. Ein sonderbarer Friede kam über sie. Einen Augenblick lag sie ganz ruhig, dann sagte sie leise mit einem schwachen Lächeln um die Lippen: »Papa!«

Er sprang auf und trat an das Kopfende des Bettes. Sie wollte noch etwas sagen, aber sie konnte es nicht. Er setzte sich auf die Bettkante neben sie. Es gelang Eleanor, ihre Hand unter der Bettdecke hervorzuziehen und in die seine zu legen. Der Mann sagte, hinter der Maske hervorsprechend: »Es ist alles in Ordnung, Baby.« Sie hielt seine Hand und schloß wieder die Augen. Der Vater war da, er würde auf sie achten; er wußte ja, daß sie im Augenblick nichts tun konnte. Sie konnte sich gehen lassen und krank sein, solange sie wollte.

In den folgenden Wochen wurde Eleanor außer ihrem Leiden sehr wenig bewußt. Da gab es Stunden, die ihr wie Jahre vorkamen, Jahre der Qual, da sie nicht zu atmen vermochte, da sie nicht sprechen konnte und nur den einen Wunsch hatte: die Schmerzen möchten weichen und sie möchte sterben. In den Stunden, da sie zu denken vermochte, sagte sie sich, daß die Kriegsgrippe, von der sie befallen war, sich vermutlich zu einer bösartigen Lungenentzündung entwickelt habe. Man hatte ihr das ja des öfteren gesagt, ohne daß sie weiter darauf geachtet hätte.

Aber sie überwand die Krankheit. Sie lag schwach und erschreckend weiß in ihrem

Bett und begann allmählich wieder Interesse an den Dingen ihrer Umwelt zu nehmen und Fragen zu stellen. Fred Upjohn war häufig da; er jagte zwischen seinen Deichbaulagern und Ardeith hin und her, und wenn er abwesend war, nahm die Mutter seine Stelle ein, oder eine ihrer Schwestern. Die Kinder waren in New Orleans bei ihrer Familie. Mammy und Dilcy waren wieder wohlauf; die Grippe hatte sich ausgetobt, der Schrecken war vorüber.

An einem hellen Morgen brachte die Krankenschwester Eleanor in einem Rollstuhl zum Fenster und ließ sie hier sitzen und in die fahle Wintersonne hinaussehen.

»Mr. Larne hat mehrmals geschrieben«, sagte die Schwester, »Mr. Upjohn hat die Briefe.«

»Bitte«, sagte Eleanor, »ich möchte sie haben.«

Die Schwester lächelte und ging, Fred zu suchen. Er saß unten und trank seinen Morgenkaffee. Er kam gleich darauf in Begleitung von Bob Purcell herauf. Eleanor reicht Bob die Hand.

»Sage nicht: ich habe dich gewarnt«, lächelte sie.

Bob lächelte zurück: »Ich werde nichts sagen. Du bist genug bestraft.«

»Du wirst nun wieder gesund werden«, sagte Fred und setzte sich nahe neben sie.

»Du hast die Briefe von Kester?« fragte Eleanor.

»Ja, ich habe sie.« Fred griff in die Brusttasche und holte das Päckchen heraus. »Du bist hoffentlich nicht böse, daß ich sie öffnete, las und beantwortete«, sagte er. »Ich tat es nicht gern, aber ich dachte, ich müsse es tun, da du es nicht konntest.«

Sie streckte die Hand aus, um die Briefe in Empfang zu nehmen: »Was schreibt er denn?«

Fred zuckte die Achseln: »Alles Mögliche. Du wirst es ja lesen, und wahrscheinlich bist du mittlerweile sentimental genug, um Spaß daran zu haben. Er wird ja auch bald wieder hier sein.«

Eleanor richtete sich ruckhaft auf, so gewaltsam, daß Bob sie mit den Schultern zurückdrückte. »Was sagst du da?« rief sie, »Kester kommt? Ist er verwundet?«

»Nein. Entlassen«, sagte Bob. »Ja, Eleanor, hat dir denn noch niemand gesagt, daß der Krieg zu Ende ist?«

»Der Krieg – zu Ende? O mein Gott!« Eleanor barg ihr Gesicht in den Händen und lehnte den Kopf gegen das Kissen, um ihre Tränen zu verbergen. Sie war nicht stark genug, sie zurückzuhalten. Als sie die Hände von den Augen nahm, sahen Fred und Bob einander schuldbewußt an und schüttelten die Köpfe. – »Daß es einen Menschen gibt, an dem der Lärm des Waffenstillstandstages spurlos vorübergegangen ist!« sagte Fred. Er stand auf und beugte sich über Eleanors Stuhl. »Weine ruhig, Honigkind«, sagte er, »schäme dich nicht. Alle anderen sind ihre Tränen schon vor einer Woche losgeworden.«

Sie faßte sich und drängte die Tränen zurück. »Papa«, sagte sie, »die Plantage ist schuldenfrei. Die Baumwolle wird jetzt wieder fallen, nicht wahr? Aber das macht nun nichts mehr. Ich habe es geschafft.«

»Ja, Baby«, sagte Fred Upjohn, »das hast du!«

ELFTES KAPITEL

1

Den Rest des Winters verbrachte Eleanor damit, auf Kester zu warten. In den ersten Tagen des neuen Jahres fühlte sie sich wieder frisch und gesund. Um ihrer

Ungeduld einen Ausweg zu finden, begann sie Ardeith für Kesters Rückkehr zu schmücken. Das Haus wurde von Grund auf renoviert, so daß nur noch Baustil und Möbel erkennen ließen, daß es nahezu hundert Jahre alt war. Die alten Eichen hatte Eleanor beschneiden lassen, und die Gärten waren in eine Parklandschaft verwandelt worden. Aus New Orleans hatte sie Elektriker kommen lassen, die Kesters Schlafzimmer mit einem Telefon ausstatteten, das ihn mit den Dienerschaftsapparaten im Parterre verband; einen elektrischen Heizofen hatte sie einbauen lassen und einen Fächer, der automatisch in Bewegung gesetzt werden konnte, um den Raum bei großer Hitze mit frischer Luft zu versorgen. Kesters Badezimmer hatte sie um das Doppelte vergrößern lassen, Wände und Fußboden waren mit blauen Kacheln in zwei verschiedenen Tönen belegt worden; modernste Vorrichtungen und Apparaturen sorgten für weitestgehende Bequemlichkeit; die blaue Badewanne war riesengroß und edel geformt, die verdeckte Brause das Neueste auf diesem Gebiet; der Rasierspiegel wurde indirekt beleuchtet; in die Innentür war ein großer durchgehender Spiegel eingearbeitet; ein Gewirr funkelnder Hähne sorgte für Zerstäubung, Heizung und Dampf; Bürsten, Matten und farbige Frottiertücher trugen Kesters Monogramm. Eleanor erinnerte sich, daß er Zahlen haßte, und ließ deshalb in seinem Arbeitszimmer eine Addiermaschine anbringen. Sie kaufte ihm ein Automobil neuester und modernster Konstruktion, ein langes, schnittiges und metallschimmerndes Gefährt, mit den modernsten Errungenschaften der Technik ausgestattet, und ließ zur Unterbringung dieses Wagens und ihres eigenen eleganten kleinen Zweisitzers eine neue Garage bauen.

Sie sah sich um, überblickte alles, was sie durch ihre Zähigkeit und Hingabe geschaffen hatte, und zitterte vor heimlichem Stolz. Jedes Ding in Ardeith, vom Kinderzimmer des Herrenhauses bis zu den äußersten Grenzen der Plantage, hatte ein neues Gesicht bekommen, alles glänzte vor Sauberkeit, Ordnung und Modernität. Im Hause gab es fast nichts zu tun, was nicht durch einen Knopfdruck oder eine Schalterdrehung bewältigt werden konnte. Draußen auf der Plantage wurden, abgesehen vom baumwollpflücken, menschliche Hände nur noch für die Bedienung der Maschinen benötigt.

Sie konnte es kaum erwarten, Kester beim Anblick all der Pracht in Freude und Bewunderung ausbrechen zu sehen, und sie versuchte, sich vorzustellen, was er zu den Veränderungen sagen würde. Sicherlich würde er zunächst einmal sprachlos sein. Dann würde er sich ihr zuwenden und sagen: »Eleanor, ich hätte mir nie träumen lassen, daß Ardeith so schön sein könnte! Und das alles tatest du für mich!« Ach, seine Freude würde sie für alle Mühe, für jede Anstrengung und für jede Qual reichlich entschädigen. Sie würde ihm nicht im einzelnen sagen, wie viel das alles gewesen war. Sie würde die endlose ermüdende Arbeit auf den Feldern nicht erwähnen, würde nicht von den Schrecken sprechen, die die Spanische Grippe ihr verursacht hatte, und auch daß sie selber nahe daran gewesen sei, vor Erschöpfung und Elend zu sterben. Sie würden Ardeith wiederhaben, eine Musterplantage von außerordentlichem Leistungsvermögen, und sie würden hier gemeinsam für den Rest ihres Lebens zusammensein.

Der Frühling blühte in voller Pracht, als Kester kam. In den Gärten glühten die Kamelien und Rosen, die Magnolienblüten prangten an den Bäumen und die weiten Baumwollfelder waren grün von der Straße bis zum Strom. Eleanor traf Kester in New Orleans. Sie stand eingeklemmt zwischen zahllosen Menschen und sah doch nicht einen von ihnen; sie sah Hunderte von Soldaten, die einander zum Verwechseln zu gleichen schienen, und suchte doch nur nach einem.

Und dann sah sie Kester. Sie bekam ihn eher zu Gesicht, als er sie. Kester hatte das alte jungenhafte Siegerlächeln im Gesicht, er schob, stieß und zwängte sich durch die

Menschengruppen und seine Augen suchten genau wie die ihren. Und dann sah er sie und seine Augen strahlten auf. Bevor sie selbst sich durch das Gedränge zu winden vermochte, war er schon bei ihr. Er hatte sich rücksichtslos Bahn gebrochen und hielt sie nun in seinen Armen. Im Augenblick waren sie so ineinander versunken, als ob sie tausend Meilen von jeder menschlichen Gesellschaft entfernt wären. Eleanor wußte nichts, dachte nichts, sie fühlte nur, daß seine Arme sie umschlungen hielten, daß seine Küsse auf ihren Lippen und auf ihren Augen brannten und daß sie namenlos selig war. Sie vermochte sich später nie zu erinnern, was sie in diesen ersten Minuten des Wiedersehens gesprochen hatten, sie wußte nur, daß Kester zu Hause war, und sie schwor sich, daß sie sich nie mehr trennen wollten.

Nach einer Weile – sie wußte nicht, wie lange sie so gestanden hatten – nahm sie wahr, daß Militärkapellen spielten, daß die Leute Hurra riefen und daß Kommandorufe über den Platz schwirrten. Von irgendwoher drangen frische junge Stimmen herüber, die sangen:

»*And it's oh, boy,*
It took the doughboy*
To hang the wash on the Hindenburg Line!«

* Spitzname für Infanterist.

Kester und Eleanor standen und schauten einander an; sie begannen zu lachen. Er müsse zur Parade und sich vom Volk bejubeln lassen, grinste er; nein, er könne ihr nicht helfen; jedermann scheine in diesen Tagen Frieden zu haben, ausgenommen die Soldaten, die den Krieg gewonnen hätten. Eleanor, ob sie wollte oder nicht, mußte vorerst noch auf ihn verzichten, sie mußte ihn der Armee, seinen Eltern, seinem Bruder und seiner Schwester überlassen; und es sah aus, als hätte er Tausende von Freunden. Wahrhaftig, es war, als hätte die halbe Bevölkerung von New Orleans ebenso eifrig auf Kesters Heimkehr gewartet wie sie. Sie hatte sich immer über seine große Beliebtheit gefreut, aber in diesem Augenblick hätte sie gewünscht, niemand außer ihr kenne ihn in der Stadt.

Schließlich war es dann doch soweit, daß sie nach Ardeith fahren konnten. Cameo war mit dem großen eleganten Auto am Bahnhof. Als Kester ihn erblickte, sprang er auf ihn zu und schüttelte ihm die Hände. Cameo strahlte ihn von oben bis unten an und sagte: »Cameo hat immer gewußt, daß Master den Krieg gewinnt!«

»Wie geht es Dilcy und Mammy?« fragte Kester.

»Geht sehr gut«, sagte Cameo, »freut sich, daß Master gleich sehen.«

Kester warf einen Blick in das Innere des Wagens: »Warum habt ihr die Kinder nicht mitgebracht?«

»Kinder warten auf Galerie, Master. Kleine Miß Cornelia springt über Brüstung wie junges Pferd.«

Kester lächelte Eleanor an. »Wie ist es?« sagte er, »Philip wird mich gar nicht kennen.«

Eleanor lachte: »Er hat sich ein Bild von dir gemacht: mindestens acht Fuß hoch und mit dem Schwert rasselnd. Wie gefällt dir das Auto?«

Erst jetzt sah Kester, was da für ein Wagen auf ihn wartete; ein Ausdruck der Verblüffung erschien in seinem Gesicht. »Heiliger springender Josua!« keuchte er und ging um das Fahrzeug herum. Dann kletterte er auf den Führersitz, drehte die verstellbaren Spiegel, knipste die Nebelscheinwerfer an und stieg wieder aus, um ihre Strahlweite zu prüfen, drehte die Lampen wieder aus und schüttelte den Kopf. Er starrte Eleanor an: »Wieviel Kilometer macht er in der Stunde?«

»Ich weiß nicht genau«, sagte Eleanor, »so siebzig, achtzig, denke ich.«

»Fährst du gern damit?«

»Ich fahre überhaupt nicht damit. Es ist ja deins.« – »Meins?«

Sie strahlte ihn an: »Ja gewiß, deins. Ich habe einen kleinen Zweisitzer.«

»Ach«, sagte er; es klang ein wenig leer. Er ging ein paarmal um den Wagen herum und besah sich die schimmernde Pracht. »Ich dachte, ich hätte einen Zweisitzer bekommen«, murmelte er, »einen kleinen schnittigen Wagen. Ich hätte mir nie im Leben träumen lassen, daß ich einmal so ein Ausstellungsstück fahren würde.«

»Du wirst eine ganze Menge Dinge vorfinden, von denen du dir sicherlich nie etwas träumen ließest«; Eleanor beschäftigte sich ein wenig verlegen mit ihren Händen, »möchtest du den Wagen nicht selbst nach Hause fahren? Cameo kann ja mit dem Gepäck hinten sitzen.«

Er schüttelte den Kopf: »Nein, laß ihn fahren. Ich würde mich lieber mit dir unterhalten.« Sie nahmen hinten im Wagen Platz, und Cameo setzte sich ans Steuer. Kester spielte mit der Innenbeleuchtung und dem Sprachrohr, er drehte die Glasscheiben hoch und wieder herunter; ein halb amüsiertes, halb spöttisches Lächeln stand auf seinem Gesicht.

»Schön, nicht wahr?« sagte Eleanor.

»Doch ja, sehr nett«, sagte Kester. Während sie durch Dalroy fuhren, sah er angeregt aus dem Fenster. »Sieh da«, sagte er, »Colstons Warenhaus hat einen neuen Anstrich bekommen, und der Drugstore auch. Und die vielen Blumenbeete im Park; die waren doch früher auch nicht da. Festlich, festlich, wie das hier aussieht!«

Eleanor zuckte die Achseln: »Die Baumwolle, mein Lieber! Achtunddreißig Cents für das Pfund!«

»Acht-und-drei-ßig Cents?« Er starrte sie an; »das ist doch wohl nicht möglich!«

»Habe ich dir das nicht geschrieben? Mag sein, daß ich es nicht mehr tat. Das war zu der Zeit, als ich krank wurde.«

»Bist du jetzt auch wieder völlig wohlauf?« fragte er besorgt.

»O ja, du kannst ganz ruhig sein. Ich habe mich nie wohler gefühlt.«

»Herrgott, es ist schön, wieder zu Hause zu sein!« Kester sah hinaus. Seine Augen suchten wie ausgehungert nach vertrauten Plätzen und Gegenständen. Das Auto bog in die Uferstraße ein; es fuhr fast geräuschlos. »Eleanor, ich kann dir nicht sagen, wie ich von Dalroy geträumt, wie ich mich danach gesehnt habe!« stöhnte Kester. »Die schattigen Straßen und die Palmen mit den rosa Blüten; die Maulesel und die Schwarzen am Sonnabendnachmittag; der Drugstore mit seinen Waren und den Sodahähnen; die Neger beim Hacken der Baumwolle; Wassermelonen und Maisbrot und Krebsgumbo, ach und Ardeith hinter den Granatapfelbäumen!« Er nahm ihre Hände, hielt sie fest und umklammerte sie. »Wie ich das alles vermißt habe!« sagte er leise.

Eleanor sah nichts außer ihm. Ihre Augen hingen an seinem Gesicht, folgten atemlos seinem Mienenspiel. Bald, bald würde er Ardeith in seiner neuen Pracht erblicken. Was würde er sagen?

»Was für prachtvolle Baumwolle!« rief Kester aus. »Ich habe sie nie so hoch gesehen in dieser Jahreszeit.« Sein Blick glitt über die Felder; er wandte ihr den Rücken zu. Sie zitterte vor innerer Erregung.

»Wie ist das«, sagte er, »müßten jetzt nicht schon Leute auf den Feldern beim Hacken sein? Ich habe bisher nicht einen einzigen Schwarzen gesehen.«

»Ich brauche nur noch wenig Arbeiter draußen«, versetzte Eleanor; »sie werden nicht mehr benötigt.«

»Wieso?« fragte er verblüfft. Bevor sie noch antworten konnte, stieß er einen grunzenden Laut aus. »Was ist denn da drüben für ein greuliches Ungetüm auf dem Feld, das so viel Staub aufwirbelt?«

»Das ist eine Bodenbearbeitungsmaschine«, sagte Eleanor stolz. »Sie ist es, die uns die vielen Neger auf den Feldern erspart.«

Er wandte sich ihr zu und hatte ein kleines erstauntes Lächeln um die Lippen: »Damit werde ich mich dann ja wohl abfinden müssen. Sonderbar sieht so ein Ding aus, wie?«
»Ich habe dir doch geschrieben, daß wir die Maschinen anschafften?«
»Wie? Ja, ich glaube. Aber ich habe mir das wohl etwas anders vorgestellt. Komisch, was? Komische Ungeheuer!«
»Sie arbeiten wundervoll.«
»Davon bin ich überzeugt. Ich habe nirgendwo so großartige Baumwolle gesehen.« Sein Blick glitt schon wieder über die Felder. »Was, um alles in der Welt, sind das für kleine weiße Häuser mit grünen Einfassungen, da oben am Strom?«
»Die Neger wohnen da.«
»Heiliger Rauch! Willst du sagen, das seien die Arbeiterquartiere?«
»Aber ja.« Sie nickte. »Wir haben keine einzige baufällige Hütte mehr. Die Häuschen sind ganz modern eingerichtet, mit Zwischenwänden und so.«
»Erstaunlich!« sagte Kester. »Ich wette, jeder Schwarze hat inzwischen ein Loch in die Haustür geschnitten, damit die Katze herein kann.«
»Sie haben tatsächlich allerlei Unfug dieser Art versucht«, lächelte Eleanor. »Aber wir haben das schnell abgestellt.«
»Oh!« sagte er. »Das hätte ich nicht getan.«
»Wieso?«
»Wenn die Leute durchaus Moskitos im Haus haben wollen und glücklich dabei sind, warum soll man ihnen die Moskitos nicht lassen? Solange sie arbeiten, ist es ja nicht unsere Sache, wie sie sich wohl fühlen.«
Was sollte sie dazu sagen? Sie lachte ihn an. Das Auto bog durch das Parktor in die Allee ein. »Ardeith!« sagte Kester; seine Stimme zitterte ein wenig. Seine Blicke schweiften umher und seine Augen leuchteten. Plötzlich war ein verwundertes Zucken darin. »Was ist denn mit den Eichen geschehen?« fragte er, »ich hatte sie anders in der Erinnerung.«
»Sie sind verschnitten worden«, sagte Eleanor, »ich habe ein paar Spezialgärtner zu diesem Zweck kommen lassen.«
»Ach!« sagte er. »Und wie sieht denn der Rasen aus? So – ja, ich weiß nicht – so verdammt vornehm sozusagen.«
»Es war alles so schrecklich verwildert. Ich habe einen Landschaftsgärtner beauftragt, Ordnung hineinzubringen.«
»So«, sagte er leise, »Ordnung! Ja – ordentlich sieht es aus.«
Das Auto hielt vor der Verandatreppe. Kester sprang heraus. Auf der Galerie ertönte ein Aufschrei; Cornelia hatte mit Philip probeweise »Vater«-Sagen geübt, jetzt, als Kester auf sie zusprang, schrie sie auf: »Vater!« und sprang jauchzend vor Glück in die Höhe. Auch Philip zeigte sich aufgeregt, obgleich er seinen Vater noch nie mit Bewußtsein gesehen hatte, aber Eleanor hatte ihm so viel von Kester erzählt, daß er vor Erwartung, den wundervollen Mann, der da kommen sollte, zu sehen, fieberte. Kester hielt schon beide Kinder auf den Armen, auf jedem eins.
»Schau, mein neues Kleid!« sagte Cornelia, »es ist rot getupft und hat eine Schärpe.«
»Baby, was bist du gewachsen!« rief Kester aus; »Philip, weißt du überhaupt, wer ich bin?«
»Soldat!« sagte Philip, »Vater!«
Er trug sie beide ins Haus. Eleanor folgte ihnen. Sie fand Kester gleich darauf im Wohnzimmer auf dem Fußboden liegend, einen offenen Korb neben sich, aus dem er einen Haufen Puppen und Spielsachen aller Art herauskramte, daß die Kinder sich vor Glück nicht zu fassen wußten. Auch Eleanor lächelte glücklich. Die Kinder

waren so hübsch und so gesund; jeder Vater würde stolz auf sie sein, und Kester war es gewiß. Als sie schließlich davonsprangen, um Dilcy ihre Schätze zu zeigen, stand Kester auf. »Spaßig, was für kleine Persönlichkeiten aus den Babys geworden sind«, sagte er. »Cornelia ist, glaube ich, das niedlichste Kind, das ich jemals gesehen habe.«

»Ich glaube«, lächelte Eleanor, »aber sie weiß das auch. Nur etwas macht mir ein wenig Sorge. Ich habe zuweilen den Eindruck, sie sieht nicht gut. Hoffentlich muß sie nicht einmal eine Brille tragen.«

»Oh!« sagte er betroffen.

»Nun, es mag sein, daß ich mich irre«, schwächte Eleanor ab, »wie findest du Philip?«

»Ein prachtvoller kleiner Bursche! Ich werde mich mächtig anstrengen, mir ihre Freundschaft neu zu erwerben.«

Sie hakte ihn ein und zog ihn fort.

»Komm, Kester«, sagte sie, »ich muß dir so viel zeigen; ich weiß kaum, wo ich anfangen soll.«

Er sah sich mit brennenden Augen um. »Ardeith!« flüsterte er. »Ich möchte jedes Zimmer sehen, jeden einzelnen Stuhl. Laß uns Cameo sagen, er soll das Gepäck nach oben bringen.« Er tat einen Schritt auf die Wand zu, blieb stehen und wandte sich um. »Nanu«, sagte er, »wo ist denn die Glockenschnur?«

»Auf dem Boden.« Sie ließ seinen Arm fahren und ging zu einem mit schwarzen Knöpfen versehenen rechteckigen Kasten an der Wand einer Zimmerecke. Sie nahm den Telefonhörer ab und drückte auf einen Knopf. »Cameo möchte Mr. Kesters Koffer in sein Zimmer bringen«, sagte sie. »Und Mammy soll Kaffee machen und hinaufschicken. Wir sind in wenigen Minuten oben.«

Kester starrte sie an: »Was, in Gottes Namen, ist das für ein Ding?«

»Ein Haustelefon. Es erspart der Dienerschaft manchen unnützen Weg. Komm mit.«

Sie führte ihn durch das Haus, zeigte ihm die überall angebrachten Knöpfe und Schalter und die Rechenmaschine in seinem Arbeitszimmer. Kesters Verblüffung wuchs von Minute zu Minute; sonderbare Schatten flogen über sein Gesicht.

»Für die Küche und für die Waschküche wirst du dich ja nicht weiter interessieren«, sagte Eleanor, »aber einen Blick hineintun sollst du doch.«

»Warum nicht – natürlich!« sagte Kester verwirrt.

Eleanor öffnete die Küchentür. Kester starrte auf die weißgekachelten Wände, auf die Gardinen vor den Fenstern, auf den blitzenden elektrischen Herd, hinter dem Mammy präsidierte.

»Ein – Restaurant!« stammelte Kester, und die Unruhe in seinem Gesicht wuchs.

»Mächtig feine Sachen wir jetzt haben, Master Kester«, sagte Mammy und fletschte die Zähne.

»Wahrhaftig, das habt ihr!« sagte Kester. »Kannst du denn auf so einem Ding kochen, Mammy? Ich meine: kochen, wie du es gewöhnt bist?«

»Oh, gut, Sir!« strahlte Mammy. »Zuerst es war komisch, aber dann – es ist mächtig fein und sehr sauber, wenn man ist gewöhnt. Ganz hohe Klasse, Master Kester!«

»Du wirst ja wahrscheinlich recht haben«, murmelte Kester. Er ging mit Eleanor in die Halle zurück. »Gefällt es dir denn nicht?« fragte Eleanor, ein wenig befremdet.

»Warum? Doch, natürlich«, sagte Kester. »Nur, es ist alles so neu. Als wäre ich an einen ganz fremden Ort gekommen. Ich werde mich schon daran gewöhnen; Mammy hat sich ja auch daran gewöhnt.«

Sie gingen die Wendeltreppe hinauf und betraten Kesters Schlafzimmer. Eleanor drückte auf den Knopf, der den verborgenen Luftfächer in Bewegung setzte. Kester starrte darauf, als sähe er ein Fabelwesen. »Ich kann noch nichts sagen«, murmelte er. »Ich bin noch zu verblüfft. Ich komme mir vor wie ein Ackerpferd vor einem Dogcart.«

Sie lachte. Kester durchquerte das Zimmer und öffnete die Tür zum Badezimmer. »Um der Liebe Gottes willen!« schrie er auf, »das ist doch nicht etwa meins?« »Natürlich ist es dein Badezimmer. Da, schau!« Sie drückte wieder auf einen Knopf. Er starrte auf ihre Hand, als sähe er den Kunststücken eines Zauberkünstlers zu. Eine Bürste kam aus der Wand heraus und drehte sich mit kreisender Bewegung. Sie zeigte ihm, wie er den Fuß unter die Bürste halten müsse, um sich die Schuhe reinigen zu lassen, ohne sich bücken zu müssen. Sein Gesicht war ganz leer. Sie zeigte ihm die funkelnden Hähne, die Spiegel mit der indirekten Beleuchtung und die Brauseeinrichtung. Er stand in der Mitte des großen Raumes und starrte auf all die Pracht, wie ein Kind, dem ein Spielzeug geschenkt wurde, dessen Mechanismus es nicht begreift.

»Und all dieser Zauber, nur um ein Bad zu nehmen?« murmelte er. »Hast du auch so einen Badesalon?«

»Doch«, nickte sie stolz. Ihr Badezimmer sei ähnlich eingerichtet. Er könne es sich später ansehen.

Es klopfte. Cameo trat ein und trug ein Tablett mit Kaffeegeschirr. Es war das alte Silberservice. »Ich kann eine Tasse Kaffee gebrauchen«, sagte Kester, »mein Kopf ist vollkommen leer.«

Sie setzten sich an das Tischchen neben seinem Bett, und Eleanor goß den Kaffee ein. »Sag mir nun, was du von den Veränderungen hältst, Kester« bat Eleanor.

Er sah sie an; sein Gesicht war ganz ausdruckslos. »Ja«, sagte er, »ich bin noch zu überrascht. Wahrscheinlich ist das alles sehr bequem. Du wirst mir schon nach und nach beibringen, wie ich mit all dem Zeug umzugehen habe.«

»Ach, das ist alles sehr viel einfacher, als es aussieht«, versicherte Eleanor, »wir sparen sehr viel Zeit.«

Kester strich mit behutsamen Fingern über den Henkel der silbernen Kaffeekanne. »Schön, das alles wiederzusehen«, sagte er leiser. »Schön hier zu sitzen und Mammys Kaffee zu trinken; sie macht den besten Kaffee der Welt. – Aber was ist denn das?« Er brach ab und starrte auf die Kanne.

»Was denn, Lieber? Was hast du?«

»Wo ist denn der Sprung in der Kanne?«

»O ja, das! Du hättest mich beinahe erschreckt. Ich habe die Kanne ein wenig verengen lassen; du siehst den Sprung nun nicht mehr.«

»Nein«, flüsterte er, »ich sehe ihn nicht mehr. Du hast sie verengen lassen.« Er setzte mit einem plötzlichen Ruck die Kanne zurück und stand auf. »Eleanor, laß mich allein«, sagte er, mit einem sonderbar rauhen Klang in der Stimme. »Bitte, ja? Ich möchte mich noch vor dem Essen waschen.«

»Oh, meinst du? Nun gut.« Sie stand ebenfalls auf. »Soll ich dir nicht helfen, deine Sachen auszupacken?«

»Nein, danke. Ich mache das selbst.«

Sie wandte sich ab; er starrte durch das Fenster auf den veränderten Garten »Kester, was hast du denn?« fragte sie.

»Nichts«, sagte er. »Ich fühle mich schmutzig von der langen Fahrt. Und ich bin auch ausgehungert. Was werden wir zum Essen bekommen?«

Sie lächelte schon wieder: »Flußgarnelen, gefüllte Krebse und Reis!«

»Ah! Ausgezeichnet! Und gibt es danach etwa gar – ich wage es nicht auszudenken – Ananastorte?«

»Ja«, lachte sie, »die gibt es.«

Kester sah sich um. »Wenn ich mir das vorstelle: Ananastorte – gefüllte Krebse und Flußgarnelen in einem Hause mit – dem Badezimmer da –«; er brach ab und begann zu lachen.

»Was ist denn so spaßig daran?« fragte sie.

»Nichts, Eleanor. Ich freue mich nur auf das Essen. Sage Mammy, sie möchte sich beeilen. Ich werde in wenigen Minuten unten sein.«

Eleanor ging hinaus und schloß die Tür hinter sich. Sie ging durch die Halle und blieb einen Augenblick bei der Wendeltreppe stehen. Sie konnte hören, wie er in seinem Zimmer hin- und herging. Von unten tönten die Stimmen der Kinder herauf.

In ihr war ein Gefühl der Leere. Es war sonderbar. Sie hatte sich Kesters Heimkehr ganz anders vorgestellt. Er hatte nichts gesagt oder getan, was das fade Gefühl rechtfertigte, das sie hatte, aber irgend etwas schien nicht zu stimmen. Sie ging langsam die Treppe hinunter.

»Nichts ist im Grunde so großartig, wie es dir erscheint«, hatte ihr Vater damals gesagt, als sie sich darauf versteifte, Kester Larne zu heiraten. Sie mußte plötzlich an diese Worte denken. Er ist noch zu voll von all dem Neuen, um jetzt schon etwas dazu sagen zu können, entschuldigte sie Kester vor sich selbst. Ich bin wahrscheinlich etwas überreizt und leide an Einbildung.

Kester beugte sich oben über die Balustrade und rief ihr nach. »Eleanor«, sagte er, »hast du jemand für heute eingeladen?«

»Wieso? Nein!« Sie stand unten am Fuß der Treppe und sah hinauf. Sie fühlte sich von einer Woge der Enttäuschung überflutet: er wollte den ersten Abend nicht allein mit ihr verbringen?

»Oh, ruf sie gleich an: Neal und Bob und Violet und die anderen. Du weißt schon!« rief Kester herunter. »Ich möchte sie alle da haben.«

»Gut, ich rufe an«, sagte Eleanor.

Er ging in sein Zimmer zurück und pfiff vor sich hin. Eleanor schüttelte den Kopf. Habe ich mich falsch benommen? dachte sie. Oder bin ich zu sentimental und bilde mir etwas Dummes ein? Sie fühlte, wie die Enttäuschung in ihr hochkroch.

2

Das Gefühl heimlicher Enttäuschung schwand auch während der nächsten Wochen nicht. Kester ritt mit ihr durch die Felder, lobte die Baumwolle und bewunderte die Verjüngung des Landes, aber niemals zeigte er die offene, jungenhafte Freude, die sie erwartet hatte. Er schien in einer Weise zerstreut, die sie nicht an ihm kannte. Während sie ihm den Arbeitsgang der Traktoren erklärte, sah sie, daß seine Augen sich abwandten und zum Strom hinüberblickten. Als sie ihm die neue Düngemaschine vorführte, fand er nur ein paar Phrasen, die sich in einem Artikel ganz gut ausgenommen hätten, in seinem Munde aber leer und fast teilnahmslos klangen. Er schien innerlich ganz woanders zu sein. Es war aber nicht Kesters Art, sich geistesabwesend zu zeigen, es war, im Gegenteil, eine seiner erfreulichsten Eigenschaften, daß er sich so in eine Sache vertiefen konnte, als existiere daneben nichts anderes auf der Welt. Sie wußte, wie sehr er jeden Winkel und jeden Klumpen Erde von Ardeith liebte; deshalb hatte sie als selbstverständlich vorausgesetzt, er werde alles im einzelnen prüfen und jeden Zipfel seiner Felder besuchen wollen. Sonderbarerweise schien ihm indessen gar nichts daran zu liegen. Er folgte ihr höflich, lobte sie nicht selten, wenn sie ihm etwas erklärte, aber nur sehr selten erlebte sie, daß er einen spontanen Freudenausruf von sich gab.

Eleanor hatte hier und da gehört, daß der Krieg bei manchen Männern, die aus Frankreich zurückkamen, nervöse Störungen hinterlassen hatte; es kam hie und da vor, daß einer, noch ganz im Banne des Vergangenen, nicht in das normale Leben zurückfinden konnte. Aber sie war sicher, daß das auf Kester nicht zutraf. Kester hatte von den schrecklichen Seiten des Krieges nur wenig zu sehen bekommen. Er machte daraus keinerlei Hehl, obwohl er überhaupt nicht gerne vom Krieg sprach. Die Freunde des Hauses waren des Lobes voll über ihn. »Ist Kester nicht großartig!« sagten sie immer wieder, »wie haben wir es nur die ganze Zeit ohne ihn aushalten können?« Wenn sie dergleichen hörte, lächelte Eleanor, um ihre steigende Unruhe zu verbergen. Ach ja, Kester war großartig, er war entzückend und liebenswürdig, und zwar unverändert gleichmäßig, ob er sich nun im intimsten Zusammensein mit ihr oder unter Freunden und Bekannten befand. Nur der alte Kester war es nicht.

Kein Zweifel: ihn quälte irgend etwas, er war unzufrieden mit ihr. Er sagte es nie, aber sie fühlte es. Er redete oft lange und weitschweifig, geradeso, als habe er seine eifrigste Zuhörerin zu lange entbehren müssen, aber immer war es, als befände sie sich mit ihm auf einem Bankett, wo es auserlesene Speisen und exquisite Weine gab und wo ihr Tischherr bereit war, ihr jeden Wunsch zu erfüllen. Nur die heimliche, leise Vertrautheit zwischen Mensch und Mensch kam nicht auf, in dieser Sphäre von Luxus und Amüsement. Bei ihrem ersten Zusammensein nach langer Trennung hatte es einen kurzen physischen Rausch gegeben; der war nicht von langer Dauer, und darüber hinaus schien es plötzlich, als hätten sie nur sehr wenig Gemeinsames.

Er behandelt mich wie eine Frau, der er den Hof machen muß! dachte sie verzweifelt; er versucht mich mit Galanterien und allerlei Redensarten einzulullen, ganz so, als wolle er unter allen Umständen verhindern, mich hinter die Barriere seines eigentlichen Lebens blicken zu lassen. Was habe ich ihm nur getan?

Wieder und wieder versuchte sie, die unsichtbare Kluft zu überbrücken, indem sie so tat, als ob diese Kluft gar nicht existiere. Sie redete von ihren gemeinsamen Freunden und erzählte, was die einzelnen während seiner Abwesenheit getan hätten, und er hörte liebenswürdig aufmerksam zu. Sie sprach über die Plantage, und er zeigte sich interessiert, aber wenn sie ihn in irgendeiner Angelegenheit um Rat fragte, bekam sie kaum mehr als ein höfliches: »Oh, mach nur!« zu hören. »Ich weiß kaum etwas davon«, sagte er dann wohl, »es ist alles so anders jetzt hier; ich fürchte, meine Vorstellungen sind zu altmodisch.«

»Du verstehst mehr von Baumwolle, als ich jemals verstehen werde«, protestierte Eleanor dann.

»Aber – tu nicht so, als ob du mir schmeicheln wolltest, Liebling!« versetzte er. »Du hast alles so großartig gemacht – du brauchst wirklich nichts, was ich dir sagen könnte.«

Eleanor kämpfte mit leidenschaftlicher Hingabe gegen die aufkommende Leere, aber sie drang nicht durch.

»Liebst du mich, Kester?« fragte sie.

»Honigkind, wie kannst du das fragen? Wenn dein Bild fünf Minuten aus meiner Brieftasche herauskam, dann nur, weil ich es meinen Kameraden zeigen wollte.«

»Liebst du mich heute noch ebenso wie damals?«

»Ich habe dich immer geliebt, ich liebe dich jetzt und ich werde dich immer lieben. Weißt du das wirklich nicht?«

»Doch, aber ich höre es gern, wenn du es sagst.« Ach, aber die Leere blieb.

Gewiß, er liebte sie, sie konnte nicht daran zweifeln. Als er eines Tages einen Kriegskameraden einlud, eine Woche auf Ardeith zu verleben, kam der Gast mit einem liebenswürdigen Lächeln auf Eleanor zu und sagte: »Und Sie sind Eleanor! Verzeihen Sie, aber ich kann nicht an Sie denken, ohne Sie beim Vornamen zu nennen, weil Ihr Name und Kesters Erzählungen in Camp Jackson sich zu einer festen Vorstellung verbunden haben.« Eleanor lachte; sie war glücklicher, als sie dem Fremden zeigen wollte.

Er möge sie ruhig weiter Eleanor nennen, sagte sie. Er plauderte von Kesters Beliebtheit im Lager. »Jeder liebte ihn«, sagte er, »aber ich glaube, Sie sind es gewöhnt, das zu hören.« Als Kester sich später entfernte, um einen besonderen Whisky für den Schlummerpunsch auszuwählen, sagte der Gast noch: »Ich habe nie einen Mann kennengelernt, der so stolz auf seine Frau gewesen wäre. Er wurde richtig ehrfürchtig, wenn er von Ihnen sprach.«

Sie veranstalteten am folgenden Abend ein kleines Fest. Kester spielte, offensichtlich erfreut, die Rolle des liebenswürdigen Gastgebers. Eleanor beobachtete ihn und verstand ihn nicht. Anderen Leuten gegenüber schien er völlig der alte zu sein. Nur ihr gegenüber war er verändert, schien er von einer sonderbaren Scheu befallen. Dabei schien nicht einmal Absicht dahinterzustecken; es sah ihm im Gegenteil so aus, als sei er überzeugt, sie merke nichts von einer Veränderung. Und doch fühlte sie: er wollte irgend etwas von ihr, etwas, das sie ihm nicht gab und von dem er wohl glaubte, es sei zwecklos, danach zu fragen.

Am Ende des Sommers war Eleanor nahezu verzweifelt, angesichts seiner undurchdringlichen Liebenswürdigkeit. Sie hatte gedacht, daß die reifen Felder, strotzend von einer Ernte, wie er sie nie zuvor in Ardeith erblickt hatte, ihn aufleben lassen würden, aber Kesters Bewunderung erschöpfte sich in allgemeinen höflichen Redensarten; keines seiner Worte bot eine bestimmte Angriffsfläche, und doch – der alte Kester hätte sich ganz anders geäußert. Er nahm nicht wie früher eine aufgebrochene Baumwollkapsel in die Hand und streichelte sie, als handele es sich um das Haar einer geliebten Frau. Er schien überhaupt für nichts wirklich erwärmt, es sei denn für die kleinen Partys, die er häufiger als sonst zu veranstalten pflegte. Und er trank viel, sehr viel mehr als früher. Sie sagte nichts dazu, aus Furcht, die heimliche Kluft noch zu erweitern, aber sie sah es mit Sorge. Das einzige Ereignis, das ein etwas tieferes Interesse bei ihm erweckte, war Cornelias Schulanfang. Überhaupt schien er viel Freude im Umgang mit den Kindern zu empfinden. Eleanor sah es mit leisen Neidgefühlen. Sie wandte ihre Aufmerksamkeit seufzend der Arbeit zu; die Baumwolle mußte eingebracht werden.

Baumwollpflücker zu bekommen, machte in diesem Jahr keine Schwierigkeiten; im Gegenteil: der Ansturm der zurückgekehrten ehemaligen Soldaten führte sehr bald zu einem Überschuß an Arbeitskräften, und Wyatt bekam sehr viel mehr Angebote, als er berücksichtigen konnte. Die Baumwolle stand noch immer hoch im Kurs, weil der größte Teil der vorjährigen Produktion noch mit Nitraten behandelt worden war und weil überall in der Welt ein empfindlicher Mangel an Kleidungsstücken und Wäsche herrschte. Als Eleanor insgeheim errechnete, mit welchem Erntegewinn sie vermutlich rechnen könnten, kam wieder eine leise Hoffnung in ihr auf, sein tieferes Interesse wecken zu können. Sie konnte sich nicht denken, daß Kester seiner Plantage gegenüber gleichgültig bleiben könnte; deshalb freute es sie, daß jetzt ein Problem auftauchte, bei dem sie seinen Rat brauchte. Der Krieg war vorüber, die riesige Nachfrage nach Baumwolle würde bald nachlassen, man würde deshalb vernünftigerweise darüber nachdenken, ob man nicht Teile der Plantage mit anderen Erzeugnissen bestellen solle. Eines Nachmittags nach dem Essen kam sie auf die Frage zu sprechen.

»Was meinst du«, sagte sie, »sollten wir es jetzt nicht einmal mit der Gemüsegärtnerei versuchen? Welche Gemüse wachsen denn hier am besten?«

»Oh«, sagte er, »vielleicht Erdbeeren.«

»Erdbeeren«, wiederholte sie. »Was meinst du: wäre es nicht vielleicht gut, es mit verschiedenen Dingen gleichzeitig zu versuchen? Wahrscheinlich müßten wir dabei zunächst mit einigem Verlust rechnen, aber das könnten wir uns augenblicklich wohl leisten.«

Er lächelte etwas dünn: »Können wir es uns nicht mehr leisten, bei der Baumwolle zu bleiben?«

»Oh, natürlich könnten wir. Nur, der Grund ist nicht einzusehen. Die Baumwollpreise werden fallen. Ich bin ziemlich überzeugt, daß wir auf die Dauer mit anderen Produkten besser fahren. Würde es dir nicht Spaß machen, ein wenig zu experimentieren?«

»Aber du hast jetzt das ganze Land auf Baumwolle eingerichtet. Und wir können leben dabei, und zwar gut. Selbst dann, wenn der Baumwollpreis auf zehn Cents runtergehen sollte.«

»Gewiß«, sagte sie, »aber es ist kein Sinn dabei, es dabei bewenden zu lassen, wenn wir nicht müssen.«

Sein Lächeln war undurchsichtig. »Ich weiß nicht. Ich finde es durchaus sinnvoll, sich das Leben angenehm zu machen, wenn man kann.«

»Aber da ist so viel, was wir tun *könnten*, Kester«, sagte Eleanor ratlos. »Es ist so aufregend, zu arbeiten, Risiken einzugehen, zu planen, zu organisieren und dann allmählich zu sehen, wie es wird, und sich schließlich belohnt zu sehen, wenn man es richtig gemacht hat.«

»Wenn du daneben nur noch Zeit für die wichtigen Dinge behältst«, versetzte Kester, immer noch mit dem gleichen undurchdringlichen Lächeln. »Versuch die Umgestaltung meinetwegen, wenn es dir Spaß macht. Pflanze Erdbeeren, und zwar so früh wie möglich, damit du den Februarmarkt noch erreichst. Und laß dich nicht auf Feigen ein. Feigen sind schwer zu verschiffen, das lohnt auf die Dauer nicht. Versuche es mit – ja – mit Kopfsalat, Kohl, Sellerie, Mais, Schalotten, Rüben – es wächst alles ziemlich gut hier bei uns.«

Sie sah ihn kopfschüttelnd an. »Wenn du so viel davon weißt«, sagte sie, »warum versuchst du es nicht selbst? Ich verstehe das nicht. Wir können wahrscheinlich ohne Schwierigkeiten reich werden.«

Sein Lächeln wurde noch dunkler: »Du möchtest sehr gerne reich sein, wie?« sagte er.

»Natürlich möchte ich das. Wer, um alles in der Welt, möchte das nicht?«

Er kam zu ihr herüber, beugte sich über sie, strich ihr Haar von den Schläfen zurück und küßte sie. »Du bist eine merkwürdige Person«, sagte er. »Du bist anders als irgend jemand, den ich sonst kenne und jemals gekannt habe.« Er wandte sich ab: »Es ist schrecklich heiß. Ich denke, ich werde Cameo einen ›Tom Collins‹ machen lassen.«

»Ich werde es bestellen.« Eleanor gab den Auftrag durch das Telefon. Sie hätte ihn am liebsten gescholten, weil er so viel trank, aber sie fürchtete sich, ihn zu erzürnen. Und doch war es ihr, als vermöchte sie selbst einen seiner Zornausbrüche leichter zu ertragen als diese höfliche, nichtssagende Teilnahmslosigkeit, die er zur Schau trug.

»Ich fahre in die Stadt«, sagte sie abrupt, »ich muß ein paar Besorgungen machen.«

Sie holte das Auto aus der Garage und fuhr die Allee hinunter. Als sie in die Uferstraße einbog, begann sie langsamer zu fahren. Sie hatte keine Besorgungen zu machen. Sie fuhr nur, ziel- und ruhelos; sie war dem Winde dankbar, der ihr durchs Haar strich, und fragte sich immer und immer wieder: Was habe ich getan? Was hat er? Warum liebt er mich nicht mehr? Sie fand keine Antwort auf die brennenden Fragen.

Nachdem die Baumwolle in Ballen verpackt war, kam Wyatt, um Eleanor Bericht zu erstatten. Eleanor traf ihn auf der Veranda; er schien munterer als sonst und hatte, ganz gegen seine Gewohnheit, den Hut etwas nach hinten geschoben.
»Da hätten wir das Ergebnis, Mrs. Larne«, sagte er, ihr seinen Abschlußbericht überreichend. Er trat zurück, ihre Stellungnahme erwartend.
Eleanor sah auf die Zahlen vor ihren Augen und begann zu keuchen. Die Ernte ergab in der Gesamtheit dreizehnhundertsechsundzwanzig Ballen.
»Großartig!« rief sie aus.
»Ja, Madam«, sagte Wyatt, »es ist, glaube ich, nicht schlecht.«
»Ausgezeichnete Arbeit, Wyatt!« Sie schüttelte ihm warm die Hand.
Wyatts Gesicht faltete sich zu einem kleinen Lächeln, in dem etwas von heimlichem Stolz stand.
»Ich glaube, wir können wirklich ganz zufrieden sein, Madam.«
Eleanor sah ihn an. »Ich denke, Wyatt, das verdient eine Prämie«, versetzte sie.
»Meinen Sie wirklich, Mrs. Larne?«
»Ganz gewiß meine ich das. Sollen wir sagen: einen Dollar pro Ballen?»
»Wenn Sie denken«, sagte Wyatt, »es wäre sehr anständig von Ihnen.«
»Warten Sie eine Minute. Ich möchte das meinem Mann sagen.« Sie lief zur Tür und rief hinein: »Kester, komm doch mal, bitte.«
»Was gibt's hier für eine Aufregung?» fragte Kester, auf die Veranda heraustretend. »Hallo, Wyatt!«
»Guten Morgen, Mr. Larne. Schönes Wetter!«
»Kester«, rief Eleanor aus, »weißt du, was wir geschafft haben dieses Jahr? Dreizehnhundertsechsundzwanzig Ballen.«
»Heiliger Rauch!« sagte Kester. Er lächelte Wyatt beglückwünschend zu. »Ich sehe, Sie sind noch tüchtiger, als meine Frau mir schon immer sagte.«
Wyatt, aufgelockert wohl durch das Prämienversprechen, zeigte sich gesprächiger als sonst. »Ich möchte nicht das ganze Lob für mich in Anspruch nehmen, Mr. Larne«, sagte er. »Nicht mehr als allenfalls ein Drittel davon. Denn ich muß Ihnen sagen, ich habe nie eine Frau gesehen, die Leistungen vollbringt, wie diese Dame hier.« Er wies auf Eleanor.
»Ja, sie ist großartig, wie?« lachte Kester.
»Sie ist bei Gott ohne Beispiel. Dreizehnhundertsechsundzwanzig Ballen!« Wyatt blickte sich um, als wolle er ganz Ardeith in sich hineintrinken. »Nicht schlecht für eine Plantage, die noch vor sechs Jahren kaum achthundert Ballen produzierte«, sagte er.
»Wahrhaftig nicht schlecht«, sagte Kester trocken.
»Gehen Sie noch nicht«, rief ihm Eleanor zu. »Ich will gleich den Scheck für Sie ausschreiben.« Sie eilte ins Haus. Als sie nach einer kleinen Weile herauskam, mit dem Scheck in der Hand, stand Kester, gegen eine der Säulen gelehnt, in freundschaftlichem Gespräch mit dem Aufseher Wyatt schien offensichtlich angeregt und erfreut, mit Kester plaudern zu können.
»– – – durch den Staat Louisiana«, sagte er gerade. »Es geht ihr ausgezeichnet da unten. Sie hat für dieses Jahr ein Stipendium bekommen. Ich fand das großartig. Es handelt sich schließlich um eine große, bedeutende Universität.«
»Über wen sprecht ihr denn?« fragte Eleanor.

Wyatt sah, etwas verlegen anscheinend, zu Boden. »Ach«, sagte er, »es handelt sich um meine Tochter.«

»Oh!« Sie sah ihn überrascht an. Sie erinnerte sich jetzt, einmal ein junges Mädchen in der Nähe seines Hauses gesehen zu haben; sie hatte das gleich wieder vergessen damals, und sie hatte nie mit ihm über seine etwaige Familie gesprochen. »Bitte«, sagte sie, »hier ist der Scheck. Ich danke Ihnen noch einmal für Ihre vorzügliche Arbeit.«

»Ich danke Ihnen, Madam«, sagte Wyatt.

Sie setzte sich auf die oberste Treppenstufe und begann ihm Instruktionen zu geben. Er sollte noch vor Beginn der Winterarbeit die Traktoren überholen lassen. Kester hörte einen Augenblick zu und entfernte sich dann.

Er ist mit jedermann intimer als mit mir, dachte Eleanor, während sie mit Wyatt über die Traktoren sprach. Dreizehnhundertsechsundzwanzig Ballen Ernteergebnis nötigten ihm nicht mehr als ein höfliches Lächeln ab; er schien sehr viel interessierter, als er sich mit Wyatt über dessen Tochter unterhielt, die ein Stipendium bekommen hat. Wenn Wyatt so stolz auf seine Tochter ist, warum hat er mir niemals etwas von ihr erzählt? Was habe ich Kester getan? Was habe ich überhaupt hier anders getan als gearbeitet bis zum Zusammenbruch? Ich habe Ardeith zur besten und ertragreichsten Plantage in ganz Louisiana gemacht!

»Danke, es ist alles!« sagte sie kurz, Wyatt verabschiedend. »Wenn mir sonst noch etwas einfällt, rufe ich Sie an.«

Beim Abendessen war Kester gesprächiger und amüsant. Als sie später hinaufgingen, um den Kindern »Gute Nacht« zu sagen, erzählte er ihnen noch eine Geschichte, die sie in ausgelassene Lustigkeit versetzte. Wenigstens Cornelia und Philip gegenüber schien er unverändert.

»Hast du jemand für den Abend eingeladen?« erkundigte sich Eleanor, als sie das Kinderzimmer verließen. – »Nein, ich glaube nicht.«

»Dann komm doch noch in mein Zimmer«, bat sie, »ich möchte gern noch mit dir reden.«

»Gut«, sagte er, »ich wollte auch schon immer einmal mit dir sprechen.«

Sie freute sich über seine Bereitschaft. Im Zimmer brannte ein kleines Feuer, hauptsächlich aus dekorativen Gründen, denn es war noch nicht sonderlich kalt. Sie setzte sich an den Kamin, und Kester nahm einen Reiseprospekt aus der Tasche.

»Das kam heute per Post«, sagte er, »da wird eine Kreuzfahrt durch Mittelamerika veranstaltet. Sie soll sechs Wochen dauern. Würdest du nicht gerne mal Ferien machen?«

»Oh, furchtbar gern!« rief sie aus, glühend vor Freude. Wenn sie jetzt gemeinsam an den Golf führen, in Freiheit und Untätigkeit, würden sie offen miteinander reden können. Vielleicht fand sich dann wieder, was in ihrem Leben verlorengegangen war. »Ich würde mich schrecklich freuen«, setzte sie noch hinzu; »von mir aus könnten wir schon morgen fahren.«

»Das scheint eine sehr ordentliche Sache zu sein«, sagte Kester, in den Prospekt vertieft, »es handelt sich um ein schönes Schiff, und es ist beabsichtigt, in allen interessanten Häfen anzulegen.«

»Bitte, laß mich sehen.« Sie reichte hinüber und er gab ihr den Prospekt, der mit ansprechenden Bildern ausgestattet war. Aber sie sah gleich, daß das Schiff nicht vor dem 1. Februar New Orleans verlassen würde. Als sie das festgestellt hatte, sah sie auf. »Das ist ein bißchen spät«, sagte sie. »Mittelamerikareisen werden doch fortgesetzt veranstaltet. Es wäre schön, wenn wir uns schon an einer der nächsten Fahrten beteiligen könnten.«

Er zuckte die Achseln: »Warum? Das hier scheint eine wirklich schöne und interessante Fahrt zu versprechen. Und es ist doch auch früh genug. Du hast bei allen Dingen immer solche Eile. Den meisten Frauen wäre es nur lieb, ein paar Monate Zeit zu haben, um ihre Einkäufe zu tätigen und ihre Vorbereitungen zu treffen.«

Sie lachte: »Du Dummer! Ich kann alles Nötige in einer Woche einkaufen. Außerdem, wenn wir uns für diese Fahrt entschieden, würden wir im März nicht zurück sein, und das wäre für die Plantagenarbeit hier gerade die wichtigste Zeit.«

»Ja, du lieber Gott«, sagte er, »Wyatt ist doch da.«

»Wyatt ist Baumwollfachmann«, versetzte sie, »wir waren uns ja klar darüber, daß wir ein paar Experimente anstellen und es mit anderen Produkten versuchen wollten. Und da wäre es doch wohl notwendig, daß wir im März hier sind.«

Er zuckte die Achseln: »Ich hatte es vergessen.« Er nahm den Prospekt wieder an sich und steckte ihn in die Tasche.

»Ich werde gleich morgen nach New Orleans schreiben und anfragen«, sagte Eleanor, »es fährt sicher irgendein Schiff in den nächsten Wochen. Unsere Arbeit hier würde dann überhaupt nicht beeinträchtigt.« Sie lächelte zum Fenster hinüber. »Experimente sind meistens etwas kostspielig«, fuhr sie fort, »und da hat es wirklich keinen Sinn, die Gewinnchancen unnötig noch mehr zu verringern.«

Kester sah starren Blickes in das Feuer. Sich plötzlich ruckartig aufrichtend, sagte er: »Eleanor, denkst du eigentlich jemals an irgend etwas anderes als an Geld?«

»Wieso, Kester? Was heißt das?« Sie setzte sich und beugte den Oberkörper vor, »was meinst du mit dieser merkwürdigen Frage?«

»Ich meine, hast du jemals, seit ich wieder hier bin, an irgend etwas anderes gedacht als an das Geld, das du gemacht hast? Möchtest du nicht vielleicht doch einmal etwas anderes tun, als immer nur weiter Geld zu machen?«

»Ich – verstehe dich nicht«, sagte Eleanor langsam. »Bist du denn nicht froh, daß wir heute sozusagen wohlhabend sind?«

»Natürlich bin ich froh. Aber du wirkst nicht gerade gemütlich bei all der Wohlhabenheit. Du läßt das Geld wie ein Geizhals durch deine Finger laufen. Eleanor, was ist nur mit dir geschehen?« Er sah sie jetzt an, mit einem großen verwunderten und zugleich fordernden Blick.

Eleanor fuhr sich mit der Hand über die Stirn. »So«, sagte sie langsam, »das ist es also! Das ist der Grund, warum du mich nicht mehr liebst.« Oh, es war furchtbar. Ihre Verwirrung war noch größer als ihre Erbitterung.

»Ich liebe dich sehr«, versetzte Kester ruhig. »Aber ich liebe gewisse Dinge nicht, die anscheinend zu dir gehören; deine entsetzliche Leidenschaft, Geld machen zu wollen, liebe ich nicht. Ich leide unter der Vorstellung, daß für dich eine Bankabrechnung offenbar das einzig wichtige Ding auf der Welt ist. Oh, Eleanor, es ist mir im Grunde ganz gleichgültig, ob wir jetzt oder erst im nächsten Frühjahr verreisen, oder ob wir überhaupt hierbleiben. Aber ich zittere bei dem Gedanken, daß du bei allen Dingen, die du tust oder läßt, davon ausgehst, was es dich kostet. Ardeith ist jetzt so gut durchorganisiert, daß es auch ohne uns läuft. Warum kannst du es nicht einmal allein lassen? Du bist förmlich eingespannt in den Gedanken des Geldverdienens.«

»Warte eine Minute«, sagte Eleanor. Sie sprach langsam und gab sich verzweifelt Mühe, ruhig zu bleiben. »Kester, du verstehst das nicht«, fuhr sie fort. »Ich habe eine sehr lange Zeit hindurch keine Gelegenheit und keine Möglichkeit gehabt, an etwas anderes zu denken. Als du weggingst, waren die Schulden von Ardeith noch nicht zur Hälfte bezahlt. Ich hatte zwar außerordentlich hohe Preise erzielt, aber ich hatte auch mit der schlimmsten Arbeiterknappheit der Geschichte zu kämpfen. Ich mußte zu jeder Stunde, da ich nicht schlief, an Geld denken, um meine Aufgabe durchzuführen.«

»Aber du mußt es jetzt nicht mehr«, sagte Kester. »Wir schulden keinem Menschen auf Erden mehr einen Penny. Wir haben ein sehr gutes Einkommen, weit mehr, als wir jemals verbrauchen können.«

»Ja«, versetzte sie, »das alles ist richtig. Aber nun, nachdem wir den Sieg errungen haben, dürfen wir uns nicht wieder fallen lassen. Wir dürfen nicht wieder zurückgleiten und uns träumerischer Indolenz hingeben.«

»Niemand verlangt das von dir. Aber es hat ja wohl keinen Sinn. Du kannst nicht anders. Du mußt unausgesetzt so verbissen weiterarbeiten, wie du es während des Krieges getan hast, offensichtlich aus keinem anderen Grunde, als um mit aller Gewalt reich zu werden.«

Eleanor schüttelte den Kopf. Sie fühlte sich noch immer gekränkt, aber gleichzeitig empfand sie auch ein Gefühl der Erleichterung. Der Nebel hatte sich wenigstens gelichtet; sie wußte, woran sie war. »Aber Kester«, sagte sie, »ist es nicht unsere Pflicht, den Platz ordentlich zu verwalten? Du kannst doch nicht wollen, daß wir uns jetzt gehen lassen und eine Sache wie diese auf die leichte Schulter nehmen. Ich habe gern das Gefühl, eine Sache gut gemacht zu haben. Ich möchte die Ergebnisse meiner Arbeit sehen. Du weißt ja nicht, wie das hier alles war. Du warst ja nicht hier.« – »Du hast verdammt recht«, sagte Kester; er sprach mit fest zusammengepreßten Lippen, »ich war nicht hier!«

Sie stand auf: »Wenn du hier gewesen wärest – –«

»Wenn ich hier gewesen wäre, sähe Ardeith nicht so aus, wie es aussieht«, sagte Kester.

»Wie?« Sie sah ihn in grenzenloser Verblüffung an. »Bist du nicht zufrieden mit dem, was ich hier getan habe? Bist du nicht froh, Ardeith schuldenfrei zu sehen und all dein Eigentum zurückzuhaben? Denke doch, was Ardeith heute ist, verglichen mit dem, was es früher war.«

»Ich habe den ganzen Sommer über nichts anderes gedacht«, sagte Kester.

»Bist du nicht froh, daß alle Schuldbriefe und Hypotheken bezahlt sind?«

»Natürlich bin ich das.«

»Dann also: Was? Bitte, sag' es mir doch. Bist du nicht stolz? Liebst du Ardeith nicht mehr?«

»Lieben?« sagte er, und nun flogen dunkle Schatten über sein sonst immer heiteres Gesicht, »in Gottes Namen, Eleanor, wie kann man einen Platz lieben, der wie eine Fordfabrik aussieht?«

Er drehte sich um und ging zur Tür, während sie regungslos stehenblieb, atemlos vor Verwirrung. Mit der Hand auf der Türklinke fuhr er fort:

»So. Ich habe es dir nun gesagt. Ich habe es dir verschweigen wollen, und habe mir Tag für Tag, solange ich hier bin, selber den Befehl gegeben, nicht darüber zu reden. Aber nun magst du es wissen: Nein, es gefällt mir nicht, was du aus Ardeith gemacht hast. Ich hasse jeden Knopf und jeden Schalter und jede Maschine, die du hier anbringen ließest. Ich hasse dieses gottverdammte Badezimmer und deine Telefone und Rechenmaschinen. Das hier war ein wundervoller Fleck Erde, als ich ihn besaß. Ja, es war herrlich in Ardeith. Es war alt und versponnen und nobel und ein bißchen verschwenderisch in seiner Pracht und in seiner Lebensart; niemand arbeitete besonders viel und besonders gern, aber jeder hatte ein Gefühl, hier zu Hause zu sein und sich wohler zu fühlen als irgendwo auf der Welt. Jetzt ist das hier eine riesige gesichtslose Fabrik zur Erzeugung von Baumwollballen! Es ist entsetzlich!«

Er öffnete die Tür.

»Warte eine Minute«, sagte Eleanor.

Sie stand da und zitterte und hatte ein Gefühl, als habe ihr jemand mit der Peitsche ins Gesicht geschlagen. Es kostete sie eine ungeheure Anstrengung, ihr Temperament zu zügeln. Sie sagte:

»Ich bin sicher, du weißt nicht ganz, was du da gesagt hast, Kester. Deine malerische Art, die Plantage zu verwalten, hat sie bankerott gemacht.«

»Sie war bankerott ein Jahr vor dem Krieg. Aber dann begannen wir unsere Schulden abzuzahlen. Und wir hätten sie auf die alte Weise schließlich auch ganz abgezahlt.«

»Bei den Raten, die wir auf diese Weise hätten zahlen können, hätte es Jahre um Jahre gebraucht«, sagte Eleanor. »Auf meine Art ging es nicht nur unendlich viel schneller, wir haben darüber hinaus den Gewinn nahezu verdoppelt.«

»Ja, ich weiß«, versetzte Kester mit steigender Bitterkeit. »Und das alles hast du gemacht. Auf diese Weise hast du alles, was Ardeith warm und fröhlich und menschlich gemacht hat, herausgerissen. Hier war ein Ort, wo Generationen geboren wurden, lebten und starben. Du hast die letzte Spur der Menschen, die Ardeith geschaffen haben, die darin lebten und glücklich waren, getilgt. Sogar die alte Kaffeekanne meiner Urgroßmutter mußte in diesen Verwandlungsprozeß hinein. Du ließest den Sprung, den sie seit alten Tagen trug, daraus entfernen und nahmst ihr damit gerade das, was ihren Rang und ihre Bedeutung ausmachte.«

Eleanors Brust hob und senkte sich in tiefen Atemzügen; ihr Herz war schier gelähmt vor Zorn und Erbitterung.

»Ich glaube, du bist – ein Narr!« keuchte sie.

»Ja«, entgegnete Kester, »von deinem Standpunkt aus bin ich zweifellos ein Narr. Ein sentimentaler Narr. Und von einem Standpunkt aus bist du gleicherweise eine Närrin. Eleanor, Männer leben nicht nur vom Brot allein!«

Sie würgte die Worte heraus; ihre Kehle war zugeschnürt. »Ich dachte, du würdest dich an den Veränderungen freuen«, sagte sie. »Ich dachte, du würdest froh sein, dich reich und unabhängig zu wissen.«

»Ich lege gar keinen Wert darauf, niggerreich zu sein«, versetzte Kester kalt.

»Niggerreich?« Sie vermochte nun wirklich kaum noch zu sprechen, so würgte sie der Zorn.

»Ja«, wiederholte er, »niggerreich! Du hast ja wohl schon Schwarze gesehen, denen es gutging. Sie lieben dann rosa Seidenhemden und Hängelampen und Phonographen und allen möglichen Plunder; alles, was grell und laut ist – sieh mich nicht so an! Oder sieh mich an, wenn du willst, du sollst das jetzt hören. Bevor ich nach Hause kam, sah ich Postkarten, auf denen man Kriegsgewinnler karikiert hatte, selbstgefällig und fett; es hat mich gegraust, und ich hätte im Traum nicht gedacht, selbst einmal mit jemand dieser Art leben zu müssen.«

»Selbstgefällig – fett!« Eleanor war zu schockiert, um mehr sagen zu können. Ihre Hände verkrampften sich so fest ineinander, daß die Knöchel aus der straffen Haut weiß heraustraten.

»Es fehlt nur noch, daß du eine aufgehende Diamantensonne an der Brust trügest«, sagte Kester. »Glaubst du wirklich, daß irgendein Unterschied ist zwischen so einem Kriegsgewinnler und dir? Deine Maschinen und Apparaturen und Schalter und Knöpfe und deine ganzen prahlerischen Leistungen – sie widern mich an!«

»So«, stammelte sie, »das ist es, das ist es also, was du von mir denkst.« Sie hatte nicht mehr Atem genug, um schneller zu sprechen. »Das also ist der Lohn, den ich für meine Arbeit erhalte.«

»Ich weiß genau, wie schwer du gearbeitet hast. Deshalb wollte ich nichts sagen. Ich wollte nichts sagen.«

»Ich habe jede Minute gearbeitet, die ich wach zu bleiben vermochte«, sagte Eleanor. »Es war mir gleichgültig, ob ich müde war, ob ich zusammenbrach, ob ich mir eine Lungenentzündung holte und beinahe starb – ich tat das ja alles für dich!«

»Für mich?« Ein böses, gefährliches Lächeln stand in seinem Gesicht. »Ich bin bereit, mir eine Menge Unsinn von dir anzuhören, Eleanor«, sagte er, »aber versuche nicht, mir so etwas einreden zu wollen. Was du getan hast, hast du um deiner eigenen Selbstachtung willen getan. Du wolltest dir selber beweisen, daß du in der Lage seiest, eine fast übermenschliche Arbeit ohne jemandes Hilfe zu vollbringen. Wenn es dir darum gegangen wäre, die Plantage für mich zurückzugewinnen, dann hättest du mehr Gefühl für das aufgebracht, was mir lieb sein könnte. Du kennst mich doch gut genug; du hättest dir sagen können, daß ich an einem mechanisierten Musterbetrieb dieser Art keine Freude haben würde. Ich behaupte nicht, daß du nicht das Recht habest, nach deiner Art zu leben, du hast es ebenso, wie ich das Recht habe, nach meiner Art zu leben. Aber versuche nicht, mich glauben zu machen, daß du deine Arbeit für jemand, außer zu deinem eignen Vergnügen getan hast.«

»Und ich dachte, du würdest dich freuen«, stammelte sie, »ich dachte, du würdest dich freuen.«

»Auch das ist nicht ganz richtig. Du dachtest, ich würde dir Beifall klatschen. Alles, was du von mir wolltest, waren feierliche Zustimmungserklärungen. Ich habe mich bemüht, sie dir zu geben.«

Sie sah ihn von oben bis unten an. Kester stand gerade vor der halb geöffneten Tür, die Hände in den Jackettaschen. Er sprach zu ihr mit einem Lächeln auf den Lippen und in so leidenschaftsloser Grausamkeit, wie sie sie bisher nur ein oder zweimal an ihm erlebt hatte. Sie fürchtete gerade diese Haltung an ihm mehr als jede andere, die er etwa hätte einnehmen können.

»Es scheint, es hat dir gutgetan, mir das alles zu sagen«, flüsterte sie mit bebender Stimme.

»Ja«, sagte er, »es hat mich erleichtert. Ich habe es zu lange zurückhalten müssen.«

»Und warum hast du es mir nicht früher gesagt? In all der Zeit, wo ich vor Unruhe fast außer mir war, weil ich nicht wußte, was du vor mir verbargst?«

»Ich wußte nicht, daß du dir meinet- oder meiner Haltung wegen irgendwelche Gedanken machtest. Ich dachte, ich hätte deiner Tätigkeit hier laut genug applaudiert.«

»Aber *warum* hast du mir nicht gesagt, was du dachtest?«

»Ich konnte es nicht. Ich glaube, im äußersten Winkel meines Verstandes wußte ich, daß ich es nicht so weiterlaufen lassen dürfe, ohne etwas zu sagen, aber ich habe den Versuch, zu sprechen, immer wieder aufgegeben. Du tatest mir zu leid.«

»Ich tat dir leid?«

»Ja. Warum verstehst du das nicht? Du warst so zufrieden mit dir. Du dachtest, es wäre alles so wunderschön und in Ordnung.«

»Ja«, sagte Eleanor, »ich dachte auch so. Ich denke immer noch so. Ich habe gern Komfort und Bequemlichkeit um mich herum. Und ob du das nun liebst oder nicht, du wirst dich damit abfinden müssen.«

»So wie es ist, nicht«, entgegnete Kester. »Ich möchte mich wieder am Leben freuen können, und das kann ich nicht, wenn hier alles so bleibt, wie es jetzt ist. Ich werde dieses entsetzliche Badezimmer herausreißen und eine einfache weiße Einrichtung einbauen lassen. Ich werde dieses schreckliche Automobil gegen einen Wagen umtauschen, der nicht aussieht, als sei er bestimmt, für den Wohlstand eines Pfandleihers zu zeugen. Ich werde auf den Feldern von Ardeith hier und da wieder in alter Weise Wassermelonen pflanzen und sie von schwarzen Kindern am Uferdamm essen lassen. Und solange wir hier leben, werde ich mich nicht darum kümmern, ob sich der Gewinn in zwei gleiche Teile teilen läßt. Ich werde Ardeith wieder in die Hand nehmen und werde wieder das daraus machen, was es war und was es seiner Geschichte und seinem Wesen nach sein soll: eine alte Baumwollplantage am Strom.«

Sie durchquerte das Zimmer, kam dicht auf ihn zu, sah ihm hart ins Gesicht und sagte: »O nein, das alles wirst du nicht tun.«

»So«, sagte er, »verlaß dich darauf, ich werde!«

»Du wirst nichts davon tun. Du bist jetzt an der Reihe zuzuhören.« Sie stand dicht vor ihm, sah ihn an und sprach mit ganz kalter, aber vor innerer Erregung bebender Stimme: »Ich habe den Preis für deinen unverantwortlichen Leichtsinn früherer Jahre bezahlt, und jetzt, nachdem ich es getan habe, soll ich mir schweigend deine Verachtung ins Gesicht sagen lassen? Ist es dir noch nicht einmal in den Kopf gekommen, darüber nachzudenken, daß diese Plantage mit jedem Schatten eines Rechtes *mir* gehört?«

Kester antwortete nicht, er starrte sie nur an. Sie fuhr fort, langsam, deutlich, jedes Wort vom anderen absetzend:

»Ganz ohne Zweifel ist es so. Als ich nach Ardeith kam, gehörte der Besitz nicht dir. Er gehörte der Südost-Wechselbank; die Leute haben dich aus Gnade hier leben lassen. Als sie dann drohten, sie wollten dich hinauswerfen, da ging ich an die Arbeit. Am Anfang hattest du mir zu erklären, was zu tun sei, aber sogar in jenem ersten Sommer arbeitete ich mehr als du. Als dann die Börse zusammenbrach, verkaufte ich die alten Möbel und veranlaßte Mr. Robichaux, den Schmuck als Sicherheit für unsere Zinsschulden anzunehmen. Als Papa mir den Zettel mit der Notiz über die Bedeutung der Schießbaumwolle schickte, telefonierte ich mit Sebastian und gab ihm den Auftrag, nicht zu verkaufen, während du eine Nacht bei Isabel Valcour verbrachtest. Ich bekam die Anleihe von Mr. Tonelli, die uns ermöglichte, in jenem Jahr das Land zu bestellen. Als du dann fandest, es sei spannender, in den Krieg zu ziehen als hier zu arbeiten und deine Schulden zu bezahlen, fandest du weiter kein Wort als die Bemerkung: ›du wirst das schon machen!‹ Und ich habe es dann gemacht! Wenn ich auf patriotische Dametees gegangen wäre, während du im Lager warst, dann wärest du nicht nach Ardeith zurückgekommen. Wenn dir die Art und Weise, wie ich meine Plantage bewirtschafte, nicht gefällt, dann tut es mir leid; du wirst dich damit abfinden müssen.«

Kester hatte ihr schweigend zugehört, ohne sich zu bewegen. Als sie jetzt eine Pause machte, bewegte er leicht den Kopf und die Schultern, zog die rechte Hand aus der Jackettasche und langte nach der Klinke hinter seinem Rücken.

»Du hast vollkommen recht«, sagte er mit leiser Stimme, »verzeih bitte, daß ich mich wie ein sehr undankbarer – Gast benommen habe.«

Er ging hinaus und schloß behutsam die Tür hinter sich.

Während er draußen die Halle durchquerte, lehnte sich Eleanor gegen den Türpfosten und zitterte. Sie hörte, wie er die Tür seines Zimmers öffnete, hineinging und die Tür hinter sich zuzog. In einer jähen Bewegung riß sie die des eigenen Zimmers wieder auf und verhielt unbeweglich im Rahmen.

Sie hörte, wie er sich in seinem Zimmer bewegte, Schranktüren öffnete und Schubladen herauszog. Plötzlich machte ihr Herz ein paar kleine heftige Sprünge; sie legte die Hände darüber, als könnte sie so das Klopfen abschwächen. Was hatte sie gesagt? War sie sehr grausam gewesen? Ihre Worte kamen ihr langsam ins Bewußtsein zurück, mit ihrer einfachen und unmißverständlichen Forderung, die kein Mann von Kesters Natur unbeachtet lassen konnte, wenn er sie vernahm. Die Wände begannen um sie herum zu wanken bei dem Gedanken, er könnte aus ihren Feststellungen die nüchternen Konsequenzen ziehen. Sie rannte quer durch die Halle und öffnete mit jäher Bewegung die Tür zu Kesters Zimmer.

Sie sah zwei geöffnete Koffer auf dem Fußboden, halbvoll mit einem Wirrwarr von Hemden, Schuhen und Pyjamas. Die Schubladen seiner Kommode standen offen, und Kester ging zwischen Kommode und Koffern hin und her, brachte Wäsche heran und stapelte sie zu Haufen. Als sie hereinkam, sah er flüchtig auf, unterbrach aber seine Tätigkeit nicht und sprach auch kein Wort.

»Kester«, sagte sie, »wohin willst du?«

»Ich weiß es wirklich noch nicht«, antwortete Kester. Er lag auf den Knien und tat seine Zahnbürsten in einen Behälter.

»Kester, ich habe es nicht so gemeint«, rief Eleanor. »Ich habe wahrhaftig nie im Traum daran gedacht – –«

»Ich hätte selber längst daran denken sollen«, entgegnete Kester ruhig. »Ich hätte mir sagen sollen, daß sechs Monate eine lange Zeit sind, freies Logis in Anspruch zu nehmen.«

Eleanor preßte die Hände so stark, daß sie das Knacken der Gelenke hören konnte. »Willst du mir nicht verzeihen, Kester«, sagte sie, »ich war so in Zorn – ich weiß kaum, was ich gesagt habe. Aber gewiß wollte ich nicht – dachte ich nicht, was du jetzt von mir glaubst.«

»Würdest du bitte hier weggehen, damit ich mein Jackett nehmen kann«, sagte Kester.

Sie tat einen Schritt beiseite. Mit einem leeren Blick sah sie, daß Kester das Jackett nach seiner Gewohnheit über einen vorspringenden Wandleuchter gehängt hatte. Er nahm es jetzt herunter, begann es zu falten. Eleanor blieb stehen, wo sie war, regungslos in der äußersten Hilflosigkeit, von der sie sich befallen sah. Kester fuhr fort, die Koffer zu packen. Er verstaute die Sachen ohne jede Sorgfalt; beispielsweise legte er die Schuhe neben die Taschentücher, so daß man sicher sein konnte, die Politur des Leders würde die Wäsche beschmutzen. Die fein gefältelten Hemden mußten bei dieser lieblosen Behandlung zerknüllen; es war nicht anzusehen. Eleanor hatte die Eingebung, zu sagen: Laß mich das tun, du wirst sonst niemals etwas finden, wenn du die Koffer öffnest! Aber sie sagte es nicht; sie sagte auch sonst nichts, sie stand einfach da und sah zu, wie er die Sachen durcheinanderwarf und schließlich die Koffer schloß. Er hatte so viele Dinge unordentlich durcheinandergestopft, daß die Verschlüsse nicht passen wollten; er mußte sein Knie dagegenstemmen, damit die Schlösser einschnappten. Danach zog er die Verschlußriemen zu. Als er fertig war, stand er auf, nahm in jede Hand einen Koffer und ging, an ihr vorbei, durch die Tür in die Halle.

Sie ging ihm nach; er war dabei, die Wendeltreppe hinunterzugehen.

»Kester«, sagte Eleanor, »Kester, ich sagte dir, daß es mir leid täte. Lieber, warum gehst du weg?«

Er setzte die Koffer ab, drehte sich um und maß sie mit einem kalten Blick von oben bis unten. Sein Gesicht war ganz ausdruckslos, nur in den Mundwinkeln war für einen Augenblick ein flüchtiges Zucken.

»Wenn du nicht ›arm' weiß' Pack‹ wärest«, sagte er langsam mit ruhiger Stimme, »dann würdest du mich das jetzt nicht fragen.«

Er nahm die Koffer wieder auf und ging die Treppe hinunter. Sie stand da, mit den Händen an der Kehle, die geschlossen war und sie so drückte, daß sie nicht schlucken und sich auch nicht rühren konnte; selbst das Atmen fiel ihr schwer. Sie hörte, wie unten die Haustür geschlossen wurde, und bald darauf das Geräusch des leise anfahrenden Autos.

Später in der Nacht brachte ein Neger das Auto zurück. Cameo, der auf das Läuten der Türglocke hin geöffnet hatte, brachte Eleanor einen Zettel.

»Es tut mir leid, daß ich dein Auto entleihen mußte«, stand darauf, »aber ich habe den Tank neu auffüllen lassen. Kester.«

ZWÖLFTES KAPITEL

1

Eine Woche lang hörte Eleanor nichts von Kester, dann erhielt sie einen Brief von ihm. Er teilte ihr in vier Zeilen mit, daß er auf dem Regierungs-Baumwollamt oberhalb des Stromes arbeite. Danach schrieb er nicht mehr. Sie wußte nicht, wollte er sie durch hartnäckiges Schweigen verletzen und demütigen, oder hatte er ihr nichts mehr zu sagen.

Eleanor hatte sich nie zuvor in ihrem Leben unsicherer, elender und unglücklicher gefühlt, sie hatte auch nie zuvor einen solchen Schlag gegen ihre Selbstachtung erhalten. Sie wagte nicht zu entscheiden, wer von ihnen den anderen am empfindlichsten verletzt habe, alles, was sie wußte, war: Kester hatte Ardeith verlassen, und sie wußte nicht, ob und wann er zurückzukehren gedachte.

Sie rief sich ihre letzte Unterredung in die Erinnerung zurück. Ach, sie hatte ihm harte und böse Dinge gesagt. Sie hatte ihn mit der kalten und harten Wahrheit verletzt wie mit einem Messer. Aber sie hätte das gewiß nicht getan, wenn er sie nicht vorher ebenso bitter verwundet hätte, und dies, obgleich er sie doch liebte. Er hatte sie über die Grenzen ihrer Geduld hinaus gepeinigt und verwundet: niemand konnte geduldig bleiben, bei seiner immer wiederholten Gewohnheit, eine moralische Verpflichtung durch Charme und Liebenswürdigkeit ersetzen zu wollen.

Immer, wenn sie soweit gekommen war, mit ihrem kläglichen Versuch, das Geschehene zu analysieren und die Ursachen des Zusammenbruchs bloßzulegen, hielt sie ein. Weiterdenken durfte sie nicht, denn sie liebte Kester, sie liebte ihn immer noch, trotz seines Leichtsinns und seiner gedankenlosen Oberflächlichkeit, die sie in die Verbitterung getrieben hatte, und sie wünschte nichts so sehr auf der Welt, als daß er zurückkehren möchte.

Sie versuchte, ihm einen Brief zu schreiben. »Die Kinder fragen ein dutzendmal am Tage nach dir«, begann sie, da stockte sie schon, und nach kurzer Überlegung zerriß sie den Brief. Es war wahr: die Kinder fragten nach ihm, aber sie durfte die Kinder nicht als Waffe benutzen; sie hätte sich selber verachten müssen, und er würde sie auch verachten, wenn sie die Kinder vorschöbe, um ihn zur Rückkehr zu bewegen. Sie beruhigte Cornelia und Philip immer wieder, indem sie ihnen sagte, der Vater käme bald wieder. Anderen gegenüber sagte sie offen, daß Kester auf dem staatlichen Baumwollamt oberhalb des Stromes arbeite, und sie sagte das so ruhig und unbefangen, daß sie für längere Zeit mit Fragen verschont blieb. So grub sie sich immer tiefer in Vereinsamung und Verbitterung hinein, bereit, über jedweden Gegenstand, nur nicht über die Dinge ihres persönlichsten Lebens zu diskutieren.

Langsam, vage und unbestimmt zunächst, aber deshalb nicht weniger quälend, wurde ihr dann bewußt, daß die Dinge den Bereich der privaten Sphäre längst schon verlassen hatten. Zunächst war das hin und her huschende Gerücht noch ein Spinngewebe, das man wegwischen konnte. Es ist nichts, dachte sie dann, es sind nur die Nerven, aber je mehr sich Vorgänge dieser Art wiederholen, je unsicherer wurde sie, und schließlich hatte sie das peinliche Gefühl, daß jedermann ihr innerstes Geheimnis teile und daß die meisten mehr davon wüßten als sie selber.

Sie ging in den Drugstore und sah Klara und Cousine Sylvia da sitzen und miteinander tuscheln, während sie an ihren Coca-Cola-Gläsern nippten. Als sie sich dem Tisch näherte, brach das Getuschel abrupt ab, und Sylvia rief, mit der Hand winkend: »Hallo, Eleanor!« – »Willst du nicht Platz nehmen?« setzte Klara hinzu.

Nein, sie wolle nicht, sie habe Eile, entgegnete Eleanor. Während sie eine Dose Cold Cream und eine Bürste für Philip kaufte – Philip hatte goldblonde, für einen Jungen ungewöhnlich lange Locken –, machte Sylvia eine nichtssagende Bemerkung über das Wetter. Eleanor streifte sie mit einem flüchtigen Blick und wunderte sich, warum Sylvia ihren fleckigen Nacken durch eine Halskrause noch besonders hervorhob, warum sie sich solche Mühe gab, jung zu wirken, obgleich sie es doch ganz offensichtlich nicht mehr war. Sylvia reagierte um eine Sekunde zu spät, um zu verbergen, daß sie Eleanor heimliche Blicke zugeworfen und sie beobachtet hatte.

Als sie nach Hause kam, ging Eleanor in die Küche, um eine Anweisung für das Abendessen der Kinder zu geben. Dilcy und Bessy standen dicht beieinander und tratschten; Eleanor hörte Dilcy durch die halb geöffnete Tür sagen: »Das glaube ich nicht; so war es nicht.«

»Aber die Leute sagen es«, antwortete Bessy. Als Eleanor dann eintrat, fuhren beide wie ertappt zusammen und machten sich gleich darauf mit großer Betriebsamkeit zu schaffen.

Eleanor hatte zugesagt, am folgenden Sonntagnachmittag nach Silberwald zu kommen; die Sheramys gaben einen kleinen Tee zu Ehren von Klaras Schwester, Mrs. Meynard, die aus Baton Rouge zu Besuch gekommen war. Sie ging auch hin, und die Stunden verliefen ruhig und ziemlich uninteressant, bis Mrs. Meynard einmal die Bemerkung einwarf: »Was macht eigentlich Isabel Valcour? Ist sie noch in der Stadt?«

»Ja«, antwortete Klara schnell, »sie ist noch hier«; dabei bekam sie einen roten Kopf und bestürmte gleich darauf Violet Purcell, sie möchte sich ans Klavier setzen und spielen. Hie und da wurde der gleiche Wunsch geäußert, und Eleanor hatte das peinliche Gefühl, als gehe es allen darum, etwas zu verdecken, oder von einem bestimmten Gegenstand abzulenken. Violet gab mit einem Zögern nach, das die Verlegenheit noch unterstrich, und Eleanor saß da, knabberte an ihrer Waffel und kam sich vor wie ein Ausstellungsobjekt. Sie segnetete heimlich Violets Selbstbeherrschung. Violet war eine patente Person, die kein Vergnügen darin fand, sich in die Angelegenheiten anderer Leute zu mischen.

Vorfälle dieser Art häuften sich und konnten von Eleanor schließlich nicht mehr übersehen werden. Aber was sollte sie tun? Um wenigstens die eigene Würde zu wahren, blieb ihr nichts übrig, als so zu tun, als bemerke sie nichts von alldem. Das Geschwätz, dessen Ausstrahlungswellen sie hier und da streiften, verlief überall ähnlich, in den Wohnzimmern ebenso wie in den Küchen. Sie hörte es und hörte es auch nicht. Niemand sagte ihr etwas direkt, doch immer wieder drang diese oder jene Redewendung an ihr Ohr. Wohin immer sie ging, oder wo immer sie in Erscheinung trat, war Isabel nicht zugegen; nie wurde sie mit ihr zusammen eingeladen, und abgesehen von der einen Entgleisung bei Klara Sheramys Tee erwähnte niemand in ihrer Gegenwart Isabels Namen. Viele ihrer Bekannten legten plötzlich ein übertrieben freundliches Betragen an den Tag; das heimliche Mitgefühl, das sie darin zu spüren meinte, brachte sie innerlich in Wut. Die ganze Sache gab ihr eine Art moralischen Überlegenheitsgefühles, etwa so, als wenn sie beobachtet hätte, daß ihre Nachbarn ihre Wäscheleine daraufhin kontrollierten, wie oft sie die Wäsche wechsele.

Gerade das Bewußtsein ihrer Hilflosigkeit erzeugte in ihr etwas wie tapferen Trotz, die Bereitschaft, den Dingen ins Auge zu sehen. Sie fuhr fort, auszugehen, sie begrüßte ihre Freunde auf der Straße mit gespielter Unbefangenheit, nahm Einladungen an, veranstaltete Partys für Kinder, lud sich Bekannte zum Essen ein, ging selber zu Geselligkeiten aller Art und gab sich fröhlich und unbefangen und kaufte mehr an Kleidungstücken und Gebrauchsgegenständen ein, als je zuvor in einer Saison. Wenn sie dann allein war, schritt sie ruhelos im Zimmer auf und ab, gehetzt und getrieben, als müsse sie Meilen auf diese Weise zurücklegen, schimpfte auf sich selbst und auf Kester, stieß heimliche Drohungen gegen Isabel aus und ließ ihrer Verzweiflung die Zügel schießen, aber niemals gab sie irgendeinem Menschen durch ihr Verhalten Anlaß zu der Vermutung, daß sie innerlich leide. Sie ging zuweilen durch die Halle, stand lange vor den Gemälden und studierte die Gesichter der Ahnen von Ardeith. Vor allem forschte sie in den Gesichtern der Frauen, die Männer namens Larne geheiratet hatten – Frauen mit Puderperücken im Stil der Kolonialzeit, Frauen mit den hohen Taillen der napoleonischen Ära, Frauen mit Ballonärmeln aus den dreißiger Jahren des vergangenen Jahrhunderts, Frauen in den Krinolinen der Bürgerkriegsepoche; sie las aus all diesen Gesichtern etwas Gemeinsames heraus, wenigstens schien es ihr so, und sie fragte sich verwundert, worin dieses Gemeinsame wohl seine Wurzel haben möchte. Glück und Enttäuschung, himmelhohe Freude und verzweifelter Kummer – das alles hatte es wohl immer gegeben, aber, was immer das Schicksal dieser Frauen im einzelnen gewesen sein mochte, eines war ihnen allen sicherlich gemeinsam gewesen: die Fähigkeit zur Geduld. Was immer sie bewegte – dem Maler, dem sie zu einem Porträt saßen, zeigten sie gleicherweise ein ruhiges Gesicht, alle waren sie Glieder nur, eingebettet in den Ring einer großen Tradition. Eleanor hatte niemals viel über diese Dinge nachgedacht, aber jetzt, da sie, eine Geschlagene, vor diesen Bildern stand, glaubte sie manches davon zu verstehen. Und sie trug tapfer ihren Schmerz, weil es ihr leichter fiel, Schmerz zu ertragen als Mitleid herauszufordern; wußte sie doch, daß dem Mitleid die Verachtung benachbart ist.

2

In der ersten Dezemberwoche kam eines Vormittags Cousine Sylvia zu Besuch. Eleanor war ziemlich überrascht, als Cameo sie anmeldete, denn es war ein unfreundlicher, nebliger Tag, kaum geeignet für eine Besuchsrunde, wie Sylvia sie von Zeit zu Zeit zu unternehmen pflegte. Eleanor sagte sich deshalb auch sogleich, daß die redselige Dame einen besonderen Zweck mit diesem Besuch verbinden müsse, sie hätte sonst schwerlich einen Tag und eine Stunde ausgesucht, wo sie ziemlich sicher sein konnte, Eleanor allein anzutreffen. Eleanor beschloß jedenfalls, sich mit einem Panzer innerer Abwehrbereitschaft gegen Sylvias Mundwerk zu schützen.

»Wie nett von dir, Cousine Sylvia, mich einmal zu besuchen und noch dazu bei so unfreundlichem Wetter«, sagte sie.

»Ach, meine Liebe, ich wollte dich so gern wieder einmal sehen«, versetzte Sylvia und drückte heftig Eleanors Hand.

Eleanor, ihre Besucherin verstohlen musternd, fragte sich mit heimlicher Verblüffung, wie eine Frau in Sylvias Alter und äußeren Umständen nur auf den Gedanken verfallen könne, übermäßiger Gebrauch von Rouge vermöchte ihre grämlichen Falten zu verdecken. »Ach«, sagte sie, »deine Hände sind ganz kalt. Sicher trinkst du gern eine Tasse heißen Kaffee.«

Sie sei wirklich reizend, versicherte Sylvia. Doch, ja, eine Tasse Kaffee wolle sie nicht ablehnen.

Eleanor gab sich redliche Mühe, auch weiterhin reizend zu sein. Sie nahm Sylvia ihren Mantel ab, machte ein paar geistreiche Bemerkungen über ihr mädchenhaft wirkendes Kleid und den entzückenden Florentiner Hut – beides würde sie für sich selbst als zu jugendlich betrachtet haben, und sie war immerhin zwanzig Jahre jünger als Sylvia – und nötigte die Besucherin in einen dicht am Kamin stehenden Sessel. Cameo brachte bald darauf den Kaffee. »So«, sagte Eleanor, »nun können wir einen guten, langen Klatsch miteinander halten«, und füllte die Tassen.

Sylvia lächelte süß. »Ach ja«, sagte sie, »einen guten langen Klatsch. Bei schlechtem Wetter wirkt ein Kaminfeuer so anheimelnd und stimmungsvoll.«

»Ja, nicht wahr?« sagte Eleanor.

»Weißt du, deine Poinsettias sind in diesem Jahr wundervoll«, versicherte Sylvia. »Ich war ganz entzückt von der Pracht, als ich eben vorbeifuhr.«

»Ach ja, ich erfreue mich auch oft daran«, sagte Eleanor.

Sie schlürften ihren Kaffee und verweilten nun für einige Minuten bei den Poinsettias. Dann bemerkte Sylvia, die meisten Gärten seien augenblicklich zufolge der nassen Zeit arg verwildert und von Unkraut überwuchert. Demgegenüber biete Eleanors Garten einen geradezu beglückenden Anblick.

»Aber du pflegst deine Blumen wohl nicht selbst, meine Liebe, wie?« setzte sie hinzu.

»Nein«, sagte Eleanor, »ich habe einen Gärtner dafür.«

»Ich weiß nicht, ob du recht daran tust«; Sylvia schüttelte nachdenklich den Kopf, »Gartenarbeit stellt so eine gesunde Körperübung dar, weißt du. Die Luft und die Sonne – das alles ist sehr zuträglich. Außerdem habe ich die Erfahrung gemacht, daß Arbeit im Freien geeignet ist, einen von seinen Sorgen abzulenken.«

Eleanor schlürfte mit Hingabe an ihrem Kaffee.

»Hast du dich in letzter Zeit einigermaßen gut amüsiert?« setzte Sylvia, nachdem sie ein Weilchen vergeblich auf eine Äußerung gewartet hatte, die Inquisition fort.

»Ach, weißt du, ich hatte eine ganze Menge zu tun«, versicherte Eleanor; »die Winterkleidung der Kinder mußte in Ordnung gebracht werden, ich mußte meine Weihnachtsliste zusammenstellen, und schließlich habe ich das trübe Wetter ausgenützt, um meine Briefschulden zu bereinigen.«

»Du schreibst sicher ziemlich viel Briefe?« erkundigte sich Sylvia.

»Nun ja, es kommt einiges zusammen«, entgegnete Eleanor, »ich habe fünf Geschwister, wie du weißt, außerdem sind da noch meine Eltern und meine alten Freunde.« – Und wenn du etwa wissen möchtest, ob ich mit Kester korrespondiere, so muß ich dich leider enttäuschen, setzte sie in Gedanken hinzu.

Aber Sylvia war so leicht nicht zu enttäuschen. »Findest du es nicht ein bißchen einsam hier draußen auf der Plantage?« fragte sie mit unschuldigem Lächeln.

»Einsam? Ach nein. Der große Haushalt, zwei Kinder – da ist es nicht weit her mit der Einsamkeit.«

»Nun ja, gewiß«, druckste Sylvia, »aber eine junge Frau verlangt schließlich noch nach anderer Gesellschaft.«

Eleanor schien nicht zu begreifen. »Wieso?« sagte sie, »ich habe die entzückendste Gesellschaft, die eine Frau nur haben kann: meine Kinder!«

Sylvias Augen huschten unruhig im Zimmer umher und blieben dann wieder auf Eleanor haften. »Ich wollte dich schon längst einmal besuchen, liebes Kind«, sagte sie, »ich habe es immer wieder aufgeschoben. Manchmal ist es schwer, zu erkennen, was die Pflicht von einem verlangt. Es bleibt immer schwierig, heikle Probleme zur Sprache zu bringen, auch wenn man von den reinsten und edelsten Motiven geleitet wird. Schließlich habe ich mich dann doch durchgerungen. Zu deinem Besten, Eleanor.«

Sie hätte sich wunderbar zu einem Zahnarzt geeignet, dachte Eleanor; es würde ihr eine Wonne sein, stundenlang in einem kranken Zahn herumzubohren; sie äußerte sich im übrigen nicht.

Sylvias sanfte, monotone Stimme plätscherte weiter. Sie spielte mit ihrem Opfer wie die Katze mit der Maus. Eleanor hörte zu und schien völlig empfindungslos; von dem Groll, der tief in ihr brannte, spürte man nichts.

»Wir waren alle so glücklich damals, als ihr heiratetet«, sagte Sylvia weinerlich, »obgleich wir uns andererseits ja auch Gedanken machten – du hast sicherlich nichts davon bemerkt, und ich wäre gewiß die letzte, die etwas davon erwähnte, wenn es nun nicht doch an der Zeit schiene – –«

»Was meinst du denn, Cousine Sylvia?« fragte Eleanor mit ihrem höflichen ausdruckslosen Gesicht.

»Ja, meine Liebe«, seuftze Sylvia, »du brauchst nicht so ein bestürztes Gesicht zu machen. Du bist ein liebes, gut erzogenes Mädchen, und deine Eltern sind sicherlich sehr verdienstvolle Leute. Vor allem dein Vater verdient jede Anerkennung für seine phantastische Laufbahn. Wir sind sehr stolz, daß unser Land Männern wie ihm die Gelegenheit bietet, sich emporzuarbeiten! Wirklich, in diesen Dingen ist Amerika groß. Und ich bin sicher, deine Vorfahren waren ausnahmslos tadellose Leute. Habe ich nicht recht, Eleanor?«

Das Lächeln blieb unverändert: »Bei uns zu Hause zollt man den Toten nicht mehr viel Aufmerksamkeit, Cousine Sylvia, man sieht nur zu, daß sie anständig beerdigt werden.«

»Ah!« murmelte Sylvia. Sie glitt ein wenig unruhig auf ihrem Sessel hin und her und es sah aus, als wisse sie nicht mehr recht, wie sie das Verhalten ihres Opfers beurteilen solle. Indessen war sie weit entfernt davon, ihr Ziel aus dem Auge zu verlieren. »Ich habe dir das alles gesagt, liebe Eleanor«, fuhr sie fort, »nicht etwa, um dich zu verletzen – ich wäre sehr unglücklich, wenn ich dich verletzt haben sollte , sondern um dich so vorsichtig wie möglich auf das – nun ja, auf ein gewisses dummes Geschwätz aufmerksam zu machen, das da neuerlich im Gange war.« Sie schwieg und starrte Eleanor an; die mußte sich doch nun endlich äußern. Aber Eleanor dachte gar nicht daran, und so fuhr sie denn seufzend fort: »Oh, meine Liebe, wenn du wüßtest, wie es mich schmerzt, dir so etwas erzählen zu müssen. Weißt du, es hat da genug boshafte Leute gegeben, die erklärten, ein Mann könne nicht gezwungen werden, gegen seinen Willen zu seiner Familie zurückzukehren. Wie kann jemand nur so grausam sein! Wie kann ein Mensch nur ein Interesse daran haben, sich mit bösartigem Geklatsche in die innersten Beziehungen anderer Menschen zu mischen?« Sie machte eine dramatische Pause und sah Eleanor an.

»Ja«, sagte Eleanor, »ich verstehe es auch nicht. Vielleicht kannst du es erklären.«

»Nein, Eleanor, das kann ich nicht. Ich werde so etwas niemals verstehen. Ach, mein liebes Kind, wenn du wüßtest, wie mein Herz um deinetwillen schon geblutet hat!« Sie wartete wieder einen Augenblick, und als Eleanor durchaus keine Anstalten machte, sich zu äußern, setzte sie hinzu: »Aber vielleicht weißt du gar nicht, wovon ich rede?«

»Wie sollte ich denn?« sagte Eleanor.

»In der Tat!« bestätigte Sylvia, »wie solltest du! Wie könntest du überhaupt! Ach, ich habe das gefürchtet, und ich hatte eine Scheu davor, mit dir über diese Dinge zu sprechen, ich habe gebetet, daß der Kelch von mir genommen werden möchte, aber schließlich war das Pflichtgefühl stärker in mir; ich wußte: ich muß es dir sagen. Es ist ja offensichtlich niemand außer mir da, der es täte. Oh, wie bin ich immer wieder davor zurückgeschreckt, eine so delikate Aufgabe zu übernehmen! Ich bin mit Kester verwandt, nicht wahr; seine liebe Mutter ist meine Cousine, und da wirst du mir nachfühlen, wie schwer es mir wird, Böses über mein eigen Fleisch und Blut zu sagen. Kester war immer ein wilder Junge, schwer zu leiten, und es brach uns manchmal das Herz, wenn wir sahen, wohin er zu treiben drohte. Da dachten wir alle, eine Heirat würde ihn ruhiger machen, würde zu seinem Glücke führen – –«

Eleanor hatte unentwegt das leere Lächeln im Gesicht; ach, es ward ihr so schwer, es war kaum noch zu ertragen. Aber sie riß sich zusammen. Ich will dieser Person nicht die Genugtuung verschaffen, mich unter der Qual ihrer Demütigung leiden zu sehen, dachte sie. Sie regte sich nicht.

»Verstehst du denn immer noch nicht, was ich meine?« fragte Sylvia und begann wieder nervös hin und her zu rutschen.

»Nein, Cousine Sylvia«, entgegnete Eleanor, »ich tappe völlig im dunkeln. Möchtest du vielleicht noch eine Tasse Kaffee?«

Sylvia dankte. Sie fuhr fort, mit ihrer monotonen und ausdruckslosen Stimme auf ihr Opfer einzureden, sie sondierte, deutete an, beobachtete. Eleanor blieb unentwegt stumpf und gleichgültig. »Die Frau ist immer die letzte, die diese Dinge erfährt«, lamentierte Sylvia. »Und das ist furchtbar. Die Leute meinen, es sei taktvoll, nicht darüber zu reden, aber jemand sollte reden, und wenn schon geredet werden muß, dann sollte sich jemand aus der Familie finden, meinst du nicht auch? Jemand, der mit Kester verwandt ist.«

»Ich hatte manchmal den Eindruck, nahezu alle Bewohner der Stadt seien mit Kester verwandt«, murmelte Eleanor.

»Ja«, versetzte Sylvia, »die Familie ist sehr verzweigt. Aber für eine so delikate Mission eignet sich sicherlich besser ein Mensch, der während seines ganzen Lebens intim mit dem Hause verkehrte, als irgendein entfernter Verwandter. Wenn doch nun einmal über die Dinge gesprochen werden muß.«

»Aber über welche Dinge muß denn gesprochen werden, Cousine Sylvia?« fragte Eleanor höflich.

»Aber mein armes, unschuldiges Mädchen, sollte es möglich sein, daß du immer noch nicht verstehst?«

»Was soll ich verstehen, Cousine Sylvia?«

»Aber liebste Eleanor, jedermann weiß, daß Kester auf dem staatlichen Baumwollamt arbeitet, daß er schon seit zwei Monaten da ist.«

»Ja – und? Natürlich weiß das jeder. Warum denn auch nicht?« Eleanor zog erstaunt die Brauen hoch.

Sylvia starrte sie an, räusperte sich und starrte wieder. »Aber mein liebes Kind«, fuhr sie fort, »hast du darüber hinaus noch kein Geflüster vernommen?«

»Geflüster? Was für ein Geflüster?« fragte Eleanor.

»Ach du unglückliche Frau!« jammerte Sylvia. »Ich meine über Isabel Valcour!« Ihr Blick kroch über Eleanors Gesicht. Eleanor lächelte starr, lächelte und wartete unbewegt ab, bis Sylvia ihr Geschwätz wiederaufnahm: »Die arme Isabel! Sie ist so ein charmantes Mädchen, weißt du, und sie stammt aus einer so ausgezeichneten Familie – ach, es ist alles so unendlich traurig. Erst ihre brillante Heirat, dann ihr junges Witwendasein, so jung, wie sie noch war! Wir dachten bisher, sie habe hier weiter kein Interesse, ihr Herz weile noch in einer anderen Hemisphäre.« Sylvia schüttelte ratlos den Kopf, als bestände die Welt aus Dutzenden von Hemisphären und könne sich nicht entschließen, das in sie gesetzte Vertrauen zu enttäuschen und zu verraten, in welcher sich Isabels Herz befände. »Aber das ständige Alleinsein«, fuhr sie schließlich fort, »und dann die Rückkehr in die Heimat für die Dauer des Krieges – das alles muß das arme Mädchen schließlich so unglücklich gemacht haben; sie hat ja keine Eltern mehr, und Kinder hat sie auch nicht. Eine Frau sollte nicht allein sein, sie sollte Kinder und ein Heim haben. Aber es sieht so aus, als ob gerade wir guten Frauen, die wir ständig bemüht sind, unsere Pflicht zu erfüllen, am meisten Leid und Unglück erfahren; ist es nicht so, meine Liebe?« – »Wenn du mich meinen solltest, ich bin ganz zufrieden, Cousine Sylvia«, sagte Eleanor, und nun war ein neuer Ton in ihrer Stimme. Der Ärger kam in ihr hoch über Sylvias Zudringlichkeit, und sie hätte sie mit Vergnügen erwürgt.

195

»Oh, mein gutes Kind«, sagte Sylvia, »sollte es wirklich sein, daß deine Liebe zu Kester dich so verblendet, daß du nicht siehst, was um dich her geschieht: Kester – Isabel –?«

Sie legte eine dramatische Wirkungspause ein. Eleanor hatte zunächst nicht antworten wollen, aber sie fühlte sich plötzlich von einer kühlen Geringschätzung erfüllt. Sie sah Sylvia gerade ins Gesicht und begann zu lachen. »Cousine Sylvia«, sagte sie, »bist du etwa in diesem Nebel extra hierhergekommen, nur um mir zu erzählen, daß Kester und Isabel eine Liebesaffäre miteinander hatten? Hast du etwa gar angenommen, ich wüßte das nicht?«

Cousine Sylvia stierte und begann zu keuchen. Zunächst war sie nur verwirrt, aber dann wuchs die Empörung in ihr, alle Anstrengungen verschwendet zu haben, ohne offenbar den ersehnten Triumph einheimsen zu können. »So hat dir bereits jemand angedeutet –«.

Eleanor goß sich die dritte Tasse Kaffee ein und sah Sylvia ruhig an. Sie sah den lächerlichen Aufputz, in dem sie steckte, das Rouge über den Runzeln, den verzweifelten Versuch, um alles in der Welt jung zu erscheinen, und sie fühlte kein Mitleid. »Ich fürchte, du lebst noch im neunzehnten Jahrhundert, meine Liebe«, sagte sie, »Kester und ich verstehen einander vollkommen.«

Sylvia öffnete den Mund und vergaß ihn wieder zu schließen.

Eleanor aber sammelte ihre eignen Waffen. »Es ist ja klar«, sagte sie, »daß eine Frau in deinem Alter die heutige junge Generation nicht mehr verstehen kann. Vermutlich klammerst du dich noch an die altertümliche Auffassung, wer einmal verheiratet sei, müsse Angehörige des anderen Geschlechts wie Aussätzige behandeln. Ach, Liebste, was muß das für ein langweiliges Leben gewesen sein! Aber zu deiner Zeit erwartete man wohl von den Leuten, daß sie schwerfällig und langweilig seien, wie?«

In Sylvias Augen flimmerte es; sie gurgelte: »Dann – dann weißt du also, daß – daß Kester und Isabel – und – und hast nichts dagegen?«

»Aber Cousine Sylvia«, sagte Eleanor, »selbst in deinem Alter sollte man sich vergegenwärtigen, daß die Welt sich geändert hat. Wir sind so großzügig geworden, seit der Zeit, da du einmal jung warst. Die neue Freiheit hat allerlei für sich. Kester und ich würden es uns nie im Traum einfallen lassen, einander in so sklavischer Bindung zu halten.«

»Einander?« echote Sylvia.

Sie saß etwas vornübergebeugt, ihr Hände tasteten unruhig die Sessellehnen ab.

Eleanor langte herüber und strich ihr freundschaftlich über die Hand. »Nun, sorge dich nicht weiter, Cousine Sylvia«, sagte sie. »Ich weiß, du wolltest mir helfen, deshalb bist du gekommen, um mir etwas zu erzählen, von dem du dachtest, ich wüßte es nicht. Deine Herzensgüte hat dich dazu veranlaßt; glaube mir, daß ich das zu würdigen weiß. Aber nun versuche auch, zu verstehen, daß moderne Menschen diese Dinge ein wenig anders betrachten.«

Cousine Sylvia blinzelte, während Eleanor sie mit einem kleinen, amüsierten Lächeln betrachtete. Plötzlich stand sie auf. Sie erhob sich zu ihrer vollen Größe, die allerdings nicht sehr beträchtlich war.

»Du kannst lachen!« rief sie entsetzt, »du kannst über solche Dinge lachen! Eleanor Larne, du hast kein moralisches Gefühl! Ich schäme mich, daß ich versucht habe, dir einen Freundschaftsdienst zu erweisen.«

»Schämst du dich wirklich?« Eleanor stand auf. »Das ist aber gut.« Sie reichte Sylvia ihren Mantel und ihre Handtasche. »Laß es dir eine Lehre sein«, sagte sie, »es macht einen Menschen lächerlich, wenn er sich mit Dingen befaßt, von denen er nichts versteht.«

»Ich verstehe mich auf Moral und Anstand!« entgegnete Sylvia. Sie schlüpfte in ihren Mantel. »Aber ich verstehe Leute nicht, die nicht die Fähigkeit moralischer Entrüstung haben. Nachdem ich dich so sprechen hörte, würde es mich gar nicht überraschen, wenn du dein Ehegelübde ebenfalls brechen würdest. Wahrhaftig, nicht im geringsten würde mich das überraschen! Hör' sofort auf, mich auszulachen!«

Eleanor dachte nicht daran. »Kester hat mir oft erzählt, du seiest so spaßig«, sagte sie. »Du bist es wirklich.« Sie öffnete die Tür. »Ich danke dir schön für den unterhaltsamen Vormittag.«

Sylvia schritt aufrechten Ganges und hocherhobenen Hauptes in die Halle hinaus. »Wir hätten es wissen sollen«, sagte sie. »Wir hätten wissen sollen, was geschieht, wenn ein Mann von vornehmer Geburt eine Frau heiratet, die gewöhnlich ist wie ein Schweinehirt! O Gott, wir hätten es wissen sollen!«

»Du solltest es sicher gewußt haben«, stimmte Eleanor zu, während sie Sylvia folgte, »und du hättest auch wissen sollen, daß ich deinen Rat erbeten hätte, wenn ich ihn benötigte. Ich begreife natürlich dein Interesse an diesen Dingen. Es muß ziemlich trübselig sein, nichts zu tun zu haben, als still und nutzlos zwischen Gräbern zu stehen.« Sie öffnete die Eingangstür. »Vielen Dank für deinen Besuch, Cousine Sylvia.«

»Ich bin nicht *deine* Cousine!« keuchte Sylvia.

Eleanor sah ihr nach, wie sie über die Veranda ging und die Treppen hinunterstieg. Sie ging in ihr Zimmer zurück. Ihre Lippen kräuselten sich vor Wut; sie zitterte vor innerer Empörung am ganzen Leibe.

Als sie dann den Ursachen von Kesters Untreue nachzusinnen begann und sich alles in die Erinnerung zurückrief, was zu dieser Entwicklung geführt hatte, fiel sie auf ihr Bett und bettete den Kopf in die Arme. Das ganze Ausmaß ihres Unglücks überfiel sie in jähen Stößen und trieb ihr die Tränen in die Augen. Sie weinte ihren fassungslosen Schmerz in die Kissen hinein, bis sie rot verschwollene Augen hatte und sich einer langen Behandlung mit heißem Wasser und Eis unterziehen mußte, bevor sie wagen konnte, den Kindern gegenüberzutreten.

3

Cornelia kam lamentierend von der Schule zurück und beklagte sich über das schlechte Wetter, das sie wahrscheinlich zwingen würde, den ganzen Nachmittag im Zimmer zu verbringen, und sie wollte so gerne draußen im Freien spielen. Der kleine Philip, der während des ganzen Vormittags ohne Protest drinnen gespielt hatte, schloß sich der Schwester jetzt lärmend an. Eleanor beruhigte sie, indem sie ihnen versprach, am nächsten Tag mit ihnen in die Stadt zu fahren. Der nächste Tag war ein Sonnabend; da brauchte Cornelia nicht zur Schule. Sie versprach, ihnen neue Kleider zu kaufen, damit sie auf einer Weihnachtsparty, zu der sie eingeladen waren, schmuck aussähen. Die Kinder beruhigten sich über dieser erfreulichen Aussicht sogleich. Um sie für den Nachmittag zu beschäftigen, gab Eleanor ihnen einen Karton mit einer Serie Ausschneidebilder, der ursprünglich als Weihnachtsgeschenk vorgesehen war. Da waren Köpfe, Beine und Rümpfe von Tieren, auf dünnem Karton gedruckt, auszuschneiden und aneinanderzufügen. Die Kinder beschäftigten sich beide gern mit derartigen Dingen und gingen deshalb willig hinauf in das Kinderzimmer, wo sie sich am Kaminfeuer niederließen, nachdem sie mit stumpfen Scheren und einem Topf Leim ausgerüstet worden waren, vortrefflich vorbereitet, um Unordnung zu schaffen. Sie waren beide so liebenswert, wie sie da nebeneinander auf dem Fußboden saßen und miteinander plapperten. Ihr lautes und überschwengliches Wesen erinnerte so sehr an Kester, daß Eleanor einen dumpfen, hämmernden Schmerz fühlte, als sie mit ihnen sprach.

Sie überließ Dilcy die Beaufsichtigung der Kinder und ging in ihr eigenes Zimmer, wo sie sich vor das Kaminfeuer setzte. Sie fragte sich, was Kester jetzt wohl tun möchte, was er dächte und ob er die Kinder vermißte. Was immer er auch über sich selbst denken mußte, sie konnte nicht glauben, daß er es auf die Dauer fertigbrächte, Cornelia und Philip zu entbehren. Sie hatte nie einen Mann gesehen, der durch sein bloßes Erscheinen solch ungestüme Freude in seinen Kindern auszulösen vermochte, wie Kester. Aber sie wollte nicht – das sagte sie sich zum hundertsten Male –, daß Kester nur um der Kinder willen zurückkomme. Weder ihre Liebe noch ihr Stolz vermochten das zu ertragen. Kester sollte nach Hause kommen, weil er sie liebte. Er hatte sie sehr geliebt, das wußte sie, und gleichgültig, wie sehr sie ihn immer gekränkt haben mochte an jenem letzten Abend ihres Beisammenseins, man zerschlug nicht mit einem einzigen Schlag eine Gemeinschaft, die in vielen Jahren gewachsen war. Sollte es wirklich zutreffen, daß er wieder zu Isabel ging, so war er sicherlich nur in der Verzweiflung zu ihr zurückgekehrt, wie jemand sich dem Glücksspiel oder dem Alkohol zuwendet, wenn er den Halt verliert. Aber das waren, soweit sie von diesen Dingen wußte, Männer, denen das Laster eine Ausflucht war, die keinen anderen Weg mehr sahen, als einen Vorhang zwischen sich und die ihnen unerträglich gewordene Wirklichkeit zu ziehen.

Oder war es nur ihr Stolz, der sie so denken und ihn heimlich verteidigen ließ, der Stolz, der sich nicht eingestehen wollte, daß sie selber gerade da gefehlt hatte, wo sie sich so eifrig bemühte?

Sie wußte es nicht. Eleanor, halt ein! rief sie sich selber zu. Tu etwas! Unternimm etwas!

Aber sie hatte keine Ahnung, was sie tun, was sie unternehmen sollte. Vielleicht würden frische Luft und ein Spaziergang ihr guttun. Der Himmel war wolkig, dann und wann durchbrachen Sonnenflecken die Düsternis; es regnete nicht. Ein langer Spaziergang würde vor allem helfen, ihre Gedanken zu klären. Sie zog ein Paar derbere Schuhe mit flachen Absätzen an, hüllte sich in ihren Mantel und ging die Uferstraße hinunter.

Schon nach wenigen Minuten war sie froh, hinausgegangen zu sein. Der feuchte Wind, der ihr Haar durchblies, erfrischte sie. Das Land atmete in friedlicher Ruhe. Die Moosgirlanden der Eichen auf beiden Seiten der Straße wehten im Winde, und hinter den Eichen warteten die endlosen Felder auf ihre Wiedergeburt im kommenden Frühling. In den Kronen der Bäume orgelte der Wind eine ernste und einfache Melodie. Die Hände in den Taschen ihres Mantels vergraben, folgte Eleanor den Windungen der Straße, den dann und wann vorübergleitenden Autos und Pferdegespannen zollte sie keinerlei Aufmerksamkeit. Es war schon immer so gewesen, daß ein Spaziergang in frischer Luft ihre Nerven am ehesten beruhigte.

Sie ging und ging, ohne noch sonderlich des Weges zu achten; die huschenden Gedanken, die dann und wann im Rhythmus des Schreitens in ihr aufkamen, verblaßten und blieben schließlich irgendwo im Hintergrund. Der Wind nahm an Heftigkeit zu; es tat ihr wohl. Sie blieb einen Augenblick stehen, um ein paar Haarnadeln zu befestigen, und ging dann weiter. Über dem Strom begannen Nebelschleier zu wogen.

Allmählich spürte sie, wie Müdigkeit sie überkam. Sie sah sich um und stellte mit einigem Verwundern fest, daß sie an die vier bis fünf Meilen gelaufen sein mußte; sonderbar, das war ihr gar nicht bewußt geworden. Es mochte daher kommen, daß sich ihre Entfernungsvorstellungen durch das Auto gebildet hatten. In den alten

Zeiten, da es noch keine Automobile gab, hatte die Ardeith-Plantage weitab in der Einsamkeit gelegen. Eleanor erinnerte sich, gehört zu haben, daß man vier Tage gebraucht hatte, um von Ardeith nach New Orleans zu kommen. Das aufkommende Dampfboot hatte diese Reisezeit dann auf weniger als einen Tag reduziert, und jetzt fuhr man mit dem Zuge kaum noch zwei Stunden. Flugzeuge – –

Plötzlich wurde es ihr bewußt, daß die Dunkelheit eingebrochen war.

Es war zwar schon ziemlich spät gewesen, als sie zu ihrem Spaziergang aufbrach, aber sie hatte nicht auf die schwindende Zeit geachtet. Jetzt verhielt sie mitten im Schritt, unsicher, wie lange sie für den Weg gebraucht habe. Sie schalt sich töricht, nicht vorher bedacht zu haben, daß sie ja allein auf der einsamen Landstraße zurücklaufen müsse. Als sie sich umwandte, um den Rückweg anzutreten, trieb der Wind ihr ein Büschel Haare ins Gesicht.

Das war kaum noch ein Wind. Es schrie und tobte in den Baumkronen und schüttelte die Zweige. Eleanor fröstelte und schlug den Mantelkragen hoch. Es war nur ein leichter Mantel, den sie trug, aber das Laufen hatte sie bisher warm gehalten. Nun aber, da der eisige, schneidende Wind sie im Rücken jagte, schauerte sie unwillkürlich zusammen. Als sie den Mantelkragen hochschlug, traf ein Regenspritzer sie ins Gesicht.

Der Regen kam plötzlich und mit jäher Gewalt. Und nirgendwo war ein Dach, das wenigstens vorübergehend Schutz geboten hätte. Es stürzte wie ein reißender Gießbach vom nachtdunklen Himmel herunter und schlug wie mit Peitschen. In wenigen Minuten war Eleanor bis auf die Haut durchnäßt. Das Wasser lief ihr über die Augen und den Rücken hinunter. Die Landstraße hatte sich in unglaublich kurzer Zeit in ein Schlammbad verwandelt. Der jagende Wind trieb sie wie einen Halm von einer Straßenseite zur anderen. Sie stolperte mehrmals gegen einen Baum; dann wieder tappte sie blind in Schlaglöcher der Straße hinein und sah sich von aufspritzendem Schlamm übersprüht. Ihre Schuhe blieben stecken und mußten bei jedem Schritt mit Anstrengung befreit werden.

Eleanor war zunächst weniger erschreckt als verwirrt von dem plötzlich hereinbrechenden Unwetter. Sie schalt erbittert ihren eigenen Mangel an Vorsicht. Jeder Narr hätte gesehen, daß das Wetter heraufkam, ganz gewiß ein in Louisiana geborener Narr, der Winterregen dieser Art aus Erfahrung kennen mußte. Es sah aus, als würde der Regen stundenlang anhalten; die Erde weichte langsam auf und das Gehen wurde zur Qual. Die Eichen stöhnten und ächzten unter dem rauhen Zugriff des Windes. Eleanors Haar war längst durchnäßt, ihre Schuhe steckten voller Schlamm, ihr Rock klatschte naß und schwer gegen ihre Beine. Mehrere Male war sie nahe daran, auszugleiten und zu fallen, denn ihre Füße waren so eisig, daß sie fast gefühllos schienen. Während sie sich so durch Sturm und Regen kämpfte, dachte sie mit einigem Unbehagen an die schwere Lungenentzündung, der sie vor ein paar Jahren beinahe erlegen war.

Die Scheinwerfer eines Autos gruben einen hellen Lichtschacht durch die Finsternis. Eleanor blieb stehen und hätte beinahe aufgeschrien vor Erleichterung. Das Auto fuhr langsam und sehr vorsichtig über die glitschige Straße; Eleanor torkelte in den Lichtschein der Scheinwerfer, ohne Rücksicht auf etwaige Gefahr; ihr war so elend zumute, daß sie an nichts anderes zu denken vermochte, als an die Aussicht, Wärme und Trockenheit zu gewinnen. Das Auto fuhr dicht neben ihr an den Bordstein und hielt. Ein Negerchauffeur beugte sich heraus:

»Guten Abend, Missis, wollen Sie mitfahren?«

»Ach ja, bitte, sehr gern«, rief Eleanor. Der hintere Wagenschlag öffnete sich und eine Frauenstimme sagte:

»Kommen Sie herein.«

Eleanor kletterte in den Wagen. »Vielen Dank«, stammelte sie, »Sie sind sehr freundlich.« Nachdem die Tür sich hinter ihr geschlossen hatte, sank sie in das Polster zurück. Sie zitterte derart am ganzen Körper, daß es ihr schwer wurde, ein weiteres Wort herauszubringen. Der Chauffeur fragte:
»Kommt Missis mit nach Hause, Miß Isabel?«
Eleanor wandte ruckhaft den Kopf. Sie sah nichts als den schattenhaften Umriß einer weiblichen Figur, sagte sich aber, daß sie selbst im Scheinwerferlicht des Wagens deutlich sichtbar gewesen sein mußte.

Isabel sagte: »Ja, natürlich«, und zu Eleanor gewandt: »Sie haben doch nichts dagegen? Wir sind ohnehin gleich da.«

Ihre Stimme war kühl und höflich. Eleanor war starr vor Verwirrung. Und ihr wurde erst jetzt klar, daß sie entweder zufällig oder einem unbewußten Antrieb folgend, die Richtung nach dem alten Valcour'schen Hause eingeschlagen hatte. »Nein, danke, natürlich nicht«, sagte sie schließlich, mit so viel Würde, wie sie in ihrem gegenwärtigen Zustand aufzubringen vermochte.

»Es tut mir leid, daß ich Ihnen nicht anbieten kann, Sie nach Hause bringen zu lassen«, fuhr Isabel fort, »aber der Chauffeur ist schon erkältet und ich möchte ihn bei diesem Wetter nicht noch einmal in die Nacht hinausschicken.«

»Ich werde nach einem Auto telefonieren«, sagte Eleanor und hatte das Gefühl, die andere betrachte sie heimlich, wie sie einen kleinen nassen Hund betrachtet haben würde. Ach, sie kam sich selber nicht viel anders als ein nasser kleiner Hund vor. Sie sagte: »Hoffentlich werden meine tropfenden Kleider nicht die Polster Ihres Wagens ruinieren.«

»Gewiß nicht«, versetzte Isabel, »es sind ja Lederpolster. Wie konnte es nur geschehen, daß Sie in solch einen reißenden Gießbach gerieten?« fragte sie höflich.

Eleanor klapperte mit den Zähnen. »Ich habe einen Spaziergang unternommen«, sagte sie. »Unvermutet überfiel mich dann das Unwetter.«

»Einen Spaziergang? Über vier Meilen?« wunderte sich Isabel. »Da wird es begreiflich, daß Sie so eine tadellose Figur haben. Ich war niemals sehr fürs Wandern.«

Eleanor hatte den Eindruck, Isabel ertrüge ihr plötzliches Zusammentreffen viel leichter als sie. Aber sie war so durchnäßt und durchkältet und fühlte sich so elend, daß sie kaum zu denken vermochte. Ein leichter Hauch von Parfüm stieg ihr in die Nase, ihr Handgelenk streifte die Spitze eines Pelzes. Sie mußte niesen.

»Um Himmels willen!« sagte Isabel, »Sie haben sich erkältet.« Der Wagen hielt vor dem Treppenaufgang des Valcour'schen Hauses. »Kommen Sie herein und werden Sie erst trocken.«

Eleanor fühlte sich zu hilflos, um zu widersprechen. Sie eilte die Treppenstufen hinauf. Der Fahrer berührte mit der Hand seine Mütze und fuhr weiter zur Garage Isabel öffnete die Haustür. Während sie gleich darauf mit einem Hausmädchen sprach, stand Eleanor fröstelnd im Flur; ihr Rock tropfte und verursachte kleine Pfützen auf dem Fußboden. Aus den durchweichten Zöpfen ihres Haares rann ihr das Wasser in die Augen. Sie mußte abermals niesen und suchte in ihrer Tasche nach einem Taschentuch. Das war ziemlich sinnlos, denn was sie schließlich fand, war ein kleiner durchnäßter Stoffknäuel. Isabel wandte sich mit unpersönlicher Höflichkeit nach ihr um. »Wir wollen nach oben gehen«, sagte sie. »In meinem Zimmer ist es warm.«

Sie machte einen eleganten und zugleich lieblichen Eindruck in ihrem dunkelgrünen, mit Eichhörnchenpelz abgesetzten Kostüm. Eleanor war sich bewußt, daß sie selber nicht nur verlassen war, sondern gegenwärtig zweifellos auch einen scheußlichen und lächerlichen Anblick bieten mußte. Ihr Haar war an den Wangen wie angeklebt, ihr Rock war über und über bespritzt und verschmutzt, und ihre Schuhe waren derart verkrustet, daß es unmöglich war, auch nur noch die Farbe des Leders festzustellen. Sie hatten widerliche Spuren auf den Fußboden gezeichnet.

»Ich kann hier warten«, sagte sie. »Ich würde nur Ihre Möbel ruinieren, wenn ich versuchen würde, mich irgendwo hinzusetzen.«

»Seien Sie vernünftig«, sagte Isabel. »Wenn Sie jetzt nicht warm werden, bekommen Sie das Fieber. Kommen Sie mit zum Kaminfeuer; Ophelia wird uns heiße Limonade bringen.«

Das Elend war stärker als der Wille. Eleanor fühlte sich zitternd und zähneklappernd vorwärtsgetrieben. Es kam ihr flüchtig der Gedanke, Isabel könne einen bestimmten Grund haben, sie zum Bleiben zu bewegen. Andernfalls hätte sie das Auto wohl nicht fortzuschicken brauchen. Nie hätte Eleanor geglaubt, in die Lage zu kommen, ausgerechnet von Isabel Valcour Gastfreundschaft erbitten und entgegennehmen zu müssen. Aber wie die Dinge augenblicklich lagen, ging es wohl nicht anders, und es handelte sich ja auch nur um wenige Minuten, bis das Auto von Ardeith da sein würde. Zudem sagte ihr ihre Vernunft, daß Isabel recht behalten und sie krank werden würde, wenn sie jetzt nicht dafür sorgte, in Wärme und Trockenheit zu kommen. Sie folgte Isabel die Treppe hinauf.

Isabel öffnete die Tür ihres Schlafzimmers. Hinter dem Kamingitter brannte ein knisterndes Feuer, und Eleanor hatte das Gefühl, nie zuvor ein Kaminfeuer mit dankbareren Augen betrachtet zu haben. Isabel nahm ihren Hut ab und zog ihre Handschuhe aus und machte ein paar gleichgültige Bemerkungen über das Wetter.

Im Parterre hatte sich Eleanor noch zu unbehaglich gefühlt, um auf ihre Umgebung zu achten, jetzt, da ihre steifen Finger sich zu wärmen begannen, sah sie sich um. Das Zimmer war angefüllt mit Möbeln im Stil der Vorbürgerkriegszeit. Daneben sah man überall die Hilfsmittel und Gebrauchsgegenstände einer modernen Frau, die die Hälfte ihrer Zeit darauf verwandte, ihre Person zu pflegen. Da stand ein großes vierpfostiges Himmelbett, eine Kommode mit Marmorplatte, ein Ankleideschrank mit Spiegeln in den Türen, mehrere kleine Tischchen und Stühle aus Rosenholz mit gepolsterten Sitzen. Auf der Kommodenplatte standen und lagen in wirrem Durcheinander zahllose Puderdosen, Zerstäuber und Flakons aller Art. Ein wattierter blauseidener Morgenrock lag über dem Bett und ein Paar zierlicher blauer Pantoffeln standen am Bettrand. Als Isabel ihren Hut in den Kleiderschrank legte, mußte Eleanor wieder niesen.

»Wollen Sie nicht Ihre nassen Sachen ablegen?« fragte Isabel in so drängendem Ton, daß Eleanor sich fragte, ob sie wohl bange sei, sie möchte hier zusammenbrechen und gestrandeterweise eine Woche oder länger hierbleiben müssen. Inzwischen hatte Isabel, ohne eine Antwort abzuwarten, die Tür zu dem anstoßenden Badezimmer geöffnet und begann drinnen bereits die Hähne aufzudrehen. »Kommen Sie herein«, rief sie, »die Einrichtung hier ist noch ein bißchen altes Amerika, aber heißes Wasser ist jedenfalls reichlich da.«

Eleanor sagte sich, daß Nässe und Unbequemlichkeit ihre Nerven über Gebühr quälen und beanspruchen würden, deshalb nahm sie zusammen, was von ihrer Selbstsicherheit übriggeblieben war, und betrat das Badezimmer. »Vielen Dank«, sagte sie, »aber zunächst möchte ich doch telefonieren.«

»Ophelia wird anrufen und veranlassen, daß Ihnen das Auto geschickt wird«, sagte Isabel und brachte den blauen Morgenrock und die dazu gehörigen Pantoffel herbei. »Ziehen Sie das dann an«, setzte sie hinzu, »ich lasse Ihre Kleider derweil trocknen und bügeln. Da ist Ophelia ja schon.«

Das Mädchen kam soeben mit einer Thermosflasche und zwei Gläsern herein. Ein paar Augenblicke später händigte Eleanor ihr ihre Kleidungsstücke aus. Sie selbst stieg in die Badewanne. Als das warme Wasser wohlig ihren Körper überspülte und ihre Gänsehaut beseitigte, begann ihre innere Sicherheit wieder zu wachsen. Sie dachte mit leiser Verwunderung darüber nach, was Isabel und sie einander wohl sagen würden. Das Geschehen hatte sie so plötzlich und unvorbereitet überfallen, daß sie sich gänzlich in fremdem Terrain fühlte und fast etwas wie Neugier empfand, ähnlich einem Reisenden, der mit Spannung einem ihm noch unbekannten Ort entgegensieht. Isabels Badezimmer war, wie sie selber gesagt hatte, noch unbequem und altmodisch; die Wanne stand ziemlich hoch auf vier Klauenfüßen, und die offensichtlich überlasteten Rohre stöhnten bei der Anstrengung, die von ihnen verlangt wurde. Aber Isabel Valcour zog es offenbar vor, ihr unzureichendes Einkommen für Kleidung und Cold Cream auszugeben, statt für die Modernisierung ihrer Wohnung, in der zu leben ein undankbares Schicksal von ihr forderte.

Eleanor trocknete sich an Isabels Handtüchern ab, bestreute ihren Körper mit Isabels Talkumpuder, zog Isabels Morgenrock und Pantöffelchen an und kämmte ihr nasses Haar mit einem silbernen Kamm, auf dem die Initialen I. S. in Fraktur eingraviert waren. Als sie schließlich aus dem Badezimmer herauskam, das Haar mit einem trockenen Badetuch reibend, schenkte Isabel die heiße Limonade in die Gläser.

»Das wird uns beiden guttun«, sagte sie, Eleanor ein Glas reichend. »Ich hoffe, daß sie nicht krank werden.«

»Oh«, versetzte Eleanor, »da bin ich ziemlich sicher. Ich bin so leicht nicht umzubringen.«

Sie nahm das Getränk und setzte sich an den Kamin. Sie fühlte sich jetzt ganz wohl. Es war ihr, als mache ihre Anwesenheit im Valcour'schen Hause Isabel auf eine sonderbare Weise verwundbar. Isabel und sie hatten, abgesehen von dem ersten Zusammentreffen bei dem *Kauf-einen-Ballen*-Ball, nie miteinander gesprochen. Jener Abend lag jetzt fünf Jahre zurück; Eleanor schien es, als seien tausend Jahre darüber vergangen. Seitdem hatte Isabel in ihrer Vorstellung die Maße eines normalen menschlichen Wesens, einer Frau aus Fleisch und Blut verloren und war zu einem peinigenden und quälenden Gedanken erstarrt. Jetzt nun, da sie ihr leibhaftig gegenübersaß, sah sie, daß da nur eine schöne, eitle und müßige Frau war, die ihr heftig mißfiel.

Nun, wo zur gegenwärtigen Situation kaum noch etwas zu sagen war, schien Isabel unschlüssig, wie sie sich weiter verhalten solle. Sie saß, Eleanor gegenüber, gleichfalls am Kamin vor dem kleinen Tisch, auf den das Mädchen das Tablett gestellt hatte, und schlürfte an ihrem Glas. Eleanor begann die Unterhaltung schließlich selbst.

»Es war sehr freundlich von Ihnen, mich aufzulesen«, sagte sie.

Isabel lächelte leicht. »Ich konnte Sie doch nicht durchweichen lassen bei diesem Unwetter.«

»Hatten Sie mich erkannt?«

»Warum? Ja, natürlich.«

Es entstand eine Pause. Sie sahen einander an, und ihre Züge nahmen sehr bald den Ausdruck etwas abschätzigen Interesses an: die Maske der Höflichkeit fiel schnell. Eleanor sah, daß Isabel äußerst gut und gepflegt aussah, und sie stellte nicht ohne heimliche Bewunderung fest, daß sie ihre Gaben zu bewachen, zu pflegen und zu nützen verstand. Sie wußte offensichtlich, daß Schönheit eine Göttergabe war, wenn man zwanzig Jahre zählte, daß sie aber viel mehr bedeutete, wenn man dreißig war. Nichts an Isabels Erscheinung, weder ihr Gesicht, noch ihre Figur oder ihre Hände zeigten die geringste Spur von Erschlaffung. Eleanor war ihres eigenen Körpers wegen noch nie in Verlegenheit gekommen; sie war hübsch in einer kühlen, repräsentativen Art, aber zwischen Isabel und ihr bestand ein Unterschied wie zwischen einem geschliffenen Diamanten und einer blühenden Blume. Isabel machte, fand Eleanor, einen zwar zweifellos anziehenden, aber gänzlich unnützen Eindruck. Sie verachtete sie, nicht, weil sie wußte, was sie wollte und auf dem besten Wege war, es zu erlangen, sondern weil sie in ihren Augen nichts als ein schöner und blendender Parasit war. Sie hatte nicht den Willen, aus eigener Kraft zu leben. Eleanor fragte sich vergebens, wie es nur geschehen konnte, daß Kester oder irgendein anderer Mann von so einem Geschöpf bezaubert würden.

Mit dem zornigen Entschluß, das Wesen Isabel ein für allemal zu erledigen, fragte Eleanor:

»Isabel, warum sagen Sie mir nicht klar und offen den Grund, weshalb Sie es so eingerichtet haben, daß ich hier bei Ihnen sitzen und warten muß?«

Isabels Stimme war glatt und hatte einen fragenden Unterton: »Warum glauben Sie, daß ich Sie aus einem bestimmten Grund hierhergebracht habe?«

»Sie hätten dem Chauffeur ohne weiteres sagen können, er solle mich nach Hause fahren. Es hätte ihn nicht lange aufgehalten.«

Isabel maß sie mit einem kühlen, etwas verschleierten Blick. »Sie haben recht«, sagte sie nach einer Weile, »ich wollte mit Ihnen sprechen.« Sie nippte wieder an ihrer Limonade und beobachtete Eleanor über den Rand des Glases hinweg.

»Dann sagen Sie also, was Sie von mir wissen wollen«, versetzte Eleanor.

Mit einem kleinen Lächeln antwortete Isabel: »Jetzt nichts mehr. Ich hatte ziemlich viel Zeit, Sie zu beobachten.«

»Oh«, sagte Eleanor, »wie interessant Sie mit Ihrer Zeit umgehen.«

Isabel ließ ein ironisches kleines Lachen hören. »Hatten Sie ein anderes Bild von mir? Vielleicht so: Eine alleinstehende Frau in einem alten Haus, die sich mit einem Vogel und einem Kätzchen amüsiert, Deckchen häkelt und ihre Nachbarn belauert? Ein wundervolles Bild!«

»Nein«, versetzte Eleanor, »ein solch dummes Bild habe ich mir nicht von Ihnen gemacht, mindestens nicht in solchen Einzelheiten. Ich hatte überhaupt keine Zeit, mich mit Ihnen zu befassen. Ich war zu beschäftigt dazu.«

»Oh, ich bin auch beschäftigt«, sagte Isabel. »Meine Verwandten und Freunde sind, wie Sie wohl wissen, in New York. Ich war ziemlich häufig dort. Nur dann und wann mußte ich aus einem sehr einleuchtenden, wenn auch nicht sonderlich erfreulichen Grunde nach Hause kommen.«

»Einem einleuchtenden?«

»Ja«, entgegnete Isabel mit kühler Offenheit. »Meine Armut! Oh, ich weiß, Sie verstehen das nicht. Sie würden sich an meiner Stelle eben bemühen, Ihre Einnahmen zu verdreifachen. Sie würden ohne Auto mit Chauffeur auskommen, bis Sie sich beides wirklich sorgenlos leisten könnten. Aber ich bin kein Finanzgenie. Ich kann mein Einkommen nicht vermehren. Das einzige, was ich tun kann« – sie lächelte, als erzähle sie einen amüsanten Witz – »ist, von meinem Einkommen zu leben, das heißt, es auszugeben.«

Eleanor blickte auf ihre Limonade und wieder zurück zu Isabel. Wie verschieden wir beide sind, dachte sie. Es lag nicht in ihrer Art, ihre eigenen Fehler und Unzulänglichkeiten zuzugeben. Isabel, im Gegensatz dazu, pflegte Kapital daraus zu schlagen.

»Ich habe niemals darüber nachgedacht, wie Sie Ihren Besitz verwalten«, sagte Eleanor, »aber ich glaube kaum, daß Sie so hilflos sind, wie Sie mich glauben machen möchten.«

Isabel betrachtete sie mit ruhigen Blicken. Nach einer kleinen Pause sagte sie: »Wie geradeaus Sie sind! Sie denken, sprechen und handeln immer unmittelbar und direkt. Sie haben es nicht gern, wenn man die Dinge sacht und behutsam anfaßt, wie?«

»Nein«, versetzte Eleanor, »das habe ich nicht.«

»Gut!« Isabel setzte ihr Glas auf das Tablett. Sie schlang ihre Arme um die Knie und sah Eleanor gerade ins Gesicht. »Dann kann ich auf Umwege verzichten«, sagte sie. »Würden Sie sich von Kester scheiden lassen?«

Eleanor fühlte, wie sich alles in ihr versteifte. Sie erinnerte sich daran, was ihr ungezügeltes Temperament sie in letzter Zeit bereits gekostet hatte, und gab sich selbst den herrischen Befehl, an sich zu halten. Mit einer kühlen und unpersönlichen Stimme, die der Isabels fast ähnelte, sagte sie: »Kester hat noch keine diesbezügliche Frage an mich gerichtet.«

»Das ist keine Antwort«, sagte Isabel.

»Es ist genau die Antwort, von der ich meine, daß sie im Augenblick erforderlich ist.«

»Wissen Sie denn wirklich nicht, daß Kester die Scheidung schon lange möchte?« fragte Isabel.

»Ich bin sicher, daß ich es wüßte, wenn er es wirklich wollte«, entgegnete Eleanor, »ganz gewiß würde er Sie nicht vorschicken, um mich danach zu fragen.« – Isabel zuckte die Achseln: »Er würde schon deshalb lange zögern, mit Ihnen darüber zu sprechen, weil er eine so hohe Achtung vor traditionellen Formen hat. Aber was veranlaßt Sie zu der Ansicht, er würde es gar nicht tun?«

»Wenn Kester den Gegenstand mir gegenüber jemals erwähnt hätte, würde ich mit ihm auch darüber gesprochen haben.«

Isabel maß sie mit abschätzigen Blicken. »Sie können sich das gar nicht vorstellen, wie?« sagte sie. »Sie fragten mich, was ich von Ihnen wollte, aber meine Antwort gefiel Ihnen nicht. Ich wußte natürlich vorher, was Sie sagen würden. Ich sagte Ihnen ja, daß ich bereits alles wüßte, was ich von Ihnen wissen wollte. Legen Sie vielleicht Wert darauf, darüber hinaus noch zu hören, was ich von Ihnen denke?«

Eleanor lehnte sich zurück und stellte ihr Glas auf den Kamin. Ihre Pulse gingen schnell; sie fühlte, wie die Wut in ihr aufstieg. Sie sprach deshalb sehr vorsichtig, immer bemüht, ihre Stimme unter Kontrolle zu halten. »Nein«, sagte sie, »ich lege keinen Wert darauf. Ich habe gar kein Interesse an Ihren Gedanken.«

»Nun, an etwas anderem sind Sie vielleicht interessiert: Ich liebe Kester. Er ist der einzige Mann, den ich jemals im Leben geliebt habe.«

»Das glaube ich Ihnen nicht«, entgegnete Eleanor kurz. »Sie sind gar nicht fähig, einen anderen Menschen zu lieben.«

Isabel zeigte ihr kleines höhnisches Lächeln. »Und warum sollte ich ihn dann haben wollen? Und ich will ihn haben, Eleanor.«

»Ich werde Ihnen sagen, warum Sie ihn haben wollen.« Eleanor sprach jetzt mit einer Stimme, aus der ruhige Sicherheit klang. »Sie langweilen sich bis zum Überdruß. Der Krieg zerstörte Ihre bisherige Welt und machte aus Ihnen ein bemitleidenswertes und ziemlich lächerliches Geschöpf. Wenn es Ihnen gelänge, Kester von allem wegzuführen, was er liebt: von mir, von Ardeith, von den Kindern – das würde Ihnen die etwas fragwürdig gewordene Überzeugung von Ihrer Unwiderstehlichkeit wiedergeben.«

Isabel saß vorgebeugt und hielt die Seitenlehnen ihres Sessels umklammert. »Glauben Sie wirklich, meine Selbstachtung erforderte es, einem Mann nachzulaufen, damit er mich heirate? Seien Sie nicht kindisch, Eleanor. Ich kann in der nächsten Woche heiraten, wenn es mir gefällt.« Sie blitzte Eleanor spöttisch an und setzte hinzu: »Und der Mann ist über sechs Millionen Dollar wert. Das wissen Sie ja wohl wenigstens abzuschätzen.«

»Wenn es wahr sein sollte, würde es mich überraschen.«
»Es ist wahr und es überrascht Sie auch.«
»Nicht, daß Sie es fertiggebracht haben, einen reichen Mann dazu zu bringen, daß er sie liebt. Nur, daß Sie zögern, ihn zu heiraten.«
»Sie halten mich für ausgesprochen berechnend, wie? Aber es ist umgekehrt: Sie sind berechnend, und ich erwähnte diese Geschichte auch nur, um Ihnen zu beweisen, daß ich Kester mehr liebe als Sie. Glauben Sie mir nun?«
»Nein.«
»Und warum nicht?«
»Ich sagte es Ihnen bereits. Sie lieben den Luxus, aber noch mehr als den Luxus lieben Sie Ihr eigenes Ich. Und Kester würde für Ihre eigene Selbstachtung mehr bedeuten als irgendein anderer Mann. Das ist alles, was Sie mir bewiesen.«
»Sie sind dumm, Eleanor, Sie wollen einfach nicht begreifen.« Isabel ergriff ein Taschentuch und begann es zwischen ihren Fingern zu drehen. »Seien Sie vernünftig und geben Sie jetzt nach«, fuhr sie fort. »Sie hatten eine Chance, mit Kester zu leben. Besehen Sie sich, was Sie mit der Chance begonnen haben. Er ist Ihnen davongelaufen. Was für ein Recht haben Sie eigentlich, ihn jetzt noch behalten zu wollen?«
»Entschuldigen Sie, wenn ich etwas langsam denke«, versetzte Eleanor, »aber wenn ich nicht weiß, was Ihnen über mich gesagt wurde, kann ich Ihnen nicht folgen.« – »Was mir über Sie gesagt worden ist?« wiederholte Isabel zornig. »Denken Sie, ich hätte es nötig, mich über Sie unterrichten zu lassen? Denken Sie, ich könnte nicht selbst sehen, was Kester geschehen ist? Oh, Sie sind eine Närrin, Eleanor!«
»Bin ich das? Sehen Sie, und mir erscheinen Sie als Närrin. Ich weiß nicht, was für Träumen Sie nachhängen, aber es ist offensichtlich, daß es Ihnen Spaß macht, daran zu glauben.«
»Warum lassen Sie diesen Unsinn nicht und geben zu, daß Sie verloren haben?« fuhr Isabel auf. »Können Sie nicht wenigstens einmal in Ihrem Leben zugeben, daß es ein Ding gibt, das Sie nicht meistern können? Warum beschäftigen Sie sich nicht damit, Büros zu eröffnen und Fabriken zu begründen? Das stände Ihnen an. Warum lassen Sie Kester nicht in Ruhe? Er ist ein menschliches Wesen und nicht das Objekt gedanklicher Spekulationen.« – »Warum hören Sie dann nicht auf, von ihm zu sprechen, als wäre er ein Leihbibliotheksbuch?« höhnte Eleanor. »Man kann einen Menschen nicht auswechseln und herumreichen?«
»Vielleicht ist er durch die Art, wie Sie ihn zu behandeln beliebten, zu einem Gegenstand wie ein Bibliotheksbuch geworden«, sagte Isabel. »Warum lassen Sie ihn nicht gehen, solange es noch Zeit für mich ist, die Schäden zu reparieren, die Sie angerichtet haben?«
»Schäden? Die Sie reparieren könnten?« Eleanor mußte sich mit aller Kraft in der Gewalt halten; der Rücken tat ihr vor Anstrengung weh. »Sie? Ein Mistelzweig, der nach einem lebenden Wesen Ausschau hält, an das er sich anklammern kann?«
»Wie Sie das sehen!« rief Isabel aus, »Sie Unbesiegbare! Wissen Sie nicht, daß Kester das Gefühl braucht, benötigt zu werden? ›Nach allem, was ich für ihn getan habe!‹ sagen Sie und wollen nicht verstehen, daß Kester glauben möchte, er täte die Dinge für Sie? Sie denken, Sie gäben ihm so viel; ach, ich habe Sie beobachtet, ich habe über Sie gelacht; Sie sind gar nicht in der Lage, ihm das zu geben, was er möchte und was er braucht. Die kleinen Triumphe, das leise Beifallsgeflüster, alles das, was ein Mann liebt – Eleanor, Kester ist zu mir gekommen, weil ich ihm sein Selbstvertrauen wiedergegeben habe. Sie brauchen sich nicht weiter anzustrengen, ihn festhalten zu wollen; es hätte doch keinen Zweck mehr. Sie haben genug Zerstörungen angerichtet.«
Eleanor hörte kaum noch zu. Sie war so wütend, daß Isabels Hohn ihr nicht viel

mehr als ein Geklingel von Silben bedeutete. Ihr ward kaum bewußt, daß sie sich erhoben hatte, daß auch Isabel aufgestanden war und daß sie sich nun gegenüberstanden, während Isabel unentwegt weitersprach:

»Kester entstammt einer ununterbrochenen langen Reihe von Helden – was immer die Larnes für Männer waren, die Frauen, die sie liebten, ließen sie jederzeit fühlen, daß sie Helden waren. Was die Männer den Charme der Mädchen aus dem Süden nannten – ich meine Mädchen, die aus Familien wie unserem stammen –, das war nichts anderes als die einfache Fähigkeit, dem Mann sein Selbstvertrauen zu schenken und zu erhalten. Wir handeln so unbewußt, unserem Instinkt folgend, auch wenn wir es gar nicht darauf anlegen. Gebt einem Mädchen unserer Art einen Mann, den sie wirklich liebt, und sie kann von ihm alles verlangen, was sie will. Und wissen Sie, wie wir das machen? Natürlich wissen Sie es nicht; wie sollten Sie auch! Wir tun nichts anderes, als den Mann für die Eigenschaften zu loben, von denen wir möchten, daß er sie hätte.« Sie lachte. »Denken Sie daran, Eleanor, beim nächsten Mal«, rief sie aus, »für diesmal haben Sie verloren, und Sie wissen es. Kester ist so krank von Ihnen, er haßt schon den bloßen Gedanken an Ihre Existenz. Sie täten wahrhaftig besser daran, nachzugeben.«

Isabel drehte sich um und wandte sich zur Tür. Eleanor stand mitten im Zimmer, die Hände in den Taschen des Morgenrockes zu Fäusten geballt. Die Wut schüttelte sie innerlich wie ein Sturm. Sie konnte immer nur denken: wenn ich jetzt den Mund öffne, kommt etwas Entsetzliches heraus! Hilf, Gott, daß ich den Mund halten kann!

An der Tür sagte Isabel, über ihre Schulter hinweg: »Das ist alles, was ich Ihnen sagen wollte. Ich werde Ihre Sachen heraufschicken und nach Ihrem Wagen sehen.«

Sie schloß die Tür hinter sich. Ein paar Minuten lang rührte Eleanor sich nicht. Sie fühlte, wie ihr Herz pochte. Als sie endlich die Hände aus den Taschen des Morgenrockes herausnahm und die Fäuste öffnete, waren ihre Finger steif und schmerzten bei jeder Bewegung. Alle Muskeln taten ihr weh, so angespannt waren sie, aber sie war froh, daß sie sich nicht gerührt und geschwiegen hatte, denn was immer sie in dieser Erregung auch getan hätte, es wäre keine Antwort gewesen, sondern nur ein hilfloser Ausbruch des in ihr kochenden Zornes. Es klopfte an die Tür; sie fuhr schnell herum, aber es war nur das Negermädchen mit ihren Kleidungsstücken, das hereinkam.

Sie habe Kleid und Wäsche mit einem heißen Eisen gebügelt, erklärte das Mädchen, sie seien eben trocken genug, um angezogen zu werden. Mantel und Schuhe seien leider noch naß. Sie brachte aushilfsweise ein Paar Schuhe von Miß Isabel. Eleanor dankte kurz und begann sich umzukleiden, nachdem das Mädchen gegangen war. Sie zog ihre eigenen Schuhe an; es war ihr immer noch lieber, eine Erkältung zu riskieren, als Isabels Schuhe zu tragen. Sie sammelte ihre Haarnadeln auf und ging zur Kommode.

Ihr Haar war nahezu trocken. Eleanor begann es eilig zu bürsten. Sie sah auf die Platte, um sicher zu sein, daß sie keine Haarnadel liegengelassen hatte. Ihr Auge traf einen kleinen funkelnden Gegenstand.

Sie starrte auf diesen Gegenstand und fühlte, wie ihr Herz rasend zu klopfen begann. Mit unsicherer Hand tastete sie danach.

Der Gegenstand war Kesters kleines silbernes Taschenmesser. Eleanor drehte es um und sah seinen Namenszug auf der Griffschale. Das Blut stieg ihr zu Kopf und innerlich wurde ihr kalt. Es war nun einmal Kesters Art, alles herumliegen zu lassen. Sie umklammerte das Messer mit der Hand, öffnete die Finger und sah es auf ihrer offenen Handfläche liegen. Ein böser Gedanke schoß ihr in den Kopf: Es ist sehr scharf, ich kann ihr die hübsche Visage damit zerfetzen! Unwillkürlich schauderte ihr; nie zuvor hatte sie gewußt, wie es ist, wenn man sich versucht sieht, physische

Gewalt anzuwenden. Es klopfte wieder an der Tür. Sie schloß ihre Hand um das Messer, drehte sich um und sagte: »Ja?« Ihre Stimme klang rauh und lauter als notwendig gewesen wäre. Das Negermädchen trat ein und erklärte, der Wagen aus Ardeith sei vorgefahren.

Eleanor hielt Kesters Messer in der geschlossenen Faust. Das Mädchen hielt ihr den feuchten Mantel hin; sie nahm ihn ihr ab und warf ihn über den Arm. Sie ging wortlos an den Mädchen vorbei und die Treppe hinunter.

Isabel stand an der geöffneten Haustür und sprach mit Cameo. Als Eleanor heran war, sagte sie: »Gute Nacht!«

»Gute Nacht!« antwortete Eleanor, ging hinaus und stieg in das Auto. Sie hielt den Mantel über den Knien und darunter die Faust, die Kesters Messer umklammerte. Der Regen strömte noch immer. Cameo fuhr langsam und vorsichtig; hinter ihm saß Eleanor, zitternd vor Kälte und mühsam zurückgehaltener Wut. Sie war ganz schwach von der Anstrengung, die die Selbstbeherrschung erfordert hatte. Es war das erste Mal, daß sie vermocht hatte, ihre Wut zu zügeln, ohne sich durch einen Temperamentsausbruch Erleichterung zu verschaffen.

Dilcy und Bessy stürzten ihr bereits in der Halle entgegen und bestürmten sie mit Fragen. Dilcy nahm ihr den nassen Mantel ab, gab ihr ein Paar vorsorglich angewärmter Hausschuhe und bestand darauf, Abendessen bringen zu wollen. Eleanor sagte, sie habe keinen Hunger, aber Dilcy war unerbittlich; sie mußte wenigstens eine Tasse heißer Milch trinken. Eleanor gab schließlich nach, nur um das bittende Geschwätz des Mädchens nicht länger hören zu müssen.

Sie setzte sich an das Kaminfeuer und betrachtete das kleine Silbermesser in ihrer Hand. Sie hatte es nie benutzt; jetzt, wo sie daran dachte, wozu sie vor kurzem noch fähig gewesen wäre, entsetzte sie sich vor ihren Möglichkeiten. Es war erschreckend, zu sehen, wie dicht die primitivsten Impulse unter der dünnen Hautschicht der Zivilisation gelegen waren. Sie starrte auf das Messer, bis sie Dilcys Schritte in der Halle vernahm; da warf sie das kleine Ding mit einem unbestimmten Gefühl der Schuld unter eines der auf dem Tisch liegenden Magazine Als Dilcy dann mit der Milch und einem Schälchen voller Bisquits hereinkam, fühlte sie sich angesichts des breiten strahlenden Lächelns der Negerin fast befreit Dilcy mußte zufolge des Telefonanrufes wissen, daß sie bei Isabel Valcour Zuflucht vor dem Regen gesucht hatte, aber Dilcy konnte immerhin nicht wissen, welche Gefühle sie dabei bewegten. Beschämt ob ihrer Nervosität, lächelte sie zurück. Ich bin halb närrisch vor Erschöpfung und Müdigkeit, dachte sie. Es war ein schwerer Tag der hinter ihr lag. Sie wünschte sich einen langen Schlaf. – »Sie müssen jetzt die Milch trinken und einen Zwieback essen«, sagte Dilcy, »dann Missis müssen gleich hinauf in ihr Bett. Nacht ist sehr schlimm.«

»Du hast recht, Dilcy«, versetzte Eleanor, »wie geht es den Kindern?«

»Kinder haben zu Abend gegessen und sind ins Bett. Haben Miß Elna gehabt Sorge?«

»Nein, das hatte ich nicht.« Eleanor fühlte, wie sie schon wieder ruhiger wurde. »Du achtest gut auf die Kinder, Dilcy«, sagte sie. »Ich wüßte gar nicht, was ich anfangen sollte ohne dich.«

»Ja, Madam, ich versuchen alles zu machen richtig bei meine Kinder«, sagte Dilcy. »Nun Sie trinken diese Milch, ehe sie ist kalt.«

Eleanor gehorchte und aß auch einen Zwieback, weil es ihr einfacher schien, Dilcys Wunsch nachzukommen als zu widersprechen. Dilcy führte sie dann, wie der Hirt sein Schäfchen, die Treppe hinauf und half ihr beim Auskleiden, denn Eleanor war so müde, daß sie kaum fähig war, ohne Hilfe aus den Kleidern zu kommen. Dilcy legte ihr noch einen mit heißem Wasser gefüllten Gummibeutel an die Füße und versicherte, daß niemand in ihre Nähe kommen würde, bis sie am nächsten Morgen von selber erwache. »Vielleicht überhaupt besser, Missis bleiben morgen im Bett«, sagte sie. O nein, morgen sei sie wieder ganz in Ordnung, versicherte Eleanor. »Danke schön, Dilcy.«

»Missis muß ausschlafen. Ich sehr gern möchte sie verwöhnen. Sie das nicht oft lassen tun mit sich«, klagte Dilcy und versetzte Eleanor einen kleinen zärtlichen Schlag auf den Arm.

Eleanor streckte sich wohlig unter der Decke. Bevor Dilcy noch das Licht ausgeschaltet hatte, war sie schon eingeschlafen.

DREIZEHNTES KAPITEL

1

Am nächsten Morgen regnete es nicht mehr, aber der Boden war so naß, daß Dilcy Cornelia und Philip nicht hinauslassen wollte. Sie schickte sie hinunter, damit sie Eleanor nicht weckten. Cornelia und Philip gefiel das gar nicht; sie benahmen sich ziemlich unleidlich. Der Himmel war grau in grau, das Ausschneiden der Tierbilder war eine schwierige Sache, und Dilcy konnte nicht helfen, weil sie oben weilte und das Kinderzimmer säuberte. Cornelia stand am Fenster des Wohnzimmers und sah trübsinnig hinaus. Die Mutter hatte ihnen versprochen, am Nachmittag mit ihnen in die Stadt zu fahren, um neue Kleider zu kaufen, aber Cornelia sah schon, daß daraus nichts werden würde. ›Bei dem Wetter können wir natürlich nicht fahren‹, würde die Mutter sagen.

»Da, ausschneiden Elefant«, sagte Philip und kam zu ihr herübergewatschelt.

Cornelia warf ziemlich hochmütig die Lippen auf. Sie sehnte sich sehr nach einem Spielgefährten ihres Alters. Sie war schon sechs und Philip war noch nicht einmal vier; ein Baby! Sie mußte ihm immer bei allen Dingen helfen die für ihn noch zu schwer waren, und sie hatte das auch immer getan.

So nahm sie ihm auch jetzt schließlich den Karton ab und mühte sich mit dem Elefanten herum, während der Junge dabeistand und mit großen Augen zusah. Das Ausschneiden der Stoßzähne des Elefanten war eine sehr schwierige Sache; die stumpfe Schere, die ihnen bewilligt worden war, eignete sich schlecht dazu. Cornelia ärgerte sich. Es paßte ihr gar nicht, daß da etwas war, was ein großes Mädchen von sechs Jahren noch nicht fertigkriegen sollte. Sie ging hinüber zum Tisch und drehte die Leselampe an, als ob sie mehr Licht zu der Arbeit brauchte, und Philip folgte ihr, um ihrer Tätigkeit weiter zuzusehen. Aber es ging wirklich nicht mit der Schere; sie brauchte durchaus einen spitzen Gegenstand. Während sie noch so dastand und mißmutig auf die halb ausgeschnittene Figur blickte, schob sie mit dem Ellenbogen ein Magazin beiseite und erblickte ein Taschenmesser, das da lag. Sie legte die Schere hin und nahm das Messer zur Hand.

»Damit kriege ich die Zähne wahrscheinlich heraus«, sagte sie.

»Was ist das, was du da hast?« fragte Philip.

»Vaters Messer, das er immer benützt. Er hat es gewiß hier liegenlassen, als er fortging. Ich wette, er vermißt es; Mutter sollte es ihm schicken.« Philip sah aufmerksam zu, wie sie es hin und her drehte. Cornelia lächelte stolz. »Du kannst sicher noch nicht lesen, was hier drauf steht«, sagte sie.

Philip schüttelte den Kopf. Er konnte noch gar nicht lesen.

»Ich kann es aber lesen«, sagte Cornelia. »K-e-s-t-e-r – das heißt Kester. Kester

Larne. Wenn Vater wiederkommt, wird er staunen, wie gut ich schon lesen kann. Jetzt will ich aber die Elefantenzähne ausschneiden.«

»Laß mich das tun«, sagte Philip.

»Nein, versuche nicht, das Messer zu öffnen. Du bist noch zu klein. Ich mach das schon richtig.« Cornelia schob ihren Fingernagel in die dazu bestimmte Kerbe der Messerschneide und zog das Messer heraus.

»Das geht gut; es ist schön spitz«, sagte Philip. »Laß mich ausschneiden.«

»Nein, ich mache es. Du bist zu klein. Du schneidest den ganzen Elefanten kaputt.«

»Ich will aber!« schrie Philip und versuchte, ihr das Messer wegzunehmen. Cornelia zog die Hand zurück, aber Philip griff abermals nach dem Messer. Cornelia zog es mit aller Kraft zu sich heran und forderte Respekt für ihr Alter und ihre überlegene Weisheit. Sie balgten sich beide und Cornelias Fuß glitt auf dem Teppich aus. Während sie fiel, stieß sie einen so gellenden Schrei aus, daß die Dienstboten in der Küche zusammenschraken, daß Dilcy im Kinderzimmer der Besen aus der Hand fiel und selbst Eleanor in ihrem Bett dadurch geweckt wurde.

2

Eleanor regte sich unwillig vor Ärger, daß man das Haus nicht ruhig zu halten vermochte, um sie schlafen zu lassen, bis sie von selber erwachte. Was war das nur für ein Lärm? Die Kinder schrien, die Dienstboten rannten umher, unten in der Halle knallte eine Tür. Ebenso hätte sie versuchen können, bei einem Fußballspiel zu schlafen. Eines der Kinder – es schien Cornelia – schrie jämmerlich. Sie verdiente wahrhaftig, in die Ecke gestellt zu werden für solch ein Benehmen, es sei denn, es wäre ihr irgend etwas Ernsthaftes passiert. Eleanor setzte sich im Bett auf; ihr Kopf war plötzlich ganz klar, und sie wußte, was sie eben gehört hatte, war nicht der Schrei eines ungezogenen Kindes, das war ein Schmerzensschrei gewesen. Es mußte irgend etwas Schlimmes geschehen sein.

Eleanor sprang aus dem Bett. Die Fenster standen offen; die feuchte Luft drang durch ihr Nachthemd. Sie schlüpfte in Hausschuhe und Morgenrock und rannte die Treppe hinunter. Die Schreie waren von unten gekommen.

Dilcy rannte vor ihr die Treppe hinunter und ein anderes Mädchen rannte herauf, den Staublappen noch in der Hand. Sie stieß an der Biegung der Treppe fast mit Eleanor zusammen.

»Miß Cornelia«, keuchte das Mädchen, »sie ist gefallen.«

Eleanor eilte an ihr vorüber. Das Wohnzimmer war voller Dienstboten, die zusammengelaufen waren, als sie das Schreien gehört hatten Philip weinte, offenbar durch den Aufruhr erschreckt. Nachdem Eleanor ihm einen Blick zugeworfen und festgestellt hatte, daß ihm offensichtlich nichts Ernsthaftes fehlte, fiel sie neben Dilcy auf die Knie, die auf dem Fußboden saß und Cornelia hin und herwiegte, während sie laut schluchzte: »Oh, mein Kind, liebes, Baby armes, klein Lämmchen mein!«

Cornelia hatte die Hände vor dem Gesicht und den Kopf an Dilcys Busen gebettet. Sie ließ fortgesetzt kleine gedämpfte Schreie ertönen. Eleanor langte nach ihr, um sie zu nehmen, und Cornelias Hände glitten herab. Eleanor schrie auf, während ihre Arme den Körper des Mädchens umschlangen, und der Schrei klang nicht weniger wild als der Cornelias, über dem sie erwacht war. – »Es sind ihre Augen!« schrie sie, »oh, mein Gott, es sind ihre schönen Augen!«

Dann war einen Augenblick nichts zu hören als Cornelias leises Wimmern und

Philips erschrockenes Weinen. Die Neger standen erstarrt. Eleanor sah fasziniert und zu Tode erschrocken auf die winzigen Blutstropfen, die unter Cornelias linkem Augenlid hervorkamen. Sie war für Sekunden wie gelähmt. Was eigentlich geschehen war, wußte sie nicht, sie hatte auch nicht die Kraft, zu fragen; ihre Stimme gehorchte ihr nicht. Sie saß starr am Boden; ihr Mund war geöffnet und die Arme umklammerten das wimmernde Kind, und ihr Hirn wiederholte immer wieder die zwei Worte: ihre Augen, ihre Augen, ihre Augen!

Dann, ganz plötzlich, war wieder Bewegung im Raum. Die Neger sprachen mit Philip und suchten ihn zu besänftigen, boten sich an, Cornelia zu helfen, und fragten durcheinanderplappernd, was eigentlich passiert sei. Cameo beugte sich nieder, um etwas vom Fußboden aufzuheben, und Eleanor hörte ihn verblüfft ausrufen: »Seht! Seht! Master Kesters Messer!«

Eleanor gab es einen Ruck. Kesters Messer! Die Worte trafen sie wie eine Anklage. Es fiel ihr ein, daß sie das Messer am vergangenen Abend auf dem Tisch liegenlassen hatte, und das, obgleich sie den Dienstboten eingeschärft hatte, niemals und unter keinen Umständen spitze und scharfe Instrumente liegenzulassen, wo die Kinder sie erreichen konnten. Der Schrecken mußte ihr wohl im Gesicht stehen, denn Cameo beugte sich über sie.

»Lassen Sie mich kleine Miß nach oben tragen«, sagte er. Und ohne Eleanors Antwort abzuwarten, hob er Cornelia auf. Während er mit ihr hinauf ging, sagte er: »Du, Bessy, telefonierst sofort an Dr. Purcell. Kannst du nicht sehen, daß Miß Elna bekommen hat einen Schock, daß sie nicht tun kann etwas?«

Eleanor stellte sich auf die Beine. »Danke schön, Cameo«, sagte sie schwach. Mit aller Gewalt rief sie ihren betäubten Verstand zur Ordnung und begann Befehle zu geben. »Ruf Dr. Purcell an, Bessy. Sage, Miß Cornelia fiel in ein Messer und wurde am Auge verletzt. Sag' ihm, er möchte sofort herüberkommen und frage ihn, ob es irgend etwas gäbe, was ich tun könnte, bis er käme. Dilcy, paß auf Philip auf. Bringe Miß Cornelia in mein Zimmer, Cameo. Und ihr anderen, verhaltet euch um des Himmels willen ruhig!«

Sie folgte Cameo die Treppe hinauf; oben beugte sie sich über das Kind, das der Diener auf ihr Bett gelegt hatte. Cornelia wimmerte und hielt die Hände so fest auf die Augen gepreßt, daß es Eleanor schwer wurde, sie herunterzuziehen. Cornelia krümmte sich über der bloßen Berührung. Beide Augen waren fest geschlossen, und Eleanor sah mit einiger Verwunderung, daß außer den wenigen Blutstropfen noch sonst keinerlei Folgen der Verletzung erkennbar waren. Heiße Packungen, kalte Packungen, oder was? fragte sich Eleanor verzweifelt. Sie wußte es nicht. Bessy erschien und erklärte, der Doktor käme sofort. Er führe in dieser Minute ab.

Eleanor sprang auf: »Was können wir für sie tun?«

»Doktor sagt: Gar nichts tun, bis er kommt.«

»Oh, das ist entsetzlich!« Eleanor setzte sich wieder auf das Bett, legte den Arm um Cornelia und versuchte, beruhigend auf sie einzusprechen, aber sie bekam vor Schrecken noch immer kaum ein Wort heraus. Nach ein paar Minuten wurde ihr bewußt, daß Cornelia zwischen den Stöhnen irgend etwas murmelte. Sie beugte sich tiefer über sie und fragte: »Ja, Liebling, was sagst du?«

»Vater!« sagte Cornelia, »Vater soll kommen!«

Eleanor hielt sie fest und mühte sich, Cornelias Händchen von den Augen fernzuhalten. »Gut, mein Herz«, flüsterte sie, »ich will ihn holen, sobald ich kann.«

»Kannst du ihn nicht jetzt holen? Kannst du nicht da anrufen, wo er ist?«

»Ja, ich werde ihn anrufen. Versprichst du mir, deine Augen nicht anzufassen, während ich telefoniere?«

Cornelia nickte.

»Das ist gut«, sagte Eleanor. »Ich rufe ihn sofort an.«
Sie machte sich von Cornelia los und wandte sich dem Telefon zu. Kester war auf dem Regierungs-Baumwollamt. Eleanor rief das Fernamt an und bekam die Verbindung. Sie nannte dem Mann am anderen Drahtende ihren Namen und fragte nach Kester. Mister Larne sei draußen auf dem Versuchsfeld, antwortete der Beamte, sie möchte ihren Anruf am Mittag wiederholen.

Hinter Eleanors Rücken fragte Cornelia: »Hast du ihn erreicht? Kann ich mit ihm sprechen?«

»Noch nicht, mein Herz«, antwortete Eleanor, und ins Telefon hinein sagte sie: »Es handelt sich um eine Sache von lebenswichtiger Bedeutung. Schicken Sie nach Mister Larne. Ich bleibe am Telefon.«

»Einen Augenblick. Ich will sehen, ob ich ihn finden kann.«

Sie wartete. Es dauerte lange Zeit, bis sie wieder etwas hörte. Aber schließlich kam Kesters Stimme über den Draht.

»Hallo! Eleanor?«

Zwei Monate waren vergangen, seit sie das letzte Mal seine Stimme gehört hatte. Als nun seine Worte an ihr Ohr drangen, wurde ihr bei dem bloßen Klang klar, daß sie diese Stimme unter Tausenden herausgekannt hätte, und wenn nicht zwei Monate, sondern zwanzig Jahre vergangen wären, seit sie sie letztmalig vernahm. Die Stimme klang überrascht und verwirrt. Sie versuchte, so ruhig und klar wie möglich zu antworten.

»Kester«, sagte sie, »Cornelia hat sich verletzt. Sie – –«

»Cornelia? Was ist es? Doch nicht ernsthaft?«

»Ich weiß es noch nicht. Es sind die Augen.«

»Großer Gott!«

»Sie möchte mit dir sprechen.«

»Wann ist das denn passiert?«

»Gerade erst. Vor wenigen Minuten.«

»Hast du den Arzt geholt?«

»Ich habe Bob Purcell rufen lassen. Er ist noch nicht hier.«

»Bob Purcell? Diesen Pillendoktor? Was weiß denn der schon von Augen! Bring' sie nach New Orleans. Ich werde gleich hinunterfahren und einen Spezialisten suchen, damit er darauf vorbereitet ist, wenn ihr kommt. Wann kannst du abfahren?«

»Sobald der Doktor sie gesehen hat.«

»Muß das denn sein?«

»Bob Purcell kann jeden Augenblick hier sein und Cornelia hat ziemliche Schmerzen.«

Sie hörte, wie Kester einen wortlosen Laut von sich gab; sie biß die Zähne zusammen.

»Sie möchte mit dir sprechen, Kester«, sagte sie nach einem Augenblick. »Cornelia, hier ist Vater.«

Sie rückte den Apparat näher und hielt den Hörer an Cornelias Ohr. Kester sprach etwas, was sie nicht verstand. Cornelia sagte: »Warum kannst du jetzt nicht kommen? Soll ich nach New Orleans kommen?« Sie sprachen miteinander, bis Eleanor hörte, daß jemand die Treppe heraufgestürmt kam. Es war Bob Purcell. Eleanor nahm dem Kind den Hörer ab und sagte. »Kester, Bob ist da. Ihr müßt jetzt aufhören zu sprechen.«

»Ich fahre noch in dieser Minute nach New Orleans«, sagte Kester schnell. »Da geht ein Zug um zehn Uhr herum, nicht wahr? Den nimm bitte; ich erwarte euch am Bahnhof.«

»Gut.« Eleanor legte den Hörer auf und wandte sich um.

Bob hatte sich schon über Cornelia gebeugt, die wieder aufschrie, ob aus Schmerz oder Furcht, konnte Eleanor nicht feststellen.

»Ich habe gerade mit Kester gesprochen«, sagte Eleanor. »Er ist auf dem Wege nach New Orleans, um einen Spezialisten zu bekommen. Kannst du mit mir und Cornelia mitkommen?«

Bob sandte ihr einen flüchtigen Blick. »Ja«, sagte er, »ich wäre froh darüber. Aber laß mich erst noch etwas genauer zusehen.« Cornelia schreckte wieder vor ihm zurück, und Bob sah zu Eleanor auf. »Es ist keine Zeit mehr, behutsam vorzugehen, Eleanor«, sagte er, »Cornelia kann noch nicht verstehen, daß ich genau zusehen muß. Du wirst sie festhalten müssen.«

»Bitte, tu ihr nicht weh«, flüsterte Eleanor, »warte, ich halte sie.« Sie setzte sich auf das Bett, zog Cornelias Arme herab und hielt ihren Kopf fest. Sie drehte den eigenen Kopf beiseite und schloß die Augen. Die Zeit, die sie so sitzen und Cornelia halten mußte, erschien ihr endlos. Schließlich hörte sie Bob sagen: »Es ist gut, du kannst sie jetzt wieder hinlegen.« Eleanor ließ Cornelia los und stellte fest, daß ihre Muskeln vor Anspannung schmerzten. Bob hob Cornelia auf, legte sie auf das Bett und breitete die Bettdecke über sie. Er hatte Schutzdeckel über ihre Augen gelegt und sie mit einer Bandage befestigt; sie war ganz ruhig geworden. Eleanor sah auf sie hinab und fuhr sich mit der Hand an den Kopf, um sich eine Haarsträhne aus der Stirn zu streichen. Jetzt, da Cornelia sich ein wenig erleichtert fühlte, fiel ihr erst ein, daß sie noch nicht einmal ihr Gesicht gewaschen und ihr Haar gekämmt hatte.

»Du bist tapfer, Eleanor«, sagte Bob, »nicht jede Mutter hätte so ruhig dabeigestanden.«

Eleanor lächelte schmerzlich. Sie fühlte sich gar nicht tapfer. Sie hätte es als Erleichterung empfunden, wenn sie ohnmächtig geworden wäre und ein paar Minuten Leere um sich gehabt hätte.

»Kann ich jetzt mit dir sprechen, Bob?« fragte sie.

»Gewiß; komm hier herein.« Er nahm sie am Arm und führte sie in das nächste Zimmer.

»Es ist das linke Auge«, sagte Bob. »Sie hat die Sclera am Seitenrand der Cornea zerschnitten; kannst du dir darunter etwas vorstellen?«

Eleanor schüttelte den Kopf.

»Die Sclera ist die weiße Augenhaut, die Cornea das offene Fenster vor der Iris.«

»Ist es gefährlich?«

Er zögerte.

»Bob, ich möchte es wissen.«

»Es ist fast unmöglich, jetzt schon etwas zu sagen, Eleanor. Augen haben manchmal eine erstaunliche Heilkraft. Du wirst dich jetzt ankleiden und veranlassen müssen, daß deine Koffer gepackt werden. Ich sorge für alles andere.«

Sein Lächeln hatte etwas von berufsmäßigem Optimismus. Er werde außerdem veranlassen, daß ihr Frühstück heraufgebracht werde, sagte er. Seine fürsorgliche Höflichkeit erschreckte sie mehr, als es vorhin Cornelias Schmerzensschrei getan hatte

3

Bob mietete ein Zimmerabteil im Zuge. Nachdem Cornelia zu Bett gebracht worden war, immer noch unter der Wirkung des Beruhigungsmittels, das er ihr gegeben hatte, saß er bei Eleanor auf dem Sessel am Fenster. Eleanor sah zu Fenster hinaus auf die Zypressensümpfe, an denen sie vorüberfuhren. Das Land dämmerte in einem kühlen Silbergrau unter dem wolkigen Himmel; dann und wann gingen Regenschauer hernieder; die grauen Moosschleier der Bäume wiegten sich im Wind. Sie mußte des Tages gedenken, da sie zusammen mit Kester bei den Zypressensümpfen gewesen war; sie hatten nebeneinander im Auto gesessen und dem Regen zugesehen, während ihr über seinen Worten Schönheiten aufgingen, von denen sie zuvor nie etwas geahnt. Das war während jenes wunderbaren Winters gewesen, da sie erstmals verspürte, daß sie ihn liebte. Ihre Liebe war so reich gewesen in jener Zeit, so reich und so zart und so voll von großartigen Möglichkeiten, die sie sich hatte entgleiten lassen; und nun war die Zitadelle, an der sie seit ihrer Hochzeit gebaut, ein Ruinenhaufen und sie mußten einander über dem verkrümmten und leidenden Körper ihres Kindes gegenübertreten.

Sie mußte wohl sichtbar gezittert haben, denn nun sprach Bob zu ihr, und da sie seine Stimme hörte, kam ihr erst zu Bewußtsein, wie still es eben noch gewesen war.

»Die Sache ist nicht unbedingt tragisch, Eleanor«, sagte Bob.

»Ich dachte an Kester«, entgegnete Eleanor; »er liebt sie so.«

Bob sagte nichts mehr. Hierfür hatte er keinen Trost zu bieten, und er war zu klug, um mit Geringerem auszuhelfen. Aber er nahm ihre Hand in die seine und drückte sie mit einer einfachen Geste der Freundschaft. Eleanor sah auf Cornelias wuscheliges Haar, schüttelte ihr das Kopfkissen zurecht und fragte sich bitter, welche Verstümmelung die Eltern des Kindes wohl bewirkt hätten, durch Unfähigkeit, ihr eigenes Leben in Ordnung zu halten.

Während der Zug durch den tropfenden Zypressensumpf dampfte, rief Eleanor sich Umstand um Umstand in die Erinnerung zurück und hielt schonungslose Kritik. Wäre sie instande gewesen, ihr Temperament zu zügeln, hätte Kester Ardeith nicht verlassen. Hätte Kester sein Temperament gezügelt, wäre ihr nicht sein Messer in Isabels Schlafzimmer in die Hand gefallen. Hätten sie beide das richtige Verantwortungsgefühl aufgebracht und sich gegeneinander und den Kindern gegenüber verhalten, wie es sich gehörte, das Unglück wäre sicherlich nicht geschehen. So, wie die Dinge nun lagen, hatten sie jedenfalls nicht das Recht, Kritik am Schicksal zu üben, es sei denn, sie verzichteten fortan darauf, sich selber wie Kinder zu benehmen.

Wie sonderbar das ist, dachte Eleanor, während draußen die moosverhangenen Bäume an ihr vorüberglitten, da hat man sich nun bemüht, dir die angehäufte Weisheit von Generationen beizubringen, die leiden mußten, um ihre Kenntnisse und Erfahrungen zu sammeln; es hat auf dich keinen Eindruck hinterlassen; du hast es nicht auf dich bezogen. Für andere Leute mag das gelten, hast du gedacht, aber doch nicht für mich, ich weiß ja, was ich will, und werde es auch erreichen! Du warst der Mittelpunkt deines eigenen Universums und entschlossen, dir durch niemand hineinreden zu lassen. – Sie warf einen Blick auf Cornelias bandagierte Augen, und ihre Fäuste ballten sich in heimlichem Grimm. Ein Satz stand wie eine Anklage vor ihren Augen: »Der, der langsam in Zorn kommt, ist besser als der Gewaltige, und der, der seinen Geist regiert, ist mächtiger als der, der eine Stadt einnahm!«

Als der Zug in die Bahnhofshalle einfuhr, sah sie vom Fenster aus Kester stehen. Sein Gesicht war düster, sein Mund eine schmale Linie und seine Stirn in Falten gelegt, während sein Blick zwischen den Aussteigenden umhersuchte. Der Ausdruck der Angst und der Sorge in seinen Zügen hätte ihr sagen können, wie sehr er Cornelia liebte, wenn sie es noch nicht gewußt hätte.

Bob nahm das Kind auf den Arm und veranlaßte Eleanor, vorauszugehen. Während sie von der Plattform herunterkletterte, wurde sie von Kester erblickt. Er war mit ein paar Sätzen bei ihr.

»Wo ist sie, Eleanor?« stieß er heraus. Es hörte sich an, als gäbe es außer Cornelia keinen Gegenstand einer Gemeinsamkeit zwischen ihnen. Eleanor war im Grunde froh darüber; alles, was sonst zwischen ihr und Kester an offenen Fragen war, konnte warten. Sie sagte:

»Bob kommt ja schon mit ihr.«

»Gib sie mir«, sagte Kester. Er nahm Cornelia in die Arme und fuhr sichtbar zusammen, als er den Verband über ihren Augen gewahrte. »Draußen wartet ein Krankenwagen«, sagte er, »kommt hinter mir her.« Während er Cornelia, die sich leicht gerührt, aber gleich wieder beruhigt hatte, durch das Bahnhofsgewühl trug, fuhr er fort, zu sprechen:

»Dr. Renshaw und seine Assistentin sind im Krankenhaus. Man hat mir gesagt, er sei einer der ersten Augenspezialisten des Landes. Unterrichte mich bitte über seine Meinung, wenn du mit ihm gesprochen hast, Bob.« – Bob sagte, daß er das selbstverständlich tun werde, und sie stiegen in den Krankenwagen, in dem eine Schwester wartete, um Cornelia bequem auf der kleinen Liege zu betten. Eleanor setzte sich zwischen Kester und Bob ihr gegenüber. Sie sprachen kaum miteinander. Kester hielt seinen Blick unentwegt auf Cornelia gerichtet, als vermöchte er sie zu beschwören, doch ja nicht ernsthaft zu erkranken.

Eleanor hatte niemals einen solchen Ausdruck ernster Besorgnis in seinem Gesicht gesehen. Sie hegte den dringenden Wunsch, es möchte ihr gelingen, die äußeren Umstände des Unfalls vor ihm zu verbergen. Er brauchte nicht zu erfahren, daß sein Taschenmesser die Verletzung verursacht hatte. Die Sorge um Cornelias Augenlicht war Strafe genug.

Als sie dann im Krankenhaus ankamen, nahm Eleanor nicht ohne Rührung wahr, wie gründlich Kester hier bereits alles hatte vorbereiten lassen; unbewußt hatte sie erwartet, für alle diese Dinge selbst sorgen zu müssen. Aber siehe, es war nichts mehr für sie zu tun. Der Arzt wartete bereits, für Cornelia war ein Zimmer bereit, ein anderes Zimmer stand als Warteraum für sie und Kester zur Verfügung. Bob suchte sofort den Spezialisten auf, um mit ihm zu sprechen, hinter Cornelia hatte sich die Tür eines Krankenzimmers geschlossen und Kester und Eleanor blieben allein zurück.

Da saßen sie nun einander im Wartezimmer eines Krankenhauses gegenüber. Das Zimmer war mit einem Tisch, mehreren Stühlen und einem Sofa möbliert, das Fenster hatte helle Vorhänge und auf dem Tisch grünte ein Farn in einem Blumentopf. Trotzdem strahlte der Raum die unpersönliche Kühle eines Wartezimmers aus, in dem ruhelose Angehörige sitzen oder umhergehen, um auf das Ergebnis einer ärztlichen Untersuchung oder einer Operation zu warten. Eleanor sah sich mit scheuen Blicken um und fragte sich mit heimlichem Schauder, wieviel Seelenqual dieser Raum wohl schon erlebt haben mochte. Auf dem Sessel, der vor ihr stand, war der Lack der Armlehnen durch zahllose Hände, die ruhelos darübergeglitten sein mochten, matt und stumpf geworden. Sie wandte den Blick davon ab, setzte sich auf einen anderen Stuhl, zog die Handschuhe aus und fand zu ihrem Erstaunen kleine Blutstropfen auf ihrer Handfläche.

Kester stellte Eleanors Koffer, den er getragen hatte, in die Ecke und begann im Zimmer auf und ab zu gehen. Über dem Schreiten sagte er:

»Ich habe weder deine noch meine Familie unterrichtet. Ich hielt es für gut, damit noch etwas zu warten. Verwandte sind in solchen Fällen immer nur im Wege.«

»Das ist wahr, du hast recht getan«, stimmte Eleanor zu.

Kester tat wieder ein paar Schritte und blieb dann vor ihr stehen. »Nun sage mir wenigstens, was überhaupt geschehen ist, Eleanor«, sagte er.

»Ich weiß selbst nicht viel«, entgegnete sie. »Es war früh am Morgen und ich schlief noch.« Sie hielt die Hände fest im Schoß verklammert. »Cornelia und Philip müssen sich um ein Messer gebalgt haben. Cornelia stolperte dabei und fiel in das Messer, das ihr ins Auge ging.«

»Was hat Bob gesagt?«

»Nichts. Ich meine, nichts Bestimmtes. Er könne vorerst noch nichts sagen, erklärte er.«

»Ihre Augen!« sagte Kester, »es ist entsetzlich! Gerade die Augen!«

»Es ist, Gott sei Dank, nur ein Auge«, flüsterte sie.

»Ich frage mich, ob der Schnitt wohl sichtbar sein wird«, sagte er. »Sie hat so wunderschöne Augen!« Er setzte sich in den Sessel, und ohne daß ihm das bewußt geworden wäre, krampften sich seine Hände um die abgenutzten Stellen der Lehnen. Es entstand eine Pause. Solange die Notwendigkeiten der Stunde sie in Anspruch genommen und in Atem gehalten hatten, war es gut gewesen; jetzt, da sie nichts tun konnten als zu warten, waren sie krank vor innerer Hilflosigkeit. Nach einer Weile sagte Kester: »Wie konnte es nur geschehen, daß so ein gefährliches Instrument an einer Stelle liegenblieb, wo die Kinder es finden konnten?«

»Ich habe es liegenlassen«, sagte Eleanor, »es war mein Fehler!«

»Du?«

Sie nickte: »Es war ein Messer, das ich in der letzten Nacht benutzte. Ich war müde und schläfrig und vergaß es. Es blieb auf dem Tisch im Wohnzimmer liegen.«

Kester atmete einmal schwer. Als wäre er froh, etwas zu haben, woran er seinen Schmerz erleichtern könne, rief er aus: »Das war aber furchtbar leichtsinnig von dir!«

»Ja«, sagte Eleanor, »das war es.«

Die Tür öffnete sich und eine junge Frau kam herein. Sie hatte ein französisch geschnittenes Gesicht, schlichtes schwarzes Haar und lange, schmale Hände, die einen Notizblock hielten. »Mrs. Larne?« fragte sie kurz.

»Ja.«

»Ich bin Amélie Crouzet, Dr. Renshaws Assistentin. Möchten Sie mir bitte sagen, wie sich der Unfall ereignete?«

»Wie geht es ihr?« rief Kester dazwischen.

»Dr. Renshaw ist bei ihr, Mr. Larne. Sie hat keine Schmerzen, wenn Sie das meinen. Sie waren sicher nicht zu Hause, als es passierte?«

»Nein«, sagte Kester, »ich war nicht zu Hause.«

Er stellte einen Stuhl für Miß Crouzet zurecht. Die setzte sich und wandte sich, den Notizblock auf den Knien, wieder an Eleanor. Eleanor erzählte ihr, was sie wußte. Nachdem Miß Crouzet ein paar Minuten lang Notizen gemacht hatte, nahm sie einen in Mull gewickelten Gegenstand aus der Tasche ihres weißen Kittels. »Ist das - -«, begann sie.

Eleanor unterbrach sie und wandte sich an Kester. »Würdest du mir bitte ein Glas Eiswasser besorgen?« sagte sie. »Mir ist entsetzlich heiß.«

»Ja gewiß«, sagte Kester. Er ging hinaus und Eleanor wandte sich wieder der Assistentin zu.

»Ist dies das Messer, mit dem das Unglück passierte?« fragte Miß Crouzet. »Dr. Purcell sagte, einer der Diener habe es ihm gegeben.« Sie öffnete das Gazepaket und wickelte Kesters Messer heraus.

»Ja«, sagte Eleanor, »das ist es.«

»Die Klinge war anscheinend sauber«, bemerkte Miß Crouzet.

»Ich nehme es an. Natürlich war sie nicht steril.«

»Nein, natürlich nicht. Vielen Dank.« Miß Crouzet erhob sich, wobei ihre gestärkten Röcke ein heftiges Geraschel veranstalteten.

»Einen Augenblick, bitte«, sagte Eleanor. »Ich würde Sie bitten, das Messer, wenn irgend möglich, meinem Mann nicht zu zeigen. Sehen Sie - es ist sein Messer, sein

Name ist darin eingraviert; zu allem, was er jetzt schon zu tragen hat, würde er sich nun noch Vorwürfe machen, das Messer liegengelassen zu haben.«

Miß Crouzet lächelte leicht und sah nach der Tür, durch welche Kester hinausgegangen war, um Eiswasser zu holen. »Selbstverständlich, Mrs. Larne«, sagte sie, »ich werde es nicht verraten.« Sie wartete noch, bis Kester mit dem Eiswasser zurückkam, aber auf all seine dringlichen Fragen nach Cornelias Befinden konnte sie nur die Achseln zucken: »Ich kann noch nichts sagen. Sie werden es erfahren, sobald wir etwas Bestimmtes wissen.«

Sie ging hinaus und Eleanor trank von dem Wasser. Kester stand am Fenster und sah auf die Straße hinab. Nach einigen Minuten drehte er sich um und kam quer durch das Zimmer auf Eleanor zu.

»Hast du mir gar nichts zu sagen?« stieß er heraus. »Weißt du nicht, daß ich sie genauso liebe wie du?«

»Doch«, sagte Eleanor leise, »das weiß ich. Vergib mir.«

Sie zitterte leicht, während sie sprach, und bedeckte das Gesicht mit den Händen. Kester legte seine Arme um ihre Schulter und zog sie an sich heran, damit sie sich gegen ihn lehnen könne. Eleanor fühlte sich wie entspannt. Sie mußte daran denken, welche Freude sie aneinander gehabt hatten und wie unachtsam sie damit umgegangen waren. Sie fragte sich, ob es wohl noch irgendwo den Zipfel einer Möglichkeit gäbe, das Verlorene zurückzugewinnen. Ach, da wäre so viel gewesen, was sie Kester hätte sagen mögen, aber jetzt hatte sie keine Kraft, um damit zu beginnen. Der Boden, auf dem sie sich gegenwärtig begegneten, war fest, aber begrenzt: es war das Wissen, daß das Leiden ihres Kindes sie miteinander verband. Im Augenblick konnte keiner von ihnen über diesen Boden hinausgehen. Sie mußten warten und sie warteten zusammen, aber außer gelegentlichen Ausrufen, mit denen sie ihrer Unsicherheit und ihrer Besorgnis Luft machten, sprachen sie kaum miteinander, bis Miß Crouzet wieder erschien, um ihnen zu sagen, daß Dr. Renshaw sie jetzt empfangen wolle.

4

Aber auch das Gespräch mit dem Spezialisten verschaffte ihnen keine Erleichterung, denn alles, was sie erfuhren, war, daß auch der bedeutendste Facharzt nicht mit Sicherheit sagen konnte, wie sich ein Messerschnitt in einem Kinderauge in der Zukunft auswirken werde. Während des Nachmittages saßen sie abwechselnd bei Cornelia und kehrten dann wieder in ihr Zimmer zurück, um dort in Qualen der Ungewißheit ruhelos den Raum zu durchschreiten. Eleanor war so entmutigt, daß sie fast so hilflos wie Cornelia erschien. Die seelische Not und Unruhe, die sie seit jenem entscheidenden Streitgespräch mit Kester nicht mehr losgelassen hatte, war nicht spurlos an ihr vorübergegangen, sie hatte ihr nur wenig Kraft gelassen, um mit einer neuen Krise dieser Art fertig zu werden. Abgesehen von den wenigen Stunden, die sie bei Cornelia bleiben durfte, wußte sie ihrer Unruhe und ihrer inneren Verzweiflung keinen anderen Ausdruck als das sinnlose Hin- und Herschreiten im Zimmer.

Kester schien von ihrem Zustand wenig zu bemerken. Er ging jetzt daran, die unvermeidlichen Begleiterscheinungen des Unfalls ins Auge zu fassen und sich mit all den kleinen dadurch hervorgerufenen Notwendigkeiten zu befassen. Er gab Eleanors und seinen Eltern Kenntnis von dem Geschehen, empfing sie, als sie ins Krankenhaus kamen, und zog sich zurück, damit Eleanor eine ungestörte Stunde mit ihren Eltern verbringen konnte. Molly erbot sich, den kleinen Philip nach New Orleans zu holen, damit er, allein zu Hause, nicht nur den Dienstboten ausgeliefert wäre. Eleanor unterbreitete Kester den Vorschlag ihrer Mutter, und Kester telefonierte sogleich mit Dilcy und wies sie an, Philip und sich reisefertig zu machen. Er beantwortete Telefonanrufe und nahm Blumen und Bilderbücher in Empfang, die von wohlmeinenden Bekannten abgegeben wurden, die sich nicht die Mühe gegeben hatten, darüber nachzudenken, daß Cornelia ja zur Zeit nicht sehen konnte. Solange es ihm erlaubt wurde, blieb er neben Cornelia sitzen und erzählte ihr lustige Geschichten, die sie das Unleidliche ihres Zustandes vergessen ließen. Eleanor beobachtete ihn bei all diesem Tun mit dankbarer Bewunderung, war aber zu überreizt, um auszudrücken, was sie fühlte. Es schien ihr, als stände Kester erstmalig in seinem Leben vor einer Situation, in der er selbständig handeln und Entschlüsse fassen müsse.

Kurz vor dem Einbruch der Dunkelheit erschien Kester wieder im Wartezimmer, wo Eleanor auf dem Sofa saß. Die Schwester hatte ihr gesagt, sie dürften noch einmal mit Cornelia sprechen, bevor sie schlafen müßte, und Kester war hinuntergegangen, während sie darauf wartete, gerufen zu werden.

»Das Zimmer Cornelia gegenüber ist frei«, sagte Kester. »Du kannst es haben. Wir können übrigens beide hierbleiben, bis die Zimmer für neue Patienten benötigt werden.«

»Ich danke dir, daß du daran gedacht hast«, sagte Eleanor. Ihr selbst war noch gar nicht der Gedanke gekommen, daß sie das Krankenhaus ja schließlich wieder einmal verlassen müßten und daß es anderenfalls schwierig sein könnte, ein Arrangement zu treffen, um ihr einstweiliges Hierbleiben zu ermöglichen. »Wo wirst du bleiben?« fragte sie.

»Man wird mir hier eine leichte Bettstelle bereitstellen«, antwortete Kester. »Was hast du da für ein Telegramm?«

»Von Neal und Klara Sheramy. Sie sorgen sich alle so. Leg' es zu den anderen.«

Sie gab ihm das Telegramm und wunderte sich, daß die Krankenhausverwaltung, wenn sie ihnen schon die Übernachtung hier gestattete, einem Ehepaar gleich zwei Zimmer statt einem überlassen wollte. Immerhin war sie sehr froh, daß Kester es verstanden hatte, die Angelegenheit zu arrangieren, ohne auf den traurigen Zustand ihrer Ehe anzuspielen.

Die Schwester erschien und teilte ihnen mit, daß sie Cornelia jetzt noch einmal sehen könnten. Sie folgten ihr in das Krankenzimmer.

Cornelia wandte leicht den Kopf, als sie hörte, daß die Tür sich öffnete. »Ist das Vater und Mutter?« fragte sie:

»Ja, mein Herz, wir sind es beide«, sagte Eleanor. Sie setzten sich, jeder auf eine Seite des Bettes, und Cornelia streckte ihre Hände aus, um sich von ihrer Gegenwart zu überzeugen.

»Ach«, sagte sie leise; »daß ich euch nicht sehen kann! Wann werden sie den Verband abnehmen, daß ich euch sehen kann?«

»Sehr bald, Liebes«, sagte Eleanor. »Sobald es deinem Auge bessergeht!«

»Ich weiß nicht, warum sie mir nicht erlauben, die Binde einen Augenblick abzunehmen. Ich habe dich so lange nicht gesehen, Vater.«

»Ich habe mich aber nicht ein bißchen verändert, Cornelia.«

»Wirst du nun jeden Tag hier bei mir sein?«

»Ja, Liebling, jeden Tag.«

»Und wirst du auch nicht wieder fortgehen?«

»Gewiß nicht, mein Herz.«

Cornelia lächelte zufrieden. »Mutter«, sagte sie, »kann ich morgen zu essen bekommen, was ich gerne möchte?«

»Gewiß, das denke ich doch«, sagte Eleanor.
»Schokoladen-Eiscreme?«
»Die wirst du sicher haben können. Ich werde Bescheid sagen, daß du sie gerne ißt, und bin sicher, sie bringen sie dir.«
Bald danach berührte die Schwester leise Kesters Schulter und zeigte auf die Uhr an ihrem Arm. Kester nickte. Sie sagten Cornelia gute Nacht und versprachen, zurückzukommen, sobald sie erwacht sei und sie sehen wolle. Dann verließen sie das Zimmer.
Kester brachte Eleanor ihren Koffer an die Tür des für sie eingerichteten Zimmers.
»Ich werde morgen fragen, ob sie nicht einen Phonographen im Zimmer haben darf«, sagte er. »Das wird ihr die Sache leichter machen.«
»Oh, das wäre schön«, versetzte Eleanor. »Sie werden gewiß nichts dagegen haben. Die Schwester kann die Tür ja geschlossen halten, solange der Phonograph spielt.«
»Ich werde sehen, ob es sich machen läßt«, sagte Kester. Er öffnete die Tür und stellte den Koffer ab. Er zögerte einen Augenblick und folgte ihr dann in das Zimmer hinein. »Du brauchst keine Angst vor mir zu haben, Eleanor«, sagte er mit mattem Lächeln. »Wir haben jetzt ja beide keinen anderen Gedanken als Cornelias Zustand im Kopf. Über uns selbst können wir später miteinander reden.«
»Ja«, sagte sie, »das können wir.«
»Du sollst nur eben wissen, wie ich darüber denke«, sagte Kester. »Gute Nacht!«
»Gute Nacht!« Er verließ das Zimmer. Als sich die Tür hinter ihm geschlossen hatte, fiel Eleanor auf das Bett und umschlang das zusammengeknüllte Kopfkissen mit den Armen. Sie zitterte vor Müdigkeit und vor dem überwältigenden Gefühl ihrer Niederlage. Und sie fragte sich erschüttert, ob sich hinter Kesters unpersönlicher Höflichkeit wohl das gleiche Gefühl namenloser Einsamkeit berge, das sie selbst zu verschlingen drohte.

5

Während der nun folgenden Wochen unternahm Kester keinen Versuch, die Schranke niederzureißen, die ihn von Eleanor trennte. Er zeigte sich hilfsbereit, mitfühlend und besonnen, aber sein ganzes Verhalten ließ deutlich erkennen, daß er weit entfernt davon war, sich ihr mit einem intimeren Wort zu nahen, es sei denn, sie gäbe den Wunsch danach ausdrücklich zu erkennen. Die Stunden, die sie gemeinsam damit verbrachten, Cornelia zu beruhigen und Unterhaltungen und Abwechslungen für sie zu erdenken und zu veranlassen, ließen ihnen wenig Zeit, an ihre eigenen Dinge zu denken. Sosehr Eleanor durch diesen Zustand gequält wurde, so sehr fehlte es ihr doch an Kraft, von sich aus etwas zu unternehmen. Und wenn sie Cornelia in ihrem Bett liegen sah, mit den verbundenen Augen, dann wurde sie vollends mutlos.
Nachts saß sie oft stundenlang auf ihrem Bettrand, den Kopf in die Hände gestützt. Immer wieder fragte sie sich, ob Kester ihr wohl die Wahrheit sagen würde, wenn sie ihn offen befragte, ob er sie wirklich so sehr verabscheut, wie Isabel Valcour behauptet hatte. Und immer wieder kam sie zu dem Schluß, das könne ja gar nicht sein. Er war gegenwärtig selbst in so großer Not und er kannte sie doch so gut und mußte also auch wissen, wie sie sich fühlte. Wenn das erst vorüber ist, sagte sie sich immer wieder, muß es sich klären. Es kann nicht ewig so weitergehen. Aber sie zitterte vor der Ungewißheit, der sie sich gegenübersah. Jetzt, wo sie Kester wieder jeden Tag um sich hatte, wurde ihr stärker als je zuvor bewußt, was er ihr bedeutete.

Hatte sie seine Liebe zu ihr wirklich zerstört, so würde das die schrecklichste Erkenntnis sein, der sie sich jemals im Leben gegenüber gesehen hatte.

Dr. Renshaw hatte sich zunächst optimistisch geäußert. Dann eines Abends im Januar, als Eleanor von einem Besuch bei ihren Eltern zurückkam, erfuhr sie, daß Kester aufgefordert worden war, den Arzt in seinen Praxisräumen in der Stadt aufzusuchen. Er war schon ein paar Stunden dort.

Eleanor versuchte Miß Crouzet zu finden, um sie nach dem Grund dieser Aufforderung zu befragen. Es wurde ihr gesagt, Miß Crouzet befinde sich bei Cornelia. Ihr selbst wurde nicht gestattet, das Krankenzimmer zu betreten. Zitternd vor Ungeduld und in einer Seelenqual ohnegleichen ging sie ins Wartezimmer. Sie atmete auf, als Kester schließlich erschien.

Kesters Antlitz zeigte eine fahle Blässe. Er schien die Fragen, mit denen sie ihn bestürmte, kaum zu hören, ja es sah aus, als bemerke er nicht einmal ihre Anwesenheit. Eleanor ergriff schließlich seinen Arm und rüttelte ihn.

»Kester!« rief sie, »um Gottes willen: was ist geschehen?«

Er streifte sie mit einem leeren Blick und fuhr sich mit der Hand über die Augen, als sei es schwierig, eine Antwort auf ihre Frage zu finden. »Wir werden sie in ein paar Minuten sehen können«, sagte er schließlich.

»Aber was ist nur? Was ist geschehen?«

Kester atmete schwer. »Der Arzt ist beunruhigt«, sagte er. »Sie –«; er hielt ein, als hätte er Angst, es auszusprechen.

»Sprich doch, Kester, ich bitte dich, sprich!«

»Hast du schon einmal von sympathischer Ophthalmie gehört?« fragte er.

Sie schüttelte den Kopf und starrte ihn an. Dann schrie sie auf: »Heißt das, daß – – beide Augen – –?«

»Ja.« Er wurde über dem Sprechen ruhiger. »Es scheint, daß die beiden Augen keine voneinander unabhängigen Organe sind. Wird das eine verletzt, ist es leicht möglich, daß das andere in Mitleidenschaft gezogen wird. Niemand weiß, wie man es davor schützen kann.«

»Was bedeutet das? Doch nicht etwa – –«; sie konnte nicht weitersprechen; die Kehle war ihr wie zugeschnürt, sie brachte kein Wort heraus.

»Es sei denn, daß es gelingt, den Prozeß aufzuhalten«, sagte Kester.

Eleanor ließ die Hände herabsinken. Für einen Augenblick war eine leere Stille zwischen ihnen. Dann fragte sie:

»Gibt es niemand – nirgendwo auf der Welt, der helfen kann, Kester?«

»Das ist es, warum Dr. Renshaw mich kommen ließ. Er ist selbst einer der bedeutendsten Augenärzte Amerikas. Aber es gibt immerhin außer ihm noch einige, deren Rat vielleicht wichtig wäre, wenn man sie hierherkommen ließe.«

»Warum hat er nicht schon nach ihnen geschickt? Wenn auch nur die geringste Chance besteht, Cornelia zu helfen – warum hat er noch nicht nach ihnen geschickt?«

»Er hat eben ein Ferngespräch mit Chicago und Baltimore, wo zwei sehr bedeutende Spezialisten praktizieren. Was er mich fragen wollte, war, ob wir pekuniär in der Lage seien –«

»Mein Gott!« schrie Eleanor, »hast du ihm nicht gesagt, daß es gleichgültig ist, was die Konsultation kostet?«

»Ich habe es ihm gesagt«, antwortete Kester. Er legte seine Hand auf ihre Schulter. Sie sah zu ihm auf. »Es tut mir leid, Eleanor«, sagte er leise.

Sie war zu verwirrt, um sogleich zu begreifen. »Leid?« fragte sie deshalb, »was tut dir leid?«

»Weißt du es nicht?« sagte er, ihr tief in die Augen sehend, »daß ich dich ›niggerreich‹ genannt habe.«

Er ließ sie los. Eleanor schüttelte langsam den Kopf. Einen Augenblick überraschte es sie, daß er in einem solchen Augenblick an so eine Belanglosigkeit denken konnte. Dann sagte sie:
»Oh, das! Es ist nicht wichtig. Wir können es wieder erarbeiten. Ich wollte dir schon lange sagen, daß – du recht hattest. Ich habe immer nur Geld gemacht, wie eine Verrückte – ich konnte so etwas ja nicht voraussehen.«
Kester sah sie aufmerksam an. Aber er konnte nicht mehr sagen, was er auf der Zunge hatte; Cornelias Schwester erschien. Sie wandten sich abrupt nach ihr um. Sie könnten Cornelia jetzt sehen, sagte die Schwester.
Cornelia hatte offensichtlich keine Schmerzen. Sie setzten sich wie immer auf je einer Seite des Bettes, und Cornelia streckte mit einer ihr mittlerweile schon geläufigen Bewegung beide Arme aus, um die Hände der Eltern zu ergreifen. Sie erzählte ihnen, daß sie am Nachmittag dem Phonographen zugehört habe.
Eleanor riß sich mit aller Gewalt zusammen, um es Kester gleichzutun, der sich Cornelia gegenüber ganz unbefangen gab, ihr zuhörte, mit ihr scherzte und plauderte, als sei alles in schönster Ordnung. Ihr verursachte schon Cornelias Griff an ihrer eigenen Hand ein Zittern der Furcht. In den Tagen, da Kester und sie noch gemeinsame Pläne machten, hatten sie oft über allerlei Dinge gesprochen, die sie Cornelia schenken wollten, lauter kleine unschuldige und harmlose Dinge, wie sie ein Kinderherz glücklich machen, und manchmal hatten sie sich schon im weißen Brautgewand die Wendeltreppe herabschreiten sehen.
»Mutter, du tust mir weh«, sagte Cornelia, »bitte, drück meine Hand nicht so fest.«
»Es tut mir leid, mein Liebling.«
Sie blieben bei ihr, bis sie eingeschlafen war. Als sie auf Zehenspitzen auf den Korridor hinausgegangen waren, sahen sie Miß Crouzet auf sich warten. Sie sprach Kester an:
»Dr. Stanley hat ein besonderes Flugzeug gemietet, das ihn von Chicago herbringen wird«, sagte sie. »Er und auch Dr. Field werden morgen früh hier sein.«
»Vielen Dank«, sagte Kester. »Und sonst gibt es nichts, was Sie uns noch sagen könnten?«
»Noch nicht, Mr. Larne.«
Eleanor wandte sich ruckhaft ab und rannte über den Korridor in ihr eigenes Zimmer. Sie fiel hier auf einen Stuhl und preßte die Faust in den Mund, um den Schrei zurückzuhalten, den Angst und Hilflosigkeit ihr entlocken wollten. Als sie schließlich etwas ruhiger wurde, ward ihr bewußt, daß nicht viel gefehlt hätte und sie wäre Kester um den Hals gefallen, solcherweise ein Gefühl verratend, von dem sie nicht wußte, ob es ihm erwünscht oder nicht gar unangenehm wäre.
Die halbe Nacht war schon vorüber, als Erschöpfung ihr schließlich die Augen schloß. Die ganze Zeit hatte sie daran denken müssen, daß Kester die erste Anspielung auf ihr Zerwürfnis gemacht hatte. Und er hatte gesagt, daß es ihm leid täte. Aber was hieß das schließlich schon? Großmut war nun einmal eine seiner angeborenen Tugenden. Ich tue ihm leid, dachte sie. Das ist alles!

Am nächsten Tag berührte sie Kester gegenüber ihre persönliche Beziehung mit keinem Wort. Als sie den Ärzten gegenübertraten, erschienen sie so ruhig und gefaßt, daß Miß Crouzet sie ihrer Selbstbeherrschung wegen lobte. »Ich habe selten ein Elternpaar gesehen, das einer ernsten Gefahr bei einem Kind so tapfer ins Auge gesehen hätte«, sagte sie.
Also nicht einmal ein Fremder vermochte die entsetzliche Angst, die sie beide fast wahnsinnig machte, hinter der starren Maske ihrer Gesichter zu sehen, stellte Eleanor mit resignierter Befriedigung fest.

6

Die Ärzte kamen und gingen, ernste, gesetzte Männer, die mit leisen Stimmen sprachen, Konferenzen abhielten und zunächst auch nicht mehr zu sagen wußten als ein beruhigendes: »Wir tun unser Bestes!« Eleanor hätte nicht zu sagen vermocht, wie ihr die Tage vergingen. Sie saß bei Cornelia, sie versuchte, etwas Zerstreuung in den Büchern zu finden, die ihr Vater ihr gebracht hatte, sie bekam Rechnungen vorgelegt und schrieb Schecks aus, sie schrieb Dankbriefe für die Blumensendungen, die fortgesetzt eintrafen. Aber nichts von alledem drang so tief in ihr Bewußtsein ein, daß es auch nur für eine kleine Weile die quälende Ungewißheit ausgelöscht hätte. Daneben wuchs in ihr von Tag zu Tag ein neues heimliches Schuldgefühl: Acht Jahre war sie mit Kester verheiratet, und niemals war ihr bewußt geworden, über welche inneren Kraftreserven er verfügte.

Je mehr sie seine Standhaftigkeit beobachten konnte, je mehr wuchs ihre heimliche Bewunderung für ihn und je tiefer quälte sie ihre eigene Schuld. Kester stand neben ihr und hielt Cornelias Hand in der seinen, während die Ärzte allerlei Manipulationen vornahmen, die kleine Tropfen kalten Schweißes auf seiner Stirn erzeugten, aber niemals zuckte er zurück oder verließ auch nur einen Augenblick seinen Posten. Er hielt die schlafende Cornelia in seinen Armen, bis seine Muskeln vor Erschöpfung einschliefen, und er war nicht zu bewegen, sie loszulassen, bis sie schließlich erwachte. Dann aber wandte er sich Eleanor zu, um sie zu trösten, während sie sich in seelischem Schmerz zusammenkrümmte und glaubte, die Qual nicht einen Tag länger ertragen zu können. Er sprach zu ihr mit ruhigen und einfachen Worten und machte sie glauben, daß sie sehr tapfer sei. Ach, und sie wußte doch, daß sie das gar nicht war. Sie waren nur verhältnismäßig selten allein zusammen, und wenn sie es waren, dann sprachen sie von nichts anderem als von Cornelia. Verwirrt und verblüfft gestand Eleanor sich ein, daß sie es nie für möglich gehalten hätte, sich jemals von einem anderen Menschen so abhängig zu fühlen. Zwischen seiner und ihrer Kraft, fühlte sie, bestand ein erheblicher Unterschied, der Unterschied zwischen dem Mut, einen Angriff zu unternehmen, und der Kraft, eine Niederlage einzustecken und damit fertig zu werden. Mein Gott, wie arrogant war sie gewesen, als sie glaubte, nur der Angreifer habe Wert und Bedeutung. Kesters Herkunft bedenkend, wurde ihr klar, wie es zugehen mochte, daß seine Vorfahren trotz ihres heiteren und oberflächlichen Wesens Krisen und Zusammenbrüche aller Art immer wieder überlebt und überstanden hatten.

Einmal so weit in ihren Überlegungen gekommen, rief sie sich in unbarmherziger Anklage die Anwürfe und Behauptungen in die Erinnerung zurück, mit denen Isabel Valcour sie überschüttet hatte: »Wissen Sie nicht, daß Kester das Gefühl braucht, benötigt zu werden? . . . Sie sind gar nicht in der Lage, ihm zu geben, was er möchte und was er braucht! . . Die kleinen Triumphe, das leise Beifallsgeflüster, alles das, was ein Mann liebt . . . Was immer die Larnes für Männer waren, die Frauen, die sie liebten, ließen sie jederzeit fühlen, daß sie Helden waren . . . Kester ist zu mir gekommen, weil ich ihm sein Selbstvertrauen wiedergegeben habe!« Hundertmal und öfter war sie soweit, daß sie am liebsten hinausgeschrien hätte: Kester, vergib mir! Gib mir eine Chance, daß ich dir beweisen kann, daß ich gelernt habe! Aber sie tat es nicht, weil sie nicht wußte, ob Kester heute dergleichen noch von ihr hören wollte.

Kester wußte nichts von dem, was in ihr vorging, und Eleanor glaubte immer, es sei seine Kraft und nicht die ihre, die sie davor bewahrte, zusammenzubrechen.

Und dann kam jener Februarmorgen, da er an ihre Tür klopfte und, bevor sie noch antworten konnte, hereinstürzte und ihr zurief:

»Eleanor, sie sagen, es würde besser mit ihr.«

Für einen Augenblick war Eleanor wie erstarrt. Die Freude würgte sie fast, sie wagte noch nicht zu begreifen. Sie keuchte nur, stammelte: »Sie sagen – –?«

»Dr. Renshaw. Er sagte mir eben, sie glaubten, die Entzündung zum Stillstand gebracht zu haben. Verstehst du denn nicht?« rief er. »Sie kann sehen!«

Eleanor taumelte zur Tür; ein Instinkt sagte ihr, sie müsse jetzt zu Cornelia gehen, aber schon nach dem ersten Schritt knickten ihre Knie ein und sie fand sich am Boden kniend, das Gesicht auf den Sitz eines Sessels gepreßt; ihr ganzer Körper schüttelte sich in einem wilden Weinkrampf.

Nein, sie konnte nicht mehr.

Kester versuchte jetzt nicht, sie zu beruhigen. Er stand neben ihr, hatte seine Hand auf ihren Scheitel gelegt und wartete, bis der schlimmste Sturm sich gelegt hatte. Als sie schließlich zu ihm aufsah, nahm er ihr mit einer zärtlichen Gebärde das naßgeweinte Taschentuch fort und gab ihr ein sauberes in die Hand.

Eleanor unterdrückte ein Schluchzen und versuchte ihre Augen zu trocknen. Kester half ihr auf die Füße.

»Kann ich denn nicht zu ihr gehen?« drängte sie. »Kann ich nicht mit ihr sprechen?«

»Nicht so«, sagte Kester, den Kopf schüttelnd. »Höre zu, Eleanor. Sie sieht nicht so gut wie wir. Sie wird nie wieder so gut sehen. Aber sie sieht jedenfalls. Und sie weiß gar nicht, daß sie in Gefahr war, überhaupt nicht mehr sehen zu können. Wir dürfen sie um Gottes willen nicht aufregen. Es könnte sich unheilvoll für sie auswirken.«

Eleanor zögerte noch, setzte sich aber schließlich. »Wie kannst du nur so vernünftig sein!« stammelte sie.

»Ich bin gar nicht vernünftig, Eleanor. Ich fühle mich genau so wie du.« Er lächelte matt. »Ich habe dir eben nur wiederholt, was mir der Arzt gesagt hat.«

Eleanor zitterte vor Nervosität. Sie spielte mit den Falten ihres Rockes, ließ die Hände aber ruhen, als sie sich über dem sinnlosen Spiel ertappte. »Wann können wir zu ihr gehen?« fragte sie.

»In ungefähr einer Stunde. Sie sind noch dabei, einige Versuche zu machen. Miß Crouzet wird uns rufen.« Er legte ihr die Hand auf die Schulter. »Versuche, dich zu beruhigen, ja?« sagte er leise.

Ach, sie wollte so gern. Sie würde gewiß kein Wort sagen, daß Cornelia aufregen und darauf aufmerksam machen könnte, heute sei ein besonderer Tag. Kester verließ sie schließlich. Sie nahm sich mit aller Gewalt zusammen, aber es gelang ihr nicht, Ruhe zu finden. Der plötzliche Hoffnungsschimmer hatte neue Energien in ihr ausgelöst. Um sich für die endlose Wartezeit einige Ablenkung zu verschaffen, telefonierte sie mit ihren Eltern, schrieb Wyatt einen Brief mit Anweisungen für die Plantagenarbeit und stellte endlich, nachdem sie die Adresse im Telefonbuch ermittelt hatte, einen Scheck für das Braille-Blindeninstitut aus, als Gabe des Dankes dafür, daß Cornelia die Hilfsmittel des Institutes nicht würde in Anspruch nehmen müssen.

Tag für Tag berichtete Cornelia nun von den Fortschritten, die sie machte. »Heute morgen konnte ich einen roten Ball von einem grünen unterscheiden. Der Doktor hat gesagt, das sei sehr gut.«
Als sie versuchten, ihm ihre Dankbarkeit zum Ausdruck zu bringen, wehrte Dr. Renshaw ab. Er wolle ganz aufrichtig mit ihnen reden, sagte er. Cornelia könne sehen, aber ihr Augenlicht sei nicht und würde auch nie wieder fehlerfrei sein. Die Ophthalmie sei für diesmal zum Stillstand gebracht worden, aber Cornelia werde starke Augengläser tragen müssen, und es werde gut sein, ihre Aufmerksamkeit so viel wie möglich auf Musik und andere Interessen zu lenken, die ihre Augen nicht überanstrengten.

Eleanor hörte zu, das Kinn auf die Hand gestützt. Sie sah, an dem Arzt vorüberblickend, die Knöpfe an Miß Crouzets weißem Kittel. Sie ließ Kester die Unterhaltung führen; sie selbst sah sich dazu nicht in der Lage.

Es ist vielleicht nicht unbedingt tragisch, dachte sie. Aber es ist schlimm genug. Bis zum Ende ihres Lebens wird Cornelia das Zeichen eines Kampfes tragen, den ihre Eltern sinnloserweise miteinander ausfochten. Ob Kester eigentlich weiß, daß die Schuld bei uns liegt? Wenn er es nicht weiß, werden wir nie wieder eine Chance haben, von vorn zu beginnen. Ach Gott im Himmel, der Arzt sagt, wir sollen sie für Musik interessieren. Auch Musik wird sie nicht vor einer Erfahrung retten können, wie ich sie jetzt machen mußte. Hilf mir, lieber Gott, daß sie lernt, die Menschen zu verstehen, die anders sind als sie selbst! Hilf mir die Kinder davor zu behüten, daß sie stolz auf ihre eigenen Tugenden werden! ›Selig sind die Sanftmütigen – selig sind, die geistig arm sind – selig sind die Barmherzigen!‹ Ich habe das alles bisher nicht geglaubt.

Zu ihrem Erstaunen hörte sie Kester fragen: »Dr. Renshaw, wird der Augenfehler Cornelias Äußeres beeinträchtigen?«

Sie hob ruckhaft den Kopf. Seitdem das Unglück geschehen war, hatte sie keinen Gedanken an die Frage verschwendet, ob Cornelia hübsch sei oder nicht. Aber Kester – sie stellte es mit leichter Belustigung fest – hatte natürlich daran gedacht. Nun, vielleicht war auch das nicht unwichtig.

Dr. Renshaw gab beruhigende Versicherungen ab. Man würde fast gar nichts bemerken, sagte er, es sei denn, man unterziehe das Mädchen einer sehr kritischen Untersuchung. Denn eine sehr kleine Unregelmäßigkeit der einen Iris möchte vielleicht bemerkbar sein. Miß Crouzet, die mit berufsmäßiger Gelassenheit dabeigesessen hatte, erschreckte plötzlich alle anderen dadurch, daß sie zu lachen begann.

»Wie können Sie nur so etwas fragen, Mr. Larne«, sagte sie, »haben Sie sie sich denn schon einmal angesehen?«

»Was, um Himmels willen, meinen Sie?« fragte Kester. – Sie schüttelte, noch immer lachend, den Kopf. »Sie werden vermutlich nichts bemerkt haben«, sagte sie. »Sie waren zu aufgeregt. Gehen Sie doch jetzt mit Mrs. Larne zu ihr. Die Schutzklappen sind augenblicklich ab.«

Kester sah auf Eleanor. Eleanor sprang auf, ließ den Arzt, wo er war, und eilte in Cornelias Zimmer. Cornelia saß aufrecht im Bett und lauschte auf eine Geschichte, die die Schwester ihr vorlas.

»Hallo!« rief sie, als die Eltern hereintraten, »wartet, bis sie zu Ende gelesen hat.«
Sie nahmen sich Stühle, setzten sich und beobachteten sie. Die Schwester fuhr fort,

eine spannende Geschichte von Königinnen, Elfen und Kobolden vorzulesen. Kester und Eleanor sahen auf ihr Kind, um zu prüfen, warum Miß Crouzet wohl gelacht haben mochte, sie maßen sich dann selbst mit verwunderten Blicken und starrten abermals Cornelia an.

Eleanor beugte sich unwillkürlich etwas vor.

Cornelia war das schönste Kind, das sie jemals gesehen hatte. Ihre Augen waren immer groß und dunkel gewesen, aber Eleanor sah jetzt nicht unmittelbar auf die Augen. Sie sah auf Cornelias Augenwimpern.

Sie erinnerte sich nicht, jemals zuvor solche Wimpern gesehen zu haben. Sie waren einen Viertelzoll lang und säumten ihre Lider wie schwere Fransen von schwarzer Seide. Cornelia war immer ein hübsches kleines Mädchen gewesen, aber diese Wimpern verliehen ihr die malerische Schönheit eines romantischen Porträts.

Eleanor fühlte, wie sich Kesters Hand um ihr Handgelenk schloß. »Wir sind gleich wieder da, Cornelia«, sagte er. »Wir wollen Miß Crouzet etwas fragen.«

Miß Crouzet wartete im Korridor auf sie. Sie hätte es ihnen wohl schon sagen sollen, lächelte sie. Aber wenn man tagein, tagaus mit Augen zu tun habe, vergesse man leicht, daß Laien ja nicht wissen könnten, was einem selbstverständlich sei. Es komme oft vor, daß die Verletzung eines Auges starke Blutmengen in die Lider triebe, wodurch dann ein besonders starker Wimpernwuchs entstehe. Doch, das werde vermutlich so bleiben, sehr wahrscheinlich!

Nein, sie hatten es nicht gewußt. Und nicht einmal im Traum wäre ihnen der Gedanke gekommen, Cornelias Unglück könne eine so sonderbare und reizvolle Entschädigung im Gefolge haben.

VIERZEHNTES KAPITEL

1

Als sie Cornelia wiedersahen, war sie, trotz ihrer Behauptung, sie sei noch gar nicht müde, zu Bett gebracht worden. Aber sie gähnte herzhaft bei diesen Protesten. Die Schwester erlaubte ihnen, bei ihr zu bleiben, bis sie eingeschlafen sei. Wie immer ließen sie sich auf jeder Seite des Bettes nieder. Cornelia klagte, sie sei das Krankenhaus leid und möchte nach Hause. Sie waren froh, das zu hören. Lange Zeit war Cornelia so krank gewesen, daß keine Möglichkeit bestanden hatte, sie der ständigen Aufsicht des Arztes und des Pflegepersonals zu entziehen, aber nun sah man doch schon, daß es aufwärtsging.

»Wann kann ich nach Hause?« fragte Cornelia.

»In ein bis zwei Wochen bestimmt«, sagte Kester.

Cornelia schlug die Hände vor das Gesicht. Ein bis zwei Wochen waren in ihrer Vorstellung eine endlose Zeit. »Ich werde sicherlich schon zu Hause vermißt«, sagte sie altklug. »Was tun sie da alle überhaupt, seit ich weg bin?«

»Nun, alles, was zu tun ist, wenn du nicht da bist«, antwortete Eleanor. »Mammy kocht, und Dilcy vermißt dich mehr als du sie.«

»Ist Philip da?«

»Nein. Philip ist noch beim Großvater Upjohn. Aber er wird mit uns nach Hause zurückkehren.«

»Wie spaßig: alle sind da, wo ich bin. Du und Vater und ich und Philip. Blüht die Baumwolle schon?«

»Nein, sie ist noch nicht einmal gepflanzt. Das Land wird noch gepflügt.«

»Ich sehe die Baumwolle so gerne blühen. Wenn wir im Sommer draußen spielen, gibt es Wassermelonen, und alles ist wunderbar. Mutter, ist es warm draußen?«
»Es wird jetzt jeden Tag wärmer.«
»Ich glaube, ich brauche ein paar neue Kleider. Was meinst du dazu?«
»Sobald es dir gut genug geht, nehme ich dich mit, um Kleider zu kaufen, mein Herz.«
»Oh, das ist fein. Wahrscheinlich bin ich für alle Sachen zu groß geworden, seit ich hier bin. Du wirst mir alles neu kaufen müssen.« Cornelia äußerte sich selbstbewußt wie eine kleine Dame. »Wenn ich wieder zur Schule gehe, will ich alles neu haben. Vater, du mußt einmal zuhören, wie ich lesen kann.«
»Kannst du denn wirklich schon lesen?« fragte Kester.
»Ganz bestimmt kann ich das.« Cornelia unterdrückte schon wieder ein Gähnen. »Im ersten Teil meiner Fibel kann ich schon alles ganz richtig lesen.«
»Dann hast du aber sehr schnell gelernt.«
»Ich bin überhaupt sehr gut in der Schule. Kann ich nicht schön in meinem Buch lesen, Mutter?«
»Doch, du liest schon sehr gut«, sagte Eleanor.
»Du wirst dich wundern, wenn du es hörst und siehst«, wandte sich Cornelia wieder an Kester, »ich kann wirklich gut lesen. Ich konnte auch deinen Namen auf dem Messer lesen.«
»Auf was für einem Messer?« fragte Kester.
»Auf dem Messer, mit dem ich mich ins Auge geschnitten habe. Ich habe es doch Philip gezeigt, da stand ›Kester Larne‹ auf dem Griff.«
»Aber du hast dich doch nicht mit meinem Messer verletzt?«
»Hast du Vater schon von dem großen Wort erzählt, das in deiner Fibel vorkam?« sagte Eleanor. »Was war es doch noch? Ich glaube, das Wort Brücke. Du warst die einzige in der Klasse, die es richtig lesen konnte.«
»›Brücke‹ ist nicht so schwer zu lesen wie ›Kester‹«, Cornelia war nicht von ihrem Thema abzubringen. »Kester ist ein sehr schweres Wort, aber ich habe es gleich lesen können, als ich das Messer aufnahm.«
»Aber mein Messer war ja gar nicht da, Cornelia«, sagte Kester. »Ich hatte es ja bei mir.«
»Nein«, sagte Cornelia, »das hattest du nicht. Es hat auf dem Tisch im Wohnzimmer gelegen. Ich war dabei, die Stoßzähne vom Elefanten für Philip auszuschneiden, und da brauchte ich etwas, das spitz war. Und dann wollte Philip es selber tun, und das ging doch nicht, weil er noch so klein ist, und da –«; Cornelia unterbrach sich selbst und gähnte herzzerreißend.
»Würden wir sie nicht besser jetzt allein lassen?« sagte Eleanor, obwohl sie fürchtete, Cornelia habe bereits Kesters mißtrauische Neugierde so weit geweckt, daß er Fragen an sie stellen würde, die sie gehofft hatte, nicht beantworten zu müssen.
»Sie ist noch nicht eingeschlafen«, sagte Kester; auf seiner Stirn hatte sich zwischen den Augenbrauen eine Falte gebildet. »Cornelia«, sagte er, »ich bin ganz sicher – –«
»Ich sagte ihm, daß er es nicht dürfe«, fuhr Cornelia schläfrig fort, »er will immer alles selber tun. Wenn er nicht versucht hätte, mir das Messer wegzunehmen, dann wäre das nicht passiert – mit meinem Auge.«
Sie war nun zu müde, um noch weiter zu erzählen. Sie hörte wohl noch, daß mit ihr gesprochen wurde, aber sie konnte keine klaren Antworten mehr geben. Einen Augenblick später schlief sie schon fest. Eleanor zog ihre Hand aus den Händchen des Kindes zurück und deckte Cornelia sorgfältig zu. Kester stand offensichtlich verwirrt und unsicher, mit gerunzelter Stirn daneben. Eleanor tat, als bemerke sie es

nicht. Sie rief die Schwester, übergab Cornelia ihrer Obhut und ging auf Zehenspitzen in ihr Zimmer.

Kester folgte ihr. Während sie gemeinsam über die Schwelle traten, sagte sie mit etwas forciert gleichmütiger Stimme: »Es scheint ihr gutzugehen, nicht wahr? Ich hoffe, sie wird die Nacht gut durchschlafen.«

»Sie weiß nicht, daß sie nie mehr wie früher sehen wird«, sagte Kester. Und nach einer Pause: »Eleanor, du sagtest mir nichts davon, daß es mein Messer war, mit dem sie sich verletzte.«

»Sagte ich das nicht?«

»Nein. Und ich frage mich vergeblich: wie kam es dahin? Ich war sicher, es verloren zu haben.«

»Ist das nicht ganz gleichgültig?« sagte sie. »Ist es nicht genug, daß das Unglück passierte? Müssen wir uns nun auch noch mit den Einzelheiten herumquälen? Laß uns nicht mehr davon sprechen.«

»Aber ich verstehe das nicht«, beharrte Kester. »Ich hatte das Messer bei mir, als ich Ardeith verließ. Ich weiß sicher, daß ich es hatte, weil ich mich genau erinnere, es später noch gebraucht zu haben, und zwar mehrmals. Wie kann es nach Ardeith zurückgelangt sein?«

»Oh, ist das denn nicht unwichtig?« rief Eleanor aus. Sie suchte nach Worten, nach irgendeinem Gesprächsgegenstand, der seine Aufmerksamkeit von dem Unglücksinstrument ablenken könnte. Aber sie war selbst zu verwirrt und zu hilflos; es fiel ihr nichts ein.

»Du sagtest, sie hätte sich mit einem Messer verletzt, das du auf dem Wohnzimmertisch liegenließest«, sagte Kester. »Wo hast du das Messer gefunden?«

»O mein Gott – irgendwo – herumliegend.«

»Herumliegend«, wiederholte Kester. Er setzte sich und ließ die Stirn auf die zusammengelegten Hände sinken. »Warum achte ich auch so wenig auf meine Sachen!« sagte er; mehr zu sich selbst als zu ihr sprechend. »Das ist nun mal so meine Art. Ich habe das Messer vermißt und fragte mich vergeblich, wo ich es gelassen haben könnte.«

Sie saß da und verknotete ihr Taschentuch. »Höre auf, dich selber zu tadeln«, sagte sie.

Aber mit einer geradezu masochistischen Hartnäckigkeit nahm Kester das Thema immer wieder von neuem auf, außerstande, sich davon abzukehren. »Warum habe ich nicht danach gesucht? Ich vermißte es eines Tages, es ist noch nicht sehr lange her.«

Er stellte allerlei Betrachtungen an und hielt dabei seinen Kopf mit den Händen. Sie hätte gern alles gegeben, was sie besaß, um ihn von seinen selbstquälerischen Bemühungen abzuhalten. Aber es war nichts zu machen. Er hockte da, starrte auf den Fußboden und ließ seine Gedanken weiterlaufen.

»Ich erinnere mich an einen Abend, wo ich es brauchte«, sagte er. »Ich wollte eine Flasche Bourbon-Whiskey öffnen. Ich habe mit dem Messer die Stanniolkapsel der Flasche gelöst. Dann muß ich es irgendwo hingelegt haben – –«

Nachdem er den letzten Satz gesprochen hatte, fuhr er ruckhaft mit dem Kopf hoch. Er sprang mit einem Satz auf die Füße und war mit zwei langen Schritten bei Eleanor.

»Eleanor, wie bist du an das Messer gekommen?« fragte er.

Seine direkte Frage zerschlug den letzten Rest der künstlichen Mauer, die sie aufzurichten versucht hatte. Sie schüttelte den Kopf und bat ihn mit stummer Geste, nicht auf der Beantwortung seiner Frage zu bestehen.

»Bitte, erzähle!« sagte er rauh.

Sie stieß die Antwort in kleinen stoßweisen Sätzen heraus: »Ich fand es – eines Abends – im Schlafzimmer von – Isabel Valcour. Sie hatte mich draußen bei einem Unwetter aufgelesen und mit in ihre Wohnung genommen. Ich nahm es mit nach Hause und vergaß es dann im Wohnzimmer.«

Sie hielt inne, atemlos fast, als habe sie eine ungeheure Anstrengung hinter sich. Sie wandte den Kopf ab und ein kleines hilfloses Schluchzen brach über ihre Lippen.

»Warum hast du meinen ersten und einzigen Versuch, mich dir gegenüber großmütig zu benehmen, zerstört?« klagte sie.

Kester ließ sie los. Er wandte sich um und ging auf das Fenster zu. Hier blieb er stehen und sah hinunter auf die Straße. Lange Zeit war lautlose Stille zwischen ihnen. Die Hände in den Jackettaschen, starrte Kester durch das Fenster und rührte sich nicht. Eleanor stand schließlich auf, ging zu ihm hinüber und trat dicht hinter ihn.

»Kester«, sagte sie leise, »sprich doch mit mir.«

Ohne sich umzuwenden, antwortete er: »Ich weiß nicht, ob ich noch einmal Gelegenheit haben werde, mit dir zu sprechen. Darum möchte ich dir jetzt gerne sagen, daß ich nun weiß, was für eine Art Mensch ich bin. Ich glaube, Leute meiner Art sind geschaffen, sich selbst zu zerstören.«

Eleanor feuchtete ihre trockenen Lippen an; ihr Hals war so rauh, daß es ihr schwer wurde, zu sprechen. »Hilft es dir, wenn ich dir sage, daß ich mich genau so elend fühle wie du?« flüsterte sie.

Er schüttelte den Kopf und sah sie immer noch nicht an. Eleanor stand reglos schräg hinter ihm.

»Was für eine Zerstörung haben wir angerichtet!« sagte Kester bitter. Einen Augenblick später hörte sie ihn fragen: »Willst du, daß ich gehe?«

»Nein!« schrie sie. Nachdem sie das Wort herausgestoßen hatte, fühlte sie, daß ihr Rückgrat sich steifte. Kesters mehr zu sich selbst gesprochener Satz war erst jetzt in ihr Bewußtsein gedrungen. ›Wir!‹ hatte er gesagt, ›welche Zerstörung haben *wir* angerichtet?‹ War es so, daß er begriffen hatte, daß sie beide nicht schuldlos waren, dann gab es einen Punkt, wie sie sich treffen konnten. Sie sagte: »Kester, bitte, sieh mich an!«

Er wandte sich langsam um; ihre Augen begegneten sich.

»Ich wollte dir nichts über das Messer sagen«, flüsterte sie, »aber vielleicht ist es ganz gut, daß du mich zwangest, meinen Vorsatz aufzugeben. Weil wir jetzt ganz ehrlich miteinander sprechen können. Isabel Valcour hat mich in jener Nacht gefragt, ob ich mich von dir scheiden lassen wolle.«

»Das hätte sie getan?« Er starrte sie an, offensichtlich überrascht.

»Ja. Ich wollte ihr nicht antworten. Ich sagte ihr, wenn du mich jemals danach fragen solltest, würde ich *dir* antworten. Seit wir hier Cornelias wegen wieder zusammen sind, wolltest du nicht mit mir über diese Dinge sprechen. Natürlich nicht. Ich tat dir zu leid. Ich habe mich ja auch wie ein armseliges Wrack benommen. Du hast wahrscheinlich gedacht, meine Verwirrung und Verzweiflung und meine Unfähigkeit, etwas zu tun, das alles hinge nur mit Cornelia zusammen. So war es aber nicht. Gewiß war ich auch ihretwegen in furchtbarer Unruhe und Angst, aber das war nicht alles. Und wenn du glaubst, ich könnte es noch lange ertragen, dich täglich zu sehen und nicht zu wissen, was du von mir denkst – –«

Ihre Stimme brach ab; sie schluckte und schwieg. Kester sagte ruhig und unerschüttert:

»Ich frage dich, ob du willst, daß ich gehe.«

»Willst du denn?« fragte Eleanor zurück. Sie hielt sich am Rahmen des Fensters, als fürchte sie umzusinken. »Es hätte keinen Sinn, wollte ich weiter darauf beharren, ich allein sei beleidigt worden«, fuhr sie fort, »ich beginne zu begreifen, daß du

Ardeith nicht wegen der Worte verlassen hast, die ich dir an jenem Abend an den Kopf warf – obgleich ich mein halbes Leben dafür geben würde, könnte ich zurücknehmen, was ich da von ›meiner Plantage‹ gesagt habe – jener Ausbruch war nur der Höhepunkt all dessen, was ich dir im Laufe der Jahre angetan habe. Ich habe dir nach und nach deine Selbstachtung genommen und habe das so weit getrieben, bis du müde warst, mit mir länger zu streiten. Das ist das schrecklichste Bekenntnis, das ich jemals abgelegt habe. Aber ich sagte dir ja: Du kannst sicher sein, ich weiß heute ebensoviel über mich, wie du über dich weißt. – Willst du nun noch gehen?«

Kester hatte mit wachsendem Erstaunen zugehört. »Woher weißt du, wie es in mir aussah, was mich bewog? Ich habe kaum begonnen, es mir selber einzugestehen.«

»Bitte, antworte mir!« sagte sie gequält.

Er ließ keinen Blick von ihr. »Nein«, sagte er mit klarer Stimme, »nein, Eleanor, ich will nicht gehen. Nicht, wenn du willst, daß ich bleiben soll!«

Eleanor hielt den Atem an. Sie hatte ihm die Arme schon halb entgegengestreckt, jetzt zog sie sie wieder zurück. »Sagst du das auch nicht nur Cornelias wegen?« flüsterte sie. »Sprich, wie du gesprochen haben würdest, einen Tag, bevor ich dir am Telefon ihre Verletzung mitteilte.«

»Willst du mich denn zurückhaben?« fragte er.

»Ja«, sagte sie still. »Ja, Kester. Ich liebe dich. Ich wußte niemals zuvor, wie sehr ich dich liebe, bis zu dem Augenblick, da ich dachte, nun seiest du für immer von mir gegangen. Aber ich wollte dich nicht um der Kinder willen zurückrufen, ich wollte auch nicht an dein Pflichtgefühl appellieren, ich wollte dich nur zurückhaben, wenn du mich liebst. Liebtest du mich noch an dem Tage, bevor ich Cornelias wegen mit dir telefonierte?«

»Ich habe dich an jenem Tage geliebt, wie am Tage zuvor«, sagte Kester, »ich habe dich immer geliebt. Damals freilich, als du diesen Kübel unerträglicher Arroganz über mich ausgossest, da wußte nicht, wie mir geschah, – ja, da war ich grausam, Eleanor, aber ich war so ehrlich, wie du wolltest, daß ich sein soll.«

»Du sollst auch ehrlich sein, Kester, ich will es. Ich liebe dich viel zu sehr, um etwas anderes zu wollen. Ich bin mit allen Ungewißheiten fertig geworden, die mir auferlegt worden sind.«

»Warum hast du nicht früher so gesprochen?«

»Wie konnte ich denn?«

»Du wußtest, wo ich zu finden war.«

»Du hast mir vier Zeilen geschrieben – eine Art Geschäftsbrief. Nachdem du aus eigenem Antrieb fortgegangen warst.«

»Du hattest mich praktisch aufgefordert, zu gehen.«

»Ich wußte nicht, was ich sagte. Oh, Kester, ich bin ein Teufel, wenn die Wut mich packt. Ich kann dann nicht kalt und überlegen sein wie du. Hast du ihr gesagt, du wolltest dich von mir scheiden lassen?«

»Ich habe deinen Namen ihr gegenüber niemals in keiner wie immer gearteten Verbindung erwähnt. Glaubst du wirklich, ich könnte das getan haben?«

»Ich wußte nicht, was ich denken sollte. Wie sollte sie dazu kommen, mir so etwas zu sagen, wenn sie keinen Grund hatte, es zu glauben?«

»Ich habe zuweilen denken müssen, es bliebe uns kein anderer Weg«, sagte Kester. »Ich habe das niemals gesagt, aber vielleicht habe ich es ungewollt spüren lassen. Vielleicht hat sie mir den Gedanken von der Stirn abgelesen. Ich war ja offensichtlich nicht der Mensch, den du haben zu wollen schienst.«

»Auch ich war augenscheinlich nicht der Mensch, den du haben zu wollen schienst«, sagte Eleanor. »Kester, liebst du mich?«

»Ja, Eleanor, ich liebe dich mehr als sonst etwas auf Erden. Ich habe versucht, dieses Gefühl zu unterdrücken. Ich habe versucht, mich davon zu überzeugen, daß du fertig mit mir seiest. Ich habe dir nie etwas geben können. Ich war nicht tüchtig und unbesiegbar wie dein Vater, und du verglichst mich jeden Tag deines Lebens mit deinem Vater.«

»Habe ich das getan?« fragte sie verblüfft.

»Tatest du das denn nicht bewußt?«

»Gewiß nicht. Ich habe niemals daran gedacht.«

»Du hast mich in eine Lage hineinmanövriert, in der ich so untauglich war und mir so untauglich vorkam, daß ich schließlich nichts weiter wünschte, als daraus befreit zu sein. Ich versuchte, mich zu befreien. Es hatte keinen Zweck. Ich dachte an dich. Aber du – –«

»Oh, sag es nur!« rief sie aus, als er zögerte, »wenn du es jetzt nicht sagst, wirst du es niemals tun.«

»Du brauchtest mich nicht«, sagte Kester, »und ich hatte nicht den Eindruck, daß du mich liebtest. Du kamst sehr gut ohne mich aus.«

»Ja«, sagte sie, »da liegt meine Schuld. Das ist es, was ich dir antat. Ich ließ dich glauben, ich brauchte dich nicht.«

»Du sagtest es sogar.«

»Ich dachte auch, ich brauchte dich nicht. Es gefiel mir, daß ich niemand brauchte. Ich sonnte mich in dem Glauben, alles, was ich wollte, ohne eines anderen Menschen Hilfe allein vollbringen zu können. Aber als du dann nicht mehr da warst, als ich dachte, du würdest nie mehr zurückkommen – ach, Kester, wenn du gewußt hättest, wie einsam und verlassen und schutzlos ich mir vorkam! Sagtest du nicht, du hättest mich immer in der Erinnerung gehabt? Auch als du es gar nicht mehr wolltest?«

»Ich habe dich nicht einen Augenblick aus der Erinnerung verloren. Ich habe oft versucht, dich zu vergessen, aber ich mußte immer an dich denken und verlangte immer danach, von dir zu wissen. Dein ganzes Wesen, deine Art zu gehen und zu stehen, dich zu bewegen, deine Hände auf den Tasten der Schreibmaschine, hundert kleine Einzelheiten, an die ich sonst nie gedacht hatte – alles stand immer vor mir. Ich behielt alles in Erinnerung, was jemals zwischen uns geschah.«

»So viel ist mit uns beiden geschehen!« sagte sie leise.

Ein schwaches Lächeln stahl sich auf sein Gesicht. »Ich habe an alles gedacht«, sagte er.

»Erinnerst du dich an die Party, die wir gaben, als die Baumwolle fiel?«

»Gewiß erinnere ich mich daran. Denkst du an den Tag, als das Telegramm kam, das uns mitteilte, daß Baumwolle nirgends auf der Welt mehr verkäuflich sei?«

»Und wie wir uns in diesem schrecklichen Jahr behelfen mußten? Wo es keine Zahnpaste gab und nichts zu essen außer dem, was im Garten wuchs?«

»Und der widerliche Kerl, den du aus New Orleans zu uns herausschlepptest, um ihm die Möbel zu verkaufen!«

Eleanor biß sich auf die Lippen. »Ja«, sagte sie, »ich sehe ihn vor mir, wie er in der Halle stand, wie er von den alten Familienbildern als von ›Tante Minni‹ sprach. Ach, es tut mir leid. Ich wollte dich nicht kränken. Wenn wir noch lange so fortfahren, werden wir bald beide zu weinen anfangen, und das würde uns nicht guttun.«

»Würde es das nicht?« sagte Kester. »Du Gänschen! Du lieber, unbeschreiblicher Narr! Was macht dich so bange vor dir selbst? Was macht dich so bange vor mir?« Er legte seinen Arm um sie und zog sie an sich. Einen Augenblick gab sie, willenlos fast, nach, dann plötzlich einem Zwange folgend, über den sie sich keine Rechenschaft gab, schlangen sich ihre Arme auch um ihn, und sie hielten einander in einem Glücksgefühl umschlungen, von dem sie geglaubt hatten, es nie wieder empfinden zu dürfen.

Nach einem Weilchen legte Eleanor den Kopf zurück und sah zu Kester auf. »Ich liebe dich so!« sagte sie. Und plötzlich war ihr, als habe nichts in der Welt Wert und Bestand außer dem Klang dieser Worte und dem Gefühl, das dahinterstand.
»Daß ich mir jemals vorstellen konnte, ich vermöchte ohne dich zu leben!« sagte Kester. »Eleanor, hast du mir wirklich vergeben, daß ich so ein verdammter Narr war?«
Sie nickte: »Hast du mir auch vergeben?«
»Oh, Liebste, halt ein! Im Augenblick scheint mir nichts wichtig außer dem Wissen, daß ich dich niemals wieder verlieren werde.«
»Das wirst du niemals«, sagte Eleanor. Und mit ruhigem Ernst fuhr sie fort: »Das ist nicht nur, weil wir uns lieben, Kester. Wir haben uns immer geliebt. Aber ich glaube, es ist vor allem, weil wir wissen, wie schwer es ist, das zu erringen, was uns beide bindet, und wie leicht es ist, es zu verlieren. Und wie unendlich kostbar es ist!«
Sie lehnte den Kopf wieder gegen seine Schulter. Ein paar Augenblicke lang schwiegen sie, dann sagte Eleanor: »Ich hätte dich gerne noch etwas gefragt.«
»Frage, Liebste.«
»Hat sie vorgeschlagen, daß du auf dem Bauwollamt arbeiten solltest?«
»Ja, das hat sie.«
»Hat sie dich daran erinnert, was du alles über Bodenbearbeitung, Schädlingskontrolle und Pflanzungsmethoden weißt? Hat sie dir gesagt, man würde auf dem Amt froh sein, einen Mann mit deiner Erfahrung und deinen Fähigkeiten zu bekommen?«
»Wie kannst du das wissen?«
Sie lächelte etwas versonnen: »Ich glaube, ich bin ein wenig klüger geworden. Ich habe nicht viel gelernt, aber ich weiß wenigstens, daß ich nicht alles weiß.« Sie lehnte den Kopf wieder gegen seine Schulter. Er strich ihr mit einer liebenden Handbewegung das Haar aus der Stirn und küßte es. »Du dachtest, ich brauche dich nicht!« flüsterte sie.
Sie hatte das kaum gesagt, als ein starkes Gefühl der Ruhe und des Friedens sie überkam. Und ein wenig wehmütig fragte sie sich, ob Kester wohl wisse, wie elend und vom Schicksal geschlagen sie sich gefühlt hatte, bis zu dem Augenblick, da er seine Arme um sie schlang.

2

Der Arzt verschrieb Cornelia die ihrer Sehschärfe entsprechenden Augengläser, riet aber dringend dazu, jede unnötige Belastung der Augen zu vermeiden, sie am besten in eine Spezialschule zu schicken, deren Unterrichtsmethode mehr auf mündlichen Unterricht eingestellt sei. Cornelia, mittlerweile schon an den Gebrauch der Gläser gewöhnt, protestierte nicht gegen die Brille, wehrte sich aber dagegen, als Eleanor ihr ein Lederetui umhing und ihr erklärte, sie müsse die Gläser immer bei sich führen.
»Brillen sind für alte Damen!« sagte sie trotzig, fügte sich aber den dringenden Vorstellungen Kesters und Eleanors. »Gut«, sagte sie, »ein Weilchen will ich sie tragen, bis auch ich wieder wie früher sehen kann.«
Weder Kester noch Eleanor brachten es jetzt schon fertig, ihr zu sagen, daß sie nie wieder wie früher sehen würde. Obwohl sie das Brillenetui immer bei sich trug, trug sie die Gläser doch nur selten, und einstweilen ließen die Eltern sie denn auch noch gewähren. Als sie aber wieder mit ihr nach Ardeith kamen, stellten sie sogleich fest, daß Cornelia Mammy und Dilcy nur aus der Nähe zu unterscheiden vermochte. Und

als Violet Purcell kam, um sie zu besuchen, stand sie am Fenster, sah hinaus und sagte: »Da kommt eine Dame die Treppe herauf, Mutter.« Und erst als Violet hereinkam, das Zimmer durchquerte und dicht auf sie zutrat, rief sie erstaunt: »Hallo, Miß Violet!«

Dennoch war das Unglück nicht ganz so groß, wie sie befürchtet hatten. Denn Cornelia wußte sich zu helfen, das heißt, sie half sich wahrscheinlich, ohne selbst zu wissen, daß sie es tat. Sie waren noch keinen Monat wieder zu Hause, da stellten Kester und Eleanor fest, daß es nicht mehr anging, in Cornelias Nähe etwas zu erörtern, was für ihre Ohren nicht bestimmt war. Ganz offensichtlich hatte sich Cornelias Gehör außerordentlich geschärft. Während des Winters, da ihre Augen umnachtet waren, mochte das geschehen sein. Jedenfalls hörte sie jetzt auf ähnliche Weise, wie andere Menschen sahen, und ihr Gehör ersetzte bemerkenswert gut ihre mangelnde Sehfähigkeit. Sie waren überrascht und beglückt, das zu beobachten.

Ihrem Versprechen gemäß nahm Eleanor Cornelia zum Einkauf mit in die Stadt. Cornelia schwelgte in ihren neuen Kleidern und lächelte, wenn Freunde und Bekannte ausriefen: »Was für ein süßes kleines Mädchen!« Oft wurde sie gefragt: »Wo hast du nur die wundervollen Augenwimpern her?« Darauf pflegte sie erstaunt zu antworten: »Sie wachsen aus mir heraus.« Eleanor erschien das als eine intelligentere Antwort, als die törichte Frage sie verdiente. Sie fürchtete manchmal, Cornelia möchte eine eitle kleine Person werden, und mühte sich deshalb, sie vor gar zu vielen Komplimenten zu schützen, aber sie konnte wenig dagegen tun. Doch Cornelia war zweifellos auch ein kluges Mädchen, sie schien Bemerkungen über ihre eigene Schönheit nicht viel anders aufzunehmen als etwa entsprechende Bemerkungen über die Schönheit der Eichenallee.

Aber manchmal wünschten die Eltern fast, ihr Töchterchen wäre weniger klug. Denn es war Cornelia beispielsweise aufgefallen, daß bisher niemand etwas darüber gesagt hatte, daß sie wieder zur Schule gehen solle. Sie ging aber sehr gern zur Schule und beklagte sich deshalb, alle anderen Kinder würden mittlerweile viel besser lesen können als sie. Eleanor wußte nicht recht, was sie tun sollte. Vor ihr stand die heikle Aufgabe, Cornelia darauf vorzubereiten, daß sie ihr altes Sehvermögen nie wiedererlangen werde. Sie hätte damit gern noch ein Weilchen gewartet, aber Cornelia drängte, sie wolle zur Schule, und Kester erklärte schließlich, man solle es ihr sagen. Und eines Tages sagte er es ihr ohne jede Vorbereitung.

Es war an einem Sommernachmittag. Kester und Eleanor saßen in der Bibliothek und diskutierten die Vorzüge der Schule, die Cornelia zukünftig besuchen sollte. Cornelia huschte unbemerkt durch die Halle und fing mit ihrem verfeinerten Gehör das Wort ›Schule‹ auf. Sie kam herein und fragte, ob sie nun wieder zur Schule gehen dürfe.

»Du kannst doch jetzt nicht zur Schule gehen«, sagte Eleanor lächend, »es sind ja große Sommerferien.«

»Oh!« sagte Cornelia, holte sich eine Fußbank herbei und setzte sich. »Dann darf ich aber nach den Ferien wieder gehen?« fragte sie. »Bis dahin kann ich bestimmt wieder richtig sehen.«

Kester und Eleanor tauschten über ihren Kopf hinweg einen Blick. Kester lehnte sich in seinem Sessel zurück.

»Hör zu, Cornelia«, sagte er im Ton ruhiger Überlegenheit, »du wirst im Herbst in eine andere Schule gehen, ein Stück am Strom hinauf.«

»Am Strom hinauf? Aber warum denn? Warum muß ich in eine andere Schule gehen?«

»Weil das eine besondere Schule ist. Du wirst dort eine Menge Dinge lernen, die die meisten Jungen und Mädchen niemals lernen.«

»Eine besondere Schule? Aber ich mag meine alte Schule so gern«, protestierte Cornelia. »Ich möchte mit den Kindern zusammengehen, die ich kenne.«
Kester fuhr fort, ihr Einzelheiten von der neuen Schule zu erzählen. Sie werde dort Kenntnisse erwerben, mit denen sie all ihre Freunde beschämen werde. Er versuchte, ihr diese Aussicht schmackhaft zu machen, und Cornelia wurde tatsächlich allmählich warm dabei, während Eleanor zum hundertsten Male die Gelegenheit erhielt, Kesters Takt und Feingefühl zu bewundern.
»Es wird dir da sehr gefallen«, fuhr Kester fort, »du wirst lernen, auf der Schreibmaschine zu schreiben, ohne auf die Tasten zu sehen —«
»Wie Mutter?«
»Vielleicht sogar schneller als Mutter. Du wirst auch Klavier spielen lernen —«
Cornelia war noch etwas verwirrt. »Aber um solche Dinge zu lernen, warum kann ich da nicht zu Hause bleiben wie andere Leute auch?«
Eleanor biß sich auf die Lippen, aber Kester zögerte keinen Augenblick mit der Antwort: »Weil deine Augen nicht so sind wie die Augen anderer Leute, Cornelia.«
»Aber werden sie denn nicht wieder ganz gesund?« Sie starrte ihn an.
»Nein, Cornelia«, sagte er, ihren Blick festhaltend.
Cornelia starrte ihn an, fassungslos offenbar; sie trug im Augenblick keine Brille. Jetzt nahm sie sie aus dem Etui und setzte sie auf. Wieder sah sie den Vater durch die Gläser hindurch an und nahm die Brille dann langsam wieder ab. »Du meintest, ich würde nie wieder ganz richtig sehen?« fragte sie. »Nie wieder?«
»Nein«, sagte Kester, »nie wieder.«
Cornelia riß die Augen weit auf und sah sich mit einem Ausdruck ratloser Verblüffung im Zimmer um. Sie kniff die Lider ein wenig zusammen und versuchte durch die Wimpern zu sehen. Langsam füllten sich ihre Augen mit Tränen; sie machte den kläglichen Versuch, sie durch Blinzeln zu verdecken. Eine Träne tropfte auf ihre Hand. Sie wischte sie weg und saß ein Weilchen ganz still.
Kester langte nach Eleanors Hand, ergriff sie und legte seine andere Hand darüber. Sie wagten weder sich zu bewegen noch zu sprechen. Sie sahen Cornelia an und warteten. Es war, als seien sie unversehens in eine sehr intime Szene hineingetappt und vermöchten sich nicht mehr zurückzuziehen und es bliebe ihnen nun nichts mehr weiter übrig, als mit Anstand zu versuchen, sich so wenig wie möglich bemerkbar zu machen. Cornelias Lebenserfahrungen waren noch sehr gering; sie wußten nicht, wieweit sie sich an ihr früheres Sehvermögen erinnerte und wie stark sie den Kontrast zwischen ihrer früheren und ihrer jetzigen Situation selber empfand. Mit der Kindern eigentümlichen Schmiegsamkeit hatte sie seit der jähen Veränderung ihrer Sehfähigkeit bereits sehr viel an sich gearbeitet. Die große Schwierigkeit, der sie sich jetzt gegenübersah, war, daß sie begreifen sollte, sie sei anders als andere Menschen. Sie hatte das sicherlich weitgehend schon begriffen, denn wie Kester und Eleanor sie so vor sich sahen, da schien ihnen, als habe das Mädchen, obwohl es doch noch nicht sieben Jahre alt war, den entscheidenden Schritt zwischen Kindheit und Jugend bereits vollzogen. Cornelia begann nach einem Weilchen zu schlucken, zog tief den Atem ein und sah die Eltern aus verschleierten Augen an.
»Ich – dachte – –«, begann sie; ihre Stimme brach um, ihre Lippen bewegten sich zitternd; mit einer rührend hilflosen Gebärde wandte sie sich Kester zu. Der hob sie auf seinen Schoß. Sie schlang ihre Ärmchen um seinen Hals und barg ihr Gesicht an seiner Brust. Kester hielt sie zärtlich umfaßt und sprach leise und behutsam auf sie ein, bis sie ruhig wurde und schließlich den Kopf hob. Eleanor reichte ihr ein Taschentuch. Nachdem sie ihr Gesicht trocken getupft hatte, saß Cornelia zusammengekuschelt auf Kesters Knien und beschäftigte sich hingegeben damit, die Ecken des Taschentuches umzubiegen. Endlich sah sie auf.

»Ich kann ganz gut sehen«, sagte sie nicht ohne Trotz in der Stimme.
Eleanor saßen Jammer und Schmerz so tief in der Kehle, daß sie nicht zu sprechen vermochte. Kester dagegen sagte mit seiner ruhigen Überlegenheit:
»Selbstverständlich kannst du sehen. Und mit der Zeit wirst du schwimmen und tauchen lernen und selbstverständlich auch tanzen, und keinem Menschen wird auffallen, daß deine Augen nicht ganz so gut wie die anderer Leute sind.«
»Das alles kann ich lernen?« fragte Cornelia ein wenig ängstlich.
»Aber gewiß kannst du das.«
»Wie andere Mädchen?«
»Ganz wie andere Mädchen.«
Cornelia dachte einen Augenblick nach, dann kletterte sie von Kesters Schoß herunter. »Kann ich bald zu der neuen Schule gehen?« fragte sie »Ist da im Sommer auch Schule?«
»Nächsten Monat kannst du gehen.«
Cornelia hob eine Hand, um eine Locke ihres Haares zurückzustreichen. »Ich kann ganz gut sehen«, wiederholte sie, »ich kann alles sehen. Ich kann die Tür sehen.«
Als ob sie sogleich den Beweis für diese Behauptung antreten wollte, ging sie zur Tür und legte ihre Hand auf die Klinke. Eleanor stand auf. »Wohin willst du?« fragte sie. Es wurde ihr sehr schwer, gleichmütig zu sprechen.
»Nirgends hin. Nur hinauf. Ich will Philip erzählen, in was für eine schöne Schule ich komme.« Sie blickte über die Schulter zurück. »Ich kann ganz gut sehen!« sagte sie noch einmal und knallte die Tür hinter sich zu.
Eleanor saß jetzt auf Kesters Knie, wo eben Cornelia noch gesessen hatte, und lehnte ihr Gesicht gegen seine Brust, wie Cornelia es vorher getan hatte, und er hielt sie ebenso zärtlich, wie er vorher Cornelia gehalten hatte. Sie weinte nicht, aber sie klammerte sich an ihn, als suche sie Trost. Als sie nach einem Weilchen den Kopf hob, sagte Kester:
»Cornelia ist dir sehr ähnlich.«
»Ja«, sagte Eleanor, »sie nimmt es mit dem Leben auf. Sie bietet ihm auch Trotz. Ich beobachte das schon eine Weile. Aber sie ist auch dir ähnlich. Sie ist tapfer. Jetzt geht sie zu Philip und prahlt ihm von den Vorzügen ihrer neuen Schule vor. Zur Abendbrotszeit wird es dann soweit sein, daß er auch in die neue Schule will.«
»Sprich mit ihr nie mehr von ihren Augen«, sagte Kester, »wenn es irgend zu vermeiden ist. Sie will selbst nicht davon sprechen und ich bin froh darüber. Ich bin sicher, sie wird deswegen nicht mehr weinen.«
Eleanor nickte. »Ich glaube, das Leben hat ihr einige Chancen gelassen, trotzdem glücklich zu werden«, sagte sie, »sie ist schön, sie ist klug und sie ist tapfer.«
»Ihre Augen sind schwach«, sagte Kester, »aber die Larnes waren nie sonderlich intellektuell. Auch Cornelia wird es wahrscheinlich auf die Dauer nicht so sehr ums Studieren zu tun sein. Zum Tanzen wird sie keine Brille brauchen. Eleanor, stell dir vor: Unser eben noch so unglückliches Mädchen zehn Jahre später auf einem Mardi-Gras-Ball in New Orleans!«
Sie lachte bei dem freundlichen Fernbild, das er da beschwor, wurde aber gleich wieder ernst. »Ich möchte, daß sie klug wird. Ich möchte, daß sie großmütig wird. Meinst du nicht, wir könnten sie dazu erziehen?«
Kester lächelte: »Jedenfalls verfügen wir beide heute über bessere Voraussetzungen dafür als früher.«
»Ich hoffe es«, sagte Kester langsam, »sie wird ein besserer Mensch werden als wir beide, Eleanor.«
Eleanor lächelte zurück: »Hast du darüber nachgedacht? Du hast recht. Wir beide

sind – so heftig in unseren Reaktionen. Deine Eltern sind einander sehr ähnlich, und die meinen auf ihre so ganz andere Weise auch. Aber unsere Kinder haben ihr Erbe von beiden Seiten bekommen. Sie werden es miteinander verbinden: den unpraktischen Idealismus deiner Leute und die robuste Kraft der Upjohns. Ach ja, ich glaube, sie haben die Chance mitbekommen, besser zu werden als du und ich.«

»Wir wollen uns Mühe geben, die Duldsamkeit an Stelle des Stolzes zu lehren«, sagte Kester.

Eleanor glitt von seinem Schoß herunter. Sie ging zum Fenster und sah hinaus auf die langen Reihen der Eichen, deren Kronen über den Köpfen vieler Generationen gerauscht hatten.

»Warum konnten wir nicht voneinander lassen?« fragte sie leise. »Wir liebten uns, weil wir so verschieden waren. Dann wurde alles, was wir begannen, zu Zwist und Streit. Wir zerrten aneinander herum und versuchten, einer den anderen zu ändern. Wir quälten uns mit lauter unmöglichen Versuchen herum.«

»Ja, ich weiß«, sagte Kester. »Warum ist das so? Warum ist es nicht möglich, zu einer höheren Bestimmung des Menschen zu gelangen? Wir sind niemals geneigt, den anderen in seiner Eigenart zu respektieren. Wir wollen den anderen, selbst den liebsten Menschen, immer so haben, wie wir selber sind.«

Sie schüttelte nachdenklich den Kopf. Durch das Fenster kam eine warme Windströmung herein, die kam von den Baumwollfeldern herüber. Eleanor mußte an den Abend denken, da sie am Strom entlang zu Isabel Valcours Haus gelaufen war. Sie war so trostlos gewesen an jenem Abend. Heute war alles ganz anders. Heute war sie erfüllt von einer inneren Ruhe und Sicherheit, die Anker und Führung zugleich bedeutete.

»Kester«, sagte sie, »was ist aus Isabel Valcour geworden?«

»Sie ist fortgezogen«, antwortete Kester. »Nach New York, glaube ich.«

»Warum?«

»Vielleicht ist sie meinem Ratschlag gefolgt. Ich habe es ihr vorgeschlagen.«

»Wann hast du sie noch einmal gesehen?« fragte sie und drehte sich um.

»Ich habe sie nicht gesehen. Sie schrieb mir einige Male, während wir in New Orleans waren. Ich habe zunächst nicht geantwortet, dann, nachdem wir beide unsere Aussprache hatten, schrieb ich ihr einen ziemlich langen Brief.«

»Was hast du ihr gesagt?«

»Nichts, was dich anginge«, entgegnete er mit einem müden Lächeln.

»Wieso nicht?«

»Es – gehörte sich nicht. Sie hat mich schließlich geliebt, wie du weißt.«

»Das hat sie nicht.«

Kester stieß einen kleinen Seufzer aus, aber er schien eher erheitert als böse. »Ich glaube, über diesen Punkt haben Männer und Frauen schon seit dem Fall von Jericho immer wieder miteinander gestritten«, sagte er.

»Sie ist weggezogen; ich habe ihr kein Bedauern darüber ausgesprochen, ich habe nicht gefragt, ob sie jemals zurückkommt, und sie kann keinen Zweifel daran haben, daß es mir gleichgültig ist. Was soll das also noch?«

Eleanor knüpfte eine Schlinge in die Gardinenschnur. Eine Zeitlang sagte sie nichts. Trotz Kesters ruhigen Versicherungen hätte sie am liebsten gehört, Isabel habe sich in einer Bodenkammer zu Tode gehungert, aber sie war absolut sicher, daß das Leben für Isabel Valcour Aussichten dieser Art nicht in Bereitschaft habe. Isabel hatte damals von einem Millionär gesprochen, den sie heiraten könnte, wenn sie es wollte. Sie hatte ihr das damals nur halb geglaubt, aber nun fand sie, sie hätte vielleicht doch die Wahrheit gesagt. Jetzt, da sie keinerlei Aussicht mehr hatte, Kester zurückzugewinnen, war sie vielleicht wirklich weggegangen, um die Grundla-

gen für eine neue Juwelen verheißende Existenz zu legen. Eleanor sah wieder auf, ihre Augen trafen mit denen Kesters zusammen, und plötzlich wußte sie ganz sicher, daß sie sich nicht mehr zu sorgen brauchte, was mit Isabel Valcour geschah. Sie sagte: »Es ist gut, Kester. Ich werde den Namen der Frau nun nicht mehr erwähnen, solange ich lebe.«
»Ich danke dir«, sagte Kester. »Ich danke dir sehr.«
Er kam zum Fenster herüber und legte seinen Arm um ihre Schulter. Sie sah sein klares männlich schönes Profil und dachte an die Zeit, da sein Anblick zum ersten Mal ihre Phantasie bewegte, und an die leuchtenden Tage ihres jungen Glückes. – Und ein heimliches Verwundern kam sie an bei dem Gedanken, wie wenig der Mensch doch geneigt ist, vom Glück zu lernen.

Rückschauend schien jene erste Zeit ihrer Liebe ihr in endloser Ferne zu liegen. Sie fand, Kester und sie müßten damals unglaublich jung und unglaublich arrogant gewesen sein. Ach, sie war ja so sicher gewesen, nichts mehr lernen zu müssen. Sie waren in die Ehe hineingestürzt und hatten geglaubt, die Barrieren, die unduldsame Generationen vor ein, zwei Jahrhunderten errichteten, im Sturm nehmen zu können. Sie hatten gelacht, wenn man sie wohlmeinend warnte, und sie waren übereinander hergefallen, wenn sie feststellen mußten, daß das Gelächter die Schwierigkeiten nicht aus der Welt geschafft hatte. Es war einfach, zu sagen, Menschen so verschiedener Herkunft und Erziehung hätten es nie unternehmen sollen, sich zusammenzufinden und eine gemeinsame Existenz zu gründen, in einem Lande, dessen ganze Lebensstruktur auf der Gleichheit der Vorrechte basierte. Es war einfach, aber auch unnütz, sich mit toten Großvätern zu streiten. Es war einmal so, daß Kester das Leben an sich in den ihm überlieferten Formen liebte, während ihr Wesen mehr auf die Mittel des Lebens gerichtet war. Streitpunkte, die sich aus solch divergierenden Lebensauffassungen ergaben, konnten nur beigelegt werden, wenn jeder sich mühte, des anderen Wesen und Art zu verstehen. Sie aber hatten beide keine Demut gelernt, und anstatt nachsichtig miteinander zu sein, waren sie zornig geworden.

Niemand konnte ihnen die stürmisch und unruhig verlaufenen Jahre zurückgeben Aber es lagen hoffentlich noch viele Jahre vor ihnen, in denen sie Gelegenheit haben würden, sich in der Selbstbeherrschung zu üben und ihre Kinder dazu zu erziehen. Eleanor sah hinaus auf die Eichen, deren graue Moosschleier leise im Winde schwangen; sie mußte an die lange Reihe der Upjohns denken, die vor ihr gelebt, und an die Vorfahren Kesters, die die Wildnis gerodet und die Ardeith-Plantage geschaffen hatten. Und sie fragte sich, ob wohl jede dieser Generationen den Preis für ihr Glück habe zahlen müssen. Sie und Kester waren schon zu schwer vom Schicksal angeschlagen worden, um jemals wieder das gedankenlose Entzücken zu empfinden, das sie einst beseligt hatte.

Während sie daran dachte, wandte ihr Kester den Kopf zu und lächelte sie an, und Eleanor fühlte sich ihm enger verbunden als jemals zuvor. Sie kannten ihre Fehler und sie sahen die kommenden Jahre klar genug, um nicht zu erwarten, sie würden es leichter und einfacher haben, aber sie wußten: was immer geschehen mochte, sie würden es ins Auge fassen und anpacken, ohne aneinander zu zweifeln. Sie erwiderte sein Lächeln, und in dem ruhigen, warmen Blick, mit dem ihre Augen einander trafen, lag die Gewähr ihrer Zukunft. Sie wußten beide: sie waren von dem leuchtenden, strahlenden Gipfel ihres jungen Glückes herabgestiegen, aber eben der Abstieg hatte sie gelehrt, daß sie damit die erste Stufe zum Turm der Weisheit betreten hätten.